바벨

정용준 장편소설
바벨

초판 1쇄 발행 2014년 2월 11일
초판 4쇄 발행 2023년 5월 29일

지은이 정용준
펴낸이 이광호
펴낸곳 ㈜**문학과지성사**
등록번호 제1993-000098호
주소 04034 서울 마포구 잔다리로7길 18(서교동 377-20)
전화 02) 338-7224
팩스 02) 323-4180(편집) / 02) 338-7221(영업)
전자우편 moonji@moonji.com
홈페이지 www.moonji.com

ⓒ 정용준, 2014, Printed in Seoul. Korea
ISBN 978-89-320-2534-6 03810

바벨

정용준 장편소설

문학과지성사

차례

얼음의 나라

아 이 라

나는 '리르'의 용맹한 사냥꾼이다. 지지 않는 싸움꾼이고 포기를 모르는 승부사며 두려움 없는 사나이다. 흰머리나무가 끝없이 우거진 숲의 나라 리르는 태양의 서쪽에 위치하며 유리처럼 맑고 커다란 호수가 있어 호수의 나라라고도 불린다. 리르의 왕은 오랫동안 마음에 품어온 소망이 하나 있었는데, 그것은 '아이라'의 여왕을 만나는 것이다. 얼음의 나라라고도 불리는 '아이라'는 북쪽에서 불어오는 눈보라와 전설을 통해서만 존재하는 신비의 나라였다. 아무도 여왕을 만나지 못했지만 리르의 모든 사람이 여왕을 알고 있었다. 입에서 입으로 생생하게 전해지는 소문 속에서 그녀는 살아 있었다. 왕은 여왕을 사모했다. 보이지 않는 유령을 사랑하고 가본 적 없는 세계를 동경하는 몽상가처럼 왕은 그녀를 상상했고 그리움으로 병이 날 지경이었다. 바람이 어디에서 불고 어디로 향하는지 알 수 없지만 느낄 수 있는 것처럼 왕은 여왕의 존재를 바로 곁에서 느낄 수 있었다. 북쪽에서 불어오는 찬바람이 왕궁의 창틀을 흔들기만 해도 왕은 그것을 여왕의 숨결이라고 느꼈다.

아이라는 지상에서 가장 추운 나라다. 험준한 계곡과 끝없이 이어지는 얼음 산맥을 넘어 얼어붙은 바다가 있는 북극의 심장을 지나가야 한다. 이곳은 항시 험한 눈보라가 몰아치기 때문에 커다란 개가 끄는 썰매도 장성한 순록도 지나갈 수 없는 땅이다. 운 좋게 이곳을 통과했다고 해도 아이라로 들어가는 입구를 찾기란 눈 덮인 대지에서 꽃을 찾는 것처럼 어렵다. 입구는 생물처럼 살아 움직인다. 동굴처럼 검게 뚫려 있는 입구는 열려 있기도 하고 닫혀 있기도 한데 고독한 영혼을 지닌 아이라의 입구는 대부분의 시간을 입을 굳게 다물고 침묵한다. 그러나 아이라에 갈 수 있는 방법이 없는 것은 아니다. 백 년 만에 한 번씩 찾아오는 '푸른 보름달의 계절'이 있기 때문이다. 그때는 보름 동안 해가 뜨지 않는다. 대신 하늘에는 푸른 보름달이 떠 있는데 이 시기에는 바람이 불지 않고 눈이 내리지 않는다. 얼어붙은 대지 위의 밤하늘엔 진녹색 오로라가 꽃불처럼 춤을 추고 푸른 달은 태양보다 밝게 빛난다. 하지만 그 아름다움에 현혹되면 안 된다. 이 시기에 하늘을 바라보는 자들은 기억을 잃어버리고 과거를 망각하며 자신의 나이를 잊는다. 노인은 아이가 되고 젊은이는 노인이 된다. 때문에 현명한 생물들은 이 계절에 눈을 감고 긴 잠을 자는 편을 택한다. 하지만 아이라의 입구를 지키는 생물은 눈을 감지 않는다. 그는 무모하고 대범하게 하늘을 응시한다. 아름다움에 매료되어 자신의 존재를 잊고 내내 입을 벌리고 있는 것이다. 아이라에 갈 수 있는 기회는 오직 그때뿐이다.

나는 선조들의 이야기와 내려오는 전설을 통해 아이라에 대한 소문을 들으며 자랐다. 아이라는 동경의 대상이었고 언젠가는 정복하고 도달해야 할 마지막 땅이었다. 수많은 짐승의 숨통을 끊고 가죽을 벗겨도 만족할 수 없었다. 결핍된 마음은 어떤 것으로도 채워지지 않았고 공허한 마음은 깊어져만 갔다. 아이라의 얼음은 신비한 효능이 있어 지니고 있으면 마음의 병을 고쳐준다고 한다. 나는 그 얼음을 한 번이라도 만져보고 싶었다. 존재하나 아무도 본 적 없는 세계, 불가능한 것으로만 이루어진 얼음의 나라, 처녀의 몸처럼 누구의 발자국도 허락하지 않은 순백의 대지, 아이라는 내게 있어 정복하지 못한 유일한 짐승이었다. 그런데 드디어 운명의 기회가 찾아왔다. 리르의 왕이 나를 부른 것이다.

"강인한 호수의 남자여. 그대가 이 나라에서 가장 발이 빠르다고 들었다. 그대의 발은 아이라까지도 갈 수 있는 발인가?"

나는 어깨에 걸치고 있던 흰곰 가죽을 바닥에 내려놓으며 강철 같은 어깨를 앞으로 내밀며 말했다.

"깊고 깊은 호수의 왕이시여. 제 발은 순록보다 빠르고 육체는 흰곰보다 강합니다. 제가 얼음의 나라에 도착해 아이라의 여왕을 만나 당신의 말과 의지를 전할 것입니다."

왕은 흡족한 표정을 지으며 단단하게 밀봉된 편지를 건넸다.

"그대의 용맹함과 강인함을 믿겠다. 리르의 모든 신이 그대의 뒤를 살필 것이며 흰머리나무의 그림자가 그대의 발밑을 보호하리라. 부디 여왕에게 내 마음을 전해다오."

나는 흰곰의 가죽을 집어 들어 어깨에 걸치고 편지를 손에 움켜쥐며 말했다.

"다녀오겠습니다. 왕의 근심이 봄날의 호수처럼 따뜻하고 부드러워질 것입니다."

마침내 푸른 보름달의 계절이 시작됐다. 달이 지평선의 태양만큼 크게 떠올랐고, 월광은 바위의 작은 틈까지 비출 정도로 세미하게 빛났다. 나는 리르의 환송을 받으며 얼음의 나라로 향했다. 흰

머리나무 숲이 끝나는 지점까지는 순록을 탔고 그 이후부터는 두 발로 달리기 시작했다. 생의 마지막이 될지도 모르는 이 모험 앞에 심장은 터질 듯 날뛰었다. 나는 쉬지 않고 북쪽을 향해 전력 질주했다. 뒤를 돌아보지 않았고 풍경의 변화도 살피지 않았다. 하늘을 물들이며 춤추고 있는 오로라의 장관에 넋을 잃지 않기 위해 오로지 앞만 보고 달렸다. 바위에 걸터앉아 휴식을 취할 때는 두건으로 두 눈을 가렸다. 눈 덮인 하얀 평원을 달렸고, 끝없이 이어지는 얼음산을 넘었으며, 얼어붙은 바다를 횡단했다. 투명하게 얼어붙은 바다는 하늘의 모든 것을 반사하고 있었다. 바다에 잠겨 있는 푸른 달과 물감을 풀어놓은 것 같은 오로라는 꿈속의 안개처럼 유연하게 춤추고 있었다. 하마터면 나는 그 아찔한 풍경에 빠져 정신을 잃을 뻔했다. 우주에 떠 있는 것 같았고, 물속에 빠진 것 같은 착각을 했다. 다리에 힘이 풀렸고 중심을 잡지 못해 휘청거렸다. 어깨에 걸치고 있는 흰곰의 가죽을 집어 던졌다. 북풍이 만들어내는 끔찍한 추위가 송곳처럼 몸을 찔렀다. 나는 왕의 얼굴을 떠올렸고 달려왔던 길고 긴 길을 생각했다. 가슴에 품고 있는 편지에 손을 올리고 하늘을 향해 크게 소리쳤다. 느리게 뛰던 심장이 다시 요동치기 시작했고, 나는 코요테처럼 달리기 시작했다.

흰머리나무 숲을 떠난 지 열흘, 드디어 북극의 심장에 도착했다. 황량한 얼음 벌판엔 월광을 반사하는 푸르스름한 서리가 뒤덮고 있었고 그 너머엔 지평선과 수평선을 구분할 수 없는 흐릿한 선이 신기루처럼 떠 있었다. 그리고 한가운데에 커다란 바위산이 보였는데, 가까이 다가가니 커다란 동굴이 있었다. 검게 뚫려 있는 깊고 넓은 구멍, 이곳이 바로 그토록 찾아 헤매던 아이라의 입구였다. 나는 흥분을 가라앉히고 조심스럽게 동굴에 다가섰다. 이상한 바위였다. 울퉁불퉁한 면이 없었다. 철강처럼 단단했지만 차갑지는 않았다. 정체를 알 수 없는 긴장을 느끼며 고개를 들어 산을 올려보다 그만 자리에 주저앉고 말았다. 기습적으로 목을 제압당한 것처럼 어깨가 뻣뻣하게 굳었고 무릎이 꺾이고 말았다. 나는 어미의 배 속에서 울음을 터뜨리며 이 땅에 태어난 후로 한 번도 눈물을 흘린 적이 없었다. 아무리 흉포한 동물의 심장일지라도 단번에 끊을 수 있었으며, 그 어떤 자연의 변덕에도 무릎을 꿇은 적이 없었다. 하지만 나는 몸이 떨리는 것을 제어할 수 없었다. 당장이라도 울음을 터뜨릴 것처럼 겁에 질렸다. 두려웠다. 바위산처럼 보였던 것은 거대한 고래였다. 커다란 입구는 동굴이 아닌 고래의 벌어진 입이었다. 석탄처럼 어둡고 강철처럼 딱딱한 몸은 그 어떤 광물보다 단단했다. 눈동자는 흑단처럼 검었고 시선은 춤추고 흔들

리고 있는 오로라에 고정되어 반짝이고 있었다. 그것의 육체는 생물의 몸이 아닌 차라리 광활한 육지였다. 나는 도저히 저 입속으로 들어갈 자신이 없었다. 그것은 죽지 않고 가는 지옥의 입구 같았다. 나는 뒤를 돌아봤다. 리르의 신은 더 이상 내 곁에 없었고 흰머리나무의 그림자도 발밑에 없었다. 이곳은 이미 지평선과 수평선을 넘은 차원이 다른 세계였다. 나는 무력하게 중얼거렸다. 빈손으로 리르로 돌아갈 순 없다. 평생 수치와 부끄러움 속에서 아이처럼 떨며 살 수는 없다. 소문과 전설은 거짓이었다. 어떻게 저 까맣고 끔찍한 길 끝에 얼음의 나라가 있단 말인가. 나는 제 발로 흰곰의 붉은 입속으로 들어가는 작고 어리석은 토끼에 불과하다. 나는 절망에 이끌린 병자처럼 천천히 동굴로 걸어 들어갔다. 갑자기 강렬한 떨림과 수축이 느껴졌다. 마치 지진 같았다. 그 순간, 단단한 땅이 갈라지며 발밑이 허공이 되었다. 등 뒤로 입구가 커다란 소리를 내며 닫혔고, 나는 정신을 잃고 말았다.

눈을 떴다. 아무것도 보이지 않았다. 하얀 장막 속에 둘러싸인 것 같았다. 모든 것이 하얗다. 명암도 없고 형체도 없는 하얀 공터. 죽었다고 해도 이상하고 살았다고 해도 이상한, 기묘하게 이어지는 낯선 감각. 이곳은 어디일까. 그 순간 날카로운 통증이 온몸을 꿰뚫고 지나갔다. 견딜 수 없이 추웠다. 이 추위를 어떻게 설명해야 할까? 촉이 없는 화살, 날이 없는 칼, 그런 게 가능하다면 숨 쉴 수 있는 물, 마치 악몽 속에서 늑대가 목덜미를 물어뜯어도 깨고 나면 멀쩡한 것처럼 아이라의 추위는 고통스러웠으나 안전했다. 나는 어깨를 움츠리고 걷기 시작했다. 고요한 세계였다. 소리도 없고, 바람도 없고, 냄새도 없었다. 심지어 내 발소리도 들리지 않았다. 눈이 간지러웠다. 먼지가 낀 것처럼 따가웠다. 손등으로 눈을 비볐다. 얇은 막이 눈꺼풀에서 떨어져나가는 듯 투명한 얼음이 벗겨졌다. 그리고 다시 눈을 떴을 땐 너무 놀라 하마터면 악 소리를 지를 뻔했다. 사람들이 나를 에워싸고 있었던 것이다. 그들은 우리와 같은 형상이었으나 벌거벗고 있었다. 아니, 벗었지만 옷을 입고 있는 것 같다고 해야겠다. 그들의 피부는 짧고 촘촘하게 난 하얀 털로 덮여 있었다. 그들은 호기심이 가득한 어린 펭귄들처럼 호의적이고 흥미로운 표정으로 나를 바라보고 있었다. 하지만 아무도 입을 여는 이들이 없었다. 혀가 없어 애초에 말이란 것을 배우지 못한 것처럼 그들의 침묵은 자연스러웠다. 나는 이 상황이 기묘하고 낯설었지만 이상하게도 두렵지 않았다. 그들의 표정에는 남을 해하려는 의도가 완전히 제거되어 있었다. 갓 태어난 포유동물 새끼처럼 순전한 얼굴이었다. 나는 그들의 뒤를 따라 걸으며 주변을 둘러봤다. 모든 게 얼음으로 만들어져 있었다. 가지와 잎도 없이 창처럼 길게 자라난 나무들이 곳곳에 서 있었고, 집들은 크고 작은 타원형으로 동글동글했다. 하늘에는 태양도 없고 달도 없고 구름 한 점 없었지만 정오처럼 밝았다. 뿔과 귀가 없는 순록들이 거리를 느리게 걸어 다녔고 작은 개만 한 크기의 곰들이 저들끼리 장난을 치고 있었다. 그것들 역시 아무 소리도 내지 않았다.

그들이 멈춰 선 곳은 넓은 평원이었다. 땅에는 소금처럼 생긴 굵고 하얀 얼음 알갱이가 모래처럼 깔려 있었다. 얼음으로 조각된 커다란 의자에 머리카락이 긴 여인이 앉아 있었다. 나는 알 수 있었다. 그녀가 바로 아이라의 여왕이었다. 그녀는 다른 사람들에 비해 키가 두 배 이상 컸고, 쉽게 해석되지 않는 표정으로 나를 바라보고 있었다. 적의는 느껴지지 않았지만 호기심이나 막연한 호의 같은 감정도 읽을 수 없는 무감한 얼굴이었다. 사람들은 여왕을 중심으로 양옆으로 나뉘어 아무렇게나 자리에 앉았다. 나도 앉으려고 했으나 차가운 얼음 위에 엉덩이를 붙일 자신이 없어 그냥 서 있었다. 여왕은 특별한 행동을 취하지 않고 말없이 나를 쳐다봤고 사람들 역시 자리에 앉아 나를 쳐다봤다. 어떻게 해야 할지 판단하기 어려운 침묵이 유빙처럼 느리게 흘러갔다. 반면 여왕은 언제까지고 나를 쳐다보겠다는 듯 편안해 보였다. 고민 끝에 허리춤에 차고 있던 왕의 편지를 들고 여왕에게 조심스럽게 다가갔다. 여왕은 천천히 자리에서 일어났다. 정말 엄청나게 키가 큰 사람이었다. 이제껏 사냥해본 그 어떤 흰곰보다 키가 컸다. 나는 떨리는 마음을 누르고 그녀에게 편지를 건넸다. 그녀는 한참 동안 말없이 편지를 읽는 듯했다. 그리고 뭔가 답답하다는 표정으로 그것을 내게 다시 되돌려줬다. 그녀는 한동안 나를 쳐다보더니 뭔가 결심했다는 표정으로 입을 열어 말했다.

"이것이 무엇인가요? 아이라에서는 처음 보는 것이군요."

여왕의 목소리는 아주 작았지만 끝이 분명하고 명료했다. 그 순간 놀라운 일이 벌어졌다. 여왕의 말이 공중에서 하얗게 얼어붙더니 툭, 소리를 내며 바닥에 떨어진 것이다. 놀란 나는 멍한 얼굴로 바닥에 뒹굴고 있는 얼음덩어리를 쳐다봤다. 여왕은 길게 숨을 내쉬었다. 여왕의 입김이 하얗게 공중에 흩어졌다. 그녀는 말하기 시작했다.

"아이라에는 글자가 없습니다. 이곳에서는 말이 사라지지 않아요. 물이 얼음이 되고 얼음은 다시 물이 되듯 말은 영원합니다. 얼어붙은 말을 녹이면 시간이 많이 흘러도 생생하게 되살아납니다. 그래서 아이라인들은 함부로 말을 하지 않습니다. 그렇지 않으면 아이라의 봄은 말들이 녹아 되살아난 소리로 정신이 없을 테니까요."

그녀의 말을 들으면서도 내 눈은 땅바닥에 떨어져 차곡차곡 쌓여가는 여왕의 말을 쳐다봤다. 나는 그녀에게 왕의 마음을 담아 편지를 읽고 설명했다. 이곳까지 어떻게 왔는지를 여왕은 내 말을 다 듣더니 어렵지 않다는 표정으로 왕에게 화답했다. 그녀는 자신이 방금 뱉어낸 말만 골라 비단에 담았다. 나는 그것을 받아 들었다. 그 순간 내가 느꼈던 기분을 뭐라고 표현해야 할지 지금도 모르겠다. 적어도 리르의 언어 안에서 그 기분을 표현할 단어를 찾을 수는 없을 것 같다. 사람들이 자리에서 일어났다. 그리고 왔던 길을 되돌아가기 시작했다. 나는 그녀의 길고 차가운 손등에 입을 맞췄다. 입술이 금방이라도 얼어붙을 것처럼 차가웠지만 가슴속은 뜨거운 숯불이 놓인 것처럼 따뜻했다. 나는 여왕의 얼음편지를 품에 안고 사람들을 따라왔던 길로 되돌아갔다. 그곳에는 커다란 고래가 지루한 표정으로 입을 벌리고 누워 있었다. 더 이상 녀석이 두렵지 않았다. 품에 안고 있는 얼음 탓인지 몰라도 세상 모든 것이 다 내 편인 것처럼 느껴졌고 뜻 모를 자신감이 마음속에서 오로라처럼 춤을 췄다. 나는 사람들에게 물었다.

"아이라를 벗어나면 세상은 여전히 푸른 보름달의 계절일까요? 그렇지 않다면 나는 북극의 심장에 갇히게 될 겁니다."

곁에 있던 한 사람이 말했다.

"믿음을 가지세요. 고래는 당신이 원하는 곳에서 가장 가까운 자리에 입구를 만들어줍니다."

바닥에 떨어진 내 말 옆에 그의 말이 놓였다. 아무리 봐도 기이하고 신기한 광경이었다. 그들에게 인사하고 고래의 입속으로 들어가기 전 궁금했던 것을 물어봤다.

"그런데 아이라에 봄이 오면 어떻게 되나요?"

배웅하던 사람들의 표정이 갑자기 복잡해졌다. 생각을 더듬는 것 같았고, 좋았던 기억을 상기하는 것처럼 흐뭇해 보이기도 했다. 그들 중 한 명이 두 팔을 벌리고 말했다.

"아이라에 봄이 오면 소리가 들리지요. 얼음이 녹고 대지에 푸른 풀이 돋아나면 말이 살아납니다. 마치 바람이 속삭이는 것 같고, 빛이 노래하는 것 같습니다. 누군가 이야기하고 누군가는 노래하지요. 누군가는 사랑을 고백하고 누군가는 슬프게 웁니다. 우리는 평원에 모여 앉아 아이라에 울려 퍼지는 수많은 말을 듣습니다. 어떤 말에 함께 웃고 어떤 노래에 함께 행복해하며 어떤 말에 함께 울지요. 아이라인들은 영원히 죽지 않고 되살아납니다. 봄이 오면 오래전에 곁을 떠난 친구들과 아버지를 만날 수 있습니다. 그때는 우리의 몸을 뒤덮고 있는 흰털도 초록색으로 바뀝니다. 우리는 언제나 고요히 봄을 기다리고 있습니다. 봄이 오면 당신의 말을 다시 들으며 우리는 함께 웃을 겁니다. 당신도 영원히 아이라에 살아 있게 되는 거죠."

잠시 눈을 감고 서서 아이라의 봄을 상상했다. 나는 아이라를 향해 손을 흔들고, 고래의 입속으로 망설임 없이 들어갔다. 고래의 입은 곧 닫혔고 나는 깊이 잠들었다.

긴 잠에서 깨어 일어나 보니 흰머리나무 숲이었다. 태양은 하늘의 중심에 떠올라 뜨겁게 빛나고 있었고, 흰머리나무의 가지들이 바람에 흔들려 바스락거렸다. 품에 안고 있는 얼음의 차가운 기운을 느끼지 못했다면 아이라와 관련된 모든 것을 꿈이라고 착각했을 것이다. 나는 해냈다. 아무도 가본 적 없는 아이라에 다녀온 것이다. 험한 산을 넘어 북극의 심장을 인간의 육체로 통과했다. 여왕의 손등에 키스했고, 내 품에는 그녀의 편지가 갓 태어난 아이처럼 순하게 잠들어 있다. 발바닥이 간지러웠다. 이대로 바람보다 빠르게 달려가 왕에게 모든 것을 고하고 여왕의 편지를 전하고 싶었다. 리르의 사람들에게 내가 겪은 모든 것을 말해주고 싶었다. 나는 모든 힘을 발목과 허벅지에 모아 달리기 시작했다. 젊은 순록이 된 것처럼 힘이 넘쳤고, 온몸의 근육은 흥분으로 부풀었다. 그것이 내 생의 가장 후회되는 일이 될 거라고 그때는 짐작조차 하지 못했다. 아이라의 추위에 얼어붙어 있던 몸이 아직 녹지 않았다는 것을, 혈관 속 피가 아직 차갑다는 것을 나는 미처 깨닫지 못했다. 온전치 않은 몸으로 익숙한 길을 달렸다. 리르의 신들이 내 두 눈을 앗아간다고 하더라도 능숙하게 달릴 수 있을 만큼 수천 번을 뛰었던 길이었지만 나는 토끼보다 작은 돌부리에 걸려 넘어지고 말았다. 놓쳐버린 얼음이 바닥에 떨어졌다. 하지만 여왕의 편지는 단단하게 묶여 있는 비단 주머니 속에 여전히 담겨 있었다. 나는 얼음을 가슴에 품고 숨을 몇 번 고른 뒤 다시 달리기 시작했다. 왕은 내가 도착했다는 소식을 듣고 궁전의 앞뜰까지 나와 나를 환영했다.

"오, 강인한 호수의 남자여. 리르 신들의 영광과 흰머리나무의 숭고함으로 그대를 축복하노라. 그대는 정녕 이 땅의 가장 위대한 사냥꾼이로다. 진정 그대의 발이 아이라를 밟았는가?"

"왕이여. 이 발이 아이라의 설원을 밟았고, 아이라의 여왕께 당신의 편지를 전했습니다. 또한 여왕의 화답의 편지를 품에 안고 무사히 이곳 리르까지 왔나이다."

왕이 지켜보고 있는 가운데 얼음을 감싸고 있는 비단의 매듭을 풀었다. 떨어진 충격으로 얼음이 깨져 있었다. 조각난 얼음을 보고 왕은 말했다.

"이것이 무엇인가? 여왕의 편지는 어디에 있는가?"

나는 당당하게 가슴을 펴고 큰 소리로 대답했다.

"왕이여. 이것이 바로 여왕의 편지입니다. 아이라는 말이 얼어붙는 얼음의 나라입니다. 얼음은 여왕의 말입니다. 이 얼음을 녹이면 여왕의 목소리가 들릴 것입니다. 따뜻한 물을 준비해주십시오"

여왕의 명료하고 아름다운 목소리가 많은 사람 앞에서 울려 퍼질 것을 기대하며 왕과 많은 사람이 지켜보는 가운데 뜨거운 물속에 얼음을 집어넣었다. 믿을 수 없는 일이 벌어졌다. 얼음이 녹으면서 이상한 소리가 들리기 시작했다. 그 소리는 한 번도 본 적이 없는 괴물의 울음소리 같았고 지하 감옥에서 평생을 갇혀 언어를 잃어버린 수인의 울부짖음 같았다. 그 소리 가운데 사람의 소리라고 할 수 있는 것은 하나도 없었다. 얼음이 녹으면 녹을수록 고통과 슬픔이 녹아 있는 비명과 고함 소리만 들릴 뿐이었다. 깨진 얼음이 녹으면서 여왕의 목소리는 사라지고 말았다. 대신 북극의 악령과 마녀의 웃음소리가 리르와 흰머리나무 숲을 뒤흔들었다. 공포에 질린 왕은 녹고 있는 얼음을 발로 걷어차며 말했다.

"감히 리르의 신들을 욕보이고 흰머리나무 숲의 고요함을 더럽히다니. 당장 리르를 떠나도록 하라. 그대는 더 이상 호수의 남자가 아니다. 리르의 신들은 그대 곁을 떠날 것이며, 그대는 앞으로 영원히 흰머리나무를 볼 수 없을 것이다."

나는 왕의 분노와 신들의 저주를 받고 리르를 떠났다. 긍지 높은 사냥꾼에서 저주받아 쫓겨난 거짓말쟁이라는 씻을 수 없는 불명예를 얻었다. 수치스러웠다. 하지만 이상했다. 흰머리나무 숲을 지나면서도 억울하거나 화가 나지 않았다. 다만 견딜 수 없이 궁금했다. 그때 여왕이 뭐라고 했던 걸까? 그때 분명 여왕이 하는 말을 똑똑히 들었는데, 왜 지금은 아무것도 기억나지 않는 걸까? 떠올리려고 애를 썼지만 기억나는 것은 여왕의 입에서 나와 하얗게 얼어붙던 얼음뿐이었다. 갈 곳 없는 나는 무의식적으로 북쪽으로 걸음을 옮겼다. 나는 지금까지도 아이라를 찾고 있다. 도대체 고래는 어디에 있는 걸까? 나는 이 기록을 북극의 심장 근처에 있는 가장 높은 얼음산에 묻는다. 이곳에 봄이 오지 않는다면 이 기록은 아이라의 말처럼 영원히 얼음으로 남을 것이다. 누군가 이 기록을 찾아 읽게 된다면 나의 진심과 아이라에 대해 리르에 전해주길 바란다. 하지만 결코 나처럼 아이라를 찾는 어리석은 행동을 하지 않기를 바란다.

이제 나는 북극의 심장을 감싸고 휘몰아치고 있는 눈보라를 향해 달린다.

눈이 많고 바람이 세게 불던 늦겨울. 몸피가 작고 말수가 적은 열한 살 소년이 다락방에 쭈그리고 앉아 책을 읽고 있었다. 겨울의 다락방은 생명이 없는 사물들조차 파랗게 질릴 정도로 추웠다. 책장을 붙들고 있는 소년의 손가락은 빨갛게 얼어 있었고, 작은 몸은 물에 빠지기라도 한 것처럼 덜덜 떨리고 있었다. 소년은 못 쓰는 종이상자를 알맞게 찢어 바닥에 깔고 앉았고 곰팡이 냄새가 진동하는 눅눅한 옷들을 몸에 걸치고 있었다. 마침내 소년은 마지막 장을 다 읽었다. 떨리는 몸과 달리 소년의 작고 까만 눈동자는 흔들림 없이 마지막 문장을 응시하고 있었다. "이제 나는 북극의 심장을 감싸고 휘몰아치고 있는 눈보라를 향해 달린다." 소년은 소리 없이 마지막 문장을 입술로 따라 읽었다. 소년의 입에서 뿜어져 나오는 입김이 눈보라처럼 진하고 하얗다. 소년은 책장을 덮었다. 책 표지를 손바닥으로 꾹 누르고 한참을 그렇게 멍하니 앉아 있었다. 추위에 부푼 소년의 손등이 하얗게 일어나 금방이라도 갈라질 것 같았다. 소년은 책을 들어 자신의 품에 꼭 안았다. 그리고 천천히 말하기 시작했다.

"아, 아아, 아아아, 하아, 아, 아, 아, 이, 이이이이이, 라아아……"

소년은 말을 더듬었다. 다락방에 자신밖에 없는 것을 알면서도 주위를 두리번거리며 부끄러워했다. 그러면서도 멈추지 않고 계속 '아이라'를 반복해 말했다.

이 소년의 이름은 노아. 훗날 사람들이 닥터 노아라고 부르는 남자다. 이 소년이 읽은 책의 제목은 '얼음의 나라 아이라'.

누가 썼는지 언제 기록된 책인지 밝혀지지 않은 책은 우화와 동화의 영역으로 분류되어 있는 거의 알려지지 않은 책이다. 하지만 이 책을 노아가 읽었다는 것, 그리고 작은 소년이 이 책에서 설명할 수 없는 엄청난 감명을 받았다는 것, 그리고 그 감동이 소년의 야망과 상상력을 뒤흔들었다는 것. 이것이 인류의 가장 큰 재앙이 될 줄 아무도 예상치 못했다.

어느 늦겨울 다락방에 쭈그리고 앉아 있는 소년의 입술로부터 바벨은 시작된다.

1부

1

국방청사 앞 시민광장에서 시끄러운 소리가 들렸다. 다수의 사람이 일정한 박자에 맞춰 땅바닥에 발을 구르고 있었고, 휴대용 소형 앰프에서는 기계음으로 만든 구호가 반복적으로 울려 퍼지고 있었다. 저급한 앰프에서 출력되는 소리는 단어와 음성이 으깨져 무슨 말인지 전혀 알아들을 수 없는데다 잡음이 섞여 있어 듣고 있는 것 자체가 괴로울 정도였다. 거리를 걷던 요나는 걸음을 멈추고 소리가 들리는 쪽으로 고개를 돌렸다. 시민광장은 과거 정부가 주로 공식적인 발표를 하던 장소였다. 하지만 지금은 정부에 반감을 표출하거나 시위를 벌이는 장소로 이용되고 있다. 바벨이 시작된 이래 모든 시위는 침묵 속에서 이루어진다.

사람들은 마스크를 착용하고 말을 하지 않는다. 참을 수 없는 분노로 당장 가슴이 터질 것 같아도, 아무리 시급하고 중요한 문제일지라도 입에서 펠릿이 튀어나오는 것보다 끔찍할 수는 없기 때문이다. 그럼에도 불구하고 소리를 내며 시위하는 단체가 있다. 정부에 대해 가장 극렬하게 반감을 표출하고 있는 'NOT'(NOAH OUT)이다. 몸에 상처를 내거나 분신을 시도했던 과거의 시위대들처럼 극단적이고 거친 성향이 강한 NOT은 혐오감과 증오심을 드러내기 위해 펠릿의 고통을 참아내는 지독한 자들이다. 요나는 눈살을 찌푸리고 그들의 뒷모습을 응시했다. 검은 옷을 맞춰 입고 마스크를 착용한 30~40명 정도의 사람이 국방청사를 향해 꼿꼿이 서서 오른발을 규칙적으로 바닥에 두드리며 위화감을 조성하고 있었다. 선두에 서 있는 사람들은 메시지가 적힌 피켓을 들고 흔들었고, 어떤 이는 막대기를 움켜쥐고 있었다. 몇몇은 펠릿이 꽉 차 금방이라도 터질 것 같은 노란 봉투를 손에 들고 있었다. 그들은 발정기의 멧돼지들처럼 뜨겁고 무모해 보였다.

요나는 광장 끝에 서서 그 모습을 지켜보다 인상을 찌푸리며 손바닥으로 코와 입을 막았다. 청사를 지키고 있는 진압군은 특별한 움직임 없이 자리를 지키며 서 있었지만 그들이 규정하고 있는 한계선을 넘으면 당장이라도 무력을 사용할 것처럼 벼르고 있었다. 광장에 팽팽한 긴장감이 감돌았다. 저렇게까지 해서 그들이 말하고 싶은 것이 무엇인가. 또 그렇게 한다고 해서 얻을 수 있는 것이 도대체 뭐가 있단 말인가.

요나는 눈을 가늘게 뜨고 그들의 움직임을 불안한 표정으로 주시했다. 스피커를 들고 선두에 서 있던 사람이 스피커의 볼륨을 줄이고 번쩍 손을 들었다. 그러자 무리 중 한 명이 큰 목소리로 외쳤다.

"닥터 노아를 처형하라!"

그것이 신호였다. 사람들이 진압대를 향해 있는 힘껏 봉투를 투척하기 시작했다. 요나는 본능적으로 코를 움켜쥐고 고개를 뒤로 돌렸다. 광장 밖에서 그 모습을 지켜보던 사람들도 소매로 코를 막고 뒤돌아 뛰기 시작했다. 다량의 노란 봉투가 진압군 앞에 떨어지며 터졌다. 진압군은 그것이 마치 폭탄이라도 되는 듯 급히 몸을 피했다. 3열로 서 있던 대열이 일순간 흐트러졌다. 부패한 펠릿이 찢긴 봉투를 뚫고 바닥에 흩어졌다. 변색이 심해 검은색에 가까운 펠릿은 짐승의 썩은 내장처럼 엄청난 악취와 진물을 쏟아냈다. 끔찍하고 혐오스러운 장면이었다. 그때였다. 진압군이 시위대를 향해 최루탄을 발사했다. 최루탄은 법적으로 사용이 금지된 진압 도구지만 극렬한 시위나 소동이 일어날 경우에는 시민의 안전을 이유로 내세우며 비공식적으로 사용됐다. 최루탄에는 펠릿의 악취를 열 배 이상 고농축한 화학물질이 들어 있었다. 직접적인 영향을 받을 수 있는 사정거리 내에 서 있거나 다량을 흡입하면 기관지와 호흡기에 문제가 생길 정도로 강력한 것이었다. 사람들이 악취를 견디지 못하고 뿔뿔이 흩어지며 도망가기 시작했다. 아직 봉투를 던지지 못한 이들은 쥐고 있던 봉투를 바닥에 내려놓고 뛰기 시작했다. 진압군은 방독면과 보호 장구를 착용하고 있었지만 누구 하나 바닥에 흩어져 있는 펠릿을 뛰어넘어 시위대를 추적하려고 하지 않았다.

수거 요원들이 펠릿 수거 차량인 부엉이를 타고 광장에 도착했다. 요원들 역시 이토록 부패가 심한 펠릿은 본 적이 없다는 듯 고통스러운 표정을 지으며 수동적인 태도로 느리고 신중하게 펠릿을 수거했다. 요나도 더 이상은 광장에 서서 그 모습을 지켜볼 수 없었다. 악취가 공기 중에 퍼지기 시작한 것이다. 눈이 따갑고 구역질이 올라왔다. 요나는 뒤돌아 골목을 향해 뛰려고 할 때 맞은편 도로로 도주하던 사람과 눈이 마주쳤다. 그는 들고 있던 피켓을 도로에 집어 던지고 수건으로 코를 감싸고 있었다. 피켓에는 '인류의 파괴자 닥터 노아 OUT'이라고 적혀 있었다. 요나가 걸음을 멈췄고 그도 걸음을 멈췄다. 그들은 잠시 동안 서로를 바라봤다. 마스크를 쓴 눈은 요나를 향했고 증오심으로 떨리고 있었다. 요나 역시 그 눈을 외면하지 않았다. 요나는 그 눈을 알고 있었다. 눈빛과 체형으로 볼 때 그는 같은 출판사에서 일하고 있는 아벳이 분명했다. 그는 한참 동안 요나를 노려보더니 이내 얼굴을 돌려 좁은 골목으로 몸을 감췄다. 요나 역시 눈앞에 보이는 골목으로 급히 들어갔다. 가만히 서 있다가는 악취에 중독되고 만다. 그것은 시체가 부패할 때의 냄새와 흡사하다. 냄새도 고통스럽지만 그 냄새에 오랫동안 노출되어 있으면 기운이 빠지고 지독한 우울증에 빠지게 된다. 유령처럼 보이지 않으면서도 사람들을 두려움에 떨게 하고 마음마저 고통스럽게 만든다. 한참을 달리던 요나는 멈춰 서서 벽에 등을 기대고 가쁜 숨을 몰아쉬었다. 하지만 빠르게 뛰는 심장은 쉽게 진정되지 않았다. 요나는 어금니를 꽉 물며 손바닥으로 벽을 쳤다. 호흡이 거친 것은 급하게 달린 탓이지만 심장이 진정되지 않는 이유는 아벳을 향한 분노 탓이었다. 앞뒤 구분도 못 하고 달려드는 멍청한 자식. 요나는 손가락 마디가 눌려 하얗게 변색되도록 주먹을 꽉 쥐었다 폈다. 그때 누군가 오른발을 절름거리며 요나 쪽으로 느리게 걸어왔다. 벗겨진 마스크가 한쪽 귀에 걸려 있고 검은 옷을 입고 있었다. 한눈에 봐도 NOT의 일원이었다. 그는 걸음을 내디딜 때마다 오른발을 절었고 통증 때문에 고통스러운 표정을 짓고 있었다. 요나는 손으로 입을 가리고 자신의 앞을 지나가는 그의 발목을 노골적으로 쳐다봤다. 발목에는 표면이 거친 붉은 펠릿이 걸려 있었다. 그는 방금 전 광장에서 닥터 노아를 죽이자고 소리쳤던 사람이다. 바벨이 시작된 이래로 정신이 온전한 사람이라면 누구도 말을 하지 않는다. 심지어 지금 그는 커터도 없는 것 같았다. 커터 없이 펠릿을 발목에 달고 거리를 걷는 것은 부러진 다리를 방치하고 걷는 것과 같다. 그럼에도 불구하고 그는 광장 한복판에서 말을 했던 것이다. 쓸데없는 정의감과 신념으로 그는 흥분했으나 지금은 분명 후회하고 있을 것이다. 요나는 그의 뒷모습이 골목에서 사라질 때까지 지켜봤다. 답답한 마음에 주먹으로 가슴을 쳤다. 아무리 밖으로 퍼내도 어느새 다시 뜨거운 물로 채워지는 수조에 갇힌 것 같았다. 현기증과 함께 몸에 열이 났다. 방식이야 어쨌든 우리는 모두 닥터 노아에게 분노하고 있는 것이다. 단 한 사람의 증오심과 열등감으로 세계는 지옥으로 변했다. 그 때문에 인류의 역사는 퇴행했고 부패했으며 이제 종말을 향해 달리고 있다. 요나는 소리 없이 중얼거렸다. '노아. 노아. 노아.' 요나는 한 손으로 입을 틀어막고, 한 손으로는 관자놀이를 꾹꾹 누르며 비틀비틀 걷기 시작했다.

2

잠에서 깨어난 요나는 의자 뒤로 상체를 넘기고 멍하게 천장을 쳐다봤다. 이마에 손등을 대고 억지로 눈을 감고 기상과 함께 흩어져버린 꿈을 떠올리려고 애를 썼다. 하지만 허사였다. 생각하면 생각할수록 공간은 무너졌고 시간은 뒤섞였다. 허리케인이 휩쓸고 간 해변에 홀로 남은 어떤 구조물처럼, 꿈은 단단한 뼈 같은 것이 놓인 듯한 장면 하나만 남기고 다 사라졌다.

룸은 8차선 도로 건너편에 서서 이쪽을 바라보고 있었다. 꿈을 꾸고 있을 때 요나는 이 장면이 꿈이라는 것을 자각하고 있었다. 넓은 도로에 차가 한 대도 없었고 인적이 끊긴 보도는 텅 비어 있었다. 룸은 펠릿에 가로막혀 요나가 있는 쪽으로 넘어오지 못했다. 형형색색의 펠릿은 마치 독립된 생물처럼 스스로의 힘으로 꿈틀거리고 있었다. 그것들은 비정상적으로 거대해진 지렁이 같기도 했고 조금씩 똬리를 풀고 몸을 움직이고 있는 구렁이 같기도 했다. 룸은 아주 복잡한 표정과 간절한 눈으로 요나를 바라봤다. 요나는 그 모습을 스크린이나 창문을 통해 지켜보는 것처럼 수동적인 태도로 그저 보고만 있었다. 룸은 입술을 달싹이며 뭔가를 중얼거렸고 양손을 움직이며 고개를 흔들었다. 수화를 시도하는 몸짓은 불 속에 갇힌 아이처럼 다급하고 처절해 보였다. 하지만 꿈속에서는 아무 소리도 들리지 않았다. 볼륨이 제거된 영상처럼 꿈은 적막하기만 했다.

요나는 잠에서 깨어났다. 꿈은 길고 복잡했다. 룸이 아닌 다른 누군가와 대화를 했던 기억이 났고 8차선 도로가 아닌, 다른 곳에서 평온한 모습으로 걷고 뛰며 움직이는 룸을 본 것도 같았다. 그런데 기억은 꿈의 서사를 추적하지 못했다. 요나는 괴로운 듯 손등으로 이마를 탁탁 때리면서 길게 한숨을 내쉬었다.

룸이 정신병 진단을 받고 국립병원에 격리된 지도 3년이 넘었다. 격리된 첫 해에 면회 네 번, 그다음 해에 전해진 치료 과정이 담긴 5분짜리 영상이 파악할 수 있는 근황의 전부다. 그동안 룸은 병원이 아닌 요양 시설로 두 번이나 거처를 옮겼다. 두 번 다 가족과 상의 없이 이루어진 결정이었다. 룸을 담당하고 있는 복지부 직원은 더 나은 치료와 본인의 적극적인 요구로 인해 이동이 결정되었다는 통보를 보내왔다. 부모는 정부가 하는 일이라면 무조건 신뢰하는 성향 탓에 둘째 아들의 신변이 걱정되었음에도 불구하고 치료 이후에 정상적인 삶을 살 수 있다는 복지부의 약속을 강하게 믿으려고 했다. 요나의 아버지 장과 어머니 필은 둘째 아들 룸을 키우면서 '정상'이라는 단어에 대한 노이로제 반응을 보였다. 룸의 발작과 실어증이 자신들의 탓인 것처럼 자책했고 고통스런 삶을 살아왔다. 자식이 비정상이라는 것은 부모에게 특별한 수치와 죄책감을 안겨주었다. 실어증을 앓고 있었을 뿐이지만 전문가들은 룸의 증상을 자폐의 한 성향으로 진단했다. 장과 필은 자신들의 어떤 결함이 룸에게 유전되었을 것이라고 믿었다. 그때마다 요나는 밝힐 수 없는 비밀을 마음에 숨기며 괴로워했다. 말하지 못한, 앞으로도 절대로 말하지 못할, 이야기를 감추며 죄책감을 느껴야 했다. 병원에서의 룸은 평온하고 여유로워 보였다. 복지부 직원은 치료의 경과를 알릴 때마다 눈에 띄는 효과가 있다고 주장하며 완치를 약속했다. 필은 직원의 두 손을 마주 잡고 눈물을 흘리며 알지도 못하는 정부의 높은 사람들에게 고맙다고 했다. 장은 직원의 설명에 집중하며 보여주는 여러 자료를 꼼꼼하게 살폈다. 하지만 그뿐이었다. 장은 늘 뭔가를 묻고 싶어 하면서도 개입하진 않았다. 사진 속의 룸은 전혀 다른 세계에 속한 행복한 외국인처럼 보였다. 하지만 요나는 어느 순간부터 이상하다는 생각을 하기 시작했다. 더 나아졌다는 것이 정확히 무엇을 말하는 것이냐는 질문에 정확한 답변을 하지 않는 것과 몇 번의 면회 시도가 요양소 자체의 어떤 문제로 가로막혔기 때문이다. 하지만 요나가 적극적으로 룸을 다시 집으로 데려오는 것을 장과 필에게 주장하지 못했던 것은 순전히 경제적인 이유였다. 지금의 상황에서 룸의 치료비를 마련하는 건 현실적으로 불가능했고 무엇보다 룸의 완치를 원하는 필의 소망을 꺾을 수 없었기 때문이기도 하다.

요나는 주기적으로 룸과 관련된 꿈에 시달렸다. 내용은 조금씩 변하고 이미지는 다르지만 꿈꾸고 난 뒤에 오는 감각이나 감정은 늘 같았다. 악몽이었다. 요나의 아침은 늘 불안하고 우울했다. 룸의 안부가 걱정됐고 이 꿈이 어떤 계시나 상징적인 의미일 수도 있다는 생각에 사로잡혀 고통스러웠다. 룸에 대한 생각은 꿈속에서조차 쉬지 않고 뇌를 갉아대는 개미 같았다. 반복되는 불안과 증식되는 상상은 요나를 고문했다. 요나는 짧은 숨을 훅, 뱉어내고 고개를 두어 번 양옆으로 흔들며 책상 위에 놓여 있는 물병을 집어 들어 그 속에 고여 있는 미지근한 물을 삼켰다. 늦은 오후의 태양 광선이 열린 창문 틈으로 길게 들어와 거실과 책상을 가로질렀다. 책상은 어지러웠다. 겉이 딱딱해진 빵과 뚜껑이 열려 있는 블루베리 잼, 주스가 말라붙은 유리컵과 노아와 관련된 논문들이 기하학적인 형태로 탑을 쌓고 있었다. 책상 밑에는 『횃불』 과월호들이 어지럽게 널려 있었다. 요나는 직전까지 쓰고 있던 기사 초고를 눈으로 몇 번 훑어봤다. 몇 개월에 걸쳐 노아의 사생활에 대한 기사를 쓰고 있었다. 잘 알려지지 않은 노아의 사적인 일화나 전해지는 풍문을 종합해 그가 펠릿을 연구하게 된 계기를 추적하는 것이 기사의 목적이다. 이번 호에는 노아가 트라우마와 사회적 열등감에 시달려왔던 것에 집중해 작성하고 있는데, 초고를 쓰는 내내 자신의 개인적인 감정과 불만이 문장 속에 녹아들어 객관적인 거리를 유지하지 못한 채 애를 먹고 있었다. 마음 같아서는 직설적인 방식으로 불만을 표출하고 노아를 둘러싸고 있는 정부에 대한 의혹들을 노골적으로 성토하고 싶었지만 그래봤자 편집될 것이 분명했다. 초고의 마지막 문장. '바벨의 문은 열등감과 증오심에 사로잡힌 한 과학자의 무모한 실험으로 열렸다. 그에게 실험은 호기심이었으나 결과는 역사상 가장 끔찍한 재앙을 초래하고 말았다.' 요나는 '열등감'과 '증오심'을 대체할 만한 몇몇 단어를 생각하다 불쑥 짜증이 솟구쳤다. 들고 있던 초고를 책상 위에 소리 나게 탁, 내려놓고 의자에서 일어났다. 그때였다. 벽에서 이상한 소리가 들렸다. 옆집에서 벽을 두드린 것이다. 그것은 부주의하게 움직이다 우연히 낸 소리도 아니고 못을 박는 소리도 아니었다. 소리는 다급하고 빨랐다.

주먹이나 단단한 물건으로 때리는 소리였다. 요나는 거실에 서서 벽을 쳐다봤다. 보이지 않는 저 너머에서 불길한 기운이 느껴졌다. 요나는 고민에 빠졌다. 위급 상황인 것 같다는 판단과 동시에 상관하거나 연루되면 좋지 않을 것이라는 예감도 함께 들었다. 벽은 계속 울렸다. 빠른 속도로 네 번씩 탕탕탕탕, 탕탕탕탕, 탕탕탕탕. 요나는 양손으로 깍지를 낀 채 숨을 죽이며 거실을 천천히 맴돌았다. 집에 없는 척을 하거나 안 들리는 척하고 싶었다. 하지만 이미 소리를 들었고 모종의 예감은 요나의 불안감을 고조시키며 양심을 현관 밖으로 밀어내고 있었다.

요나는 밖으로 나가 옆집 현관 앞에 섰다. 문을 두드렸다. 인기척이 없었다. 문은 열려 있었다. 숨을 깊게 들이마셨다 내뱉은 뒤 잡고 있던 문고리를 오른쪽으로 돌리며 천천히 앞으로 당겼다. 내부에 고여 있던 공기가 문밖으로 빠져나왔다. 요나는 반사적으로 고개를 돌리며 옷소매로 코를 감쌌다. 아무도 적응할 수 없고 모두가 혐오하는 냄새였다. 정신과 마음을 상하게 하고 내장을 파괴시키는 냄새였다. 시체 썩는 냄새보다 지독한 펠릿이 부패하는 냄새였다. 요나는 밖으로 뛰쳐나가고 싶었지만 바닥에 누워 자신을 쳐다보고 있는 눈과 마주치고 말았다. 흙빛으로 변한 얼굴에 양초처럼 하얗게 굳어버린 입술, 깊게 팬 주름과 눈물로 뒤범벅된 흐리고 절박한 컴컴한 눈동자. 그는 포식자의 발톱에 사로잡힌 작은 동물처럼 바닥에 엎드려 겁에 질려 있었고 신음하고 있었다.

요나는 옆집에 살고 있는 남자를 잘 알지 못한다. 오다가다 마주치며 알게 된 몇몇 정보로 대략적으로 그를 파악하고 있었을 뿐이다. 그는 '스피커'다. 스피커는 뜻 그대로 말하는 사람이다. 바벨이 시작된 이후에 생겨난 신종 직업인 스피커는 다른 사람의 말을 대신 해주거나 어떤 메시지를 육성으로 전하는 일을 한다. 바벨은 인류에게 말에 대한 끔찍한 형벌을 내렸다. 어느 날 갑자기 펠릿이라는 전무후무한 천재지변이 일어났다. 인류는 거대한 태풍 앞에 서 있는 생물이었고 수면과 지면을 삼키며 다가오는 해일 앞에 놓여 있는 사물이었다. 펠릿은 멈추지 않고 내리는 폭우였고 끝도 없이 반복되며 펼쳐지는 눈밭이었다. 아무도 예상하지 못했고 누구도 피할 수 없었으며 어떤 노력으로도 그 영향력에서 벗어날 수 없었다. 바벨은 서서히 진행된 역사가 아니다. 인간에게는 여전히 말이 필요했고 말을 대체할 만한 진화된 언어가 없었다. 세상은 완전히 망하지 않았고, 있는 자들은 있는 자들의 방식으로 가난한 자들은 가난한 자들의 방식으로 죽지 않고 살아남는 방법을 찾아냈다. 어떤 이들은 대가를 지불하고 다른 이에게 말을 시킨다. 어떤 이들은 대가를 받고 남의 말을 대신한다. 스피커들은 살기 위해 언제나 말을 해야 했다. 무거워진 발목엔 낫지 않는 고질병이 들러붙었다. 그들은 모두 가난하고 아프다는 공통점이 있다. 요나는 그와 우연히 복도에서 마주친 적이 있다. 인사를 하거나 대화를 나눈 적은 없지만 그를 기억하고 있다. 그의 발목에 주렁주렁 걸려 있던 길고 무거운 펠릿을.

그는 자살하려고 했다. 많은 이가 죽었던 방식으로 손쉽게 생을 끝내려고 했다. 목을 매거나 손목을 긋거나 높은 곳에서 떨어지는 방법들은 과거의 유산이 되었다. 지금은 문을 닫고 밀폐된 공간에서 지나왔던 삶을 떠올리며 하고 싶은 말을 마음껏 하면 된다. 불어나는 펠릿은 입술을 막고 기도를 막아 질식시킨다. 요나는 방을 가득 메우고 있는 엄청난 양의 펠릿 앞에 서서 멍하게 그를 바라봤다. 얼마나 많은 말을 했던 걸까? 펠릿의 색이 붉고 결이 거칠다. 그는 험하고 더러운 말을 했을 것이다. 누군가를 저주했을 것이고 거친 말을 내뱉었을 것이다. 펠릿은 말을 할 때 갖고 있던 감정과 어조를 있는 그대로 기록하며 생성된다. 그는 펠릿에 끼어 거친 숨을 몰아쉬고 있었다. 마치 커다란 아나콘다에게 사로잡혀 있는 쉬새끼 같았다. 몇 마디만 더 한다면 그는 질식하게 될 것이다. 요나는 그 모습을 바라보다 왼손 바닥을 펴고 손가락으로 글씨를 썼다. 요나의 왼쪽 가슴에 부착된 미러에 불이 켜지며 활성화됐고 곧 글자가 나타났다.

— 무슨 일입니까?

그는 힘겹게 몸을 움직여 겨우 두 손을 빼냈다. 그리고 다급하게 뭔가를 썼다. 하지만 그의 가슴이 펠릿에 덮여 있었기 때문에 그가 하는 말을 읽을 수 없었다. 요나는 그에게 다가가 무릎을 꿇고 앉아 가슴을 덮고 있는 펠릿을 손으로 잡고 옆으로 치웠다. 막 생성된 펠릿의 뜨겁고 축축한 느낌이 섬뜩했다.

— 도와주세요.

— 죽으려고 한 겁니까?

— 살려주세요. 제발.

요나의 얼굴이 굳어졌다. 놀람도 동정도 사라진 표정은 차갑고 사무적이었다. 요나는 점점 현실 감각을 되찾고 있었다. 그를 돕는다는 것이, 나아가 그를 살린다는 것이 무엇을 의미하는지 빠르게 계산했다. 요나는 한 발 뒤로 물러서서 그를 물끄러미 쳐다보다 손바닥에 천천히 글씨를 썼다.

— 돕고 싶지만……

그의 젖은 두 눈이 요나의 미러를 바라보고 있었다. 까만 동공이 흔들리고 겁에 질린 흰자위가 떨리고 있었다. 멈춰 있던 요나의 손가락이 다시 움직였다.

－ 돈이 없습니다.

한동안 무거운 침묵이 흘렀다. 그의 눈이 흐려지며 체념의 빛이 서렸다. 그는 느리게 고개를 끄덕였다.

－ 미안합니다. 걱정 말고 나가세요. 너무 많이 부패하지 않도록 적당한 때 꼭 신고해주세요.

요나는 뒤돌아 현관을 향해 걸어갔다. 거짓이 아니다. 정말 그를 도와줄 만한 여유가 없다. 펠릿에 깔려 있는 그에게 지금의 내가 무엇을 할 수 있단 말인가. 가난한 자는 가난한 자를 구할 수 없다. 누군가를 돕는다는 것은 힘이 있을 때나 가능한 일이다. 어쩔 수 없다. 어쩔 수 없는 것은, 정말 어쩔 수 없는 일이다. 그 순간 어떤 장면 하나가 요나의 콧등을 날카롭게 스치고 지나갔다.

룸.

요나는 문고리를 잡고 한참 동안 말없이 서 있었다. 그의 모습은 꿈속의 룸과 정말로 흡사했다. 요나는 뒤돌아 그를 바라봤다. 꿈속에서 룸은 언제나 요나에게 뭔가를 호소했다. 그때마다 룸은 꿈틀거리는 펠릿 사이에 서 있었고 요나는 너무 멀리 서 있거나 그곳에 없었다. 그를 외면하면 다시는 룸이 꿈속에 나오지 않을 것만 같았다. 논리적이지 않은 연상이 요나의 마음을 짓눌렀다. 요나는 그에게 다시 다가갔다.

－ 더 이상 말하지 마세요. 그리고 돈은 꼭 갚아주셔야 합니다. 수거 팀을 부르겠습니다. 부엉이가 올 때까지 조금만 참고 기다리세요.

그는 말없이 고개를 끄덕이며 울었다. 눈에서 떨어진 눈물이 붉은 펠릿 위로 뚝뚝 떨어졌다.

요나는 구조 팀에 연락했다. 펠릿 관련 사고는 신고가 접수가 되더라도 입금이 확인되어야만 구조대가 출동한다. 펠릿을 이용한 자살률이 높은 이유가 여기에 있다. 중간에 마음이 바뀌더라도 자살 시도를 철회하기가 어렵기 때문이다. 구조 팀을 부르기 위해 두 달치 월급에 해당되는 돈을 지불해야 했다. 요나는 복도에 서서 자신의 집 현관을 바라보며 생각했다. 무슨 짓을 한 건가. 그는 스피커다. 스피커들은 돈을 모을 수 없다. 나는 그 돈을 버린 것과 마찬가지다. 어리석은 짓을 하고 말았다. 요나는 어금니를 꽉 깨물고 바닥에 침을 뱉었다. 스피커는 다른 노동자들에 비해 상대적으로 높은 임금을 받는다. 하지만 수입의 대부분이 자신이 뱉어낸 다량의 양의 펠릿을 처리하는 데 사용된다. 펠릿을 끌고 다니는 스피커들의 발목은 작은 충격에도 부러질 정도로 형편없이 약해져 있고, 비정상적인 자세를 오랫동안 유지한 탓에 척추는 조금씩 변형돼 있다. 기적적으로 돈을 모은다고 해도 결국 병원비와 약값으로 빈털터리가 되고 만다. 설상가상으로 정부는 지속적으로 펠릿 처리 비용을 인상하고 있다. 이것은 개인의 노력으로 해결될 문제가 아니다. 이 끔찍한 악순환의 고리에서 빠져나갈 수 있는 스피커는 없다. 요나는 스피커들이 안고 있는 고통의 문제에 대한 정부의 대책 마련을 주장하는 기사를 『횃불』에 여러 번 실었다. 스피커들에게 할당하는 펠릿 수거 봉투를 늘려줄 것과 할당량을 초과한 사람이 구입하는 봉투값을 내려줄 것, 펠릿을 집이 아닌 거리나 공공장소에서 떼어내 자유롭게 이동할 수 있게 허락해달라는 것이다. 하지만 정부의 펠릿 정책은 단 한 가지도 바뀌지 않았다.

펠릿과 관련된 여러 가지 정책 중 펠릿 억제 정책이란 것이 있다.

그것은 펠릿의 양을 최소한으로 줄이겠다는 정부의 강력한 의지를 반영한 것이지만 정책을 깊이 들여다보면 비현실적이고 억지스러운 게 대부분이다. 우선 펠릿은 특수한 쓰레기로 분류되어 있다. 꼭 개인에게 할당된 전용 봉투에 담아 버려야 한다. 그런데 봉투의 양이 넉넉하지 않기 때문에 배출되는 펠릿이 많을 경우에는 봉투가 더 필요하게 되어 있다. 하지만 봉투를 따로 구입할 경우 부가세를 내야 한다. 또한 펠릿은 다른 사람의 봉투도 사용할 수 없게 되어 있다. 엄밀히 말해 펠릿은 신체의 일부이기 때문에 혈액처럼 개인 관리가 필요하다는 것이 그 이유다. 문제는 정부가 봉투의 가격을 매년 올리고 있다는 것이다. 때문에 스피커들은 말을 하고 힘들게 번 돈을 대부분 펠릿을 처리하는 데 사용할 수밖에 없다. 또한 펠릿을 불법으로 유기하거나 방치하는 것을 막기 위한 정책으로 몸에서 떼어낸 펠릿을 가지고는 야외 활동을 할 수 없게 되어 있다. 때문에 스피커들은 발목과 척추에 부담이 되는 통증을 안은 채 이동할 수밖에 없는 것이다. 경제적으로 넉넉한 사람들은 부득이하게 말을 해야 할 상황이 생길 경우에는 대부분 스피커들을 고용한다. 그러니까 그들에게는 펠릿 봉투가 필요 없고 억제 정책 자체가 무의미하다. 그럼에도 불구하고 정부는 펠릿 억제 정책을 전혀 개선하지 않고 있다.

썩어빠진 놈들. 요나는 바닥에 고인 침을 신발로 문지르며 중얼거렸다. 그는 결국 내게 돈을 갚지 않을 것이다. 아니, 갚을 수 없겠지. 요나는 책상 서랍에서 담배를 꺼내 들고 복도로 나갔다. 오랫동안 입에 대지 않았던 담배를 물고 불을 붙였다. 10층 높이에서 바라본 도시는 희뿌연 연기에 잠겨 있었다. 오후의 태양은 구름에 가려 희미했고 그림자도 없이 서 있는 건물들은 곧 무너질 것처럼 낡고 투박했다. 도시는 한낮의 공동묘지처럼 고요했다. 하지만 집집마다 부패한 펠릿이 화장실에서 시취를 풍기며 썩어가고 있을 것이다. 도시 곳곳에서 연기가 피어오르고 있다. 오늘도 가난한 자들은 불법으로 펠릿을 태웠을 것이고 경찰과 단속반들은 그들을 잡기 위해 거리를 뛰어다녔을 것이다. 요나는 몇 번 빨지도 않은 담배를 밖으로 던지고 길게 한숨을 내쉬었다. 지겹다. 이렇게 삶을 살아내는 게 치욕스럽다. 망할 놈의 펠릿이 튀어나오기 시작하면서 인간은 그 어떤 생물보다 천박하고 저급한 종이 됐다. 모든 게 노아 탓이다. 도대체 이 땅에 무슨 일이 벌어지고 있는 것인가. 연구에 매진하고 있다는 그는 지금 도대체 무엇을 하고 있단 말인가. 투박한 회색 트럭이 연립주택 주차장으로 들어오고 있다. 펠릿이 있는 곳이라면 어디든지 나타나는 부엉이다. 요나는 그 모습을 지켜보다 현관을 열고 집으로 들어갔다.

3

한 과학자의 실험으로 바벨은 시작됐다. 결과는 참혹했고 영향력
은 절대적이었다. 이것을 전염병이라고 분류한다면 사람들은 모두
바이러스에 감염된 환자가 된 것이다. 그 어떤 병도 이토록 치명적이
고 압도적으로 인류를 장악하지 못했다. 공기를 통해 급속도로 퍼져
나간 바이러스는 인간을 굴복시켰다. 역사는 영원한 밤을 맞이했다.
사람들은 이 현상을 쉽게 받아들이지 못했다. 어느 날 갑자기 자신의
입에서 튀어나오는 정체불명의 유기물은 인간을 절망케 했다. 펠릿
의 출현은 역사적으로도 비슷한 유례를 찾아볼 수 없는 전무후무한
사건이었기에 대비할 수 없었고 해결할 수도 없었다. 이것은 병이 아
니다. 징후가 없고 발전되는 증상이 없으며 무엇보다 완치가 없었다.
초기에는 사람들이 희망을 가졌다. 모든 전염병이 그렇듯 언젠가는
지나갈 것이라 믿었고 학자들과 의사들이 해결하리라 믿었다. 믿음
은 시간에 반비례했다. 계절이 지나고 달과 연이 바뀌었고 삶의 방식
과 문화가 변했다. 생물학계에서는 펠릿을 단순한 질병이 아닌, 인간

종의 기형적인 변이로 해석했다. 사회학자와 일부 정치인들은 생화학 무기를 만들기 위해 은밀히 진행된 군사 실험의 부작용이라고 주장했다. 그러나 모든 의견은 아무것도 증명하지도 해결하지도 못하는 능력 없는 가설에 불과했다. 사람들은 깨달았다. 이것은 병이 아니다. 펠릿은 인류 모두에게 공평하게 주어진 장애이자 똑같이 맞이하게 된 재앙이었다.

펠릿pellet은 원래 육식성 새가 토해내는 불소화물질을 뜻하는 말이었다. 올빼미과의 새들은 먹이를 먹은 후에 뼈나 털과 같은 물질을 소화시키지 못하고 동그란 공 모양으로 토해낸다. 생물학자들은 펠릿을 분석해 그들의 식생활과 몸 상태를 파악했다. 하지만 이제 펠릿은 인간의 입에서 튀어나온 물리적 형태를 지닌 말을 일컫게 되었다. 펠릿은 말하는 사람에 따라 각각 다르게 생성되지만 외형과 성질에는 공통적인 특징이 있다. 전체적인 모습은 아메바 같은 원생동물의 모양을 하고 있다. 말하는 사람의 감정과 기분에 따라 색깔과 질감은 달라진다. 가령 화자의 감정이 평이한 상태일 때 펠릿은 회색 기미의 짙은 녹색을 띠지만 흥분하거나 화가 났을 때는 적색 기미의 다갈색이나 어두운 황갈색을 띤다. 반면 슬프거나 우울할 때는 누런 빛이 도는 남색으로 생성된다. 또한 의미나 뉘앙스에 따라 펠릿의 질감이 달라지는데, 일반적으로는 파충류들의 표피처럼 적당히 젖어 있지만 어떤 때는 달팽이의 점액질처럼 펠릿 표면 전체가 끈적이는 경우도 있고, 어떤 경우에는 물고기처럼 표면 위에 균일한 비늘이 뒤덮이기도 한다. 아직은 펠릿의 모양만으로 말의 의미를 파악할 수는 없지만 대부분의 사람은 펠릿의 외형만 봐도 직관적으로 그것이 어떤 종류의 말이었을지 느낄 수 있다. 때문에 사람들은 자신의 펠릿을 누군가에게 보이는 것을 싫어했고 심지어 스스로도 그것과 마주하는 것을 꺼렸다. 펠릿은 외부로 드러난 마음이었고 밝히기 싫은 비밀이자 추문이었다.

펠릿은 머리카락이나 손톱, 타액처럼 화자의 유전자를 갖고 있다. 펠릿을 소각하는 것은 불법이다. 펠릿이 소각될 때 발생하는 냄새를 사람들은 흔히 시취라고 부르는데 실제로는 시체가 부패하는 냄새보다 훨씬 더 강하고 견딜 수 없는 악취가 난다. 사실 악취는 비교적 약한 부작용이다. 끔찍한 건 따로 있다. 냄새를 맡은 사람들은 처음에는 가벼운 두통을 호소한다. 그리고 이유를 알 수 없는 지독히 우울한 감정에 빠지게 되는데 바벨 초기에는 사람들이 냄새의 부작용을 인식하지 못하고 스스로 목숨을 끊는 사고가 곳곳에서 일어났다. 먼 곳에서 냄새를 조금만 맡아도 사람들은 표정이 어두워지고 의욕을 잃게 되는 정서적 부작용을 일으킨다. 때문에 펠릿을 정해진 방식대로 처리하지 않고 몰래 버리거나 태우는 것은 법으로 강력하게 금지되어 있다. 그럼에도 불구하고 가난한 사람들은 펠릿을 불법으로 소각하고 있다. 법을 어기고 싶어서가 아니라 그렇게 하지 않으면 살 수 없는 사람들이 늘어나고 있는 것이다.

펠릿은 사람들에게서 말을 앗아갔다. 그들은 멀쩡한 혀를 입속에 담고 다니면서도 그것을 사용할 수 없었다. 말하고 싶은 욕망은 아침마다 부풀어 오르는 성기처럼 맹렬히 일어섰다 덧없이 사그라졌다. 그것은 성욕처럼 다스려지지 않았고 쉽게 극복되지도 않았다. 사람들은 생리적인 욕구를 참는 것처럼 고통스럽게 입술을 다물었지만 말은 어떻게든 튀어나왔다. 침묵은 인간의 본성에 어울리지 않았고 말없이 이루어지는 소통은 덫에 발목이 물려 있는 야생동물처럼 고통스럽고 자유롭지 못했다. 사람들은 말없이 말해야 했다. 대화 대신 필담을 사용했고 수화와 몸짓으로 의사를 전달해야 했다. 하지만 그런 것들이 기존의 말을 온전히 대신할 수는 없었다. 바벨 초기에는 단말기를 이용해 문자를 주고받았지만 그것 역시 대화의 욕망을 직접적으로 충족시켜주지 못했다.

그래서 개발된 것이 팜패드다. 사람들은 얼굴과 얼굴을 대면하는 기존의 대화 방식과 최대한 비슷한 효과를 원했다. 원거리에서 문자를 송수신할 수 있다는 것은 과거의 단말기와 비슷하지만 신체를 이용해 메시지를 입력하고 실시간으로 상대방에게 보여준다는 점에서는 전자식 노트에 가까운 제품이다. 손가락과 손바닥을 이용하여 텍스트를 입력하고 입력된 내용이 가슴에 부착된 미러를 통해 이미지로 출력되는 장치다. 손가락은 하나의 입력 장치 기능을 하고 손바닥은 그것을 읽어내는 노트의 기능을 담당한다. 손가락 끝에 있는 미세한 전류의 흐름이 손바닥에 전달되면 이동과 압력을 계산해 미러에 표시되는 방식이다. 이것은 입력되는 글과 출력되는 글이 실시간으로 확인되고, 얼굴과 얼굴을 마주 보며 주고받을 수 있다는 점에서 말로 하는 대화와 비슷하다. 또한 말하는 이의 글씨체와 표정을 바로바로 확인할 수 있기 때문에 바벨 이전의 대화에서 얻을 수 있는 효과를 어느 정도 누릴 수 있었다. 지속적인 사용과 말에 대한 욕망은 팜패드 위 손가락의 움직임을 빠르게 했다. 팜패드의 표현력은 대화와 비슷한 속도를 갖게 됐다. 그러나 팜패드를 몸에 장착하기 위해서는 번거로운 외과 시술이 필요했고 미러를 통해 자신의 말이 너무 노골적으로 드러난다는 점 때문에 거부하는 사람들도 있었다. 팜패드를 사용하는 사람들은 자신들의 은밀한 대화를 다른 사람들에게 숨기려는 듯이 자신의 미러가 불특정 다수에게 노출되는 것을 극도로 경계했다. 사람들은 언제나 외투 속에 미러를 품고 다니거나 외장형으로 분리해 가방에 넣고 다녔다. 결국엔 팜패드 역시 과거의 휴대폰이 담당했던 문자 송수신의 역할과 조금 더 발전된 필담의 기능 정도로만 사용됐을 뿐 인간의 말을 대신하지 못했다.

사람들은 펠릿의 등장과 이로 인한 사회 혼란을 신의 탓으로 돌렸다. 그것이 편했고 그것 외에는 뚜렷하게 이 상황을 합리적이고 이성적인 방식으로 받아들이게 할 이론이 없었다. 그 옛날 교만한 인간들에게 내려진 말의 형벌과 언어의 재앙이 다른 방식으로 되풀이된 것이라고 여겼다. 신은 인간에게 말을 앗아갔고 스스로 그것을 저주하게 만들었다. 누구도 그렇게 규정하지 않았지만 사람들은 말이 펠릿이 되어 튀어나오는 이 시대를 바벨이라고 불렀다.

4

요나는 뒷문을 열고 조용히 강의실에 들어갔다. 실내에는 50여 명의 학생이 의자에 앉아 팜패드에 뭔가를 적어가며 대형 스크린을 바라보고 있었다. 요나는 비어 있는 뒷자리에 조용히 앉아 가방에서 노트와 펜을 꺼내 탁자에 올려놓았다. 볼과의 미팅은 오후에 잡혀 있었지만 요나는 약속 시간보다 두 시간 일찍 학교에 도착했다. 미팅에 앞서 그의 강의를 직접 들어보고 싶었기 때문이다. 볼은 저명한 언어생물학 교수다. 그는 바벨이 시작될 당시 펠릿에 대한 대처법을 제시한 유일한 학자였다. 펠릿의 물리적 속성을 가장 먼저 파악했고 이성적이고 과학적인 방식으로 그것을 분석했다. 뿐만 아니라 지속적인 연구 끝에 펠릿의 위협으로부터 사람들의 생명을 구해냈다. 그는 아노미 상태의 바벨을 안정화시켰고 패닉에 빠진 사람들을 진정시켰다. 신경을 마취시키고 열을 이용해 상처와 통증 없이 펠릿을 제거하는 펠릿 커터를 발명해 상용화시킨 사람도 볼이었다. 덕분에 사람들은 자체적으로 펠릿을 제거할 수 있게 되었고 펠릿의 특성에 대한 지식을 갖게 되었다. 또한 볼은 베일에 싸여 있는 노아에 관한 여러 가지 정보를 갖고 있었다. 그가 노아의 친구였다는 소문도 있고 노아의 실험에 참여했었다는 설도 있다. 하지만 볼은 정작 이에 대해서는 함구하고 있다. 그가 발표한 논문과 연구를 통해서 밝혀진 사항으로 미루어보건대, 그가 한때 노아와 사적인 친분이 있었다는 것 정도만 추측할 수 있을 뿐이다. 요나는 노아와 관련된 기사를 작성하면서 그의 글을 많이 참고했다. 그가 노아에 대해 알려주는 것은 단순한 프로필과 이력 같은 것 외에는 참고할 만한 내용이 별로 없었지만 몇몇 칼럼에서 볼은 노아에 대한 어떤 예측이나 가능성 같은 것들을 제시하고 있었다. 가령, '말을 더듬던 닥터 노아는 말에 대해 지독한 혐오감이 있었다'라든지 '펠릿은 닥터 노아가 인류에게 던지는 날카로운 단도다' 같은 내용이었다. 요나는 볼에게는 분명 노아와 관련된 사적인 기억이 있을 거라고 생각했다. 문제는 그것을 어떻게 알아내느냐는 것이다. 요나는 눈을 가늘게 뜨고 볼을 바라봤다. 볼은 스크린에 간략하게 요약된 강의 내용과 펠릿을 종으로 절단해 분석한 삽화를 띄워놓았다. 볼은 자신의 팜패드를 음성 변환 장치와 연결했다. 사람의 음성처럼 느껴지게 만든, 그러나 아무리 좋게 들으려야 사람의 목소리로 들릴 리 없는 기계음이 강의실에 울려 퍼졌다. 요나는 강단에 서 있는 볼을 바라보며 노트에 이렇게 적었다. '볼. 당신은 누구인가. 당신은 누구의 편인가?'

"모두 다 알고 있는 것처럼 펠릿은 닥터 노아의 연구 결과입니다. 그는 말더듬이였습니다. 그의 노트에는 '말을 잘하고 싶다' '말이 없어졌으면 좋겠다' '말 많은 사람들이 싫다' '어떻게 하면 말을 얼릴 수 있을까?' '아이라의 여왕' '고래의 입을 향하여' 같은 기록들이 있습니다. 그는 유년 시절에 『얼음의 나라 아이라』라는 동화책에 심취해 있었습니다. 이 동화는 바벨 이전에는 거의 알려지지 않은 책이었습니다. 하지만 지금은 노아라는 인물을 이해하는 가장 핵심적인 텍스트로 연구되고 있는 책이지요. 책의 내용은 특별할 것이 없습니다. 세계에서 가장 추운 나라라고 알려져 있는 얼음의 나라, 아이라에서는 사람들의 말까지 얼어붙는다는 내용입니다. 재미있는 것은 그것을 다시 녹이면 말이 되살아난다는 것입니다. 하지만 그는 이 동화를 단순한 이야기로 받아들이지 않습니다. 마치 종교적인 계시처럼 혹은 정말로 어딘가에 존재하는 세계처럼 말이지요. 특별할 것도 없는 이야기는 그로 인해 특별해집니다. 어쨌든 결론적으로 그의 믿음대로 사람들의 말이 동화처럼 우리 눈앞에 튀어나오기 시작했으니까요. 그게 바로 지금 우리가 발목에 달고 다니는 말, 펠릿입니다.

그에게 언어장애는 굉장한 콤플렉스였습니다. 그는 열등감이 심했고 말 더듬는 것을 수치스럽게 생각했습니다. 유년 시절 대부분을 말에 대한 피해 의식 속에서 지냈습니다. 하지만 그것은 그의 강력한 정신적 무기로 바뀌게 됩니다. 그는 대학에 진학하면서 이러한 생각을 연구로 발전시킵니다. 그의 초기 논문이었던 「말의 형체 이론」을 보면 말에 대한 그의 생각이 잘 드러납니다. 그는 말을 하나의 물리적 대상으로 인식했습니다. 마치 망상증 환자가 유령을 실제로 존재하는 육체로 느끼는 것처럼 말입니다. 망상이었지요. 하지만 결과적으로 그 망상이 펠릿을 만들어냈으니 망상이라고 할 수도 없게 됐습니다. 그는 말을 할 때마다 보이지 않는 모종의 형체가 공기를 뚫고 앞으로 나아가는 듯한 착각을 했다고 합니다. 그것을 물속을 지나는 물고기와 어둠을 뚫고 날아가는 활에 비유하기도 했죠. 그는 이 느낌을 실재하는 물질로 확신하고 연구를 시작합니다. 그에게 말이란 비록 눈에 보이지는 않지만 공기 중에 떠서 움직이며 서로를 밀어내는 분자운동 개념과 같았습니다. 마치 산소나 질소가 분명히 존재하고 심지어 무게도 갖고 있지만 우리의 눈에 보이지 않아 없는 것처럼 느끼는 것과 같습니다. 물론 당시에 그의 이론과 주장은 주목을 끌지 못했습니다. 어떤 학자들은 그를 공상과학 교수라고 불렀을 정도로 그의 생각은 터무니없는 것이었습니다. 하지만 몇몇은 달랐습니다. 누구인지 어떤 사람들이었는지 밝혀지진 않았지만 익명의 후원자들과 지지자들이 그를 돕기 시작했습니다. 그들이 누구이며 왜 노아의 이론을 지지했는지 알 수는 없지만 그것을 계기로 닥터 노아의 연구는 급물살을 타게 됩니다. 결국 그는 자신의 생각을 증명해내고 말았습니다. 말이 유기적 형태로 존재하며 그것은 화자의 유전자까지 지니고 있다는 것을 밝혀냈지요. 마치 머리카락이나 손톱이 사람의 육체를 구성하는 일부이면서 인간의 DNA를 포함하고 있는 것과 같습니다.

이러한 발견은 학계의 큰 주목을 받았고 흥미로운 발견이라는 평가를 받았지만 그것에 대해 우려하는 목소리는 없었습니다. 그것은 이론적인 발견일 뿐이라고 생각했던 거지요. 열등감과 자폐적 성향이 있는 말더듬이 교수의 연구는 당시에 아무것에도 기여하지 못하는 쓸모없는 발견이었습니다. 닥터 노아는 학계의 반응과 상관없이 자신만의 연구를 계속 진행해나갑니다. 그리고 결국 그는 성공했습니다. 정말로 사람들의 눈에 말을 보이게 만든 것이지요. 하지만 그는 그것의 끔찍한 부작용에 대해서는 연구하지 못한 것 같습니다. 어쩌면 그가 예상한 풍경은 말이 꽃씨나 풍선처럼 가볍게 허공에 떠 있는 평화로운 장면이었을지 모릅니다. 그것이 이렇게 징그럽고 끔찍한 형상으로 튀어나올 줄은 스스로도 예상하지 못했겠지요. 그 부작용이 무엇입니까? 우리 모두 잘 알고 있지만 생물학적인 방식으로 설명해보겠습니다. 우선 말을 하면 푸른색을 띤 가스가 입 주위에 생깁니다. 그 모습은 날이 추울 때 입에서 나는 입김과 비슷해 보이지요. 하지만 공기에 노출된 가스는 급격한 속도로 응고되며 화자의 몸으로 이끌려옵니다. 이것을 '유전자의 자기장 현상'이라고 합니다. 철가루가 자석에서 떨어져나가도 자기장의 영향력에서 자유롭지 못하고 그곳에 머물러 있는 것과 같은 이치라고 생각하면 됩니다. 몸에 달라붙은 물질의 첫 모습은 턱 밑에 땀방울이 고인 것과 같습니다. 이것들은 중력으로 인해 목을 타고 가슴과 배로 흘러내립니다. 땀방울과 다른 점이 있다면 중간에 멈추거나 금방 말라버리지 않고 더 이상 떨어질 수 없는 곳까지 흘러내린다는 것입니다. 멈출 줄 모르는 펠릿은 발목에 이르러서야 비로소 정지합니다. 때문에 사람들이 말을 하면 발목에는 종유석이 자라나는 것처럼 펠릿이 불어나기 시작하지요. 만약이 펠릿이 정말 올빼미들이 뱉어내는 펠릿처럼 입 밖으로 튀어나와 육체와 분리됐다면 인류는 지금과 같은 정도의 재앙을 맞지는 않았을 겁니다. 하지만 인간에게서 생성된 펠릿은 피부 밑에 고여 있는 고름이나 혹이 움직이는 것 같습니다. 펠릿은 머리카락이나 손톱과 달리 잘라내지 않으면 인간의 목숨을 위협합니다. 그것은 고장 나기 위해 만들어진 조직입니다. 일단 생성되면 빠르게 부패합니다. 아무 기능도 하지 않고 그 어떤 것에도 기여하지 않고 그저 부패하기만 합니다. 또한 직립의 상태가 아닌 경우에 생명을 위협할 수 있습니다. 누워 있거나 엎어져 있을 때 말을 하면 펠릿이 입술과 목 주위에 자라나는 탓에 질식할 수 있기 때문이죠. 펠릿의 외형은 더러운 원료와 끔찍한 향으로 만든 젤리와 같습니다. 축축하고 흐물흐물합니다. 꼭 거대한 아메바 같기도 하고 뱉어낸 가래 같기도 하지요. 펠릿은 물방울처럼 맺혀 있습니다. 물방울은 물의 표면장력 때문에 가능한 형태입니다. 그러니까 물 분자가 서로를 당겨서 액체가 둥글게 맺히게 되는 것이지요. 펠릿도 그와 같습니다. 다만 펠릿의 장력은 점차 약해집니다. 얇은 막이 희미해지면서 액체 상태로 돌아가는데 시간이 지나면 장력이 완전히 사라지게 되지요. 그러면 끔찍한 상황이 벌어집니다. 꽉 묶은 쓰레기 봉지가 터지게 될 테니까요."

갑자기 뒷자리에 앉아 있던 학생들이 불쾌한 표정으로 욕설을 내뱉었다. 강의실에 앉아 있던 학생들 전부가 화난 표정으로 볼을 노려봤고 어떤 학생은 가방을 집어 들고 강의실을 나가버렸다. 볼은 어색하게 웃으며 강의를 계속 이어나갔다.

"미안합니다. 여러분을 괴롭게 만들었네요. 이 부분은 이 정도로 넘어갑시다. 가장 큰 비극은 펠릿의 탄생이 아닙니다. 펠릿이 사람들에게 감염되기 시작한 것이 진정한 비극이지요. 연구의 부작용이 어떠한 이유인지 모르지만 실험실 밖 외부 세계로 전해졌습니다. 이것을 바이러스라고 가정해봅시다. 이 전무후무한 바이러스는 날개 달린 생물처럼 빠르고 자유롭게 공기 중에 퍼져나갑니다. 번식력도 왕성하여 까맣게 무한 복제되는 미생물을 연상케 합니다. 역사적으로 치명적인 바이러스가 있었습니다. 콜레라, 페스트, 결핵, 황열, 이런 병들은 발병 당시에는 엄청난 파괴력으로 수없이 많은 사람을 죽음에 이르게 했습니다. 하지만 지금 이런 병이 있습니까? 그것들은 아무리 대단하다고 할지라도 결국 인류에게 정복당했습니다. 후대는 더 이상 그것들의 지배를 받지 않고 있지요. 하지만 펠릿은 다릅니다. 역사적으로 유례를 찾아볼 수 없을 정도의 빠른 속도로 인류 전체가 이 바이러스에 감염됐습니다. 이해를 돕기 위해 바이러스라고 했지만 사실 이것은 바이러스라고 할 수 없습니다. 특별한 증상이 없고 계속되는 병의 진행도 없으며 처방도 없고 항체도 없습니다. 저는 이것을 장애라고 부르고 싶습니다. 그냥 인류 전체에게 공통적으로 장애가 생긴 것입니다. 손가락이 잘린 사람은 손가락이 없는 사람으로 살아가야 합니다. 그것과 마찬가지로 펠릿이 입에서 튀어나오기 시작한 사람들은 앞으로 계속 그렇게 살아가야 하는 것입니다. 문제는 그것이 저와 여러분 모두에게 해당되는 상황이라는 것이지요. 사람들의 입에서 펠릿이 튀어나오기 시작한 지 올해로 딱 10년이 됩니다. 그때와 지금은 똑같습니다. 특별하게 나아진 것도 좋아진 것도 없습니다. 달라진 것이 있다면 펠릿에 대한 대처 요령이 생겼을 뿐, 우리는 아직까지 닥터 노아의 연구 결과를 뒤집을 만한 뚜렷한 대안을 발견하지 못했습니다. 그리고 지금까지 이 시대는 여전히 바벨입니다. 시간이 다 된 것 같습니다. 질문이 있으면 팜패드에 기록한 후 손을 들어주십시오."

강의실 분위기는 사형선고가 내려진 법정처럼 무겁게 가라앉았다. 손을 드는 학생은 한 명도 없었다. 다 아는 이야기를 굳이 자세히 설명 들을 필요가 없다는 듯 학생들의 표정은 지루했고 낯빛은 끔찍했다. 더 이상 진보하지도 새로워지지도 않는 바벨의 역사와 펠릿에 대한 반복적인 설명은 듣는 사람들로 하여금 절망 이외에 그 어떤 건설적인 생각도 들지 않게 만들었다. 그의 강의는 지루했고 단조로웠다. 최대한 말을 하는 것과 흡사하게 입력해놓은 구어체의 강의문은 어쨌든 기계음으로 변환되어 출력됐다. 그것은 현장감 없고 융통성 없는 죽어 있는 연설일 뿐이었다. 요나는 바위처럼 꼼짝 않고 앉아 있는 학생들의 뒤통수를 바라보며 이마 한가운데를 찌푸렸다.

'노아는 실험에 성공했는가, 실패했는가.'
'바벨은 그의 야심이 만들어낸 특별한 유산인가, 실수로 잉태된 저주받은 기형아인가.'
'노아는 인류를 펠릿의 바다에 수장시킬 것인가, 아니면 소문대로 방주를 마련할 것인가.'
'노아는 선인가, 악인가.'

그는 노트에 수업과 상관없는 내용을 끼적이고 있었다. 볼의 강의는 특별할 것도 새로울 것도 없는 하나 마나 한 이야기였다. 적을 게 아무것도 없었다. 수업을 끝내는 종이 울리자 학생들이 소리 없이 일어나 조용히 뒷문으로 빠져나갔다. 몇몇의 발목에는 욕설의 기운을 담고 있는 원색의 동그랗고 작은 펠릿이 달려 있었다. 요나는 앞문을 열고 무표정한 얼굴로 서둘러 복도로 나가는 구부정한 볼의 뒷모습을 한참 동안 바라봤다.

볼의 연구실에 들어간 요나는 깜짝 놀랐다. 생각보다 책이 너무 많았다. 교수의 방이니까 책이 많을 거라는 식으로 이해하려고 해도 받아들이기 힘들 정도로 많았다. 삼면을 가득 메운 마호가니 10단 책장도 모자라 바닥과 책상 위에 탑처럼 쌓여 있었다. 책을 제외하고는 특별한 장식품도 없었고 흔히 벽에 한두 개쯤 걸어놓는 그림이나 사진 같은 것도 없었다. 왼쪽 책장에는 그의 전공 서적인 생물학과 관련된 서적들이 크기별로 분류되어 있었고 오른쪽 책장에는 철학 서적과 인문학 서적들이 있었는데, 특히 언어 관련 책들이 많았다. 그의 등 뒤에 서 있는 책장에는 한눈에 봐도 오래된 고서적들이 있었는데 상단에는 종교학과 중세철학과 관련된 서적들이, 하단에는 역사서들이 꽂혀 있었다. 요나는 곁눈질로 책꽂이의 도서 목록을 훑어보며 가방에서 노트와 펜을 꺼내 천천히 의자에 앉았다. 탁자에도 책들이 쌓여 있었다. 주로 간행물이나 잡지들이었다. 전공 관련 전문 잡지들이 대부분이었으나 그중에서 요나가 일하고 있는 로고스 출판사에서 발행하는 월간지 『횃불』도 월별로 쌓여 있었다. 또한 정부에서 발행하고 있는 신문 『모닝 바벨』이 탁자 한가운데에 놓여 있었다. 책장에 꽂혀 있는 도서 목록으로만 보면 알려진 대로 볼 교수는 전공인 언어생물학뿐만 아니라 언어학과 종교학, 역사학에도 관심이 깊었다. 또한 그가 평소에 즐겨 보는 매체를 미루어봐도 어느 한쪽을 지지하는 특정 성향이 있다고 보기는 힘들었다. 그는 정부와 닥터 노아를 비판하는 『횃불』도 보고, 정부가 발행하는 『모닝 바벨』도 읽고 있었기 때문이다. 둘 중 무엇을 즐겨보며 무엇을 긍정하는지 알 수 없었다. 요나는 그것이 더 의심스러웠다. 특정 정보를 감추기 위해 모든 정보를 다 드러내 보이는 기획된 연극 세트장을 보는 것 같았기 때문이다.

요나는 의자에 앉아 탁자에 손을 올리고 볼이 자신을 쳐다보기를 기다렸다. 문과 마주 보도록 배치된 크고 단단한 책상은 지적인 허영심은 절제하고 있지만 권위는 내세우는 깐깐한 학자의 기운을 노골적으로 드러내고 있었다. 볼은 아주 느리고 섬세하게 움직였다. 어깨와 허리는 안쪽으로 구부정했으나 전체적으로는 끝이 살짝 구부러진 장대를 연상시키는 몸이었다. 체격에 비해 품이 큰 체크무늬 밤색 슈트는 한눈에 봐도 오래된 느낌을 줬지만 부드럽고 고상한 윤기가 도는 원단은 고급스러웠다. 백발의 머리를 왼쪽으로 빗어 고정시킨 헤어스타일 탓에 알려진 정보보다 나이가 들어 보였다. 하지만 그의 손은 떨림이 없었고 눈빛은 총명하고 날카로웠다. 볼은 요나 쪽을 향해서는 눈길도 주지 않고 직전 수업에 사용했던 서적과 노트를 천천히 정리했다. 요나는 참을성 있게 그가 정리를 끝내고 자신과 마주하는 순간을 기다렸다. 볼이 자신의 책상 의자에 앉아 요나를 바라봤다. 탁자 쪽으로 건너와 자신과 마주 앉아 이야기할 것을 기대했던 요나는 당황했다. 볼과 요나는 여느 학생과 교수의 관계처럼 앉아 있었다. 한참 동안 조용히 요나를 바라보던 볼이 손가락을 천천히 움직여 팜패드에 말을 입력하기 시작했다.

– 물어볼 게 있으면 빨리 물어보게. 시간이 없으니 최대한 짧게.

요나는 잠시 볼의 왼쪽 가슴에 부착된 미러에 나타나는 글자를 멍하니 쳐다보다 정신이 든 듯 의자를 탁자 쪽으로 끌어당기며 빠른 속도로 손가락을 움직여 질문했다.

– 안녕하세요. 『횃불』의 요나 기자입니다. 바쁘신 것 같으니 몇 가지만 질문하겠습니다.

– 메일로도 답했지만 특별히 알려줄 만한 것이 없네. 발표한 글과 논문을 통해 내가 알고 있는 것들과 입장을 모두 밝혀왔어. 별 소득이 없을 거야.

자신을 학생처럼 대하며 하대하는 볼의 태도에 요나는 가벼운 모멸감을 느꼈지만 최대한 예의 바른 표정을 지었다.

- 노아의 개인사에 대한 기사를 쓰고 있습니다. 노아에 대한 자료를 얻을 수 있을까요? 가령 일기나 그의 삶에 대해 알 만한 것들을요.

 - 논문과 글에서 밝힌 것 이상으로 특별히 아는 것이 없군. 내가 알고 있는 모든 것은 글을 통해 밝혔다고 생각하네.

요나는 볼의 미러를 확인하고 볼의 얼굴을 쳐다봤다. 그는 표정 변화 없이 요나의 미러를 응시하고 있었다. 요나는 오른손 주먹을 꽉 한 번 움켜쥐었다 쫙 펴며 왼손 바닥에 빠른 속도로 글자를 써 내려갔다.

 - 그렇다면…… 교수님은 어떻게 닥터 노아에 대해 그렇게 잘 알고 계십니까?

 - 지겨운 질문을 하는군. 그 역시 발표한 글을 읽어보면…… 흠, 대학 때 그와 조금 알던 사이네. 친구 사이는 아니었고 몇 번 수업을 같이 들었고 그가 말에 관심이 많다는 것 정도는 알고 있었어. 그는 말더듬이었고 그 때문인지 거의 말을 하지 않았지. 그에겐 친구가 없었고 나 역시 그의 친구가 될 기회를 얻지 못했네. 다만 그의 연구 계획서를 인상 깊게 읽었기 때문에 그를 기억하고 있는 정도지. 펠릿이 튀어나오고 바벨이 시작되면서 패닉에 빠진 시절에 그것을 해결하기 위해 급하게 연구 팀이 조직되었는데 그때 그의 일기와 노트 몇 권을 얻을 수 있었을 뿐이네. 특별할 것도 없는 그냥 시시콜콜한 일상과 감정을 기록한 일기였지. 그 역시 대부분은 논문을 통해 공개했던 내용일세. 그 이상은 나도 잘 몰라. 다시 말하지만 그에게는 친구가 없었네. 그를 사적으로 잘 아는 사람은 없었을 거네. 그는 그림자 같은 친구였으니까.

 - NOT과 레인보에 대해서 어떻게 생각하십니까?

뭔가를 쓰려던 볼 교수는 손가락을 멈추고 복잡한 표정을 지으며 요나를 바라봤다. 요나는 그 표정의 의미가 무엇인지 직관적으로 해석해내기 어려웠다. 비웃는 것 같기도 하고 한심스러워하는 것 같기도 했다. 어떻게 보면 몹시 분노하고 있는 것 같기도 했지만 그의 입가에 걸려 있는 미소는 억지스러워 보이지 않았다.

- 갑자기 질문 내용이 바뀌었군. 나에 대한 인터뷰인가? 그렇다면 할 말이 없네.

- 인터뷰가 아닙니다. 그냥 개인적으로 궁금해서 그렇습니다.

그는 귀찮다는 듯 손가락을 빠르고 성의 없이 움직였다.

- NOT이든 레인보든 바벨을 살아가는 사람들의 어쩔 수 없는 행동 양식이라고 생각하네. 양쪽 모두 절망하고 있기 때문이지. 그것은 바꿔 말하면 모든 인간이 절망에 빠져 있다는 뜻이기도 하겠지. 한쪽은 희극적인 비극이고 또 다른 쪽은 비극적인 희극이야. 둘이 차이가 있나? 없네. 그 둘은 결국 같다고 생각하네.

요나는 NOT과 레인보가 결국 똑같다는 볼의 답변에 순간적으로 기분이 나빴다.

- 절망하는 이유는 노아가 저질러놓은 실험 때문이 아닙니까? 또한 그것을 은폐하고 뚜렷한 대처법을 마련하지 않고 있는 정부의 답답한 태도 역시 문제입니다. 어쩔 수 없는 문제가 아닙니다. 분명히 누군가에게 책임이 있습니다. 피해자는 그 책임을 물을 자격이 있습니다. 교수님의 답변은 무책임하게 느껴집니다. 사람들이 무력한 게 아닙니다. 펠릿 때문에 힘들고 어려워진 겁니다.

- 힘들고 어려워졌다고 했나. 인류는 항상 더 힘들고 어려워지네. 하지만 더 쉬워지기도 하네. 사람들이 어려워지는 것들에 익숙해지기 때문이지.

- 익숙해지라는 겁니까? 그러니까 그냥 포기하고 받아들이라는 건가요? 이 상황을?

- 흥분하지 말게. 자네는 너무 비약하고 있어. 현실을 말하고 있는 것뿐이야. 우리는 지금 이 사태가 일어난 이유도 해결할 방법도 모르고 있네.

- 그래서 무작정 받아들이라는 건가요? 정부는 시종일관 기다리라고 합니다. 레인보들은 막연히 낙관만 하고 있습니다. NOT과 레인보는 둘 다 처절합니다. 모두 바벨 이전의 상태로 되돌리려고 노력하거나 희망하는 것입니다.

- 말은 이제 과거가 되었네. 바벨은 과거와의 단절로 출발한 세계야. 과거를 다시 불러오는 것은 불가능할 뿐만 아니라 어리석은 짓이기도 하지. 우리는 이제 말을 잃어버렸어.

- 아닙니다. 잃어버린 게 아니라 빼앗긴 것입니다. '말을 잃다'와 '말을 빼앗겼다' 이 둘 사이에는 엄청난 차이가 있습니다. 바벨은 숙명적으로 받아들여야 하는 세계가 아닙니다. 노아가 전 인류를 상대로 말을 강탈해간 것입니다. 정부는 그것을 심판하고 해결할 책임이 있고요. 교수님도 아시지 않습니까? 교수님이 노아의 일기를 언급하실 때마다 강조하신 내용이 세상을 향한 노아의 개인적인 원한과 열등감에 초점이 맞춰져 있지 않습니까? 발표한 어떤 글에서는 교수님께서 직접 노아를 만났을 때의 인상을 밝힌 적도 있지요. "콤플렉스와 열등감에 젖어 있는 사회성이 결여된 친구였다." 교수님은 분명 노아와 친분이 있었을 겁니다. 그저 알고 지낸 사이로는 불가능한 '관찰'이 있거든요.

볼의 손가락이 더 이상 움직이지 않고 손바닥 위에 멈춰 있었다. 볼은 갑자기 탁자에서 담배를 꺼내 불을 붙였다. 한참 동안 볼은 흐릿한 시선으로 연기를 바라보았다. 그런 다음 갑자기 등을 곧추세우고 다시 손가락을 움직였다.

— 무례한 친구군. 반복하지만 우리는 그렇게 친한 사이가 아니었네. 그것은 말 그대로 관찰이었을 뿐이네. 논문은 기사가 아니야. 많은 부분이 가설이지. 노아에 대한 나의 언급은 관찰한 인상에 대해 밝히는 과정 중에서 들어간 정서적 상상이고 의견에 지나지 않네. 무의미한 논쟁이네. 이제 그만하게.

볼은 더 이상 대화를 진행하지 않겠다는 듯 손바닥을 뒤집어 책상 위에 올려놓았다. 볼은 시선을 아래로 깔고 불편한 표정을 숨기지 않았다. 무엇인가를 숨기고 있거나 숨겨야만 하는 사람의 자유롭지 못하고 닫혀 있는 불안한 시선이었다.

— 알겠습니다. 그렇다면 한 가지만 더 묻겠습니다. 교수님은 NOT과 레인보 중 어느 편에 속합니까?

볼은 입을 벌려 소리 없이 웃었다.

— 나는 절망하는 인간이 아니네. 그저 학자일 뿐이지.

그때, 누군가 문을 세 번 노크했다. 잠시 뒤 문이 열렸고 한 여학생이 손에 서류를 들고 연구실에 들어왔다. 그녀는 줄무늬 셔츠에 물 빠진 청바지를 입고 있었고 발목까지 올라오는 운동화를 신고 있었는데 한눈에 봐도 자신의 발 사이즈보다 커 보였다. 빈틈없이 빗어 뒤로 넘겨 검정 끈 하나로 질끈 묶은 밤색 머리카락은 윤기가 돌았다. 전체적으로 작고 가냘픈 몸매였으나 표정은 반항심을 누르고 사는 소년의 것처럼 꿍해 보였다. 앉아 있던 볼이 반가운 표정을 지으며 자리에서 일어나 오른손을 살짝 들어 그녀를 맞이했다. 그녀는 살짝 고개를 숙이며 볼에게 인사했고 탁자 앞에 앉아 있는 요나를 바라봤다.
볼은 손가락을 맞부딪쳐 딱, 소리를 낸 후 팜패드에 글씨를 썼다.

 - 인사하게. 『횃불』을 발행하는 출판사에 근무하는 기자님이네. 이
쪽은 언어학과 조교 마리 양.

요나는 엉덩이를 살짝 들어 마리에게 인사했고 마리는 볼의 미러
를 확인한 후 어색한 표정으로 눈인사만 했다. 요나는 수첩에서 자신
의 명함을 꺼내 마리에게 건넸다. 마리는 명함을 확인하고 순간 미간
을 찌푸렸다. 마리는 청바지 뒷주머니에 명함을 집어 넣고 들고 온 논
문을 탁자 위에 내려놓았다. 잠시 볼의 미러와 요나의 미러를 번갈아
보더니 가볍게 고개 숙여 인사한 후 문을 열고 밖으로 나가버렸다.
볼은 팜패드에 글씨를 썼다.

 - 기자님을 별로 좋아하지 않을 겁니다.

요나는 어색하게 웃으며 마리가 놓고 간 논문의 제목을 봤다. 「펠
릿의 언어적 기능과 효용」. 요나는 소리 없이 입을 열어 아, 했다. 펠
릿을 하나의 언어로 생각하고 그 기능과 효용을 연구한다면 그녀는
분명 레인보일 것이다. 레인보가 정부에 반감을 가진 대표적 매체인
『횃불』을 좋아할 리 없었다. 볼은 요나에게 손을 내밀며 악수를 청했
다. 이제 그만 나가달라는 신호였다. 요나는 볼의 손을 잡고 가볍게
인사한 후 연구실에서 나왔다. 복도 중간쯤에 앞서 나간 마리의 뒷모
습이 보였다. 요나는 그녀의 모습이 사라질 때까지 복도에 서서 볼과
의 대화를 생각했다. 그 어느 것 하나 명쾌하거나 분명하지 않았다.
더 말할 것이 있는데 반만 말한 것 같았고 의뭉스럽고 어중간한 입
장은 회의적이었다. 무엇보다 요나는 그가 노아에 대해 이야기할 때
'우리'라는 단어를 사용했던 것을 떠올렸다. 나는 절망하는 인간이

아니네, 볼의 왼쪽 가슴에 떠 있던 한 줄의 텍스트. 절망하는 인간이라니, 요나는 입술을 비틀어 쓰게 웃었다.

5

  역사는 바벨로 접어들었다. 시간은 낭떠러지를 향해 유속을 높이는 강처럼 물거품을 일으키며 빠르게 흐르고 있다. 문명은 퇴행했고, 언어는 멸종했으며, 미디어는 몰락했다. 빛과 대기를 채우던 소리들이 사라진 도시의 밤은 코드가 빠진 기계처럼 적막하다. 성대를 빼앗기고 거세당한 수캐처럼 쓸쓸하게 누워 있는 도시는 치욕을 견디며 침묵한다. 구름 낀 하늘은 흐릿하고 미세한 모래와 냄새를 함유한 공기는 눅눅하다. 도로에는 펠릿을 수거하는 회백색 부엉이들이 콘크리트를 뒤집어쓴 둔중한 하마처럼 느린 속력으로 돌아다니고 시위대를 단속하는 차량이 경광등을 밝히며 사거리마다 서 있었다. 구불구불한 골목 어귀마다 펠릿이 차 있는 노란 봉투가 벽을 기대고 서 있고 도시 외곽에 높이 서 있는 굴뚝에서는 온종일 연기가 피어올랐다. 굴뚝을 아무리 높여도 펠릿을 소각하는 역한 냄새는 공기 중에 섞여 곳곳으로 퍼졌다. 도시 한가운데를 지나는 유속이 느린 하천은 고약한 냄새를 풍긴다. 천변과 둔치에는 초록색 수생식물들이 이끼처럼 붙어 있고 불법으로 유기된 펠릿들이 소형 동물의 주검처럼 널려 있었다. 냄새는 날씨에 따라 강해지거나 약해지며 조금씩 달라졌는데 사람들의 기분은 냄새에 따라 요동쳤다. 정신과 감정이 오염되어 있었고 적의가 깃든 행동은 날카롭고 성급했다. 대부분 마스크를 착용하고 한 손으로 자신의 미러를 가린 채 걸었다. 미러를 부착하지 않은 사람들은 한 손에는 펜을, 다른 손은 노트를 둥글게 말아 쥐었다.

요나는 출판사를 향해 걸었다. 기압이 낮고 하천의 악취는 유독 심했다. 요나는 마스크를 쓰고 오른손으로 코와 입을 막았다. 얼마 전 추가로 개정된 펠릿법과 그에 대응하는 『햇불』의 입장에 대해 논의할 게 있다는 밀의 호출이었다. 요나는 최근 밀이 보인 몇몇 행동과 아벳에 관한 미지근한 대처로 불만이 많은 상태였다. 이제까지 출판사 대표로서 밀은 여러 가지 어려움을 이겨내며 잘해왔지만 이번에는 어딘지 모르게 불안했다. 출판사는 NOT의 시위를 주도하고 있다는 혐의를 받고 있는 상태였다. 전에는 느껴보지 못한 압박을 받고 있었고 분위기는 불안했다. 내부에서도 기사 수위와 편집 방향에 대한 의견이 분분했다. 차라리 더 강경한 목소리로 NOT의 입장을 표명하고 정부와 닥터 노아에 대한 비판을 직접적인 어조로 바꾸자는 의견과 NOT과 거리를 두고 독립적인 입장에서 이성적이고 논리적인 어조로 닥터 노아에 대한 비판의 수위만 높이자는 의견이 팽팽히 대립하고 있었다. 한쪽 선두에는 아벳이 서 있었고 맞은편에는 요나가 있었다. 요나에게 아벳은 눈엣가시 같은 존재였다. 무슨 일을 할 때마다 사사건건 부딪쳤고 회의를 할 때도 아벳은 언제나 요나의 의도와 전혀 다른 방식의 기획을 제시했다. 노아와 정부에 대해 비판적인 입장을 취하고 있는 대표적 매체인 『햇불』에서 근무하는 둘의 궁극적인 목적과 철학은 같다. 하지만 방식에서는 생각이 전혀 달랐다. 요나는 노아와 그를 감싸며 무책임한 공약을 남발하는 정부에 대해 합리적이고 이성적으로 접근하며 비판했다. 요나는 궁극적이고 완전한 변화를 위해서는 물리적 저항과 사회 혁명이 아닌, 사회 구성원들의 정신 변화가 중요하다는 입장을 갖고 있었다. 때문에 요나는 과학적인 검증과 논리가 뒷받침되는 기사를 쓰려고 애썼고 잡지를 통해 사람들이 정부와 닥터 노아에 대해 근본적인 의심을 하게 하는 변화를 이끌어내고 싶어 했다.

반면 아벳은 구성원 다수의 저항과 혁명 의지가 있는 사람들의 강력한 연대만이 무기력한 정부를 붕괴시킬 수 있다고 생각했다. 그러기 위해서라도 가장 중요한 것은 노아에 대한 실질적인 처벌과 심판이 절실하다고 생각했다. 때문에 아벳이 쓰는 기사는 감정적이고 선동적이었다. 요나는 걷는 내내 가슴이 답답했다. 얼마 전부터 아벳의 행동이 심상치 않았다. 회의 때마다 흥분했으며 실질적인 의견을 제시하기보다 동료들의 의견에 대해 비판하고 비꼬기만 했다. 의견 차이 때문에 요나와 충돌하긴 했었지만 아벳은 다른 사람과는 별다른 갈등이 없었다. 심지어 누군가의 의견에 반대 의견을 제시하는 방식이 아닌, 그저 냉소하는 것은 아벳답지 않은 행동이었다. 뭔가가 아벳의 정신과 마음을 병들게 하고 있는 게 분명했다. 무엇보다 시위 현장에 있었던 사람은 분명 아벳이었다. 이것은 회사의 규칙을 어기는 명백한 위반이었다. 요나는 어금니를 꽉 물고 미간을 좁혔다. 아벳과의 충돌은 더 이상 피할 수 없다. 더 이상은 멋대로 굴지 못하게 해야 한다. 적극적으로 이 문제를 해결할 것이다. 요나는 뻐근한 목을 양옆으로 몇 번 꺾고 숨을 한번 훅, 뱉어내며 발길을 재촉했다.

그때 한 소년이 요나의 팔을 치고 지나갔다. 요나는 들고 있던 가방을 놓쳤고 소년은 중심을 잃고 오른쪽으로 넘어졌다. 소년이 화난 얼굴로 뒤돌아봤다. 노려보는 까맣고 날카로운 눈은 증오가 빈틈없이 들어차 있었다. 표정은 반항심으로 팽팽하게 굳어 있고 주먹은 금방이라도 요나의 얼굴을 칠 것처럼 꽉 움켜쥐고 있었다. 요나는 떨어진 가방을 주워 들며 팜패드에 글씨를 썼다.

– 미안해요.

소년은 바닥에 침을 뱉고 일어섰다. 분이 풀리지 않는 듯 무슨 말인지 정확히 알아들을 수 없는 소리를 크게 내질렀다. 요나는 무슨 말인지 몰랐으나 욕설이라는 것을 깨달았다. 뒤돌아 걷고 있는 소년의 오른쪽 발목에 매달려 있는 팔뚝만 한 펠릿이 바닥에 질질 끌리며 기분 나쁜 소리를 냈다. 펠릿의 색깔이 진홍빛이었고 표면이 거칠었다. 펠릿의 크기와 색깔로 미루어 보아 소년은 오늘 하루 종일 누군가에게 화를 내거나 이상한 말을 쏟아냈을 것이다. 요나는 소년의 뒷모습을 물끄러미 쳐다보며 참담한 기분을 느꼈다. 그것은 어린아이에게 수모를 당한 개인적인 수치심 때문이 아니었다. 바벨키드들과 그들의 부모에 대한 연민 때문이었다.

바벨이 시작되면서 사회와 개인의 삶은 급격한 변화를 겪었다. 그중 가장 위험하고 심각한 상황은 자제력이 없고 제어를 모르는 아이들이 내뱉는 말이었다. 이제 막 말을 배운 아이들은 해야 할 말이 많았고 언어를 통해 배워야 할 대상이 많았다. 하지만 부모들은 어쩔 수 없이 아이들의 입을 막아야 했다. 아이들의 호기심과 욕망을 억눌러야 했고 강제로 억제시켜야 했다. 말을 금지시키는 것은 아이들로서는 엄청난 스트레스였고 참을 수 없는 고통이었다. 호기심과 넘쳐

나는 표현을 억눌러야 하는 아이들은 예측할 수 없는 극단적인 행동을 하거나 공격적인 성향을 띠었다. 혹은 팔다리를 축 늘어뜨리고 모든 자극에 반응하지 않는 자폐적인 모습을 보였다. 어떤 교육 전문가들도 바벨에 맞는 효과적인 교육법을 제시하지 못했고 뚜렷한 대안도 마련하지 못했다. 급기야 부모들은 아이들의 성대나 혀에 외과적 시술을 단행했고 말을 하면 충격을 가하는 전자 밴드를 아이들의 목에 걸었다. 처음에는 이런 사회적 현상에 사람들은 경악했고 야만적인 방법이라고 비판했지만 대안 없는 비판들은 더 크게 비판받았다. 결국엔 모두가 이 모든 방식을 암묵적으로 동의하는 분위기로 바뀌었다. 그것 말고는 다른 방법이 없다는 것을 인정할 수밖에 없었고 어쩔 수 없는 문제로 여겨지기 시작했다.

하지만 진정한 의미의 바벨키드들은 바벨이 시작된 이후에 태어난 아이들이었다. 언어적 의도가 처음부터 없는 아이들의 울음소리는 펠릿으로 바뀌지 않는다. 언어를 인지하고 언어를 표현하려는 의도가 포함된 말만이 펠릿으로 변환된다. 하지만 이 아이들은 처음부터 부모로부터 말을 배우지 못했고 소리라는 것을 듣지 못하고 유아기를 보냈다. 아이들은 말을 할 수 있는 나이가 되어도 소리를 전혀 내지 않았다. 그들은 독보적이고 전혀 다른 경향이 있는 신인류였다. 바벨키드들은 부모조차 의도와 표정을 읽어낼 수 없는 불가해한 존재였다. 뭔가를 지시하고 글자를 알려줘도 돌아오는 반응이라곤 텅 빈 삭막한 시선뿐이었다. 그들은 거의 움직이지 않았고 웃지도 울지도 않았다. 그 어떤 것에도 반응하지 않는 바벨키드들은 순하지만 친근감은 전혀 없는 희귀한 동물처럼 느리게 성장했다. 바벨키드들이 성년이 되어 세계의 중심에 서는 시대를 요나는 상상조차 할 수 없었다.

요나는 구부정하게 걸어가는 소년의 등을 보며 그의 어머니를 생각했다. 그녀는 분을 다스리지 못하는 철없는 아들이 끌고 온 엄청난 양의 펠릿을 보고 절망할 것이다. 무슨 수를 써서라도 아들의 입을 막아야 한다. 그녀는 저 뜨거운 아이를 사랑의 입으로 꿀꺽 삼켜줄 수가 없다. 이것은 인성과 교육의 문제가 아닌, 삶과 직결된 경제적 문제이기 때문이다. 어쩌면 그녀는 자식의 혀를 절단하거나 성대를 제거하는 수술에 대해 깊이 고민하는 불면의 밤을 보낼지도 모른다.

요나는 가방 손잡이를 꽉 움켜쥐고 거리를 바라봤다. 사람들이 어깨를 안으로 숙이고 빠르게 걷고 있었다. 블록마다 놓여 있는 매대에 정부가 배포한 『모닝 바벨』이 산더미처럼 쌓여 있지만 집어가는 사람들은 드물었다. 걸음이 유독 느린 여자가 얼굴을 푹 숙이고 비틀대며 지나가고 있다. 발목에는 자신의 키보다 길어 보이는 펠릿이 매달려 있었다. 그녀는 스피커다. 그러니까 그녀의 발목에 걸려 있는 긴 펠릿은 오후 내내 남의 말을 대신한 노동의 흔적인 것이다. 어떤 제품을 광고했을 수도 있고 강연회 대언자였을 수도 있다. 많은 돈을 받았겠지만 펠릿을 처리하기 위해 많은 돈을 지불해야 할 것이다. 그녀의 척추는 날이 갈수록 휘어지고 관절염은 악화될 것이다. 가난한 자들이 삶을 포기하지 않는다면 통증은 날이 갈수록 심해질 것이다. 무엇을 위해 포기하지 않는 걸까. 우리는 무엇을 위해 더 살아야 한단 말인가. 요나는 여자의 뒷모습이 시야에서 완전히 사라질 때까지 걸음을 멈추고 서 있었다.

10년 전 어느 날 저녁이었다. 평온한 봄밤이었고 가족은 평소처럼 식탁에 둘러앉아 식사를 한 뒤 한가롭게 쉬고 있었다. 요나의 아버지

장은 텔레비전을 틀어놓고 뉴스를 보는 척하면서 노래 가사가 적혀 있는 종이를 들고 노래 연습을 하고 있었고, 어머니 필은 장의 셔츠를 다리고 있었다. 실어증을 앓고 있던 동생 룸은 소파에 앉아 16조각 숫자 퍼즐을 맞추다 잠들었다. 당시 역사학과 1학년생이었던 요나는 침대에 누워 마야인들의 삶을 기록해놓은 책을 읽으며 인상적인 문장에 밑줄을 긋고 있었다. 그때 거실에서 이상한 소리가 들렸다. 장이 둔탁한 목소리로 이상한 소리를 질렀고 곧 필의 날카로운 비명이 이어졌다. 소리에 놀란 요나는 읽고 있던 책을 집어 던지고 거실로 뛰어나갔다. 장은 눈을 동그랗게 뜨고 어, 어, 소리를 내며 텔레비전을 손가락으로 가리키고 있었다. 뉴스를 진행하던 아나운서의 입에서 뭔가 튀어나오고 있었다. 처음에는 푸른 연기처럼 입 주위에 넓게 퍼져 있다가 갑자기 붉은색 고체로 변색되며 아나운서의 목에 달라붙기 시작했다. 그것은 껍질을 벗겨놓은 짐승의 살처럼 분홍빛이었고 젖어 있었으며 살아 있는 것처럼 꿈틀대며 밑으로 흘러내렸다. 필은 텔레비전이 아닌 장을 쳐다보며 비명을 질렀다. 장의 입에서 튀어나온 정체불명의 물체가 러닝셔츠만 입고 있던 장의 몸을 타고 꿈틀거리며 이동하고 있었기 때문이다. 요나는 필을 쳐다봤다. 필의 발목에서도 장의 것과 흡사한 물체가 꿈틀대며 길게 자라나고 있었다. 끔찍한 장면이었다. 요나는 본능적으로 자신의 입을 손으로 틀어막았다. 장은 빠르게 텔레비전을 껐고 패닉에 빠져 비명을 지르고 있는 필을 껴안고 그녀를 안정시키려고 노력했다. 그때 소파에서 자던 룸이 깨어나 졸린 눈으로 장과 필을 바라봤다. 선잠에서 깬 룸의 텅 빈 눈이 허공을 향해 부드럽게 움직이다 장과 필의 발목을 향한 뒤 우뚝 멈춰 섰다. 요나는 아직까지 그때 룸의 눈빛을 잊을 수 없다. 강한 빛에 노출된 듯 동공이 작은 점처럼 빠르게 수축됐다가 순간적으로 완전히 개방됐다. 룸은 이빨을 탁탁 부딪치며 그들의 발목을 쳐다봤다. 그러다 갑자기 바닥에 쓰러졌다. 눈을 하얗게 뒤집으며 우우우우우우, 소리를 지르기 시작했다. 그 소리는 이제껏 들어봤던 그 어떤 소리보다 괴기스러웠다. 올무에 걸린 짐승이 울부짖는 것 같았다. 룸은 바닥에 쓰러져 몸을 뒤틀며 발작했다. 소리는 점점 크고 날카로워졌고 룸의 입에서는 끊임없이 뭔가가 튀어나왔는데 언뜻 보면 계속 토하고 있는 것처럼 보였다. 그 모습을 보고 필은 정신을 잃었다. 당황한 요나는 어떻게 해야 할지 몰라 쓰러져 울부짖고 있는 룸의 어깨를 붙잡고 진정시키려고 노력했다. 장은 직관적으로 말을 해서는 안 된다는 것을 깨닫고 필이 다리고 있던 셔츠를 집어 들어 소리를 지르고 있는 룸의 입에 쑤셔 넣었다. 장이 요나를 향해 말했다.

"꽉 붙잡고 있어."

장은 부엌에서 식칼을 뽑아 손에 쥐었다. 잠시 호흡을 고르던 장은 룸의 발목에 붙어 있는 것을 힘껏 내리쳤다. 탁, 소리를 내며 떨어져 나간 기이한 물질은 뱀처럼 꿈틀거리며 흔들렸다. 이내 발작이 멈췄고 룸은 기절했다. 장은 정신을 잃고 쓰러져 있는 필의 발목에 붙어 있는 것도 잘라냈다. 마지막엔 자신의 발목에 붙어 있는 것을 바라보며 숨을 몰아쉬었고 눈을 감고 내리쳤다. 요나는 바닥에 뒹굴고 있는 각기 다른 색깔을 지닌 물질 세 개를 바라봤다. 장과 필의 발목에 붙어 있던 것들은 짙은 녹색을 띠고 있었지만 룸의 입에서 튀어나온 것은 완전히 달랐다. 그 색을 뭐라고 표현해야 할지 모를 정도로 난생처음 본 색이었다. 마치 팔레트 위의 물감들을 뒤섞어 물속에 집어넣은 것처럼 어지럽고 현란했다.

요나는 눈을 꾹 한번 감았다가 고개를 양옆으로 크게 흔들었다. 그것은 룸에 대한 어떤 생각이나 견디기 힘든 기억이 떠오를 때마다 의식적으로 생각을 털어내려는 요나의 오래된 습관이었다. 시간이 많이 지났지만 요나는 그날의 충격에서 벗어나지 못했다. 그것이 펠릿이었다는 것을 알게 된 후부터 요나는 그날의 일을 자꾸 떠올렸다. 그때의 룸은 뭔가를 말하고 있었다. '그때 너는 무슨 말을 했던 걸까.' 요나는 한 번 더 눈을 감고 고개를 크게 흔들며 손등으로 이마를 툭툭 치며 가방에서 노트를 꺼냈다. 볼펜을 쥐고 벽에 등을 기대고 쭈그리고 앉아 뭔가를 기록했다.

– 노아. 당신은 정말 살아 있는가. 숨 쉬고, 움직이고, 먹고, 마시고, 생각하고, 아침에 눈을 뜨고, 밤이면 눈을 감는가. 당신도 우리처럼 말을 참고 사는가. 아니면 당신은 우리와는 다르게 마음껏 말을 하고 사는가. 당신은 정말 존재하는 자인가. 이곳에 이렇게 있는 나처럼 기분이 상하고 마음이 더러워지는가. 당신도 뭔가를 느끼며 어딘가에서 나름의 방식으로 존재하고 있는가. 그렇다면 지금 이 도시가 보이는가. 당신 때문에 병든 개처럼 살고 있는 우리가 보이는가. 당신이 만들어낸 망령들이 보이는가. 유령처럼 떠다니는 이 지독한 냄새가 맡아지는가. 죽음의 그림자처럼 발목에 이빨을 박고 질질 끌려오는 저 시체들을 보라. 당신을 믿는 자들에게는 저주를. 당신을 믿지 않는 자들에게는 죽음을……

2부

6

신은 말로 세계를 창조했다. 전능한 그는 단지 말만 했다. 있으라, 하니 있게 됐다. 어둠과 빛이 나뉘었고 태양과 달과 별들이 낮과 밤을 만들어내고 지상의 것들을 비추며 보호했다. 바다와 육지가 나뉘었고 하늘과 땅이 생겼다. 날개 달린 동물들이 하늘을 날았고 네 발 달린 동물들이 육지를 달렸으며 아가미로 호흡하는 물고기는 물속을 헤엄쳤다. 단단한 돌멩이와 부드러운 흙과 싱그러운 풀이 대지를 뒤덮으며 나무들은 뜨거운 땅에 그늘을 만들었다. 신은 자신이 만든 세계가 무척 마음에 들었다. 보기에 좋았고 아름다웠다. 신은 마지막으로 인간을 만들어 창조한 세계를 부탁했다.

그러나 인간은 신을 거스르기 시작했다. 신의 뜻은 모호했고 세계의 질서는 쉽게 이해되지 않았다. 신은 모습을 드러내지 않았고 그가 원하는 것들은 인간의 조건과 본성에 대부분 대치됐다. 신의 편에 서서 그의 뜻을 지키는 자들의 삶은 고단했다. 끊임없이 뭔가를 참아내야 했으며 잠들 때마다 하루의 모든 일을 반성해야 했다. 그것은 고통스러웠고 끝이 없었다. 신이 없다고 믿는 이들이 많아졌다. 있었다고 해도 지금은 없거나 옛날에 죽었다고 생각했다. 보려고 노력했으나 보이지 않았다. 보지 않고 믿기란 어려운 일이었다. 인간들은 자유롭게 살기 시작했다. 원하는 것을 원하는 만큼 마음껏 누리고 사는 삶. 신은 인간들의 자유로운 행위를 타락이라고 명명했다. 마음에 들지 않았고 더 이상 아름답지 않았으며 보기에 좋지 않았다. 신은 세계를 창조한 것과 그것을 인간에게 부탁한 것을 후회했다. 그리고 잘못된 것을 바로잡기로 결심한다. 처음처럼 다시 아름답고 보기 좋은 세계를 원했다. 그러기 위해서는 모든 것이 최초의 상태로 돌아가야 했다. 타락하지 않은 인간 노아를 제외한 모든 인간을 땅에서 없애기로 마음먹는다. 노아는 아무것도 묻지 않았고 의심 없이 신의 말에 순종했다. 노아는 방주를 만들었다. 새로운 세계를 재건할 최소한의 생물들이 방주에 올라탔다. 사람들은 산꼭대기에 이상한 모양새로 얹혀 있는 방주와 노아를 조롱했다. 노아는 말없이 방주에 올라탔고 문을 닫았다. 신은 잠시 동안 물끄러미 지상을 내려다봤다. 그리고 그의 손으로 직접 궁창을 깨뜨렸다. 하늘에 떠 있던 공중의 바다가 무너지며 땅으로 비가 쏟아져 내렸다. 이전에도 없었고 이후에도 다시는 없을, 큰 비가 내리기 시작했다. 해가 뜨지 않았고 비는 약해지지도 멈추지도 않았다. 지상의 모든 피조물이 물속에 잠겼다. 타락한 세계를 정화하고 최초의 상태로 돌리기 위해 40일이라는 시간이 소요됐다. 생물들은 숨이 멎었고 방주에 올라탄 생물들은 죽은 듯 누워 구원의 순간을 기다렸다. 노아는 한 줄기의 빛도 들어오지 않는 깜깜한 선실에 쭈그리고 앉아 고개를 숙였고 귀를 막은 채 침묵했다. 비가 그쳤다.

땅의 모든 틈이 큰 입을 벌리고 물을 삼키기 시작했다. 드디어 방주가 땅에 닿았다. 방주에 타고 있던 노아와 그 가족은 두번째 세계의 아담과 이브가 되었고 한 쌍의 생물들은 새로운 종의 기원이 되었다. 마른 땅에서 올라오는 온기와 푸른 하늘을 바라보며 구원받은 생물들이 기뻐하고 있을 때 신이 말했다. 다시는 큰물로 이 세계를 심판하지 않겠다. 이것은 약속에 대한 징표다. 하늘에는 세계를 횡으로 가로지르는 크고 아름다운 무지개가 떠 있었다.

어느 날 갑자기 펠릿이 튀어나왔다. 방식과 접근은 달랐지만 각계의 학자들은 입을 모아 이 현상을 종말의 징후로 해석했다. 언어와 관계된 시련, 끝없이 몸을 키우고 발전했던 문명의 후퇴, 이제껏 겪어보지 못한 종류의 위기. 종교학자들과 인류학자들은 구어처럼 떠돌던 바벨이라는 단어를 시대를 지칭하는 공식적인 용어로 사용하기 시작했다. 신은 약속을 지켰다. 세계를 물로 심판하거나 단번에 모든 것을 원점으로 되돌리려고 하지 않았다. 대신 느린 속도로 서서히 차오르는 말의 바다를 만들었다. 인간들은 자신이 내뱉은 말속에 잠겨 질식했고 아무도 스스로를 구원해내지 못했다. 질식 위기에 놓인 인간들은 보이지 않는 높은 산 어딘가에 노아가 방주를 만들고 있다고 믿었다. 언제 완성될지도 모르고 누가 들어갈 수 있을지도 모른다. 그러나 사람들은 노아를 믿었다. 아니, 믿어야만 했다. 그것만이 소망이었고, 그것만이 유일한 구원의 가능성이었다. 인간들은 그 순간이 오기를 기다리기 시작했다. 겨우 견디며, 힘들게 숨 쉬며, 치욕을 이기고 욕망을 감추며 자신의 본질을 증오했다. 무엇인지 모르는 인류 공통의 어떤 죄를 반성하며 입 다물고 고요히 살기 시작했다. 더 이상 자신이 내뱉은 말에 발목이 감기고 숨이 막혀 질식하고 싶진 않았다. 마음껏 말하고 싶었고 소리치고 싶었고 노래하고 싶었다. 그들은 소망을 품고 노아를 기다렸다. 희뿌연 회색 하늘을 뚫고 크고 아름다운 무지개가 다시 떠오르기를 바랐다.

모두가 무지개를 기다리는 것은 아니었다. 노아를 저주하고 증오하는 사람들이 있었다. "NOAH OUT"을 부르짖는 NOT. 그들은 노아를, 그리고 그의 방주 파괴를 목표로 정한 자들이다. 그들은 이렇게 생각했다. '노아는 신의 대리자가 아니다. 그는 타락한 신이다. 그는 우리의 구원에 관심이 없다. 그는 반복되고 지속되는 우리의 치욕스러운 삶을 원할 뿐이다. 그는 우리를 구할 능력이 없다. 우리는 그가 약속한 거짓된 미래에 관심이 없다. 그가 바꿀 수 있는 미래란 처음부터 없다. 미래는 펠릿으로 인해 막혔고 오래전에 깊이 잠겨 질식했다. 우리는 노아를 믿지도 기다리지도 않는다. 노아의 심판만을 원한다. 그가 방주를 만든다고 할지라도 우리는 그것을 거부하겠다.'

반면 그들과 대척점에 서 있는 이들이 있었다. 그들은 스스로를 '레인보'라고 칭했다. 그들은 이렇게 주장했다. '노아의 실험으로 인해 펠릿이 생겨났고 인류가 위기를 맞은 것은 인정한다. 하지만 펠릿이 인류 종말의 징후이고 저주의 산물이라는 것을 인정할 수 없다. 인간 스스로 발전시킨 문화와 문명은 그 자체로 이미 종말의 징후였다. 인간의 언어는 타락했고 폭력의 도구로 전락했다. 인간에게는 다른 생물들처럼 육체적이고 본질적인 언어가 잠재되어 있다. 하지만 인간은 언어를 나누었고 쪼갰으며 박살을 낸 후 그것을 다시 조각하려는 어리석은 시도를 반복하고 있다. 언어가 발전되면 발전될수록 의미는 불명확해지고 대화는 단절됐으며 소통은 불가능해졌다. 언어는 결국 괴물처럼 흉측하게 변하고 말았다. 지금 이 시대에 누가 누구의 말을 믿을 수 있는가. 우리의 복잡하고 시끄러운 언어가 침묵을 닮은 동물과 식물의 언어보다 훌륭하다고 할 수 있는가. 노아로 인해 인간의 역사는 종말의 낭떠러지 앞에서 가까스로 멈출 수 있었다. 바벨은 교만한 인생들이 겸손한 삶으로 돌아갈 수 있는 마지막 기회다. 부패하고 썩어빠진 말이 아닌, 신중하고 아름다운 언어만 가능한 시대가 올 것이다. 퇴행이 아닌, 회복이라고 말해야 옳다. 역사는 퇴행이 아닌, 더 좋았던 과거로 돌아가고 있다. 어떤 미래보다 더 아름답고 발전된 과거. 노아는 우리에게 회복의 씨앗을 선물했다. 시간이 걸리겠지만 결국 싹이 날 것이고 아름다운 열매를 맺게 될 것이다. 그는 승리할 것이다. 그리고 마침내 구원의 방주를 만들어낼 것이다. 우리는 방주 위에 올라 하늘에 떠 있는 찬란한 무지개를 보게 될 것이다.'

NOT은 정부에서 공식적으로 규정한 불법 단체다. 그들은 우선 노아의 약속과 정부의 발표를 신뢰하지 않고 기회만 있으면 과격한 시위를 벌인다. 시위의 주된 메시지는 노아에 대한 즉각적인 처벌과 펠릿과 관련된 정부의 방침과 계획의 폐기다. 그들은 정부와 노아에 대한 비판적인 메시지가 적힌 팻말을 들고 검정색 마스크를 쓰고 게릴라처럼 나타나 정부 기관이나 청사를 향해 부패한 펠릿을 투척하거나 거리에서 소각하기도 한다. 그동안 진압군은 그들을 방치했고 직접적인 처벌에 소극적이었다. 소규모로 이루어진 활동이었고 특정 회원들 외에는 시민들을 선동하거나 시위에 동원시키는 행동은 하지 않았기 때문이지만 실제 이유는 다른 곳에 있었다. 바벨의 모든 사람은 그들의 행동을 마음으로 이해하고 있었다. 이토록 끔찍한 세계에서 어떻게 보면 분노와 성토는 어쩔 수 없는 것이었고 당연한 행동이었다. 펠릿으로 인해 느끼는 절망과 분노는 모두가 느끼고 있지만 아무도 말하지 못하는 것이었다. 그러니까 그들은 보편적이고 일반적인 저항을 하고 있는 것이다. 그것을 알고 있는 정부는 그들의 활동을 묵인할 수밖에 없었다. 하지만 최근 분위기가 바뀌었다. 정부와 노아에 대한 검증되지 않은 음모론이 떠돌며 시민들의 불안감이 고조되고 있고 시위가 전보다 훨씬 거칠어지고 있는 탓이었다. 정부의 태도가 달라졌다. 어느 순간부터 NOT과 관계된 자들을 반드시 처벌하겠다는 경고가 『모닝 바벨』의 가장 중요한 기사로 다뤄지고 있었다.

레인보는 NOT과 성격이 다르다. 공통의 행동과 활동을 벌이는 특정한 단체라기보다 시민들의 의식을 계몽하는 사회운동 집단이다. 그들은 비영리 비폭력을 지향하며 기본적으로 정부와 노아에 대해 지지하는 입장을 취하고 있다. 그들은 바벨의 삶이 고통스럽고 힘겹다는 것을 부정하지는 않는다. 하지만 그것에 대해 분노하거나 저항하지도 않는다. 그런 행동들이 무의미하고 소모적이라는 생각이다. 1차적으로 펠릿을 운명적으로 받아들인다. 그리고 주어진 운명을 좋은 쪽으로 해석하려고 노력한다. 또한 그것을 해결할 수 있는 유일한 사람은 좋든 싫든 노아이기 때문에 노아를 지지해야 한다고 생각한다. 때문에 가장 중요한 것은 각자가 흥분하지 않고 지금의 삶에 충실할 것과 노아의 연구가 성공할 수 있도록 응원하고 차분하게 기다려야 한다는 것이다. NOT은 레인보의 이러한 생각과 성향을 비판 의식이 결여된 어리석음으로 해석하고 무작정 정부를 믿는 성향의 사람들은 보수적이고 비겁한 겁쟁이들이라고 조롱했다. 실제로 레인보들 중 상당수가 보수적 성향이 강한 중장년층들이었다. 어떤 이들은 펠릿을 타락하고 교만한 언어에 대한 심판이라고 종교적으로 해석하는 사람들도 있고, 심지어 노아를 메시아로 생각하는 사람들도 있었다. 레인보들은 공통적으로 합의된 입장은 없었지만 방주를 기다리는 자들이었다. 나아가 평화를 약속하는 신의 증표인 무지개를 기다리는 자들이었다.

바벨을 사는 사람들은 모두 NOT이고 동시에 모두 레인보다. 하나의 감정 안에 기쁨과 슬픔이 섞여 있고 밤과 낮이 함께 하루를 만들어내는 것처럼 사람들의 내면에는 NOT과 레인보가 공존하고 있었다. 악취를 풍기며 부패하는 펠릿을 바라보고 있으면 NOT이 되었다가 어떻게든 살아야겠다는 삶에 대한 의지와 본능이 강해지면 레인보들처럼 상황을 좋은 쪽으로 해석하려고 했다. 어제는 노아에게 희망을 걸었고 오늘은 노아로 인해 희망을 잃었다. NOT과 레인보는 양극단에 서 있었지만 같은 길을 공유한 마을 사람들이었고, 깊은 골짜기를 사이에 놓고 갈라져 있지만 사실은 같은 세계를 살아가는 바벨의 인류들이었다.

7

출판사는 고요했다. 내실 형광등과 사무실 비상등을 제외한 모든 불이 꺼져 있었고 남아 있는 직원들은 없었다. 평소 같았으면 마감 때문에 정신없이 분주했을 공간이 철거된 공사 현장처럼 텅 비어 있었다. 요나는 어둑한 현관 앞에 서서 생전 처음 보는 장소처럼 사무실을 낯설게 바라봤다. 비어 있는 동료들의 의자와 정돈되지 않은 책상들이 막 숨이 끊어진 생물처럼 섬뜩하게 느껴졌다. 요나는 왼쪽 어깨에 걸치고 있던 가방을 벗어 책상에 올려놓고 의자에 걸터앉았다. 계속되는 불면과 써지지 않는 원고 탓에 몸 상태가 엉망이었다. 움직일 때마다 관절에서는 소리가 났고 어깨 근육은 돌덩이처럼 단단하게 뭉쳤다. 하지만 피곤해서 침대에 누워 눈을 감으면 정신은 날카롭고 선명해졌다. 그러니 늘 피곤했고 몽롱했다. 요나는 책상에 어지럽게 널려 있는 자료들을 감정 없는 눈으로 훑어봤다. 『모닝 바벨』의 기사를 스크랩한 서류철과 쓰다 만 초안들, 바벨과 관련된 전문가들의 칼럼과 기사, 펠릿에 대한 논문들이 뒤섞여 있었다. 모두 노아에 대한 자료를 뽑아내기 위해 참고하는 것들이었다. 하지만 이런 자료들이 소용없게 됐다. 출판사 대표인 밀이 이번 달 『횃불』의 메뉴와 편집 방향에 대해 제동을 건 것이다. 요나는 왼손에는 『모닝 바벨』, 오른손에는 『횃불』을 들고 둘을 번갈아 쳐다봤다. 문득 모든 게 덧없고 허망하다는 생각이 들었다. 볼의 말대로 사람들은 이 모양 저 모양으로 살아가지만 결국은 모두 절망하고 있는 것은 아닐까. 레인보는 끊임없이 실망을 안겨주는 연인을 계속 사랑하기로 결심한 사람들이다. 겉으로는 로맨티스트처럼 보이지만 스스로는 쓸쓸함과 참담함을 어쩌지 못하고 있다. NOT은 맹목적으로 정부와 노아에 대해 저항하고 노아의 처형을 부르짖고 있지만 사실은 노아의 실존 그 자체를 목격하고 싶은 것인지도 모른다. 둘의 목표와 가치관은 그야말로 제각각이고 서로를 향해 각을 세우고 있지만 엄밀히 말하면 둘은 서로를 의지해 버티고 있는 것이다. 나무 팽이가 이리 맞고 저리 맞아도 언제나 균형을 되찾는 것처럼 바벨의 사회는 단단한 불안과 절망을 기초 삼아 이상한 방식으로 굳건히 유지되고 있었다. 입에서 입으로 전해지고 냄새와 냄새로 전해지는 불안한 예감과 긴장감으로 장전된 바벨의 공기는 사람들을 분열시켰지만 동시에 그곳에서 꿈꾸게 했다. 표면적으로는 삶과 관계된 꿈이었지만 사실은 우리에게 남은 삶이 어떻게 끝날 것인지에 대한 죽음과 관계된 꿈이었다. 그러니까 우리의 모든 노력은 삶에 관한 것이 아닌, 죽음에 관한 것이었다. 죽음을 향한 노력과 긍정적인 움직임을 희망으로 혹은 삶에 대한 의지로 착각하고 있는 것이다. 결국엔 횃불도 꺼지고 바벨의 아침도 사라지고 말 것이다. 요나는 들고 있던 잡지를 바닥에 던지고 손가락으로 관자놀이를 누르며 두통이 사라지길 바랐다. 밀은 한참 바쁘게 돌아가야 할 사무실의 엔진을 끄고 직원들을 모두 돌려보낸 뒤 편집을 책임지고 있는 요나만을 사무실에 호출했다. 이러한 과정 중에 요나는 밀에게 그 어떤 말도 듣지 못했고 납득할 만한 이유도 알지 못했다. 다만 요나가 짐작할 수 있는 건 밀이 뭔가를 숨기고 있거나 상황이 아주 좋지 않다는 것이었다.

요나는 손바닥으로 양쪽 볼을 문지르며 낮게 한숨을 내쉰 뒤 주위를 둘러봤다. 맞은편에서 아벳이 책상 위에 엎드려 자고 있었다. 아벳은 최근 며칠 동안 집에도 가지 않고 사무실에서 취식을 해결하고 있었다. 기사를 쓴다거나 밀린 일을 하는 것이 아니었다. 낮에는 사라졌다가 밤늦게 돌아왔다. 행색은 초라했고 몰골은 노숙을 하는 사람들처럼 지저분했다. 아벳은 오후 내내 작업장에서 심한 육체노동을 하고 온 사람처럼 의자에 앉아 불편하게 몸을 뒤틀며 소리 없이 끙끙댔다. 그러다 책상에 엎드려 자거나 소파에 앉아 잠들었다. 요나는 아벳을 물끄러미 내려다봤다. 그는 오른팔에 이마를 대고 엎드려 있었다. 길고 기름진 머리가 지저분하게 엉켜 있고 오랫동안 씻지 않은 목덜미는 얼룩덜룩했다. 발목에는 생성된 지 이틀은 돼 보이는 주먹만 한 펠릿이 달려 있었다. 책상 위에 올려진 손등은 거칠었고 크고 작은 상처가 나 있었다. 요나는 바닥을 향해 긴장 없이 늘어져 있는 아벳의 왼팔을 잡아주고 싶은 마음과 발로 걷어차고 싶은 충동을 동시에 느꼈다. 이중적이고 극단적인 두 마음에 당황한 요나는 의자에 앉아 이 순간이 지나가길 기다렸다. 뜨거운 동시에 차가운 이상한 분노였다. 요나는 자리에서 벌떡 일어나 사무실 불을 켰다. 아벳이 눈살을 찌푸렸고 꿈틀거리며 일어났다. 그는 어깨를 만졌고 얼굴을 찡그리며 괴로운 표정을 지었다. 요나는 아벳에게 다가가 책상 위에 아무렇게나 펼쳐져 있는 종이의 뒷면에 뭔가를 적어 아벳에게 건넸다.

  ─ 광장에서 봤어. 도대체 무슨 짓을 하고 돌아다니는 거야?

  아벳은 초점 없는 눈으로 종이 위의 글자를 쳐다보다 고개를 들어 요나를 노려봤다. 광장에서 요나를 바라보던 증오심과 분노가 뒤섞여 있는 그 눈이었다. 아벳은 한숨을 훅, 뱉어내고는 책상 위에 놓여 있는 빵을 집어 들었다. 뜯어 먹다 만 빵은 겉이 딱딱하게 굳어 있었고 잇자국이 그대로 남아 있었다. 아벳은 빵을 입에 꾸역꾸역 밀어 넣고는 천천히 씹었다. 요나는 그 모습을 말없이 지켜봤다. 아벳은 요나에게 보란 듯이 턱을 빠르고 왕성하게 움직인 후 입을 쩍 벌려 비어 있는 입안을 보여줬다. 그리고 요나의 손에서 펜을 빼앗아 요나의 글씨 밑에 빠르게 뭔가를 썼다. 그리고 책상에 펜을 소리 나게 탁, 내려놓고 사무실을 나가버렸다.

  ─ 비겁한 자식.

  거칠게 휘갈겨 쓴 글씨가 날카로운 칼끝처럼 요나를 향하고 있었다. 요나는 어둠속으로 멀어지는 아벳의 뒷모습을 바라봤다.

  두 달 전 아벳의 어머니가 사망했다. 사인은 펠릿으로 인한 질식이었다. 어머니의 자살을 아벳은 쉽게 받아들이지 못했다. 자기가 하지 못한 일과 할 수 없었던 일을 떠올리며 자책했고 만일 그때 자신이 뭔가를 했더라면 어머니가 죽지 않았을 수도 있을 거라는 모종의 가능성을 셈하며 자신을 끊임없이 괴롭혔다. 많은 사람이 펠릿으로 자살하고 대부분의 사람이 우울증에 걸려 있다는 것이 아벳의 고통을 일반화시켜주진 못했다. 아벳은 위험할 정도로 우울해했다. 사람들

은 더 이상 우울증을 특별한 병이거나 대단한 문제라고 생각하지 않
았다. 펠릿이 사라지지 않는 한 인간의 내면을 얼어붙게 만드는 저조
한 감정도 사라지지 않을 것이다. 밝은 태양이 아무리 강렬하게 얼어
붙은 대지를 비춰도 극지방의 눈과 얼음이 사라지지 않는 것처럼 우
울은 바벨의 인간에게는 자연과도 같은 어쩔 수 없는 것이었다. 요나
는 아벳의 우울증이 남들처럼 어쨌든 적응될 것이라고 믿었다. 그렇
지 않더라도 나름의 방식으로 견딜 만한 힘이 곧 생길 것이라고 생각
했다. 요나의 예상은 맞았다. 아벳은 회사로 다시 돌아왔다. 예전보다
왕성하게 활동했고 매사에 에너지가 넘쳐 보였다. 그런데 조금 이상
했다. 아무 이유 없이 기분이 늘 나빠 보였고 반대로 특정한 이유로
인해 항상 기분이 나빠 보였는데, 그것은 정부나 노아와 관련된 이야
기를 들을 때였다. 그렇지 않아도 회사 내에서 가장 급진적이었던 아
벳은 커져가는 태풍의 날개처럼 걷잡을 수 없이 거칠고 무모해졌다.
글자와 지면으로만 의사를 드러내야 하는 잡지의 메커니즘을 답답하
게 여겼고 이것이 실제로 무슨 힘이 있는지 어떤 의미가 있는지에 대
해 의심하기 시작했다. 편집 회의 내내 삐딱하게 앉아 직원들 모두를
조롱하는 듯한 표정을 짓기도 했고 무단으로 회의에 불참하거나 출
근을 하지 않는 경우도 빈번했다. 회의에 참석했을 때는 다른 사람들
의 말을 듣지 않거나 사사건건 시비를 걸고 넘어졌다. 특히 요나의 생
각에는 정면으로 반발했다. 아벳은 뭔가 더 강력한 게 필요하다고 했
다. 노아와 정부를 움직이기 위해서는 좀더 직접적이고 자극적인 글
을 써야 한다고 했다. 합리와 논리의 과정을, 문장을 답답해했다. 이
러한 생각은 편집장인 요나로서는 받아들일 수 없는 의견이었다. 아
벳이 기획한 메뉴 꼭지들도 NOT과 관련된 것들로만 집중 편성되어

있었다. 시위하는 사람들을 인터뷰하자고 했고, 음모론으로 치부되고 있는 그들의 주장을 기사화해 본격적으로 수면 위로 드러내자고 했다. 또한 시위 현장에 동행해 현장을 취재하고 그것을 다큐 시리즈 형식으로 만들자고 주장했다. 이것은 잡지의 정체성과 방식 자체를 초월하는 내용이었다. 물론 『햇불』의 기본 정신은 NOT과 맥을 같이 하고 있다. 둘 모두 정부와 노아에 대한 반감과 저항의 정신을 갖고 출발했기 때문이다. 하지만 NOT은 엄연한 불법 단체다. 그들은 오직 저항에만 관심이 있다. 반감을 위한 반감. 저항을 위한 저항. 그들이 저항의 형식과 방법에 관심과 노력을 기울인다면 『햇불』은 저항의 내용과 그 가치에 대해 고민한다. 왜 우리가 저항해야 하는지를 지면과 논리를 통해 설득하고 정부의 발표와 노아의 약속이 얼마나 무책임하고 거짓된 것인지를 알리는 것이 목적이다. 느리고 답답하더라도 그것이 잡지의 방법이고 글의 방식이었다. 하지만 아벳은 지금 저항의 내용 자체를 바꾸자고 주장하며 조직의 근간을 뒤흔드는 행동을 하고 있는 것이다. 요나가 참고 있는 것은 그동안 아벳과 함께한 시간에 대한 믿음 때문이었다. 광풍이 지나간 후에 수면이 잔잔해지는 것처럼 아벳의 광기가 가라앉을 거라고 믿었다. 하지만 아벳은 날이 갈수록 더 무례해졌고 비정상적인 행동을 일삼았다. 아벳은 기어이 요나의 감정을 격하고 날카롭게 만들었다. 아무것도 모를 때처럼 그렇게 계속 행동할 수는 없었다. 그렇다고 아벳을 설득할 가능성도 없었다. 남의 말을 듣고 이해하고 받아들이기에는 아벳은 이미 너무 고립된 상태였고 뭔가에 깊이 도취되어 있었다. 그에게 열심히 써서 건네는 모든 종류의 메모와 미러의 텍스트들은 무의미한 기호일 뿐이었다. 요나는 자제력을 잃기 직전, 뜨거워진 손바닥으로 의자 다리를 붙잡았다. 싸늘하게 전해져오는 차가움이 들떠버린 감정을 누르며 열기를 사그라뜨렸다.

밀이 사무실에 들어왔다. 요나는 상한 마음과 분노를 감추기 위해 일부러 감정 없는 표정을 유지했다. 밀은 사무실 안을 성큼성큼 걸어다니며 여기저기를 형식적으로 확인한 뒤 요나를 향해 손을 흔들며 자신의 방으로 들어가자는 신호를 했다. 요나는 밀을 따라 그의 방으로 들어갔다. 밀은 중키에 살집이 있는 체격이었다. 에너지가 넘치는 스타일이었고 장난기 많은 웃음이 입가에 늘 걸려 있었다. 두꺼운 안경 렌즈 속에 숨어 있는 그의 작은 눈은 반짝였고 나이에 어울리지 않게 호기심이 왕성했다. 그는 배짱도 두둑했다. 정치적 탄압과 압력이 심할 때도 잡지 발행을 결코 멈추지 않았다. 어려움과 문제가 생길 때는 그것이 어떤 일이든 정면으로 맞섰고, 그로 인한 위협과 압박을 가볍게 넘기며 별것 아닌 것으로 만들어내는 탁월한 능력이 있었다. 그의 태도와 유연함은 직원 모두의 마음을 단번에 안심시키는 효과를 가져왔다. 또한 그는 편집의 마술사였다. 문제가 될 수 있는 민감한 부분은 중의적으로 해석될 수 있도록 모호하게 문장을 고쳤고, 정부와 노아에 대해 직접적으로 비판해야 할 문제를 언급할 때는 시적인 형식과 우화적인 방식을 취했다. 하지만 기저에 깔고 있는 뉘앙스와 조롱 섞인 문체는 읽는 사람의 마음을 뒤흔드는 호소력이 있었다. 하지만 지금의 밀은 다소 심각해 보이는 얼굴로 손가락을 책상에 톡톡 두드리며 뜸을 들이고 있다. 밀은 곧 장난기가 가신 얼굴로 빠르게 팜패드에 글씨를 쓰기 시작했다. 베테랑 편집자답게 그의 손가락은 빠르고 정확했다. 요나는 밀의 왼쪽 가슴에 부착된 미러에 떠오르는 글자에 집중했다.

- 정부가 NOT의 배후 세력으로 우리를 지목했다는 정보야. 지금까지와는 분명히 다른 움직임이야. 정확한 것은 모르겠는데 진압군의 분위기가 달라진 것은 확실해. 문제는 아벳이야. 실제로 아벳이 NOT과 관련된 이상 우리가 전처럼 여유롭게 대처하기는 쉽지 않을 것 같아. 은밀히 알아보고 있긴 한데 아벳이 어느 정도 관여하고 있는지 알 수가 없어. 예상으로는 노아와 정부의 정책에 대한 몇 가지 정보를 주고 그들을 선동한 것 같은데 확실한 것은 아니야. 우선 지금은 우리가 그를 자극해서는 안 될 것 같아. 어떻게든 내가 해결해볼 테니까 힘들어도 당분간은 모른 척하고 있어.

- 아벳과 이 문제에 대해 대화해본 적은 있으세요?

- 응. 어제 이야기를 꺼냈는데 지금의 아벳은 대화 자체가 곤란한 상황인 것 같아. 간단한 질문에도 방어적인 태도를 취하고 적의를 드러내더군. 내 판단으로는 아벳을 설득하거나 이 문제를 맡겨두는 것보다 우리가 다른 방법을 찾아내야 할 것 같아.

- 아벳의 문제를 어떻게 우리가 해결할 수 있습니까?

- 그렇게 하지 않으면 지금으로서는 우리 모두가 아벳과 뜻을 같이하고 있는 것으로 엮일 수가 있어. 그때 아벳의 문제를 지나치게 쉽게 생각한 것 같아. 아벳은 지금 뭔가 돌이킬 수 없는 방향으로 가고 있어. 그것을 우리가 돌려세울 수 있을진 모르겠지만 어쩌겠어. 뭐라도 해야지. 아벳의 문제는 내게 맡기고 다른 이야기를 좀 하지. 당분간 『횃불』의 분위기를 좀 중화시킬 필요가 있겠어. 그래서 이번 호에 싣기로 한 기사를 스톱시킨 거야. 아쉽더라도 이번 호는 접고 다음 달에 실을 꼭지들을 고민해봐. 내 생각으로는 레인보의 입장을 대변

할 수 있을 만한 기사나 칼럼을 좀 실어야 할 것 같아. 일단 이 사람을 만나봐. 그가 쓴 논문과 어딘가에 기고한 산문인데 대충 읽어보니 괜찮은 것 같아. 일반적인 레인보들의 대책 없는 대망론이나 근거 없이 노아를 지지하는 무책임한 입장도 아닌 것 같고. 꽤 논리적이고 그럴듯한 생각도 많더군.

밀이 책상 위에 논문 한 권, 종이 한 뭉치를 올려놓았다. '펠릿의 언어적 기능과 효용'이라는 제목의 논문과 '본질과 진실의 언어, 펠릿'이라는 제목의 산문이었다. 요나는 무심결에 입을 벌리고 소리 없이 아, 했다.

- 왜 그래? 아는 사람이야?

- 아니요. 만나볼게요.

- 그래. 내키지는 않겠지만 이 위기를 잘 넘길 수 있도록 힘 좀 써줘. 그나저나 아벳이 진짜 걱정이군.

밀과 요나는 잠시 고개를 떨어뜨리고 침묵에 잠겼다. 요나는 난감한 표정을 짓고 있는 밀의 얼굴을 보자 참을 수 없이 화가 났다. 요나는 주먹으로 책상을 내리치며 거칠게 글씨를 썼다.

- 아벳은 미치광이가 돼가고 있어요. 솔직히 지금 아벳을 챙길 여력이 없어요. 저 역시 요즘은 미칠 것 같아요. 무엇을 견디고 무엇을 위해서 노력해야 할지 아무것도 모르겠어요. 그저 혼란스럽고 무의미해요.

밀은 요나의 미러를 보고 가볍게 웃었다.

- 때로는 완전히 무의미한 것들도 겪어내야 해. 몸을 낮추고 그냥 가만있어야 할 때도 있는 거야. 견디지 말고 그냥 가만히 있어. 가장 변덕스러운 게 날씨고, 시간이고, 상황이니까.

밀은 책상 위에서 부들부들 떨고 있는 요나의 주먹을 부드럽게 잡고 가볍게 어깨를 어루만진 뒤 밖으로 나갔다. 밀의 손은 따뜻했으나 거칠었다. 문밖으로 사라지는 다부진 밀의 뒷모습이 믿음직스럽다기보다 안쓰러운 마음이 들었다. 요나는 책상 위에 놓인 논문과 서류들을 쳐다봤다. 요나는 곧 그것들을 가방에 집어넣고 사무실에서 나와 집을 향해 발걸음을 옮겼다. 수없이 반복했던 익숙한 퇴근이었지만 낯선 땅으로 이주하는 생경한 기분이 들었다. 아벳이 휘갈겨 쓴 거친 말이 떠올랐다. 마치 면전에 대고 큰 소리로 또박또박 소리 지른 것 같은 강력한 느낌의 글자. 내가 비겁한 것인가. 요나는 혼란스러웠다. 화가 나지도 않았고 서운하지도 않았다. 도리어 마음이 차분하게 가라앉았다. 요나는 알 수 있었다. 아벳은 전과 같은 상태로 돌아오지 않을 것이다. 지금의 그가 표출하는 증오심과 분노는 화강암처럼 차갑고 단단했다. 쉽게 움직이지도 변하지도 않는 종류의 마음이었다. 그의 내벽에 깊게 새겨지고 있는 글자들은 무엇일까. 그의 정신과 표정은 펠릿처럼 점점 더 부패하고 팽창할 것이다. 결국에는 지독한 냄새와 함께 어딘가에서 터져버리겠지. 발길 닿는 대로 걷던 요나는 벤치에 앉아 하천을 바라봤다. 노란 옷을 입은 수거 요원들이 누군가 몰래 내다 버린 펠릿을 수거하고 있었다. 천변에는 서로 다른 종류의 부패한 펠릿이 대량 학살당한 생물처럼 포개어 쌓여 있었다. 그 모습을 멍하게 쳐다보던 요나는 입술을 달싹대며 말없이 중얼거렸다. '완전히 무의미해. 무의미해. 완전히.' 요나는 가방에서 수첩을 꺼내 볼펜을 손에 쥐고 생각나는 대로 휘갈겼다. 그러다 문득 볼의 연구실에서 잠깐 마주쳤던 마리의 얼굴이 떠올랐다. 그녀의 청바지 뒷주머니에 자신의 이름이 적혀 있는 명함이 들어 있을 것을 생각하니 기분이 이상해졌다. 마리가 그랬던 것처럼 이마에 주름을 만들며 미간을 찌푸려봤다.

8

웅크리고 잠을 자던 요나가 악 소리를 지르며 잠에서 깼다. 새벽이
돼서야 겨우 잠들었는데 자는 내내 악몽에 시달렸다. 축축하게 젖은
손을 침대 시트에 비벼 닦고 더듬더듬 몸을 매만졌다. 커다란 무언가
가 빠져나가 몸 안에 큰 구멍이 생긴 것 같은 기분이었다. 그는 의지
와 상관없이 빠르게 뛰는 심장을 진정시키기 위해 느리게 규칙적으
로 호흡했다. 수심이 깊은 물속에서 가까스로 헤엄쳐 나온 것처럼 팔
다리에 힘이 없었다. 눈을 천천히 감았다 뜨며 현실 감각을 되찾으려
고 애썼으나 또렷해지는 의식의 틈을 벌리고 꿈속의 장면이 파고들
었다. 생생하고 색깔이 풍부한 꿈이었다. 그는 밧줄에 온몸이 결박된
것처럼 펠릿에 묶여 있었다. 꿈속에서도 펠릿은 축축했고 냄새가 지
독했다. 펠릿은 살아 있는 커다란 뱀처럼 그의 몸통을 조이며 꿈틀댔
다. 내부의 장기가 상하고 갈비뼈가 부러질 것 같은 강한 압력에 그
는 고통스럽게 비명을 질렀다. 하지만 날카로운 소리는 펠릿을 더욱
크고 왕성하게 만들 뿐이었다. 펠릿은 뭉텅한 머리와 꼬리를 흔들며

그를 위협했다. 입 없는 것들이 입을 벌리려고 몸부림치는 것 같았다. 그는 무력하게 중얼거렸다. 살아 있어. 살아서 나를 위협하고 있어. 입이 없는 것을 슬퍼하며, 입이 없는 것에 분노하며.

요나는 마비된 사람처럼 빈 벽을 바라보며 소리 없이 중얼거렸다. 입이 없어도 벌리려고 하다니, 입이 없어도 말하려고 하다니. 그는 손을 뻗어 침대 옆 선반에 놓여 있는 커터를 집었다. 발목에는 악을 지를 때 튀어나온 엄지손가락만 한 크기의 다갈색 펠릿이 축축한 버섯처럼 자라나 있었다. 그는 펠릿에 커터를 갖다 댔다. 길게 숨을 들이쉬고 천천히 내뱉다 잠깐 숨을 참은 후 잘라냈다. 순간 그의 왼쪽 눈주름이 세 줄로 깊게 파였다. 꿈속의 감각과 이미지가 사라지고 소멸되었지만 마지막까지 실제처럼 그의 곁에 남아 기억되는 건 펠릿의 색깔이었다. 그것은 세상에 없는 색깔이었다. 인간의 입에서 태어나는 펠릿은 결코 가질 수 없는 독보적이고 찬란한 색깔이었다. 요나는 그런 펠릿을 딱 한 번 실제로 본 기억이 있었다. 잊으려고 노력해도 잊어지지 않는 영구적인 상처, 사라지지 않는 흉터 같은 단단한 기억, 울부짖을 때마다 룸의 발목에 아름답게 맺히던 무지개를 닮은 생물. 요나는 두 손으로 얼굴을 감싸 안고 한참 동안 앉아 있었다. 해일처럼 몰려오는 강한 충동을 억누르는 중이었다. 세상에 모든 것을 노려보며 일일이 다 저주하고 싶었다. 성대가 찢어지고 뇌에 출혈이 생길 때까지 소리 지르고 악쓰고 싶었다. 노아와 아벳의 이름을 번갈아 부르며 지독하고 더러운 욕설을 내뱉고 싶었다. 말하고 싶었고 소리치고 싶었다. 버려져 쌓여 있는 혐오스런 펠릿에 날카로운 칼을 박아넣고 싶었고, 피 흘리는 주검을 덮고 영원히 잠들고 싶기도 했다. 그는 이금니를 꽉 물고 심신이 절망과 우울에 오염되지 않길, 아침마다 반복해서 삶을 희롱하는 어두운 충동이 고요히 지나가길 기다렸다. 심장박동이 다시 느려졌고 긴장이 점차 풀렸다. 요나는 침대에서 일어났다. 가볍게 스트레칭을 했고 안면 근육을 움직여 재미있고 부드러운 표정을 지어 보였다. 손마디를 뚜둑, 뚜둑 꺾으며 맨손체조를 했고, 의식적으로 밝게 웃으며 가볍게 방을 돌아다녔다. 요나는 벗어놓은 트레이닝팬츠를 입고 밤색 셔츠를 걸치며 떼어놓은 미러를 집어 들었다. 정부에서 발신하는 정보 문자가 네 건 수신됐다. 요나는 그것들을 확인도 하지 않고 삭제했다. 터무니없는 통계와 하나 마나 한 약속들이 따뜻한 편지로 위장되어 있을 것이다. 요나는 표정 하나 바꾸지 않고 소리 없이 중얼거렸다. 쓸모없는 쓰레기들. 한 건의 문자가 더 수신됐다. 삭제를 하려던 요나의 손이 멈췄다. 어머니 필에게서 온 문자였다.

- 집에 좀 들렀으면 좋겠구나. 아버지가 이상하단다.

요나는 바닥에 뒹굴고 있는 펠릿을 물끄러미 내려다봤다. 자신의 힘으로 알을 깨고 나오지 못해 끝내 숨이 붙지 못한 부화 직전의 새끼처럼 축축하고 더러운 작은 주검. 요나는 펠릿을 집어 화장실에 던져 넣고 밖으로 나갔다.

집에 도착한 요나는 현관 앞에 쌓여 있는 어마어마한 양의 펠릿을 보고 깜짝 놀랐다. 특별한 일거리도 없이 집에만 있는 중년의 남녀가 만들어낸 것이라고 하기에는 불가능해 보일 정도로 양이 많았다. 또한 평소에 거의 보지 못한 희귀한 색깔의 펠릿이 대부분이었다. 전체적으로 연한 청색과 녹색이 섞여 있었는데 어떻게 보면 부드러운 사파이어처럼 보이기도 했다. 분명 펠릿이 맞는데 느껴지는 기운이 불쾌하거나 역하지는 않았다. 주방에 있던 필이 살짝 얼굴을 내밀고 웃으며 오랜만에 방문한 요나를 반겼다. 그녀는 양손에 펠릿을 처리하는 데 사용하는 노란 봉지를 하나씩 들고 있었다. 요나는 가방을 거실에 내려놓고 의아한 표정을 지으며 손가락으로 현관에 쌓여 있는 펠릿을 가리켰다. 필은 힘없이 웃으며 어깨를 살짝 올리고 한숨을 내쉬었다. 잠시 기다리라는 듯 손바닥을 앞으로 내밀어 보이고 필은 펠릿을 봉투에 담아 정리했다. 그 모습을 물끄러미 바라보던 요나가 참지 못하고 가방에서 노트를 꺼내 글씨를 써서 필에게 보여줬다.

  - 이게 도대체 뭐예요? 누가 말을 저렇게 많이 했어요?

필은 봉지를 묶고 한쪽 구석으로 대충 밀어놓고 글자 밑에 답을 달았다.

  - 장.

  - 요즘 스피커 일 하세요?

  - 갑자기 잠꼬대를 하는구나.

  - 잠꼬대?

  - 자면서 노래를 불러.

잠꼬대라니. 노래라니. 요나는 잠시 멍하게 필의 얼굴을 쳐다봤다. 필은 오른손에 펜을 움켜쥐고 노래 부르는 시늉을 했다. 요나는 안방에 들어갔다. 장은 벽을 등지고 옆으로 돌아누워 웅크리고 있었다. 눈을 꾹 감고 색색 숨소리를 내며 잠들어 있는 모습이 영락없이 서럽게 울다 지쳐 잠든 아이 같았다. 장은 입에 핏물이 배어 있는 헝겊을 재갈처럼 물고 있었다. 요나는 방문을 조용히 닫고 거실에 앉아 있는 필 옆에 앉았다. 필은 바닥에 엎드려 긴 글을 써서 요나에게 건넸다.

- 일주일쯤 됐구나. 평소에는 코 한번 골지 않던 사람이 어느 순간부터 밤마다 이상한 신음 소리를 내면서 몸을 뒤척이더구나. 못된 꿈을 꾸는지 어디가 아픈지 알 수 없지만 밤마다 힘들어했어. 그러다 갑자기 노래를 부르는 거야. 노래라니. 말이 되니? 장은 꿈속에서 옛날을 살고 있었던 게 분명해. 노래 부르는 목소리가 그 시절과 똑같았거든. 너무 놀랐지만 장의 입을 막지 않았단다. 장의 노래를 막을 수 없었어. 그 노래를 멈추게 하고 싶지 않더구나. 그땐 그 노래가 그렇게 귀찮고 성가셨는데 지금 들으니 다르더구나. 싫지 않았어. 그렇게 멋진 소리는 몇 년 동안 들어본 적이 없었거든. 그의 입 주위와 발목에서 펠릿이 점점 자라났지만 상관없었어.

눈시울을 붉히며 울먹이는 필의 눈을 피해 요나는 닫혀 있는 안방문을 바라봤다. 이젠 옛날이 되어버린 일들이었다. 장은 노래 부르는 것을 좋아했었다. 가족의 생계에 대해서는 다소 무책임했지만 자신의 삶과 가족의 즐거움과 관련된 일에는 욕심이 많았다. 노래 가사가 적힌 종이를 들고 다니며 틈날 때마다 가사를 외웠고 노래 연습을 했다. 가족이 둘 이상만 모이면 그 앞에 서서 노래했다. 익숙해진 가족은 장이 노래 부를 때 딴짓을 하면서 크게 신경 쓰지 않았지만 장은 단 한 번도 대충 부르거나 중간에 멈추지 않았다. 또 장은 시 쓰는 것을 좋아했다. 식상하고 감상적인 시가 대부분이었지만 장은 다른 사람의 평가에 상관없이 하루에 한두 편씩 시를 지었다. 시는 노래와 달리 아무 데서나 낭송하지는 않았다. 장은 문학회에 참석했다. 문학회라고 해봐야 비슷한 나이대의 뜨내기 시인들이 모여 술 한잔 기울이며 서로의 시를 들어주는 사모임이었지만 그들은 진지했다. 장은 모임에 참석하는 일을 종교 행사에 참석하는 것과 같은 일로 여기며 삶의 최우선 순위로 삼았다. 낭독을 위해 심각한 표정으로 일주일 내내 지은 시를 날짜별로 늘어놓고 고르면서 고심했다. 요나는 장의 그런 모습을 한심하게 여겼지만 룸은 달랐다. 항상 옆에 붙어 앉아 장의 선택을 도왔다. 장의 의견에 동의할 때는 활짝 웃으며 고개를 끄덕였고 아닌 것 같을 때는 입을 꾹 다물고 말없이 고개를 가로저었다. 장은 유일하게 룸 앞에서만 자신의 시를 낭독했고 룸은 언제나 잘 들어줬다. 장은 입버릇처럼 말하곤 했다. "내 시를 들어주는 사람들의 눈동자를 보고 있으면 살맛이 생겨. 마음이 답답할 때는 시원하게 노래 부르는 것과 시를 짓는 것 이상 좋은 것이 없지." 시를 낭송하고 노래를 부르는 것은 장에게 인생의 낙이었고 고됨을 잊을 수 있는 유일한 방법이었다.

그런데 어느 날부터 펠릿이 튀어나오기 시작했다. 장은 더 이상 노래할 수 없었고 시를 낭송할 수 없게 됐다. 정확히 말하면 장은 시 쓰는 것을 좋아하지는 않았다. 시적인 감성을 음성에 담아 낭송하기를 좋아하는 것이었다. 써도 읽지 못하는 시는 무의미한 글자의 나열에 불과했다. 게다가 멀쩡하던 둘째 아들 룸이 무슨 이유에서인지 펠릿을 볼 때마다 발작 증세를 일으켰다. 병원에서도 정확한 이유를 밝히지 못했고 정신적인 충격으로 인한 장애 같다는 짐작만 할 뿐이었다. 룸은 결국 정신병원에 입원했다. 바벨은 장에게서 노래와 시와 혈육을 앗아갔다. 누구보다 삶에 대해 애정을 갖고 재미있게 살았던 장은 돌풍으로 말미암아 모래언덕이 작아지며 사라지듯 서서히 스러졌다. 우울증을 앓았고 그 속에서 벗어날 의지를 잃어버린 듯 한동안 누워만 지냈다. 바벨은 한 가족의 삶을 송두리째 뒤흔들었다. 장은 슬픔에 빠졌고 단번에 노인이 됐다. 감각이 없어지고 신경이 죽은 사람처럼 겨우 살아 있었다. 때문에 필의 삶은 전보다 몇 배는 더 고단해졌다.

－힘들더구나. 한숨도 잘 수 없었어. 최근에는 깊이 잠든 기억이 없구나. 언제 장이 잠꼬대를 할지 몰랐거든. 잠깐 잠이 들어도 누워 있는 장이 펠릿에 질식하는 상상으로 금세 잠에서 깨곤 했다. 장은 더 힘들겠지. 그렇지 않아도 우울증으로 상태가 별로 좋지 않은 사람인데 자고 일어나면 입과 발목에 주렁주렁 매달려 있는 펠릿을 보고 어떤 기분이 들었겠니. 그것이 다 돈이고 빚인데. 어제는 장이……

필은 펜을 쥐고 있던 손을 멈추고 잠시 울먹였다.

－혀를 자르려고 했다.

요나와 필 사이에 무거운 정적이 감돌았다. 이것은 일상적인 침묵과 다른 것이었다. 정상적으로 숨 쉬는 것이 힘들었고 갑자기 중력이 강해진 것처럼 온몸에 불편한 압박이 느껴졌다. 무거워진 분위기를 떨쳐내려는 듯 필이 소파 옆에 가지런히 쌓아둔 신문을 들고 바닥에 펼쳤다. 『모닝 바벨』이었다. 필은 신문의 머리기사를 손가락으로 짚으며 그 옆에 작게 글씨를 썼다.

－이거 봐라. 좋아진다는구나.

필이 손가락으로 짚은 곳에는 펠릿을 해결하기 위한 정부의 노력과 성과들 그리고 노아의 실험이 곧 성공할 것이라는 기사가 크게 인쇄되어 있었다. 요나의 마음속에서 불쑥 화가 치밀어 올랐다. 참을 수 없는 분노가 느껴졌다. 순간 필의 얼굴에 대고 크게 소리치고 싶은 충동을 가까스로 억누르고 요나는 조용히 신문을 구겨 현관에 던져버렸다. 터무니없는 통계와 증명할 수 없는 연구 결과들. 순진한 사람들의 얼마 남지 않은 희망을 갖고 장난치며 희롱하는 정부의 거짓말들. 빠르게 안정을 되찾아가고 있다니. 안정이라니. 그들이 감히 우리에게 안정이라는 말을 사용하다니. 흥분한 요나는 당장이라도 화를 내고 싶었지만 자신의 거친 행동에 주눅 들어 있는 필을 보고 흥분을 가라앉혔다. 요나는 필의 손바닥에 부드럽게 글씨를 썼다.

– 미안해요.

필은 글씨를 썼던 요나의 손목을 잡고 부드럽게 돌렸다. 그리고 요나의 손을 가볍게 움켜쥐었다. 마치 방금 전 써 내려간 요나의 글씨가 날아가지 않게 하려는 것 같았다. 필은 손가락 한 개를 펴 요나의 손바닥에 글씨를 썼다.

– 아들아, 무슨 일이 있어도 포기하면 안 된다.

손바닥에 새겨진 '포기'라는 단어가 뜨겁게 감각됐다. 요나는 잠시 먹먹한 마음으로 손바닥을 펼치고 있었다. 필은 요나의 손을 잡았다. 필의 손에서 따뜻한 온기와 까칠까칠함이 함께 느껴졌다. 요나는 아무 말도 하지 않고 잠시 그렇게 눈을 감고 필의 손을 잡고 있었다. 그때였다. 안방에서 노랫소리가 들렸다. 요나는 자리에서 벌떡 일어나 문을 열고 안방으로 들어갔다. 물고 있던 헝겊을 뱉어내고 장이 노래를 부르고 있었다. 입에서는 피가 섞인 침이 흘러내렸으나 눈을 감고 있는 장의 얼굴은 그 어느 때보다 좋아 보였다. 오랜만에 장의 노래를 듣고 있으니 요나는 마음이 이상했다. 갑자기 울고 싶어졌다. 그러나 요나는 장의 입에서 증기처럼 피어오르는 푸른 연기를 보고 금세 현실감을 되찾았다. 요나는 장을 흔들어 깨우며 베개 옆에 떨어져 있는 헝겊을 동그랗게 말아 장의 입에 급히 집어넣었다. 장이 눈을 떴다. 잠시 멍하게 요나를 바라봤고 안쓰러운 얼굴을 하고 서 있는 필을 바라봤고 자신의 목 언저리에 붙어 있는 펠릿을 쳐다봤다. 순간

장의 눈이 날카롭게 변했다. 장은 자신의 몸을 붙들고 있는 요나를 밀어내고 물고 있던 헝겊을 뱉어내 문밖으로 집어 던졌다. 그리고 주머니에서 커터를 꺼내 입을 벌려 손가락으로 혀를 움켜잡았다. 요나는 장에게 달려들어 커터를 들고 있는 오른손을 잡았다. 한동안 장과 요나는 바닥에 누워 서로 뒤엉겼다. 장은 혀를 깨물기 시작했다. 요나는 장의 손에서 커터를 빼앗고 근처에 있는 화장지를 풀어 장의 입 속으로 거칠게 구겨 넣었다. 장은 사로잡힌 야생동물처럼 몸부림치다 이내 실신했다. 필은 문턱을 밟고 주저앉아 소리 없이 울었고 요나는 이마에 맺혀 있는 땀을 닦아내며 바닥에 쓰러져 있는 장을 복잡한 마음으로 쳐다봤다. 장의 입을 가득 메우고 있는 화장지가 조금씩 젖었고 서서히 붉어졌다. 그것은 건강하게 피어난 풍성한 붉은 장미 같았다. 요나는 참담한 마음으로 장을 바라봤다. 그리고 생각했다. 입이 있고 혀가 있는 사람에게 말하지 못하게 하는 짓, 노래하지 못하게 하는 짓, 그것이야말로 사람이 할 수 있는 일 중에서 가장 나쁘고 잘못된 짓이다. 왜 나는 장의 열정을 막으려고 했는가. 뭔가를 강렬히 하고 싶은 마음에게 하고 싶어 하지 말라고 하는 건 아픈 사람에게 아프지 마, 타오르는 불을 향해 불타지 마,라고 하는 것과 같지 않은가. 이건 정말 미친 짓이다. 최악이다.

요나는 현관문 앞에 서서 문손잡이를 잡고 멍하니 서 있었다. 쉽게 발이 떨어지지 않았다. 저 많은 펠릿을 처리할 돈을 자신 있게 내놓을 만한 금전적인 여유가 없었고 앞으로 장이 노래하지 않는다는 보장도 혀를 자르지 않을 것이라는 확신도 없는 상태였다. 아무것도 해결되지 않고 해결할 수도 없는 상황과 자신의 처지 탓에 요나의 마음은 움켜쥔 종이처럼 엉망으로 구겨졌다. 요나는 애써 웃으며 팜패드에 글씨를 썼다.

　- 너무 걱정하지 마세요. 무슨 일 있으면 꼭 연락해요.

　필은 요나의 손목을 잡고 고개를 끄덕이며 빨리 가라고 몸을 떠밀었다. 요나는 한 번 더 글씨를 썼다.

　- 꼭 연락해야 해요.

　필은 알았다는 듯 고개를 끄덕였다. 그러곤 뭔가 생각난 것처럼 입을 열고 소리 없이 아, 하며 요나의 손바닥에 또박또박 글씨를 썼다. 요나는 미러를 떼어내 읽었다.

　- 며칠 전에 보건소 직원이 왔다 갔어. 룸은 잘 있다는구나. 치료도 잘 되고 있고 아주 건강해졌대.

　필은 어린아이처럼 활짝 웃었다. 요나는 무슨 말이든 더 하려다 말고 호주머니에 손을 푹 찌르고 밖으로 나갔다. 한참을 걷던 요나는 뒤를 돌아봤다. 필이 여전히 손을 흔들며 서 있었다. 요나는 표정도 보이지 않는 아주 작은 필을 향해 손을 흔들었다. 지금 그녀는 어떤 표정을 짓고 있을까? 순간 마음이 뻐근하고 먹먹해진 요나는 고개를 숙이고 천천히 호흡하며 빠르게 걸었다. 필은 입버릇처럼 말하곤 했다. "우리 가족 중에 나를 이해해주는 사람은 작은아들밖에 없다."

　필은 룸을 졸졸 따라다니며 끝도 없는 수다를 늘어놓았는데 혼자 말하고 혼자 대답하는 모습이 얼핏 보면 모노드라마를 연기하는 배우 같아 보이기도 했다. 룸은 언제나 눈을 동그랗게 뜨고 필의 입술 모양에 집중하고 있었고 지겨워하거나 싫은 내색을 보이지 않았다. 필은 아무 대꾸도 하지 못하는 룸과의 대화를 좋아했다. 그랬는데 이제 자신을 가장 이해해주는 둘째 아들 없이 살고 있는 것이다. 룸의 부재는 필에게 도대체 어떤 의미일까. 요나는 왼쪽 어깨에 걸치고 있던 가방끈을 단단하게 고쳐 매며 발걸음을 재촉했다. 태양이 잘게 부서져 공기 중에 흩어진 듯 정오의 하늘은 뿌옇고 낮았다.

9

요나는 뜨거운 물로 샤워했다. 쏟아지는 더운 물을 등 뒤로 맞으며 오랫동안 서 있었다. 예민한 신경과 감각이 물에 녹아 부드러워지는 것 같았다. 요나는 최근에 거의 잠들지 못했고 겨우 잠들어도 악몽에 시달렸다. 쓸데없는 상상과 합리적이지 않은 방식으로 비약하는 이상한 가능성들은 과거의 기억들과 합성되어 두려움과 죄책감으로 발전했다. 망상증 환자처럼 요나는 위험하고 우울했다. 열기와 증기로 가득 찬 공간에 서서 요나는 반복적으로 되뇌었다. '속지 말자. 속지 말자. 그건 나의 탓이 아니다.' 스스로에게 거는 주문이었고 최면이었다. 잘 마른 타월을 목에 걸치고 몸에 묻은 물기를 닦아내자 어깨를 짓누르던 만성적인 피로가 사라진 듯 기분이 한결 나아졌다. 높은 언덕을 하나 넘은 것 같은 안도감과 나른함이 느껴지며 기분 좋은 공복감이 찾아왔다. 책상 위에 어지럽게 널려 있는 책과 종이를 한쪽으로 밀어내고 주방에서 오렌지 주스가 담긴 캔과 크림이 없는 빵, 토마토 두 개를 들고 왔다. 요나는 비스듬히 의자에 기대앉아 토마토를 네 조각으로 잘라 접시에 놓았다. 캔을 따서 주스를 한 모금 마신 후 바닥에 떨어져 있는 지난주에 발행된 『모닝 바벨』을 집어 들어 펼쳤다. 한 주먹 뜯어낸 빵의 하얗고 부드러운 속을 조금씩 파내 천천히 씹으며 사회 안정화에 대한 정부의 계획과 전략에 대한 기사를 읽었다.

고용 증진 대책과 하천 정화를 위한 단계적인 계획들, 만성적인 우울함을 이겨내기 위해 긍정적인 마인드를 갖고 살아야 한다는 주장들이었다. 요나는 입술을 비틀었다. 웃음이 나왔다. 바벨은 아무런 기회도 없는 사회다. 사람들은 정부로부터 고용에 대한 그 어떤 보장도 받지 못하고 있었다. 정부가 내놓는 대책이란 것들은 온통 황당무계한 것들이었다. 표면적으로 보면 희망적이고 미래 지향적인 대안이지만 엄밀히 말하면 펠릿 문제가 완전히 해결된 이후에나 적용할 수 있는 것들뿐이었다. 환경에 대해서는 뚜렷한 대책 마련도 하지 못하면서 끊임없이 문제만 제기하고 있다. 결국 환경을 보호하기 위해서는 사람들이 자신들의 펠릿을 합법적인 방식으로 처리해야 한다는 주장으로 끝이 났다. 의사와 상담가를 자청하는 멍청이들이 끝없이 쏟아내는 '긍정적인 마인드를 갖자'는 내용의 글들은 아무 영향력 없고 쓸모가 없다는 점에서 냄새 나는 펠릿과 다름없었다. 신문을 계속 읽어 내려가던 요나의 얼굴에서 웃음기가 사라졌다. NOT에 대한 특집 기사가 있었다. 그동안 『모닝 바벨』은 꾸준히 NOT이 사회에 미치는 악영향과 불법적인 활동에 대해 고발하고 문제 삼고 있었다. 하지만 그것은 어디까지나 시위 현장 사진을 악의적으로 편집해 보여주거나 그들의 활동에 대해 우려하는 정도에 그쳤다. 도리어 그 문제에 대해서는 가급적 자세히 언급하지 않으려고 했었다. 하지만 이번 기사는 달랐다. 요나는 미간을 좁히고 기사에 집중했다. 노골적인 반감을 드러내고 있었고 모종의 경고를 표하고 있었다. 사회 분위기를 저해하고 불법을 일삼는 집단을 더 이상 좌시하지 않겠다는 입장을 자극적이고 강경한 어조로 거듭 밝히고 있었다. 저질적인 음모론을 퍼뜨리며 시위의 방식 또한 갈수록 폭력적이라는 것을 지적했고 NOT은 악하고 불법적인 집단이라는 것을 명시화했다. 기사는 이들을 지원하고 후원하는 불온 세력을 밝혀내겠다는 것으로 끝을 맺었다.

요나는 사태를 지켜보자던 밀의 불안한 태도와 근심 어린 표정을 떠올렸고 출판사와 『횃불』의 위기를 실감했다. 전에 느낄 수 없던 불안감과 긴장을 느끼며 다른 기사들도 살펴봤다. 바벨키드를 바르게 양육하는 방법에 대한 아동심리학자의 칼럼과 펠릿을 소각할 때 나는 열을 이용한 에너지를 개발하는 연구 팀을 취재한 기사가 있었다. 요나는 심드렁한 표정으로 신문지 갈피를 넘겼다. 그러자 지면의 절반을 차지하고 있는 광고가 눈에 들어왔다. 신형 팜패드에 관한 광고였다. 사용자의 기호에 따라 자유롭게 선택할 수 있는 크기의 미러와 텍스트를 입력하면 사람의 목소리와 최대한 비슷한 느낌의 음성 기능이 장착되어 있음을 강조했다. 웃기는군. 요나는 코웃음을 쳤다. 처음 개발될 때만 해도 팜패드는 인류의 새로운 혀가 될 거라고 생각했다. 모든 사람이 쓸모없는 자신의 혀 대신 팜패드를 장착했다. 하지만 시간이 지날수록 사람들은 하나 둘 피부에 이식한 전자 장치를 제거하고 몸에서 미러를 떼어내기 시작했다. 팜패드는 그저 전자 노트에 불과한 거추장스러운 기계일 뿐이라는 사실을 깨닫게 된 것이다. 입력 기능과 음성 기능까지 추가된 더 발전된 모델이 계속 나오고 있음에도 불구하고 팜패드 이용률은 점점 감소하고 있었다. 신문 전체가 거짓과 헛소리만 늘어놓은 아무짝에도 쓸모없는 쓰레기였다. 요나는 신경질적으로 신문을 반으로 접어 탁자에 던졌다가 뭔가를 발견하고 다시 집어 들었다. 노아에 관한 기사였다.

'닥터 노아! 정부의 전폭적인 지원으로 펠릿을 억제하는 신약 연구에 착수.'

요나는 의자 등받이에서 등을 떼고 허리를 꼿꼿이 폈다. 그리고 신문을 들고 기사를 자세히 들여다보았다. 한참을 집중하던 요나는 어금니를 꽉 물고 두 손으로 신문을 동그랗게 구겨 현관문을 향해 집어 던졌다. 특수한 전문용어를 사용하고 생소하고 어려운 단어를 삽입해 얼핏 보면 과학적이고 논리적인 기사처럼 보이지만 결국 똑같았다. 억제, 착수, 연구, 모든 것이 불분명하고 불투명했다. 단어는 있지만 그 안에 담겨야 할 개념은 텅 비어 있었다. 매번 조금씩 뉘앙스와 방식만 바뀔 뿐 아무것도 결정된 것도 밝혀진 것도 없이 반복되는 거짓 기사들. 이해할 수 없는 내용들로 가득 찬 전문가들의 전망과 무의미한 확신들은 다수의 사람에게 합리적이고 신뢰감을 주는 기사로 느껴지기에 충분했다. 밝히고 있는 연구 과정은 듣지도 보지도 못한 연구소와 괴상한 이론들로 은폐되어 있었고 성과와 결과는 증명할 수 없는 것들로만 이루어져 있었다. 신변 보호와 연구의 위험성을 핑계로 노아와 관계된 모든 것은 수면 아래에서 진행됐다. 많은 부분을 공개하고 공유하는 것처럼 위장하고 있지만 실제로 노아의 연구와 펠릿 관련 법안은 존재 자체가 기밀로 분류될 만큼 철저히 은폐되어 있었다. 다른 대안도 뚜렷한 희망도 없기 때문에 어쩔 수 없이 믿으려고 했지만 사실은 『모닝 바벨』에서 주장하는 정부의 모든 계획을 사람들은 오래전부터 불신하고 있었다. 요나는 노아의 존재 자체를 의심하고 있었다. 정말 노아라는 사람이 있었는지, 있었다면 정부의 말대로 살아 있는 것인지, 살아 있다면 왜 그렇게 정부는 그의 모든 것을 숨기는지, 생각하면 할수록 모든 것이 이상했고 의심스러웠다. 진짜 화가 나는 이유는 노아 때문이 아니었다. 가능, 불가능을 선포하지 않는 정부의 무책임한 태도에 있었다. 무엇을 어떻게 더 기다리라는 것인가? 엉망진창이다. 요나는 의자에서 일어나 허리를 쭉 폈다. 샤워하고 난 뒤의 개운함과 좋은 기운들이 완전히 사라졌다. 수면 부족으로 인한 만성적인 피로가 어깨를 짓눌렀고 비누 냄새 때문에 잠깐 잊고 있던 펠릿의 냄새가 다시 나기 시작했다. 요나는 서둘러 옷을 입었다. 끔찍한 기분에 사로잡혀 수족이 마비되기 전에 집을 벗어나고 싶었기 때문이다.

10

일요일 초저녁 사무실은 고요했다. 그 시간 외에는 곤란하다는 마리의 사정 때문에 잡힌 미팅이었지만 요나는 내심 그것이 반가웠다. 혼자 있는 시간이 불편하고 힘들던 나날이었다. 일요일 오후에 침대에 누워 있거나 의자에 앉아 있으면 위험하고 허무한 생각들이 물처럼 차올랐고 그때마다 요나는 집을 벗어나 종일토록 거리를 배회했다. 아무것도 읽을 수 없었고 평온한 상태를 유지하기도 힘들었다. 설상가상으로 이번 잡지 마감 원고까지 취소되었다. 조금만 생각을 놓고 있어도 집의 모든 공간이 꿈속의 무대처럼 느껴졌고 그 속을 무심히 걸어 다니는 룸을 느끼며 끝도 없는 죄책감에 시달려야 했다.

마리에게 연락을 하기 직전까지도 망설였다. 레인보 입장에서 볼 때 정부에 반감이 있는 매체의 접근을 달가워할 리 없다고 생각했고 볼의 연구실에서 자신의 명함을 확인하고 순간적으로 일그러졌던 그녀의 짜증스런 표정이 떠올랐기 때문이다. 그럼에도 불구하고 아쉬운 소리를 하고 뭔가 부탁을 해야만 하는 자신의 상황이 초라하게 느껴졌다. 하지만 예상과 달리 마리는 요나의 요구에 쉽게 응했다. 어떤 것도 묻지 않았고 거리낌 없이 '알겠어요'라는 답을 보내왔다. 설득하고 종용하는 일은 누군가를 취재해야 하는 기자에게 당연하고도 어쩔 수 없는 일이었지만 그때마다 감정은 소진되고 자존심이 긁히는 불쾌함은 익숙해지지 않아, 늘 요나를 지치게 했다. 하지만 마리는 명쾌하게 답했다. 아무 조건도, 요구도 없었고 무엇보다 질질 끌지 않았다. 요나는 비교적 가벼운 마음으로 「본질과 진실의 언어, 펠릿」이라는 글을 눈으로 훑으며 그녀를 기다렸다.

사람들은 바벨 이전을 그리워합니다. 돌아가고 싶어 하고 그때가 아닌 지금을 괴로워하고 있지요. 하지만 곰곰이 생각해볼 문제입니다. 말이 지배했던 세계가 정말 추억할 만한 시대였는지, 인간의 본질적인 언어와 그것을 표현하고 전달하는 말이 그 역할을 온전히 감당했는지, 언어와 말이 널리 알려진 대로 정말 어울리는 한 쌍인지.

말은 언어의 본질과 일치하지 않습니다. 인식과 개념은 말을 통해 전달되는 동시에 깨지고 왜곡됩니다. 심지어 거짓말은 언어를 배신하기도 합니다. 아무리 애를 쓰고 노력해도 말은 인식을 온전히 담아내지도 표현해내지도 못합니다. 하지만 인식은 말없이 독립적으로 존재할 수 있지요. 언어는 인간의 존재이자 고향이지만 말은 그것에서 튕겨 나온 날카로운 화살이고 집 떠난 탕자와도 같습니다. 말은 모든 것을 밀치고 앞으로만 나아가고 날카롭고 공격적이고 확장하기만 합니다. 또한 말은 으깨지고 부서지며 존재의 이름을 나열하기만 할 뿐, 그 속에 온전한 형태의 본질은 없고 인격도 없습니다. 말은 인간의 가장 탁월한 소통의 도구라고 스스로를 속이지만 실제로는 인간의 내면을 배신한 껍질에 불과

합니다.

우리는 이제 모두 똑같은 조건을 나누어 가졌습니다. 더 이상 다른 조건의 차이로 인한 비교도 열등감도 우월감도 가질 필요가 없어졌습니다. 이것은 바뀐 운명이고 인류의 새로운 조건입니다. 이것을 의심 없이 받아들여야 합니다. 동물들은 인간들처럼 다양한 언어가 없다고 해서 절망하지 않습니다. 나무들은 자신들에게 소리가 없다고 해서 그들의 죽음을 앞당기지 않습니다. 인류는 언어를 통해 긴 시간 동안 환각과 환상 속에 살았습니다. 이제는 그 불확실한 언어의 안개가 사라졌습니다. 모든 게 밝혀졌고 명확해졌습니다. 우리도 다른 생물들과 같은 위치에 놓인 것입니다. 말이 사라졌다는 것은 인간에게는 슬픔일 수는 있으나 인간을 제외한 모든 것에게는 축복입니다. 동물에게는 말이 없습니다. 그들의 행동과 울음 그리고 표정이 곧 말입니다. 이들의 말은 인간의 말과 달리 언어의 불일치가 없습니다. 내면과 외면이 나뉘어 있지 않습니다. 만약 인간에게 이렇게 다양하고 복잡한 언어가 없었다면 말하지 않아도 가능한 방식인 직관과 침묵이 지금보다 훨씬 더 발전되었을 것입니다. 우리에게도 원초적인 언어의 상태로 돌아갈 수 있는 기회가 생겼습니다. 어리석음의 역사를 지우고 진정한 소통의 세계로 진입할 수 있는 시대가 열렸습니다. 바로 바벨입니다. 우리가 그토록 저주하고 싫어하는 펠릿은 다른 방식으로 주어진 말입니다. 이 말은 내적 언어와 완전히 일치합니다. 펠릿은 정직하고 간결하며 정확합니다. 육체의 언어이고 표정의 언어입니다. 우리는 펠릿을 보면 그것이 무슨 말이었는지 화자가 어떤 기분이었을지 직관적으로 느낍니다. 우리는 펠릿을 하나의 언어로서 연구해야 하고 이제는 적극적으로 표현해야 합니다.

침묵 속에 나란히 집 앞에 앉아 한 곳을 바라보는 노부부와 사랑한 후에 나체의 상태로 포옹하며 누워 있는 연인들에게는 말이 필요 없습니다. 그들은 침묵이라는 공통 감각을 통해 이미 말하고 있고 이미 느끼고 있기 때문입니다.

'펠릿은 정직하고 간결하며 정확합니다.' 요나는 입술을 움직이며 소리 없이 그 부분을 따라 읽었다. '육체의 언어이고 표정의 언어입니다'라는 부분을 손가락으로 꾹 누르고 입술을 다물고 잠시 생각에 잠겼다. 이내 그의 표정이 일그러졌다. 펠릿이 육체의 언어라니, 냄새나고 더러운 배설물에도 의미가 있다고 우기면 할 말이 없지만 그것을 언어라고 할 수는 없는 일이다. 표정의 언어라니, 펠릿이 언어라면 그 언어는 분노라는 감정 하나밖에 표현하지 못하는 불구의 언어일 것이다. 모두가 똑같아졌다니. 비교할 필요가 없다니. 그녀의 눈에는 정녕 펠릿을 끌고 다니는 가난한 스피커들이 보이지 않는단 말인가. 가난한 사람들은 갈수록 발목이 무거워지고 부자들은 말 한마디 하지 않고도 여전히 잘살 수 있는 이 세계가 과거의 그 세계와 다를 것이 뭐가 있단 말인가. 같은 조건을 나누어 가졌다니 열등감도 우월감도 사라졌다니. 웃기는 소리다. 이 글은 논리가 없고 비유와 수식만 있다. 말에 대한 단선적이고 편협하고 무의미한 주장. 말의 불완전함에는 어느 정도 동의할 수 있지만 펠릿에 관한 부분은 전혀 동의할 수 없다. 망상이고 헛소리다. 그녀 역시 빛의 장난에 불과한 무지개를 좇는 허황되고 어리석은 낙관주의자들과 다를 게 없었다.

요나는 낮게 한숨을 내쉬었다. 하지만 이상하게도 뒤틀린 생각과 달리 마음은 그렇지 않았다. 특히 마지막 부분에서는 마음이 이상해졌다. 노부부의 뒷모습이 그려졌고 포개져 있는 연인들의 둥근 육체를 떠올렸다. 침묵이라는 공통 감각이라. 요나는 무의식적으로 노트에 '공통 감각'이라고 썼다. 그리고 그 밑으로 다시 '공통'과 '감각'이라고 썼다. 그 순간 마리가 문을 열고 사무실에 들어왔다. 마리는 요나와 눈을 마주치며 뒤늦게 손가락을 구부려 열려 있는 문에 세 번 노크했다. 요나는 노트를 덮고 자리에서 일어나 마리를 맞았다. 그녀는 키가 작고 마른, 활동적이지만 묘하게 반항적인 제스처를 취하는 여자였다. 푹 눌러쓴 보라색 야구모자에 주먹만 한 헤드폰을 끼고 있었고 굽 낮은 하늘색 운동화에 진녹색 후드 티를 헐렁하게 걸쳐 입은 스포티한 모습은 막연한 저항감을 억누르고 있는 청소년처럼 어딘가 서툴고 어색해 보였다. 요나는 최대한 밝은 표정으로 오른손을 살짝 들었다 내리며 반가움을 표했고 옆자리의 의자를 빼내 그녀에게 자리를 권했다. 마리는 사무실 내부를 가볍게 둘러본 후 메고 있던 커다란 가죽 백팩을 벗어 바닥에 내려놓고 조심스럽게 자리에 앉았다. 요나는 팜패드로 인사했다.

— 만나서 반갑습니다.

마리는 고개를 까딱 숙이고 요나의 미러를 본체만체하며 가만히 앉아 있기만 했다. 둘 사이에 어색하고 무거운 침묵이 맴돌았다. 요나는 어색하게 웃으며 팜패드에 다시 글을 썼다.

— 저번에 한번 만났었죠? 볼 교수님은 잘 계시나요?

마리는 특별한 반응을 보이지 않고 헤드폰을 벗어 허벅지 위에 내려놓았다. 그리고 가방에서 뭔가를 꺼내 그에게 건넸다. 메모가 적혀 있는 종이였다.

— 『횃불』에서 제게 왜 글을 부탁했는지 모르겠지만 저는 좋습니다. 다만 조건이 있습니다. 제 글의 내용과 의도가 어떻든 편집 없이 전문

을 실어주세요. 그것이 곤란한 조건이라면 저는 청탁을 수락하지 않 겠습니다.

요나는 모자 그늘에 가린 마리의 동그란 얼굴을 물끄러미 쳐다봤 다. 마리는 눈을 밑으로 내리깔고 앞니로 아랫입술을 물고 있었다. 불 안해 보였다. 불만이 많아 보였고 조금은 신경질적으로 보였다. 마 치 절대로 속지 않기 위해 벼리고 있는 고집스런 노인 같았고 손에 쥔 물건을 빼앗기지 않으려고 힘을 주고 있는 순진한 아이 같았다. 요나 는 무심결에 숨을 훗, 뱉어내며 웃었다. 눈을 내리깔고 있던 마리가 고개를 번쩍 들며 그를 노려봤다. 그리고 왼쪽 가슴을 앞으로 내밀며 팜패드에 글자를 썼다. 그녀의 손가락이 빠르고 신경질적으로 움직 였다.

– 왜 웃어요?

요나는 손을 내저으며 어색하게 웃은 뒤 머뭇거리며 손가락을 움 직였다.

– 아니에요. 그런 의미가 아니었습니다.

– 그럼 어떤 의미인데요? 방금 웃었잖아요. 무시하는 건가요?

당황한 요나는 한참 동안 아무런 대꾸도 하지 못하고 손가락으로 뒤통수만 긁었다. 마리는 허벅지 위에 올려놓은 두 손을 꽉 움켜쥐며 요나를 노려봤다. 검은 눈동자, 상대를 답답하게 만드는 면이 있었지 만, 정반대로 상대를 자신에게 끌어당기는 묘한 매력을 지닌 눈이었 다. 하지만 그 눈은 도전적이고 무례했다. 순간 요나는 짜증이 밀려왔 다. 하지만 그 순간 밀의 당부가 떠올랐다. 밀이 그 정도까지 부탁했 는데 일을 망칠 수는 없었다. 첫 만남에서 무조건 그녀를 호의적으로 대해야 한다. 그녀의 생각을 지지해야 하고 비위를 맞춰줘야 한다. 설령 그것이 터무니없는 것이라고 해도 말이다.

- 의미라니요. 아무 의미도 없는 웃음이었어요, 너무 긴장하시는 것 같아서요. 저 그렇게 나쁜 사람 아닙니다.『횃불』에서 일한다고 해서 모두 NOT은 아니에요. 심지어 저는 NOT을 별로 좋아하지도 않아요. 또한 레인보에 대해 반감이 있지도 않습니다. 처음 만났는데 저를 싫어하시는 것 같아서 제가 좀 곤란하군요.

요나의 미러를 읽고 마리는 어색한 표정을 지었다.

- 아니에요. 그게 아니라.

마리는 한동안 손을 마주 잡고 어떻게 해야 할지 몰라 얼굴이 붉어진 소녀처럼 부끄러워했다. 요나는 잠자코 마리의 다음 행동을 기다렸다.

- 그러니까 싫어한 거 아니에요. 제가 좀 예민했던 것 같아요. 사과할게요. 그리고 저 역시 꼭 레인보라고는 할 수 없어요.

요나는 어깨를 위로 크게 올렸다 천천히 내리며 부드럽게 웃었다.

- 아닙니다. 사과하실 만큼 잘못하신 거 없어요. 어려운 걸음 해주셔서 감사합니다. 차 한잔 드릴까요? 홍차하고 커피가 있어요.

마리는 요나를 바라봤다. 눈 밑이 검었고 오랫동안 잠을 자지 못한 것처럼 충혈되어 있었다. 전체적으로 피로한 듯한 표정이었다. 이 사람이 굉장히 애쓰고 있다는 인상을 받은 마리는 자신이 조금 날이 서 있다는 것을 깨닫고 잔뜩 올리고 있던 어깨를 천천히 내리며 팜패드에 작은 글씨로 홍차,라고 썼다.

요나는 커피를, 마리는 홍차를 마셨다. 좀처럼 하늘이 보이지 않는 우중충한 날씨와 하천의 위생 상태에 대해 얘기했다. 종종 대화가 끊겼지만 그때마다 요나가 적절하게 화제를 던졌다. 마리는 경계심을 풀고 자연스럽게 요나와 대화했고 종종 웃기도 했다. 요나는 마리가 쓴 글의 몇몇 부분을 손가락을 짚어가며 관심을 보였다. 침묵과 관련된 의견에는 동감을 표했고 언어 없이 가능한 동물의 표현 방식에 대해 질문을 던졌다. 호기심을 기저에 깔고 있는 공격적이지 않은 질문들이었다. 마리는 자신의 글에 대한 요나의 언급에 대해 적극적인 반응을 보였다. 손가락이 빠르게 움직였고 마리의 생각은 팜패드 위에서 속기로 기록됐다. 요나는 빠르게 전환되는 미러의 글자들에 집중하며 연신 고개를 끄덕였다. 마리는 자신의 노트 한 면을 찢어 볼펜으로 뭔가를 그리기도 하고 도표를 작성하기도 하면서 기존의 말이 담당하고 있던 언어의 불완전함을 설명했고 또한 지금의 펠릿이 언어의 기능을 충분히 담당할 수 있다는 의견을 열정적으로 설명했다. 요나는 종이에 뭔가를 그려대는 마리의 옆모습을 물끄러미 바라봤다. 눈은 집중력으로 날카롭게 반짝였고 입술은 진지함을 유지하기 위해 단단히 다물고 있었다. 흥미로웠다. 그냥 비위만 맞춰주려고 했는데 마리가 주장하는 것들이 나쁘지 않게 느껴졌다. 물론 비약이 심하고 많은 것이 과장과 상상에 의존한 방식이었지만 나름의 내적 논리가 있었다. 무엇보다 마리의 대화 방식 그 자체가 흥미로웠다. 누군가와 어떤 문제에 대해 이렇게 진지하게 뭔가를 나눠본 것 자체가 오랜만이었다. 팜패드의 표현력 한계와 글자에 대한 피로로 인해 사람들의 의사소통이 피상적이고 단선적으로 변했다. 최대한 간단하게 요약하거나 결론에 가까운 의견만 제시했다. 뭔가를 깊이 있게 또한 복합적으로 설명하거나 표현하려는 사람들은 드물었다. 하지만 마리는 달랐다. 이맛살을 찌푸리고 답답한 마음에 손가락으로 머리를 톡톡 때려가면서 어떻게든 뭔가를 더 많이 더 정확하게 전하려고 애썼다. 한쪽 다리를 저는 장애 아동이 모든 사람이 지켜보는 가운데 남들과 똑같이 정당한 룰로 달리기를 하려고 애쓰는 것처럼 그 모습은 안쓰럽고 민망했다. 하지만 동시에 묘한 감동을 줬다. 요나는 단단하고 집요한 마리의 동그란 이마와 부지런하게 움직이는 손을 보고 자신도 모르게 살짝 웃었다. 요나는 마리의 손가락이 느려지는 시점에 맞춰 자연스럽게 원고에 대한 얘기를 꺼냈다.

 - 생각을 듣고 보니 원고를 부탁하길 잘했다는 생각이 드는군요. 말씀드렸지만 『횃불』의 성향이나 철학과 무관하게 쓰시고 싶은 대로 쓰시면 됩니다. 다만 개인적으로 부탁드리고 싶은 게 있는데요. 말씀하신 펠릿의 언어적 기능에 대한 의견이 아닌, 노아에 대한 글을 써주셨으면 해요. 다시 말해 바벨이 시작된 이유에 대해 좀더 근본적인 원인과 책임이 있는 노아에 대한 생각을 밝혀주셨으면 좋겠거든요.

 마리의 얼굴이 순간 경직됐다. 마리는 요나의 미러를 한참 바라본 후 대답했다. 전과는 다르게 손가락이 느리게 움직였다.

 - 노아에 대한 글이요? 글쎄요. 전 기본적으로 원인과 책임이라는 단어가 거슬리네요. 전 바벨의 원인이 노아에 있다는 것에는 어느 정도 동의할 수 있지만 그것이 전적으로 노아의 책임이라는 것에는 동의할 수 없어요. 전 『횃불』이나 NOT이 생각하는 것처럼 바벨이 노아의 개인적인 욕심과 실수 때문에 열린 게 아니라고 생각하거든요.

 - 바로 그런 의견을 글로 써달라는 겁니다. 다만 노아를 중심으로 글을 써주세요. 노아에 대한 새로운 견해나 혹은 기존 입장과는 전혀 다른 방식으로 접근한 논의도 좋아요. 지금 제가 몇 개월 동안 다루고 있는 기획기사가 노아에 대한 것이거든요. 노아에 대한 다른 시각의 글이 필요해요.

- 노아에 대해 쓰는 것은 어렵지 않지만 노아에 대해 알려진 것이 많지 않아서……

- 그건 제가 좀 도와드릴 수 있을 것 같아요. 그동안 노아에 대한 자료를 많이 모아놨거든요. 대부분이 볼 교수나 정부가 공개한 자료를 통해 얻은 것들이라, 이미 잘 아실 것 같으니 가급적이면 많이 밝혀져 있지 않은 자료들을 골라서 보여드릴게요.

- 밝혀져 있지 않은 자료라니요.

- 폐간된 학술지에 기고한 노아의 옛 글들과 노아가 펠릿에 대한 연구를 할 당시에 발표한 논문들이 있어요. 그리고 교내 회보 같은데에 쓴 에세이 글들이 몇 개 있어요. 그리고 펠릿에 대한 논문이 발표될 당시에 학계의 반응들과 노아에 대해 평가해놓은 자료들이 있거든요. 문서실에 있는데 보여드릴게요. 잠시만 기다려주세요.

상기된 표정의 요나는 마리의 대답을 확인하지도 않고 자리에서 일어나 지하 2층에 있는 문서실로 향했다. 마리는 뒤도 돌아보지 않고 서둘러 뛰어가는 요나의 뒷모습을 바라봤다. 그는 내내 피곤하고 힘든 얼굴을 하고 있다가 노아에 대한 이야기가 나오자 갑자기 열성을 보였다. 펠릿에 대한 설명을 들을 때 집중력을 갖고 경청했지만 그 이면에 짙은 그늘과 피로한 기운이 숨어 있었다. 그렇지 않아도 연락을 의아하게 생각하고 있었다. 정부 정책에 부정적이고 NOT을 대변할 만한 대표 매체라고 할 수 있는 『횃불』에서 자신에게 원하는 원고가 무엇일지 가늠이 되지 않았기 때문이다. 펠릿을 쓰레기가 아닌 언어로서 접근하는 마리의 의견은 그 독특한 발상 때문인지 『모닝 바벨』이나 레인보들이 만드는 군소 잡지에 종종 거론되곤 했다. 『모닝 바벨』로서는 무작정 펠릿에 대한 혐오감이 있는 사람들에게 펠릿을 다른 시각으로 바라보게 할 좋은 주제였고, 레인보들에게는 펠릿에 대한 옹호 그 자체만으로도 노아에 대한 긍정적인 시각과 지지를 끌어낼 수 있었다. 그러나 마리는 일반적인 레인보와는 거리가 멀었다. 우선 노아가 펠릿을 해결할 수 있는 방법을 갖고 있다는 것에 회의적이었고, 정부가 추진하고 있다고 주장하는 많은 일을 거짓이라고 믿었다.

'『횃불』에서 왜 내게 글을 써달라고 하는 걸까?' 마리는 모자 챙을 위로 올리고 텅 빈 사무실을 천천히 둘러봤다. 오랫동안 생산 라인이 멈춰 있는 공장에 들어와 있는 느낌이었다. 막연하게 상상했던 풍경과 달랐다. 이를테면 『횃불』의 진보적이고 저항적인 성향처럼 밤늦도록 회의하고 살벌하게 논쟁할 것 같은 분위기는 아니었다. 마리는 요나의 책상에 어지럽게 널려 있는 잡다한 책들과 문서들을 눈으로 훑었다. 『모닝 바벨』의 기사만 모은 스크랩북과 펠릿과 관련된 각종 서적이 어지럽고 위태로운 높이로 쌓여 있었다. 책상 위에는 빠르고 거친 글씨로 휘갈겨 쓴 초고들이 널려 있었고 뭔가를 메모해놓은 쪽지들이 구겨진 채 여기저기 흩어져 있었다. 책꽂이에는 바벨 초기에 발간된 책들과 노아와 관련된 자료들만 분류해 따로 만들어놓은 서류철이 있었다. '닥터 노아'라는 글씨가 적혀 있었고 아홉 개의 서류가 #1, #2, #3⋯⋯의 순서대로 정리되어 있었다. 어수선한 것들 중에서 유일하게 그것만 정리되어 있는 것만 봐도 노아에 대한 요나의 관심이 단순하지 않다는 것을 알 수 있었다. 마리의 눈에 손바닥 두 개 정도 크기의 검은 노트가 눈에 띄었다. 노트는 덮여 있었지만 페이지 중간에 볼펜이 끼워져 있어 가운데가 볼록했다. 마리는 주위를 둘러본 뒤 노트를 펼쳤다. 날짜도 제목도 없이 번호만 매겨 뭔가를 적어놓은 일종의 일기 같은 거였다. 시 같기도 했고 실험적인 노래의 가사 같기도 했다. 종종 가장자리에 깨알 같은 글씨로 사소한 일상이나 사건 같은 것들이 적혀 있었다. 첫 장은 #320부터 시작되고 있었다. 마리는 손 닿는 대로 여기저기 펼쳐 읽었다. 대충 눈으로만 읽은 페이지도 있었고 어떤 페이지는 유심히 읽기도 했다. 볼펜이 끼워져 있는 페이지에 적힌 '공통 감각'이라는 글자를 보고 무심결에 살짝 웃기도 했다. 요나의 발소리가 들렸다. 마리는 노트를 원위치에 돌려놓고 찻잔을 들었다. 상기된 표정의 요나가 두껍게 제본된 책 한 권과 구멍을 뚫어 검은 철끈으로 단단하게 묶은 서류 몇 개를 들고 왔다. 들고 온 것들을 책상 위에 올려놓고 서둘러 팜패드에 글씨를 썼다.

　- 노아가 펠릿 연구를 시작하기 전 학술지에 발표한 논문과 펠릿 연구를 시작했을 때 전문가들이 노아의 연구를 평가한 보고서입니다. 논문을 읽어보면 아시겠지만 노아는 언어에 대해 노골적으로 반감이 있었습니다. 몇몇 언어학자는 노아의 연구를 흥미롭게 생각했지만 대부분의 학자, 특히 생물과 화학 관련 학자들은 이 연구의 무용함과 위험성을 지적하고 있었어요. 다시 말해 노아의 연구는 당시의 전문가들에게 외면을 받고 있었어요. 또한 알려져 있는 노아의 몇몇 일기를 보면 노아가 불특정 다수에 대해 반감과 분노를 표출하고 있다는 것도 알 수 있어요. 그런데 이해가 가지 않는 것은 그럼에도 불구하고 정부가 그를 보호하고 있다는 거예요. 사실 저는 가끔 노아가 실존 인물인지에 대한 의심이 생깁니다. 노아라는 존재 자체에 대한 회의가 들어요.

　- 노아는 살아 있어요. 지금 그 근거를 댈 수는 없지만 분명한 사실이에요.

갑자기 마리가 손바닥으로 책상을 툭 치고 요나의 말을 자르고 대답했다.

- 그러니까 펠릿은 순전히 노아의 책임이라는 거죠?

- 아니요. 제 생각이 그렇다는 거고 다른 생각이 있으시면 그것에 대해 글을 써달라는 겁니다.

- 다른 생각이 없다면요? 아니 노아에 대한 글 자체를 쓰고 싶지 않다면요?

요나는 갑작스런 마리의 완고한 태도에 당황했다. 손바닥 위에서 한참 동안 손가락을 움직이지 못하고 멍하게 마리의 미러만 바라봤다. 마리가 다시 손가락을 움직였다.

- 처음에도 말씀드렸지만 전 원인과 책임이 노아에게 있다고 생각하지 않습니다. 마음대로 쓰라고 하시면서 이미 닫혀 있는 질문과 뻔한 원고를 요구하시는군요.

마리는 더 이상 이야기를 하지 않겠다는 듯 양손을 주먹 쥐고 허벅지 위에 올린 뒤 눈을 동그랗게 뜨고 요나를 바라봤다. '청탁에 응하지 않겠어요'라고 말하는 듯한 단호한 눈동자였다. 그때였다. 문에 뭔가가 크게 부딪히는 소리가 났다. 이윽고 누군가 어깨로 문을 밀어내며 사무실로 들어왔다. 그는 한쪽으로 절룩대며 몇 걸음을 옮긴 후 바닥에 쓰러졌다. 요나는 글씨를 쓰려다 말고 넘어진 사람을 향해 뛰어갔다. 아벳이었다. 이마에서는 피가 흐르고 있었고 발목에는 펠릿이 붙어 있었다. 상당한 양이었고 괴사가 진행되고 있어 빨리 잘라내지 않으면 위험한 상태였다. 요나가 아벳의 어깨를 붙잡고 일으키려고 하자 아벳은 요나의 손을 쳐내며 소리쳤다.

"문 닫고 사무실 불 꺼!! 빨리."

요나는 급히 문을 닫았다. 멀리에서 진압군의 구둣발 소리가 들렸다. 요나는 사무실의 불을 끄고 창문의 블라인드를 내린 뒤 문틈에 귀를 대고 상황을 주시했다. 발소리와 사이렌 소리가 근처에서 들리다 점점 희미해졌다. 마리는 갑작스런 상황에 놀라 자리에서 일어났다. 얼굴 절반을 뒤덮고 있는 붉은 피에 놀랐고, 무엇보다 그가 육성으로 소리쳤다는 것에 놀랐다. 마리는 뭘 어떻게 해야 할지 몰라 자신의 가방을 손에 꼭 움켜쥐고 불안한 눈빛으로 요나와 아벳을 번갈아가며 쳐다봤다. 아벳은 비틀대며 자리에서 일어났다. 요나가 아벳의 왼팔을 붙잡아 부축했다. 아벳은 숨을 몰아쉬며 요나의 책상까지 겨우 걸어간 후 무너지듯 의자에 앉았다. 요나는 수건으로 아벳의 얼굴에 묻은 피를 닦아냈고 커터로 발목의 펠릿을 잘라냈다. 부패가 진행된 펠릿은 이미 냄새가 지독했다. 아벳은 허리를 꼿꼿이 펴고 앉아 무표정한 얼굴로 꿈쩍도 하지 않고 마리를 응시하고 있었다. 그 눈은 갓 사로잡힌 야생동물처럼 날카롭고 불안하게 떨리고 있었다. 마리 역시 겁먹은 얼굴로 가방을 가슴에 끌어안고 곁눈으로 아벳을 쳐다봤다. 둘 모두 서로를 경계하고 있었다. 요나는 둘 사이에 서서 잠시 고민하다 마리의 손목을 잡고 입구로 데리고 갔다.

　- 미안합니다. 나중에 다시 이야기해요. 연락드리겠습니다.

　마리는 요나의 미러를 확인하고 천천히 고개를 끄덕였다. 요나는 노아에 관한 서류를 마리의 손에 쥐어주었다. 손바닥을 펴고 손가락으로 뭔가를 쓰려던 마리는 손을 거두고 서류를 가방에 집어넣고 밖으로 나갔다. 손으로 벽을 더듬고 어두운 계단을 한 계단씩 밟고 지상으로 올라가는 마리의 뒷모습이 어둠 속으로 완전히 사라질 때까지 요나는 우두커니 서 있었다.

요나는 문에 등을 기대고 서서 성난 짐승처럼 웅크리고 앉아 있는 아벳을 쳐다봤다. 자신도 모르게 두 주먹을 꽉 말아 쥐었다. 요나는 짧게 숨을 훅, 뱉어내고 사무실 불을 켰다. 사무실이 엉망이었다. 요나는 바닥에 묻은 피를 닦아냈다. 냄새 나는 펠릿을 수건으로 감싸 화장실 휴지통에 던져 넣었다. 푹, 하는 소리가 났다. 요나는 깊숙하고 좁은 곳에 둥글게 몸이 말려 처박혀 있는 펠릿을 봤다. 그 순간 마음을 지탱하고 있던 팽팽한 줄 하나가 툭, 소리를 내며 끊어졌다. 마음이 단단한 돌멩이처럼 싸늘하게 식어갔다. 아벳의 왼쪽 이마와 관자놀이 쪽에 폭넓은 찰과상이 있었고, 눈 바로 위쪽에 날카로운 뭔가에 타격을 입은 것 같은 깊은 열상이 있었다. 상처가 깊었다. 아벳의 시선은 요나의 책상에 펼쳐져 있는 마리의 글에 머물러 있었다. 요나는 마리의 글을 덮고 책상 위를 대충 정리했다. 휴지를 길게 뜯어 두툼하게 접은 뒤 아벳의 상처에 갖다 댔다. 아벳은 얼굴을 찡그리며 고개를 돌렸다. 피가 묻은 휴지가 바닥에 떨어졌다. 요나는 주먹으로 책상을 내리치고 발로 의자를 걷어찼다. 어금니를 꽉 다물고 입술을 비틀었다. 당장이라도 욕설을 내뱉으며 아벳의 머리를 걷어차고 싶었다. 요나는 규칙적으로 숨을 내쉬며 혈관을 타고 빠르게 회전하는 뜨거운 피가 진정되기를 기다렸다. 그리고 손바닥을 펴고 글씨를 썼다. 아벳은 표정의 변화 없이 요나의 미러를 바라봤다.

— 도대체 뭐하고 다니는 거야. 이제 제발 그만둬. 그러다 정말, 너뿐만 아니라 우리도 끝장이야. 모르겠어? 위기 상황이야. 그렇지 않아도 블랙리스트에 올라서 모두 조심하는데 도대체 너는 무슨 생각으로 그렇게 멋대로 행동하는 거야. 우리는 공통된 행동을 할 필요가 있어. 아무리 네 상태가 힘들고 어렵다고 해도 조직적인 행동을 할 필

요가 있다는 거야. 그것이 공동체고 조직이야.

아벳은 손가락으로 뭔가를 가리키며 왼쪽 입꼬리를 올렸다. 손가락은 마리의 글을 향하고 있었다.

"어이가 없군. 이제 대놓고 레인보를 끌어들이네. 웃기지 마. 로고스를 망친 것은 너희들이야. 비겁한 밀과 겁쟁이 요나 바로 너희들이라고! 결국 정부의 개가 되겠다는 소리잖아. 방금 그 여자 누구야? 레인보지? 아니야?

- 그런 거 아니야. 조용히 해. 제발 더 이상 말하지 마. 글로 써.

아벳은 아무 거리낌 없다는 듯 더 크게 소리쳤다.

"비겁하고 더러운 자식들. 밀도 너도 다 변했어. 뭐? 공동체? 조직? 나는 공동체가 없어. 내 조직은 이곳이 아니야. 그러니 더 이상 내게 신경 꺼."

"입 닥쳐. 그래 놓고 여기는 왜 온 거야? 지금 이 위기가 누구 때문에 생겼는데. 그래서 그 잘난 NOT이! 정의롭고 용감한 NOT이 한 게 뭐야? 뭘 할 수 있어? 다들 『횃불』을 지켜보겠다고 이렇게 노력하는데 너는 도대체 어떻게!"

요나는 더 이상 견디지 못하고 아벳의 멱살을 잡고 일으켜 세우며 소리 질렀다. 아벳은 한참 동안 요나의 눈을 바라봤다. 그리고 요나의 입에서 연기처럼 푸르게 피어 나왔다. 촛농처럼 붉게 굳어가는 펠릿을 쳐다봤다. 둘 사이에 긴 침묵이 흘렀다. 고개를 떨어뜨리고 아벳이 조용히 말했다.

"됐어. 걱정 마. 앞으로 여기 올 일 없을 테니까."

아벳은 펠릿을 잘라내 바닥에 떨어뜨렸다. 아벳은 요나를 지나쳐 불 꺼진 어둠 속으로 걸어 들어갔다. 커다란 그림자 하나가 한쪽으로 절룩거리며 희미해지더니 이내 사라졌다.

요나는 희미한 비상등 불빛 아래 주저앉아 소리 없이 중얼거렸다. 끓는 물처럼 솟구치는 분노마저 차갑고 단단한 얼음 같은 우울함으로 인해 순식간에 결빙됐다. 그저 모든 것이 끝났다는 생각만 들었다. 바닥에 떨어져 있는 아벳의 펠릿. 전체적으로 검붉고 거칠었지만 마지막 부분만 옅은 보라색이었다. 요나는 발목에 달려 있는 자신의 펠릿을 바라봤다. 아벳의 것보다 훨씬 거칠고 붉은 빛을 띠고 있었다. 커터로 잘라내려다 말고 두 손으로 얼굴을 감싸고 악 소리를 질렀다.

11

마리는 소파에 누워 요나가 건네준 파일을 눈으로 훑었다. '닥터 노아'라는 제목의 파일은 프로필, 펠릿 연구 이전의 사생활, 발표된 논문들, 펠릿 연구에 대한 각계 전문가들의 의견, 정부의 펠릿 대책과 노아에 대한 의혹, 이렇게 다섯 개의 장으로 이루어져 있었다. 내용은 간결했다. 전체적인 내용을 축약한 요약문과 핵심 단어들만 나열되어 있었다. 각 장에 대응하는 본문들은 따로 보관되어 있는 것 같았다. 파일을 반쯤 넘겨보던 마리는 소리 없이 픽, 웃었다. 새로운 내용도 없었고 몰랐던 사실도 없었다. 어디서나 볼 수 있는 빤한 자료였다. 객관적인 자료들을 수집한 것처럼 보이지만 미묘하게 NOT의 관점과 기준으로 분류되고 편집되어 있었고, 정부와 노아에 대한 의혹역시 불만과 증오심만 표출되어 있을 뿐 근거도 정책에 대한 근본적인 오류도 찾아내지 못하고 있었다. 하지만 가능한 범위 내에서 구할수 있는 자료들은 모두 모아놓은 것 같았다. 다른 자료들은 찾을 수도 없을 테지. '쓸데없는 노력을 했구나.' 마리는 파일을 덮어 배 위에 올려놓았다. 새삼 노아에 관한 정부의 노력이 놀라웠다. 알고는 있었지만 이렇게까지 깔끔하게 모두 없애버렸을지는 몰랐다. 요나는 정부에 반하는 대표적인 매체에서 일하고 있고 그들 중에서도 체계적이고 논리적인 방식으로 공을 들여 노아에게 접근하고 있다. 그럼에도 불구하고 결과물이 이렇다는 것은 그가 원하는 자료가 무엇이든 간에 찾을 수 있는 것은 더 이상 아무것도 없다는 것을 뜻한다. 요나는 정부에서 의도를 갖고 남겨놓은 쪽지만 찾아낸 것뿐이다. 아무리 많이 찾는다고 해도 그것은 이미 기획된 비밀에 불과하다. 그 이상은 그가 노력해도 접근할 수 없는 곳에 철저하게 은폐되어 있거나 이미 소각됐을 것이다. 그는 노아에 대해 아무것도 모르고 있다. 앞으로도 알 수 없겠지.

마리는 파일을 바닥에 내려놓고 몸을 일으켜 무릎을 껴안고 앉아 요나와 나누었던 대화를 생각했다. 생각해보니 그동안 누구와 그렇게 많이 대화해본 기억이 별로 없었다. 서로 다른 생각에 기반을 둔 일종의 논쟁이었지만 그 순간에는 마음이 편했고 뭔가 더 이야기하고 싶었던 것 같다. 몸을 앞으로 숙이고 앉아 미러와 글씨를 쓰는 손과 종이에 집중하던 요나의 눈에서는 거짓이 느껴지지 않았다. 특별히 서로 합의하고 공감했던 내용은 없었지만 뭔가 오고 갔다는 생각이 들었다. 이상한 소통이었다. 마리는 요나의 노트에 적혀 있던 메모를 떠올렸다. 공통, 감각, 공통 감각. 단어 하나하나에 동그라미가 그려져 있었고 그 옆으로 말줄임표가 있었다. 말줄임표에 숨어 있는 그 다음 생각이 궁금했다. '그는 왜 그 단어를 노트에 따로 적었을까? 공통 감각. 공통된 생각이 없는 사람들끼리 공통 감각을 나눠 가진다는 것이 가능할까?' 마리는 입술을 움직여 소리 없이 중얼거리며 생각에 잠겼다.

요나는 천변 벤치에 앉아 느리게 흘러가는 개천을 바라봤다. 오염된 물은 진녹색 물감을 풀어놓은 것처럼 탁했고 속이 전혀 보이지 않았다. 검붉은 펠릿들은 하늘을 향해 등을 보이고 익사한 쥐새끼처럼 곳곳에 떠 있었고 정체불명의 쓰레기들은 죽은 수생식물처럼 뒤엉켜 둔치에 켜켜이 쌓여 있었다. 요나는 수거 요원 몇몇이 두꺼운 작업복을 입고 물속을 둔하게 걸어 다니며 펠릿과 쓰레기들을 수거하는 모습을 눈을 가늘게 뜨고 쳐다봤다. 부패된 펠릿을 바라보는 것만으로도 온몸이 축축해지는 기분이 들었다. 축축해진 손을 요나는 무의식적으로 허벅지에 문질러 닦았다. 아벳을 향한 분노는 절망으로 바뀌었고 마음이 녹아내릴 것 같던 열기는 무기력으로 변했다. 다 끝났다. 분열된 로고스는 이제 완전히 붕괴될 것이고 『횃불』도 꺼질 것이다. 바벨은 결국 거짓과 헛된 희망으로 몰락하게 될 것이다. 사람들은 충성스런 개처럼 죽는 그 순간까지 꼬리를 흔들며 정부와 노아를 향해 혀를 내밀겠지. 어차피 방주는 소수를 위한 피난처가 아니었던가. 노아는 정부의 보호를 받으며 오를 수 없는 산꼭대기에 방주를 짓고 있다. 결국 바벨은 무너질 것이다. 펠릿이 무너진 바벨을 삼키고 바다처럼 세계를 가득 메울 것이다. 망치를 들고 직접 산을 오르는 아벳도 산 밑에서 꼭대기를 바라보며 방주를 찾던 나도 결국 헛되고 헛된 노력을 했던 것이다. 요나는 천천히 고개를 숙여 바닥을 내려다보며 가늘고 긴 한숨을 내쉬었다. 그때 마리에게서 문자가 수신됐다.

– 글을 쓰겠어요. 대신 저도 부탁이 있어요. 제가 속해 있는 모임을 취재하고 그에 대한 기사를 써주세요.

요나는 미러에 나타난 글씨를 한참 동안 쳐다봤다. 이렇게 모든 게 엉망진창으로 악화된 상황에서 로고스가 어떻게 『횃불』을 발행할 수 있으며 지금의 내가 무엇을 더 쓸 수 있겠는가. 요나는 마리에게 답장했다. 청탁에 응해주신 것에 대해 진심으로 감사드립니다. 하지만 출판사 내부 사정으로 인해 편집 기획이 바뀌었습니다. 죄송하지만 이번 청탁 건은, 느리게 움직이던 손가락이 멈췄다. 요나는 펴고 있던 손바닥을 가볍게 흔들어 입력을 취소하고 벤치에서 일어났다. 요나는 집을 향해 발걸음을 옮겼다. 머리가 아프고 모든 것이 복잡하게 꼬여 있는 무력한 상황이었지만 이상하게도 그녀를 한 번 더 만나보고 싶었다. 집중하는 순간에 보이는 반짝이는 눈빛과 동그란 이마가 떠올랐다. 맹목적이고 편협한 논리로 가득 차 있는 마리가 한심스러웠지만 그녀의 이야기가 더 듣고 싶었고 그녀에 대해 더 많이 알고 싶었다. 그것은 요나 자신도 이해하기 힘든 이상하고 모순된 감정이었다.

요나는 약속 장소에 조금 일찍 도착해 주변을 둘러봤다. 단층짜리 건물은 사설로 운영되고 있는 문화센터 같았다. 건물 외벽에 스윙이나 폴카 같은 댄스 동호회 모집 안내 포스터와 각종 악기를 배울 사람을 모집한다는 광고가 붙어 있었고, 정문에는 사자와 코끼리를 캐리커처한 조잡하고 유치한 그림이 그려져 있었다. 해가 지고 있었고 담장 옆으로 그늘이 넓게 드리워졌다. 요나는 담장 밑 그늘 속에 서서 왼쪽 어깨에 메고 있던 가방을 열어 카메라를 꺼냈다. 배터리 상태를 확인했고 렌즈에 묻은 먼지를 천으로 닦아냈다. 당장 잡지를 발행할 수 있을지도 확신할 수 없는 상황에 취재라니. 게다가 그녀가 속해 있는 모임이라면 레인보일 텐데, 취재를 하겠다고 약속은 했지만 이래저래 내키지 않았다. 요나는 카메라를 가방에 집어넣고 인상을 찌푸리며 고개를 돌렸다. 마리가 서 있었다. 정문에 등을 기대고 서서 묘한 표정을 지으며 요나를 향해 손을 흔들고 있었다. 요나는 자신도 모르게 표정이 풀어지고 있음을 느꼈다.

스무 평 남짓한 세미나실에 열다섯 명이 모여 있었다. 마리는 그들에게 요나를 소개하며 칠판에 글씨를 썼다.

- 모임을 취재하러 온 기자님이에요. 참관하면서 사진을 찍을 거예요.

칠판의 글씨를 읽은 사람들은 요나를 바라보며 일제히 박수를 쳤다. 요나는 어색한 표정을 지으며 살짝 고개를 숙였다. 표정이 모두 밝았고 좋은 일이라도 있는 것처럼 미소를 짓고 있었다. 요나는 그들의 환대가 어색했다. 긍정적인 표정에서는 뭐라고 딱히 짚어낼 수 없는 과장이 느껴졌고 박수 소리는 이상하게 거슬렸다. 요나는 한쪽 구석에 앉아 모임을 지켜봤다. 나이가 많은 남자도 있었고, 임신부도 있었으며, 비교적 어려 보이는 청년도 있었다. 특정한 공통점을 찾기 어려운 조합이었다. 사람들은 모두가 볼 수 있게 미러와 노트를 바닥에 오픈시켜놓고 둥글게 원을 만들고 앉았다. 마리는 원 한가운데 서서 모임을 진행했지만 그 외에 특별한 역할을 하는 것 같진 않았다. 그녀는 주제가 적혀 있는 카드를 사람들에게 보여준 뒤에 자신의 자리에 돌아와 앉았다.

첫번째 카드는 '삶 나누기'였다. 모임은 중절모를 쓴 노인이 손을 들면서 자연스럽게 시작됐다. 노인은 커다란 종이에 뭔가를 쓰고 그것을 들어 사람들에게 보여줬다. 사람들은 부드럽게 미소를 지으며 고개를 끄덕였고 몇몇은 손뼉을 치며 웃기도 했다. 사람들은 돌아가며 자신의 삶을 고백하기 시작했다. 손바닥에 글씨를 쓰고 미러를 보여주는 이도 있었고, 종이에 직접 써서 보여주는 사람도 있었다. 마리는 분위기를 봐가며 중간중간 일어나 카드를 넘겨 주제를 바꿨고 모임의 분위기는 내내 화기애애했다. 좋았던 일을 쓰는 사람도 있었고, 슬픈 일화를 쓰는 사람도 있었다. 노아에 대한 기도를 계속한다는 이도 있었고, 『모닝 바벨』에서 발췌한 정부의 정책과 노아에 관한 최근 정보를 요약해서 설명해주는 사람도 있었다.

모임이 진행되는 동안 요나는 위치를 바꿔가며 필담에 집중하는 사람들의 표정을 카메라에 담았다. 오랫동안 이 일을 해왔지만 이렇게 자연스럽고 활달한 느낌의 표정은 오랜만이었다. 마치 오랫동안 모노톤의 무성영화만 보다 컬러풀한 영상의 가족 드라마를 보는 기분이었다. 하지만 한참 동안 사진을 찍던 요나는 어느 순간 기분이 이상해지는 것을 느끼며 카메라를 내려놓았다. 그들은 모종의 중독자들 같았다. 마약이나 알코올에 중독된 이들이 공감대를 형성하며 서로에게 위로를 해주는 것 같은 절박한 에너지가 느껴졌다. 웃음은 과장되어 있었고 감정은 고조되어 있었다. 눈물을 흘리고 있지만 동시에 웃으려고 애쓰는 이의 얼굴을 마주하고 있는 것 같은 느낌은 민망했다.

자신의 삶에 대해 이야기를 마친 사람들이 이상한 게임을 하기 시작했다. 그들은 입을 가리고 아주 작은 목소리로 들리지 않게 말을 했다. 그들의 발목에 작은 동전 크기의 펠릿이 생겼다. 당황한 요나는 반사적으로 입을 가리고 눈살을 찌푸렸다. 하지만 그들은 편안한 표정으로 아무렇지도 않게 커터로 펠릿을 잘라내고 앞에 놓았다. 그들의 펠릿은 쉽게 보던 펠릿들과 달랐다. 색깔이 연하고 부드러웠으며 불쾌한 기분이 들지 않았다. 마치 조약돌 위에 부드러운 붓으로 색칠한 것 같은 느낌이었다. 게임은 단순했다. 펠릿을 보고 느껴지는 감정들과 직관적으로 떠오르는 감각으로 펠릿이 무슨 말이었는지 알아맞히는 게임이었다. 요나는 마리가 썼던 글을 떠올렸다. '우리는 펠릿을 보면 그것이 무슨 말이었는지, 화자가 어떤 기분이었을지 직관적으로 느낍니다. 우리는 펠릿을 하나의 언어로서 연구해야 하고, 이제는 적극적으로 표현해야 합니다.'

'그러니까 저것은 펠릿을 언어로 번역하는 게임이로군. 분명 흥미로웠다. 하지만 동시에 한계도 느껴졌다. 지금 이곳에 모여 있는 사람들의 정서가 공통적으로 비슷했고 맞히는 것이 어렵지 않은 쉽고 뻔한 말뿐이었다. 정답이라고 맞히는 말이라는 것이 고작 '고맙습니다' '좋습니다' '행복' '희망' 같은 말이었다. 이곳에서 생성되는 펠릿은 비현실적이고 감상적이며 상투적이고 친절한 말들뿐이다. 작위적으로 기획된 펠릿이 어떻게 복잡하고 다양한 인간의 총체적인 언어를 대신할 수 있단 말인가. 마리는 결국 이런 과정을 통해 가능성을 발견했고, 이 모임을 가능성의 증거로 삼으려고 하는구나. 어리석다. 무의미하고 쓸데없는 노력들은 삶의 비참함만 증가시킬 뿐이다.'

요나는 모임을 진행하는 마리의 뒷모습을 바라보며 마음이 복잡하게 뒤엉켰다. 그런데 그중에 독특한 펠릿이 눈에 띄었다. 부드럽고 연한 느낌은 다른 펠릿들과 비슷했지만 패턴이 달랐다. 잉크가 물속에서 섞이는 것 같은 기하학적인 문양이었고 전체적인 색깔도 그러데이션 효과가 들어간 것처럼 한쪽 끝은 진했고, 다른 쪽 끝은 연했다. 요나는 순간 기분이 이상해졌다. 머리가 아팠으며 마음이 무겁고 불편해졌다. 뒤에서 기습적으로 날아온 돌멩이에 머리를 맞은 것처럼 느닷없이 룸의 얼굴이 떠올랐다. 요나는 더 이상 게임을 지켜보지 않고 세미나실을 천천히 돌며 내부를 살핀 뒤 마른 침을 삼키고 호흡을 가다듬었다. 칠판 오른쪽 벽면에 글귀가 붙어 있었다.

'언젠가 봄은 옵니다. 그때가 되면 얼음은 녹고 말은 되살아날 것입니다.'

— 모임 이름이 '아이라'예요.

어느새 마리가 요나의 곁에 서서 종이에 글을 써서 건넸다. 요나는 뭔가 깨달았다는 듯 천천히 고개를 끄덕이며 손바닥에 글씨를 썼다.

— 이게 레인보 모임이군요. 이렇게 직접 경험해보니 흥미롭네요.

— 네, 그들은 엄밀한 의미로 레인보예요.

— 그들이라니요. 당신은 아닌가요?

마리는 펜을 든 손을 멈추고 잠시 바닥에 앉아 가볍게 담소를 나누고 있는 이들을 쳐다봤다. 그리고 다시 글씨를 썼다.

— NOT의 입장에서 보면 레인보라고 할 수 있겠지만 저는 좀 달라요. 저는 그들과 함께 일종의 실험을 하고 있는 중이에요. 방금 봤던 게임 같은 것들이지요.

— 당신이 일전에 썼던 글 말인가요? 펠릿을 언어로 생각한다는?

— 그렇다고 볼 수 있죠. 그것을 증명하기 위해서는 레인보들이 필요해요. 그들의 보편적인 정서와 생각에 모두 동의하지 않지만 최소한 그들은 다른 사람들과 달리 희망을 잃지 않았어요. 펠릿에 대한 무조건적인 혐오감이 없지요, 하지만 어떻게 보면 희망이라기보다는 완전한 포기라고 해야 옳아요. 그들은 펠릿으로부터 자유로워지고 싶어하는 대신 말에 대한 기대를 완전히 버린 사람들이에요.

— 이해가 되지 않는군요, 희망을 잃지 않았다면서 또 완전히 포기

141

한 사람들이라니요.

  ─ 저기 보이는 임신부는 출산 전에 이미 태아의 성대를 억압하는 시술을 받았어요. 중절모를 쓴 신사분은 일찍부터 혀를 잘랐지요. 어떤 사람은 펠릿을 노아가 준 축복이라고 믿기도 해요. 심지어 푸른 셔츠를 입고 있는 청년은 노아를 메시아라고 생각하고 있지요. 이곳에 있는 대부분의 사람은 바벨이라는 시대에 적응하기 위해 말에 대한 추억과 습관을 포기했어요. 그러니까 그들은 바벨을 완전히 받아들이고 그것에 순응하며 만족하기 위해 희망을 품는, 그런 이상한 노력을 하는 사람들이라고 할 수 있지요.

  ─ 희망을 품는 노력이라…… 정말 아주 이상한 말이네요. 글쎄요. 제 눈에는 그 어떤 누구보다 절망적인 사람들처럼 보이는군요.

  ─ 저들이 옳다는 게 아니에요. 다만 저들의 삶의 방식이 바벨을 살아가는 바람직한 삶의 양식 중 하나가 아닐까 생각한다는 거지요. 불만을 품고 무조건 저항하고 절망하며 우울하게 살기보다 어쨌든 삶은 계속된다고 믿고 주어진 조건 안에서 열심히 살려고 노력하잖아요. 어쩔 수 없는 것은, 어쩔 수 없으니까요. 그런 의미에서 이제는 사람들이 펠릿을 말의 일종으로 새로운 개념의 한 언어 형식으로 받아들여야 한다고 생각하는 거예요. 물론 이 모임에 대해 좋게 생각할 리 없다는 거 알아요. 하지만 가급적이면 긍정적인 의미로 이 모임에서 오고 가는 노력들을 바벨을 살아가는 사람들이 희망의 증거로 삼을 수 있도록 기사를 써줬으면 좋겠어요. 저 역시 노아에 대해 쓰겠어요.

  요나는 종이에 빼곡하게 적혀 있는 까만 글자를 물끄러미 바라봤다. 마리는 종이를 반으로 접고 한 번 더 접은 뒤 주머니에 집어넣었다. 요나는 고개를 옆으로 돌려 사람들을 바라봤다. 그들은 삼삼오오 모여 미소를 지으며 필담을 나누고 있었다. 그것이 혹 처절한 노력으로 만들어낸 가식적인 표정이든 헛된 희망을 품고 사는 우매한 이들의 어리석은 표정이든 표면상으로 드러나는 얼굴은 보기에 좋았다.

- 알겠습니다. 전 이제 가봐야 할 것 같군요. 모임 중이시니 저분들께는 인사 없이 조용히 먼저 가보겠습니다.

요나는 마리에게 인사하고 카메라와 가방을 챙겨 들고 뒷문을 열고 밖으로 나갔다. 정문을 나서자마자 펠릿 냄새가 미세하게 섞인 찬바람이 불었다. 요나는 계단 맨 위에 멈춰 서서 어깨를 안으로 움츠린 뒤 옷깃으로 코를 막았다. 밖은 이미 어두워져 있었고 인적이 드문 거리는 고요했다. 요나는 배웅을 나온 마리를 향해 가볍게 고개를 숙이고 손바닥에 글씨를 썼다.

- 어쨌든 청탁에 응해주셔서 고맙습니다. 저 역시 잘 부탁드리겠습니다. 곧 다시 연락드리지요.

- 한 블록쯤 같이 걸을까요?

요나는 조금 당황한 표정으로 마리의 미러를 바라봤다. 마리는 계단을 내려가 양옆으로 늘어선 나무들 사이에 놓여 있는 작은 길 쪽으로 천천히 걸어갔다. 요나는 선뜻 계단에서 내려가지 못하고 머뭇거리다 어깨에 걸린 가방끈을 고쳐 메고 마리의 뒤를 따랐다. 가로등 불빛이 요나와 마리의 등을 비췄고 긴 그림자 두 개가 그들을 앞서 걸었다. 마치 둘이 아닌 넷이 걷는 것 같았다. 그들은 어깨를 나란히 하고 걸으며 각자의 그림자를 쳐다봤다. 한참을 조용히 걷던 마리가 두 갈래로 길이 갈라지는 지점이 가까워오자 근처의 아담한 바위에 걸터앉은 뒤 자신의 옆에 앉으라는 듯 자리를 내주며 요나를 바라봤다. 요나는 엉거주춤 마리 옆에 앉았다. 바위의 면적이 좁아 요나의 오른쪽 허벅지가 마리의 왼쪽 허벅지에 닿았다. 바위와 두 사람의 실루엣이 섞인 그림자는 형체를 알 수 없는 단일한 모양으로 11시 방향으로 길게 뻗어 있었다. 마리는 한참 동안 이렇다 할 반응을 보이지 않고 그림자만 응시했다. 마치 그 속에서 뭔가를 발견하려는 듯 흔들림이 없는 집요한 눈동자였다. 마리는 미러를 떼어 자신의 허벅지 위에 올려놨다. 그리고 손바닥을 반듯이 펴고 그 위에 글씨를 쓰기 시작했다.

— 말은 그림자 같아요. 동반자처럼 어떤 사물의 일생을 따라다니며 그 형체를 그대로 묘사하고 흉내 내지만 자세한 것은 아무것도 알 수 없어요. 가볍지만 무거워서 바닥에 가라앉아 있고 어둡지만 너무도 흐릿해서 그 속엔 그 어떤 것도 숨길 수 없지요. 빛이 존재하는 한 그림자에게서 벗어날 수도 없고, 다른 모양으로 바꿀 수도 없어요. 저도 아이라 활동을 하는 사람들을 보면 때론 너무도 슬프고 화가 나서 견딜 수가 없어요. 하지만 마냥 슬퍼할 수만은 없어요. 그들의 노력이 어리석어 보일지 모르지만 바꿔 생각하면 그들보다 현명하게 살아가는 삶도 없어요. 이제는 그림자가 더 이상 가볍고 흐릿한 존재가 아니니까요. 펠릿은 육체를 입고 바닥에서 일어선 그림자예요. 저도 펠릿이 싫어요. 남들처럼 혐오스럽고 불편해요. 하지만 이것이 영원히 계속되는 문제라면 어쩔 수 없이 받아들여야 해요. 이해할 수 없는 사고로 기형의 조건을 얻은 이에게 해줄 수 있는 가장 큰 위로는 이해할 수 없는 운명을 저주하며 화내는 것이 아니라 어쨌든 그 조건으로 살아갈 수 있도록 돕는 것이라고 생각해요.

— 어쩔 수 없다는 말을 자주 쓰시네요. 글쎄요. 저는 다르게 생각합니다. 저라면 이해할 수 없는 운명이 다가온다면 가장 먼저 당황할 것 같아요. 필요하면 소리를 지르고 화를 내겠습니다. 그리고 끊임없이

그 운명을 벗어날 수 있는 방법이 무엇일지 고민하겠습니다. 그리고 만약 다른 누군가에게 그 원인이 있다면 책임을 물을 겁니다. 어긋난 운명을 정상적인 궤도로 다시 되돌려놓으라고 해야지요. 이것은 억지도 아니고 고조된 감정도 극단적인 분노도 아닙니다. 이제는 더 이상 그렇게 감정적으로 소모할 힘도 없어요. 차분하게 묻고 논리적으로 이해시켜달라고 하는 아주 정당하고 당연한 요구입니다.

마리는 요나의 미러를 보고 허탈한 표정을 짓고는 고개를 끄덕였다.

- 제가 궁극적으로 원하는 상태가 뭔지 아세요?

마리는 눈을 동그랗게 뜨고 빙긋이 웃으며 요나를 바라봤다. 요나는 그녀의 눈을 바로 보는 것이 어색해 얼굴을 돌리며 어깨를 으쓱했다.

- 글쎄요.

- 인간도 동물들처럼 단순해지는 거예요. 동물들의 언어는 말이라기보다 음악에 가까워요. 가사 없이 흥얼거리는 허밍이나 악기 같죠. 음악은 가사가 없어도 메시지를 표현할 수 있고 이미지가 없어도 뭔가를 분명하게 그려낼 수 있지요. 흐릿하고 정확하지 않은 추상적인 방식이지만 그림자와는 완전히 다른 방식이에요. 훨씬 고도화되어 있고 수준이 높아요. 동물들의 언어는 분절이 없고 문법이 없고 구체화되어 있지 않지요. 오독이 없고 거짓이 없고 직관적이에요. 그런데도 전혀 불편해하지 않고 나름의 방식으로 잘 살아가잖아요. 인간의 말은 접촉하는 모든 것을 다 망가뜨리고 왜곡시켜요. 그 옛날 하늘 높이 탑을 쌓으며 신에게 대항한 인간에게 내려진 저주가 말을 나누고 혼잡하게 만든 거였지요. 바꿔 말하면 언어가 다양해지고 고도화

되면 될수록 인간은 불행해지는 거예요. 그것이 문명이라고 여기지만 사실은 저주거든요. 인간은 세상의 모든 것을 명명함으로써 다른 모든 가능성을 없애버렸죠. 전 차라리 지금이 더 좋아요. 어쩌면 실패와 파괴로 얼룩진 인간의 역사에 주어진 마지막 기회라고 생각해요. 펠릿은 더 이상 한 인간의 실수를 따지고 책임을 추궁할 문제가 아니에요.

요나는 고개를 비스듬히 돌려 그녀를 바라봤다. 그녀는 집중하고 있었다. 반박하고 싶었고 다른 의견을 제시하고 싶었지만 그러지 않았다. 그러고 싶지 않았다. 그녀에게 뭔가를 따지고 싶지 않았고, 논리와 비논리를 논하고 싶지 않았으며, 무엇보다 펠릿이나 노아나 바벨 같은 화제로 이야기하고 싶지 않았다. 이 순간 요나의 마음속에서는 이 여자가 왜 이런 생각을 하게 되었는지, 평소에는 무슨 생각을 하고 누구를 만나는지 같은 것들이 궁금했다.

― 그 모임에 가면 마음이 편하고 좋아요. 그것이 위장된 기쁨이고 거짓 위로라고 하더라도 그런 편안함은 이 시대에서 쉽게 얻을 수 있는 즐거움이 아니잖아요.

요나는 오른쪽에서 느껴지는 마리의 가벼운 무게와 몸의 감촉을 느끼며 이상한 감정을 느꼈다. 불편했지만 좋았다. 요나는 이런 마음이 그녀에게 전달될까 봐 두렵고 초조했다.

― 네. 그렇군요. 참, 그런데 펠릿 중에서 좀 특이한 펠릿이 있던데 그러데이션한 듯 색깔이 섞여 있는.

― 아, 그 사람은 언어장애인이에요. 그러니까 벙어리지요. 그의 펠릿에는 남들과 확실히 다른 특질이 있어요. 저도 그 이유를 정확하게 알 수 없지만 그 사람의 언어에는 말이라는 잠재적 형식이 처음부

터 없었기 때문이라고 생각해요. 그의 펠릿은 우리의 것과 달라요. 저도 그것이 궁금해서 오랫동안 고민했는데, 제 생각에는 그의 음성은 이미 우리의 말과 다르기 때문에, 그러니까 어떤 사유를 말이라는 형식이나 의도 없이 표현한 것이 그렇게 다른 펠릿으로 나타난 거라고 봐요. 사람들은 말이 펠릿이 된다고 믿지만 사실은 말로 표현되기 전의 언어적인 의도가 펠릿으로 나타나는 거잖아요. 벙어리의 음성과 언어를 터득하지 못한 갓난아이의 옹알이는 거의 비슷하게 들리지만 아이의 소리는 펠릿으로 변하지 않아요. 그러니까 입에서 튀어나온 소리가 모두 펠릿이 되는 것은 아니라는 거지요. 제가 펠릿의 언어적 가능성을 믿고 그것을 계속 실험하는 근거도 거기에 있어요. 우리는 아직 펠릿을 언어적 기호로 해독할 수 없어요. 하지만 펠릿이 언어적인 방식으로 표현되고 있는 것은 확실해요.

요나는 룸을 떠올렸다. 그 이상한 펠릿을 볼 때 갑자기 룸이 생각났던 이유를 알 것 같았다. 그 펠릿과 룸의 펠릿은 어떤 연관성이 있었다. 룸이 이상한 소리를 내며 악을 지를 때 생겼던 펠릿은 무지개 같았다. 아니, 그것과 비교할 수 없을 정도로 현란하고 아름다웠다. 분명 그녀의 말대로 비정상적인 언어 체계를 가진 사람들의 펠릿은 독특한 형식을 갖고 있는 것 같았다. 멍한 표정으로 입을 꾹 다물고 생각에 잠겨 있는 요나의 골똘한 표정을 보고 마리는 벤치에서 일어났다.

– 시간이 늦었네요. 오늘 고마웠어요. 분명 저와는 생각이 다르신데 이야기하면 이상하게 편하네요. 요나 씨는 좋은 사람인 것 같아요.

마리는 전에 없던 편하고 부드러운 표정으로 오른손을 내밀었다. 요나는 자신을 향해 뻗어 있는 손을 바라봤다. 그것은 정지 비행을 하고 있는 작은 새 한 마리처럼 자유롭고 가벼워 보였다. 요나는 바지에 손바닥을 가볍게 문지르고 그 손을 잡았다. 마리는 모임 장소로 돌아갔다. 요나는 바위에 앉아 마리의 손을 잡은 자신의 손바닥을 물끄러미 내려다봤다.

12

닥터 노아가 어린 시절 읽은 동화로 널리 알려진 『얼음의 나라 아이라』는 바벨이라고 명명된 이 시대와 펠릿을 이해하는 가장 중요하고 핵심적인 텍스트가 됐다. 한낱 동화에 불과했던 허구적인 세계와 상상 속의 이야기는 현실로 재현됐고, 그로 인해 인류의 역사는 '아이라'처럼 영원한 겨울을 맞이하게 됐다. 기습적으로 찾아온 혹독한 겨울을 어떻게 보내야 할 것인가의 문제는 바벨의 인류들에게 남은 영원한 과제가 되었다. 여기, 과제를 풀어내는 하나의 방법을 제시하고 실천하는 사람들이 있다. 그들의 모임은 동화 속에 등장하는 '아이라'와 같은 이름을 사용한다. 가장 먼저 눈에 띈 것은 그들의 표정과 삶의 태도였다. 그들은 정말 '얼음의 나라 아이라'의 주민들 같았다. 겨울을 살고 있었지만 봄을 기다리고 있었고 겨울의 한복판에 살면서도 공통적으로 행복한 삶의 태도를 보이고 있었다.

하지만 봄이 와야 얼음이 녹을 것 아닌가? 과연 이 세계에 봄이 올까? 바벨의 바다는 10년 동안 얼어붙어 있다. 이 거대한 얼음의 세계를 녹일 능력이 노아에게 정말로 있을까? 아니다. 그 역시 한낱 인간일 뿐이다. 노아가 할 수 있는 것은 방주를 만드는 능력밖에 없다. 심지어 방주에는 노아와 그의 가족 외에는 탈 자리가 없다. 기껏해야 얼음을 깨고 바다를 건너 이 세계를 벗어날 능력밖에 없는 것이다. 펠릿이 얼음인가? 얼음이라면 온전한 얼음인가? 아니다. 펠릿은 처음부터 부서진 얼음이다. 혹 그것을 잘 간직하고 녹인다고 해도 동화 속의 사냥꾼이 품고 있던 얼음처럼 그 어떤 소리도 살려내지 못하고 비명과 절망만 가득하겠지. 그리고 '아이라'의 회원들이 지닌 태도를 행복이라고 볼 수 있는가? 아니다. 그들은 그저 모른 척하고 있다. 간절히 바라는 모든 것이 다 이루어질 거라고 믿는 어린아이들과 다를 바 없다. 상처가 벌어지고 피가 흐르는데 얼굴을 찡그리지 않고 활짝 웃고 있는 사람이 있다면 누가 그를 건강하고 긍정적인 사람이라고 할 수 있겠는가. 그들은 그저 통증을 견디고 있는 슬프고 미친 사람들일 뿐이다.

책상에 앉아 글을 쓰던 요나는 이런저런 반감과 꼬리에 꼬리를 무는 의문들 때문에 더 이상 글을 쓸 수 없었다. 글을 쓴다고 해도 『횃불』에 실을 수 있을지 확신할 수 없는 문제다. 불투명한 미래에 확실한 약속을 할 수는 없다. 다른 무엇보다 요나의 글쓰기를 방해하는 것은 마리였다. 한 문장이 끝날 때마다 기다렸다는 듯 마리에 대한 생각이 고개를 쳐들었다. 행간과 띄어쓰기 사이마다 그녀의 일부가 숨어 있는 것 같았다. 요나는 당황스러웠다. '단지 근래에 몇 번 만났을 뿐인데 서로 마음이 통하고 있다고 착각하고 있는 걸까? 아니다. 도리어 그 반대다. 지금도 나는 그녀의 생각과 방식을 한심스럽게 생각하고 있지 않은가. 그런데 나는 왜 계속 이렇게 그녀를 생각하고 있는 걸까?' 요나는 양옆으로 고개를 돌리고 손가락을 꺾으며 관절을 풀었다. 그리고 손바닥을 펴고 물끄러미 내려다봤다. 그녀와 헤어지기 직전에 나눴던 악수가 떠올랐다. 잡았던 손에 남은 감각. 그녀의 손은 작고 부드러웠다. 오른편에서 느껴지던 그녀의 몸과 집중하던 눈빛이 생각났다. 그녀에 대한 생각을 누르기 위해 다른 생각을 하면 할수록 요나는 고통스러웠다. 모든 감각이 총동원되어 요나의 눈앞에 마리의 모습을 완벽하게 재현하고 있었다. 요나는 의자를 뒤로 밀고 자리에서 일어났다. 규칙적으로 숨을 쉬고 뱉었고 스트레칭을 했다. 그때 누군가 현관을 두드렸다. 요나는 현관문 외시경을 통해 밖을 쳐다봤다. 장이었다. 연락도 없이 불쑥 찾아온 기습적인 방문에 놀란 요나는 의아한 마음으로 급히 문을 열었다. 장은 차분한 얼굴로 어색하게 오른손을 들고 인사하고 집 안으로 들어왔다. 요나는 탁자에 놓여 있는 종이에 글씨를 써서 장에게 보여줬다.

 - 뭘 좀 드시겠어요?

장은 고개를 가로저었다. 거실 바닥에 발뒤꿈치를 대고 제자리에서 천천히 돌며 내부를 낯선 눈으로 쳐다봤다. 장은 오래된 쥐색 코르덴 슈트를 입고 있었다. 팔뚝에 가죽을 덧댄 슈트는 장이 젊은 시절부터 즐겨 입었던 옷이다. 하지만 지금은 전혀 어울리지 않았다. 옷은 낡았고 곳곳에 보풀이 일었으며 허리가 굽고 몸이 작아진 장에게는 이젠 너무 크고 헐렁한 옷이었다. 어깨가 남는 옷을 걸치고 있는 장은 겁 많은 어린아이처럼 보였다. 요나는 물이 든 컵을 장에게 건네며 의자를 빼 앉으라고 손짓했다. 장은 조심스럽게 의자에 앉았다. 요나는 장을 마주 보며 의자에 앉았다.

- 연락도 없이 갑자기 무슨 일이세요?

장은 힘없는 표정으로 요나가 쓴 글씨를 한번 쳐다보고 별다른 반응을 보이지 않고 가만히 있었다. 요나는 불길한 예감이 들어 걱정스러운 눈으로 장의 표정을 살폈다. 장은 한참 동안 우두커니 종이만 바라보다 슈트 앞주머니에서 만년필을 꺼내 요나의 글씨 밑에 답을 달고 요나가 편하게 볼 수 있게 종이를 돌렸다.

- 방금 혀를 자르고 왔다.

요나는 장의 글씨를 읽고 장의 얼굴을 보고 다시 장의 글씨를 봤다. 그리고 오랫동안 두 손으로 눈을 가리고 고개를 숙인 채 가만히 있었다. 요나의 어깨가 흔들렸고 얼굴을 덮은 두 손이 떨렸다. 장은 요나의 어깨에 손을 올렸다. 두 사람은 화분에 심어진 키 작은 나무들처럼 오랫동안 고요히 앉아 있었다. 길고긴 정적을 깨고 장은 다시 만년필을 들었다.

- 특별한 일도 아니고 슬퍼할 일도 아니다. 막상 자르고 보니 정말 아무렇지도 않구나. 어차피 말을 하지도 못하는데 말을 하고 싶어 하는 혀가 있어봐야 무슨 소용이 있겠니. 노래하는 것, 시를 쓰고 그것을 낭송하는 것, 그것은 젊음과 같은 것이었다. 다 지나간 일이다. 지나간 일은 아무리 떠올려도 다시는 돌아올 수 없지. 난 더 이상 불가능한 꿈을 꾸며 살고 싶진 않구나. 포기하는 것과 낙담하는 것이 꼭 나쁜 것만은 아니더구나. 왜 사람들이 혀를 자르는지 알겠다. 마음이 훨씬 더 편해졌다. 더 이상 아침이 끔찍하지는 않을 것 같구나.

요나는 손에 들고 있는 볼펜을 꽉 움켜쥐었다. 숨이 가빠졌고 턱이 떨렸다. 가슴이 저릿하고 높아진 혈압 탓에 관자놀이가 툭툭 뛰었다.

- 너무 심각하게 생각하지 말고 자연스럽게 받아들이자. 나는 그

러기로 마음을 먹었다. 그건 그렇고 룸이 걱정되는구나. 잘 지내는지 모르겠구나. 요즘엔 마음이 이상하고 불안하다. 처음부터 복지부의 말을 모두 믿지는 않았지만 이제는 아무것도 믿을 수가 없구나. 그들이 보여주는 자료도 룸에 대한 영상도 의심쩍다. 룸을 위하는 길이라고 믿고 가만히 있었지만 지금은 모르겠구나. 바깥의 분위기도 심상치 않다. 『모닝 바벨』의 기사들도 전과 다르게 거칠고 뜨거워졌더구나. 개천에 버려진 펠릿의 양도 너무 많고 거리에 돌아다니는 경찰과 진압대 분위기가 예전과 확연히 다르더구나. 아들아, 네가 하는 일이 무슨 일인지 안다. 내가 그것에 대해 잘 알지는 못하지만 어쩐지 위험해 보인다. 네게 알리지 못한 일이 하나 있다. 얼마 전에 펠릿을 몰래 소각하다 경찰에 연행된 적이 있었지. 그날은 내가 잠꼬대를 처음 했던 날이다. 너무 당황스러웠다. 그 많은 펠릿을 감당할 형편도 아니었거든. 처음에는 다른 사람들처럼 벌금이나 가벼운 처벌을 받을 줄 알고 큰 걱정을 하지 않았는데 당시 나는 보름이나 갇혀 있어야 했다. 어떤 이유인지 그들은 나를 사상범 취급을 하더구나. 그런데 더 이상했던 것은 나에 대한 질문이 어느 순간 너에 대한 질문으로 바뀌더라는 거야. 실제로 너에 대해 아는 것이 별로 없고 그들도 내게 얻을 것이 별로 없다고 판단했는지 별다른 처벌 없이 보내주긴 했지만 분명 이상한 일이었다. 당시에는 이 일을 네게 알리면 쓸데없는 걱정을 할 것 같아 잠자코 있었지만 지금은 그때와 많이 달라진 것 같다. 어제는 갑자기 복지부 직원이 방문 날짜도 아닌데 찾아와 쓸데없는 이야기를 늘어놓더니 너에 대한 근황을 물었다. 아무 목적이 없다는 듯 시큰둥한 표정이었지만 그 표정 이면에 분명 어떤 의도가 있는 것 같았다. 예감이 좋지 않아. 걱정이 되는구나. 물론 네 일은 네가 알아서 잘 하겠지만 그래도 조심하거라.

장은 탁자에 놓여 있는 컵을 들었다가 다시 내려놓고 자리에서 일어섰다. 장이 문을 열고 밖으로 나가는 순간까지 요나는 고개를 들지 못했다. 마음이 터질 것 같았고 너무 답답해 숨이 막혔다. 요나는 장이 쓴 글자를 다시 읽기 시작했다. 띄어 쓴 공간에서 장의 호흡이 느껴지는 듯했고 또박또박 눌러쓴 까만 글자에서는 목소리가 고여 있는 것 같았다. 하지만 장이 무슨 이야기를 하고 있는지는 하나도 머리에 들어오지 않았다. 요나의 귓가엔 장의 목소리가 맴돌고 있었다. '혀를 자르고 왔다.' 오랫동안 들어보지 못한 장의 굵고 낮은 목소리가 요나의 귓가에 또렷하게 들렸다. 앞으로 영원히 다시는 듣지 못할 소리였다. 노아가 대책을 마련하고 빌어먹을 펠릿이 사라져 바벨이 끝난다고 할지라도 장은 영원히 말할 수도 노래할 수도 없다. 요나는 머리를 감싸고 탁자에 엎드려 거칠게 숨을 내쉬며 방금 전 장이 등 뒤로 닫고 나간 문을 노려봤다. 그때였다. 마리가 보낸 문자가 수신됐다.

- 출판사로 경찰들과 진압대가 들이닥칠 거예요. 관련자들을 구속한데요. 빨리 몸을 피하세요.

뜬금없는 마리의 문자에 당황한 요나는 급히 답장을 했다.

- 갑자기 무슨 말씀이세요?

- 자세한 내용은 나중에 말씀드릴 테니 우선 피하세요. 진압대가 출판사에 들른 뒤에 바로 관련자들의 집으로 간다고 하니 집에 계셔도 안 돼요.

요나는 문자가 수신된 미러와 장의 글씨가 씌어 있는 종이를 번갈아 쳐다봤다. 자세히 읽을수록 혼란스러웠다. 도대체 이게 무슨 말인

가. 법적 근거와 절차 없이 진압대가 움직인단 말인가. 예전과 달라진 분위기를 감지한 밀의 긴장한 얼굴 위로 방금 다녀간 장의 얼굴이 오버랩됐다. '조심하거라. 조심하거라.' 요나는 소리 없이 입술을 움직여 중얼대며 장의 마지막 글자를 읽었다. 도대체 무슨 일이 일어나고 있는 걸까. 그런데 그녀가 어떻게 진압대의 작전 상황을 알 수 있는 거지. 어쨌든 여기에서 가만히 있을 수는 없다. 출판사와 밀이 걱정됐다. 요나는 겉옷을 걸치고 가방을 들고 밖으로 뛰쳐나갔다.

빠른 걸음으로 몇 블록을 걷던 요나는 이상한 느낌이 들어 걸음을 늦추고 주위를 둘러봤다. 평소와 분위기가 미묘하게 달라졌다. 느린 속도로 천천히 배회하던 부엉이가 한데 모여 일렬로 줄지어 빠른 속도로 어딘가로 이동하고 있었고 길목마다 넘치게 쌓여 있던 매대의 『모닝 바벨』은 한 권도 보이지 않았다. 거리를 오가는 사람들의 표정도 달랐다. 초조해 보였고 긴장된 눈빛이었다. 사람들은 공통적으로 정체를 알 수 없는 모종의 변화를 감지하고 있었다. 요나는 가방에서 마스크를 꺼내 입과 코를 가리고 모자를 눌러쓰고 출판사 방향으로 빠르게 걸어갔다. 출판사 근처에 도착한 요나는 가장 먼저 진압 차량을 발견했다. 진압대 몇 명이 근처에 서서 주위를 살피고 있었다. 요나는 맞은편 건물로 들어가 3층 계단 창문에 얼굴을 내밀고 조심스럽게 밖을 내다봤다. 요나는 하마터면 소리를 지를 뻔했다. 진압대 두 명이 밀의 팔을 한쪽씩 붙잡고 출판사 밖으로 나오고 있었다. 그때 밀의 눈과 요나의 눈이 마주쳤다. 밀은 무표정한 얼굴로 고개를 양옆으로 살짝 흔들며 요나에게 가만히 있으라는 신호를 보냈다. 그리고 요나만 느낄 수 있게 살짝 웃으며 왼쪽 눈을 찡긋거렸다. 진압

155

대는 밀을 차량에 태우고 사라졌다. 요나는 바닥에 주저앉아 멍하니 계단을 쳐다봤다. 냉정해져야 한다는 생각과 함께 아무것도 하지 못 했다는 수치심이 온몸을 사로잡았다. 화가 났고 동시에 두려웠으며 또한 막막했다. 요나는 정신을 집중하고 생각을 하기 시작했다. 『모닝 바벨』이 발행되지 않았고 진압대가 분명한 이유 없이 밀을 잡아갔다. 만약 내가 있었으면 나도 잡혀갔을 것이다. 뭔가 바뀐 것이다. 『모닝 바벨』을 통해 알려져서는 안 될 뭔가가 빠르게 바뀌고 있는 것이다. 그런데 마리는 어떻게 이런 것들을 알고 있었을까? 밀이 잡혔을 정도면 은밀한 계획이거나 기습적으로 결정된 사안이었을 것이다. 그녀는 혹시 정부와 관련된 인물일까? 그렇다면 왜 내게 피하라고 했을까? 요나는 복잡했다. 의문은 하나도 풀리지 않았고 사방이 막힌 미로에 갇혀버린 듯 무력한 기분이 들었다. 그때 마리에게서 문자가 수신됐다.

– 피했어요?

– 피하긴 했지만 어떻게 된 상황입니까? 진압대가 출판사 대표를 잡아갔습니다.

– 다행이군요. 당분간 숨어 있어야 해요.

– 왜 숨어야 합니까? 알려주세요. 도대체 왜 진압대가 동료를 잡아간 겁니까? 그리고 당신은 어떻게 이런 것들을 알고 있습니까?

– 자세한 것은 나중에 말씀드릴게요. 어쨌든 절대로 잡히면 안 돼요. 당분간 집에는 가면 안 돼요. 지금쯤 그곳에도 진압대가 갔을 거예요.

– 어디로 피하란 말입니까? 집도 안 되고 출판사도 안 되고 아버지 말로는 부모님 집에도 저를 찾는 사람이 찾아왔다고 하더군요. 어떻

게 된 일인지 빨리 알려주세요.

　- 일단 만나요. 만나서 이야기해요.

　- 어디로 갈까요?

　마리의 문자는 한참 뒤에 수신됐다. 요나는 미러를 보고 자신의 눈을 의심했다. 그곳은 국방청사 앞이었기 때문이다.

13

요나는 철거가 중단된 건물의 층계참에 웅크리고 앉아 밤을 기다렸다. 낮부터 간헐적으로 내리던 빗줄기는 점점 굵어져 저녁이 되자 장대비로 바뀌었다. 요나는 깨진 창문 틈으로 낮게 내려앉은 하늘을 바라봤다. 검붉은 구름이 서쪽으로 빠르게 움직이며 뒤섞였고 시간이 갈수록 바람은 거세졌다. 사선으로 떨어지는 빗속을 뚫고 이름 모를 검은 새들이 국방청사가 있는 쪽으로 날아갔다. 요나는 빗소리에 섞여 희미하게 들려오는 도시의 소리에 집중했다. 길가에 정차된 부엉이의 엔진 소리가 들렸고 자동차가 젖은 길을 지나갈 때의 쉬익, 하는 바퀴 소리가 들려왔다. 비는 갈수록 세게 내렸다. 빗소리 외에 아무것도 들리지 않았다. 빗소리가 모든 소리를 집어삼켰다. 도시 전체가 비가 되어 흘러내릴 것만 같았다. 요나는 불길한 적막 속에 앉아 두 손으로 귀를 막고 계단을 내려다봤다. 계단은 어둠에 잠겨 끝이 보이지 않았다. 요나는 심호흡을 하고 떨리는 팔을 손바닥으로 비벼대며 불안을 이겨내려고 이를 악다물었다.

가로등을 제외한 대부분의 불빛이 꺼진 시간, 요나는 검은 우산을 받쳐 들고 최대한 어깨를 안으로 웅크린 채 주위를 두리번거리며 거리를 걸었다. 비 내리는 바벨의 밤은 평소보다 훨씬 더 어둡고 음울했다. 요나는 최대한 빨리 걸으려고 노력했으나 비에 젖어 무거워진 신발과 축축한 바지는 요나의 걸음을 더디게 했다. 익숙했던 길이 낯설게 느껴졌고 다를 것 없는 풍경들은 생경했다. 요나는 미로 상자에 갇힌 실험동물처럼 뭘 어떻게 해야 할지 몰라 모퉁이마다 멈춰 서서 주위를 두리번거렸다. '이제껏 펠릿과 관련된 정부의 정책은 무책임하고 불투명하긴 했지만 정부는 명분과 법적인 공정성을 지키려고 노력했었다. 나름 언론과 집회의 자유를 보장했으며『모닝 바벨』을 통해 끊임없이 소통하려고 노력했다. 그런데 지금의 상황은 다르다. 이해할 수 없는 일들이 진행되고 있다. 밀이 잡혀가다니. 그렇다면 나도 수배 상태인가. 도대체 내가 무슨 죄를 지었단 말인가. 그런데 더 더욱 알 수 없는 것은 마리다. 그녀는 도대체 누구일까? 어떻게 이런 일들을 알고 있단 말인가. 왜 굳이 밤에 만나자고 했을까? 혹시 신분을 감추고 접근한 비밀경찰 같은 걸까. 아니다. 그럴 리 없다. 먼저 연락을 취한 것은 나였다. 그녀는 내게 뭔가를 알아내려고 하지도 않았다. 도리어 그녀 자신의 이야기를 더 많이 하지 않았나. 어쨌든 그녀는 지금 나를 돕고 있다. 지금의 나로서는 그녀 외에는 달리 의지할 데도 없다.'

요나는 국방청사 근처의 작은 공원에 도착했다. 국방청사라니, 여기야말로 가장 위험한 곳이 아닌가. 대체 무슨 일이 벌어지고 있는 걸까? 고약하고 질 나쁜 일에 연루된 것처럼 요나의 머릿속은 혼란스럽게 뒤엉켰다. 온갖 추측과 예상으로 머리에 쥐가 날 지경이었다. 하지만 다양한 생각과 여러 가능성은 결국 어떤 포기로 귀결됐다. 지금으로선 요나 자신에게 그 어떤 대책도 없는 상태였다. 요나는 마리에게 도착했다는 문자를 보낸 뒤 관목 뒤에 숨어 있는 어두운 벤치에 앉아 비 내리는 광장을 바라봤다. 하늘의 수문이 열린 것처럼 엄청난 양의 비가 쏟아지고 있었다. 비는 두껍고 넓은 커튼처럼 온 세상을 덮었다. 요나는 그 속으로 걸어 들어가고 싶은 충동을 느꼈다. 완전히 젖고 싶었고 고막이 찢어질 것 같은 큰 소리에 에워싸여 그대로 녹아버리고 싶다고 생각했다. 그 순간 청사 오른쪽 방향에서 마리가 검은 우의를 뒤집어쓰고 나타났다. 마리는 조심스럽게 주위를 살피고 그 어떤 메시지도 없이 요나를 향해 따라오라는 사인만 던지고 뒤돌아 걸었다. 요나는 우산으로 몸을 가리고 마리의 뒤를 따라갔다. 마리가 걷는 방향은 일반인의 출입이 통제된 구역이었다. 그곳의 길은 높은 언덕으로 이어지는데 언덕 너머에는 정부 기관이 모여 있는 특수 단지가 조성되어 있었다. 언덕에 올라가본 적이 없었다. 펠릿과 관련된 연구실과 기밀 부서가 있다는 이유로 그곳은 오래전부터 철저하게 폐쇄되어 통제된 지역이다. 그런데 마리는 그곳으로 들어가고 있는 것이다.

청사 뒤쪽으로 난 길을 돌아가니 좁은 통로가 나타났다. 동굴처럼 앞으로 뚫린 일방적인 길 외에 모든 곳이 폐쇄된 장소였다. 요나는 마리에게 뭔가를 묻고 싶었지만 우의를 뒤집어쓰고 앞서 걷고 있는 마리의 어깨를 터치할 용기가 나지 않았다. 마리를 따라 무작정 앞으로 걷고는 있지만 경계를 늦추지 않았다. 우발 상황이 생기면 바로 도주할 수 있도록 마리와 일정한 거리를 유지했다. 하지만 걸으면 걸을수록 절망적이었다. 이곳은 완전한 미로였다. 일정한 간격으로 매달려 있는 주황색 전등 외에는 아무 표식도 없었다. 앞서 걷는 마리의 뒷모습을 바라보며 요나는 고민에 빠졌다. '이곳은 도대체 어디로 연결되어 있을까? 그녀는 누굴까? 나는 결국 어떻게 될까?' 생각이 거듭될수록 길은 더 복잡해졌다. 지금 다시 혼자 돌아 나간다고 해도 입구도 찾을 수 없을 것 같았다. 요나는 완전히 겁에 질렸다. 어두운 미궁에 갇혀 앞에 무엇이 있는지도 모른 채 실을 잡고 더듬더듬 앞으로 나아가는 심정이었다. 반면 마리는 자연스러웠다. 주저 없이 걸었고 모퉁이마다 망설임 없이 방향을 틀었다. 길고 복잡한 통로를 지나는 그녀의 발걸음은 집 근처 골목을 산책하듯 편하고 거침이 없었다. 요나는 그 자연스러움이 오히려 두려웠다. '그녀는 내게 전적으로 불리한 사각의 링으로 나를 이끌고 있는 것은 아닐까? 당장이라도 도망가야 한다.' 하지만 요나는 묵묵히 마리의 뒤를 따랐다. 지금의 자신에게는 마리를 따르는 것 외에는 어떤 방법도 없다는 것을 잘 알고 있었기 때문이다.

검은색 고급 승용차가 정차해 있었다. 창문은 어둡게 선팅되어 있었고 보닛은 두꺼웠다. 마리는 차 뒷문을 열고 요나를 쳐다봤다. 요나는 마리로부터 10미터 정도 떨어진 곳에 서서 겁에 질린 눈으로 마리를 바라봤다. 마리는 우의를 벗어 뒷좌석에 던져 넣고 젖은 손을 바지에 가볍게 닦아낸 뒤 손바닥에 글씨를 썼다. 마리의 미러에 글자가 나타났다.

- 타세요.

요나는 경계하는 눈빛으로 마리를 쳐다보며 급히 손바닥에 글씨를 쓰고 가슴을 앞으로 내밀어 미러를 보였다.

- 어디로 가는 겁니까?

- 제 집에 가는 거예요.

- 네?

- 걱정 마세요. 가장 안전한 곳이니까요.

요나는 마리의 지시에 따랐다. 계속되고 반복되는 긴장으로 기진맥진했다. 생각은 분주하게 오고 갔지만 몸과 마음은 완전히 마비됐다. 덫에 사로잡힌 동물이 이리저리 몸을 비틀고 몸부림치다 결국 모든 저항을 멈추고 포기한 것과 비슷한 상태였다. 차는 커브가 많은 오르막길을 올랐다. 어두운 창과 어두운 밤은 바깥의 사물과 지형을 가렸다. 아무것도 보이지 않는 깜깜한 창을 바라보며 요나는 눈을 감았다. 좌석은 넓었고 부드럽고 푹신했다. 정신의 예민함과 상관없이 피로가 물처럼 쏟아졌다. 종일토록 젖어 있었고 딱딱한 곳에 앉고 어두운 곳에 서 있었다. 나중에 어떻게 되든 상관없이 지금 이 안락함은 요나로 하여금 만족감을 줬다. 마리는 죽은 듯 눈을 감고 있는 요나의 옆모습을 물끄러미 응시하다 이내 고개를 돌려 창문을 바라봤다. 까만 창은 요나의 모습과 자신의 얼굴을 거울처럼 반사하고 있었다. 흠뻑 젖은 요나는 익사한 사람 같았다. 마리는 잠시 하얗게 질린 요나의 뺨을 쳐다본 뒤 눈을 감았다.

요나는 자신의 눈을 의심했다. 마리가 사는 곳은 집이 아닌 저택이었다. 요나는 이제까지 이렇게 크고 웅장한 느낌을 주는 집은 본 적이 없었다. 현란한 무늬가 양각돼 있는 거대한 현관 앞에 선 요나는 정체를 알 수 없는 두려움과 위압감을 느꼈다. 내부는 바깥의 모습보다 더 놀라웠다. 천장은 높았고 거실 바닥에는 단단한 대리석이 깔려 있었다. 거실 두 면을 차지하는 책장에는 책이 빼곡하게 꽂혀 있었다.

오래된 도서관에서 느껴지는 고상하고 우아한 기운의 책장이었다. 다른 한 면에는 양쪽에 커다란 스피커를 거느리고 있는 진공관 앰프와 LP와 CD가 가득 들어 있는 유리 장이 서 있었다. 세상의 모든 음악을 모아놓은 것처럼 엄청난 양이었다. 거실 한가운데에는 기하학적인 무늬가 정교하게 조각된 8인용 테이블이 놓여 있었고, 장식장에는 연도별로 분류된 와인이 가지런히 진열되어 있었다. 집 안을 채우고 있는 가구들은 하나같이 크고 고급스러웠으나 사치스럽다기보다 고상한 느낌이 들었다. 요나는 소파에 엉덩이를 살짝 걸치고 앉아 놀란 기색을 숨기지도 못한 채 어리둥절한 표정으로 내부를 둘러봤다. 마리는 주방에서 오렌지 주스가 들어 있는 병을 따고 아몬드 모양의 비스킷과 두꺼운 치즈를 접시에 담아 전신을 덮을 수 있는 마른 수건과 함께 요나에게 건넸다. 수건에서는 은은한 계피 향이 났다.

- 놀랐을 텐데 우선 진정하시고 편히 계세요.

요나는 주스를 단숨에 비우고 서둘러 손바닥에 글씨를 썼다.

- 당신은 도대체 누구입니까? 그리고 왜 나를 이 집에.

마리는 급하게 글씨를 쓰고 있는 요나의 오른 손등에 가볍게 손을 올렸다. 요나는 글씨를 쓰던 손을 멈추고 멍하니 마리를 올려다봤다. 마리는 가볍게 미소 지으며 종이에 천천히 글씨를 쓴 뒤 요나에게 보였다.

- 진정하시라니까요. 천천히 하나씩 물어보세요. 우선은 뭘 좀 드시고 안정을 취하세요. 이야기는 나중에 해요.

마리는 진공관을 데우고 유리 장 앞에 서서 유심히 음악을 골랐다. 마침내 CD 한 장을 빼서 플레이어에 삽입하고 음악을 재생했다. 커다란 음악 소리가 단숨에 공간을 장악했다. 평소에 거의 음악을 듣지 않고 살던 요나는 압도적인 음악 소리에 기가 질렸다. 엄청난 출력이었지만 음색은 묵직하고 부드러웠다. 바이올린 소리와 피아노 소리가 전혀 다른 층위에서 들리는 것처럼 소리는 공중에서 세밀하고 예민한 결로 나뉘어 들렸다. 웅장한 음향이 자연스럽게 요나의 눈꺼풀을 감기게 했다. 강한 권위와 에너지를 가진 커다란 손바닥이 가만히 눈꺼풀을 덮는 것 같은 기분이었다.

    - 슈만이에요. 이렇게 아름다운 음악을 만들었지만 그는 오랫동안 정신분열증에 시달렸지요. 분열 상태에서 만들어진 음이 이렇게나 부드럽다니. 믿을 수가 없어요. 분열은 거칠고 폭력적인 인격만 남기는 건 아닌 것 같아요. 슈만에게 분열되어 떨어져 나간 자아는 그의 가장 부드럽고 예민한 인격이었는지도 모르죠.

    마리는 요나에게 미러를 보여준 뒤 고개를 돌려 소리가 나는 스피커를 바라봤다. 스피커에 붙어 있는 진동판과 잿빛의 부드럽고 얇은 막이 음의 증폭에 따라 가늘게 떨리고 있었다. 요나는 좋군요,라고 쓰려다 말고 음악을 듣고 있는 마리의 옆모습을 쳐다봤다. 지쳐 보였다. 꾹 다문 입술은 보이지 않는 뭔가를 꽉 물고 있는 것처럼 보였고 어딘지 모르게 쓸쓸해 보였다. 요나는 마리가 바라보고 있는 진공관 앰프 속에서 어지럽게 춤추고 있는 푸른빛 전류에 시선을 두고 한참 뒤에 눈을 감았다. 진정이 되는 것 같았다. 분주하게 휘돌고 있던 돌풍이 잦아지는 듯했고, 엉켜 있던 생각들이 하나씩 풀리는 것처럼 머리가 가벼워졌다. 경직됐던 팔다리가 나른해졌고 긴장된 마음이 부드러워지는 것을 느꼈다. 마리는 음악의 볼륨을 조금 줄인 뒤 노트를 펴고 글씨를 쓰기 시작했다.

    - 미러를 보기 싫어요. 그냥 여기에 써서 한 장씩 넘겨요. 우선 첫

번째 답을 할게요. 당신이 곧 경찰에게 잡힐 거라는 것을 알게 됐어요. 저는 당신이 잡힐 이유가 없다고 생각했고요. 그래서 당신에게 알렸던 거예요. 특별한 의미를 두지는 마세요. 물론 혼란스럽고 당황스러운 상황이겠지만 우선은 저를 믿으세요.

- 제가 궁금한 것은 그러니까 그런 일들을 당신이 어떻게 알았느냐는 것입니다.

- 볼이 알려줬어요.

- 볼 교수요?

- 네. 볼이 그러더군요. 『횃불』을 만드는 출판사 관련자들이 곧 구속될 거라고.

- 하지만 교수는 그런 일들을 어떻게 알고 있는 겁니까?

- 그 사람은 모든 것을 다 알고 있어요.

마리는 손에서 펜을 놓고 잠시 망설였다. 그리고 결심이 섰다는 듯 다시 펜을 쥐었다.

- 아시다시피 볼은 바벨에서 가장 중요한 인물이에요. 펠릿에 대한 그의 연구와 업적은 경이로울 정도지요. 펠릿을 처리하는 일은 생존과 직접적으로 연결되는 문제였기 때문에 어쩌면 사람들은 모두 볼에게 빚을 지고 있다고 할 수 있어요. 하지만 그는 정부의 입장에서도 중요한 인물이에요. 그는 바벨의 모든 일을 알고 있고 대부분의 일에 관여하고 있어요. 이상하다고 생각해본 적은 없어요? 볼도 우리와 똑같은 조건 아래 놓여 있던 평범한 인간인데 어떻게 그렇게 펠릿에 대해 잘 알고 있었을까요. 펠릿이 정말 노아의 실험으로 발생한 사고라고 가정할 때 볼이 펠릿에 대해 다른 사람들보다 더 많이 알고 있었다는 것은 분명 이상한 일이에요. 물론 볼이 뛰어난 학자였을 수

도 있어요. 하지만 전례도 없고 공식적으로 발표된 연구 결과도 없는 펠릿에 대해 노아가 아닌 볼이 그렇게 단시간 내에 대책을 마련했다는 건 불가능한 일이에요. 가능한 방식으로 쉽게 생각해보세요. 볼은 바벨이 시작되기 전에, 펠릿이 튀어나오기 전에, 이미 펠릿에 대해 알고 있었다고밖에 생각할 수 없어요.

 - 마리 씨의 가설입니까? 아니면 진실입니까?

 - 진실이에요.

 - 그게 무슨 말이죠? 어떻게 그럴 수가 있단 말입니까?

 - 볼과 노아가 잘 아는 사이였다는 거죠. 대학 시절부터 둘은 같은 연구 팀에 있었어요.

 - 볼은 그렇게 이야기하지 않던데요.

 - 그렇게 이야기하면 안 되니까요. 거짓말은 아니에요. 볼은 노아를 모른다고는 하지 않았으니까요. 하지만 다 이야기하지는 않았어요. 반만 밝혔지요. 다 이야기하지 않는 것은 거짓말보다 더 나쁘고 위험해요. 믿어서는 안 될 일을 믿게 만들지요. 바벨은 지난 10년간 이런 방식으로 존재했어요. 아주 조금만 보여주고 나머지는 일부 정보를 통해 사람들 스스로 그럴듯하게 상상하도록 만들었지요. 예측 가능한 정보를 주면 사람들은 그 정보를 이용해 어리석은 진실을 만들어내죠. 편집된 진실을 이용하면 진짜 진실을 파괴할 수 있어요. 그 모든 일의 중심에 볼이 있었어요. 볼과 노아, 사실 둘은 아주 가까운 사이였어요. 당시 노아는 말이라는 대상을 하나의 물질로 규명하고 싶어 하는 순수한 연구자였어요. 하지만 볼은 달랐어요. 연구의 가치를 계산했고 적용할 범위를 가늠했어요. 볼은 알고 있었어요. 노아의 연구가 어떻게 이용하느냐에 따라 전혀 다른 방식의 가치와 에너지

를 창출할 거라는 것을요. 볼은 이 연구를 몇몇 기관에 알렸어요. 기술에 관심을 갖는 기관의 지원을 받아 규모를 크게 만들어 본격적으로 진행하는 것이 목적이었지요. 볼은 노아를 설득했어요. 노아의 입장에선 연구에 도움이 되는 볼의 제안을 반대할 만한 이유가 특별히 없었겠지요. 그런데 무슨 이유에서인지 노아의 연구에 정부가 관심을 갖게 된 거예요. 뿐만 아니라 노아에게 독립적인 연구소를 만들어주고 연구에 필요한 모든 것을 전폭적으로 지원하겠다는 약속을 해요. 다만 몇 가지 조건이 있었어요. 이 연구를 철저히 비밀에 부치고 외부에 알리지 않을 것. 결코 다른 기관들의 지원을 받지 않을 것. 왜 정부는 비공식적으로 은밀하게 지원했을까요? 추측으로는 군사적인 목적 때문인 것 같은데 정확한 이유는 저도 잘 몰라요. 노아는 순수하게 말의 물리적 속성에 대해 연구했고 그것을 응용하고 적용하는 역할은 볼의 담당이었지요. 자세한 것들은 다 알 수 없지만 이 과정에서 실험은 실패했고 펠릿이 튀어나오는 부작용이 일어났어요. 어쨌든 결과가 그렇게 되고 나자 정부는 노아로 하여금 이 문제를 해결하도록 외부의 접근이 차단된 별도의 시설에서 연구를 진행시켰고, 볼은 혼란에 빠진 바벨을 정상화시키는 역할을 맡았어요. 사회를 안정시키기 위해 정부는 『모닝 바벨』을 만들었고, 공식적인 채널을 통해 노아가 연구를 진행하고 있다는 것과 이 문제가 금방이라도 해결될 것이라고 떠들었어요. 하지만 정부는 미처 예상하지 못했겠지요. 바벨이 10년 넘게 지속되리라는 것을요. 그리고 노아가 이토록 오랫동안이 문제를 해결하지 못할 것이라는 사실을 말이에요. 정부는 어쩔 수없이 계획을 조금씩 수정해요. 노아와 관련된 모든 자료를 삭제하고 왜곡하기 시작해요. 심지어 일기나 짧은 메모 같은 사소한 것들까지 손을 댔지요. 그럴 수밖에 없었겠지요. 모든 문제를 한 명의 책임으로 돌려야 했으니까요. 그때부터 펠릿은 정부의 일이 아닌, 노아 개인의 일로 바뀌게 돼요. 문제는 그 일을 도맡아서 했던 사람이 바로 볼이 라는 거예요. 참 아이러니하지요. 노아는 열등감이 많고 실패한 미치광이 과학자로 알려져 있고, 볼은 그것을 해결하는 인류의 구원자처럼 되어 있으니…… 노아는 지금도 살아 있어요. 알려져 있는 것처럼 정말로 연구를 진행하고 있는지, 단순히 감금되어 있는지는 모르지만 분명한 것은, 노아는 살아 있어요.

요나는 마리가 종이에 써 내려간 장문의 글을 읽고 또 읽었다. 그리고 한참 동안 멍하니 어떤 생각에 잠겼다가 종이를 들고 천천히 다시 읽었다. 요나는 마리를 바라봤다. 그녀는 두 손으로 펜을 움켜쥐고 있었다. 무표정한 얼굴이었지만 미세하게 떨리는 안면 근육과 초조한 눈빛만은 숨길 수 없었다. 요나는 마리의 글자 밑에 글을 쓰고 탁자에 올려놓았다.

─ 당황스럽군요. 처음 듣는 이야기네요. 농담이 아닌 것 같고, 거짓도 아닌 것 같네요. 그래서 더 당혹스럽습니다. 저는 지금 무척 혼란스럽습니다. 노아를 옹호하는 레인보가 지어낸 허무맹랑한 소설일 수도 있고 나름의 정보로 세운 가설일 수도 있겠지요. 우선은 믿겠습니다. 그러면 지금 벌어지고 있는 일들은 어떻게 된 겁니까? 이제까지 정부의 방식과 다릅니다.

─ 저 역시 그게 가장 마음에 걸려요. 언제부터인가 정부에서 더 이상 볼에게 지시를 내리지 않고 있어요. 볼을 통해서 했던 일도 볼을 제외하고 진행시키고 있어요. 또한 펠릿과 관련된 정책과 논의에서 의도적으로 볼을 제외시키고 있어요. 이제까지 볼은 직간접적으로

사회를 안정시키는 역할을 해왔어요. NOT과 레인보 사이를 오가며 둘 사이의 균형을 맞췄고, 펠릿과 관련된 전문 지식을 통해 과학적인 근거와 논리적인 과정을 보여줌으로써 사람들에게 지속적인 희망을 줬지요. 그런데 정부에서 더 이상 볼에게 그 역할을 맡기지 않고 있는 거예요. 그것은 바꿔 생각하면 안정과 균형을 더 이상 고려하지 않겠다는 뜻이에요. 제 생각에 정부는 지금 완전히 통제력을 잃은 것 같아요. 바벨은 위기에 놓여 있어요.

요나는 마리의 마지막 문장을 읽고 헛웃음이 나왔다.

― 바벨이 위기라니. 당신은 그것을 마치 최근에 알게 된 새로운 사실처럼 이야기하는군요. 제가 느끼기에 바벨이 위기가 아니었던 시절은 없었습니다. 당신은 제가 가장 궁금해하는 질문에는 계속 답을 하지 않고 있습니다. 다시 묻겠습니다. 당신은 어떻게 이런 것들을 알고 있는 겁니까. 아무리 당신이 볼과 가깝게 지내는 사이라고 할지라도 조교가 이런 일들에 대해 안다는 것은 저로서는 이해가 안 됩니다. 심지어 교수가 조교에게 이런 이야기를 해줬다면 더더욱 신뢰할 수 없는 이야기입니다. 솔직히 당신의 이야기를 믿는 것보다 제 앞에 앉아 있는 정체불명의 사람을 믿는 것이 더 어렵습니다. 당신은 누구입니까?

마리는 펜을 움켜쥐고 한동안 요나의 질문에 답을 적지 못했다. 마침내 마리는 길게 숨을 내쉬고 결심했다는 듯 짧게 한 줄을 써서 요나에게 보여줬다.

― 볼은 제 아버지예요.

요나는 마리의 집에 당분간 머물기로 했다. 낯설고 어색한 상황이 불편했지만 이곳에 머무는 것 말고는 아무 대안이 없었다. 요나는 마리가 안내해준 방에 들어갔다.

  ― 편하게 있으세요. 이 방은 누구도 사용하지 않는 방이에요. 손님들이 오면 안내하는 방이니까 특별히 부담 가질 필요 없어요.

  요나는 침대 한쪽 귀퉁이에 웅크리고 앉아 방에 들어오기 직전 마리와의 대화를 떠올렸다. 손님들이 오면 안내하는 방이라기에는 너무 크고 화려하지 않은가. 이제까지 봤던 방들은 이 방에 비하면 차라리 마구간이나 창고에 가깝다. 방 하나가 요나의 집 전체 크기보다 컸고 천장의 높이는 연립주택 3층 높이보다 높을 것 같았다. 압도적인 공간이 주는 위압감에 눌린 요나는 제대로 다리도 펴지 못하고 침대에 엉성하게 누워 주위를 둘러봤다. 깨끗하게 닦인 커다란 창과 양옆에는 가운데를 붉은 리본으로 단단하게 묶은 은빛 실크 커튼이 있었다. 창문 앞에는 오래된 안락의자가 있었고, 그 옆에는 머리끝부터 발끝까지 전신을 비출 수 있는 긴 거울이 서 있었다. 바닥에는 고급 양탄자가 깔려 있었고 옷걸이가 딸린 옷장이 두 개 있었다. 모든 것이 구비되어 있는 넓고 쾌적한 화장실에는 대리석으로 만든 욕조가 있었다. 벽에는 한눈에 봐도 고가로 보이는 몬드리안풍의 추상화가 걸려 있었고 맞은편 벽에는 무늬를 넣은 찬란한 휘장이 드리워져 있었다. 원목으로 만들어진 침대는 퀸 사이즈였고 매트리스는 두꺼웠으며 깔려 있는 침구와 체크무늬 이불은 한 번도 사용하지 않은 듯 보였다.

  요나는 침대에 누워 마리와 마리의 이야기 속의 볼을 생각했다. '그녀의 얼굴에는 거짓이 없었다. 그녀의 말이 정말 사실일 수도 있다. 그렇다고 하더라도 나는 그 이야기들을 쉽게 받아들일 수는 없다. 처음부터 끝까지 다 생소한 이야기들이고 어디에서도 들어본 적 없는 것들이었다. 그 말을 믿는다고 하더라도 여전히 그녀의 행동은 이해되지 않았다. 왜 나를 돕는 걸까. 레인보인 그녀가 『횃불』을 발행하는 나를 도울 까닭이 없지 않는가. 볼이 정말 그녀의 아버지라면, 그렇다면 더더욱 이해되지 않는다. 정부에서 NOT을 잡아들이기로 했으면 볼 역시 NOT과 대립하겠다는 것인데 나는 지금 그의 집에 편하게 누워 있다. 어쩌면 이 상황은 고도로 계산된 함정일 수도 있다. 볼이 나를 잡기 위해 그녀와 짜고서……' 요나는 고개를 가로저었다. 그것 역시 이상했다. '나를 잡으려고 했으면 이렇게까지 복잡한 방법을 취할 필요가 없다. 심지어 지금까지 상황만 놓고 보면 그 반대다. 그녀는 지금 나를 보호하고 있다. 내가 이곳에 있는 것을 볼도 알까? 아니면 그녀가 볼과 상의 없이 혼자서 벌인 일일까? 그 둘은 어떤 사이고 나는 그들을 어떻게 생각해야 할까?' 요나는 지금의 상황을 명확하게 이해해보려고 노력했지만 허사였다. 생각을 거듭할수록 혼란만 더해졌고 그 어느 것도 딱 들어맞지 않았다. 요나의 머릿속은 터질 듯 복잡했다. 하지만 너무 피곤했다. 갑자기 많은 일이 벌어졌고 비를 맞았으며 진압대의 눈을 피해 온종일 도망 다녔다. 결국엔 낯선 곳까지 왔다. 작은 충격에도 몸이 부서질 것 같았다. 무엇보다 침대와 덮고 있는 이불이 부드러웠다. 요나는 편안함을 느끼며 눈을 감았다. 스위치를 움직여 단번에 전등 빛이 꺼지는 것처럼 요나의 정신과 육체는 한순간 어둠 속으로 빨려들며 꺼졌다.

'어쩌자고 나는 이곳에 저자를 데리고 왔을까.' 마리는 소파에 앉아 요나가 있는 방문을 보며 생각했다. '그가 지금 이 집에 잠들어 있다. 의도치 않게 잘 알지도 못하는 남자를 집에 들인 자신의 행동이 낯설고 이상하게 느껴졌다. 하지만 그에게 자꾸 신경이 쓰인다. 사무실에서 그를 만나 이야기를 나눈 날부터 내내 그랬다. 아무리 생각해도 이해가 되지 않는다. 그는 분명 나와 다른 쪽에 서 있는 사람이다. 스스로를 NOT이 아니라고 했지만 그의 생각과 행동, 무엇보다 노아에게 적의를 품고 있는 것을 볼 때 명백한 NOT이다. 그는 편협한 논리에 빠져 있었고 냉소적인 세계관을 갖고 있었다. 또 노아를 바라보는 시선에는 필요 이상으로 감정적이었다. 심지어 그는 자신을 보호하려는 나를 믿지 못했고 마지막까지 경계했으며 눈빛에는 의심이 가득했다. 그런데 왜 나는 그를 보호하고 있는 걸까. 만약 이 사실을 볼이 알면 어떤 반응을 보일까.' 마리는 복잡한 마음을 이기지 못하고 깊은 숨을 내쉬었다.

이 집은 마리의 몸과 마음을 가두는 견고한 성이었다. 마리는 이곳에 갇혀 외로웠던 많은 날을 떠올렸다. 마음을 나누고 이야기할 사람이 없었다. 붉은 사막의 고독한 나무처럼 한 자리에 머물러 지속적으로 소외감을 느꼈다. 하루에도 수십 번씩 우울과 싸워야 했고 절망에 빠지지 않기 위해 애써야 했다. 희망을 희망해야 하는 것, 긍정을 긍정해야 하는 것, 어디에 힘을 줘야 하는지도 모르는데 무조건 힘을 내야 하는 상황이 지치고 지겨웠다. 모든 것이 완전히 바닥을 드러낸 상태였다. 하지만 요나를 만났다. 아주 잠깐이었지만 그와 펠릿에 대한 이야기를 주고받았다. 헤어진 뒤에도 계속 요나가 생각났다. 자신의 의견을 경청하던 그의 진지하고 부드러운 눈과 어딘지 모르게 피로해 보이는 얼굴이 떠올랐다. 그리고 무엇보다 노트에 적혀 있던 단어가 생각났다. 공통 감각. 그것은 마리가 가장 좋아하는 단어였다. 하지만 단어의 의미는 한 번도 경험해보지 못했다. 그것은 환상적인 꿈이었고 시적인 표현에 지나지 않는 일종의 동경 같은 단어였다. 또한 현실에서 실제로 경험하기를 원했고 감각하기를 원하는 단어였다. 그런데 그 단어를 그의 노트에서 발견하는 순간 '공통 감각'이라는 단어가 육체를 입은 것 같았다. 그는 왜 그 단어를 노트에 적었을까? 그것은 그에게 무엇을 의미하는 걸까. 마리는 그와 계속 이야기를 나누고 싶었다. 그의 노트에 적혀 있던 수많은 글을 하나씩 하나씩 천천히 읽어보고 싶었다. 마리는 방문을 바라보며 속말로 중얼거렸다. '모르겠어. 하지만 나는…… 그가 잡히는 것을 원치 않아.'

　잠에서 깨어난 요나는 창문 앞에 서서 바깥을 바라봤다. 어스름한 새벽이 물러나고 사위는 점점 환해지고 있었다. 이국의 아침을 처음으로 맞이한 여행자처럼 요나는 생경하고 놀란 표정으로 눈앞에 펼쳐진 풍경을 바라봤다. 정원은 한눈에 다 들어오지 않을 정도로 규모가 컸다. 수령이 오래된 나무들과 커다란 수석들이 곳곳에 보기 좋게 자리 잡고 있었고, 도저히 정원 안의 것이라고 할 수 없을 정도로 관리가 잘된 연못은 크고 넓었다. 아담한 높이의 관목들이 정원 전체를 담처럼 두르고 있었고, 깔끔하게 정돈된 잔디가 바닥에 빈틈없이 깔려 있었다. 어디 하나 흠잡을 데 없는 조경이었다. 더 놀라운 것은 정원 너머의 풍경이었다. 이 집과 비슷한 외양과 크기의 저택들이 셀 수 없이 많았다. 국방청사 뒤에 자리 잡고 있는 언덕은 정부의 주요한 기관들이 모여 있는 특수 단지로 지정되어 그동안 일반인의 출입이 철저히 금지된 곳이었다. 언덕 아래에서 보기에는 단순히 지대가 높은 곳에 몇몇 정부 기관과 시설이 배치되어 있다고만 생각했는데 막상 언덕을 오르고 보니 이 지역은 일종의 고원이었다. 부드럽고 완만한 능선을 가진 크고 작은 언덕이 반복해서 펼쳐져 있었고, 언덕의 정상마다 아름다운 외형을 갖춘 저택이 서 있었다. 이곳은 바벨의 영향을 받지 않는 완전히 독립된 세계였다. 마치 바벨이 시작되기 전의 시대처럼 이곳은 이제까지 요나가 살아온 곳과는 완전히 다른 느낌과 정서를 갖고 있었다. 어떻게 이런 일이 가능하단 말인가. 요나는 눈으로 보고도 도저히 믿기지 않는 풍경을 멍하니 바라봤다. 그 순간 정원을 거닐고 있는 마리와 눈이 마주쳤다. 마리는 가볍게 손을 들어 인사하고 손바닥에 뭔가를 적었다. 마리에게서 문자가 수신됐다.

- 일어났네요? 식사도 하고 바람 좀 쐴 겸 정원으로 나오세요. 기다릴게요.

마리는 등나무가 우거진 그늘 밑 의자에 앉아 걸어오는 요나를 향해 손을 들었다. 요나는 정원을 둘러보며 느린 걸음으로 걸어와 마리의 맞은편 자리에 앉았다. 탁자에는 붉은 토마토와 사과가 담긴 쟁반과 막 구운 쿠키와 빵이 담겨 있는 접시가 놓여 있었다.

- 잘 잤어요?

마리는 부드럽게 미소 지으며 손바닥에 글씨를 썼다. 탁자에 놓여 있는 미러에 글자가 나타났다.

- 네. 덕분에.

요나는 손바닥에 글자를 쓰다 말고 잠시 주위를 둘러본 뒤 다시 글자를 썼다.

- 이 집은 정말 대단하군요.

- 볼의 집이에요.

마리는 얼굴에 남은 미소를 지우고 무표정하게 답했다.

- 제가 알기로 이 지역은 정부 기관들이 모여 있는 특수 단지인데

어떻게 언어생물학 교수의 집이 이곳에 있는 거죠?

　- 이 집도 정부 기관이에요. 볼의 집이니까요. 바벨에서 볼을 그렇게 만들었어요. 처음 이곳으로 이사 왔을 때 우리 가족은 이해하지 못했어요. 왜 우리가 이 지역에서 살아야 하는지, 집은 왜 이렇게 크고 화려한지, 하지만 금세 깨닫게 됐죠. 이곳은 정부가 볼의 발목을 잡는 날카로운 덫이었어요. 이 집은 정부에 볼모로 잡힌 볼의 10년의 삶 그 자체예요. 정부는 볼과 저를 이곳에 가두었어요. 아니, 가두었다고 할 수만은 없겠네요. 볼이 선택한 삶이기도 하니까요. 이곳은 아름답고 웅장해 보이지만 실은 그저 감옥일 뿐이에요.

　마리는 입술을 굳게 다물고 고개를 돌려 연못을 바라봤다. 작은 분수에서 쏟아지며 흩어지는 물방울이 일정한 패턴으로 공중에 형상을 만들고 있었다. 요나는 갑작스런 마리의 이야기에 어떻게 반응해야 할지 몰랐다. 하지만 여전히 요나는 지금 이곳이 두려웠고 마리가 의심스러웠다. 만약 마리의 이야기가 전부 사실이라고 할지라도 이곳이 감옥이라며 우울한 표정을 짓는 그녀를 이해할 수는 없었다. 요나의 입장에서 이곳을 감옥이라고 하는 마리의 말은 앞뒤가 맞지 않는 것이었고 사치스러운 투정처럼 느껴졌다.

　- 당신은 가족에 대한 일을 마치 다른 사람의 일처럼 이야기하는 군요. 저에게 여전히 이곳의 모든 것은, 그리고 당신의 이야기는 어렵게만 느껴집니다. 지난밤 많이 생각해봤습니다. 그리고 지금 이 순간에도 계속 생각하고 있어요. 아무리 생각해봐도 제가 이곳에 있는 것은 역시 옳지 않은 것 같습니다. 아무것도 판단할 수 없고 이해할 수도 없습니다. 하지만 이곳에 있는 것이 현명한 방법이 아니라는 것만은 분명합니다. 뭐랄까, 불편하고 죄스럽게 느껴집니다. 그리고 당신

말대로라면 어차피 볼이 오겠지요. 이 집은 볼의 집이니까요.

 - 당분간 오지 않을 거예요. 중요한 회의에 참석한다고 했어요. 최소한 일주일은 집에 못 들어온다고 하더군요. 그래서 저는 집에서 일하시는 분들도 당분간 쉬라고 했어요. 걱정하지 마세요. 당분간 이곳은 안전해요.

 - 안전해요?

 - 네, 안전해요.

 - 무엇으로부터 안전하다는 겁니까? 누가 저를 위협하는 거죠?

마리는 아무 대답도 하지 못했다. 요나는 바람이 불어오는 쪽으로 고개를 돌려 먼 곳을 바라봤다. 저택이 반복해서 펼쳐져 있는 풍경은 아무리 봐도 현실 세계에서는 불가능한 이미지처럼 느껴졌다.

 - 제가 이곳에 있는 것을 볼은 모릅니까?

 - 네.

 - 어쨌든 볼은 오겠군요. 볼이 정부의 편이라면 저는 결국 볼에게 잡히게 되겠군요.

 - 아니에요. 그건 제가 이야기해볼게요.

 - 아니! 도대체 제가 무슨 이유로 잡혀야 하고 또 당신들은 무엇 때문에 저를 보호한다는 겁니까?

흥분한 요나는 잠시 주먹을 움켜쥐었다 호흡을 가다듬었다.

 - 볼에게 잡히는 게 두려워 도망가는 게 아닙니다. 이곳에 숨어야 할 이유가 없고 또 이곳에 있다가 아무 이유도 없이 잡혀야 할 이유도 없기 때문에 가는 것입니다. 이곳을 떠나겠습니다. 제게 베풀어주신 호의에 대해서는 어떻게 감사를 표해야 할지 모르겠군요. 진심으로 고맙습니다. 덕분에 아직 잡히지 않고 이렇게 평화롭게 아침을 마

주하고 있으니까요. 하지만 이런 일들을 아무렇지 않게 받아들이기가 쉽지 않습니다. 갑자기 출판사 동료인 밀이 잡혀갔습니다. 또한 저는 저 자신이 왜 숨어야 하는지도 모른 채 당신의 도움을 받아 낯선 곳에 숨어 있습니다. 그리고 황당하고 믿을 수 없는 이야기를 들었습니다. 지금 보고 있는 이 풍경들을 어떻게 받아들여야 할지 모르겠어요. 꿈에서조차 이런 풍경은 상상해본 적이 없습니다. 이곳은 제가 살고 있는 저곳과 완전히 다른 세계입니다. 물론 당신의 이야기를 의심하는 것은 아닙니다. 애쓰는 마음 역시 진심이라고 믿습니다. 하지만 그렇다고 해서 당신이 알려준 모든 것을 의심하지 않을 수는 없습니다. 당신의 마음 또한 그렇습니다. 노아와 볼에 대한 이야기 역시 글쎄요, 잘 모르겠습니다. 제가 이해하기론 당신은 바벨의 원인과 책임은 노아가 아닌, 정부에 있다고 생각하는 것 같습니다. 당신이 알려준 모든 것이 사실이라고 할지라도 여전히 세계가 이렇게 된 것은 노아에게 가장 큰 책임과 이유가 있다고 생각합니다. 과정과 속사정이 아무리 복잡하고 오해가 있다고 할지라도 바벨은 오직 그로부터 시작된 시대입니다. 이유를 막론하고 가장 큰 책임은 그에게 있습니다. 그는 우리에게 말을 되돌려줘야 하고, 세계를 예전처럼 돌려놔야 합니다.

  ─ 왜 당신은 꼭 말을 하려고 하지요? 이제 우리에게 말은 없어요. 사라졌다고요. 아직도 모르겠어요? 인간은 더 이상 옛날처럼 말을 할 수 있는 생물이 아니란 말이에요. 이건 진화예요. 말은 이제 쓸모없어졌어요. 이젠 인간의 언어도 동물처럼 침묵과 직관과 느낌만으로 가능해진 거예요. 왜 그것을 받아들이지 못하고 이렇게 어리석게 운명과 역사에 저항하는 건지 모르겠어요.

흥분한 마리는 요나의 눈을 쏘아보며 당장이라도 말을 내뱉을 것처럼 입술을 떨었다. 요나는 동그랗게 열려 있는 마리의 동공을 들여다보며 천천히 글씨를 썼다.

- 동물이 아니니까요. 우리는 사람이니까요. 침팬지와 인간의 유전자는 99퍼센트가 같고 1퍼센트가 다르다고 하더군요. '99'라는 수치 때문에 침팬지가 인간과 비슷하다고 하지만, 그 1퍼센트가 침팬지와 인간의 차이를 만들어내는 겁니다. 기껏해야 나뭇가지 같은 도구를 사용하고 인간과 비슷한 정서를 갖고 있다는 것만으로 침팬지가 인간과 비슷한 위치에 설 수 없습니다. 동물은 인간의 영역까지 절대 도약할 수 없습니다. 인간은 동물과 완전히 다른 생물입니다. 저는 지금 이 순간에도 언어를 분명히 의식하고 있습니다. 말이 입속에서 만들어지는 걸 느끼고 그 말이 희미하고 형체 없는 분명한 소리로 입안에서 둥글게 회전하는 느낌을 받습니다. 다 자란 태아가 자궁을 찢고 밖으로 나오고 싶어 하는 것처럼 입술을 찢고 튀어나가고 싶어 하는 처절한 욕망을 분명하게 느낍니다. 또한 저는 지금 당장 입속에 맴돌고 있는 이 말을 내뱉으며 더 정확하고 풍성하게 표현하고 싶은 욕구를 느낍니다. 무슨 말인지 아십니까? 지금 이 순간에도 말을 하고 싶다는 겁니다. 쓸모없어진 게 아니라 더욱 필요해졌습니다.

- 하지만 언어는 불완전해요. 모순이 많고 또 엄청난 오해를 불러와요. 말의 세계란 처음부터 불가능하고 보이지 않는 세계였어요. 생각이 사람을 움직이지 말이 사람을 움직이는 것은 아니에요. 생각은 말을 하지 않더라도 충분히 표현할 수 있어요. 지금은 모두 말을 할 수 없는 상황 속에 살고 있지만 어쨌든 우리는 어떻게든 잘 살고 있잖아요.

요나는 하, 하고 숨을 뱉으며 어이가 없다는 표정으로 마리를 바라 봤다.

― 잘 산다고 했습니까? 무엇을 근거로 그런 이야기를 하는 겁니까? 이 집과 지금 보이는 저 멋진 저택들, 잘 정돈된 정원, 이런 풍경들은 바벨이 아닙니다. 이곳은 바벨 위에 올라 서 있는 안전한 방주일 뿐이지요. 바벨에서 사람들은 살지 않고 바벨 주위의 척박한 대지에서 손가락과 발가락으로 땅을 일구며 살아갑니다. 그곳은 기근과 가난이 뜨거운 모래 폭풍처럼 쉼 없이 불어대는 절망의 땅입니다. 심지어 청사진도 도면도 없는 상상의 건물을 건축하기 위해 이유도 모른 채 바벨을 쌓아올리는 노역으로 고생하며 엄청난 땀과 눈물을 흘리며 살고 있습니다. 그들이 잘 사는 것 같습니까? 그들은 비참하게 삽니다. 이번에 분명하게 알게 됐습니다. 이곳이 바로 바벨이군요. 높은 탑에 창문을 열고 넓은 세상과 하늘을 바라보며 감상에 젖어 있는 이곳이 진정한 바벨이에요. 말이 필요 없다고 했나요? 이곳의 사람들은 말이 필요 없겠죠. 모든 것이 갖춰져 있으니까요. 정말 말이 필요한 경우에는 스피커를 고용하면 되니까요. 하지만 모든 것이 결핍되어 있는 바벨의 인간들에게 말은 꼭 필요합니다. 그들은 말을 하지 않고 살아가는 것이 아니에요. 말을 할 수 없으니 그저 못하는 것뿐입니다. 이것은 강제적으로 걸린 집단 실어증입니다. 불완전? 모순? 오해? 도대체 이 세상에서, 아니 숨을 붙이고 살아가는 것들 중에서 완전하고 분명한 확신 속에서 완벽하게 살아가는 생물이 무엇이 있단 말입니까. 말 없는 동물들이 침묵 속에서 서로 완전하게 소통하고 있다고 무엇으로 확신하는 거죠? 그냥 소통이 불가능한 상태로 소통을 포기한 채 그냥 무표정하게 늙어가는 것일지도 모르잖아요. 당신의 모든

생각은 결국 비유를 통하지 않고는, 뭔가 예를 들지 않으면 설명조차 할 수 없는 환상적이고 유치한 이야기들이에요. 인간에게 말은 욕망이고 본능이며 또한 천성입니다. 그것을 대체 어느 누가 어떻게 다스릴 수 있단 말입니까. 그럼에도 불구하고 그것을 억제하고 헛된 희망을 불어넣고 있는 정부와 높은 곳에 앉아 오랫동안 침묵하고 있는 노아는 정말 악한 사람입니다.

— 아니에요. 노아에겐 죄가 없어요. 그리고 설령 말을 꼭 해야 한다면 그것 역시 오직 노아만 해결할 수 있어요. 바벨의 유일한 가능성은 어쨌든 노아예요.

노아에게 죄가 없다는 마리의 미러를 본 요나는 머리끝까지 화가 났다. 요나는 주먹을 움켜쥐고 탁자를 내리쳤다. 쟁반에 담겨 있던 토마토가 바닥으로 굴러 떨어졌다.

— 가능성이 있으면 뭐합니까. 그는 그 능력을 전혀 사용하고 있지 않아요. 전능하다고 알려져 있는 신은 인간의 고통과 통곡의 기도에 침묵합니다. 원수를 사랑하라고 하면서 정작 신은 그 자신을 믿지 않고 인정하지 않는 사람들을 원수 삼아 저주하고 분노하고 죽입니다. 신이라는 이유만으로, 전능하다는 이유만으로 무조건 선할 수는 없습니다. 능력을 갖고 있다는 것만으로 용서받을 수는 없다는 겁니다. 신은 인간에게 관심이 없습니다. 노아도 같습니다. 그가 만약 정말로 지금 이 순간에도 멀쩡하게 살아 숨 쉬고 있다면 그는 분명 바벨이라는 지옥에 대해 그곳에서 고통받는 사람에게 전혀 관심이 없는 능력자일 뿐이지요.

— 인간이 살 수 없는 곳엔 신도 살 수 없어요. 인간이 있어야만 신은 자신이 신이라는 것을 확인할 수 있으니까요. 그런 의미로 노아

역시 살기 위해서, 자기 자신을 위해서라도 어떤 방식으로든지 노력하고 있어요. 정말이에요. 그는 고통을 느끼며 노력하고 있어요.

마리는 바닥에 떨어진 토마토를 집어 탁자에 올려놓았다. 요나는 자신이 흥분했다는 것을 깨닫고 마음을 가라앉히려고 노력했다.

- 저는 당신이 나쁘다고 생각하지 않습니다. 아니요. 사실 고맙게 생각하고 있습니다. 저와 생각이 맞지 않고 다른 사상을 갖고 있더라도 이런 대화를 진지하게 나눌 수 있다는 것만으로도 친구를 만난 것 같았어요. 하지만 그럼에도 불구하고 결국은 함께할 수 없는 것들도 있다는 것을 깨닫게 됩니다. 어제는 정말 편하게 잘 잤어요. 저를 걱정해준 것에 대해 다시 한 번 고마운 마음을 전합니다. 하지만 저는 이곳에 더 있을 수는 없을 것 같아요. 당신처럼 저 역시 제가 걱정하는 것들을 가만히 내버려둘 수 없습니다. 설령 제게 아무 힘도 없고 방법이 없다고 하더라도, 그래서 이 집에서 나가는 게 그저 무모하고 무의미한 고집이 된다고 할지라도요. 미안합니다.

요나는 자리에서 일어서 손을 내밀어 마리에게 악수를 청했다. 마리는 고개를 숙이고 아무 반응도 보이지 않았다. 요나는 정원을 가로질러 문을 열고 밖으로 나갔다.

3부

14

요나는 허름한 여관에서 잠을 청하고 사람들의 눈을 피해 그늘 밑에 숨었다. 한낮에도 거리에 나서지 못했고, 좁고 어두운 골목만 배회하거나 벤치에 누워 얼굴에 신문이나 얇은 책을 덮고 토막잠을 잤다. 『모닝 바벨』이 발행되지 않았고 밀과 이야기를 나눌 수 없는 탓에 상황이 어떻게 돌아가고 있는지 전혀 예측할 수 없었다. 다만 한 가지는 분명히 느낄 수 있었다. 전에는 느껴보지 못한 위기였다. 공기에 섞여 있는 펠릿 냄새가 그 어느 때보다 심했다. 사방에서 연기가 피어오르고 있었고, 거리에는 빠르게 이동하는 진압대만 보일 뿐 인적이 뚝 끊겼다. 요나는 철거가 중단된 폐건물 속에 숨어 앞으로 어떻게 해야 할 것인지 고민했다. 마리의 이야기를 듣고 난 후에 요나의 불안감은 증폭됐다. 밀은 어떻게 됐을까. 밀을 잡아간 목적은 뭘까. 단순히 NOT을 선동하고 지원했다는 죄목일까? 아니면 내가 모르는 다른 무엇이 있는 걸까. 그리고 룸은 어디에서 무엇을 하고 있을까. 오랫동안 이어진 정체불명의 불안감은 단순히 죄책감 때문에 느껴지는 망상이 아니었다. 장도 같은 불안을 느끼고 있었고, 무엇보다 마리의 이야기가 모두 맞다고 가정했을 때 정부가 보여주는 모든 정보는 거짓이 된다. 아무리 봐도 룸은 정상적인 치료를 받고 있는 게 아니다. 알 수 없는 정부의 속셈이 있는 거다. 그렇게 오랜 시간 룸을 잡아둔 이유가 뭘까. 도대체 룸에게 무슨 짓을 하고 있는 걸까. 요나는 생각을 거듭할수록 손끝이 떨렸고 가슴이 터질 듯 답답했다. 예측과 상상만으로는 아무것도 분명하게 그려낼 수도 판단할 수도 없었다. 요나는 집에 들르기로 마음먹었다. 시간이 지났고, 출판사 대표를 잡아갔으니 그들에게 나는 더 이상 관심 대상이 아닐지도 모른다. 무엇보다 뭔가 대책을 마련해야 한다. 지금으로서는 하루하루 들키지 않고 도망 다니는 일 말고는 할 수 있는 것이 아무것도 없다.

요나는 건물 뒤편에 몸을 가리고 주위를 살폈다. 한낮의 연립주택은 쥐 죽은 듯 조용했다. 계단을 이용해 10층까지 한 발 한 발 천천히 올라갔다. 복도에 이르자 사람들의 발소리와 함께 누군가 오고 가는 소리가 들렸다. 요나는 다시 계단을 내려간 뒤 조심스럽게 얼굴을 내밀고 복도를 바라봤다. 진압대가 아니었다. 경찰도 아니었다. 수거 팀이었다. 그들은 요나의 집이 아닌, 옆집을 드나들고 있었다. 요나는 순간 숨이 막혔다. 마음이 와르르 소리를 내며 무너지는 것 같았고 등에서는 식은땀이 흘렀다. 요나는 복도를 천천히 걸어 활짝 열려 있는 옆집 문 앞에 서서 분주한 내부를 바라봤다. 수거 요원들이 노란 봉지에 엄청난 양의 펠릿을 퍼 담고 있었다. 한 남자가 퉁퉁 불은 몸과 검게 변한 얼굴을 문턱에 대고 엎드려 있었다. 끝내 옆집의 스피커가…… 요나는 비틀비틀 움직이며 뒷걸음질 쳤다. 누군가 요나의 왼팔을 잡았다. 잠시 뒤 또 한 사람이 다가와 오른팔을 잡았다. 요나의 손목에 수갑이 채워졌고, 자신이 경찰이라는 것을 증명이라도 하려는 듯 누군가 신분증을 들어 요나에게 보여줬다. 요나는 아무 저항도 하지 않고 경찰들에게 끌려갔다. 반쯤 풀린 시선은 마지막 순간까지 옆집의 현관을 향해 있었다.

요나는 하얀 페인트가 칠해진 창 없는 좁은 방에 갇혔다. 의자에 앉아 온종일 허공만 바라봤다. 눈은 텅 비어 있었고 초점은 흐렸다. 탁자 위에는 짧은 질문이 적혀 있는 종이와 펜이 놓여 있었다. 낮은 천장에 붙어 있는 노란 백열등은 끊어진 필라멘트가 전구 유리에 닿을 때마다 소리가 났다. 뜨거운 열기가 요나의 정수리에 고스란히 전해졌다. 요나의 정신은 점멸하는 등불처럼 켜졌다 꺼졌다 반복했다. 지루하고 답답한 시간이었다. 조사관이 이따금씩 철문을 열고 들어와 요나의 상태와 탁자 위의 종이에 뭐가 적혀 있는지 확인했다. 조사관의 행동은 단조로웠다. 답변을 읽어보고 새로운 질문지로 바꾸거나 답변이 적절치 못하다는 판단이 들 때는 동일한 질문지로 교체하며 다시 작성하라는 신호를 주고 밖으로 나갔다. 요나는 벌써 질문지 열네 장을 작성했고, 그중 여덟 장은 답변이 불성실하다는 이유로 새로 작성해야 했다. 질문은 간결하고 단순했다.

정부의 정책에 대해 반감을 가진 이유는 무엇인가.
NOT을 지지하는 이유는 무엇인가.
노아에 대해 부정적인 입장의 근거는 무엇인가.
질문지를 처음 받았을 때 요나는 강한 거부감을 드러냈다. 종이를 구겨 바닥에 던졌고, 펜을 부러뜨렸고 맞은편 의자에 앉아 있는 조사관을 향해 적의를 드러내며 노려봤다. 흥분한 요나에 비해 조사관들은 침착했다. 마치 그것은 당연한 과정이라는 듯 여유롭게 미소까지 지었다. 그들은 요나를 그냥 내버려뒀다. 하루가 지나고 이틀이 지났다. 밥도 주지 않고 물도 주지 않았으며, 설득도 하지 않았다. 요나는 오직 자신만 만날 수 있었다. 자신과 싸웠고, 자신에게 화를 냈으며, 자신에게 불만을 토로했다. 마침내 요나는 굽은 등으로 외롭게 앉아 초조하게 떨고 있는 자신을 만날 수 있었다. 조사관들은 요나를 완전히 지치게 만들었다. 요나는 아무도 만나지 않았지만 논쟁에서 졌고, 앉아 있기만 했는데도 치열한 전투를 끝낸 것처럼 극도의 탈수 증세를 보였다. 조사관들은 종종 요나의 상태를 확인하며 완전히 무너져 고분고분해지기를 기다렸다. 조사관은 탁자에 펜과 질문지를 놓고 나갔다. 더 이상 요나는 그것을 거부하지 않았다.

— 정부는 거짓말을 하고 있습니다.

질문지가 교체됐다.

— NOT을 지지하지 않습니다.

— 부적절한 답변입니다.

질문지가 교체됐다.

— 노아는 펠릿에 대해 책임을 져야 합니다. 그는 무책임합니다.

— 그 근거는 무엇입니까?

질문지가 교체됐다.

요나는 조사관의 얼굴을 쳐다봤다. 이제까지 봤던 그 누구와도 닮지 않은 것 같았고, 반대로 자기가 알고 있는 모든 사람과 비슷하게 보이기도 했다. 요나는 시간 개념을 잃고 거리감을 상실했다. 사면의 벽이 성냥갑처럼 갑자기 좁아지는 환각을 경험했고, 아무도 없는 빈 방에서 누군가 자신의 귀에 대고 속삭이는 환청을 듣기도 했다. 어느 순간부터 요나는 무의식적으로 답변을 써 내려가기 시작했다. 길고 자세한 답변 속에는 같은 문장이 반복되기도 했고, 어디에선가 읽은 기사의 한 문장이 적히기도 했다. 조사관은 만족스러운 답이 나올 때 요나의 어깨를 가볍게 두드렸고, 빵과 물을 제공했다. 요나는 사냥꾼에 사로잡힌 동물처럼 완전히 바닥에 엎드렸다. 시간이 얼마나 흘렀을까. 지금은 낮일까 밤일까. 조사관이 원하는 답이 뭘까. 조사가 끝나면 나는 어떻게 될까. 요나의 마음속에 찌꺼기처럼 가라앉은 작은 의문들이 생겼지만 금방 사라졌다. 지금은 그저 바닥에 누워 잠들고만 싶었다. '마리를 믿어야 했다. 마리의 집에 계속 머물렀어야 했다. 왜 나는 그 집에서 뛰쳐나왔을까. 나는 그녀의 호의를 무시했고, 그녀의 보살핌을 거부했다. 나는 어리석다.' 요나는 후회하며 자책했다.

조사관이 새로운 질문지를 들고 들어왔다. 조사관이 작은 메모를 질문지 위에 올려놓았다. 마지막 질문입니다. 요나는 조사관을 바라봤다. 그는 부드럽게 웃고 있었다. 마지막 질문. 요나도 웃었다. 요나는 펜을 움켜쥐었다. '무슨 질문이든지 사실대로 아주 길게 쓰겠습니다.' 요나는 속으로 다짐했다. 하지만 마지막 질문지의 질문을 읽고 요나는 당황했다. 누군가 기습적으로 벽돌로 뒷머리를 내리친 것처럼 순간 모든 게 멍해졌다. 그러더니 완전히 죽었다고 생각했던 신경이 갑자기 곤두섰고, 느리게 박동하던 심장이 빠르게 뛰기 시작했다. 흥분한 요나는 악 소리를 지르며 조사관에게 달려들었다. 요나의 입에서 검붉은 펠릿이 튀어나왔다. 조사관은 놀란 표정으로 요나의 공격을 피하며 자리에서 일어났다. 사람들이 들어와 요나를 제압했다.

요나는 이를 갈며 몸부림쳤다. 하지만 요나는 형편없이 약해져 있었고, 육체에 남아 있는 기운은 거의 바닥이 난 상태였다. 요나는 소리쳤다.

"너희들은 누구야? 나한테 이런 질문을 하는 이유가 뭐야? 도대체 무슨 짓을 벌이고 있는 거야!!"

사람들은 요나의 입에 재갈을 물렸고, 생성된 펠릿을 바로 절단했다. 조사관은 바닥에 누워 눈을 치켜뜨고 있는 요나 앞에 질문지와 메모를 놓고 밖으로 나갔다.

— 당신은 질문할 수 없습니다. 마지막 질문입니다. 답을 작성하세요.

사람들은 기진맥진한 요나를 의자에 앉혔고, 움직일 수 없도록 발목과 허리를 줄로 묶었다. 뒤집힌 탁자가 바로 세워졌고, 질문지는 다시 탁자에 놓였다. 요나는 반쯤 풀린 눈으로 질문지를 쳐다봤다.

당신의 동생 룸에 대해 아는 대로 쓰시오.

요나는 멍한 표정으로 한참 동안 벽을 응시했다. 마침내 펜을 움켜쥔 손이 종이 위에서 천천히 움직였다.

— 룸은 제 동생입니다. 룸은 어릴 때부터……

갑자기 철문이 열렸다. 낯선 이가 취조실에 들어섰다. 조사관이 아니었다. 경찰도 아니었다. 힘없이 풀려 개방되어 있던 요나의 동공이 순간 꽉 조여졌다. 볼이었다. 볼은 조사관과 경찰들에게 뭔가를 설명한 뒤 요나를 데리고 취조실에서 나갔다. 요나는 볼에게 몸을 의지한 채 바닥에 다리를 질질 끌며 좁은 복도를 빠져나갔다. 밖에는 차가 대기하고 있었다. 마리와 함께 탔던 그 검은 차였다. 볼은 요나를 부

축하며 뒷좌석에 탔다. 부드러운 가죽 쿠션이 몸에 닿는 순간 요나는
정신을 잃었다.

15

　'아무것도 보이지 않는다. 사방의 경계가 안개 속에 잠겨 흐릿하게 지워져 있다. 굴곡이 느껴지는 땅. 반복되는 오르막과 내리막. 걷는다. 오르막을 오르고 내리막을 내려간다. 시간이 흘러도 안개는 걷히지 않는다. 소리 내어 말한다. "이곳은 물속 같구나." 길은 계속된다. 아무 냄새도 나지 않고 어떤 소리도 들리지 않는 진공 같은 대기. 물고기처럼 입술을 움직여 투명한 거품을 만들어 공중에 날려 보낸다. 먼 곳에서 안개가 걷히고 있다. 멀리서 뿌리를 잃은 녹색의 대지가 공중에 떠오른다. 지쳤다. 더는 걸을 수 없다. 바닥에 눕는다. 눈을 감고, 눈을 뜨고, 다시 감는다. 그리고 긴 시간이 흐른다. 흘렀다고 믿는다. 눈을 뜬다. 들판이다. 부드러운 능선이 물결처럼 펼쳐져 있는 언덕이 반복되는 들판이다. 고개를 들고 하늘을 향해 소리친다. "이곳은 어디인가요." 후렴처럼 반복되며 희미해지는 메아리, 다른 대답은 없다. 다시 걷는다. 언덕이 반복되는 들판. 오른쪽 발목에 안개가 감긴다. 가는 해초처럼 부드럽지만 시간이 갈수록 점점 무거워진다. 한

쪽으로 치우친 걸음.. 해가 뜨고 해가 지고, 별이 뜨고 별이 진다. 풍경은 여전히 언덕이 반복되는 들판. 궤도를 도는 행성처럼, 들판을 달리는 동물처럼, 맹목적이고 일방적인 반복. 문득 외롭다. 걸음을 멈추고 하늘을 향해 "외롭다"라고 소리친다.

　언덕이 반복되는 들판을 걷고 있는 나를 바라보고 있다. 나는 나를 보고 있지만 걷는 나는 나를 보지 않는다. 나는 외롭다,라고 소리치는 나를 보고 있다. 한쪽으로 비틀비틀 절며 앞을 향해 걸어가는 내 모습이 어리석고 처량해 보인다. 외롭게 혼잣말을 하는 내게 답하고 싶다. 나는 입술을 움직여 소리 내어 말한다. 순간 입술로부터 끈끈한 타르 같은 어둠이 지상을 향해 비처럼 쏟아져 내린다. 입에서 흘러내린 어둠이 푸른 들판을 까맣게 물들였다. 검은 밤. 차가운 그늘. 그리고 어둠. 언덕이 반복되는 들판은 파도가 치는 검은 바다로 변한다. 나는 물속에 잠겨 금방이라도 숨이 멎을 것처럼 고통스럽게 허우적거린다. 젖은 날개를 부딪쳐 껍질을 깨고 태어난 축축한 새끼 새처럼 위태롭고 불행하다. 입을 벌리고 소리치고 있지만 아무도 나를 구해주지 않는다. 물속에 빠져 울고 있는 나 자신을 향해 울며 소리친다. 미안하다. 미안하다. 언덕처럼 높아진 커다란 파도가 다가와 나를 덮친다.'

　요나는 비명을 지르며 잠에서 깨어났다. 온몸이 땀으로 젖었고, 심장은 터질 듯 빠르게 뛰었다. 피부는 뜨거운 열기로 붉게 달아올랐다. 그는 이빨을 딱딱 부딪치며 벌벌 떨었고 몸을 움츠려 둥글게 말았다. 그 순간 오른쪽 다리에서 날카로운 통증이 느껴졌다. 종아리 근육이 오그라들며 경련을 일으켰다. 돌덩이처럼 똘똘 뭉친 종아리를 움켜쥐었다. 이를 꽉 물고 속으로 신음하며 이 순간이 지나가길 기다렸다. 근육은 서서히 풀렸고 심장박동은 다시 정상으로 돌아왔다. 그는 침대에 모로 누워 힘없는 눈으로 천천히 주위를 둘러봤다. 나쁜 꿈의 기운이 가시지 않은 표정이 창백했다. 핏기 없는 얼굴로 소리 없이 중얼거리며 천천히 몸을 일으켰다. 이곳은 어디일까…… 깨진 유리 파편처럼 꿈속의 몇몇 장면이 날카롭게 의식을 뚫고 들어왔다. 금방이라도 머리가 쪼개질 것 같은 두통을 느꼈다. 침대에 걸터앉아 왼손으로 이마를 짚고 오른손으로는 관자놀이를 눌렀다. 오른쪽 발목에 펠릿이 매달려 있었다. 주먹 크기의 축축한 진녹색 덩어리. 왼쪽 발가락으로 펠릿을 툭툭 건드렸다. 발목으로부터 둔중하고 불쾌한 기운이 느껴졌다. 손바닥으로 얼굴을 몇 번 문지르고 깊게 숨을 내쉬고 고개를 돌려 침대를 봤다. 체크무늬 이불과 익숙한 공간, 눈에 익은 사물들. 요나는 이곳이 마리의 집이라는 것을 깨달았다. 어떻게 된 걸까. 내가 왜 이곳에 있는 걸까. 요나는 잠들기 직전의 기억을 더듬었다. 취조실의 백열등과 하얀 벽, 작은 탁자와 미소 짓고 있는 조사관의 얼굴이 흩어진 퍼즐처럼 산발적으로 떠올랐다. 그리고 볼의 얼굴이 생각났다. 요나는 그것들의 인과관계와 시간 순서를 쉽게 배열해내지 못했다. 하지만 볼이 자신을 차에 태웠던 장면이 생각났다.

요나는 불안한 마음을 누르고 조심스럽게 문을 열고 거실로 나갔다. 테이블 의자에 앉아 있던 마리가 일어섰고, 볼은 앉은 채로 요나를 향해 고개를 돌렸다. 마리는 이마를 짚고 비틀거리며 걷는 요나를 부축해 의자에 앉혔다. 그리고 부엌에서 물과 빵을 가져다 요나 앞에 놓았다. 요나는 배가 볼록한 은빛 유리병에 들어 있는 맑은 물과 갈라진 껍질 사이로 김이 모락모락 피어나고 있는 빵을 쳐다봤다. 요나는 병을 손에 쥐고 단숨에 물을 들이켰다. 마리는 빈 잔에 다시 물을 채웠다. 볼은 무표정한 얼굴로 요나가 정신을 차리고 어떤 방식으로 든지 반응을 보이기를 잠자코 기다렸다. 요나는 크게 심호흡을 하고 고개를 들어 맞은편에 앉아 자신을 바라보고 있는 볼을 쳐다봤다. 볼은 탁자 위에 펼쳐져 있는 종이에 글씨를 써서 마리에게 보였다.

- 잠시만 자리를 비켜다오. 둘만 이야기하고 싶구나.

마리는 고개를 끄덕이며 탁자에 어질러져 있던 쟁반과 접시를 챙겨 부엌으로 갔다.

- 잠은 잘 잤는지 모르겠군. 오랜만에 만났는데 이런 자리에서 만나게 돼서 유감이네. 지금 이 상황이 다소 혼란스럽더라도 이해해줬으면 좋겠네. 가능한 범위 내에서 최대한 설명하겠네. 우선 사과를 해야겠군. 상의도 없이 이곳으로 데리고 왔네. 그곳에선 미처 설명하고 설득할 시간이 없었다네. 그리고 임시적으로 자네의 미러에 연결된 통신 기능을 제거했네. 우선은 이 집에서의 통신은 가능하지만 외부로의 연락은 힘들 걸세. 아무래도 그곳보다는 여기가 자네에게 더 나을 것 같았네.

요나는 볼을 똑바로 쳐다봤다. 침착하고 태연한 표정으로 바라보았지만 냉정한 눈빛엔 당장이라도 주먹으로 탁자를 내리칠 것 같은 기운이 서려 있었다. 요나는 빵이 든 접시를 옆으로 밀어내고 펜을 들었다.

- 도대체 룸에게 무슨 짓을 하고 있는 겁니까?

요나는 종이를 들어 볼에게 보였다. 종이를 들고 있는 손이 부들부들 떨렸다. 금방이라도 볼을 향해 달려들 것처럼 요나의 신경은 예민하고 날카롭게 일어섰다.

― 다 이야기할 테니 우선 진정하게. 미리 앞당겨 밝힌다면 자네 동생은 무사하네. 자네가 내게서 뭔가를 알아내고 싶다면 먼저 차분해지게나.

요나는 종이를 들고 있던 손을 탁자에 내려놓고 숨을 크게 내쉬었다. 이제 괜찮다는 듯 걱정하지 말고 빨리 이야기하라는 듯 차분한 표정을 지으려고 애썼지만 요나의 턱 근육과 손끝은 떨렸다.

― 마리에게서 대충 이야기는 들었네. 마리가 자네에게 알려준 내용들은 대부분 다 사실일세.

글씨를 쓰던 손을 멈추고 볼은 고개를 돌려 창문을 바라봤다. 바깥은 어두웠다. 볼은 창문에 흐릿하게 반영된 자신의 불투명한 얼굴을 쳐다봤다. 시선은 먼 곳을 향해 있었다. 지치고 피곤한 눈이었으나 흔들림이 없었다. 그는 창문 너머의 어둠 속을 뚫고 아주 오래된 기억 속을 들여다봤다.

― 자네의 동생에 대해 이야기하기 전에 노아, 그 친구에 대한 이야기를 먼저 해야겠네. 자네가 언젠가 물었던 기억이 나는군. 자네의 추측이 맞네. 나는 그를 잘 안다네. 우린 친구였지. 우린 의심 없이 서로를 의지하고 믿는 사이었네. 아니, 적어도 그 친구는 그랬지. 나를 정말 많이 의지했고 좋아해주었어. 그는 말을 더듬었다네. 하지만 사람들은 그가 말더듬이라는 것을 몰랐어. 그는 아예 말을 하지 않았으니까. 사람들은 그가 말하는 것을 본 적이 없기 때문에 그가 벙어리라는 소문까지 돌았네. 나는 사실 그가 어떻게든 언어장애를 극복하길 원했네. 함께 이겨내자고 했지. 치료하자고 설득했고 자신감을 가지라고 용기도 줬네. 하지만 그는 치료의 가능성을 부정했네. 그리고 마지막 순간까지 나 말고 그 누구에게도 말을 하지 않더군. 언젠가 그

는 내게 자신의 이야기를 했네. 당시의 나는 놀랐네. 아무리 가깝게 지내도 그가 자신의 유년 시절에 대해 언급하는 것을 한 번도 듣지 못했으니까. 말하는 내내 그는 아주 힘들게 말했지. 하도 심하게 더듬어 듣는 내가 다 민망할 지경이었으니까. 하지만 그는 내 앞에서는 부끄럽지 않다고 했어. 지금도 가끔 그 말을 생각하면 마음이 참 무거워지곤 한다네. 당시에 나는 말을 더듬고 힘들게 한 음절씩 말하는 그의 모습을 보면 마음이 상했다네. 마음을 지배하고 있는 내 감정은 동정심이었지만 동정심 밑바닥에는 다른 감정도 함께 깔려 있었네. 그의 말을 듣는 것이 어느 순간부터 괴로웠네. 자꾸 편견이 생겼고 그를 깔보게 되는 마음도 생기더군. 가끔 나는 궁금하네. 노아, 그 친구가 그때 내가 자기를 부끄러워한다는 것을 느끼고 있었을까.

볼은 글씨를 쓰던 손을 멈추고 고개를 숙인 채 호흡을 가다듬었다. 요나는 단정하게 빗어 넘긴 볼의 흰머리와 얼굴을 뒤덮고 있는 어두운 기미를 눈여겨봤다. 요나는 잠자코 그의 글자가 적혀 있는 종이만 응시하고 있었다. 말투는 들리지 않았지만 글씨에서 짙은 피로와 희미한 부끄러움이 느껴졌다. 볼은 의자에 기댄 다음 잠시 눈을 감았다. 마치 심란한 기억을 애써 누르려는 듯했다. 볼은 펜을 잡고 다시 필기했다.

– 노아는 유년 시절이 아주 외로웠다고 하더군. 말을 더듬는 소년에게 진정한 친구는 없었겠지. 그저 괴롭히고 놀리는 친구만 있었을 뿐이지. 언제나 외톨이였던 노아는 외롭고 고독한 소년으로 성장했네. 그는 골방에 틀어박혀 오직 책만 읽었네. 그는 독서를 통해 이 세계가 아닌 다른 세계를 꿈꾸었네. 책장을 넘기고 문장에 줄을 그을 때마다 공상과 망상의 계단이 한 계단씩 높아졌지. 그의 삶은 고통스

러웠지만 그는 단단하고 성숙한 소년이었네. 쉽게 포기하지 않았어. 은밀히 망상의 계단을 밟고 아무도 모르는 어디론가 이동하고 있었기 때문이지. 함께 공부했을 시절에도 그는 항상 가방에 『얼음의 나라 아이라』라는 동화책을 넣고 다녔네. 그 책은 그에게 경전과도 같았지. 어느 순간부터 그는 그냥 말을 하지 않기로 작정했다고 하더군. 그게 차라리 편하다고 했지. 벙어리 흉내를 내는 것이 말을 더듬는 것보다 정상적인 대접을 받는다며 쓸쓸하게 웃으며 더듬던 소리가 지금도 귓가에 선하네. 하지만 나는 알 수 있었지. 그는 말은 그렇게 했지만 사실은 말하고 싶은 욕망을 견디고 있었네. 가까이에서 그의 침묵을 보고 있으면 처절한 어떤 싸움을 보고 있는 것 같았지. 그는 아주 예민한 신경을 총동원해 자신의 입에서 나오는 말을 억제하기 위해 마음과 혀와 이빨로 싸웠네. 아무도 없는 링에서 홀로 줄넘기를 하며 땀을 흘리는 고독한 복서처럼 말일세. 그는 나와 같은 분야를 공부했지만 그의 관심은 정상적인 언어학도들과 달랐네. 일종의 반언어적이라고 할까. 남들과는 생각이 달랐고 연구 항목도 독특했지. 항상 이상한 책만 읽었네. 그의 노트는 어린아이의 스케치북처럼 엉뚱하고 환상적인 이미지로 가득했어. 가장 자주 볼 수 있었던 것은 얼음에 관한 이미지였네. 그는 동화 속 말이 얼어붙는 이미지를 실제화하기 위해 노력했지. 그의 생각은 뜬금없고 어리석어 보였지만 그의 노트와 메모를 유심히 읽어보고 엄청난 충격을 받았네. 정말 놀라웠지. 그의 엉뚱한 상상은 모두 논리적이고 과학적인 방식으로 정리되어 있었고, 말도 안 되는 가능성이 그의 노트 안에서는 체계적인 형식을 갖추며 살아나고 있었네. 마치 아름다운 수학 공식 같았지. 노트에는 단 한 가지 생각에 갇힌 인간이 자신의 영역을 제한하며 한 점으로 깊게 파고든 밀도 높은 어둠이 고여 있었네. 그곳엔 전혀 다른 차원으로 넘어가는 기이하고 압축된 세계가 있었다네. 그 노트는 정말 아름다웠네. 나는 그 연구의 가치를 알아봤지.

볼은 볼펜을 꼭 쥐고서 텅 빈 시선으로 아무것도 없는 허공을 바라봤다. 마치 공중 어디에선가 노아가 자신을 바라보고 있다는 듯. 그의 손이 다시 움직였다.

— 그때부터 나는 그와 아주 밀접한 사이가 됐네. 그의 생각을 듣고 토론했으며 그의 연구가 진화하는 것을 지켜봤네. 나는 그에게 외부 기관과의 협력을 제안했네. 연구를 위해서는 자금이 필요하고 연구할 수 있는 환경이 필요했지. 그는 이 연구가 보편적인 언어를 사용하는 정상인들에게는 불필요하다고 생각했고 또한 자신의 연구에 누가 관심이나 가지겠냐며 회의적인 반응을 보였지만 나는 그를 설득했네. 나는 자신이 있었지. 그렇게 우리는 한 팀이 됐네. 정말 지금 생각해봐도 환상적인 팀이었네. 그런데 갑자기 정부로부터 연락이 왔네. 이 연구에 전폭적인 투자를 하겠으며 연구소까지 짓겠다고 했지. 그들이 제시한 조건은 상상을 초월했네. 우리로서는 마다할 이유가 없었지. 하지만 나중에 점차 알게 됐네. 그들은 이 연구를 노아의 의지와는 완전히 다른 방향으로 응용하고 싶어 했네. 나는 그 사실을 알고 있었지만 특별히 문제 삼지 않았지. 학자가 기술의 응용과 파급력까지는 고민할 필요가 없다고 생각했네. 모든 학문은, 또 위대한 발견은 순수하고 아름답다고 믿었네. 당시에는 그랬네. 결과적으로 연구는 실패했지. 아니 정확히 말하면 노아의 연구는 성공했지만 응용 방식에서 실패했네. 더 정확하게 말하면 노아는 성공했고 내가 실패했지. 내가 그의 아름다운 노트를 짓밟은 것과 다름이 없네. 그 친

구의 꿈을 완전히 앗아갔단 말이네, 내가.

볼은 잠시 볼펜을 내려놓고 손바닥을 비빈 후 얼굴을 문질렀다. 그의 손끝이 미세하게 떨리고 있었다. 볼은 서둘러 펜을 다시 쥐었다.

- 결과는 끔찍했네. 연구소의 대규모 시설과 실험실이 오히려 독이 된 꼴이야. 일이 잘못되자 정부는 뭔가 대책을 마련해야 했는데 그것은 노아와 나 외에는 아무도 할 수 없는 일이었지. 사회는 급격히 무너지고 혼란은 커져만 갔네. 시간이 없었지. 정부는 다급하게 연구와 실험의 모든 과정을 비밀에 부쳤고 노아를 격리시켰네. 그리고 이 문제를 최대한 빨리 해결하도록 나와 노아를 독촉했지. 나는 연구와 관련된 지식을 이용해 2차 피해를 막고 벌어진 일들에 대한 대책을 마련하고 수습하는 역할을 맡았네. 내가 아는 지식과 방법은 기껏해야 펠릿으로 사람이 질식사하는 것을 막아내는 정도였지. 그리고 시간은 흘렀네. 이 상황이 이렇게 길어질 거라고 아무도 예상하지 못했을 걸세. 나조차 바벨은 잠깐의 해프닝으로 사라질 이름이라고 생각했으니까. 하지만 바벨은 분명한 시대가 되었고 세계는 변하고 말았네. 어느 순간부터 정부는 이상한 태도를 취하기 시작하더군. 모든 일이 노아의 단독적인 연구 탓이라는 식으로 보도했지. 그리고 나는 죽어가는 사람들을 살려낸 위대한 학자가 됐네. 나는 당황했어. 그리고 항의했지. 하지만 정부는 사회 안정이라는 이유로 나를 설득하더군. 그리고 이곳으로 강제 이사를 시켰네. 뭔가 잘못된 방향으로 흘러가고 있다는 것을 느꼈지만 노아가 해결하기만 한다면 모든 것이 제자리를 찾아갈 줄 알았네. 당시의 나는 노아의 능력을 한 치도 의심하지 않았거든. 그때부터 나는 나 자신을 설득하기 시작했네. '비록 진실이 가려진 방법이긴 하지만 사람들의 분열과 사회 혼란을 막기 위해

어쩔 수 없는 일이야.' 나는 끊임없이 내 자신의 귓가에 속삭였네. '사람들을 구해야 한다. 사회를 안정시켜야 한다.' 하지만 나는 미처 예상하지 못했네. 노아가 이토록 오랫동안 침묵할 줄 말일세. 바벨은 끝나지 않고 깨지지 않는 암석 같은 시대가 되고 말았지. 정부는 비협조적인 노아를 채근했네. 설득도 하고 협박도 했지. 그들은 인정하지 않지만 물리적인 폭력도 행사했던 것 같네. 하지만 노아는 철저하게 아무것도 하지 않았네. 침묵의 방에 갇혀 영원히 고요하기로 작정한 오래된 사물처럼 말일세. 결국엔 아주 잔인한 방법이 동원됐네. 자네가 조사를 받았던 그 방을 기억하나?

요나는 자신도 모르게 어깨를 안으로 움츠렸다. 서늘하고 예리한 기운이 목덜미를 훑고 지나갔다. 아무도 위협하지 않지만 보이지 않는 세력들이 자신을 둘러싸고 억압하는 기분이었다. 요나는 미간을 좁히고 눈살을 찌푸리며 볼의 글씨를 바라봤다.

— 고립이었네. 노아도 그런 식으로 방에 갇혔지. 무려 2년 동안 말일세. 그들은 노아의 세계 전체를 완전히 고립시켜버렸네. 그들은 노아에게 아무 짓도 하지 않았어. 그저 완벽한 무(無)의 상황에 세워두기만 했네. 느껴봤겠지만 그 어떤 것도 그보다 더 강력하게 인간의 영혼을 압박하지는 못하네. 의식이 있고 생각이 있고 상상을 하는 인간에게 그곳은 지옥과 같네. 복잡한 영혼의 세계에 보이지 않는 폭력을 가하는 셈이지. 하지만 노아는 다른 종류의 인간이었네. 결과적으로 그들의 계획은 물거품이 됐지. 그들은 자신들이 어리석은 방법을 사용했다는 것을 기어이 깨닫게 됐지. 노아가 그곳에서 고통을 느끼면 견디지 못하고 마침내 연구를 시작할 것이라고 생각했던 것은 착각이었네. 그는 고립에 능한 사람이었어. 오히려 그곳에서 그는 자유를

201

느끼는 듯했네. 어느 순간부터 노아는 무생물 같은 존재가 되어 있었지. 아무것도 하지 않고 영원히 존재할 수 있는 바위나 나무처럼 말일세. 갇힌 사람은 노아만이 아닐세. 넓은 의미로 나 역시 노아와 완전히 다른 방식으로 갇혀 고문받는 입장이었지. 나는 자네가 보는 것처럼 많은 것을 얻었네. 이 크고 화려한 집을 보게. 언덕을 내려가면 바벨은 혼돈 속에 무너지기 직전이지만 이곳은 이토록 안전하고 고요하다네. 하지만 나는 정말 중요하고 소중한 것들을 모두 잃었다네. 자존심을 잃었고 아내를 잃었고 하나밖에 없는 딸까지 내게 등을 돌렸지. 결국 친구를 배신하는 꼴이 됐고 수치와 부끄러움을 견디며 하루하루 사는 삶이 되고 말았네. 나는 정부에 볼모로 잡혀 있는 꼭두각시가 된 거야. 어느 순간부터 노아에 대한 근황도 내게 알려주지 않고 그와 관련된 모든 정보를 감추며 그 어떤 접촉도 금하더군. 지금 나는 그들이 무슨 생각을 하는지 어떤 계획을 갖고 있는지도 모르네. 다만 그들에게 어떤 지침이 내려오면 따를 뿐이지. 『횃불』에 관한 것도 자네의 동생에 관한 것도 그렇게 알게 된 거네.

볼은 펜을 놓고 손바닥으로 이마를 닦아냈다. 마리는 멀리서 요나와 볼 사이에 흐르는 정적을 지켜봤다. 볼은 지쳐 보였다. 의자에 앉아 허리를 꼿꼿이 펴고 종이를 바라보는 그의 모습은 세월에 풍화된 녹슨 흉상처럼 헐겁고 쓸쓸하게 느껴졌다. 그는 펜 뚜껑을 닫고 품속에서 미러를 꺼내 탁자에 올려놨다.

― 계속 필기하는 게 힘에 부치는군. 팜패드를 이용하겠네. 이제 자네 동생에 대한 이야기를 해야겠군. 실은 그 문제로 논의할 것이 있어 자네를 찾고 있던 중이네. 이런 방식으로 찾게 되다니…… 정말 유감이네. 정부에서 나와 상의도 없이 이렇게 거친 방법으로 먼저 일을

벌일 줄은 몰랐어. 그들은 노아의 침묵이 길어지고 바벨이 쉽게 끝나지 않자 다른 방식을 고민하기 시작했다네. 바로 정부 측에서 자체적으로 펠릿을 연구하는 거지. 하지만 연구의 목적은 달랐네. 펠릿을 해결하는 게 아니었네. 펠릿이라는 존재 그 자체의 속성을 연구하기 시작했지. 그들은 반복되는 실패의 경험과 긴 시간을 통해 펠릿을 없애는 일이 불가능하다는 것을 깨닫게 된 걸세. 가장 먼저 착수한 작업은 펠릿을 언어로 사용하는 거였네. 쉽게 말하면 쓰레기로 변한 말을 다시 재활용하는 방법이었지. 정부는 오랫동안 이 문제, 즉 펠릿을 해석하는 것에 대해 은밀하게 연구해왔네. 그러기 위해서는 가장 먼저 펠릿에 뒤섞여 있는 복잡한 언어 코드를 풀어야 하지. 펠릿은 배설물처럼 폐기물로 처리되고 있지만 감정이나 의도 같은 화자의 많은 정보를 담고 있네. 그 정보를 알아내기만 하면 되지만 그것은 생각처럼 쉬운 문제가 아니네. 일정한 체계가 있는 언어적 형식으로 다시 복원해야 했고 또 그것을 지금의 언어로 해석해야 하는데…… 그 누구도 그것을 할 수 없었네. 사실상 불가능한 시도였지. 이미 말을 통해 언어를 체계적인 방식으로 경험하고 사용했던 사람들이 전혀 다른 방식으로 합성되고 압축되어 있는 펠릿을 기존의 언어로 재조립한다는 것은 문자 그대로 이론일 뿐이니까. 펠릿은 언어의 원석과도 같네. 하지만 우리에게는 그것을 가공할 수 있는 기술자가 없지. 가치를 발견해내지 못하는 사람들에게는 아무리 훌륭한 광물이라도 쓸모없는 돌멩이와 다를 바 없지. 시간이 갈수록 우리가 발견한 가능성은 완벽한 실패, 그 외에는 아무것도 없었네. 실패를 재확인한 셈이지. 하지만 정부와 내가 그 일을 포기하지 못한 이유가 있었네. 우리와는 전혀 다른 종류의 펠릿을 만들어내는 사람들이 있었거든. 나는 그들의 펠릿이 정상적인 사람들의 것과 달리 독특하고 복잡한 패턴을 갖고 있다는 것에 주목했네. 지금도 나는 그 이유가 그들이 일반적인 사람과는 다른 방식의 언어 체계를 갖고 있기 때문이라고 믿고 있네. 공통적으로 그들은 말에 대한 장애가 있는 사람들이었지. 말을 처음부터 할 수 없었던 벙어리나 말에 대한 자극을 거의 받지 않는 바벨키드들, 그리고 자폐적 성향이 있거나 언어적 충격을 갖고 있는 사람들의 펠릿은 독특한 형식을 띠고 있었지. 또한 그들은 펠릿을 보고 직관적으로 뭔가를 느끼는 듯했네. 펠릿이라면 무조건 거부 반응을 보이는 일반인들과 달리 펠릿의 모양이나 색깔 그리고 미세한 차이에 따라 다양한 반응을 보였지. 바로 그 지점이 해석이 가능하리라고 믿게 한 근거였네. 그들은 분명 펠릿을 보고 남들과는 다르게 언어적인 자극을 받네. 관건은 그들이 해석을 하고 있다고 가정했을 때 해석된 언어를 어떻게 정상적인 언어 체계로 옮기느냐에 달려 있는 거지. 그들에게는 말이라는 언어가 없다네. 그러니까 그들이 펠릿을 해석한다고 해도 해석된 언어 메시지가 우리에게 전달될 수 없다는 것이지. 나는 포기하지 않았네. 분명히 어떤 식으로든지 방법이 있을 것 같았거든. 다양한 사람을 통해 수도 없이 많은 실험을 했고 끊임없이 노력했네. 나는 절실했네. 이 문제를 정말 해결하고 싶었어. 그래서 이 지긋지긋한 죄책감과 채무감에서 벗어나고 싶었지. 하지만 다 실패하고 말았지.

볼은 잠시 주먹을 폈다 쥐었다,를 반복했다. 고통스러운 듯 인상을 찌푸리고 잔기침을 했다. 그러고는 다시 쓰기 시작했다.

－이제 자네 동생 이야기를 하려고 하네. 그들 중 가장 독특하고 뛰어난 재능이 있던 사람이 바로 룸이었다네. 그가 만들어낸 펠릿은 다른 이들의 독특함과는 비교할 수 없는 특별함이 있었네. 무엇과도 비

할 수 없었어. 뭐랄까, 그의 것은 아름답고 신비했지. 압도적이었네. 뿐만 아니라 그는 펠릿의 종류에 따라 직관적으로 느끼는 반응이 놀라울 정도로 정확했네. 다른 이들이 모호하게 인식하는 정도와는 차원이 달랐지. 펠릿마다 품고 있는 정서와 메시지를 모두 알아냈지. 룸은 침묵의 성질을 논리적인 방식으로 파악하고 있었네. 내가 거듭된 실패와 계속되는 절망 속에서도 마지막까지, 심지어 지금 이 순간까지도 그것을 포기할 수 없는 이유가 바로 자네의 동생 때문일세. 나는 펠릿을 해석할 수 있는 유일한 가능성이 있는 사람은 노아가 아닌 룸이라고 생각하네. 하지만 정부의 속셈은 달랐지. 나는 그들이 펠릿을 해석하려는 목적이 사람들에게 말을 돌려주려는 노력인 줄 알았는데 아니더군.

볼은 필기하던 손을 잠시 멈추고 길게 숨을 내쉬었다. 볼의 이야기가 룸에 대한 주제로 바뀌면서부터 요나의 심장이 터질듯 빠르게 뛰었다. 손바닥에 땀이 배어났고 가슴속이 꽉 막혀 금방이라도 숨이 턱 막힐 것 같았다. 볼은 떨리는 손을 가볍게 쥐었다 펴며 계속 써 내려갔다.

 - 노아에 대한 많은 소문이 있네. 죽었다는 얘기도 있고 처음부터 노아는 허구의 인물이라는 설도 있지. 어떤 이들은 노아가 다른 사람들과는 달리 펠릿 없이 자유롭게 말을 할 수 있을 것이라고 생각하네. 그 지점에서 사람들의 반응이 극단적으로 갈리더군. 무능력한 사람들에게 가능성은 곧 능력이네. 내게 없는 능력을 가진 이에게 사람들은 경외심과 질투심을 동시에 느끼지. 때문에 바벨의 사람들은 노아를 숭배하기도 하고 그에게 분노하기도 하네. 아무것도 해결되지 않은 상태로 오랜 세월이 흘렀네. 사람들이 노아에 대해 많은 이야기

를 만들어내고 여러 추측을 하는 것은 어찌 보면 당연하지. 사실 그
것은 정부의 노력이었고 또 치밀하게 계산된 계획이기도 했지. 자네
는 그동안 노아를 어떻게 생각했는지 모르겠군. 나는 지금 노아에 대
한 진실 몇 가지를 밝히려고 하네.

볼은 목이 메는 듯 물을 마셨다. 입가로 물이 흘러내렸지만 아는지
모르는지 그것을 닦아내지 않았다. 볼은 기력이 다한 노인처럼 입을
벌리고 멍하니 잠시 동안 그렇게 앉아 있다가 다시 자세를 고쳐 앉
았다.

— 노아는 여전히 살아 있다네. 그는 이 세계에 실존하는 인물일세.
그리고 말을 하면 펠릿이 튀어나오지. 노아는 우리와 똑같은 조건을
지닌 평범한 사람일세. 하지만 정부는 그것을 숨겨야 했지. 노아가 우
리와 다르다고, 그에게는 우리와는 다른 조건과 특수한 능력이 있다
고 사람들을 믿게 해야 했거든. 그렇지 않으면 사람들이 희망의 이유
를 찾을 수 없을 테고 극단적으로 절망했을 걸세. 노아의 존재는 모
호해야 했고 불분명해야 했네. 모습이 흐릿해지면 사람들은 각기 다
른 형상을 만들어내지. 사람들은 진실을 알고 싶어 한다고 생각하지
만 그것은 틀린 생각이네. 사람들은 객관적 진실이 아닌, 자신이 알고
싶어 하는 진실을 원하지. 진실은 삶의 여러 조건 중에서 가장 위험
하고 무서운 것일세. 공포, 희망, 절망, 두려움, 불안, 초조, 기쁨, 행복,
슬픔, 이런 단어들은 모두 어떤 진실을 알고 난 이후에 따라오는 감
정들일세. 바벨의 진실은 사람들에게 이로울 것이 단 하나도 없네. 노
아는 악하지 않네. 무력할 뿐이지. 신도 아니고 특별한 능력자도 아닐
세. 이게 바벨의 가장 슬픈 진실이지. 노아도 말을 하면 입에서 펠릿
이 튀어나오네. 다만 그 역시 언어장애가 있기 때문에 그것은 일반적

인 펠릿과는 상당히 다른 모습이었지. 오랫동안 침묵했던 노아가 어느 순간부터 말을 하기 시작했네. 하지만 아무도 그 말을 들을 순 없었네. 그는 밤새 혼잣말로 중얼거렸던 모양이야. 확인할 수 있던 것은 그의 발목에 감겨 있던 펠릿뿐이었네.

정부 관계자들은 그것을 보고 흥분했지. 노아의 펠릿은 정말로 아름다운 모습을 띠고 있었으니까. 형용할 수 없는 빛깔과 신비하고 기하학적인 무늬가 새겨진 펠릿은 그 자체로 하나의 예술작품처럼 느껴졌네. 나를 비롯한 모두가 노아에 대한 기대를 거두고 희망을 포기했던 시절이었네. 비공식적으로 노아에게는 아무 방법이 없다고 선언했던 때이거든. 그런데 노아가 어떤 식으로든 입을 열었다는 것과 광휘에 휩싸인 그의 신비로운 펠릿은 그들을 다시 각성시켰지. 펠릿을 소멸시키고 바벨을 끝낼 수 있을 거라는 희망의 불꽃이 다시 살아난 거야. 하지만 노아가 언제 다시 말을 할지는 예측할 수 없었어. 녹음기를 설치하고 카메라로 녹화를 해도 허사였네. 노아는 너무도 작은 목소리로 말했고 음성은 불분명했네. 하지만 정부는 포기하지 않았네. 노아의 펠릿에 뭔가가 있다고 생각한 것이지. 확신은 믿음으로 바뀌었네. 노아의 펠릿을 해석할 수만 있다면 그곳에 펠릿에 대한 모든 것과 바벨을 끝낼 수 있는 키워드가 들어 있다고 생각했던 걸세. 그러던 중 자네의 동생 룸을 발견한 걸세. 정부는 어떻게 해서든 룸을 통해 노아의 펠릿을 해석하려고 했지. 펠릿의 모습이 비슷하니 언어 체계도 비슷할 것이고, 그러면 룸과 노아 그들 사이가 뭔가로 연결되어 있을 것이고, 그렇다면 노아의 펠릿을 룸이 해석할 수 있을 거라는 상상.

물론 나는 그 상상이 틀렸다고 생각하지는 않네. 가능한 가설이라고 생각하기도 하네. 하지만 그 방법에는 반대하네. 나는 더 이상 노아를 괴롭히고 싶지 않았어. 어떤 식으로든지 그가 작정하고 들어간 침묵의 세계를 깨뜨리고 싶지 않았네. 노아가 정말 원하는 게 그것이라면 지켜주고 싶었다네. 하지만 정부는 끝까지 노아를 내버려두지 않더군. 그때부터 나는 정부와 싸웠네. 더 이상 그 친구를 괴롭히지 말라고 했지. 하지만 정부는 내 요구를 무시하고 묵살했네. 그리고 나를 펠릿과 관련된 일들에서 배제시키더군. 정부는 노아의 방에 룸을 집어넣었네. 그리고 그 둘을 함께 지내게 했지.

볼은 두 손을 힘없이 밑으로 떨어뜨리고 의자 뒤로 상체를 넘겼다. 어깨와 목이 뻣뻣하게 굳었고 표정은 금방이라도 쓰러질 것처럼 어둡고 힘들어 보였다. 볼은 거실 쪽으로 고개를 돌려 소파에 앉아 있는 마리에게 손짓했다. 마리가 볼에게 다가왔다. 볼은 손가락으로 요나 앞에 놓여 있는 물 잔을 가리켰다. 마리는 요나의 물 잔과 같은 모양의 잔을 가져다 볼 앞에 놓고 물을 따른 뒤 볼의 무릎을 무릎 덮개로 덮었다. 요나는 두 손을 깍지 끼고 손가락을 빠르게 움직이며 불안하게 그들을 바라봤다. 룸에 대한 이야기가 시작되고부터 요나는 좀처럼 흥분을 가라앉히지 못했다. 볼의 더딘 필기를 지켜보고 있으려니 답답했고 금방이라도 소리를 지르고 싶었지만 룸의 생사조차 모르고 있는 상황에서 최대한 냉정해야 했다. 요나는 인내심이 바닥나는 것을 느끼며 신경질적으로 글씨를 썼다.

– 그래서 어떻게 됐다는 겁니까? 빨리 그다음 이야기를 하세요.

볼은 물 한 모금을 더 마시고 숨을 크게 내쉬고 다시 손바닥을 폈다. 그리고 한참 동안 자신의 미러를 응시했다.

– 나이가 들어 힘이 드는군. 너무 조급해하지 말게. 남은 이야기도

얼마 남지 않았으니까. 룸은 노아와 함께 지내기 시작했네. 노아는 자신의 방에 들어온 룸을 경계했지. 하지만 룸은 동요하지 않았어. 편안한 표정이더군. 노아는 벽에 등을 기대고 앉아 룸과 거리를 뒀네. 룸은 노아가 자신을 불편해한다는 것을 느끼고 자연스럽게 반대편 벽에 자리를 잡고 앉았지. 그렇게 며칠이 지났네. 룸은 정말 놀라운 아이일세. 녹화된 영상으로 노아와 룸을 관찰한 결과 룸이 노아에게 먼저 접근을 하더군. 마치 겁에 질린 야생동물에게 다가가는 순진한 어린아이처럼 룸은 노아의 마음을 달래며 노아의 곁에 앉았네. 그렇게 며칠이 더 지나자 어느새 그들은 많이 가까워져 있었지. 친밀해 보였고 다정해 보였네. 무표정했던 노아의 얼굴에 다양한 표정이 생겼고, 가끔씩 미소를 짓기도 하는 모습을 볼 때 내가 얼마나 놀랐는지 아나? 심장이 두근두근 뛰더군.

드디어 어느 날 아침 그들의 발목에 펠릿이 걸려 있는 것을 발견했네. 마침내 그들이 대화를 하기 시작한 거야. 그때의 정부 관계자들의 표정은 지금도 잊을 수 없군. 신대륙을 정복한 정복자들도 그들처럼 의기양양하진 않았을 걸세. 보란 듯이 나를 바라보던 그 오만한 표정에서는 모든 것을 이룬 자들이 갖는 어리석은 자부심과 근거 없는 낙관이 흐르고 있었네. 그들은 룸을 취조하기 시작했어. 기록에 따르면 룸은 언어장애가 아니었지. 그들은 룸이 겪고 있는 실어 증상을 감정적인 문제로 접근했네. 그러니까 룸이 어떤 충격이나 계기로 인해 말을 하지 않는 것일 뿐, 말을 하지 못하거나 장애가 있는 것은 아니라고 판단한 거지. 그리고 룸이 예전에는 가벼운 필담도 했었다는 보건소 직원의 증언까지 더해져 그들의 가슴은 풍선처럼 부풀었지. 그들은 룸을 달래고 설득하면 뭔가를 이야기해줄 거라고 믿었네.

하지만 그들은 모르고 있었지. 룸에게 말이란 오래전에 무너져 폐허가 된 유적일 뿐이라는 것을 말일세. 과거의 흔적만 있을 뿐 지금 룸의 내부에 말과 관련된 것은 아무것도 없네. 나도 처음에는 룸에 대한 기록만 보고 그렇게 생각했지. 어딘가 막혀 있는 것일 뿐 그것만 뚫어주면 우리와 같은 언어가 강물처럼 흐를 것이라고 믿었지. 룸은 정말 신비하고 독특한 소년이었네. 말없이 뭔가를 바라보고 있는 그 아이의 눈을 보고 있으면 이상한 기분이 들었지. 뭐랄까, 통찰력이라고 할까, 일반인에게는 없는 육감이라고 할까, 신비스럽게 표현하고 싶진 않지만 그렇게밖에 표현할 수 없네. 순수한 아기처럼 의도가 없는 깨끗한 표정이기도 했지만 반대로 모든 것을 다 알고 있는 것 같은 표정을 짓기도 했지. 무엇보다 놀라웠던 것은 펠릿이네. 외관상으로만 보면 룸의 펠릿은 노아의 펠릿과 상당히 흡사했네. 솔직히 오랫동안 펠릿에 대해 끊임없이 실패를 거듭한 학자로서 룸은 내게 엄청난 영감과 자극을 줬다네. 전혀 다른 세계를 발견한 기분이었지. 나는 정말 룸을 통해 뭔가를 해결할 수 있을 거라고 기대했다네. 나는 룸에게 모든 것을 걸었네.

하지만 나는 잊고 있었지. 룸이 나와는 전혀 다른 언어 체계를 갖고 있다는 것을. 표정과 행동에서 느껴지는 사적인 감정 탓에 나는 룸이 내 생각을 이해하고 있다고 착각했던 걸세. 많은 실험을 했고, 다양한 방식으로 룸에게 접근했지만 결과는 마찬가지였네. 룸에게는 말이라는 언어 자체가 존재하지 않는 것처럼 느껴졌지. 아니, 어떤 방식이로든지 언어는 있겠지. 하지만 적어도 소리 내어 말하는 구어 체계는 없는 것 같네. 나는 룸의 몸속 깊은 곳에 광맥처럼 흐르고 있는 언어를 발굴할 방법을 끝내 찾지 못했다네. 룸은 완전히 사적인 방식으로 사고하네. 문제는 그 사적인 체계는 당사자 외에는 전혀 해석할 수가 없다는 것에 있지. 결국 나는 룸에게서 그 어떤 것도 알아내지 못했네. 그들은 노아를 통해 느꼈던 패배감을 또다시 룸을 통해 느껴야만 했지. 뜻대로 되지 않자 정부는 룸에게 노아에게 했던 것과 같은 방식을 적용했지. 룸은 노아처럼 독방에 감금됐네. 아무도 없는 방에 홀로 앉아 있는 룸의 표정은 아주 슬펐지. 우울해 보였고 쓸쓸해 보였지. 그들은 룸의 얼굴을 보고 속으로 쾌재를 불렀겠지. 마치 고집이 강하고 말을 듣지 않는 아이가 체벌을 당한 뒤 고분고분해지듯 그런 과정이라고 생각했겠지. 하지만 나는 알고 있었네. 그 아이는 홀로 있는 게 두렵고 무서웠던 게 아니었어. 룸은 노아를 그리워하고 걱정했네. 노아도 룸을 그리워했지. 그리고 지금까지도 룸은 노아처럼 안전하지만 고독하게 방 안에 갇혀 있네. 마치 노아가 그랬던 것처럼 침묵의 세계에서 영원히 변치 않을 단단하고 고요한 돌멩이처럼 조용히 앉아 있네. 그는 노아와 아주 비슷한 모습으로 지내고 있어. 평안한 모습으로…… 언제까지 그렇게 살겠다는 듯 말일세. 자네 동생은 안전하네.

ㅡ 룸은 어디 있습니까? 당장 룸을 데리고 오겠습니다.

요나는 침착함을 잃고 손바닥으로 탁자를 때리며 종이에 빠르게 글씨를 썼다. 그의 글자가 날카롭고 뾰족한 흉기처럼 볼을 향해 날 서 있었다.

ㅡ 지금으로서는 불가능하네. 나도 접근하기 어려우니까. 정부는 이미 다른 전문가들을 모집해 새로운 연구를 시작했네. 조금만 인내심을 갖게나. 룸은 안전해. 그리고 내가 약속하겠네. 어떻게든 내가 룸을 자네의 품으로 돌려보내겠다고.

요나는 뭔가를 적으려다 종이를 구겨 바닥에 던지고 악 소리를 질렀다. 그리고 큰 소리로 외쳤다.

"인내심이라고? 지금 인내심이라고 했어? 뭐? 안전? 독방에 가두고 고문을 가하면서 무슨 안전이야? 빨리 어디 있는지 말해!"

마리가 달려와 요나의 어깨를 붙잡았다. 흥분한 요나는 온몸을 부들부들 떨며 볼을 노려봤다. 요나의 까만 눈동자 속에 타오르는 붉은 불꽃을 바라보며 볼은 다시 손가락을 움직였다.

- 정말 룸을 구하고 싶다면 흥분을 가라앉히고 자리에 앉게. 자네의 몸 상태가 좋지 않아. 더 이상 화를 낸다면 또 정신을 잃고 말걸세. 자네의 마음을 이해하네. 자네가 움켜쥐고 있는 그 주먹으로 나를 때리고 집 안의 기물들을 파괴하고 이 집을 나갈 수도 있네. 하지만 룸을 어떻게 찾을 작정인가. 냉정하게 말한다면 지금의 자네의 처지는 또다시 경찰에게 잡혀 독방에 갇혀 취조당하는 것 말고는 아무 방법도 능력도 없네. 분노란 그런 것이네. 가장 정의로운 감정 같지만 대책 없고 무모하며 인간을 무너뜨리는 가장 어리석은 본성 중 하나일세. 분노를 가라앉히고 생각을 하게나. 나를 믿게. 자네가 겪었던 그 고통의 시간이 룸에게는 고통이 아니네. 노아가 그랬듯 룸은 그 누구보다 지금 평안할 걸세. 어떻게든 참고 기다리는 게 룸을 구할 수 있는 가장 빠르고 안전한 방법이야. 자네도 룸의 펠릿을 본 적이 있겠지. 나는 지금도 그 아이의 펠릿을 떠올리면 마음이 이상해진다네. 아름다웠고 형용할 수 없이 슬픈 빛을 띠고 있었지. 어떤 노래를 들은 듯했고 아름다운 시를 읽은 것 같은 기분이었지. 자네도 나도 그 펠릿을 다시 볼 수 있을 걸세.

요나는 무너지듯 다시 의자에 앉았다. 볼이 옳았다. 지금의 자신이 무엇을 할 수 있단 말인가. 요나는 '아무 방법도 능력도 없네'라고 적힌 볼의 글자를 멍하니 바라봤다. 요나는 힘없이 펜을 쥐고 글씨를 썼다.

　- 노아에게 바벨을 끝낼 수 있는 능력이 있긴 하나요?

　- 이젠 정말 모르겠네. 이것은 능력의 문제가 아닌 마음의 문제일세. 그는 오래전부터 침묵의 세계의 원주민처럼 살고 있네. 마치 바위 같은 모습으로 그저 눈을 감고 앉아 있네.

　- 그렇다면 룸은…… 정말 안전한가요?

　- 그건 걱정 말게. 지금으로선 룸은 정부의 유일한 희망이니까. 살려고 하는 인간은 절대 희망의 끈을 놓지 않거든. 이 집 근처의 풍경을 기억하나. 그들이 살고 있는 세계네. 그들은 절망할 이유가 없네. 더 잘살기 위해 누구보다 노력하는 자들이지. 그들은 룸을 절대 해하거나 다치게 하지 않을 걸세. 피곤하군. 밤이 늦었네. 그리고 지금 자네의 몸은 정상이 아닐세. 안정을 취하고 몸을 추스르게나. 다른 이야기는 나중에 다시 하도록 하세. 지금은 바깥이 혼란스러우니 가급적이면 내키지 않더라도 이곳에 머물며 상황을 지켜보는 게 좋을 것 같네.

　거실엔 무거운 침묵이 흘렀다. 볼은 자리에서 일어나 느린 걸음으로 거실을 가로질러 이층으로 향하는 나무 계단을 올라갔다. 나무판이 어긋나며 삐그덕 소리가 났다. 요나는 두 손으로 눈을 가리고 탁자에 엎드렸다. 어깨가 부들부들 떨렸다. 화가 났다. 기가 막혔다. 하지만 너무도 무력했다. 아무것도 할 수 없는 자신의 처지가 너무 한심하게 느껴졌다. 그리고 무엇보다 견딜 수 없이 슬펐다. 울음이 터졌다. 요나는 이를 꽉 다물고 울었지만 입술 사이에서는 신음 같은 소

리가 새어 나왔다. 마리는 몸을 둥글게 말고 떨고 있는 요나의 야윈

등을 오랫동안 바라보며 서 있었다.

16

부풀어 오른 펠릿 봉투가 거리 곳곳에 뒹굴고 있다. 한때 『모닝 바벨』이 넘치도록 쌓여 있던 매대는 한쪽 다리가 부러진 채 바닥에 쓰러져 방치되고 있다. 유속이 느린 하천은 유기된 펠릿과 부유물로 뒤덮여 거대한 습지처럼 변했다. 도로를 오가던 부엉이는 보이지 않고 펠릿을 수거하는 요원들도 자취를 감췄다. 전염병이 창궐한 저주받은 도시처럼 바벨은 시간을 더할수록 음울하고 절망적으로 변하고 있다. 펠릿을 불법으로 소각하는 사람들이 많아졌고 악의적인 의도로 거리에 펠릿을 쏟아붓거나 공개적인 장소에서 보란 듯이 불태우는 사람들이 생겼다. 수거하지 않은 펠릿들은 이미 포화 상태가 됐고, 부패한 냄새는 날개 달린 벌레처럼 도처에 퍼졌다. 그 누구도 이 끔찍하고 위험한 냄새에서 벗어날 수 없다. 극도로 예민해진 사람들은 작은 일에도 다투고 화를 냈으며, 자살률은 단기간에 급상승했다. 사람들이 광장으로 몰려나오기 시작했다. 그럴수록 시위를 진압하려는 정부의 의지는 강하고 단호해졌다. 진압대는 더 이상 합법적인 방식을 고려하지 않았다. 음성적으로 사용되던 최루탄은 공개적으로 대량 살포됐고, 물리적인 폭력도 서슴지 않았다. 거칠게 변한 정부의 과도한 통제는 잠자코 사태를 관망하던 평범한 사람들까지 자극했다. 일반 시민들까지 시위에 참석하기 시작했고, 급기야 레인보들도 광장에 모이기 시작했다. 처음에는 NOT의 과격한 행동에 대한 반감으로 시작된 평화적인 맞불 시위였지만 어느 순간부터는 그 둘을 구분하는 것이 어려울 정도로 비슷한 모습을 보였다. 사회의 기능이 완전히 마비된 도시는 통제 불능이었다. 질서는 무너졌고 제도는 무의미했으며, 임계점을 넘은 사회적 분노는 그 어떤 것으로도 다스릴 수 없는 지경까지 끓어올랐다.

하늘 끝까지 쌓아올린 바벨 외벽에 금이 가고 조각조각 부서지고 있다. 작은 바람에도 곧 무너질 것처럼 위태롭게 흔들린다. 바벨의 날카롭고 긴 그림자 밑에 모여 선 사람들이 눈앞에 느껴지는 위기를 실감하며 빈주먹을 움켜쥐고 불안한 눈을 들어 하늘을 바라본다. 작열하는 태양은 뜨겁고 하늘에는 구름 한 점 없다. 하지만 적도의 땅 저 먼 곳으로부터 태풍이 다가오고 있다. 하늘 아래 모든 것을 물속에 처넣을 수 있는 엄청난 양의 큰비를 거느리고 태풍은 서서히 북상하고 있다. 검은 새 한 마리가 이제껏 본 적 없는 거대한 날개를 달고 소리 없이 하늘을 뒤덮고 있다.

*

마리는 종이를 세로로 길게 찢으며 요나의 방문을 노려봤다. 바닥에는 마리가 가늘게 찢어놓은 종이가 수북하게 쌓여 있었다. 요나가 있는 방에서는 아무 소리도 들려오지 않았다. 답답한 마리는 손톱을 물어뜯었고 앞니로 잘게 씹었다. 마음이 불안해서 아무 일도 손에 잡히지 않았다. 마리는 요나가 걱정됐다. 간혹 문을 열고 방으로 들어가 보면 요나는 침대에 누워 있었다. 감정이 증발된 얼굴은 무표정했고 시선은 천장을 향해 있었지만 눈동자는 풀려 시선이 흐릿했다. 입술을 달싹거리며 들리지 않는 속말을 중얼거릴 뿐 요나는 미동도 없이 그저 누워 있기만 했다. 마리가 먹을 것을 가져다줘도 입에 대지 않았고, 읽을 만한 책을 침대에 놓고 가도 펼쳐보지 않았다. 정원에 나오라는 문자에도 답하지 않았고, 거실에서 잠깐 이야기하자는 요청에도 응하지 않았다. 노크를 해도 아무 소리도 듣지 못한 것처럼 고개를 돌리지 않았고 마리가 일부러 요나의 시선을 어지럽히고 산만하게 방을 돌아다녀도 정지된 눈동자는 움직이지 않았다. 요나는 거의 미쳐 있는 상태였다. 그는 야성을 상실한 동물처럼 벽을 향해 모로 누워 웅크리고 숨만 쉬었다. 마리는 무릎을 감싸고 앉아 관 뚜껑처럼 단단하게 닫혀 있는 문을 바라봤다. 숨 막히는 정적이 서서히 수면을 높이는 물처럼 거실에 차올랐다. 마리는 이 침묵이 끔찍했고 불길했으며 미치도록 두려웠다.

고요하고 정적인 외면과 달리 요나의 내면은 분주하고 복잡하게 엉켜 있었다. 그는 분명한 고통을 겪고 있었고 위험한 생각에 맞서고 있었다. 벽지에 그려져 있는 삼각형의 문양 하나하나가 관자놀이를 찌르고 뇌 주름 사이사이마다 날카로운 각을 비비며 파고드는 듯한 끔찍한 두통에 시달렸고, 침대에 앉아 있어도 위태로운 벼랑에 앉아 있는 것처럼 현기증을 느꼈다. 요나는 눈을 감지 않았다. 눈을 감는

게 두려웠다. 촘촘히 엮인 어두운 그물이 발을 붙잡고 웅덩이 같은 꿈속으로 끌고 들어갈 것만 같았다. 반복되고 끊임없이 확장되는 악몽의 세계. 눈을 뜨고 있어도 현실처럼 느껴지는 꿈속의 이미지들.

발목에 사슬처럼 사람들이 매달려 있다. 발목을 붙잡고 있는 가난한 옆집 스피커의 앙상한 두 손이 부들부들 떨리고 있다. 어둡고 슬픈 표정을 짓고 있는 장은 텅 빈 동굴처럼 검게 뚫린 입을 벌리고 노래를 부르고 있었다. 망가지고 깨진 비명 같은 노래. 요나는 눈밭에 벌거벗고 선 아이처럼 추위에 떨며 엉엉 운다. 손 닿을 수 없는 먼 곳에 룸이 서 있다. 같은 궤도를 도는 행성처럼 룸은 일정한 거리를 유지하며 방을 천천히 걸어 다닌다. 요나는 룸이 보이지 않는 척 무심한 얼굴로 멍하게 있었지만 이불 속에서 움켜쥐고 있는 두 주먹은 떨고 있었고 등에는 식은땀이 흘렀다.

'내가 정말 미쳐버린 걸까.' 요나는 겁이 났다. 생각을 멈추고 싶었다. 망상을 이겨내고 싶었다. 하지만 한번 발동이 걸린 생각들은 멈추지 않고 계속 회전하고 증식하며 커져만 갔다. 허상에 점령당한 비현실은 현실보다 훨씬 현실적이었다. 요나는 현실과 비현실을, 실상과 허상을 구분하지 못하는 지경에 이르렀다. '꿈속의 룸이 현실로 걸어 나온 걸까. 불가능하다. 아니 불가능할 것도 없지. 그 누가 말이 육체를 입고 튀어나올 줄 알았겠는가. 그렇다면 화장실 앞을 지나가고 있는 저 사람은 룸이 맞겠군. 그런데 나는 왜 이렇게 두려운 걸까. 룸은 나를 해하지도 겁을 주지도 않는데 왜 나는 공포를 느껴야 하는가. 초조하다. 바깥은 이미 멸망했을지도 몰라. 지금은 혹시 죽음 이후의 시간이 아닐까. 죽음 너머의 공간에 내가 누워 있는 걸까. 룸도 죽은 걸까. 그래서 우리는 이곳에서 이렇게 만나고 있는 걸까. 지치고 피곤하다. 번거롭고 힘들구나.' 요나는 체크무늬의 이불에 누워 생각했다. '어쩌면 나는 체스판 위의 말일지도 모른다. 어차피 내 의지는 무의미하다. 모든 것은 내 머리통을 잡고 있는 하늘에 달려 있는 것이다.' 요나는 잿더미가 된 폐허처럼 황폐해져 우묵하게 들어가 있는 어두운 마음을 감정 없는 눈으로 내려다본다. 높은 벼랑 끝에서 아득한 땅을 바라보는 심정으로 목을 길게 빼고 눈을 감는다.

그 순간 요나의 방문이 거칠게 열렸다. 마리였다. 마리는 스피커의 볼륨을 최대로 올리고 교향곡을 틀었다. 커다란 앰프가 무겁게 진동하며 엄청난 소리를 내뿜었다. 날렵한 활이 현 위를 빠르게 움직이는 바이올린의 날카롭고 높은 음이 거실로부터 쏟아져 들어왔다. 북이 울릴 때마다 유리창과 커튼이 흔들리며 진동했고 심벌 소리는 정적인 공기를 위아래로 찢어놓았다. 요나는 기습적으로 들려오는 소리에 놀라 두 손으로 귀를 막았다. 누워 있던 신경이 일어섰고 우물처럼 고여 잠잠하던 머릿속이 급류에 휩쓸린 것처럼 어지럽게 흔들렸다. 요나는 마리를 향해 음악을 끄라고 손을 흔들었다. 마리는 음악을 끄지 않고 방문 앞에 꼿꼿이 서서 요나를 노려봤다. 곡이 절정으로 치닫자 집 전체가 무너질 것처럼 엄청난 소리가 들렸다. 견딜 수 없이 화가 난 요나는 마리를 향해 이불을 던지며 소리쳤다.

"시끄러워요!"

요나의 입에서 펠릿이 튀어나왔다. 마리는 요나가 던진 이불을 들어 방 밖으로 집어 던지며 외쳤다.

"제발 정신 좀 차려요!"

마리의 입에서도 펠릿이 튀어나왔다. 음악이 끝났고 둘은 정적 속에 서서 서로의 발목에 걸린 펠릿을 쳐다봤다.

집은 투명한 침묵의 막에 에워싸인 것처럼 고요해졌다. 마리는 바닥에 주저앉아 침대에 등을 기댔다. 요나는 반쯤 보이는 마리의 까만 뒤통수를 바라봤다. 마리는 매트리스 위에 미러를 올리고 손바닥에 한 글자씩 쓰기 시작했다.

— 미안해요…… 하지만 불안하고 무서웠어요.

마리는 무릎 사이에 얼굴을 묻고 한참 동안 가만히 있었다. 이윽고 마리의 손가락이 천천히 움직였다.

— 이 방에서…… 엄마가 죽었어요. 두 번 다시 그런 경험을 하고 싶진 않았어요. 그게 얼마나 화가 나고 힘들게 하는지 당신은 몰라요. 자살이 나쁘다는 것은 고귀한 생명을 포기했다, 어려움을 이겨내지 못했다, 같은 이유 때문이 아니에요. 남겨진 사람들에게 엄청난 폭력을 가하기 때문이에요.

한동안 마리의 미러 글자가 바뀌지 않았다. 요나는 미러 위에 떠 있는 글자를 속으로 읽었다. '엄청난 폭력을 가하기 때문이에요.'

— 우울증이 길어진다고만 생각했어요. 시간이 지나면 마음이 다시 좋아질 거라고 믿었죠. 그래서 그냥 내버려뒀어요. 하지만 엄마는 저처럼 이렇게 이곳에 주저앉아 밤새 말을 했어요. 길고 긴 독백이었겠죠. 펠릿이 이 방을 가득 채우고 있었으니까요. 엄마는 이 방에서 자신의 펠릿과 함께 죽었어요. 저는 지금도 그날을 생각하면 화가 나요. 너무 끔찍했어요. 엄마는 그렇게 해서는 안 됐어요.

요나는 숨을 죽이고 미러를 응시했다. 마리의 어깨가 미세하게 떨리고 있었다.

- 엄마도 노아의 친구였어요. 볼처럼 노아와 같은 연구실에 있었죠. 엄마는 볼의 입장과 달랐어요. 노아의 연구를 대하는 볼의 방식에 반대했어요. 노아의 연구가 다양한 곳에 응용될 수 있겠다는 볼과는 생각이 달랐거든요. 엄마는 이 연구가 오직 노아 자신만을 위한 것이라고 믿었어요. 그리고 그렇게 되기를 원했죠. 당시에 엄마는 그 부분을 놓고 볼과 자주 다퉜어요. 무엇보다 엄마는 노아의 연구를 지원하고 개입하는 정부를 경계했죠. 아직도 기억하고 있어요. 그때는 아주 작고 허름한 집이었어요. 엄마와 볼은 안방에서 싸우고 있었어요. 그때의 엄마는 평소와 달리 강경하고 단호했어요. 엄마는 말했어요. "노아는 절대 이 연구소를 좋아하지 않아. 쓸데없이 큰 괴물 같은 연구실을 무서워하고 있어." 볼이 대답했어요. "당신이 노아에 대해서 뭘 알아. 나는 당신보다 노아를 훨씬 잘 알아. 분명히 나에게는 좋다고 했어." 한참 뒤 엄마는 부드러운 목소리로 말했지요. 마치 아이를 타이르는 말투였어요. "볼, 안다는 것은 그런 게 아니야. 당신이 노아를 정말 안다면 절대로 이렇게 하면 안 돼." 하지만 볼은 아무 대답도 하지 않고 소리를 지르고 그대로 집을 나가버렸지요.

마리는 고개를 들고 천천히 방을 둘러봤다. 그리고 이내 고개를 푹 숙였다. 요나는 튀어나온 마리의 동그란 목뼈를 손가락으로 어루만져주고 싶다는 생각을 했다. 마리의 손가락이 다시 움직였다.

- 그리고 얼마 뒤 바벨이 시작됐어요. 이 집으로 이사 오던 날 밤 엄마는 실성한 사람처럼 보였어요. 그릇과 잔을 바닥에 던져 깨뜨렸고 술병과 책을 벽에 집어 던졌죠. 볼에게 욕설을 퍼부었어요. 바닥에 깔린 펠릿이 양탄자를 가득 뒤덮을 때까지 엄마는 소리쳤어요. 당황한 아버지는 엄마의 어깨를 붙잡고 진정시키려고 노력했지만 그

순간의 엄마는 아무도 말릴 수 없었어요. 그 후로 엄마는 완전히 다른 사람이 됐어요. 영혼이 빠져나가 껍데기만 남은 인간처럼 모든 것에 무심했고 그 어떤 자극에도 반응하지 않았어요. 세상에서 가장 슬픈 표정을 짓고 벽에 등을 기대고 멍하게 앉아 있었어요. 간혹 울면서 "미안하다, 미안하다" 소리를 수도 없이 반복하기도 했지요. 그리고 끝내 엄마는 죽어버렸어요. 지금 이 순간도 엄마를 둘러싼 채 이 방을 가득 채우고 있던 펠릿을 또렷하게 기억해요. 어두운 물속을 들여다보는 것처럼 엄마의 펠릿은 검푸른색이었죠. 처음에는 엄마가 너무 미웠어요. 화가 나고 억울했어요. 엄마는 유서 한 장 남기지 않았거든요. 어떻게 그리 무책임할 수가 있는지 저는 도저히 엄마를 이해할 수 없었어요. 하지만 시간이 지나고 그때를 떠올리면 떠올릴수록 엄마의 펠릿이 곧 유서였다는 것을 깨닫게 됐어요. 어쩌면 엄마는 죽기 위해 말을 한 게 아니라 말을 많이 하다 보니 죽었을 수도 있겠다는 생각이 들었거든요. 엄마는 무슨 말을 했을까. 그게 지금도 미치도록 궁금해요. 엄마는 죽기 며칠 전 제게 이런 말을 했어요. "노아는 나쁜 사람이 아니란다. 그 사람은 착하고 불쌍한 사람이야." 그 말만 계속 반복했지요. 언젠가 볼의 책상 서랍에 있는 노아의 노트를 본 적이 있어요. 노트는 어려운 이론들과 가설로 가득 차 있어 내용을 이해하기 힘들었지만 귀퉁이마다 그려져 있는 뾰족한 얼음산과 사각 얼음들은 귀엽고 세밀했어요. 그의 글과 그림에는 어떤 설렘과 즐거움이 있었어요. 노아는 이 연구를 정말 좋아했던 게 분명해요. 그런데 마지막 부분에 이런 글이 있더군요. '아이라의 얼음은 말에 대한 장애를 갖고 있는 이들에게 새로운 입과 혀가 되어줄 것이다.' 그가 꿈꾸던 펠릿은 적어도 지금과 같은 모습이 아니었어요. 노아는 말을 파괴하고 싶었던 게 아니라 새로운 말을 만들어내고 싶었던 거예요. 노아를 만난 적은 없어요. 하지만 그가 나쁜 사람이 아니라는 것은 믿어요. 엄마를 믿기 때문에 엄마의 말을 믿는 거죠. 하지만 볼은 아니에요. 저는 아버지가 미워요. 절대로 용서할 수 없어요.

마리는 무릎에 얼굴을 묻고 울기 시작했다. 더 이상 미러에 새로운 글자는 나타나지 않았다. 요나는 아무것도 하지 못하고 그저 울고 있는 마리의 뒷모습을 바라보기만 했다. 뭔가가 속에서 똘똘 뭉치는 것처럼 가슴이 답답했고 먹먹했으며 마음이 상했다. 요나는 자신의 미러를 마리가 앉아 있는 바닥에 내려놓았다. 그리고 침대에 앉아 손바닥을 폈다.

 - 볼은 룸에게 말이 없다고 판단했지만 아닙니다. 룸은 말을 할 줄 아는 아이였습니다. 말을 더듬었을 뿐 특별한 언어장애가 있거나 벙어리는 아니었습니다. 그때는 룸을 이해할 수 없었습니다. 그냥 글자만 읽으면 되는 것을 어려워했죠. 말을 하기 전에 항상 망설였고 손을 떨었어요. 말하기 시작하면 입술을 떨고 이빨을 딱딱 부딪치며 도무지 알 수 없는 이상한 말만 했습니다. 전 룸이 걱정되면서 동시에 답답했습니다. 그때 결심했습니다. 룸의 말더듬이 증상을 고치기로 말입니다. 세상에 힘들고 어려운 일이 많은데 말을 제대로 못해서는 똑바로 살 수 없다고 생각했기 때문이지만, 사실은 룸의 말더듬는 소리가 짜증스럽고 거슬렸어요. 룸을 앉혀놓고 책 읽기를 시켰습니다. 어떻게든 부족한 동생의 단점을 고쳐주는 것이 진정한 형의 역할이라고 생각하고 스스로를 설득하며 강하게 밀어붙였어요. 저는 룸이 말을 더듬는 이유를 자신감 부족이라고 믿었습니다. 가장 먼저 룸의 소심한 성격을 고쳐야 한다고 생각했지요. 저는 제 나름의 방법으로 룸

을 교육했어요. 높은 곳에서 소리를 지르고 뛰어내리게 했고, 손으로 벌레를 잡게 했습니다. 말을 더듬을 때마다 입술을 때렸고, 책을 읽지 못하면 화를 내고 똑바로 읽어보라고 다그쳤죠. 그때마다 룸은 울었고 잘못했다고 빌었습니다. "잘못했어요, 잘못했어요, 형." 더듬더듬 입술을 덜덜 떨며 제게 빌었어요.

요나는 잠시 숨을 참고 입을 꾹 다물었다. 심장박동이 빨라졌고 호흡이 거칠어졌다. 격정적인 감정이 마음을 사로잡았다 천천히 사라졌다. 마리는 웅크리고 앉아 숨죽여 요나의 미러를 바라봤다. 요나는 꾹 쥐었던 주먹을 펴고 다시 손가락을 움직였다.

- 지금도 말입니다. 그때 그 순간을 생각하면…… 그 작은 아이가 무릎을 꿇고 눈물을 뚝뚝 흘리면서 두 손을 비비던 모습을 생각하면 정말 심장이 깨질 것 같아요. 도대체 그 애가 잘못한 게 뭐란 말입니까…… 그리고 어느 순간부터 룸은 입을 완전히 닫았습니다. 마치 처음부터 말을 해본 적이 없는 사람처럼 말을 하지 않았어요. 그때의 기억은 시간에 묻혀 마치 아무 일도 없던 것처럼 흔적도 없이 사라졌습니다. 룸은 소년이 됐고 저는 어른이 됐지요. 그리고 우리는 여느 형제처럼 다정하게 지냈습니다. 룸의 침묵도 자연스럽고 성숙해졌어요. 부모님은 저와 룸 사이에 있었던 일을 모릅니다. 저는 룸에게 했던 일을 말하지 않았고 룸은 말을 잃어버렸으니까요. 그렇게 둘 사이에 있던 일은 수면 아래로 잠겨버렸어요. 저 역시 그 일을 완전히 잊고 살 정도였으니까요. 룸은 말을 하지 않는 대신 아주 예민한 감각을 갖고 있었습니다. 마치 모든 것을 저절로 아는 사람처럼 룸의 이해력과 정보에 대한 습득력은 놀라웠죠. 룸의 침묵은 뭐랄까, 전류 같았어요. 주위의 자극들은 침묵을 전해질 삼아 룸의 머리와 몸속에 모두 저장

됐습니다. 그 아이의 감각은 정말 특별했습니다. 모든 것을 아는 것 같은 표정을 짓고 있었고, 끝내지 않은 이야기의 끝을 알았어요. 책을 다 읽지 않아도 뒷부분을 미루어 짐작해서 모두 맞힐 정도였지요. 가끔은 섬뜩할 정도로 정확했지요. 룸은 수화도 하지 않으려고 했고 물어보는 질문에 단답으로 뭔가를 적을 뿐 별다른 필담을 시도하지 않았습니다. 룸은 누군가와 대화를 시도하려고도 하지 않았어요. 대화를 싫어한다기보다 필요 없어 하는 것 같았지요. 마음을 꿰뚫는 애완동물이 주인의 마음을 알고 뭔가를 알아서 행동하는 것처럼 룸은 대화를 초월한, 혹은 대화 자체가 아예 필요 없는 행동을 했어요. 부모님은 특히 룸을 아끼고 좋아했습니다. 그때는 그것이 장애를 가진 아들에 대한 단순한 동정이라고 생각했지만 지금 생각해보면 아닙니다. 부모님은 룸을 진심으로 좋아하고 있었던 거예요. 룸은 부모님의 마음을 가장 잘 이해하고 헤아린 유일한 아들이자 유일한 사람이었으니까요. 그런데 바벨이 시작됐고 펠릿이 튀어나오면서부터 룸이 이상해지기 시작했어요. 타인의 펠릿을 볼 때마다 룸은 독특한 반응을 보였지요. 무서워하거나 흥미로워하거나 때로는 웃었어요. 확실히 룸은 펠릿을 자신만의 방식으로 읽어낼 줄 아는 것 같아요. 그런데 어떤 펠릿을 보면 발작을 했어요. 그 아이가 괴성을 지르며 괴로워하며 울부짖는 모습을 볼 때 들었던 최초의 생각이 뭐였는지 아세요? 제가 룸의 입술을 때리고 혼을 냈던 과거의 기억들이었어요. 압축된 기억과 잠겨 있던 시간이 한순간에 눈앞에서 생생하게 펼쳐지더군요. 정말 끔찍하고 고통스러운 장면이었습니다. 정말 온몸이 녹는 것 같은 고통이 느껴지더군요.

　요나는 잠시 고개를 올려 멍한 표정으로 천장을 올려다봤다. 충혈된 두 눈에 눈물이 고였고 코끝이 빨갰다. 요나는 헛기침을 몇 번 하고 계속 손가락을 움직였다.

　- 룸의 펠릿은 정말 아름다웠어요. 그것을 어떻게 표현해야 할까요. 보는 것만으로도 어찌나 황홀한지 걱정이 눈 녹듯 사라지는 것처럼 신비했다고 해야 할까요. 어머니에 대한 당신의 마음을 이해할 수 있을 것 같아요. 저도 룸의 펠릿을 떠올릴 때마다 그게 무슨 말이었을지 궁금합니다. 그 궁금증이 이젠 오래된 병처럼 저를 아프게 해요. 그런데 그 아이가 지금은 정신병자 취급을 받고 어딘가에 감금되어 있습니다. 그 영민하고 예민한 아이가 말입니다. 저는 그 모든 것이 다 제 책임인 것만 같았어요. 아무도 저를 탓하진 않았지만 저는 저 자신을 집요할 정도로 탓하고 다그쳤습니다. 무의식과 꿈의 세계 전체가 완전히 룸으로 가득 차 있습니다. 저는 어떻게든 룸을 구해내야 합니다. 그것이 저 자신을 구해내는 방법이기도 해요. 저는 룸을 바라보는 부모님의 안타까운 눈빛을 마주할 때마다 통증을 느낍니다. 죄책감에서 헤어 나올 방법을 찾지 못해 아침마다 비참과 수치심 속에서 몸을 일으켜야 했습니다. 저는 이 죄책감을 전가할 사람이 필요했어요. 그냥 이 모든 것이 노아의 탓이라고 여기면 마음이 편했습니다. 그 마음을 유지하기 위해 더 많은 분노가 필요했습니다. 저는 지난 세월 동안 제 안의 거짓을 감추고 가상의 진실을 만들기 위해 온갖 가설을 세우는 데 노력을 기울였어요. 하지만 지금은 모든 것이 그저 처참하기만 합니다. 단지, 그냥 룸을 만나고 싶어요. 그리고 미안하다고 말하고 싶어요.

　요나는 이불을 움켜쥐고 고개를 숙였다. 마리는 미러를 침대 위에 올리고 뒤돌아 요나의 모습을 바라봤다. 요나는 입술을 다물고 떨고 있었다. 우는 법을 모르는 초식동물처럼 그는 너무도 슬퍼 보였다. 마리는 요나의 검은 눈동자에서 어떤 심연을 봤다. 이 낯선 남자가 숨기고 있던 작은 방은 자신이 숨기고 있던 작은 방과 놀라울 정도로 흡사했다. 그동안 마리는 궁금했다. 그를 만나고 대화를 나눈 뒤에 찾아오는 이상한 감정을 해석할 수 없었다. 이유를 설명할 수는 없지만 그를 돕고 싶었고 그가 자꾸 신경 쓰였다. 이제 알 것 같았다. 입술을 꽉 다물고 턱 관절을 덜덜 떨며 뭔가를 견디고 있는 요나를 보고 마리는 생각했다. '그의 어두운 심연 속으로 함께 함몰되고 싶다. 나도 더 이상 뭔가를 견디고 있는 게 지친다.' 마리는 이불을 움켜쥐고 떨고 있는 요나의 손등에 가만히 손을 얹었다. 마리의 손은 작고 따뜻했다. 힘들게 버티고 있던 연약한 벽이 우르르 소리를 내며 허물어졌다. 요나의 입에서 푸른 연기가 피어올랐고 펠릿이 튀어나왔다. 마리는 요나의 어깨를 잡고 자신의 품으로 끌어당겼다. 요나는 웅크린 모습 그대로 마리의 품에 안겼다.

요나와 마리는 어깨를 맞대고 서로에게 몸을 의지한 채 침대에 누워 고요한 눈으로 천장을 바라봤다. 사면이 투명한 벽으로 만들어진 작은 상자에 갇힌 듯 둘은 바깥의 소음으로부터 완전히 분리되어 있었다. 요나가 뱉어낸 숨은 마리의 입속으로 들어갔고, 마리가 뱉어낸 숨은 요나의 입속으로 들어갔다. 침묵의 밀도는 높고 공기는 뜨거웠다. 처음부터 소리가 존재한 적 없는 세계의 순한 짐승들처럼 둘은 평화롭게 누워 예민한 결을 세워 서로의 몸을 감각했다. 둘 사이를 에워싼 침묵은 기묘한 자장가였고 깊고 따뜻한 물속이었다. 몸이 말에게, 말은 몸에게 서로의 자리를 내어주며 뒤섞였다. 침묵은 아름다운 노래의 후렴처럼 돌고 돌았고 둘은 그 노래에 화답하는 방식으로 또다시 침묵을 이어갔다. 처음과 끝을 분간할 수 없는 한 덩어리의 시간은 어떤 생각을 초월하거나 혹은 완전히 무너뜨리며 이상한 방식으로 흘렀다. 둘은 물새처럼 수면 위를 둥둥 떠다니며 서로를 기이한 시선으로 바라봤다. 요나가 침묵을 깨고 입을 열었다.

"기분이 이상해요."

요나는 자신의 입에서 피어나는 푸른 가스를 바라봤다. 요나는 스스로가 낯설었다. 거리낌 없이 말을 하고 있다는 것이, 눈앞을 떠도는 혼령 같은 펠릿이 응고되며 몸으로 달라붙는 모습을 아무렇지도 않게 바라보고 있다는 것이, 벗고 있는 자신의 몸과 혐오스럽기만 했던 펠릿을 낯선 여자에게 기꺼이 보여준다는 것이, 그 모든 것이 전혀 부끄럽지 않다는 것이. 이상하고 어색했지만 좋다고밖에 달리 표현할 수 없는 아주 좋은 느낌.

"하지만 좋군요."

마리는 요나의 입술 주위를 떠도는, 응고되기 직전의 가스를 바라보다 기습적으로 요나의 입술에 입을 맞췄다. 당황한 요나는 눈을 동그랗게 뜨고 움찔 놀라며 얼굴을 돌렸다.

"무슨 짓이에요?"

마리는 얼굴을 돌리는 요나의 얼굴을 잡고 끌어당겨 다시 입을 맞췄다. 그리고 입술이 닿아 있는 상태에서 말을 했다.

"가만히 있어봐요. 궁금한 것이 있어요."

한참 동안 입을 맞추고 있던 마리가 입술을 떼며 신기한 표정과 황홀한 눈으로 요나의 어깨와 자신의 배꼽 주위를 바라봤다. 마리는 조용히 속삭였다.

"보세요. 당신과 나의 펠릿이 섞여 있어요."

당황한 요나는 자신의 몸과 마리의 몸을 바라봤다. 묘한 빛깔을 띤 펠릿이, 이제까지 단 한 번도 본 적 없는 아름다운 형상의 신비한 어떤 물질이 요나의 몸과 마리의 몸에 붙어 둘 사이를 끈끈하게 잇고 있었다. 요나는 비스듬히 몸을 비틀어 서로의 몸을 살피며 자신도 모르게 중얼거렸다.

"아…… 정말…… 아름답군요."

마리는 펠릿을 손가락으로 부드럽게 어루만지며 말했다.

"이게 그런 걸까요?"

마리는 요나의 얼굴을 빤히 쳐다봤다. 요나는 어깨를 살짝 들었다 내리며 무슨 말인지 모르겠다는 표정을 지으며 마리의 눈을 바라봤다. 마리는 요나의 입술에 입을 맞추고 천천히 움직이며 말했다.

"공통 감각."

요나는 마리의 입술이 움직이는 방향으로 입술을 따라 움직이며 마리의 말을 따라 했다.

"공통 감각."

마치 마리가 뱉어낸 '공통 감각'이라는 언어를 자신의 입속으로 집어넣으려는 것 같았다. 둘의 입술은 단단하게 맞물린 극이 다른 자석처럼 떨어지지 않았다. 그들은 멈추지 않고 입술을 움직였고 몸을 움직였고 손을 움직였고 온몸을 사용해 길고 긴 대화를 나누었다. 요나는 마리가 자신의 품속으로 흡수되는 걸 느꼈다. 그 순간 요나는 자신이 분해되고 있다는 느낌이 들었다. 완전히 조각난 세포들이 한없이 어딘가로 흐르는 느낌, 끝없이 더 잘게 부서져 아무것도 남지 않는 가벼운 느낌. 요나는 마리의 입술에 입을 맞췄다. 자신의 목소리를 마리의 호흡 속으로 부드럽게 끼워 넣었다. 마치 자신의 혀를 마리의 입속에서 완전히 녹여 마리의 목구멍 속으로 넘어가게 하려는 듯. 움직이고 또 움직이고 반복하고 또 반복했다. 두 입술이 서로를 삼키기 위해 끊임없이 움직였다.

요나와 마리는 침대에 나란히 누워 함께 만들어낸 펠릿을 바라보았다. 침대 시트와 이불, 양탄자가 깔려 있는 바닥, 나무로 만들어진 작은 협탁, 요나의 등과 종아리, 마리의 머리카락과 어깨. 각기 다른 색깔과 무늬와 형상을 가진 펠릿들은 열매처럼 열려 있었고, 잠든 포유류처럼 평화롭게 누워 있었으며, 막 죽은 노인처럼 고요했다. 두 사람은 포개어진 두 손처럼 배를 맞대고 누워 피곤하고 나른한 눈길로 펠릿을 읽었다. 마치 종이 위에 적힌 문장 밑에 부드럽게 밑줄을 긋는 것처럼 그들의 시선은 꼼꼼하고 정성스럽게 펠릿의 표면에 머물렀다.

"당신의 몸이 말하고 있어요."
"아니요. 내 몸은 듣고 있어요."
"이게 뭘까요. 이 감각을 어떻게 설명할 수 있을까요."
"설명할 수 없어요. 감각은 전할 수도 옮길 수도 없는 순간의 언어니까요."
"이건 언어가 아니에요. 그냥 입술이에요. 몸과 몸이 함께하는 포옹이에요."
"포옹하다. 아름다운 말입니다."
"당신과 함께하는 이 수다가 좋아요."
"슬프군요. 이 말들도 결국 부패하고 상할 텐데."

"슬프지 않아요. 계속 말하면 돼요. 배고파질지 알면서도 먹고, 다시 일어나야 하지만 자고, 또 목이 마르겠지만 우린 마셔요. 상처받을 줄 알지만 다시 마음을 주고, 시달릴 줄 알면서 다시 사랑을 하며, 변할 줄 알면서도 약속을 해요. 이 순간이 아니면 모든 것은 결국 상하게 되어 있어요."

"이상하네요. 냄새가 나지 않아요. 징그럽지도 않고요."

"아름다운 걸요."

"편하군요."

"우리의 말이 얼음 속에 갇혀 타오르는 꽃불 같아요."

"잠이 옵니다."

요나의 눈꺼풀이 느리게 깜박이며 몽롱한 정신으로 생각했다. '잠이 저기서 천천히 걸어오고 있네. 오랜만에 악몽을 꾸지 않을 것 같아. 이 잠은 완벽해.' 마리는 요나의 등에 한쪽 얼굴을 대고 가만히 누워 요나의 옆모습을 바라봤다. 마리는 손바닥으로 요나의 등과 왼쪽 볼을 천천히 쓰다듬었다. 그리고 요나의 눈이 완전히 감기자 귓가에 작은 목소리로 속삭인 뒤 옷을 집어 들고 일어섰다. 요나는 눈을 가늘게 뜨고 마리의 뒷모습을 바라봤다. 완전히 벗은 새하얀 몸이 안개 속에 서 있는 하얀 나무처럼 흐릿하고 희미했다. 마리의 왼쪽 발목에는 방금 요나의 귓가에 속삭였던 말이 엄지손가락만 한 크기의 작은 펠릿이 되어 매달려 있었다. 붉고 투명한 펠릿은 루비가 박혀 있는 작은 돌멩이 같았다.

17

다음 날 아침, 둘은 간밤에 있었던 일에 대해 그 어떤 내색도 하지 않았다. 둘 다 그 일을 어떻게 받아들여야 할지 몰랐고 어떻게 얘기해야 할지도 알지 못했다. 출발하지도 않은 감정이 먼 바다까지 흘러 홀로 항해하고 있는 듯했다. 모든 것을 태울 듯 춤추던 불꽃이 거짓말처럼 사라지고 육체는 멀쩡한 모습으로 아침을 맞이했다. 아무것도 상하지 않았고 바뀌지 않았다. 불투명한 안개 같은 것이 두 사람 주위를 에워싸며 모든 것을 모호함으로 물들였다. 둘은 그 속에서 어리둥절하게 서 있었지만 대책 없는 막막함과 생경함이 내심 좋았다. 한마디라도 하면 따뜻한 증기 같은 공기가 모두 사라지고 날카롭고 분명한 풍경만 남을 것 같았다. 그들은 잠에서 깨어났지만 꿈에서 벗어나는 게 싫어 눈을 뜨지 않고 몸부림치며 이불 속을 파고드는 어린아이들이었다. 얘기를 나누거나 서로의 몸을 만지지는 않았지만 평행을 이루는 두 사람의 시선은 같은 말을 하고 있었다.

요나는 차츰 안정을 되찾았다. 나쁜 꿈을 꾸지 않았고 환각과 환청에 시달리지도 않았다. 또 한번 누우면 깊이 잠들어 아침까지 깨지 않았다. 바깥에 대한 걱정과 조급한 생각을 하지 않으려고 노력했고 복잡하고 분주한 마음을 가라앉히려고 애썼다. 요나는 손가락 끝이 더이상 떨리지 않고 답답한 마음이 편안해진 것을 느끼며 자신이 조금씩 회복되고 있음을 알았다. 망가진 몸은 점점 좋아졌고, 유실된 마음이 다시 제자리로 돌아왔으며, 팔과 다리에는 힘이 생겼다. 독서를 했고, 정원을 거닐며 몸을 움직였으며, 틈틈이 노트에 일기를 썼다. 일상의 모습만 보면 요나는 거의 정상으로 되돌아와 있었다.

하지만 요나는 자신의 모든 행동과 사고가 미묘하게 엇갈리고 비틀려 있다는 것을 깨달았다. 겉으로 볼 때는 평안해 보였지만 지금의 안정감은 요나 스스로 찾은 균형감이 아니었다. 완전히 다른 종류의 두 가지 힘이 각기 다른 방향에서 팽팽하게 요나를 끌어당기고 있었다. 첫번째 힘은 마리였다. 요나의 안과 밖이 온통 마리로 물들었다. 모든 시간과 모든 공간에서 그녀의 존재를 느꼈다. 문밖에서 느껴지는 마리의 기척에 신경을 곤두세웠고, 마리가 만들어내는 일상의 작은 소리들을 수집하기 위해 귀를 기울였다. 요나는 대부분의 시간을 마리와 있었던 일을 떠올리는 데 할애했다. 하지만 떠오르는 이미지가 자신의 기억인지 꿈속의 장면인지 구분하지 못했다. 장면들은 몽롱했고 기억은 비현실적이었다. 하지만 정원을 거니는 마리의 옆모습과 쟁반에 음식을 담아 가져다주는 가는 팔목을 볼 때면 같은 공간에서 함께 만들어내던 냄새가 맡아졌고 목소리가 귓가에 생생히 되살아났다. 펠릿이 몸을 스치며 흘러내리는 느낌은 부드러웠고, 빛깔은 아름답게 느껴졌다. 온몸의 감각이 예민하게 되살아나 그 밤의 모든 것을 완벽하게 재현해냈다. 자신을 감싸 안고 울어주던 여자와 함께 나누었던 무수한 이야기들. 손끝에 남고 입술에 새겨진 감각들을 떠올리는 것만으로도 혈관의 피가 금세 뜨거워지곤 했다. 책을 읽다가 잠시만 멍하게 있어도 마리의 얼굴이 떠올랐고 글자와 문장 사이사이마다 마리와 나누었던 대화와 이야기가 끼어들었다. 책장을 넘기면 직전까지 눈으로 읽어내린 문장과 책의 내용이 사라졌다. 여백은 마리의 흰 등으로, 글자들은 자신을 물끄러미 응시하던 두 개의 까만 눈동자로 변해 있었다. 책을 덮고 침대에 누워 이불을 덮은 뒤에도 몸을 뒤척일 때마다 마리의 냄새를 맡았다. 요나는 마리의 영향력에서 벗어나려고 고개를 가로저었고 일부러 큰 동작으로 침대에서 벌떡 일어났다. 하지만 그런 노력들은 무의미했다. 어느 순간 요나는 희미하게 남아 있는 마리의 체취를 느끼려고 이불을 들추며 침대 구석구석을 살피고 있었다. 자의식은 요나를 부끄럽게 만들었고 스스로를 낯설게 만들었다. 여자에 대한 애정이라는 걸 느껴보지 못한 탓에 마리를 보고 난 뒤 자신의 내부를 사로잡는 그 감정이 도대체 무엇인지 쉽게 가려낼 수 없었다. 그것은 마리를 오랫동안, 그리고 자주 바라보고 싶다는 욕구로 발전되었고 그 욕구를 느낄 때마다 요나는 난감하고 막연한 두려움 같은 것을 느끼며 침대에 드러누워 아연한 표정으로 천장만 바라봤다.

그러나 반대편에서 작용하는 완전히 다른 종류의 힘이 마리에 대한 생각을 방해했다. 룸이었다. 요나는 의식적으로 룸에 대해 생각하지 않으려고 노력했다. 골똘해지지 않으려고 했고, 생각에 깊이 잠기지 않으려고 노력했다. 하지만 허사였다. 요나의 마음 깊은 곳엔 녹지 않는 얼음산 같은 서늘한 감정이 숨어 있었다. 애써 외면하기 위해 일부러 좋은 생각을 하고 활달하게 행동했지만 밤이 오고 정신이 고요해지면 어김없이 차갑고 뾰족한 봉우리가 마음을 뚫고 올라왔다. 볼을 통해 룸의 상태를 전해 들었다. 룸이 무사하다는 이야기도 들었고, 지금의 자신이 룸을 위해 아무것도 할 수 없다는 것도 받아들였다. 하지만 그럴수록 불안감은 커져만 갔다. 침대에 누워 있으면 느닷없이 폐쇄된 공간에 감금됐던 기억이 떠올랐다. 탁자에 놓여 있던 종이와 펜이 떠올랐고 텅 비어 있는 백지가 주는 압박과 끝없이 종이를 놓고 뒤돌아 나가는 조사관의 뒷모습이 떠올랐다. 빳빳하게 깃을 세운 와이셔츠와 희미하게 알코올 냄새가 나던 푸른 빛깔의 바지. 단호하고 무표정한 뒷모습이 또박또박 발소리를 내며 철문을 열고 사라지는 모습. 반복이 주는 공포와 한 치 앞을 예측할 수 없어 고통스럽게 느껴야 했던 초조와 불안의 날들이 생각났다. 룸은 그 방에 갇혀 있다고 했다. 무엇보다 요나를 불안하게 하는 것은 자신에게 알리지 않고 은밀히 움직이는 볼과 마리의 의심스런 행동이었다. 그들은 종종 늦은 저녁에 탁자에 앉아 심각한 표정으로 필담을 나누었다. 문틈으로 지켜본 그들의 얼굴은 어두웠고 초조해 보였다. 룸에 대해 물어보면 마리는 잘 모른다는 대답만 했다. 그들이 뭔가를 감추고 있다는 의심은 없었다. 다만 그들의 손길이 더 이상 룸에게 닿지 않는다는 것이 이기기 힘든 불안을 안겼다. '이곳에서 그들의 말만 믿고 룸을 기다리는 것이 정말 최선의 방법일까. 그들이 나를 위해 또 룸을 위해 할 수 있는 일이란 무엇일까.' 회의감이 요나의 마음을 완전히 사로잡을 땐 당장이라도 이 집에서 나가 룸을 찾아야 한다는 생각을 했다. 하지만 요나는 곧 고개를 숙이고 양옆으로 천천히 흔들었다. 볼의 말처럼 지금의 자기에겐 아무런 방법이 없었다. 심지어 여기 말고는 달리 갈 곳도 없었다. 요나의 일상을 이루고 있던 두 세계, 집과 출판사는 이미 다른 이들에게 점령당한 성일 뿐 자신을 지켜줄 힘이 없었다.

두 개의 극단적인 입장 사이에 선 요나는 동요했고, 그때마다 현기증을 느꼈다. 하지만 요나는 스스로에게 용기를 주며 막연하게 낙관했다. 모두 다 잘될 것이라고 자신을 타일렀다. 요나는 지금의 자신이 감정적으로 정신적으로 위험한 상태라는 것을 상기했고, 그것이 많은 것을 그르칠 수 있음을 스스로에게 주지시켰다. 충동과 분노에 사로잡힐 때마다 그것에 휘둘려 모든 것을 망가뜨리는 어리석고 무모한 자신의 모습을 냉정하게 상상했다. 요나는 자신의 상태가 빨리 온전해지길 원했다. 무엇보다 자신을 걱정스러운 눈으로 바라보고 있는 마리에게 더 이상 쓸데없는 걱정을 끼치고 싶지 않았다. '모두 좋아질 거야. 나는 별일 없이 익숙한 내 방으로 돌아갈 거야. 그리고 집으로 돌아가 옛날처럼 다시 동생을 만날 수 있을 거야. 그렇게 될 거야. 분명…… 그렇게 될 거야. 희망! 그래, 희망. 희망을 갖자.' 요나는 두 손을 꽉 마주 잡고 속으로 중얼거렸다. 요나의 모습은 낡은 기도문을 손에 움켜쥐고 벽을 향해 같은 말을 반복하는 병자의 기도처럼 절실하고 맹목적이었다.

마리는 쿠션을 껴안고 식탁 의자에 앉아 어두운 거실을 바라봤다. 어둠이 고여 있는 새벽의 거실. 마리의 눈은 깊은 물속을 들여다보는 듯 허공을 응시했다. 마리는 눈을 가늘게 뜨고 요나를 생각했다. 저 어둠 너머, 저 방문 너머, 그가 있다. 그는 잠들어 있거나, 잠들기 위해 침대에 누워 있거나, 방 안을 서성이며 뭔가를 하거나, 뭔가를 생각하고 있겠지. 마리는 안고 있던 쿠션을 더 깊이 끌어안았다. 가슴을 누르는 부드러운 압박에 이상한 안도감이 느껴졌다. 야위고 부드럽던 요나의 등 그 위를 얇은 요처럼 덮던 자신의 가슴과 배. 생각만으로는 도저히 복원해낼 수 없는 그때의 감각들과 그를 통해 느꼈던 정신적인 위안. 마리는 온종일 우두커니 앉아 요나의 목소리를 들었고 그의 손길을 떠올렸다. 휘저어진 내면은 거품처럼 부풀었다 가라앉기를 반복했다. 그를 생각하면 수족관 안에 있는 것처럼 모든 것이 고요해졌다. 부드러운 거품이 만들어지고 터지고 끝내는 사라지는 아주 작은 소리와 숨결. 피부 위에 부드럽고 둥근 무늬를 그리며 되살아나는 물결의 느낌.

마리는 여전히 요나가 어렵고 어색했다. 함께 있을 때 아무 대화도 없이 서로의 얼굴만 쳐다보는 순간이 많았다. 침묵은 하나의 인격처럼 둘 사이에 앉아 있었다. 마리는 그 침묵이 때론 숨이 막힐 듯 답답했지만 불편하다거나 싫지는 않았다. 그 속에는 수많은 어휘와 공감각이 총동원되는 독립된 언어가 흐르고 있었다. 마리는 고요히 눈을 내리깔고 물을 마시고 빵을 뜯어내는 요나를 바라보며 둘 사이에 있었던 이상한 경험과 기이한 순간에 대해서는 그때와 같은 상황이 아니면 이야기할 수 없다는 것을 깨달았다. 그것은 도저히 언어로는 표현할 수도 옮길 수도 없는 종류의 경험이었다. 마리는 무심함과 아무렇지도 않음을 가장하면서도 요나의 행동과 동선, 그리고 표정의 변화까지 빠짐없이 살폈다. 겉으로 볼 때 둘은 아무 일도 없었던 것처럼 서먹하기만 한 관계였지만 함께 있을 때 느껴지는 기운은 전보다 훨씬 부드럽고 따뜻했다. 삶에 대한 의지를 상실한 채 입을 다물고 먹기를 거부했던 요나가 접시에 담겨 있는 음식을 남김없이 먹는 모습은 멋졌고 그 어떤 풍경보다 근사했다. 그것은 마리 스스로도 이해하기 힘든 감정이었다. 자신에게 타인을 향한 그리고 이성을 향한 감정적 관계의 끈이 이렇게 분명하게 남아 있었다는 것이 놀라웠다. 소파에 나란히 앉아 음악을 들었으며 늦은 오후에는 정원을 거닐며 해가 지는 모습을 지켜봤다. 가벼운 대화를 나누었고 간간이 웃기도 했다. 그는 대화할 줄 아는 사람이었고, 필요할 땐 단단하게 침묵할 줄 아는 사람이었으며 또한 다른 사람의 침묵을 존중해줄 줄 아는 사람이었다. 마리는 요나와 함께 있는 모든 시간이 좋았다. 기분이 좋았고, 종종 자신과 아주 가까운 사람으로 느껴지기도 했다.

하지만 동시에 모든 시간 속에서 불안을 느껴야 했다. 마리는 초조했다. 요나는 아직도 불안정한 상태였다. 내색하지 않으려고 애쓰고 있었지만 룸과 관계된 부분에서만큼은 여전히 예민했다. 부드럽게 대화를 나누다가도 의심스러운 눈으로 룸에 대해 물어왔다. 마리는 답답했다. 모른다,는 대답을 반복해야 했고, 그때마다 알 수 없는 죄책감과 함께 미묘한 패배감이 불러일으켜졌다. 또한 볼을 통해 전해 들은 바깥의 사정은 날로 악화되기만 했다. 사회의 혼란과 증오의 수면이 높아지고 있었다. 바벨의 모든 것이 잠겼지만 사람들의 분노는 기름 위에 떠서 무섭게 번져가는 불처럼 사회 전체에 퍼져갔고, 시간이 갈수록 그 위력은 강하고 거세졌다. 모든 것을 불태워야만, 모든 것이 완전히 잠겨야만 끝날 위태로운 기세였다. 계속되는 실패의 경험으로 인한 만성적인 무력과 허무에 빠져 있는 사람들의 이 같은 극단적이고 공통된 움직임은 지금껏 위태롭게 서서 불안하게 유지되던 바벨이 붕괴 직전이라는 위기를 실감케 했다. 심지어 '아이라'의 회원들조차 동요하고 있었다. 마리로 하여금 모임을 대표해 뭔가를 하기를 종용하고 있었고, 이제껏 자신들의 믿음과 생각에 의심을 품는 이들이 많아졌다. 예전 같았으면 그 선두에 마리가 서 있었겠지만 지금의 마리는 평소의 모습과 달라져 있었다. 바벨을 잊고 싶었다. 그저 이 집에 머물고만 싶었다. 요나가 바깥의 사정을 모르길 원했다. 바벨이 정말 무너진다면, 아무도 그 붕괴를 막을 수 없다면 이 집이 마지막까지 남은 하나의 피난처가 되길 원했다. 마리는 품속의 쿠션을 더 꽉 껴안았다. '지금은 아무 생각도 하지 말자. 무너져가는 바벨을 일으키는 것보다 이곳에 머문 저 사람을 일으키는 것이 먼저다.' 마리는 쿠션에 얼굴을 파묻고 눈을 질끈 감으며 생각했다. '하지만 마냥 이렇게 있을 수만은 없다. 무엇보다 요나와의 관계를 확실하게 정리해야 한다. 그가 머뭇거린다면 내가 다가서겠다. 그가 문을 닫는다면 내가 열 것이다.'

'이곳에서 얼마나 머물렀을까. 몇 밤을 잤고, 몇 끼를 먹고, 해가 지고, 별이 뜨는 하늘을 몇 번이나 올려다봤을까. 하루하루가 똑같다. 날짜를 계산하기가 쉽지 않다. 이곳에선 아무 일도 일어나지 않고 앞으로도 계속 아무 일도 일어나지 않을 것이다. 세상에 평화가 찾아온 걸까. 아니면 세상이 완전히 끝나버린 걸까. 이곳은 섬처럼 고요하다. 무덤 속에 누워 영원한 밤을 바라보는 사람처럼 나는 마치 죽은 것 같다. 시간이 느리게, 아주 느리게 흐른다. 자고 일어나면 조금씩 깊어지는 주름살처럼 시간은 천천히 그늘을 향해 접히고 있다. 이제는 정말 모르겠다. 알고 있던 모든 것이 거짓이었고, 믿었던 진실이 모두 허구였으며, 그동안 칼처럼 품고 다니던 내 증오와 적개심은 물처럼 변해 모두 증발하고 말았다. 얼룩처럼 남은 무게 없는 흔적을 바라보며 나는 나 자신에게 묻는다. 그렇다면 이제 무엇을 믿고, 무엇과 싸우고, 무엇을 위해 힘을 써야 할까.

룸. 나를 견딜 수 없게 하는 룸. 이제는 룸마저 처음부터 없던 사람 같다. 누군가 알려준 이야기를 의심 없이 믿고 있는 순진한 아이가 된 것만 같다. 어쩌면 내게 있다고 믿는 내 동생마저 허구일지 모른다. 볼의 말을 믿어야 하는가, 믿어서는 안 되는가. 나는 그의 말을 판단할 아무 정보도 힘도 없다. 어쩌면 룸은 오래전에 죽었는지도 모른다. 그렇다. 나는 모른다. 룸을 생각하면 견딜 수 없던 마음이 지금은 무감하고 딱딱하게 변해버렸다. 그저 무기력할 뿐, 룸을 생각하면 부끄럽고 마음이 아프지만 더 이상 화가 나거나 내 자신을 탓하지 않는다. 지금의 내가 할 수 있는 것은, 지금의 내가 하고 싶은 것은 오직 마리와 이야기하고 그녀가 만들어주는 음식을 먹고 그녀와 함께 하늘에 떠 있는 구름을 바라보는 것뿐. 다른 것은 할 수도 없고 하고 싶지도 않다. 그것이 나쁜 걸까.'

요나는 창문 앞에 서서 해가 뜨는 정원을 바라보며 생각을 했다. 반복되는 생각은 헛도는 나사처럼 같은 자리를 맴돌 뿐 깊어지지도 빠지지도 않고 여전히 그 자리에 머물러 있었다. 서 있는 관목들의 왼편으로 길게 그림자가 드리워졌다. 분수가 멈춘 연못의 수면은 거울처럼 보였다. 요나는 물에 빠져 수면 위에 떠 있는 날개 달린 곤충을 바라봤다. 뒤집힌 곤충은 다리를 버둥거리고 날개를 퍼덕이며 애를 써보지만 수면에 작은 파문을 만들어낼 뿐 자신의 상태를 바꾸지 못했다. 그때 뭔가를 손에 들고 정원을 가로질러가는 마리를 발견했다. 요나는 최면에서 막 깨어난 듯한 얼굴로 벤치를 향해 걸어가는 마리

240

를 바라봤다. 기분이 갑자기 좋아졌고 반가운 마음이 들었다. 마리는 어떤 생각에 빠져 있는 것 같았고, 표정은 다소 심각해 보였다. 평소 같았으면 습관처럼 요나의 방을 쳐다봤을 것이다. 요나는 방문을 열고 정원으로 나갔다. 마리는 뭔가를 읽고 있었다. 요나가 다가오는 것도 알아채지 못할 정도로 마리는 집중하고 있었다. 요나는 마리의 등 뒤에 서서 어깨너머로 마리가 보고 있는 것을 봤다. 마리가 붙잡고 있는 것은 서류였다. 시위 현장이 담긴 사진들이 붙어 있었고, 각종 통계와 알 수 없는 수치들이 두서없이 거친 필체로 적혀 있었다. 프로파일 같기도 했고 어떤 원고의 초고 같기도 했다. 글자가 작아 무슨 내용인지 확인할 순 없었다. 요나는 일부로 발소리를 크게 내며 인기척을 냈다. 마리는 반사적으로 몸을 앞으로 움츠리며 재빨리 파일을 덮고 뒤를 돌아봤다. 놀란 표정이었다. 눈썹 사이의 주름, 뭔가에 놀라거나 불안할 때만 나타나는 마리의 특징. 요나는 마리를 놀라게 한 것 같아 미안하다는 표정을 지으며 마리가 손으로 가리고 있는 파일을 슬쩍 바라봤다. 요나는 아무것도 모른다는 듯 부드러운 미소를 지으며 왼쪽 가슴에 부착된 미러를 보이며 인사했다.

- 잘 잤나요?

- 네. 잘 잤어요.

마리는 손바닥에 빠르게 글씨를 쓴 뒤 오른손으로 파일의 표지를 가렸다. 초조해 보였고 어딘지 불안해 보였으며, 시선은 갈피를 잡지 못하고 있었다.

- 뭘 보고 있었나요?

- 아니요. 아무것도 아니에요.

- 볼은 집에 없나 보군요.

- 네. 호출을 받고 나간 뒤로 아직 들어오지 않고 있네요. 뭔가 급한 일이 생겼나 봐요.

요나는 고개를 천천히 끄덕이며 마리의 맞은편 의자에 앉아 주위를 천천히 둘러봤다. 마리는 탁자 위에 놓여 있던 파일을 끌어당겨 자신의 허벅지 위로 내려놓았다. 자연스럽게 보이려고 애썼지만 어딘지 모르게 불편하고 어색한 동작이었다. 요나는 마리가 숨기는 파일이 신경 쓰였으나 모른 척했다.

- 맑은 아침이네요. 이곳은 언제나 평화롭군요. 그나저나 바깥의 상황이 어떻게 돌아가고 있는지 궁금하군요. 아무것도 알 수 없으니 답답해요. 아직도『모닝 바벨』은 발행되지 않고 있나요?

- 네.

- 그런데 이 집에 스크린은 없나요? 뉴스를 좀 보고 싶은데요.

- 스크린이 있긴 한데 사용하지 않고 있어요. 뉴스야 뻔하잖아요. 어차피 뉴스에서 보도하는 내용은 모두 정부에서 기획하고 편집하거든요. 그리고 이유는 정확히 모르겠지만 방송도 신문처럼 무기한 중단됐다고 하더군요. 별일이야 있겠어요? 정부가 어떻게든 안정을 시키고 있겠죠. 지금까지 늘 그래왔잖아요.

요나는 마리의 미러에 나타나는 문장을 읽고 마리를 바라봤다. 마리는 자신도 모르게 요나의 눈을 피해 고개를 숙였다.

- 그렇겠지요. 이제껏 어떻게든 안정을 시켜왔으니까…… 이번에도 안정이 되겠지요. 그런데 제가 언제까지 이곳에 있어야 하는지 모르겠어요. 시간이 꽤 흘렀잖아요.

- 조금만 더 있어요. 볼이 뭔가를 이야기해줄 때까지만. 조만간 해결이 된다고 했어요. 조만간.

- 그렇군요. 그런데 얼굴이 너무 어두워요.

- 아니에요. 걱정 마세요. 별거 아니에요.

마리는 고개를 푹 숙였다. 더 이상 아무 글자도 쓰지 못하고 파일 위에 올린 두 손을 꽉 마주 잡았다. 손가락이 하얗게 변할 정도였다. 눈가에 눈물이 맺혔고, 어깨는 가늘게 떨리고 있었다. 요나는 마리의 손등 위에 손을 올렸다. 가볍게 힘을 주어 잡고 부드럽게 들어 올려 탁자 위에 내려놓았다. 마리는 고개를 들고 요나를 바라봤다.

- 괜찮아요. 그것이 무엇이든. 걱정 마요. 저는 괜찮습니다.

마리는 탁자 위로 파일을 올렸다. 그리고 한참 뒤 손가락을 떨며 손바닥에 글씨를 썼다.

- 바깥의 상황이 별로 좋지 않아 보여요.

곧 울 것 같은 표정으로 마리는 파일을 열었다.

- 볼이 갖고 있던 파일인데요. 바깥에서 일어난 최근의 일들을 모아놓은 자료들이에요. 볼의 책상 위에 놓여 있던 걸 어젯밤에 우연히 봤어요.

마리에게 파일을 넘겨받은 요나는 파일을 탁자에 놓고 종이를 한 장씩 천천히 넘겼다. 누군가에게 보고하기 위해 만들어진 기밀문서였는데 정리되지 않은 초고 상태였다. 시위 현장의 모습들을 담은 사진들과 규모와 진압 과정을 집약한 통계가 적혀 있었다. 사진 속에 기록된 풍경은 시위가 아닌 폭동이었고, 진압이 아닌 폭압이었다. 진압대도 시위대도 모두 무력을 사용하고 있었다. 사람들은 피를 흘리며 길거리에 쓰러져 있거나 목과 어깨를 제압당한 채 진압대에게 끌려가고 있었다. 진압대의 발목에도 시위에 참여한 사람의 발목에도 펠릿이 걸려 있었는데 형태가 흡사했고 빛깔은 검붉었다. 양측 모두 욕설이나 비명을 내뱉은 게 분명했다. 거리의 모습은 격렬한 시가전이 일어나고 있는 모종의 전시 상황을 방불케 했다. 요나는 무심결에 숨을 참았다. 정상적인 호흡이 곤란할 정도로 사진 속 사람들의 모습은 모두 끔찍했다. 처음으로 펠릿이 튀어나올 당시 엄청난 혼란에 빠졌던 초기 바벨의 모습과 거의 흡사한 풍경이었다. 하지만 어떤 면에서는 완전히 달랐다. 초기에는 개인과 펠릿과의 싸움이었다면 지금은 정부와 시민의 싸움이었다. 그때의 혼란 원인이 개인의 육체를 사로잡는 절망의 기운이었다면 지금은 사람들 사이에 무섭게 번져가는 분노의 에너지였다. 진압대는 무력을 사용했고, 사람들은 그 무력에 똑같이 무력으로 저항했다. 양측 모두 완전히 자제력을 잃은 상황이었다. 이제껏 바벨에 이런 상황은 없었다. 파일을 넘겨보던 요나는 어떤 사진 앞에서 손을 멈췄다. 초점이 빗나간 사진은 흐릿했고 윤곽이 뭉개져 있었다. 한눈에 봐도 현장을 찍은 사진이 아닌, 녹화된 영상을 캡처한 이미지인 듯했다. 사람들이 한쪽 구석에 기이한 형태로 누워 있었고, 노란 상의를 입고 있는 소년이 진압대에게 구타당하고 있었다. 요나는 그 사진을 마리에게 보여줬다. 그리고 가슴에 붙어 있는 미러를 앞으로 내밀고 손바닥에 빠른 속도로 글씨를 썼다.

- 이 사진은 영상이 있는 것 같은데 볼 수 없나요?
- 보지 않는 게 좋을 거예요.
- 아니에요. 보고 싶습니다. 보여주세요.
- 안 돼요.

요나는 마리의 얼굴을 정면으로 바라봤다. 그녀는 겁에 질려 있었다. 요나는 마리의 머리를 손으로 가볍게 쓰다듬었다.

- 괜찮아요. 보여주세요.

다급한 발소리와 함께 영상은 시작됐다. 한 남자가 좁은 골목을 전력으로 달려가고 그 뒤를 16밀리 핸드 카메라가 뒤쫓고 있었다. 가쁜 숨소리가 여과 없이 삽입되고 영상은 위아래로 쉴 새 없이 흔들렸다. 뿌옇게 흐려진 초점 속으로 남자의 모습이 골목 끝에서 작아지다 이내 모습을 감춘다. 요나는 현기증을 느끼며 눈살을 찌푸렸고 마리는 요나의 곁에 앉아 두 손을 꼭 쥐고 입술을 다물고 불안한 눈으로 스크린을 응시했다. 카메라는 왔던 길을 되돌아 나왔고 광장으로 향하는 도로를 비췄다. 카메라는 잠시 어디를 비춰야 할지 혼란스러운 듯 좌우로 움직이며 적절한 피사체를 찾았다. 흔들림은 멈췄고 흐려진 초점은 한 점을 찾았다. 흐릿한 상이 명징해졌고 영상은 한 장면 앞에 멈췄다. 의자에 앉아 있던 요나가 리모컨을 움켜쥐며 자리에서 벌떡 일어섰다. 도로변에 사람들이 쓰러져 있었다. 벽처럼 쌓아올린 다량의 펠릿 봉투들이 화염에 휩싸여 엄청난 연기를 내뿜고 있었고, 건물 외벽 곳곳에 구멍이 뚫려 있었으며, 어떤 집은 창문이 모두 깨져 있었고, 거리에는 누군가 함부로 밖으로 집어 던진 가재도구들이 뒹굴고 있었다. 골목 곳곳으로 흩어지며 산발적으로 달아나는 사람들의 뒤를 진압대원들이 뒤쫓았다. 망설임 없는 곤봉이 사람들의 뒷머리를 가격했고, 최루탄이 폭죽처럼 허공을 날아다녔다. 쓰러진 사람들의 이마에는 피가 흘렀고, 이상한 방향으로 다리가 꺾인 사람이 무릎을 붙잡고 울부짖고 있었지만 아무도 도와주지 않았다. 리모컨을 쥔 요나의 오른손이 부들부들 떨렸다. 눈으로 보고도 믿을 수 없는 광경이었다.

지금 이 상황이 정말 현실 세계에서 일어나고 있는 일이란 말인가. 어떻게 이런 일이 가능할 수 있는가. 영원한 과거에 속하는 일이라고 생각됐던 유물들이 멀쩡히 육체를 입고 이 세계에서 재현되는 모습은 충격적이었다. 카메라는 혼란스러운 사람들 틈에서 유독 느리고 규칙적인 움직임으로 천천히 걸어가는 한 소년을 포착했다. 앞을 보지 못하는 듯 막대기를 더듬이처럼 움직여 한 발 한 발 앞으로 나아갔다. 소년은 시위와 전혀 상관없는 사람이었다. 뛰어가는 사람들 중하나가 소년의 막대기에 발이 걸려 소년과 함께 넘어졌다. 넘어진 사람은 바로 일어나 도망갔지만 막대기를 놓친 소년은 쭈그리고 앉아두 손을 땅바닥에 대고 필사적으로 막대기를 찾았다. 그때 진압대원한 명이 웅크린 소년을 발견하지 못하고 소년의 몸에 발이 걸려 넘어졌다. 마리가 요나의 손목을 잡아끌며 움켜쥐고 있는 리모컨을 빼앗으려고 했다. 요나는 리모컨을 단단하게 고쳐 쥐고 스크린에서 눈을떼지 않았다. 마리는 두 손으로 얼굴을 감싸고 눈을 감았다. 끔찍한일이 벌어졌다. 흥분한 진압대원이 넘어진 소년의 등을 발로 밟기 시작했다. 소년은 완전히 무방비 상태였고 아무 저항도 하지 못했다. 소년은 손으로 머리를 감싸고 바닥을 뒹굴었다. 곁을 지나던 진압대원두 명이 구타에 합류했다. 그들은 쓰러져 있는 소년을 에워싸고 짓밟아댔다. 소년의 머리가 깨지고 피가 흘렀다. 머리카락에는 흙과 자갈이 묻었고 오른쪽 팔은 심하게 부어올랐다. 소년은 울부짖었다.

"살려주세요. 살려주세요. 잘못했어요."

소년의 입에서 푸른 가스가 피어올랐고, 이내 목 주변에는 피처럼붉은 펠릿이 생성됐다. 진압군의 폭행은 소년의 움직임이 멈출 때까지 이어졌다. 껍질이 깨진 갑충이 살아 있는 다리를 주기적으로 꿈틀거리는 것처럼 바닥에 누운 소년도 벌레처럼 버둥거렸다. 소년의 움직임이 완전히 멈추고 나서야 폭행은 끝이 났다. 진압대원 한 명만 남고 나머지는 도망간 사람들을 추적하기 위해 다시 뛰기 시작했다. 진압대원은 소년의 오른쪽 발목을 잡고 어디론가 끌고 갔다. 일렬로 정차된 부엉이들이 시야를 가리고 있는 작은 건물 뒤편이었다. 건물 뒤편 그늘 한쪽에 사람들이 누워 있었다. 서로 겹쳐져 있었고, 팔과 다리가 정상적이지 않은 방향으로 꺾여 있었으며, 모두 눈을 감고 있었다. 소년은 그 위에 던져졌다. 창백한 표정으로 서로 밀착되어 있는 사람들의 모습은 젖은 낙엽처럼 보였다. 갑자기 요나가 날카롭게 비명을 지르며 리모컨의 정지 버튼을 눌렀다. 요나의 입에서 희미한 가스가 흩어졌다 이내 작은 덩어리로 바뀌어 발목으로 툭 떨어졌다. 요나는 스크린을 향해 천천히 걸어갔다. 요나는 방금 전 영상을 10초쯤 되감았다. 그리고 정지 버튼을 눌렀다. 요나는 턱관절을 덜덜 떨며 스크린을 유심히 바라봤다. 왼쪽 팔이 완전히 꺾인 채 구겨져 처박혀 있는 사람은 분명 아벳이었다. 한쪽 눈은 감겨 있었고, 다른 쪽 눈은 피로 범벅이 되어 형체를 알아볼 수 없을 정도로 망가져 있었다. 요나는 망치로 머리를 얻어맞은 듯 순간 현기증을 느꼈다. 다리에 힘이 풀려 바닥에 주저앉고 말았다. 요나는 완전히 정신을 잃은 표정으로 멍하니 스크린을 올려다봤다.

요나는 저녁 내내 방바닥에 누워 있었다. 창문은 커튼으로 꼼꼼하게 가렸고 불도 켜지 않았다. 방은 검은 물이 담긴 수조처럼 무겁고 서늘했다. 요나는 밑바닥에 누워 허공을 바라봤다. 모서리에 머리를 붙이고 유리벽을 바라보는 물고기의 하얗게 상한 눈동자처럼 요나의 동공은 풀려 있었다. 깜깜한 어둠의 벽에 시위 현장을 담은 영상이 반복적으로 재생되고 있었다. 숨통이 끊어진 동물처럼 눈을 감고 바닥에 쓰러져 있던 아벳의 깨진 이마와 피투성이가 된 붉은 얼굴이 보였고, 그 옆에 비슷한 모습으로 쓰러져 있는 사람들의 검푸른 얼굴들이 이어졌다. 요나는 자신의 멱살을 움켜쥐고 벌레처럼 몸을 웅크리며 바닥을 기었다. 가슴에 큰 칼날이 지나가는 듯 날카로운 통증이 느껴졌고 숨을 쉬기가 힘들 정도로 호흡이 가빠졌다. 아벳의 주검이 자신의 등 위에 얹혀 있는 듯했다. 분명한 무게감과 축축함, 비릿한 피 냄새까지 맡아졌다. 의욕을 상실한 육체와 달리 요나의 정신은 꼿꼿이 일어섰다. 어둠 속으로 생생하게 소환된 이미지와 영상 속의 상황들이 지금 이곳에서 일어나는 일처럼 느껴졌다. 요나는 힘껏 눈을 감았지만 부릅뜬 정신의 눈동자는 볼 수 없는 것들을 직시하며 공포를 느껴야 했다. 요나는 이 모든 것이 망상이라는 인식조차 할 수 없었다. 어떤 목소리가 "살려주세요. 잘못했어요"라고 요나의 귓가에 속삭였다. 피를 흘리며 길바닥에 뒹굴던 소년이 고개를 빳빳이 쳐들고 요나를 노려본다. 물에 빠진 사람처럼 허우적거리며 허공에서 춤추는 팔 두 개, 굽은 손가락 열 개. 요나가 느끼는 육체의 환각은 더욱 또렷해졌다. 혈관을 데우며 빠르게 회전하는 피의 압력은 점점 높아져만 갔다. 요나는 자신의 온몸을 짓누르는 공포를 이겨내느라 땀을 흘리며 손바닥과 등으로 바닥을 비비고 문질렀다. 요나의 시선이 커다랗게 뜨고 있는 소년의 하얀 눈동자에 닿았다. 자신을 뚫어져라 쳐다보고 있는 그 기이하고 끔찍한 죽은 눈동자를 보고 겁이 났다. 요나는 바닥에 입술을 맞대고 작은 소리로 중얼거렸다.

"살려주세요. 살려주세요."

요나는 소년의 비명 소리가 들릴 때마다 그 소리를 따라 했다. 소년의 입과 목 주위에 넓게 퍼져가는 펠릿, 핏물이 밴 살점처럼 붉고 끔찍한 덩어리들이 요나의 입술과 목 주위에 자라났다. 환상과 환각에서 시달리던 요나는 새벽녘이 돼서야 실신하듯 잠이 들었다. 옅어져 가는 어둠 속에서 요나의 가슴이 불규칙적으로 오르락내리락했다.

새벽이 끝나고 사위가 밝아지자 마리는 요나의 방문을 열고 슬며시 안을 들여다봤다. 묽어져가는 어둠에 흰빛이 뒤섞여 있는 푸른 방은 물속에 잠긴 폐선의 낡은 내실 같았다. 마리는 바닥에 펠릿이 없는 것을 확인하고 긴 숨을 내쉰 뒤 가슴을 쓸어내렸다. 밤새 끔찍한 상상으로 무겁고 불안했던 마음이 한결 가벼워졌다. 마리는 발뒤꿈치를 들고 천천히 걸어가 바닥에 누워 잠들어 있는 요나를 물끄러미 내려다봤다. 반쯤 열린 입술 사이로 말라붙은 하얀 이가 보였다. 미동도 없이 잠들어 있는 그의 무방비한 얼굴은 창백했고 지쳐 보였다. 마리는 그의 모습이 꼭 죽어 있는 사람 같아 마음이 서늘해졌다. 스크린 앞에 쓰러져 있던 요나의 뒷모습은 뭔가를 완전히 상실한 사람의 얼굴 그 자체였다. 그 얼굴을 대면했을 때 마리는 생각했다. 더는 안 된다. 이제는 어쩔 수 없구나. 내부를 지탱하고 있던 두꺼운 줄 하나가 툭, 소리를 내며 끊어졌고 마리의 마음은 중력을 잃은 사물처럼 허공에 붕 떠버렸다. 마리는 뭐든 더 해낼 수 있는 용기가 나지 않았다. 그를 위해 할 수 있는 게 아무것도 없다는 것을 깨달았다. 두려웠다. 애써 내민 손을 그가 거절할 것이 두려웠고, 그의 상실이 자신의 영혼마저 파괴시킬까 봐 두려웠고, 결국 혼자 남게 되는 것이 두려웠다. 요나의 충격, 그것은 곧 마리의 충격이기도 했다. 마리는 자신에게 요나를 위로할 만한 단 한 줌의 힘마저 남아 있지 않다는 것을 깨달았다.

요나가 느끼는 절망과 공포를 마리도 온전히 경험하고 있었다. 결국 바벨은 불행한 세계가 됐다. 이 비참한 세계에서 누가 누구를 위로할 수 있단 말인가.

우리는 물 한 모금도 없이 사막에 떨어진 자들이다. 눈보라가 몰아치는 얼음 평원을 외투 없이 걷는 자들이다. 바닥을 드러낸 호수에 누워 조금씩 말라가는 물고기들이다. 마리는 자신의 내면 깊숙한 곳에 숨어 있는 눈동자가 어떤 끝을 응시하고 있음 느꼈다. 그 끝에 요나가 있었고 바벨이 있었다. 그것은 도저히 떨쳐낼 수 없는 종류의 압도적인 예감이었다. 마리는 속으로 중얼거렸다. '그는 녹아가는 얼음덩어리 같구나. 점점 작아지고 점점 투명해져 어느 순간 이 방에서 완전히 사라지겠구나. 모든 게 텅 비겠구나.' 마리는 문을 닫고 거실에서 한참 미동도 없이 서 있다가 이층 자신의 방으로 힘없이 올라갔다.

*

요나와 마리는 식탁에 앉아 서로 마주 보며 아침 식사를 했다. 요나는 식탁 위의 음식들을 무거운 시선으로 바라봤다. 네 조각으로 쪼개진 붉은 토마토와 푸른 사과, 껍질이 딱딱하고 속이 부드러운 타원형의 마늘빵과 계피 향이 나는 납작한 쿠키, 구운 아몬드와 기름에 튀겨낸 감자, 투명한 유리병에 반쯤 담겨 있는 오렌지 주스. 요나는 그것들을 하나하나 마치 사진으로 찍듯 자세히 바라봤다. 둘은 평소와 별반 다르지 않은 모습으로 식사를 했지만 둘 사이에 놓여 있는 침묵의 성질은 달라져 있었다. 어제의 침묵 속에는 짧은 이야기들이 압축되어 있었고, 다양한 감각이 유기적으로 연결되어 있었다. 둘 사이에 미소가 오갔고 특별한 신호나 글자 없이도 충분히 해석 가능한 말 없는 대화가 녹아 있었다. 하지만 지금의 침묵은 그저 텅 비어 있다. 단절되어 있고 건조하게 말라 있다. 감각을 전하는 신경이 뚝뚝 끊어진 듯 둘은 서로가 지키고 있는 말 없음 앞에서 아무것도 읽어내지 못했다. 차고 답답한 분위기였지만 누구 하나 먼저 이야기를 꺼내지 못했다. 접시 옆에 놓여 있는 미러의 검은 화면에는 아무 글자도 떠오르지 않았다. 요나는 토마토 한 조각을 입에 넣고 고개를 왼쪽으로 돌려 이층으로 향하는 나무 계단을 바라봤다. 나선 모양으로 꼬여 있는 계단은 이 집의 전체적인 분위기에 맞지 않게 유독 낡아 보였다. 요나는 비틀거리며 계단을 힘겹게 오르던 볼을 떠올렸다. 요나는 마리가 잘 볼 수 있게 미러의 위치를 돌린 뒤 손바닥에 글씨를 썼다.

- 볼은 아직도 돌아오지 않았나요?

마리는 아몬드 한 알을 집어 들고 천천히 고개를 끄덕였다.

- 그렇군요. 걱정이 되겠네요.

마리는 요나가 바라보고 있는 쪽으로 눈길을 주고 아몬드를 입에 넣었다. 치아가 아몬드를 부수는 소리가 들렸다. 마리는 꾹 쥐고 있던 주먹을 펴고 손바닥에 글씨를 썼다.

- 연락이 되지 않고 오지도 않고 있어요. 급한 일이 생기거나 중요한 회의가 생기면 종종 오랫동안 집을 비우기는 하는데, 이번에는 좀 길어지네요. 그런데…… 아니에요.

마리는 함께 본 영상에 대해 언급하려다 말았다. 바깥의 상황에 대해 이야기를 시작하면 걷잡을 수 없는 감정에 휩싸이리라는 것을 둘은 동시에 알고 또 느끼고 있었다. 누구든 먼저 그 이야기를 꺼내면

둘 사이를 잇던 끈이 끊어질 것이다. 둘은 얇아질 대로 얇아진 허약한 줄이 아무것도 묶을 수 없다는 것을 알고 있으면서도 그 끈이 끊어지는 것을 원치 않았다. 무슨 말을 꺼내야 할지 고르고 골라도 지금 이 상황에 할 만한 이야기는 없었다. 요나는 입을 꾹 다물고 손바닥만 만지작거리며 좀처럼 마리의 눈을 마주 보지 못했다. 마리는 차분한 표정으로 요나를 찬찬히 봤다. 아무렇지 않게 행동하려고 애쓰고 있다는 것을 금세 알 수 있었다. 밤사이 눈 밑이 검어졌고 두 볼은 쑥 들어가 있었다. 관절마다 툭툭 불거진 그의 앙상한 손가락 끝은 미세하게 떨렸다. 처음 이 집에 왔을 때와 크게 달라지지 않은 모습이었다. 마리는 저 손을 잡고 싶다는 충동을 느꼈고 동시에 저 손을 놔야 한다는 예감도 느꼈다. 마리는 가볍게 손을 마주 비비며 손바닥을 펴고 글씨를 썼다.

  ― 만약 바벨이 끝나면 그래서 우리가 다시 자연스럽게 말을 할 수 있다면 당신이 가장 먼저 하고 싶은 일은 뭔가요?

  요나는 예상치 못한 마리의 질문에 다소 당황했고 그런 가정을 해보지 않았다는 사실에 다시 놀랐다. 하지만 잠시 생각에 잠긴 뒤 손바닥을 폈다.

  ― 노래를 부를 겁니다.

  ― 노래요? 아…… 노래…… 낯설어요. 누가 노래 부르는 모습을 본 게 너무 오래되었어요. 노래를 잘하나요?

  ― 아니요. 노래를 잘해서라기보다…… 뭐랄까요, 멜로디가 섞여 있는 말을 해보고 싶어요. 노래를 불러본 기억이 너무 오래돼서 생각나는 노래는 없지만 그때가 되면 노래를 부르고 싶을 것 같아요. 도돌이표가 들어가 끝없이 후렴이 반복되는 노래를 거리를 걸으며 흥얼

거리면 좋을 것 같아요. 불러주고 싶은 사람도 있고.

요나는 문득 장을 생각했다. 아주 오래전 가족 앞에서 노래 부르던 모습 위로 혀를 자르고 쓸쓸한 표정으로 탁자에 앉아 있던 늙고 어두운 장의 얼굴이 떠올랐다. 갑자기 목이 메었다. 요나는 숨을 크게 한 번 들이쉬고 가볍게 헛기침을 했다. 밀려오는 감정에 휩쓸리지 않도록 애써 밝은 표정을 지으며 손바닥에 글씨를 썼다.

- 당신은 어떤가요? 당신은 특별하게 하고 싶은 게 있나요?

- 저는 말을 할 수 있다면 음…… 말을 하고 싶어요. 말을 하고 또 말을 하고 쉬지 않고 계속 말하고 싶어요. 예전에 제가 당신에게 이제는 말이 필요 없는 시대라고 했던 적이 있었지요. 지금 생각해보니 그것은 잘못된 생각이었어요. 제가 틀렸어요. 절대 그렇지 않아요. 저는 깨달았어요. 인간에게 말은 절대적으로 필요해요. 그 어떤 것도 말을 대신할 순 없어요. 저는 이제 엄마를 이해할 수 있을 것 같아요. 뿐만 아니라 펠릿으로 자신의 목숨을 끊는 사람들의 마음을 알 수 있을 것 같아요. 그들은 죽기 위해서 말을 한 게 아니에요. 그저 한계를 정하지 않고, 그 어떤 제약도 없이, 참지 않고, 억누르지 않고 끝까지 그저 말한 것뿐이에요. 오래오래, 많이많이, 말을 하고 싶었을 뿐이에요. 엄마는 말을 참는 것과 말을 하는 것 사이에서 말을 하는 쪽을 선택한 거였어요. 거창하고 비장한 마음으로 죽음을 선택한 것이 아니에요. 저는 바벨이 끝나면 누군가와 마주 앉아 길고 긴 수다를 떨고 싶어요. 때로는 혼잣말도 마음껏 하고 싶고요. 아무 의미도 없는 말들, 일상에서 일어난 일들을 순서대로 차근차근, 혹은 아무거나 생각나는 대로 마음껏…… 말하고 싶어요.

- 그때가 되면 꼭…… 그렇게 해요.

- 당신도 꼭 노래를 부르세요…… 그때가 되면.

둘은 잠시 식탁 위에 손을 올려놓고 서로를 바라봤다. 미러에 떠있는 문장들은 서로에게 도달하지 못한 채 천장을 향해 의미 없이 떠있었다. 마리는 요나의 눈을 봤다. 눈동자는 건조하게 말라 있었지만 동공 깊은 곳은 젖어 있었다. 마리는 겁이 났다. 누군가의 마음을 완전히 알아채기 전의 조급함이 마리의 마음에 구멍을 뚫고 파고들었다. 답답함을 이기지 못한 마리는 식탁 위의 손을 거두고 허벅지 위에 올렸다. 그리고 고개를 가볍게 숙이며 요나의 시선을 피했다. 마리는 주스를 한 모금 마시고 의자를 뒤로 밀어내고 자리에서 일어섰다.

- 먼저 일어설게요. 입맛이 없더라도 가급적 음식은 다 드세요.

마리는 빠른 걸음으로 거실을 가로질러 이층으로 향하는 계단에 올라섰다. 마리는 천천히, 천천히 계단을 올라갔다. 마리가 한 발 한 발 내디딜 때마다 계단에서는 삐걱거리는 소리가 났다. 마리는 다섯번째 계단에서 걸음을 멈추고 뒤돌아 요나를 바라봤다. 요나도 자신을 바라보고 있는 마리를 바라봤다. 어둠 속에 반쯤 몸이 들어가 있는 마리의 상반신은 그림자에 가려 있었다. 마치 잎이 다 떨어진 나무 한 그루가 잿더미 속에 서 있는 것 같았다. 한참을 그렇게 요나를 쳐다보던 마리는 고개를 돌려 이층으로 올라갔다. 요나는 마리의 모습이 사라진 계단을 오래도록 바라보다 고개를 숙여 식탁에 이마를 붙이고 길게 한숨을 쉬었다, 짧게 숨을 내뱉었다 다시 길게 내뱉었다. 아무리 뱉어내도 깊숙한 곳에 꽉 막혀 있는 답답함은 사라지지 않았다. 단단하고 차가운 식탁의 기운이 이마를 서늘하게 만들었다. 빵 부스러기가 흩어져 있는 바닥을 바라보며 요나는 속으로 중얼거렸다. '나는 정말…… 어리석다. 비겁하고 비겁하다. 너무 비겁하다.'

마리는 침대에 누워 하늘을 바라봤다. 푸른 페인트가 빈틈없이 칠해진 천장에는 통통한 뭉게구름이 떠 있었다. 불을 끄면 야광 빛을 발하는 크고 작은 플라스틱 별들이 꼼꼼하게 붙어 있는 하늘을 모방한 천장. 진짜 같은 하늘을 만들기 위해 사다리를 타고 올라가 엄마와 함께 천장에 별을 붙였던 일은 이 집에서의 유일한 좋은 추억이었다. 하지만 하늘에 떠 있는 구름은 하얗지 않다. 먹구름이 대기를 뒤덮고 있는 바벨의 하늘은 더 이상 푸르지 않다. 밤이 되도 흐릿한 별하나 뜨지 않는 하늘은 연기로 뒤덮여 있다. 지금 보이는 것은 모두 거짓이다. 이 집도, 이 침대도, 지금의 이 고요함도, 지금 내 몸을 덮고 있는 이불의 부드러움까지 모두 다 거짓이다. 마리는 머리 위로 손을 뻗어 베개 옆에 엎어져 있는 오르골을 집어 들고 태엽을 감았다. 활을 든 통통한 아기 천사가 왼쪽으로 천천히 회전하며 높고 영롱한 멜로디가 흘렀다.

마리는 몸을 뒤집어 베개에 얼굴을 묻었다. 걷잡을 수 없이 슬퍼졌다. 막연하게 예상했던 어떤 끔찍한 미래가 이미 오래전에 시작된 현재였다는 참담한 기분이 들었다. 세계가 이미 끝났고 모두가 다 죽었는데 이 집에 자신과 요나만 살아 있는 것 같은 두려움이, 게다가 요나마저 이 집을 곧 떠날 것이라는 분명하고도 거부할 수 없는 예감이 밀려왔다. 두려웠고 동시에 견딜 수 없이 외로웠다. 아이라에 봄이 올 것이라고 믿었다. 믿어지지 않는 순간이 찾아오고 마음속이 온통 회의감으로 가득 찰 때는 맹목적인 믿음으로 바꾸어 스스로를 그 속으로 밀어 넣었다. 노아가 기어이 뭔가를 해낼 것이라는 믿음을 저버리지 않았고 혹 노아가 해결하지 못한다고 해도 사람들은 충분히 잘 살 수 있을 것이라고 믿었다. 말이 없어도, 부패하는 펠릿을 곁에 두고도 가능한 방식의 삶은 분명 존재한다고 믿었다. 마리는 그 모든 믿음이 곁에서 사라지는 것을 느꼈다. 움켜쥐고 있던 모래가 손가락 사이사이로 빠져나가는 것처럼, 얼음 조각이 녹아 완전히 사라지는 것처럼. 마리는 깊게 숨을 쉬고 길게 내 뱉기를 반복했다. 숨이 차고 몸이 점점 뜨거워졌다. 마리는 입술을 움직이며 중얼거렸다.

– 괜찮아, 숨 쉬어.

요나는 온종일 창문 앞에 서서 유리창 너머로 보이는 풍경을 바라봤다. 정해진 궤도를 따라 하늘을 가로지르는 태양과 빛을 등진 사물들이 만드는 그림자가 소리 없이 움직이는 지루한 풍경, 바람이 불 때마다 허공 속을 어지러이 춤추는 낙엽과 마른 풀들, 반복되는 언덕, 그 위에 서 있는 많은 저택, 열리지 않은 대문과 인기척이 없는 공허한 정원. 요나는 꼼짝도 하지 않고 서서 그 모든 것을 하나하나 눈여겨봤다. 직접 눈으로 보고 있지만 현실감은 느껴지지 않는 기이한 풍경들. 죽어 있는 그림이 들어 있는 액자 같았다. 요나는 자신이 액자 속에 갇힌 영혼 없는 인물처럼 느껴졌다. 영원히 늙지 않고 다른 곳으로 이동할 수도, 누구를 만날 수도, 고개를 돌려 다른 풍경을 바라볼 수도, 심지어 죽을 수도 없겠지.

요나는 유리창에 입김을 불었다. 윤곽이 흐릿한 둥근 성에가 만들어졌다. 요나는 생각나는 단어들을 손가락으로 쓰기 시작했다.

바벨.

손바닥으로 지우고 다시 입김을 불고, 노아.

손바닥으로 지우고 다시 입김을 불고, 볼.

손바닥으로 지우고 다시 입김을 불고, 아벳.

손바닥으로 지우고 다시 입김을 불고, 룸.

손가락을 어지럽게 흔들어 지우고 다시 입김을 불고, 룸.

손바닥으로 지우고 다시 입김을 불고, 마리.

마리.

요나의 손은 허공에 멈추고 요나의 눈은 마리,라는 단어를 물끄러미 바라봤다. 윤곽이 흐려지며 희미하게 사라지는 단어를 손바닥으로 덮고 요나는 눈을 감았다. 인두처럼 손바닥을 달구며 감각되는 뜨거움. 요나는 깊은 숨을 내쉬며 입술을 움직여 속말로 중얼거렸다. 마리. 요나는 커튼을 닫고 손바닥에 묻은 습기를 커튼에 닦아내고 의자에 앉았다. 바닥에 떨어진 가방을 집어 들어 탁자 위에 올리고 속에서 노트를 꺼냈다. 뭔가를 쓰고 싶어 견딜 수 없었다. 뭐라도 쓰지 않으면 가슴이 터져버릴 것만 같았다. 노트를 펴고 빈 여백을 바라보던 요나는 펜을 대고 종이 한 장을 천천히 뜯어냈다.

깊은 밤 요나는 방문을 열고 거실로 나왔다. 아무도 없었다. 항상 자신에 대한 걱정 탓에 소파에 누워 선잠을 자던 마리의 모습은 보이지 않았다. 그러나 요나는 마리가 소파에 비스듬히 누워 자신을 바라보고 있는 것 같은 착각이 들었다. 자신도 모르게 살짝 웃었고 이내 입술을 꾹 다물었다. 왼쪽 어깨에 걸친 가방을 단단히 고쳐 메고 손에 쥐고 있던 편지를 식탁 한가운데 놓았다. 두 번 접은 편지지가 살짝 벌어졌다. 요나는 손바닥으로 편지지를 꾹 누르고 고개를 돌려 어둠 속에 숨어 있는 계단을 바라봤다. 아무것도 보이지 않았고 어떤 소리도 들려오지 않았지만 요나는 계단에 마리가 앉아 있다는 것을 알 수 있었다. 마리는 꼼짝도 하지 않고 요나를 바라보고 있었다. 하지만 요나는 마리를 모른 척했다. 그 시선에 눈을 마주치고 마리를 향해 몸을 움직이면 안 될 것 같았다. 마리를 외면하고 고개를 돌리는 순간 요나는 통증을 느꼈다. 어느 부위가 아픈지 정확히 알 순 없었지만 자신이 고통 속에서 허우적대고 있음을 깨달았다. 요나는 식탁에 놓여 있는 빈 컵으로 편지를 누른 뒤 뒤돌아 빠른 걸음으로 거실을 가로질러 밖으로 나갔다.

*

마리에게

무슨 말을, 어떤 이야기부터 꺼내야 할지 모르겠습니다. 그동안 셀 수 없을 만큼 많은 글을 써왔습니다. 대화하기 위해 글을 썼고, 뭔가를 알리기 위해 글을 썼으며, 먹고살기 위해서도 글을 썼습니다. 누군가와 대적하기 위해 글을 썼고 진실을 감추기 위해 글을 썼으며 필요하다면 거짓을 유포하는 목적으로 글을 쓰기도 했습니다. 때로는 저 자신을 감당할수 없는 밤이 찾아오면 그 시간을 견디기 위해 노트에 글을 썼습니다. 바벨을 살고 있는 인간이라면 그 누구도 피할 수 없는 삶의 조건 탓이겠지만 잡지를 만드는 저로서는 그 누구보다 많은 글을 다루어야 했습니다. 하지만 참 이상하게도 누군가에게 편지를 써본 기억이 없네요. 사실 이상한 일은 아니지요. 저는 글을 믿지 않았으니까요. 남에게 보여주는 글은 간결하고 정확해야 한다고 믿었습니다. 그저 언어 기호에 불과한 투박한 글자가 사람과 사람 사이를 이어줄 수 있다는 생각을 해본 적도 없고 그런 생각을 가진 사람들을 마음으로 무시했었습니다. 아무 온기도 없는 글자가 무슨 힘이 있겠습니까. 제게는 돌멩이나 볼펜처럼 그저 사물에 불과한 무의미한 도구일 뿐이었습니다. 하물며 글이 마음을 전할 수 있다거나 진심을 담을 수 있다는 것은 이해할 수도 받아들일 수도 없는 허황된 가설에 불과했습니다.

하지만 저는 지금 당신께 편지를 쓰고 있습니다. 그동안 믿고 있던 생각들이 모두 잘못된 믿음이길, 어리석은 고집이었길 바랍니다. 저는 이 편지가 제 생각을 당신에게 온전히 전해줄 수 있었으면 합니다. 가능하다면 저 자신도 알 수 없는 깊은 곳에 자리 잡은 마음과 어찌할 수 없는 답답함과 막막함까지 모두 전해지길 바랍니다. 말을 건네듯 긴 이야기를 하듯 저는 당신께 편지를 씁니다.

저는 오늘 이 집을 떠나 제가 있던 자리로 돌아갈 겁니다. 그곳을 잊고 싶었고, 부정하고 싶었고, 할 수만 있다면 외면하고 싶었으나 좋든 싫든 그곳만이 유일한 삶의 자리라는 것을 깨달았습니다. 사람들이 모여 있는 광장으로, 펠릿이 부패하고 있는 거리로, 허물어지고 있는 바벨의 세계로 나갈 겁니다. 이제야 비로소 깨닫습니다. NOT은 그리고 제가 그토록 미워하고 한심하게 생각했던 아벳은 무모하고 어리석은 사람들이 아니었습니다. 그들은 그렇게 할 수 밖에 없었던 겁니다. 저도 지금 그렇습니다. 이유도 그 어떤 목적도 없습니다. 정부에 대한 반감도 아니고, 노아에 대한 분노도 아니며, 볼과 당신을 믿지 못해서도, 이 집을 벗어나고 싶어서도 아닙니다. 단지 한 가지만 반복해 떠오릅니다. 가만히 있을 수는 없다. 가만히 있을 수는 없다. 이 집을 떠나 언덕을 내려간다고 해도 할 수 있는 건 아무것도 없을 것입니다. 룸을 찾을 수도 없고, 사람들의 분노를 가라앉힐 방법도 없으며, 광장의 폭동을 막을 힘도 없습니다. 무력감은 제가 이 집에 머물 수 있는 가장 합리적인 이유가 되었습니다. 하지만 무력하다는 이유로 이곳에 머물다 보니 무력함에 무력함이 더해져 어느 순간 저 자신이 완전히 무의미한 존재가 되는 것 같은 기분이 들더군요. 그것은 힘이 없어서 느끼는 무력감과 차원이 다른 것이었습니다. 존재 자체가 부정되는 경험이었으니까요. 저는 오랫동안 어떤 부끄러움 속에서 살아왔습니다. 그 부끄러움을 견디는 방법으로 합리와 실리와 논리를 따졌지만 지금은 그런 것들이 아무것도 아니라는 생각이 들어요. 언젠가 볼이 제게 이런 이야기를 했습니다. 'NOT과 레인보는 결국 똑같다. 그들은 모두 절망하는 인간들이다.' 그때는 그 말이 무책임하고 비겁하게 느껴져 거부감이 들었지만 이제는 그 말이 무슨 뜻인지 알겠습니다. 볼은 자신이 절망하는 인간이 아니라고 했습니다. 그것도 무슨 뜻인지 알겠습니다. 하지만 볼이 분명하게 틀린 게 하나 있습니다. 절망의 다른 이름은 무력함이 아닙니다. 진짜 절망한 자들은 가만히 있어도 안 되고, 가만히 있을 수도 없습니다. 바벨을 사는 이들의 마음은 겉으로 볼 때는 단단하게 굳은 것처럼 보이지만 마음 깊은 곳에는 뜨겁게 진동하는 에너지를 감추고 있습니다. 그 에너지는 결국 단단한 땅을 흔들고 바위를 부수고 지면과 수면에 커다란 균열을 일으킬 무서운 지진이 될 것입니다. 바벨은 그런 시대입니다. 이제 알겠습니다. 절망한 자들이 왜 사지를 향해, 낭떠러지를 향해, 커다란 바위를 향해 무모하고 어리석게 달려가는지 말입니다. 그럴 수밖에 없는 것이었어요. 그것 외에는 할 수 있는 게 아무것도 없는 삶이 바로 바벨이었습니다.

소년의 모습이 뇌리에서 떠나지 않습니다. 두 눈으로 보았고 그것이 영화가 아닌 실제라는 것을 알지만 도무지 저는 그것을 받아들일 수 없습니다. 어떻게 그 장면이, 그 상황이 조작 없이 가능할 수 있단 말입니까. 그것도 얼마 전까지 수도 없이 지나다녔던 한낮의 거리에서, 눈을 감고도 생생히 묘사할 수 있는 그 거리에서 무고한 소년이 피를 흘리고 쓰러져 끝내 목숨을 잃었다는 것을 도대체 어떻게 믿을 수 있습니까. 군홧발에 등이 밟히고 이마가 땅바닥에 텅텅 부딪히며 피를 흘리는 소년이 절박하게 외치던 소리가 귓가에 맴돕니다. "살려주세요. 살려주세요." 하지만 소년은 죽었습니다. 아무도 도와주지 않았고, 누구도 발길질을 멈추지 않았습니다. 하지만 더 끔찍했던 것은 소년의 마지막 말이었습니다. "잘못했어요. 잘못했어요." 그 말에는 너무나 참담한 어떤 게 있습니다. 폭력을 당하는 순간 살려달라고 하는 것은 어떤 면에서 자연스럽게 느껴집니다. 그러나 잘못했다는 말은 다릅니다. 그 소년은 잘못했다고 말했으면서도 마지막 순간까지도 자신이 무엇을 잘못했는지 알지 못했을 겁니다.

마음이 산란해지고 몸에 힘이 빠집니다. 저는 소년의 모습에서 룸의 모습을 발견했습니다. 룸의 말 더듬을 고치기 위해 제가 그 아이에게 행했던 일들을 생각했습니다. 무릎을 꿇고 앉아 손바닥을 비비며 제게 했던 말이 생각났습니다. "잘못했어. 잘못했어." 그 아이는 이 짧은 말을 하기 위해 온몸을 비틀고 입술을 부들부들 떨며 말했습니다. 힘겹게 내뱉은 말도 수없이 많은 음절로 쪼개지고 갈라져 하나도 알아들을 수 없는 말이었지요. 룸의 말은 산산이 조각난 유리처럼 비참한 것이었지만 저는 그것을 비웃었고 조롱했으며 화를 냈습니다. 분명히 룸도 소년과 같은 마음이었을 겁니다. 왜 혼나야 했는지 자신이 무엇을 잘못했는지 이해하지 못했을 겁니다. 몸속의 모든 조직이 다 능욕을 당한 기분입니다. 제가 룸에게 행했던 잔인하고 어리석었던 모든 일이 날카롭고 깊은 흠집을 남기며 뼈에 새겨집니다. 죄책감과 미안함이 기억의 틈마다 완전히 짓이겨진 채로 빼곡히 박혀 있습니다. 이 세계가 모두 허구이고 거짓이었던 것 같아요. 내 삶을 이루고 있던 기억과 경험들, 그리고 가치관이 사기꾼에 속아서 구입한 형편없는 불량품 같습니다. 거대한 음모에 빠진 것만 같은 비참한 심정을 어떻게 견뎌야 할지 모르겠어요. 너무 억울하고 화가 나 편지를 쓰고 있는 이 순간에도 손가락이 떨립니다.

지금 가는 길이 잘못된 길이라는 것을 알고 있습니다. 벼랑에 서 있다는 것도 알고 있어요. 하지만 슬프게도 잘못된 길이 아닌 다른 길은 없습니다. 벼랑이 아닌 안전한 땅도 더 이상 남아 있지 않습니다. 지금 가는 이 길이 유일한 길이고 지금 서 있는 위태로운 벼랑이 마지막 남은 땅입니다. 바벨을 지배하고 있는 증오심과 분노는 연기처럼 사라지거나 거품처럼 사그라지지 않습니다. 그것들은 현실이고 삶 그 자체입니다. 살아 있는 한 숨을 쉬고, 움직이는 한 어쨌든 나는 이 땅을 걸어야 합니다.

당신이 이 편지를 읽을 때 어떤 마음일지 잘 압니다. 만약 당신이 이 집을 떠나 언덕을 내려간다고 먼저 말했다면 저는 분명 당신을 가로막았을 것입니다. 제 마음과 당신의 마음은 거울에 비친 상처럼 같습니다. 우린 서로 다른 성향이라고 생각했습니다. NOT과 레인보가 대치했던 것처럼 당신과 저는 서로 다른 곳에 서 있다고 믿었습니다. 하지만 그런 것들은 모두 무의미합니다. 당신과 저는 그저 바벨을 살고 있는 사람일 뿐입니다. 말하고 싶지만 말할 수 없고, 희망을 갖고 싶지만 희망을 품을 수 없는 불행한 사람일 뿐입니다. 당신도 분노하고 있다는 것 압니다. 당신도 견딜 수 없이 고통스럽다는 것도 압니다. 당신도 저처럼 두려워하고 어떤 치욕을 힘겹게 견디고 있다는 것도 잘 알고 있습니다. 그래서 우리는 이곳에 남아 바벨을 모른 척하고 있을 수 없는 사람들이라는 것도 잘 알고 있습니다. 하지만 함께 내려갈 순 없습니다. 미안합니다. 당신은 이곳에 남아 볼을 기다리세요.

만약 당신의 말처럼 바벨이 끝나는 날이 온다면 정말 그런 날이 온다면…… 우리 그때처럼, 그 밤처럼 오래오래 말하고 많은 이야기를 나누어요. 아직 하지 못한 말이 너무나 많습니다. 그때는 더 이상 바벨이나, 노아나, 펠릿이나, NOT이나, 레인보 같은 이야기는 하지 않을 겁니다. 즐거웠고 재미있었고 지극히 사적이고 비밀스러운 내밀한 이야기만 하고 싶어요. 당부합니다. 절대 이 집을 떠나지 마세요. 간절한 부탁입니다.

악수하고 싶어요. 포옹하고 싶어요. 잘 지내요.

마음을 전하며.

요나.

18

태양이 진다. 모든 피조물이 빛을 잃고 어둠 속으로 녹아들고 있다. 나뉘지 않고, 구분이 없고, 앞뒤가 없고, 위아래 없이 섞여 있던 최초의 혼돈을 향해 바벨은 무너지고 있다. 그곳은 땅이 없고 바다만 있는 세계. 수심만 있고 수면이 없는 세계.

전에 없던 거대한 먹구름이 하늘을 뒤덮고 있다. 곧 그치지 않는 비가 내릴 것이다. 마른 땅이 사라지고, 지도가 사라지고, 산맥이 사라진다. 새와 별과 날과 달이 모두 떨어지고, 산과 바위와 나무와 동물들이 물에 잠기는 그 순간까지, 이 비는 그치지 않을 것이다. 다시는 푸른 하늘을 볼 수 없을 것이고, 그 어떤 생물도 땅을 밟을 수 없을 것이며, 하늘에 무지개는 떠오르지 않을 것이다.

바벨의 높고 뾰족한 꼭대기가 완전히 무너져 돌멩이 하나까지 물속에 잠기리라. 비는 바다처럼, 바람은 파도처럼, 낮은 밤처럼, 하늘은 어두운 땅속처럼 뒤집히리라. 폐허가 된 이 세계는 두 번 다시 수면 위로 떠오르지 않으리. 이 어두운 바다를 비추는 태양은 두 번 다시 떠오르지 않으리.

*

긴 밤이 지났다. 안개가 짙게 깔린 도시에 희미한 빛이 스며들며 어둠에 묻혀 있던 낡은 건물들이 하나 둘 모습을 드러냈다. 여자가 핸드 밀 손잡이를 시계 방향으로 천천히 돌린다. 한 스푼의 커피콩이 부서지는 소리와 함께 집 안에 커피 향이 퍼진다. 분쇄된 커피가루를 종이 필터에 넣고 더운 물을 붓는다. 투명한 비커에 한 방울씩 떨어져 모인 커피를 컵에 따른다. 뜨거운 컵을 두 손으로 움켜쥐고 창문으로 바깥을 바라본다. 먹구름이 뒤덮은 하늘, 안개에 잠겨 있는 거리, 바벨은 잔상으로 뒤엉켜 있는 꿈속의 세계처럼 흐릿하다. 여자는 커피를 한 모금 마시고 수를 헤아리듯 소리 없이 입술을 움직인다. 여자는 탁자에 컵을 내려놓고 노란색 갓을 씌운 전등의 스위치를 올렸다, 내렸다를 반복한다. 켜졌다, 꺼졌다를 반복하는 동그란 노란 불빛을 감정 없는 표정으로 바라보는 여자의 눈에 눈물이 맺힌다. 여자는 침대 커버를 정리하고 이불을 반듯하게 네 번 접어 그 위에 베개를 올려놓는다. 헝클어진 머리를 빗으로 빗고 의자에 걸려 있는 카디건을 어깨에 걸친다. 문 앞에 서서 빈방을 둘러본다. 컵은 식고 커피 향은 사라지고 없다. 여자는 문을 열고 밖으로 나간다.

노부부가 말린 과일이 담긴 접시를 사이에 두고 식탁에 앉아 서로의 얼굴을 바라본다. 남자의 한쪽 눈은 검은색이고, 다른 쪽 눈은 회색이다. 오래전부터 얻은 백내장은 그의 한쪽 눈을 멀게 했다. 남자는 검은 눈으로 여자를 바라보고, 고장 난 회색 눈으로 과거를 바라본다. 여자는 구부정한 모습으로 휠체어에 쭈그리고 앉아 마른기침을 한다. 여자는 오래된 일들만 기억하고 최근의 일들은 모두 잊어버렸다. 시간이 갈수록 그녀의 생각은 점점 어려지고 그녀의 뼈는 점점 약해진다. 남자의 회색 눈에 지나간 시간이 흐른다. 거실을 거닐고 식탁에 걸터앉아 떠들고 웃던 딸. 갑자기 오래전에 사라진 딸의 말소리와 웃음소리가 들려온다. 지나간 시간을 헤아리는 것은 슬픈 일이다. 남자의 회색 눈이 흐려진다. 남자는 의자에서 일어나 여자가 있는 쪽으로 걸어간다. 여자의 흰머리를 부드럽게 쓰다듬고 뼈만 남은 앙상한 어깨에 얇은 홑이불을 둘러준다. 남자는 현관을 열고 조준하는 궁수처럼 한쪽 눈을 감고 거리를 바라본다. 남자는 여자의 어깨를 부드럽게 감싸고 입을 맞춘 뒤 휠체어를 앞으로 밀며 밖으로 나간다.

요나는 의자에 앉아 열려 있는 가방을 무릎에 올려놓고 어지러운 탁자를 바라보고 있다. 동그랗게 구겨진 파지들과 기사의 초고들이 산만하게 흩어져 있고, 노아와 관련된 자료들을 모아놓은 서류철과 수거 요원들이 펠릿을 처리하는 모습을 찍은 사진과 정차되어 있는 부엉이를 찍은 사진 몇 장이 규칙 없이 널려 있었다. 분명 최근까지 매달렸던 일들인데 요나는 그것들이 자신과 전혀 상관없는 사물인 것처럼 낯설게 느껴졌다. 거칠고 빠르게 휘갈겨 쓴 메모들과 다듬어지지 않은 초고 상태의 기사들, 분명히 자신의 필체이고 자신이 쓴 기사들이었다. 하지만 요나는 그것들이 지시하는 것들과 요약된 내용을 하나도 이해할 수 없었다. 나는 도대체 무엇을 하고 살았던 걸까.

저 글들을 통해 증명하고 싶었던 것은 뭐였을까. 아무것도 모르겠다. 아무것도 기억나지 않는다. 다 부질없구나. 요나는 허탈하게 웃으며 얇은 노트와 볼펜 한 자루 그리고 카메라를 가방에 넣는다. 하지만 나는 기록할 것이다. 전할 수 있는 미래가 없고 후대가 존재하지 않더라도…… 그래도 나는 기록할 것이다. 요나는 가방을 어깨에 단단히 걸쳐 메고 현관을 열고 밖으로 나간다.

사람들은 안개 속을 뚫고 광장을 향해 천천히 걸어갔다. 바벨의 모든 사람이 거리에 나온 듯 행렬은 처음과 끝을 가늠할 수 없을 만큼 길었다. 껍질이 벗겨진 나무들처럼, 바람에 휘청대는 갈대들처럼, 하얗고 앙상한 뒷모습들이 흐릿한 풍경 속으로 휘적휘적 걷고 있다. 'NOAH OUT'이 적혀 있는 플래카드를 펼쳐 든 사람들이 막대기나 돌멩이 같은 무기들을 손에 쥐고 앞장섰다. 그들은 이전의 시위에서 느껴졌던 분위기와는 확연히 다른 모습을 보였다. 혈기와 복수심으로 똘똘 뭉쳐 있던 뜨거운 기운은 사라지고 가벼운 피로감과 나른한 분위기가 느슨하게 깔려 있었다. 금방이라도 진압군을 향해 던질 수 있도록 돌멩이를 단단하게 움켜쥐고 있던 손은 가볍게 풀어져 긴장 없이 살짝 오므려져 있었다. 그들의 표정은 병상에 누워 누군가를 기다리는 사람들의 얼굴처럼 체념의 빛이 서려 있었다. 그 뒤를 따르는 시민들의 모습도 마찬가지였다. 잠옷을 걸친 여자는 잠에서 깨지 않고 꿈속을 헤매는 듯 창백하고 기운 없는 표정으로 힘없이 걸었다. 아이를 품에 안고 걷는 여자는 자주 걸음을 멈추고 잠든 아이의 이마와 볼을 쓰다듬었다. 손을 마주 잡고 걷는 중년 부부의 표정은 쓸쓸했다. 마치 오래된 친구의 장례식장을 향하는 것처럼 설명할 수 없는 종류의 슬픔이 그들의 감정을 붙잡고 있는 듯했다. 유행이 지난 낡은 야구 모자를 쓴 한 남자는 시추 한 마리를 품에 안고 있었다. 시추는 살짝 흥분된 상태였고 연신 남자의 볼을 핥았다. 모자 그늘에 가린 남자의 표정은 서늘하고 비장했다. 막대기를 손에 들고 있는 소년은 걷는 게 지루한 듯 이따금씩 허공에 막대기를 휘저었다. 부모의 손을 잡고 걷는 바벨키드들은 흥미로운 표정을 지으며 잠자코 행렬의 뒤를 따르고 있었다. 슬픔을 모르는 바벨키드들과 달리 아이들을 바라보는 부모들의 얼굴에는 슬픔 외에는 아무것도 보이지 않았다. 요나는 사람들의 뒤를 따르며 표현할 수 없는 종류의 쓸쓸함과 참담함을 느꼈다. 그들의 행진은 비정상적이었다. 마치 기이한 에너지로 작동하는 고장 난 기계인형들 같았다. 눈앞에 낭떠러지가 있음에도 불구하고 걸음을 멈추지 않는 어리석고 맹목적인 걸음들. 하지만 요나도 그 뒤를 따르고 있었다. 사람들의 발소리는 낙엽 위에 쌓이는 빗소리처럼 차분하고 일정했다. 광장을 향해 걷는 이 행렬은 폐장된 유원지를 무의미하게 도는 지루한 퍼레이드였다. 그들을 움직이는 공통된 힘은 분노가 아닌 무기력이었다. 저마다 차분하고 비장한 얼굴을 하고 있지만 그 이면에는 뭔가를 단단히 각오한 이들이 갖는 슬픔을 감추고 있었다.

사람들이 광장에 운집했다. 한쪽 끝에서 다른 쪽 끝까지 광장은 온통 안개로 흐릿했다. 들판을 푸르게 물들이고 자라난 이름 없는 풀처럼 수많은 사람이 광장에 모여들었다. 그들은 큰 소란 없이 꼿꼿하게 서서 국방청사를 응시했다. 청사 앞에는 진압대가 열을 맞춰 도열해 사람들의 움직임을 주시했다. 둘 사이에 무겁고 깊은 침묵이 흘렀다.

요나는 선두의 왼쪽 끝에 서서 양쪽을 번갈아보며 상황을 살폈다. 겉으로 보면 당장이라도 충돌할 듯 긴장감이 감돌았지만 둘 사이에 물처럼 흐르고 있는 정적은 더할 나위 없이 쓸쓸했다. 단단하고 위험한 물체들이 서로를 향해 달려야 할 때 느껴야 하는 비애와 어두운 정서가 광장 전체를 지배했다. 투구 속 그늘에 숨은 진압대의 두 눈은 떨리고 있었고 몇몇은 소리 없이 울었다. 갑옷 속에 파묻혀 있는 그들의 몸은 녹아가는 얼음처럼 힘을 잃었고, 한 줌의 온기도 남지 않은 지친 육체는 겨우 직립을 유지하고 있었다. 양측 누구도 감히 움직이는 사람이 없었다. 요나는 카메라를 가방에 집어넣고 선두에 서 있는 사람들과 어깨를 나란히 하고 정면을 바라봤다. 진압군과, 진압군 너머의 국방청사와, 국방청사 너머의 언덕과, 그 언덕 위를 완전히 뒤덮고 있는 먹구름을 바라봤다. 광장에 모여 있는 우리는 싸워보지도 못하고 전쟁에 졌다. 우리의 적은 누구인가. 우리는 누구를 공격해야 하고 누구로부터 우리를 지켜야 하는가. 우리는 모두 패잔병이다. 바벨은 결국 무너졌다. 아무도 이 분열을 막을 수 없다. 안과 밖이 나뉘었다. 쌍방이 서로를 감싸 안는 일은 결코 일어나지 않을 것이다. 삶과 죽음은 하나의 몸에서 함께 살다 함께 죽는다. 새로운 생명도 몸에서 생기고 죽음에 이르게 하는 병도 몸에서 생긴다. 하늘에는 빛도 있고 어둠도 있다. 해도 있고 달도 있다. 바벨의 낮과 밤, 삶과 죽음. 이제 모든 것은 더 이상 반복되지 않으리라. 한 점으로 모여 어두워지고 더 이상 환해지지 않으리라. 요나는 숨을 길게 뻗어내고 입술을 꾹 다문 뒤 주먹을 움켜쥐었다. 그때 무리 중 하나가 노래를 부르기 시작했다. 노랫소리는 점점 커져 나중에는 절규하는 것처럼 들렸다.

"우리는 모두 부서진 방주에 올라탔다네. 바닥이 보이지 않는 밤바다를 표류했지. 하늘을 바라봤으나 그곳엔 아무것도 없었네. 까만 밤을 비춰줄 달도 없고 외로움을 이기게 해줄 별빛도 없었지. 저기 저 먼 바다로부터 거대한 먹구름이 밀려오네. 바다조차 잠기게 할 끝없는 비의 날들이 밀려오고 있네. 수평선 너머의 미래엔 영원한 비의 날들이 시작되리.”

그때였다. 굳게 닫혀 있던 청사의 문이 열렸다. 누군가 단상을 향해 천천히 걸어 나왔다. 그는 진압대장을 불러 뭔가를 지시했다. 얼마 뒤 진압대는 무장을 풀었다. 진압 도구와 투척을 준비하던 최루탄총을 바닥에 내려놓았다. 그리고 단상을 향해 일제히 뒤돌아섰다. 그는 단상 하단에 붙어 있는 앰프의 전원을 올린 뒤 마이크 케이블을 연결하고 스위치를 올렸다. 순간 광장을 향해 있는 스피커가 진동하며 미세한 전자음을 냈다. 광장에 있는 사람들은 어리둥절한 표정으로 서로의 얼굴을 바라보며 단상을 주목했다. 단상에 서서 낭독을 통해 메시지를 직접 전달하는 방식은 바벨 초기에만 있었던 일이다. 지금까지 중요한 사안들은 『모닝 바벨』과 스크린 뉴스를 통해 전달했었다. 그는 손에 쥐고 있는 연설문을 단상에 올려놓고 잠시 침묵을 유지하며 천천히 광장을 둘러봤다. 길게 심호흡을 한 뒤 결심이 선 듯 마이크를 끌어당기고 말하기 시작했다.

“안녕하십니까. 볼입니다.”

스피커에서 울리는 사람의 육성이 광장의 모든 소리를 밀어냈다. 광장은 일순간 잠잠해졌고 무덤처럼 고요한 정적이 흘렀다. 요나는 불안한 눈으로 단상에 서 있는 볼을 바라봤다. 볼은 마른 침을 삼키고 연설문을 고쳐 들었다. 그리고 읽기 시작했다. 한 글자 한 글자 정확하고 또박또박 읽으려는 듯 목소리는 신중하고 무거웠다.

"시민들에게 전할 중요한 사안이 있어 이 자리에 섰습니다."

볼은 입술을 다물고 굳은 표정으로 원고를 바라봤다. 한마디 한마디 내뱉는 것이 힘겨워 보였다. 사람들은 볼의 입에서 나오는 푸른 가스가 공기 중에 흩어지다 사라져 펠릿으로 변하는 모습을 불길한 시선으로 바라봤다. 광장에 서늘한 기운이 감돌았다. 볼은 마이크를 고쳐 잡고 목소리에 힘을 실었다.

"그동안 정부는 펠릿에 대한 문제를 해결하고 바벨이라고 명명된 이 시대를 끝내는 것을 최우선 과제로 삼아 최선의 노력을 다해왔습니다. 특히 이 자리에 서 있는 저는 정부로부터 펠릿을 해결하는 중책을 맡아 닥터 노아를 도와 펠릿을 소멸시키는 연구에 매진했습니다. 저는 예전처럼 자유롭게 말할 수 있는 시대가 오길 간절히 원했고 기대했고 또 기다렸습니다. 모두가 함께 꾸는 꿈이었기에 반드시 이루어질 거라고 믿었고 그 믿음을 신념 삼아 제 모든 시간과 노력을 바쳐왔습니다. 저는 지금 이 자리에서 몇 가지 진실을 밝히고자 합니다."

볼은 말을 멈추고 헛기침을 했다. 긴장한 듯 왼손으로 이마와 뺨을 어루만지며 호흡을 골랐다. 사람들은 꼼짝도 않고 서서 볼의 모든 것을 주시했다.

"『모닝 바벨』과 뉴스를 통해 알렸던 것처럼 그동안 정부는 펠릿에 대한 단계적인 연구를 진행해왔습니다. 하지만 성과는 없었습니다. 가능한 모든 방법을 동원했고 많은 실험을 진행했습니다. 그러나 결과가 모두 좋지 않았습니다. 저는 참담한 마음으로 지금 이 시간 시민들에게 공식적으로 선포합니다. 펠릿에 대한 해결책은 없습니다. 그리고 펠릿에 대한 공식적인 연구가 오늘로 종료되었음을 알립니다."

볼은 한참 동안 고개를 숙이고 서서 말을 잇지 못했다. 볼은 고개를 들고 광장에 모인 사람들을 바라봤다. 그들의 까만 눈동자들과 경직되고 두려운 표정을 응시했다. 볼은 천천히 입술을 뗐다.

"그리고 오늘 아침…… 닥터 노아가 죽었습니다. 사인은 펠릿으로 인한 질식사입니다. 정부는 현 시간 이후로 시위와 관련된 그 어떤 행동에도 물리적으로 대응하지 않겠습니다."

사람들은 동요했다. 서로의 얼굴을 쳐다보며 어리둥절한 표정을 지었다. 어디선가 탄식 소리가 들렸고 몇몇은 자리에 주저앉았다. 볼은 계속 말했다.

"노아는 우리와 같은 인간이었습니다. 그도 펠릿으로 인해 고통당했고 이 시대를 슬퍼했습니다. 그에겐 잘못이 없습니다. 그 친구는 단지 외롭고 약했던 것뿐입니다. 노아의 명복을 빕니다."

연설을 마친 볼은 고개를 숙이고 오랫동안 얼굴을 들지 않았다. 광장 전체에 무덤 같은 정적이 흘렀다. 볼은 원고를 두 번 접어 상의 주머니에 집어넣었다. 그리고 단상에서 물러난 뒤 광장을 향해 고개를 한 번 더 숙이고 뒤돌아섰다. 요나는 멍한 표정으로 볼의 뒷모습을 바라봤다. 볼의 발목에 걸려 있는 황갈색 펠릿이 바닥에 끌렸다. 한쪽 발을 절며 느리게 걸어가는 볼의 모습은 껍질이 상한 곤충 같았다. 청사의 문을 열고 그늘 속으로 들어가는 볼의 모습을 쳐다보며 요나는 소리 없이 중얼거렸다. '노아가 사망했습니다.'

대기는 무겁게 가라앉았다. 광장은 깊은 침묵에 빠졌다. 갑자기 공기가 사라져 진공 상태가 된 듯 사람들은 호흡도 쉽게 하지 못했다. 수많은 사람은 얼음 기둥처럼 서서 혼이 빠진 표정으로 서로의 얼굴을 멀뚱멀뚱 쳐다봤다. 요나는 어깨에 걸치고 있던 가방을 품에 안고 비어 있는 단상을 응시하고 또 응시했다. 거대한 날개를 펼치고 무섭게 다가오던 태풍이 일순간 흔적도 없이 소멸됐다. 안개는 걷혔고, 먹구름은 엷어져 군데군데 푸른 하늘이 보였다. 진압대가 무너지듯 주저앉기 시작했다. 곳곳에서 물체가 바닥에 떨어지는 둔탁하고 요란한 소리가 들렸다. 투구와 곤봉이 툭, 툭 떨어져 데굴데굴 굴렀다. 선두에 서 있던 NOT의 회원들 역시 망연자실한 표정으로 움켜쥐고 있던 것들을 놓쳤다. 바닥에 떨어진 현수막이 구겨졌다. 우리는 종말이라는 미래를 향해 달려왔다. 도래하지 않은 종말을 기다리는 동안 우리의 오늘은 늘 고통스러웠다. 하지만 그것은 어리석은 생각이었다. 오래전부터 이 세계는 종말이었다. 종말은 미래가 아닌 현재였고 과거였다. 언제 붕괴될지 모르는 바벨을 초조하고 불안한 눈으로 바라봤다. 아니었다. 바벨은 이미 무너져 내린 폐허였고 오래전에 기능이 정지한 쓸모없는 돌무더기에 지나지 않았다. 비가 내려 도시가 잠길 줄 알았다. 하지만 비는 한 방울도 필요 없었다. 도시는 오래전부터 물에 잠겨 있었다. 머리 위 하늘은 수면이었고 숨 쉬는 공기는 미지근한 물이었다. 이곳은 깊은 심해다. 우리는 입은 있지만 말은 할 수 없는 무표정한 물고기들이다. 거품처럼 아무 내용 없이 떠올랐다 이내 사라지는 투명하고 텅 빈 시간들. 우리는 낡은 방주에 올라탄 짝 잃은 동물이다. 방주는 수면 밖으로 연결된 밧줄 하나 없이 끝없이 하강하고 있는 폐선이다. 죽었지만 자신이 죽은 것도 모르고 삶에 대해 끝없이 착각하고 있던 우리. 죽음을 각오한 이들에게, 비장한 마음으로 몰락을 받아들이고 끝을 향해 전력으로 달려온 이들에게, 바벨은 최후의 선택마저 앗아가고 말았다. 요나는 입술을 꾹 다물고 무릎에 힘을 줬다. 금방이라도 쓰러질 것처럼 무릎이 떨렸다. 사람들은 손에 쥐고 있던 물건을 바닥에 내려놓고 하나 둘 광장을 빠져나가 자신의 집으로 돌아가기 시작했다. 건기의 모래밭을 희망 없이 횡단하는 동물 한 무리처럼 그들은 앞 사람의 움직임을 따라 왔던 길을 돌아갔다. 바벨은 미세한 먼지와 죽음을 부르는 냄새만이 떠다니는 거대한 황무지가 되었다. 요나는 마지막까지 홀로 남아 사람들이 버리고 간 물건들이 뒹굴고 있는 텅 빈 광장을 바라보며 실성한 사람처럼 중얼거렸다. '노아가 사망했습니다.'

노아의 사망 소식과 펠릿에 대한 해결책이 없다는 정부의 공식적인 발표 이후 사람들은 실의에 빠졌다. 직전까지 불처럼 타올랐던 바벨은 눈 덮인 평원처럼 차갑게 얼어붙었다. 사람들은 집에서 나오지 않았고 도시의 기능은 정지했다. 노아에게 책임을 묻고 처벌을 부르짖던 이들의 충격은 다른 누구보다 컸다. 그들의 소원대로 노아는 죽었다. 하지만 그들은 성취의 감격을 전혀 느끼지 못했다. 대신 정체를 알 수 없는 깊고 어두운 절망감에 빠져들었다. 그들에게 분노와 저항은 삶을 지탱하는 형식이었고, 노아는 그 속을 채우고 있는 내용이었다. 그들은 갑자기 길을 잃었다. 나침반도 없이 광야에 버려진 것 같은 막막함이 신경과 정신을 마비시켰다. 무엇을 해야 할지 몰랐고, 앞으로는 어떻게 살아야 할지도 몰랐다. 그들의 마음속에 노아라는 적은 분노라는 동력을 생산하기 위한 엔진이었다. 그들은 작동이 멈춘 낡은 기계처럼 쭈그리고 앉아 생각했다. '노아가 악한 인간이었다고 하더라도 살아 있어야 했다.' 그들은 노아의 존재를 부정하는 자들이 아니었다. 단지 삶의 의지를 강하게 유지시켜줄 생동감 넘치는 모종의 행동이 필요했던 것이다. 싸움이 곧 삶이었던 이들에게 노아의 죽음은 곧 삶의 죽음이었다.

노아를 끝까지 믿었던 이들의 충격은 조금 달랐다. 외적으로 보면 그들은 괜찮아 보였다. 평소보다 위축된 모습을 보이긴 했지만 그 정도는 모든 사람이 겪는 현상이었다. 그들이 받은 상처는 내상이었다. 찢어진 부위에 피가 나고 뼈가 부러지는 상처는 아니었지만 피부 밑에 숨어 있는 미세한 혈관들이 모두 터져 딱딱하게 응고되며 검게 물들었다. 그들은 노아가 바벨을 종식시키고 예전의 세상을 돌려줄 것이라고 믿었다. 그러나 노아는 죽었고, 바벨은 영원히 남았다. 그들은 몸과 마음을 무기력하게 만드는 지독한 우울감에서 쉽게 벗어나지 못했다. 그들은 견딜 수 없이 슬펐다. 노아의 죽음이 슬픈 게 아니었다. 그들의 믿음이 헛된 것이었다는 인식으로 인한 허탈한 심정도 아니었다. 그들이 도저히 이길 수 없는 생각은 더 이상 믿을 수 있는 게 없다는 것이었다. 그들에게는 무엇이 되었든 믿을 만한 대상이 필요했다. 그 믿음이 하루를 살아가는 힘을 주었고 그 힘으로 다른 모든 것을 희망할 수 있었다. 그들은 잿더미로 변한 신전에 주저앉아 지나온 세월을 후회하는 슬픈 사제처럼 침대에 쓸쓸하게 걸터앉아 자신의 어리석음을 탓했다.

바벨은 끝났다. 무너지고 잠기고 흔적도 없이 사라졌다. 폐허처럼 황량한 세계는 오직 침묵만이 존재했다. 말을 하지 않음으로써 생기는 침묵이 아니었다. 처음부터 소리가 존재하지 않는 순수한 상태의 침묵이었다. 많은 이가 망설임 없이 혀를 잘랐다. 쓸모없는 돌멩이를 허공에 던지듯 미러를 강물에 집어던졌다. 사람들은 말에 대한 욕망 자체를 완전히 포기했다. 아무도 말하지 않았고 말하려고 하지 않았다. 참고 억제하고 욕망을 견디는 것이 아니었다. 불구의 조건을 마음으로 인정한 이의 마음처럼 강하고 단단한 포기였다. 새의 날개를 꿈꾸던 소년이 어느 날 갑자기 찾아온 어떤 각성으로 창문을 닫고 커튼을 내리는 것처럼 사람들은 말이라는 꿈을 완전히 버렸다. 원망할 대상도 희망할 대상도 잃은 자들은 더 이상 하늘을 바라보지 않았고 미래를 꿈꾸지 않았다. 시간이 갈수록 근심 걱정이 없어졌다. 희망은 없지만 나름대로 행복을 즐기는 사람들처럼 각자의 처지에 익숙해졌다. 상실감을 이기지 못한 많은 자가 스스로 목숨을 끊었지만 대다수의 사람은 삶을 이어갔다. 사람들의 기억 속에서 노아의 존재는 곧 잊혔고, 말에 대한 욕망은 꺼져가는 불처럼 서서히 사그라들었다.

*

요나에게 편지 한 통이 도착했다. 겉봉에 아무것도 적혀 있지 않았고 부피는 얇았다. 요나는 봉투를 뜯었다. 오래된 갱지에 힘주어 꾹꾹 눌러쓴 글자들이 여백 없이 빼곡하게 적혀 있는 두 장의 편지였다.

그동안 잘 지냈나. 삶은 여전하고 사람들은 강인하네. 우려했던 것과 달리 세상은 또 다른 방식으로 새로운 시대를 맞이한 것 같군. 다행이지만 쓸쓸하다는 생각이 드는군. 노인들은 마지막 순간이 다가오면 어떻게든 살아온 날들에 대해 정리를 하고 싶어 하지. 그동안 다른 것들은 하나씩 하나씩 정리를 했네. 하지만 아무리 생각해도 노아에 관한 부분은 정리할 방법이 없었네. 생각해보니 자네 말고는 그 누구에게도 노아에 대한 이야기를 한 적이 없더군. 자네가 처음이었고, 어쩌면 마지막 사람이 될 수도 있겠군. 우선 미안하네. 내가 자네에게 뭔가를 고백한다는 것 자

276

체가 자네로서는 내키지 않을 일이라는 것을 잘 알고 있네. 하지만 들어주게나. 자네에게 이야기하고 싶은 것이 하나 더 있다네. 뭔가를 고백한다는 것은 사실 이기적이고 무책임한 일이지. 고백은 아무것도 해결하지도 책임지지도 못하네. 그럼에도 불구하고 고백해야만 하는 이야기는 타는 숯불과 같아서 죽지도 않고 붉게 타오른다네. 이야기를 품고 있는 이는 붉은빛이 발할 때마다 통증을 느껴야 하지. 그러니 부디 내 이야기를 들어주게나. 자네에게 노아에 대해 이야기한 그날 밤을 기억하나. 그때 자네가 겪었을 내적인 충격만큼이나 나 역시 고통을 느꼈다네. 찢어지는 것 같은 통증이 실제로 혈관을 찢어놓는 것 같더군. 하지만 한편으론 무거운 짐을 내려놓은 것처럼 평안함을 느꼈다네. 그날 밤, 나는 너무도 힘들게 잠이 들었지만 아침까지 단 한 번도 깨지 않고 깊은 잠을 잘 수 있었다네. 하지만 여전히 내 마음에 남아 있는 이야기가 하나 더 있네. 숨을 고르고 있네. 이 숨소리가 글자에 스며들면 좋겠다는 생각이 드는군.

고립된 노아가 알 수 없는 이유로 침묵 속으로 들어간 뒤로 나는 오랜 시간 노아를 만나지 못했네. 정부에서 그것을 허락하지도 않았지만 나 역시 노아에 대한 감정이 별로 좋지 않던 시절이었네. 나는 그가 무책임하다고 생각했네. 심지어 어리석고 악한 사람이라는 생각이 들더군. 마음 깊은 곳에서는 그에 대한 서운함도 있었고 배신감도 들었지. 하지만 더 깊은 곳에 뿌리 깊이 박혀 있는 감정은 노아에 대한 미안함이었고, 나 자신에 대한 부끄러움이었다네. 당시에 나는 혼란스러웠네. 어떻게 해야 할지 판단이 서지 않았지. 노아를 생각하는 것만으로도 여러 감정에 시달려야 했네. 나는 의지적으로 노아를 더 이상 생각하지 않기로 마음먹었네. 마음을 괴롭히는 정신적인 억압에서 벗어나고 싶었지. 그러니 정말 그렇게 되더군. 어느 순간부터 내 마음은 편해졌네. 끊임없이 되뇌는 최면은 진실과 정의가 되더군. 나는 더 이상 지난 시간에 대한 죄책감과 부끄러움 없이 지금의 삶에 대해 자신감과 자부심을 느끼며 살기 시작했다네. 그러던 어느 날 편지 한 통이 도착했네. 오랫동안 노아의 방을 지켜왔던 담당관이 은밀히 건네주더군. 편지를 열어보고 난 놀랐다네. 편지에 적혀 있던 글자, 신비롭고 기이한 힘을 지니고 있던 아름다운 필체와 문법에 어긋난 독특한 문장. 내가 그것을 어떻게 잊을 수 있겠나. 나는 단번에 알 수 있었지. 그것은 분명 노아의 필체였네. 노아는 바벨이 시작된 이래 무려 6년 만에 처음으로 입을 연 걸세. 나는 누가 그 편지를 볼까봐 상의 속주머니에 집어넣고 그날의 일정을 모두 취소하고 곧바로 집으로 돌아왔네. 집 안의 문을 모두 걸어 잠그고 창문의 커튼도 꼼꼼히 쳤지. 심지어 불까지 끄고 촛불을 켰어. 나는 지금도 그 편지를 읽었던 그때 그 순간을 잊을 수 없네. 피가 한꺼번에 얼굴로 몰리는 것 같았지. 그후로 나는 노아의 편지를 셀 수 없이 많이 읽었네. 언제나 처음부터 끝까지 다 읽었지. 처음에는 격한 분노가 느껴졌네. 그리고 다음에는 실망감이 밀려왔지. 그리고 다음에는 점점 슬퍼졌고, 최후에 남아 끝없이 되풀이되며 살아나는 감정은 나 자신에 대한 부끄러움과 수치였네. 나는 그 편지를 불태웠다네. 더 이상 갖고 있을 수도 갖고 있어서도 안 되는 편지였네. 그후로 노아의 편지를 기억에서 지우기 위해 많은 노력을 기울였네. 기억된 이상 사라진다는 것은 불가능하지. 나는 누구보다 그것을 잘 알고 있었기에 편지의 내용과 문장 속에 숨어 있는 노아의 마음을 왜곡했고 억지로 오해했네. 기억을 수정하고 편집한 뒤 끊임없이 스스로에게 세뇌시켰네. 결국 노아의 편지는 내게 더 이상 아무 영향도 미치지 않는 사소한 기억이 되고 말았지. 하지만 노아가 스스로 목숨을 끊었던 아침. 거짓말처럼 편지의 내용이 떠오르더군. 그토록 노력하고 애를 썼지만 결국은 허사였던 거지. 사진을 찍은 것처럼 글자 하나하나 또렷하게 기억이 났으니 말일세. 지금 생각해보니 노아의 편지는 일종의 유서였던 것 같네. 그는 오래전에 자신의 죽음을 예고했고, 오랜 시간 나를 기다리며 죽음을 유예했던 걸세. 하지만 나는 그에게 답장을 쓰지도 않았고 만나지도 않았네. 나는 그가 자기 자신을 죽이려 하는 것을 말리지 않았네. 그는 내게 도움을 청했고 외로움을 호소했고 자신의 무력함을 괴로워했지. 하지만 당시의 나는 도저히 노아의 마음을 정부 관계자들에게 전할 수 없었네. 노아의 편에 서기엔 너무 멀리까지 와버렸던 거야. 무엇보다 노아는 결코 무능력해서는 안 됐지. 나는 모든 것을 알고 있었으면서도 모른 척하면서 노아가 스스로 이 문제를 해결하길 바랐네. 시간이 지나면 노아에게 특별한 능력이 생길 것이라고 스스로 최면을 걸었지. 그 후로 시간이 많이 흘렀네. 나는 노아가 나의 마음을 받아들였다고 생각했네. 그래서 마음을 바꾸고 언젠가 펠릿을 해결할 방법을 제시하고 침묵의 방에서 걸어 나올 줄 알았지. 잘못된 생각이었네. 노아는 그저 오랫동안 나를 기다렸던 걸세. 아주 오랫동안 말일세.

자네에게 내 심정을 고백하는 이유가 무엇인지 나 자신도 모르겠군. 나는 자네에게 내 기억과 입술을 주고 떠나겠네. 이제 내가 이 세계를 위해 할 일은 없네. 많은 일을 했던 것 같지만 결국엔 덧없고 지친 삶이었어. 자네 동생 룸은 곧 집으로 돌아가게 될 거네. 내가 자네에게 주는 보잘것없는 선물이라고 생각해주게나. 룸은 건강하네. 룸은 노아와 비슷한 세계에 속한 사람이지만 완전히 다른 세계를 바라보는 소년, 아니 이제 청년이 다 되었지. 죽기 직전 노아의 마음속에 일말의 온기가 있었다면 그것은 모두 룸의 영향이네. 전해 들은 바에 따르면 노아는 룸과 함께 지내는 동안 전에 없이 활동적인 모습을 보였고 평온한 얼굴이었다고 하네. 하지만 정부는 노아를 다시 고립시켰지. 어떻게든 노아의 마음을 자극시키려는 잔인한 방법이었지. 노아는 더 이상 견뎌내지 못했네. 이미 약해질 때로 약해진 노아는 어렵게 마음을 준 룸의 부재를 이길 수 없었던 거야. 룸을 만나기 전의 고립이 노아의 마음을 단단하고 건조한 땅처럼 만들었다면 룸을 만난 후 겪게 된 두번째 고립은 노아의 마음을 사막으로 만들어버렸네. 아무도 살 수 없었고 노아 자신도 살 수 없었지. 노아는 어느새 외롭고 지친 노인이 되어 있었던 거야. 자네 동생에게 고마움을 느끼고 있네. 노아와 함께 있어준 시간들, 함께 나누었을 수많은 이야기, 그것은 사실 내가 노아 그 친구에게 해주었어야 할 일이었네. 나는 지금 이 순간에도 궁금하네. 노아와 룸이 머문 방에 아침마다 형형색색의 아름다운 펠릿이 가득 쌓여 있었거든. 그들은 그 위에 나란히 웅크리고 누워 오후 늦게까지 깨지 않았지. 밤새 이야기를 나눈 걸세. 그들이 나눈 이야기, 노아가 했을 말들, 그런 것들이 지금에서야 견딜 수 없이 궁금해. 우습게도 나는 룸에게 고마움을 느끼면서 또한 질투를 느낀다네.

지금의 내게 남아 있는 것은 후회와 어리석음 두 가지밖에 없네. 마리와 자네에 대해 많은 이야기를 나누었지. 사실 다른 무엇보다 딸과 어떤 이야기를 나누었다는 것 자체가 내겐 말할 수 없는 큰 기쁨이었네. 너무나 오랜 시간 그 아이 곁에서 나는 유령처럼 맴돌기만 했네. 만지지도 못했고 온기를 전해주지도 못했고 말 한마디 건네지도 못했거든. 하지만 자네 덕분에 짧은 시간이었지만 딸과의 거리를 좁힐 수 있었지. 마리는 강하고 아름다운 아이네. 자네가 계속 마리와 함께 있어주면 좋겠다는 생각이 드는군.

괜한 이야기를 너무 많이 한 것 같군. 이 편지가 자네의 마음을 한 점이라도 흐리거나 무겁게 하지 않기를 바라는 마음이네. 잘 지내게나. 그리고 이 편지를 잘 간직해주게. 그리고 언젠가 모든 것이 끝나는 날이 오면 나와 노아에게 있었던 일에 대해, 노아의 외로움과 슬픔에 대해 말해주길.

고맙네.

볼.

요나는 한 문장 한 문장 천천히 편지를 읽었다. 행이 바뀔 때마다 읽기를 멈추고 첫 단어를 손가락으로 짚었다. 어떤 순간은 행이 바뀌지 않았는데도 단어 하나를 손가락으로 누르고 한참 동안 멈춰 서 있었다. 요나는 편지를 다 읽고 깨끗하게 접어 봉투에 집어넣었다. 편지봉투를 손바닥 위에 올려놓고 멍한 시선으로 창문 밖을 바라봤다. 떨리는 눈동자에 산란한 기억들이 빠르게 스치고 지나갔다. 요나는 의자에서 일어나 현관을 열고 밖으로 나갔다. 마리, 마리, 요나는 입술 밖으로 터져 나오지 않는 이름을 입술에 머금고 언덕을 향해 달리기 시작했다.

19

　룸은 현관 문턱을 밟고 서서 거실을 둘러봤다. 눈에 익은 사물들과 익숙한 공간. 집은 변한 게 없었다. 모든 게 그대로였다. 하지만 왜 이렇게 낯선 느낌이 드는 걸까. 룸은 이국의 땅에 첫발을 내딛고 누군가를 기다리는 이방인처럼 혼란 속에 서 있었다. 방문이 열렸다. 장과 필이 달려 나와 룸을 맞이했다. 필은 룸의 손목을 잡고 바닥에 쓰러져 오열했고, 장은 떨리는 손으로 룸의 손을 잡고 다른 손으로 필의 어깨를 짚었다. 룸은 그제야 흘러버린 세월을 실감했다. 건강하고 유쾌했던 부모는 혀를 잃은 노인으로 변해 있었다. 늘 힘이 넘치던 장은 늙고 지쳐 보였고, 밝고 명랑했던 필은 병상에 누워 임종을 기다리는 환자 같은 우울한 표정으로 울고 있었다. 압축되어 있던 기억들이 폭탄처럼 터졌고 정체되어 있던 시간들은 섬광처럼 빠르게 지나갔다. 룸은 깨달았다. 아니다. 변하지 않은 게 아무것도 없는 것이었다. 모든 것이 제자리에서 멈춰 아무도 모르게 늙고 낡아갔다. 집 안 전체가 속이 빈 곤충의 껍데기처럼 얇고 건조했다. 룸은 고개를 들어 천장을 바라봤다. 검고 눅눅한 얼룩이 천장을 뒤덮고 있었다. 그것은 오래전 룸이 좋아했던 작은 풍경이었다. 바닥에 누워 천장을 바라보면 작고 동글동글한 얼룩은 때론 구름이 되었고 때론 나무가 되었다. 하지만 지금의 얼룩은 그저 얼룩일 뿐, 다른 그 무엇도 연상되지 않았다. 미세했던 벽의 균열과 모서리의 벌어진 틈은 예전보다 훨씬 넓어졌다. 천장이 낮아졌고 거실은 좁아졌다. 룸은 애써 아무렇지도 않은 표정을 지었고 동요하지 않으려고 노력했다. 룸은 주저앉아 있는 필을 일으켜 세워 팔짱을 끼고 천천히 집 안으로 들어섰다. 거실 한가운데 요나가 서 있었다. 룸과 요나는 미동도 없이 서서 서로를 바라봤다. 키가 자란 룸의 시선이 요나의 눈과 수평을 이뤘다. 둘 사이에는 가까이 다가가지 못하게 하는 이상한 저항력이 있었다. 요나는 떨고 있었다. 미세한 떨림이었지만 룸은 한눈에 요나에게 일어난 모종의 변화를 알아볼 수 있었다. '그동안 형에게 무슨 일이 있었던 걸까. 형의 눈동자는 저렇게 흐리고 연약하지 않았다. 까맣고 단단한 돌멩이 같은 눈동자를 가진 사람이었다.' 룸은 속이 보이지 않는 요나의 까만 눈을 보고 성장했다. 두려움과 안정감, 온기와 냉기가 동시에 느껴지는 눈이었다. 처음에는 그 눈을 마주하는 게 무섭고 불편했지만 시간이 갈수록 룸은 요나를 마주하는 게 좋았다. 흔들림 없고 강인한 기운을 뿜는 요나에게서 장과 필에게서는 찾을 수 없는 다른 종류의 힘과 애정을 느껴왔다. 하지만 지금의 눈은 그때의 눈이 아니다. 두려움이 가득한 아이의 눈이었고, 불안에 떠는 노인의 눈이었다. 룸은 가족과의 재회를 통해 지난 세월 동안 바벨을 지배하고 있던 슬픔과 무력감이 사람들을 어떻게 병들게 만들었는지 명징하게 알게 됐다. 룸은 잠시 숨을 멈추고 마음을 꾹 눌렀다. 요나가 머뭇거리며 다가왔다. 룸은 자신을 향해 불안하게 뻗은 요나의 손을 마주 잡았다. 룸은 웃었다. 창백한 장의 얼굴이 환해질 때까지, 필의 울음이 그칠 때까지, 굳어 있는 요나의 표정이 부드러워질 때까지, 룸은 힘껏 웃었다.

노아는 착하고 슬픈 사람이었다. 친구였고, 형이었고, 아버지였고, 때론 동생이었다. 더 깊고, 더 좁은 곳을 찾아 끊임없이 움직이는 눈 없는 생물이었다. 말과 소리와 펠릿의 냄새로부터 벗어나고 싶어 했고, 과거의 기억과 생각의 고통으로부터 도주하려고 했다. 사람들은 자신들이 노아를 동굴에 가두었다고 생각하지만, 그는 스스로 동굴에 들어갔다. 웅크리고 앉아 두려움에 떨던 두 눈을 기억한다. 모서리에 몸을 비비고 고개를 숙이며 몸을 동그랗게 말던 노아는 어미 없는 어린 짐승 같았다. 어쩌면 잎이 떨어진 나무일지도 모른다고 생각했다. 어쩌면 이미 죽어 있는 사람일지도 모른다고 생각했다. 어쩌면 유령일지도, 어쩌면 내 미래일지도 모른다고 생각했다. 노아는 모든 것을 알았지만 어떤 날은 아무것도 모르는 것 같았다. 그는 오랫동안 경계하며 내게 곁을 주지 않았지만 나중에는 그 시간보다 길고 깊이 나를 사랑해주었다.
우리는 행복했다. 시간은 움직이지 않고 늘 같은 모습으로 곁에 머물렀다. 우리에겐 오늘과 어제와 내일이 없었다. 좁은 방이 우리에게 허락된 땅의 전부였으나 그 방을 제외한 모든 밤과 낮이 다 우리의 세계였다. 그는 내 거울이었고 나는 그의 그림자였다. 우리는 함께 생각하고, 상상하고, 이야기했다. 동일한 꿈을 꾸었고, 같은 꿈의 무대에서 자유롭게 뛰어다녔다. 노아는 내 꿈을 통해 과거를 경험했고, 나는 노아의 꿈을 통해 미래를 경험했다. 그것은 언제나 쓸쓸한 풍경이었지만 그 속에서 우리는 평안했다. 우리의 말은 정확했다. 착각도 없었고, 오해도 없었고, 거짓도 없었다. 말은 따뜻한 물처럼 방을 채웠고, 부드러운 이불처럼 바닥에 깔렸다. 바다를 말하면 바다가 펼쳐졌고, 파도를 말하면 파도가 밀려왔고, 하늘을 말하면 하늘이 열렸으며, 새를 말하면 새가 날아왔다. 우리가 하는 말은 모두 실재했고, 투명하고 명징했다. 우리는 온종일 말했고 피곤하면 그 위에서 잠들었다. 이야기하다 지쳐 빠져드는 잠은 얼마나 달콤하고 완벽한가. 우리의 꿈은 부서지지 않았고, 안개처럼 흐릿하지도 않았다. 꿈은 언제나 눈앞에 존재했다. 불면 없이 잠들고 한 점의 우울감도 없이 깨어나는 아침. 삶은 완전했다. 나는 그를 사랑했다. 웅크리고 잠든 노아를 바라보고 있으면 이유 없이 슬펐고, 이유 없이 기뻤다. 나는 생각했다. 왜 사람들은 노아를 미워할까. 왜 펠릿을 싫어할까. 이렇게 좋은데. 이토록 아름다운데.

그들은 우리를 갈라놓았다. 나는 노아를 잃었고, 노아는 나를 잃었다. 그가 없는 방은 춥고 어두웠다. 이제껏 겪어보지 못한 슬픔이 하루를 늘려놓았다. 길고 지루한 시간 속에 우두커니 앉아 온종일 노아를 생각했다. 나는 아직도 노아에게 하지 못한 말이 많고 그에게 들어야 할 말이 많았다. 노아의 고통과 외로움이 공기를 통해 전해졌다. 나는 그것이 무엇인지 정확히 모르지만 노아의 내부에 큰 변화가 있음을 짐작할 수 있었다. 펠릿이 상해가며 풍기는 냄새 속엔 그의 숨결이 스며 있었다. 그의 심지는 짧아졌고 힘은 약해졌다. 나는 그에게 남은 날이 많지 않았다는 것을 예감했다. 그것은 고통스런 인식이었다.

좁은 방을 가득 메우고 있던 그의 마지막 말을 잊을 수 없다. 아니,

잊지 않을 것이다. 어느 날 아침 노아의 담당관이 찾아와 황망한 얼굴로 나를 쳐다봤을 때 순간적으로 호흡이 멎었다. 숨이 쉬어지지 않았고, 손가락 하나 움직일 수 없을 만큼 몸이 굳었다. 담당관의 뒤를 따라 복도를 걸어가는 내내 노아의 펠릿이 뿜는 압도적인 크기의 힘을 느낄 수 있었다. 노아는 펠릿에 파묻혀 있었다. 작게 웅크리고 있었고 눈감고 있었다. 그 모습은 어미의 배 속에서 사산된 태아처럼 미세해 보였고, 옛날에 죽어 흔적만 남은 화석처럼 아득해 보였다. 나는 그가 밤새 뱉어낸 말 위에 무릎을 꿇고 앉아 서서히 사라져가는 얼음 같은 노아의 육체를 응시했다. 슬펐다. 슬프다는 감정이 너무 강렬해 어쩌면 죽을지도 모른다고 생각했다. 아직 온기가 가시지 않은 펠릿을 손바닥으로 눌렀다. 세미한 세포 하나까지 노아의 말을 듣기를 원했고, 기억하길 원했다. 나는 온종일 노아 곁에 머물며 그의 말을 경청했다.

나는 이제 그의 말을 종이 위에 글로 남긴다. 노아는 말하고 나는 쓴다.

에필로그

　오랫동안 비가 내렸습니다. 그 시간을 어떻게 셈할 수 있을까요. 그것은 영원과도 같습니다. 바깥에선 바람 소리도 새소리도 들리지 않습니다. 해도 별도 뜨지 않았습니다. 하늘에서 물이 쏟아지고 땅에서는 차오릅니다. 나는 모든 것에 배제되어 홀로 떠 있는 작은 섬입니다. 아무도 모르게 잠겼다 다시 떠오르는 울퉁불퉁한 암초입니다. 어둡고 좁은 이 방주는 어디를 향하고 있습니까? 물 위에 떠 있는지, 물속에 잠겨 있는지, 땅속에 박혀 있는지, 하늘에 떠 있는지 알 수 없습니다. 심해입니까? 심연입니까? 어둠입니까? 빛입니까? 혹시 고래의 배 속은 아닐까요. 고통스럽다, 말하면 내 말이 들리나요? 외롭다, 말하면 내 말이 들리나요. 살아 있습니까? 혹시 죽어 있는 메아리는 아닙니까?

　비는 그치고 하늘이 열렸습니다. 방주는 마른 땅 어딘가에 닿았고, 나는 가족과 함께 밖으로 걸어 나갔습니다. 그 빛을, 그 밝음을, 그 찬란함을, 어떻게 설명할 수 있을까요. 하늘 전체를 가로지르는 일곱 색깔의 거대하고 둥근 다리. 나는 눈을 가늘게 뜨고 입을 벌리고 서서 그것을 멍하니 바라봤습니다. 저것이 무엇입니까? 이토록 아름다운 걸 본 적이 없습니다. 가슴이 터질 것 같았고 눈에서는 눈물이 흘렀습니다. 아이들은 따뜻한 대지에 등을 대고 누워 뒹굴며 부드러운 풀을 만지며 행복하게 웃었습니다. 선택받은 동물들은 흥분을 감추지 않고 단단한 땅을 박차고 달리며 곳곳으로 뿔뿔이 흩어졌습니다. 나는 떨리는 마음을 쉽게 가누지 못해 주먹으로 가슴을 꾹 눌렀습니다. 아름다운 세계입니다. 푸른 초원과 어린 나무들, 자유롭게 하늘을 나는 공중의 새들. 하늘을 찌를 듯 날카롭게 깎여 있던 거친 봉우리들은 완만하고 둥글게 변했고 강물은 넘쳐흘렀으며 온갖 종류의 식물이 지천으로 널려 있습니다. 세상은 정화되어 있었습니다. 나는 가장 높은 언덕에 올라 새롭게 열린 두번째 세계의 삶을 찬양하며 주위를 둘러봤습니다. 신세계였습니다. 오염도 없고 파괴도 없는 태초의 풍경이었습니다. 나는 떨리는 두 손을 마주 잡고 경이로운 풍경을 천천히 둘러봤습니다. 그런데 갑자기 다리에 힘이 풀렸고, 뜨거웠던 피는 순식간에 얼어붙고 말았습니다. 믿을 수 없는 광경이었습니다. 셀 수 없이 많은 주검이 골짜기를 가득 메우고 있었던 것입니다. 해변에는 죽은 생물들이 모래알처럼 널려 있었습니다. 주검 위에 주검이 쌓이고 그 주검 위에 또 주검이 쌓여 있었습니다. 젖은 낙엽 위에 낙엽이 쌓여 있듯 그것은 수를 헤아릴 수 없는 한 덩어리로 뭉쳐 있었습니다. 눈감은 동물들과 팔다리가 꺾여 있는 인간들이 뒤섞여 있는 죽음의 무더기 위로 비둘기가 날고 구름은 떠 있었습니다. 눈동자를 덮고 있던 아름다운 빛이 벗겨지며 날카로운 것에 찔린 듯 눈에 견딜 수 없는 통증이 느껴졌습니다. 나는 황급히 눈을 돌렸습니다. 하지만 그것들을 피할 수는 없습니다. 죽음은 도처에 널려 있었습니다.

시간은 흘렀습니다. 계절이 바뀌었고, 꽃이 피었고, 어린 나무들이 자라 울창한 숲을 이루었지요. 아이들은 무럭무럭 자라 성년이 됐습니다. 말을 타고 용맹하게 사냥을 하고 눈앞에 펼쳐져 있는 땅을 정복하며 기골이 장대한 사내로 커갔습니다. 하지만 그만큼 나는 늙었습니다. 기울어지고 허물어지고 점점 작아졌지요. 나는 어느새 모든 빛을 잃고 말을 잃고 물기를 잃은 고목이 되어 우두커니 서서 바뀌며 흐르는 세월을 바라봅니다. 이제 더 이상 시체는 보이지 않습니다. 낙엽이 쌓였고, 그 위에 눈이 쌓였으며, 흙이 덮였고 또 그 위에 풀이 자라났지요. 깊은 골짜기는 높은 산봉우리가 됐고, 세상은 건강해졌습니다. 하지만 참 이상합니다. 그것들은 사라지고 없지만 내 눈에는 보입니다. 그들의 검푸른 얼굴이 보입니다. 슬픔을 머금고 꾹 다물고 있는 그들의 입술이 보입니다. 금방이라도 눈꺼풀을 뜰 것처럼 부드럽게 감겨 있는 그들의 눈이 보입니다. 눈을 감아도 보입니다. 눈을 떠도 보입니다. 꿈속에서도 보이고 심지어 아이들의 얼굴에서도 보입니다. 나는 평생을 두려움 속에 살았습니다. 그것들이 무덤에서 일어나 내게로 걸어온 일도 없고, 그들이 내게 말한 적도 없고, 그들이 나를 미워하거나 뭔가를 탓하지도 않는데 나는 사는 내내 그들이 무서웠습니다. 나는 괴로움을 이기기 위해 포도주를 마십니다. 언덕에 올라 해가 뜨고 해가 질 때까지 하루 종일 취해 있습니다. 벌거벗고 누워 온종일 울고 웃습니다. 아이들은 내게 실망하며 손가락질을 합니다. 하지만 나는 포도주를 끊을 수 없습니다. 취하지 않고 하루를 견디는 법을 나는 모릅니다. 흉터처럼 남아 있는 기억과 눈앞에 보이는 그들의 모습을 망각할 방법이 없습니다. 뜻 모를 죄책감과 두려움은 나이와 주름과 함께 끝없이 증가하고 거품처럼 부풀었다 가볍게 사라집니다. 술 취한 나는 더듬거리며 기도합니다. 다시 젊어지고 싶습니다. 앙상하게 말라붙은 팔과 다리에 근육이 붙고 굵은 힘줄이 생기길 원합니다. 청년처럼 목소리가 굵고 커지길 원합니다. 나는 영원히 살고 싶습니다. 영원히 살아서 해야 할 일이 있습니다. 잠이 들고 꿈을 꿉니다. 꿈은 언제나 동일합니다. 모든 것이 하얗게 결빙된 영원의 땅 아이라, 나는 침묵의 설원으로 걸어 들어가는 젊고 건강한 청년의 뒷모습을 바라봅니다.

나는 땅속에 묻혀 있는 이들을 한 명씩 밖으로 꺼냅니다. 검푸른 얼굴, 힘없이 늘어진 팔과 다리, 굳게 다문 입술. 나는 그들을 등에 업고 얼음의 나라, 아이라로 향합니다. 아이라는 영원의 땅이라지요. 말조차 얼어붙는 이 세계에서는 아무도 늙지 않고 누구도 죽지 않는다고 합니다. 나는 남아 있는 모든 생을 바쳐 죽은 자들을 그 땅에 모두 옮기고 싶습니다. 한 명씩 한 명씩 차가운 바닥에 눕혀놓고 싶습니다. 그리고 그 옆에 앉아 말을 하겠습니다. 하고 싶은 말이 많습니다. 말은 그들의 몸을 에워싸고 얼어붙겠지요. 그들은 상하지 않는 얼음이 됩니다. 그리고 나도 그들 옆에 누워 노래하겠습니다. 단조가 없고 슬픈 단어가 없는 아름다운 노래를 부르겠습니다. 나는 당신들과 함께 기다립니다. 얼음의 나라, 아이라에도 언젠가 봄이 온다지요. 훈풍이 불고 얼음이 녹으면 말이 살아나고 추억이 살아나고 옛사람들의 노래가 살아난다고 합니다. 그날이 오면 우리도 모두 눈을 뜨겠지요. 서로의 얼굴을 바라보며 부끄러움 없이 죄책감 없이 환한 빛처럼 웃을 수 있겠지요. 나와 함께 아이라에 갑시다. 그곳에 갈 수만 있다면 당신들이 해변의 모래처럼 많다고 할지라도 나는 결코 지치지 않을 겁니다. 차가운 북풍을 뚫고 바다를 건너 기어이 고래의 배 속을 통과할 겁니다. 아이라에 봄이 옵니다.

희망을 만지는 언어

강동호
(문학평론가)

어느 날 갑자기 세상이 멸망할 수도 있다는 식의 이야기는 인류가 오랫동안 상상해오던 고전적인 테마 중 하나다. 그럼에도 불구하고 요즘 들어 인류의 종말을 다룬 이야기들이 특히 영상서사 분야에서 부쩍 늘어난 것 같다고 느껴진다면, 그것은 근래의 분석들이 공통적으로 지적하고 있듯 최근의 종말론적 서사가 이전의 것들과는 어느 정도 다른 단계에 진입하고 있기 때문인지도 모른다. 일각에서는 이를 가리켜 포스트 아포칼립스post-apocalypse, 즉 '묵시록 이후의 묵시록'이라고 명명하기도 하는데, 이 명칭은 이제 더 이상 재앙이 피할 수 있는 현실이 아니라는 것, 그리하여 이야기는 불가피하게 파멸 이후의 세계를 무대로 삼을 수밖에 없다는 것을 내포하고 있다.

이는 문학의 경우에도 크게 다르지 않아서, 한국 소설의 현황에 관심이 있는 독자라면 근래 들어 묵시록적 분위기를 풍기는 서사들이

양적으로 크게 증가했다는 사실을 알고 있을 것이다.[1] 그러나 조금 인색하게 말해보자면 이러한 소설들이 한 시대의 무의식을 증언하는 것을 넘어서, 이야기 자체의 매력에 충분히 도달했다고 말할 수는 없을 것 같다. 세상의 멸망이라는 현안과 관련하여 소설이 타매체 서사보다 특별히 매력적이었던 사례들을 보지 못했기 때문이라고 해야 할까. 나는 소설은 다른 매체의 서사가 담당할 수 없는 고유성(소설적인 것)을 고수하면서 쓰여져야 한다고 믿는 편이지만, 그렇다고 해서 소설이 오직 소설이라는 협소한 장르 안에서 벌어질 법한 일들에만 한정하여 경쟁해야 한다고 생각하지는 않는다. 다소 기술적으로 말하자면, 소설은 화려한 미장센들로 무장한 최첨단의 영상서사들의 스펙터클과도 소재, 서사, 주제 의식의 측면에서 동등하게 겨뤄야 하며, 이는 세계의 파국이라는 거대한 스케일의 이야기를 다루는 데 있어서도 마찬가지다. 그런 의미에서 소설이 영화의 압도적인 파괴력을 따라잡지 못하는 것을 매체적 특성 때문이라 주장하고 이러한 한계를 겸허하게 수용해야 한다는 태도는 소설에 대한 모독과 다를 바 없다.

물론 정용준의 『바벨』을 일컬어 항간에 유행하고 있는 종말론적인 서사들과 정색하고 정면 대결하는 소설이라 할 수는 없을 것이다. 그러나 이 소설은 SF적 상상력과 언어에 대한 고민, 그리고 작가 특유의 시적인 문체를 단단히 결합시킨 채, 문자 이야기가 오랫동안 간직하고 있던 고유성을 포기하지 않으면서도 이야기의 가능성을 당당하게 확장시킨 'SF-우화'로 기억되어야 할 것이다. 『바벨』은 (소재적으

---

1. 한국 소설의 묵시록적 경향에 대해서는 비평가 복도훈의 정치하고 뛰어난 분석이 있었다. 복도훈, 『묵시록의 네기사』, 자음과모음, 2012.

로는) 종말의 문제를 '언어'의 형상화와 소통이라는 문학의 오랜 고민과 더불어 제시하고, (서사적으로는) 종말론적 이야기가 거의 필연적으로 당도하게 될 선택의 아포리아와 정직하게 대면하며, (주제적으로는) 그 아포리아가 유발할 수 있는 종말론적 염세주의에 손쉽게 투항하지 않은 채 급기야는 어떤 희망이라는 삶의 형식에 도달하고야 만다.

언어의 파괴

> 신은 인간에게 말을 앗아갔고 그것을 스스로 저주하게 만들었다. 누구도 그렇게 규정하지 않았지만 사람들은 말이 펠릿이 되어 튀어나오는 이 시대를 바벨이라고 불렀다. (p. 55)

소설은 한 편의 아름답고 불길한 동화로 시작된다. 소설의 프롤로그에 해당하는 「얼음의 나라 아이라」는 『바벨』에서 맞이하게 될 주된 재앙이 언어와 관련 있다는 사실을 시적인 문장과 동화적인 장면으로 예고한다. 공중에 내뱉어진 모든 말이 얼음으로 변하는 신비하고 아름다운 나라 아이라. 존재와 언어 사이의 분열이 없고, 따라서 문자가 필요하지 않다는 점에서 아이라는 흡사 언어의 유토피아와 같은 곳이다. 말더듬이 소년 노아에게 이 이야기는 아마도 자신의 장애를 극복할 수 있는 실마리처럼 다가왔을 것이다. 그리하여 노아는 훗날 천재 과학자로 성장하게 되어 이 동화 속 세계를 현실화하는 프로젝트를 수행하는데, 안타깝게도 그 실험은 세계에 예상치 못한 파국을 초래하고야 만다. 애초의 계획과 달리 현실 세계에서 말은 아이라에서처럼 아름다운 얼음으로 결정화되는 것이 아니라 펠릿이라 불리는 혐오스러운 물질이 되어 튀어나오고, 급기야 인간은 펠릿에 의해질식사하는 지경에 이른 것이다. "그냥 인류 전체가 공통적으로 장애가 생긴 것"(p. 62)이라는 볼 교수의 말처럼 말은 비유가 아니라 실질적인 차원에서 인류의 보편적 장애가 되어버렸고, 결국 인류는 말을 완전히 포기하는 상황에 처한다. 바벨은 더 이상 말을 하지 않게된 이 시대를 가리키는 이름이다. 이러한 절망적인 상황을 둘러싸고 'NOT'이라 불리는 반정부 세력과 '레인보'라는 지지 세력 간의 정치적 대립은 날이 갈수록 격화되지만, 이 모든 갈등이 마치 소용 없다는 듯 모든 희망과 절망의 원천이었던 노아는 갑작스럽게 죽음을 맞이하게 되고, 인류는 비로소 펠릿의 저주로부터 벗어날 길이 없다는 자각과 함께 절대적인 밤과 다를 바 없는 역사의 종말로 진입한다.

새삼스러운 지적이겠지만, 『바벨』은 성서의 '바벨탑 신화'를 흥미롭게 변주한 일종의 패러디이자 우리 시대가 봉착한 절망을 말의 문제와 관련하여 사유해보고자 하는 매력적인 알레고리이다. 정용준의 첫 소설집 『가나』(문학과지성사, 2011)를 읽었던 독자라면 말에 대한 이 작가의 집요한 관심을 알고 있을 것이며, 특히 언어상의 장애를 지닌 존재들을 계속해서 등장시켰다는 사실을 기억할 것이다. 그의 소설에서는 말에 대한 욕망에도 불구하고 두려움 때문에 끝내 아무 말도 하지 않는 인물이 등장하거나(「굿나잇, 오블로」), 말 못하는 벙어리 아내를 남겨둔 채 죽어버린 유령 화자의 목소리가 배회하며(「가나」), 사람들로부터 생긴 상처로 인해 "차라리, 벙어리가 되겠"(「떠떠

떠, 떠」)다는 말더듬이의 결심이 피력된다. 말하자면, 이번 작품에서 작가는 언어 장애를 전 인류의 보편적인 문제로 확장해버림으로써 언어와 관련된 새로운 문제적 국면을 제시하는 것처럼 보이는데, 이러한 상황 설정에 담겨 있는 의미에 대해 조금 짚고 넘어갈 필요가 있을 것 같다.

루소는 그의 짧은 저서 『언어 기원에 관한 시론』에서 이렇게 쓴 바있다. "인간이 말을 하게 된 최초의 동기가 정념이었던 것처럼, 최초의 표현들은 비유였다. 형상적인 언어가 가장 먼저 태어나야 했다. (언어의) 고유한 뜻은 마지막에 생겼다. 사물들의 참모습을 보고 나서야 우리는 그것들에 진짜 이름을 붙여 부르게 되었다. 사람은 먼저 시로서 말을 했다."[2] 언어의 기원을 탐구하는 데 진화심리학이나 뇌과학 등의 최첨단 연구 성과가 동원되는 지금 시점에서야 부정확한 이야기가 없지 않겠지만, 언어의 진화에 대한 역사철학적 직관이 번뜩이는 대목들이 적지 않아 흥미롭게 읽힌다. 편의상, 루소의 말을 이렇게 정리할 수 있을 것이다. 첫째, 인간이 말을 발명한 최초의 동기는 뜻의 전달에 있는 것이 아니라 정념의 표출에 있었다. 둘째, 그래서 원시적인 말은 그 정념을 형상화하는 소리, 그러니까 차라리 노래나 동물적인 비명의 형태에 가까웠다. 셋째, 음성 언어를 보충하기 위한 문자 언어는 인간 실존의 측면에서 부차적일 수밖에 없다.[3]

---

2. 루소, 『언어 기원에 관한 시론』, 책세상, 2002, p. 31.
3. 잘 알려진 것처럼, 세번째 지적은 『그라마톨로지』에서 데리다에 의해 '음성중심주의'라고 하여 집중적으로 항의를 받은 내용이기도 하다. 소설 속에서 그려지는 요나와 마리 사이의 토론도 얼마간 이러한 지점들을 환기하고 있는데, 어쨌거나 이 소설이 루소(음성 언어)와 데리다(문자 언어)의 논쟁을 재연하는 것에 목적이 있는 것이 아니므로, 이 자리에서는 그냥 넘어가도록 하자.

말에 대한 이와 같은 루소의 직관들을 참조해보건대, 문자 언어만이 간신히 소통의 도구로 기능하고 있는 바벨의 언어는 사실상 언어의 기원을 송두리째 망각해버린 언어, 그리하여 인간의 원초적인 욕망을 담아낼 능력을 박탈당한 불구의 언어와 다를 바가 없다. 그리하여 요나의 아버지 장이 잠꼬대하듯 노래를 부를 때 그것은 이 기원에 대한 기억이 의식의 삼엄한 경계를 뚫고 무의식처럼 터져나오는 장면처럼 보이며, 바벨이 끝나게 되면 노래 즉 "멜로디가 섞여 있는 말"(p. 252)을 하고 싶다는 요나의 고백은 그 잃어버린 기원의 경험을 복원하고 싶다는 소망처럼 들린다.

그러므로 문제는 언어가 뜻을 전달하는 도구로 충분하다는 실용주의에 함몰될 때 (바벨의 정부 당국이 안일하게 생각하는 것과 달리) 우리가 잃게 되는 것이 단지 언어의 일부분이 아니라 그 전부라는 사실이다. 바벨에서 공식적으로 통용되는 글말이 무력할 수밖에 없는 이유도 여기서 찾을 수 있을 것이다. 어떤 언어가 그 기원을 망각했다는 것은 결국 그 기원에 해당하는 본질적인 욕망을 잃었다는 뜻이며 더 나아가서는 인간이 인간으로 존재하기 위해 반드시 필요한 어떤 실존적 경험의 토대를 잃었다는 뜻이다. 언어를 잃은 '바벨키드'들의 삶이 인간의 것으로 느껴질 수 없는 까닭 역시 말을 잃은 삶은 결국 경험의 계기를 잃은 텅 빈 삶에 불과하기 때문이다. "바벨키드들은 부모조차 의도와 표정을 읽어낼 수 없는 불가해한 존재였다. 뭔가를 지시하고 글자를 알려줘도 돌아오는 반응이라곤 텅 빈 삭막한 시선뿐이었다. 그들은 거의 움직이지 않았고 웃지도 울지도 않았다"(p. 76).

좀처럼 현실에서 일어날 것 같지 않은 가상적인 상황 설정이지만, 가만히 생각해보면 바벨의 병든 언어가 우리 현실의 모습과 크게 다르지 않다는 것을 구태여 부연할 필요는 없을 것이다. 타인이 내지르는 고통스러운 비명도 무감각하게 넘겨내는 현대인들이야말로 말에 있어서 근본적으로 병든 자들이 아닌가. 바벨의 종말이 자연 재해, 외계의 침공, 바이러스의 확산 등의 그 어떤 영화적 사건보다도 더 다급한 일처럼 느껴지는 것도, 말의 가치를 무시하는 것을 넘어 거의 학대하는 수준에 이른 오늘날의 황폐하고도 참담한 언어 문화를 우리가 분명히 목격하고 있기 때문일 것이다.

종말의 아포리아

여기서 잠깐 짚고 넘어가고 싶은 것이 있다. 어쩌면 말이 펠릿이 되어 인간을 괴롭힌다는 독특한 설정 외에는 일반적인 종말론 이야기와 크게 다르지 않아 보일 수 있지만, 이 SF-우화는 그 구성 과정에 있어서 일반적인 종말 서사와 비교했을 때 어쩐지 조금 다른 지점들이 있다. 무슨 뜻인가. 다소 교과서적이지만, 이를 소설 플롯의 3요소에 속하는 인물, 사건, 배경을 중심으로 간단히 살펴보는 것은 종말에 대처하는 이 작가의 근본 태도를 짐작하는 데 여러모로 유용할 것이다.

먼저 인물. 다소 과격하게 말하면, 이 소설에는 세계의 문제를 해결한다는 차원에서 볼 때 주인공이 없다. 물론 이 작품의 주인공 격이라고 할 수 있는 인물은 단연 요나지만 여타 사건에도 불구하고 종말과 대결하는 범위하에서 요나의 능동성이 적극적으로 표출되는 부분은 상대적으로 많지 않다. NOT에 참여하여 바벨의 부조리와 격렬하게 투쟁하기에는 다소 냉소적이고, 레인보에 가담하여 종말론적인 희망에 자신의 삶을 걸 만큼 순진하지도 않은 캐릭터인 셈인데, 그런 의미에서 기자라는 그의 직업은 서사의 차원에서 그의 캐릭터와 기능을 그대로 요약하는 것처럼 보인다. 다음은 사건. 편의상 인물과 사건으로 구분했으나, 메인 캐릭터의 실질적 부재는 사건의 능동성 자체에 적지 않은 영향을 미칠 수밖에 없다. 가령 이것은 이 소설의 결정적인 사건이라고 부를 수 있는 노아의 죽음과 룸의 귀환에 요나가 관여하는 바가 거의 없다는 점과도 무관하지 않다. 바벨의 운명이 사연을 알 수 없는 노아의 자살에 의해 결정되어버린다는 설정은 인류의 종말을 근심하는 일반적인 서사의 문법과 이 소설이 조용히 결별하고 있다는 것을 뜻한다. 한마디로 파국의 시작과 끝은 등장 인물의 행위 여부에 달려 있다기보다 거부할 수 없는 배경처럼 압도적인 무게로 주어지고 있다.

왜 이럴 수밖에 없었을까. 이러한 서사적 정황은 최근의 종말론적 서사들이 공통적으로 직면할 수밖에 없는 선택과 행위의 어려움과 무관하지 않을지도 모른다. 이야기에서 사건이 해결되어 나가는 과정은 인물의 선택과 행위에 매개되어 있는 것이 보통이지만, 세계의 멸망을 이야기하는 최근의 서사들이 바로 이 능동적인 선택의 문제에 있어 어떤 근본적인 난관에 봉착해버린 것 같은 인상을 준다는 뜻이기도 하다.

예컨대 최근 10년 사이의 한국 영화를 사정권에 둔다면, 종말 위기에 처한 세계에 어떻게 대처할 것인가라는 문제를 둘러싼 두 개의 인상적인 선택 사례를 제시할 수 있을 것 같다. 장준환 감독의 「지구를 지켜라」(2003)가 그 기원에 있다면 봉준호 감독의 「설국열차」(2013)

는 가장 최근의 사례이다. 이 두 영화가 보여주는 선택 사이의 가파른 변화는 눈여겨볼 가치가 있다. 알다시피, 전자가 지구를 종말시킬 것인가 말 것인가라는 문제를 바깥(외계인)의 선택에 위임해버린다면, 후자는 역사가 종말에 도달했다는 전제를 승인한 상태에서, 자본주의를 은유하는 기차를 폭파시켜 바깥으로 탈출할 것인지 아니면 기차를 유지시킬 것인지를 선택의 문제로 남겨버린다. 전자의 선택이 흥미로웠던 이유가 가차없이 지구를 폭파해버리는 결단이 주는 비휴머니즘적 냉소의 쾌감 때문이라면, 후자의 선택(기차를 폭파시켜 바깥으로 탈출하는 것)이 어딘가 석연치 않은 것은 그 과도한 능동성을 현실적으로 소화하기가 어렵기 때문이다. 장르적 문법으로 보았을 때, 세계를 포기하자니 그것이 더 이상 신선한 충격을 주지 못하고, 세계를 구하자니 그 어떤 방법도 현실적 정황과의 알레고리적인 관계를 고려했을 때 적절한 대안이 될 수 없는 것이다. 이러한 서사적 아포리아를 배후에 두고 미래에 대한 체념과 희망 사이에서 어정쩡한 포즈를 취할 수밖에 없다는, 우리의 역사적 상상력이 빈곤하다는 사실은 그리 새삼스러운 지적이 아니다.

이 점을 감안할 때, 『바벨』에서 세계 종말을 둘러싼 선택의 문제가 유예되거나 애초부터 돌파해야 할 현안으로 설정되지 않은 것은 다소 비관적으로 보일지라도 어딘가 불가피한 측면이 있다. NOT의 과격한 주장대로 노아의 정체를 밝히고 그를 단죄해야 할 것인가, 아니면 레인보의 믿음대로 노아가 펠릿을 해결해줄 것이라고 막연히 기대해야 하는가. 이 소설에서의 서사적 선택이 세계를 유지시킬 것인지 말 것인지를 '해결'하는 데 바쳐졌다면, 우리는 최근의 종말 서사들과 마찬가지로 결국 거대 담론이 쳐놓은 아포리아의 거미줄에 걸

려들었을 것이다. 때문에 『바벨』은 종말 서사의 장르적 질문을 기각
하는 대신 "종말은 미래가 아닌 현재였고 과거였다"(p. 273)라는 선
명한 현실 인식을 바탕으로, 마침내 우리의 사회가 역사철학적 상상
력에 있어 막다른 길에 처해 있음을 정직하게 반영하는 길을 택한 것
처럼 보인다.

언어를 만지는 언어

> 나는 그 얼음을 한 번이라도 만져보고 싶었
> 다. (p. 11)

　하지만 그것이 전부는 아닐 것이다. 세계의 종말이라는 거대 담론
과 관련해서는 소설에게 선택의 여지가 그리 많은 것 같지 않지만, 다
른 문제에 대해서라면 소설이 하고 싶은 말이 조금은 더 남아 있는
것처럼 보이니 말이다. 세계의 종말을 결정하는 문제와 무관하게 이
소설에서는 어딘가 희미한 가능성을 의연하게 품고 있는 근본적인
사건이 발생한다고 할 수 있다. 이를테면, 우리는 이 소설에 형성되어
있는 두 관계를 그냥 지나칠 수 없는데, 그 하나가 체스판 위의 말처
럼 세계에 의해 삶의 의지를 강탈당한 요나와 그를 연민 어린 시선으
로 위태롭게 바라보는 마리의 사랑이라면, 다른 하나는 소설의 에필
로그에서 회상되는 노아와 룸의 우정일 것이다. 물론 여기서 전개되
는 요나와 마리의 사랑이 다소 개연성이 부족하고 노아와 룸의 관계
가 추상적이라고 느껴질 수 있지만, (이들 사이에서 형성되는 관계를 그

저 낭만적인 연인 관계로 축소시키지 않는다면) 그 개연성의 결여와 추상성 마저도 이 작가가 사랑이라 불리는 것을 보다 근본적인 층위에서 성찰하는 것과 관련된다고 대답할 수 있을 것이다. 왜? 정용준이 말하고자 하는 사랑은, 작가의 표현을 직접 빌리자면, '공통 감각'에 대한 인식에 다름 아니기 때문이다.

공통 감각이란 무엇인가? 이것을 최초로 통찰한 이는 아리스토텔레스이다. 아리스토텔레스는 「영혼론De Anima」에서 우리에게 익히 알려진 다섯 가지 감각 외에 특정한 신체 기관과 결부되지는 않지만 모든 감각들을 종합해서 지각하는 특별한 감각, 즉 일종의 메타 감각 같은 것이 있다고 가정한다. 그는 거기서 이 공통 감각이 은연중에 촉각에 가까울 수 있다는 뉘앙스의 말을 덧붙였는데, 고대의 철학자가 제기한 이 신비한 감각에 대해서는 후대에 여러 주석들이 붙었지만, 우리가 여기서 각별히 참조하고 싶은 것은 다니엘 헬러 로젠Daniel Heller-Roazen의 것이다. 그는 이렇게 썼다. "만약 의식과 자기의식이라는 것이 근대 이후 주장되듯이 이성의 영역에서 기원하는 것이 아니라 아리스토텔레스가 언급했듯 감각에서 비롯되는 것이라고 한다면 어떨까? 의식이라는 것은, 간단히 말해 문자 그대로의 의미처럼 다양한 만짐과 접촉에 의해 발원하는 '내밀한 만짐inner touch', 즉 스토아 학파에서 말했듯 '자기 자신을 지각하는 것'으로서의 '공통 감각'이 아닐까. [……] 감각에 있어서 우리가 만지는 존재tactile being라는 사실은 모든 동물들의 삶을 해명하는 열쇠가 될 수 있을 것이다."[4]

4. Daniel Heller-Roazen, *The Inner Touch: Archaeology of Sensation*, Zone Books: New York, 2007, pp. 40~41

공통 감각으로서의 촉각이라는 통찰과 공통 감각으로서의 사랑이라는 명제를 결합하면 우리는 사랑과 관련된 유용한 직관들을 얻을 수 있을 것 같다. 왜냐하면 사랑 역시 공통 감각과 마찬가지로, 특정한 대상과 성격에 대응되는 욕망이라는 정의만으로 충분히 해명이 되지 않기 때문이다. 가령, 우리가 누군가를 진정으로 사랑한다고 내밀하게 '느낄' 때, 그 사랑의 이유를 묻는 일은 참으로 무용해질 수밖에 없다. 왜 나는 너를 사랑하는가. 연인 사이에서 습관처럼 오가는 이 통속적인 질문에 우리가 정색하고 대답할 수 없다면, 그것은 그 어떤 대단한 이유들도 내 사랑의 '느낌' 앞에서 초라해질 수밖에 없다는 사실을 우리가 직관하고 있기 때문일 것이다. 당연한 일이다. 사랑 역시 공통 감각과 마찬가지로 감각을 감각하는 일, 더 풀이하자면 내가 살아 있다는 그 느낌을 만지는 체험이니 말이다.

여기서 사랑이 실존을 만지는 경험의 시간과 같다는 말은 『바벨』에서 표현되는 사랑을 이해하기 위해서라도 특히 중요하다. 이를테면 소설에서 요나와 마리가 사랑을 나누는 장면이 각별히 사려 깊게 묘사되고 있는 이유 역시 그와 무관하지 않을 것이다. 일전에도 지적한 바 있거니와,[5] 이 작가에게 사랑은 마치 말을 육체로 삼아서 "몸이 말에게, 말은 몸에게 서로의 자리를 내어주며 뒤섞"(p. 227)이는 낯선 시간을 개방하는 일, 비유컨대 두 사람의 언어가 서로의 언어를 만지는 행위와 다르지 않아 보인다. 때문에 『바벨』에서 보여주는 이 작가 특유의 시적인 문체는 결정적이다. 종종 우리는 문체를 이야기와 구

---

5. 졸고, 「사랑의 영도, 만짐의 현상학」, 『문예중앙』(2011년 여름호).

별되는 어떤 부차적인 요소로 간주해버릴 때가 있는데, 최소한 정용준의 소설에서 문체는 그야말로 소설의 몸과 같아서 그것만으로 소설의 주제를 체현하는 노력으로 받아들여야 한다. 사랑하는 연인을 사려 깊고 조심스럽게 배려하면서, 한편으로는 끈질기게 만지려고 접근해가는 작가의 노력이 이렇게 표현되는 중이다.

마치 마리가 뱉어낸 '공통 감각'이라는 언어를 자신의 입속으로 집어넣으려는 것 같았다. 둘의 입술은 단단하게 맞물린 극이 다른 자석처럼 떨어지지 않았다. 그들은 멈추지 않고 입술을 움직였고 몸을 움직였고 손을 움직였고 온몸을 사용해 길고 긴 대화를 나누었다. 요나는 마리가 자신의 품속으로 흡수되는 걸 느꼈다. 그 순간 요나는 자신이 분해되고 있다는 느낌이 들었다. 완전히 조각난 세포들이 한없이 어딘가로 흐르는 느낌, 끝없이 더 잘게 부서져 아무것도 남지 않는 가벼운 느낌. 요나는 마리의 입술에 입을 맞췄다. 자신의 목소리를 마리의 호흡 속으로 부드럽게 끼워 넣었다. 마치 자신의 혀를 마리의 입속에서 완전히 녹여 마리의 목구멍 속으로 넘어가게 하려는 듯. 움직이고 또 움직이고 반복하고 또 반복했다. 두 입술이 서로를 삼키기 위해 끊임없이 움직였다. (pp. 229~30)

이처럼 이 소설에서 진정한 의미의 소통이 이루어지는 기적적인 순간은 거의 타인을 만지는 일에 비견될 수 있을 정도로, 물질적인 층위에서 이토록 감각적으로 묘사된다. 몸을 섞듯이 말을 섞고, 말을 섞듯이 몸을 섞는 반복의 시간. 이때 반복이 필요한 까닭은 이들이 만지고 있는 것이 거의 없거나, 아니면 만질 수 없는 것을 만지고 있기 때문이다. 그렇지 않은가. 사랑으로서의 애무는 특정한 실체를 만지는 욕망의 행위와 원천적으로 달라서, 차라리 나 자신의 공허와 결핍을 만지는 일에 가까운 것이다. 하여, 만짐으로서의 사랑은 그 행위의 시간 속에서 "자신이 분해되고 있다는 느낌"(p. 229)과 대면하고 그 부서진 자아의 빈자리를 향해 누군가가 접근하고 있다는 놀라움을 체험하는 일과 같다. 스스로를 타자화한다는 말은 정신에 의해 굳건히 속박되어 있는 자아를 분명치 않은 시간 지평 위로 투사시킴으로써, 역설적이게도 나 자신의 살아 있음을 타자를 통해, 혹은 타자와 더불어 생생하게 확인한다는 뜻과 다르지 않다. 감각의 층위에서 이방인이었던 서로가 순간적으로 이루는 공동체. 이 공동체 속에서는 "침묵은 하나의 인격처럼 둘 사이에 앉아 있"(p. 227)는 것, 즉 단순히 소리의 부재를 의미하는 것이 아니라, 어떤 잠재성의 시간이 되어버린다. 그리하여 두 언어가 나누는 '몸-말'의 대화는 '나는 너를 사랑한다'라는 전언 이상의 어떤 근본적인 것을 나누고 있는 것처럼 읽힌다. 무엇을 나누고 있을까. 이번에는 아리스토텔레스의 말이다.

신실한 사람은 친구를 자기 자신처럼 대하므로—친구는 또 다른 자기이니까—각자에게 자신의 존재가 선택할 만한 것이듯 친구의 존재도 선택할 만한 것, 혹은 거의 그럴 만한 것이다. 존재한다는 것이 선택할 만한 것이 되는 것은 자신이 좋은 사람임을 지각하기 때문이다. 그러한 지각은 그 자체로 즐거운 것이다. 따라서 친구가 존재한다는 것을 [친구와] 더불어 지각하는 일이 필요한데, 이것은 함께 살며 서로 말과 생각을 나누는 일을 통해 성립한다. 인간에게 있어서 함께 산다는 것은 가축의 경우처럼 같은 공간을 배정받았다는 뜻이 아니라, 이러한 것[즉 서로 말

과 생각을 나누는 것]을 의미하는 것으로 보이기 때문이다.[6]

　이 관계의 현장에서 무엇이 나뉘고 있는가. 철학자에 따르면, 그것
은 어떤 실체적인 대상(재산, 영토 등)이 아니라 말과 생각이며, 궁극
적으로는 말과 생각에 담긴 어떤 내용이라기보다는 그것을 통해 지
각될 수 있는 어떤 '좋은' 느낌(나 자신이 존재한다는 사실에 대한 느낌)
에 가깝다. 결국 나눔의 본질에 대해 말한다는 것은 한 주체가 '자신
이 존재한다는 사실'을 타자와 더불어 함께 느낄 수 있는 어떤 시간
성 속에 놓인다는 말과 다르지 않은 것이다.[7]

　물론 간과하지 말아야 할 것이 있다. 그것은 위에서 말하는 관계가
두 사랑의 동일시라고 불리는 낭만적인 결합과는 조금 다르게 느껴
진다는 사실이다. 위 인용문에서 아리스토텔레스가 고집스럽게 '자
기 자신'이라는 말을 고수하는 까닭도 같은 맥락에서 이해될 수 있을
것이다. 때로 우리는 사랑이라는 것이 결국 나르시시즘적인 욕망의
소산이며 내 앞의 타자 역시 내 욕망을 달성하기 위해 호출된 존재인
것처럼 냉소하는데, 이 말은 어떤 의미에서 절반만 옳다. 인간은 사랑
에 있어서도 불가피하게 나르시시즘적이지만, 사랑은 그 나르시시즘
을 더 이상 왜소하지 않게 만들어주기 때문이다.

　예컨대, 노아의 실패한 실험이 처음으로 성공을 거두는 순간도 룸
이라는 일종의 분신과 같은 존재에 의해서라는 사실은 그래서 중요

6.　아리스토텔레스, 『니코마코스 윤리학』, 강상진 · 김재홍 · 이창우 옮김, 길, 2011, pp. 341~42.
7.　한국어의 '나눈다'는 말은 그런 맥락에서 결정적으로 의미심장하다. 대화를 나누고, 경험을 나
누고, 결국은 사랑을 나누는 것이라는 말에서 드러나듯이 실체가 아닌 어떤 것, 다시 말해 언어를
나누는 것이야말로 모든 나눔의 근원임을 환기하고 있기 때문이다.

하다. "그는 내 거울이었고 나는 그의 그림자였다"(p. 284)라는 말처럼 노아에게 있어 룸은 처음으로 발견한 타자적인 자기, 혹은 자기의 타자였을 것이다. 그리하여 룸이 조심스럽게 노아의 펠릿을 만질 때 발생하는 사건은 기왕의 여러 사건들과 근본적으로 다르게 느껴질 수밖에 없다. "우리는 함께 생각하고, 상상하고, 이야기했다. 동일한 꿈을 꾸었고 같은 꿈의 무대에서 자유롭게 뛰어다녔다. 노아는 내 꿈을 통해 과거를 경험했고, 나는 노아의 꿈을 통해 미래를 경험했다. 그것은 언제나 쓸쓸한 풍경이었지만 그 속에서 우리는 평안했다. 우리의 말은 정확했다. 착각도 없었고, 오해도 없었고, 거짓도 없었다. 말은 따뜻한 물처럼 방을 채웠고, 부드러운 이불처럼 바닥에 깔렸다. 바다를 말하면 바다가 펼쳐졌고, 파도를 말하면 파도가 밀려왔고, 하늘을 말하면 하늘이 열렸으며, 새를 말하면 새가 날아왔다. 우리가 하는 말은 모두 실재했고, 투명하고 명징했다"(pp. 284~85). 이 아름다운 대화가 그 자체로 특별하다고 느껴지는 것은 그 자체로 인상적인 내용이 오가고 있지 않음에도 불구하고 우리 자신을 '살아 있는 것'으로, '인간'으로 느끼게 하고 마침내 '존재하고 있다는 사실을 느끼는 존재'로 거듭나게 만들기 때문이다. 죽기 전 노아가 유일하게 행복을 느꼈던 시간 역시 룸이라는 존재 덕분에 자기 자신의 좋음을 감각하게 되는 순간이다. 이처럼 우리가 제각각 스스로의 살아 있음을 '함께' 감각하는 날들 속에서 스스로가 좋아진다면, 그리고 이 좋음이 나눔 속에서 이루어진다는 사실을 새삼 깨닫게 된다면, 비로소 이 앎의 시간들을 일컬어 사랑─우정이라 이름 붙여줄 수도 있을 것 같다. 실로 사랑에 도달한다는 것은 언어를 나누는 공통 감각의 현장에 두 사람이 함께 입회하여, 근원적인 실존을 나누고 느끼면서, 다시

둘로 나뉘는 과정이다. 그리고 이러한 사랑에 대한 정용준의 끈질긴 천착이야말로 종말을 살아가는 이들에게는 어떤 새로운 가능성이 활성화되고 있다는 사실을 가리키는 예표처럼 느껴질 수 있을 것이다. 마지막으로, 우리가 희망에 대해 말하지 않을 수 없는 이유도 거기에 있다.

희망이라는 이름의 원리

> 희망이 없으면 선도 없다.
> ─아도르노

우리가 희망이라는 것을 기왕의 유토피아적인 기획 혹은 새로운 세계에 대한 확신으로 한정하여 받아들인다면 『바벨』의 결말이 희망적이라기보다는 허무하거나 절망적이라는 지적은 틀리지 않을지도 모른다. 노아의 갑작스러운 (하지만 예고된) 죽음 이후 정부는 펠릿에 대한 해결책이 없음을 실질적으로 선언하고, 노아에 대한 증오와 분노를 자양분 삼아 살아가던 반정부파를 포함하여 전 인류는 "원망할 대상도 희망할 대상도 잃"고 "더 이상 하늘을 바라보지 않았고 미래를 꿈꾸지 않"(p. 276)게 된다. 진정한 역사의 밤, 세계의 밤에 이르게 되었다는 것. 그 어떤 현실적인 가능성도 남아 있지 않은 것 같은 이 소설의 결말은, 역사적 진보에 대한 확신이 남아 있지 않은 우리 시대의 정황과 공명하는 것 같다.

하지만 반복해서 말하자면, 그것이 전부는 아닐 것이다. 이를테면,

에필로그에 이르러 본격적으로 전경화되는 룸의 목소리는 절망적인 결말 분위기 속에서도 긍정과 선의를 잃지 않은 유일한 것처럼 보이기 때문이다. "룸은 웃었다. 창백한 장의 얼굴이 환해질 때까지, 필의 울음이 그칠 때까지 굳어 있는 요나의 표정이 부드러워질 때까지, 룸은 힘껏 웃었다"(p. 284). 말하자면, 이것은 실의에 빠져 있는 전 인류에게 보내는 웃음이기도 하다. 그런 의미에서 룸이 노아의 펠릿을 만지고 읽은 내용을 마치 노아의 유언장이자 예언처럼 다시 받아 쓴다는 사실은 중요하다. 이때 룸은 마치 "말하고 싶지만 말할 수 없고, 희망을 갖고 싶지만 희망을 품을 수 없는 불행한 사람"(p. 262)들을 위해 '대신' 말하는 것처럼 보이며, '대신' 말한다는 점에서 바벨에서 가장 낮은 계층을 차지하고 있던 스피커의 위치를 자청하는 것으로도 읽힌다. 아마도 희망에 대해 하고 싶은 말이 아직 더 많기 때문일 것이다.

하고 싶은 말이 많습니다. 말은 그들의 몸을 에워싸고 얼어붙겠지요. 그들은 상하지 않는 영원한 얼음이 됩니다. 그리고 나도 그들 옆에 누워 노래하겠습니다. 단조가 없고 슬픈 단어가 없는 아름다운 노래를 부르겠습니다. 나는 당신들과 함께 기다립니다. 얼음의 나라 아이라에도 언젠가 봄이 온다지요. 훈풍이 불고 얼음이 녹으면 말이 살아 나고 추억이 살아나고 옛사람들의 노래가 살아난다고 합니다. 그날이 오면 우리도 모두 눈을 뜨겠지요. 서로의 얼굴을 바라보며 부끄러움 없이 죄책감 없이 환한 빛처럼 웃을 수 있겠지요. 나와 함께 아이라에 갑시다. 그곳에 갈 수만 있다면 당신들이 해변의 모래처럼 많다고 할지라도 나는 결코 지치지 않을 겁니다. 차가운 북풍을 뚫고 바다를 건너 기어이 고래의 배 속을 통

과할 겁니다. 아이라에 봄이 옵니다. (p. 290)

"기어이 고래의 배 속을 통과"하겠다는 이 지치지 않는 결의의 토
대가 되는 것이 희망이 아니라면 무엇이겠는가. 이것은 그저 산문의
아름다움이 주는 근거 없는 매혹에 불과한 것일까. 작가가 그리고 있
는 가상 미래가 낙관적이라고 할 수는 없다고 하더라도, 나는 이 소
설의 어느 대목에서 느낄 수 있는 감동이 희망의 다른 이름이라고 짐
작해보는 것이 근거 없는 일은 아닐 것이라고 믿는다. 아니, 어떤 의
미에서 '근거 없는 희망'이라는 말은 그 자체로 중요한 진실을 담고
있는 것처럼 들린다. 본래 진정한 의미의 희망이라는 것을 말할 수 있
다면, 그것은 신뢰할 만한 근거 위에서 논리적으로 세워지는 것이 아
니라 모호하고 알 수 없는 심연 위에서 발생하는, 어떤 원리로서의 삶
의 형식에 가까우니 말이다.

　앞에서 우리는 이 소설이 종말의 문제와 관련하여 선택을 피하고
있는 것 같다고 말했지만, 이 지점에 이르러서야 우리는 비로소 『바
벨』의 가장 결정적인 선택과 만날 수 있다. 이것을 우리는 희망을 선
택하는 것, 아니 (희망은 의지적으로 선택될 수 있는 것이 아니므로) 희망
을 희망하는 것이라는 명제로 바꿔 읽을 수 있지 않겠는가. 희망이라
는 것은 실패에도 불구하고 마땅히 사수해야 할 어떤 당위 명제가 아
니라, 우리 자신이 '살아 있다는 사실'을 언어를 통해 지각하는 과정
에서 불가피하게 건져지는 어떤 실존적인 삶의 태도이다. 그러니, 사
랑 속에서 우리가 타인을 만짐으로써 나 자신의 실존을 만질 때, 우
리의 삶 역시 희망에 의해 만져지고 있는 것이다. 그리하여 희망은
(아직 알려지지 않은) 더 나은 세계를 향해 파견된, 우리 실존의 척후

이자 동시에 그것의 귀환을 기다리는 어떤 시간의 다른 이름이다. 그렇게 희망은 마치 어떤 원리처럼 우리의 삶에 불수의적으로 각인되어, 우리가 살아가고 있는 이 세계가 과연 살 만한 것인지에 대한 물음의 토대가 될 것이다. 무덤 속의 어둠처럼 한 점의 빛도 보이지 않는 이 종말의 시대에서, 그렇게 『바벨』은 여전히 우리가 희망을 더듬어 나갈 수밖에 없는 불가피한 이유를 느끼도록 만드는 중이다. 과연 이 세계에도 봄은 기어이 오고야 말 것인가. 섣부른 대답 대신 소설의 한 대목을 다짐처럼 옮기며, 당신들과 나눈다. "단조가 없고 슬픈 단어가 없는 아름다운 노래를 부르겠습니다. 나는 당신들과 함께 기다립니다."

말이 튀어나오는 이미지는 유년기에 갖고 있던 일종의 망상이었습니다. 입에서 나온 말이 허공을 뚫고 앞으로 나아가다 갑자기 힘을 잃고 둥둥 떠 있는 것이지요. (민물고기는 바다에 들어가면 숨을 쉬지 못하고 몸을 뒤채며 몸부림치다 죽고 맙니다. 그것과 흡사 합니다.) 형상도, 형체도 없는 것이 마치 살았다가 죽은 것과 비슷한 모습으로 도처에 널려 있는 이미지는 어린 시절의 나를 괴롭게 했습니다. 말할 때마다 뭔가를 죽이는 것 같은 기분이 들어 쉽게 말을 할 수가 없었습니다. 나는 그때부터 지금까지 오랫동안 말더듬이로 살아왔습니다. 그 문제를 언젠가는 해결하고 싶었는데 이렇게 소설로 쓰게 됐습니다.

소설을 쓰면 해결이 되나요? 어려운 질문입니다.

언어가 있어 다행입니다. 언어는 많은 이미지들과 생각들을, 어떤 순간과 긴 이야기를 마치 얼음처럼 얼릴 수 있습니다. 하지만 온전하게 얼릴 순 없지요. 밤새 이야기를 만들고 아침마다 깨진 언어가 녹으며 내는 이상하고 괴이한 노래는 슬프고 참담했습니다.

그럼에도 불구하고 소설을 쓰며 사는 게 좋습니다. 그 무엇도 그 기쁨을 앗아갈 순 없습니다. 이 책은 나보다 오래 살게 되겠죠. 참으로 멋진 일입니다.

내게 삶을 준 부모님과 사랑을 알려준 가족들, 기억과 감각을 전해준 이들 그리고 이 책을 만들기 위해 애쓴 모든 이들에게 감사를 전합니다.

2014년 1월
'연희'에서 정용준

HANDY

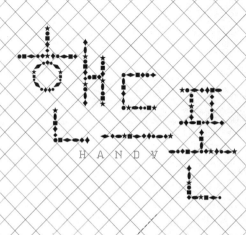

HANDy

{ 옛날 방식으로 쓴 열세 편의 이야기 }

잉고 슐체 지음·노선정 옮김

문학과지성사
2011

핸드폰

옛날 방식으로 쓴 열세 편의 이야기

펴낸날	2011년 5월 16일
지은이	잉고 슐체
옮긴이	노선정
펴낸이	홍정선
펴낸곳	(주)문학과지성사
주소	121-840 서울 마포구 서교동 395-2
전화	02)338-7224
팩스	02)323-4180(편집) / 02)338-7221(영업)
등록번호	제10-918호(1993. 12. 16)
전자우편	moonji@moonji.com
홈페이지	www.moonji.com
ISBN	978-89-320-2206-2

- 나탈리를 위하여 -

인생의 근원적인 질문 앞에서
그 해답을 찾지 못한 채 하루하루가 지나갔다.

　　　　—프리데리케 마이뢰커

I

핸드폰

7월 20일이 저물고 21일이 시작되는 한밤중이었습니다. 놈들은 자정에서 0시 반 사이에 왔습니다. 분명 그리 많은 인원은 아닌 것 같았습니다. 어쩌면 다섯, 혹은 여섯 놈쯤이었습니다. 나는 그들이 주고받는 말소리와 요란하게 무엇인가를 때려 부수는 소음을 들었을 뿐입니다. 놈들은 방갈로에 불이 밝혀져 있다는 것을 전혀 알아차리지 못한 것 같았습니다. 침실의 출입문이 뒤쪽으로 나 있고 커튼이 내려가 있었거든요. 오랜만에 찾아온 후덥지근한 밤이었고 우리들 휴가의 마지막 주 월요일이었지요. 나는 그때까지도 책을 읽고 있었습니다── 슈티프터의 『증조부님의 기록에서』라는 책이었지요.

콘스탄체는 화요일 아침 8시까지 신문사로 오라는 전보를 받은 후 베를린으로 떠나고 없었습니다. 우리가 묵고 있는 곳의 연락처를 비서가 건네주었던 모양이었습니다. 작가 폰타네가 즐겨 찾던 장소를 따라

가보는 문학 연재기사가 취소될 위기에 처했다고 하더군요. 마감 시간까지 기사가 도착하지 않았기 때문이었습니다. 아예 먼 곳으로 떠나버리지 않은 경우에는 바로 이런 단점이 있습니다. 허나 우리 두 사람 다—나는 스포츠면, 콘스탄체는 문화면을 맡고 있어서—1년 내내 밖으로만 나돌아 다니므로 휴가철에까지 공항에 죽치고 앉아 있고 싶지는 않았습니다. 작년에 처음으로 이 방갈로를 빌렸는데 5평방미터나 되는 택지가 하루에 20마르크밖에 안 했지요. '프리에로스'라는 베를린 남동쪽 지역입니다. 우리 집 대문 앞에서부터 정확히 46킬로미터 떨어진 곳에 위치하며, 거리의 맨 끝집입니다. 게다가 도처에 우거진 소나무하며 온갖 조건을 다 따져보아도 무더운 여름을 나기에 그토록 안성맞춤인 곳이 없을 성싶었습니다.

혼자 그곳에 있는 기분은 이상했습니다. 무서웠던 것은 결코 아니지만, 가지가 떨어져 내리는 소리와 새가 지붕 위에서 껑충껑충 뛰어다니는 소리, 모든 종류의 소리가 부스럭부스럭 들려왔습니다.

그놈들이 울타리를 이은 나무 막대기들을 발로 걷어차는 순간에는 마치 총성과 같은 큰 소리가 났습니다. 설상가상으로 고래고래 질러대는 그 꼴사나운 괴성이라니! 불을 끈 후 바지를 주워 입고 앞채가 바라다보이는 창문으로 다가갔습니다—밤에도 창문 바깥쪽의 차양은 내리지 않습니다. 하지만 아무것도 보이지 않더군요. 갑자기 둔탁한 소리가 났습니다. 무엇인가 육중한 것이 '쿵' 하고 넘어지는 소리였습니다. 그들이 괴성을 질렀죠. 처음에 나는 마당의 전등불을 켤 생각이었습니다. 집 안에 누군가 있다는 것을 알리기 위해서였죠. 그 한심한 놈들이 아무에게도 들키지 않고 완전범죄를 저질렀다고 생각지 않도록 말입니다. 몇 번인가 요란한 소리가 더 들리더니——이윽고 그들은 물러갔습니다.

다리에도 식은땀이 나는 것을 느꼈습니다. 난 얼굴을 쓸었습니다. 침대 위 창문을 열었습니다. 밖은 어느새 선선해져 있었지요. 이젠 놈들의 소리가 거의 들리지 않았습니다.

7시 정각에 내 핸드폰이 '따르릉따르릉' 하고 울렸습니다. 아니, '따르릉'이라는 표현은 옳지 않습니다. '디리리릭, 디리리릭' 소리였다고 해야 더 적당할 것입니다. 그 소리는 점점 더 커졌습니다. 친숙하고도 익숙한 소리였지요. 콘스탄체의 전화임을 알기 때문이었습니다. 그녀만이 내 번호를 알고 있었으니까요.

콘스탄체가 베를린의 날씨가 얼마나 참을 수 없이 더운지 그리고 왜 그 비사회적인 도시로 가는 자신을 말리지 않았냐고 따져 묻는 동안, 나는 핸드폰을 귀에 댄 채 아침 햇살과 적막이 내려앉은 마당으로 나가 지난밤의 참상을 둘러보았습니다. 울타리를 이루고 있던 널빤지 석장이 길바닥에 널브러져 있었습니다. 시멘트 말뚝 하나가 부러져 흙바로 위로 꺾여 넘어져 있었습니다. 말뚝의 밑동에서 철조망 두 가닥이 비죽이 솟아 나왔습니다. 괴한들은 정문에 가로로 매달려 있던 신문함을 세로로 돌려놓았습니다. 바로 그 아래에서 새집의 지붕과 벽이었던 나무 쪼가리들을 발견했습니다. 발길질을 한 곳은 총 일곱 군데였고 철망 울타리가 뜯겨져 나간 곳은 네 군데였습니다. 콘스탄체는 애초에 얼마나 빌어먹을 전보를 받았던 것인지를 지금에서야 여실히 깨닫는다고 말했습니다. 정말이지 내가 그녀를 보내면 안 되었던 것이라면서요.

콘스탄체를 불안에 빠뜨리지 않기 위해서—그렇지 않아도 그녀는 툭하면 이런저런 사건에 대고 나쁜 일이 일어날 징조라는 예감에 빠지기 일쑤였으니까요—간밤에 당한 침입에 대해서는 입을 다물었습니다. 어차피 그녀의 말을 중간에서 자르기도 쉬운 노릇은 아니었을 겁니다. 우리 방갈로에 먼저 묵었던 사람들도 한번 그녀에게 된통 혼이 난 적이 있었습니다. 그들이 냉장고가 반이나 차 있던 걸 염두에 두지 않고 배전함 전기 차단기의 나사를 돌려 빼버려서였지요. 콘스탄체는 갑자기 전화를 끊어야겠다고 하더군요. 보고 싶다면서, 나한테 키스를 보낸다면서 수화기를 놓았습니다.

난 다시 침대로 기어들어갔습니다. 그 불한당들의 횡포는 물론 내가 개인적으로 관여할 필요가 없는 문제였으며, 그 이유 역시 매우 간단했습니다. 방갈로가 들어서 있는, 거의 2천 평방미터쯤 되는 이 땅은 임대지거든요. 우리와 친분이 있는 땅 주인네 식구들이 2001년 아니면 늦어도 2004년이 되면 이곳으로 내려와야 하는데 그로써 임대기한은 끝이 납니다. 그렇기 때문에 수년 전부터 그들은 이 택지에 아무것도 투자하지 않고 있었습니다. 목재가 썩어 문드러져 못을 칠 수 없는 부분은 철조망이 울타리를 잇고 있었습니다.

지난해 가을, 콘스탄체는 뉴욕의 경찰과 그들의 새로운 업무 철학에 관해 기사를 썼습니다. 몇 주 내내 사용하지 않은 채 해변에 세워두었던 자동차에 관한 대목이 내 머릿속에 떠올랐습니다. 방치된 자동차 주변에 쓰레기가 모여들었고 윈도 브러시에 끼워진 광고 전단지들도 빛을 잃고 누렇게 변해갔습니다. 어느 날엔가는 바퀴 하나가 없어지고 그 후 이틀 뒤에는 누군가 번호판을 떼어갔으며 머지않아 나머지 바퀴

들도 모두 가져가버렸죠. 창문 유리 한 장이 깨지고 난 다음부터 상황은 더 이상 걷잡을 수 없는 지경으로 치달았습니다. 급기야 자동차가 화염에 싸였습니다. 결론은 간단합니다. 지저분한 공터 같은 건 아예 처음부터 있어서는 안 된다는 것입니다.

그나마 간밤의 사건을 콘스탄체가 겪지 않은 것만은 다행입니다. 우리 두 사람이 함께 있었더라면, 조심하지 않고 뭔가 위험한 일을 저질렀거나 그게 아니라면 적어도 우리가 비겁하게 숨어 있었다는 이유로 틀림없이 콘스탄체의 기분이 하루 종일 우울했을 것입니다. 하지만 난 지금 무슨 일이든지 하지 않으면 안 됩니다. 이곳에 정말로 아무도 없다고 생각하게 되면 그들이 오늘이나 내일쯤 다시 와 창문을 깰지도 모르는 일이니까요.

나는 길에 쓰러진 울타리 널빤지를 치우기 위해 몸을 일으켰습니다. 그중 한 장을 가까스로 세우자 이번엔 울타리 전체가 와르르 무너져버렸습니다. 널빤지에 삐죽삐죽 튀어나온 못들을 보며 토마스 뮌처의 글에 나오는 무기고를 떠올렸습니다. 일단 그것들을 모두 한곳에 던져 모았죠. 그리고 그것들을 헛간으로 운반했습니다. 아무나 집어 가도록 울타리 목재를 그대로 땅바닥에 두면 위험하니까요. 어쩌면 내가 너무 지나치게 생각하는지도 모르겠습니다. 하지만 분명한 사실은, 이젠 상징적으로나마 방갈로를 지켜줄 울타리조차 없다는 것이었습니다.

이런 처지에 생각이 미치니 핸드폰을 가지고 있는 게 유용하다는 생각이 들었죠. 나는 콘스탄체가 애지중지하는 계약서류와 설명서를 넣은 봉투와 함께 핸드폰을 이 프리에로스까지 가지고 왔고 마침내 음성 사서함을 어떻게 작동시키는지를 익힐 수 있었습니다—콘스탄체를 기쁘게 해주기 위해서였어요.

"안녕하세요!" 웬 남자 목소리가 들려 나는 깜짝 놀라 벌떡 일어났습니다. 중키에, 슬리퍼와 풀오버 차림의 남자가 입구에 서서 간밤에 불한당들이 무엇을 망가뜨렸는지 묻고 있었습니다.

자신의 울타리에서는 나무 막대기가 두 개 없어졌다더군요. "격자 울타리였어요!" 하고 그가 말했습니다. "그걸 뜯어내려면 얼마나 힘이 드는지 아세요?" 가장 심한 피해는 그의 피아트 푼토 자동차의 냉각기 커버에 움푹 구멍이 팬 거라고 했습니다. 그는 한참이나 떨어져 나간 조각을 찾아보았지만 결국은 발견하지 못했다고 합니다. 그의 이마 위로 고슴도치같이 세워 올린 머리카락들이 펠트 모자처럼 얹혀 있었습니다.

"방학 때마다 이런 일이 일어난다오. 죄다 어린애들이지요. 방학만 되었다 하면 시작이라니까" 하고 그가 말했습니다.

나는 그를 데리고 방갈로를 한 바퀴 돌았습니다. 그는 매우 철저히 조사에 임했으며 마치 범인의 흔적이라도 찾아내겠다는 듯 몇 번인가 주저앉아 피해 부분을 면밀히 살폈죠. 그는 새집에서 떨어져 나간 부분들을 몇 개 더 찾아냈고 신문함을 다시 가로로 돌려놓았으며 내가 울타리의 나머지 부분을 정리하는 것을 도와주었습니다. 그는 간밤에 경찰에 신고를 했고 급기야 경찰관 몇 명을 보내겠다는 약속을 받기 전까지는 절대 물러서지 않았던 모양이었습니다.

"이거 하나만은 아셔야 합니다!" 하고 그가 말했습니다. "경찰관들한테는 별일 아니란 겁니다. 인원이 모자라니까요. 늘 그렇듯이 인원이 터무니없이 모자라는 형세라 그 말이지!"

내가 예의 그 뉴욕 경찰 이야기를 꺼내니 그는 큰 관심을 보였습니다. 나는 콘스탄체의 신문기사를 그에게 보내주겠노라고 약속했습니다.

"내게 핸드폰 번호를 주겠습니까?"라고 그가 갑자기 물었습니다.

"제 핸드폰 번호를요? 전, 전혀 모르는걸요."

그는 이맛살에 주름을 잡으며 앞머리의 뻣뻣한 머리카락이 곧장 나를 향할 정도로 끌어 내렸습니다.

"찾아보겠습니다." 나는 이렇게 말하면서 괴한들이 또 오면 어떻게 할 작정이냐고 물었습니다.

"우선 신고를 해야지요" 하고 그가 말했습니다.

"물론 해로울 건 없겠지요" 하고 내가 말했습니다.

한 손에 봉투를 든 채 나는 방갈로의 침대에 앉았습니다. 내 동료들은 전부 다 핸드폰을 가지고 있습니다. 나는 그들이 어떻게 그런 엄청난 일을 감당할 수 있는지 이해할 수 없습니다. 콘스탄체가 그 일명 '원 웨이one way 핸드폰' 아이디어를 생각해내기 전까지만 해도 나는 절대 핸드폰을 사지 않을 작정이었거든요. 핸드폰으로 전화를 건다는 건—찬성이었습니다, 하지만 전화를 받는다는 것—그건 반대였습니다. 물론 그녀에게서 오는 전화만 빼고 그렇다는 말입니다.

번호를 베껴 쓰는 도중에 나는 내 핸드폰 번호가 007로 끝난다는 것을 깨달았습니다.

"내 이름은 노이만이라고 합니다" 하며 그가 자신의 번호를 적은 영수증 쪽지를 내밀었습니다. 바로 그 순간, 내 핸드폰의 벨이 울렸습니다. 그는 서둘러 인사를 하더니 황급히 사라져버렸습니다.

신문사 편집부 일이 엉망으로 돌아간다고 했습니다. 그 때문에 콘스탄체가 베를린을 못 떠나고 있다는 것이었죠. 적어도 월요일까지는 그 대로 머물 수밖에, 다른 도리가 없다고 했습니다. 강제퇴거 일 때문에 이제는 편집부 내에서까지도 분쟁이 일어났다는 그녀의 설명이었습니다. 뜬금없이 갑자기 웬 강제퇴거 운운하는 건지 나로서는 도저히 알 길이 없었습니다. 초단파 버튼이 고장 나서 우린 라디오를 들을 수 없었거든요.

콘스탄체는 여전히 분해하고 있었습니다. 그녀는 남자 동료들이, 독일이 월드컵 축구 경기에서 크로아티아에 진 데 대한 분풀이를 하느라 그 야단을 떠는 거라고 진단했습니다.

난 간밤에 일어났던 일을 들려주었죠. 그녀는 다만 "그럼 이리로 와"라고 말했을 뿐이었습니다.

"그래, 갈게. 내일." 나는 비겁한 사람이라는 인상을 주고 싶지 않았습니다. 그리고 무더위를 견디기에는 이곳이 훨씬 더 낫기도 했습니다.

방갈로를 정리했습니다. 진짜로 경찰들이 나타났을 때, 누가 발길질로 무엇을 망가뜨렸거나 아니거나 어차피 똑같다는 인상을 주어서는 안 되지 않겠습니까? 난 이 방갈로 주인 역시 이 택지의 임대인일 뿐이라는 사실도 덧붙일 요량이었습니다. 이곳이 서독인 소유의 택지임을 강조할 작정이었습니다. 마지막으로 난 비로 테라스를 쓸었습니다.

오후에는 다른 이웃들과도 이야기를 나누었습니다. 밤에는 가능한 한 모든 전등을 켜두자는 데 동의했죠. 그리고 자동차의 전조등이 바로 울타리를 향하도록 주차해두기로 했습니다. 불한당들이 들이닥친 순간 그들을 향해 빛을 밝히고 사진을 찍어둘 수도 있으리라는 심산이었던 겁니다. 우리는 '사람들' '소음' '불빛'이라는 구호 아래 협동하기로 했습니다. 방갈로 거주자들 사이에는 금세 일종의 서부 개척시대 '카우보이들의 연대감' 같은 것이 형성되었습니다. 경찰은 끝내 나타나지 않았지만 그에 대해 더 말하는 이는 없었습니다.

고마움 비슷한 느낌으로 나는 노이만의 핸드폰 번호를 눌렀습니다. 인공위성을 통해서, 아니 우주를 통해서 누군가와 연결된다는 사실은 벌써 예전부터 나를 매료시켰죠. 우리가 이웃이며, 3백 미터도 떨어지지 않은 곳에 살고 있다는 사실은 상황을 더욱더 흥미진진하게 만들 뿐입니다. 노이만 대신에 "음성 메시지를 남겨주십시오"라는 여자 음성이 들려온 데 이어, 잠시 시간이 지체된 후 나는 마치 아득히 멀고 광활한 은하계로부터 들려오는 것 같은 목소리를 들었습니다. "하랄드 노이만의 음성사서함입니다." 팔에서부터 어깨까지 소름이 돋아났습니다. 물론 친한 친구 사이라 해도 자동응답기를 대하고 보면 당황하거나 우물쭈물 힘이 빠지는 경우가 있기는 합니다. 하지만 노이만이 자신의 이름을 직접 녹음한 목소리는 그야말로 우울 그 자체였을 뿐만 아니라 애초에 이름이라는 것을 가졌다는 사실조차 부끄럽게 여긴다는 듯한 말투였습니다.

얼마 지나지 않아 한차례 소낙비가 지나갔습니다. 나는 숲에서 버섯을 캐 바구니에 한가득 담아 들고 돌아오는 노이만을 보았습니다. 멀리서부터 벌써 그는 "묻니다, 무!"라고 외쳤습니다. 그는 아마도 이런 날씨에는 무를 수확하는 것처럼 버섯을 캐기에 제격이라거나 아니면 버섯의 크기가 무만큼이나 크다는 말을 하고 싶었을 것입니다. 그가 내게 식사를 함께하자고 제안했죠.

우리 것에 비하자면 그의 방갈로는 그야말로 작은 궁전이라고 할 수 있었습니다. 텔레비전과 스테레오 기기, 가죽 소파에 등받이 없는 바 의자까지. 노이만은 버섯 요리에 붉은 와인과 흰 빵을 내왔습니다. 식사 후, 우리는 체스를 두었고 함께 앉아 '클럽' 담배 한 갑을 다 피웠습니다. 내 앞에 앉은 노이만과 자동응답기에 노이만이라는 이름을 밝혔던 남자와는 아무런 관련이 없는 것처럼 느껴졌습니다. 하지만 나는 그의 가족 상황이나 직업에 대해 묻기가 꺼려졌습니다.

저녁답에는 호수 위 구름이 분홍색으로 물들었습니다. 나는 큼지막한 손전등과 노이만의 전화번호를 챙겨두었습니다.

10시가 지나자 마치 경고등처럼 주기적으로 번개가 번쩍거렸지요. 곧 소나기가 뒤를 따랐고요. 늦어도 바로 이 순간, 나는 오늘 밤에는 아무도 오지 않을 것임을 확신했습니다.

다음 날 오전, 나는 물건을 모두 챙기고 한 번 더 집 안을 비로 쓴 다음 이웃들과 작별인사를 나누었습니다. 노이만을 만나지는 못했습니다. 어쩌면 또 숲으로 들어간 건지도 몰랐습니다. 사람들이 내가 비겁한 놈이라는 인상을 받지는 않았으리라고 믿습니다. 그들도 콘스탄체가 없다는 것을 보지 않았던가요! 하지만 집주인과는 다소 까다로운 전화 통화를 나누었습니다. 헛간에 말뚝이 아직도 있을 테니, 나더러 울타리를 손보라는 것이었습니다. 하지만 냉장고 일만으로도 반나절이 다 지나갔거든요. 그것만으로도 충분합니다.

9월 말의 어느 날, 한밤중에 핸드폰 벨이 울렸습니다. 처음에 난 배터리가 다 되었을 때 나는 소리겠거니 생각했죠. 허나 "디리릭" 하는 그 소리가 뒤로 갈수록 점점 더 커지더군요. 깜깜한 어둠 속에서 나는 침대맡에 있는 탁자를 더듬었습니다. 검지 손톱으로 핸드폰의 버튼들을 훑었습니다──위에서 두번째 줄의 가운데 버튼을 찾아야 했습니다. 벨소리는 이제 참을 수 없으리만치 커져 있었습니다.

"그 불한당 놈들이 또 왔어요. 시끄럽게 떠들며 난장판을 벌이고 있다고요!" 잠시 뜸을 들인 후에 "여보세요! 나, 노이만이에요! 또 난리가 났다니까! 듣고 있나요?"

"전 이미 거기를 떠난 지 오래되었는데요!" 결국 난 이 한 문장을 내뱉었습니다.

"그들이 또 난동을 부리고 있어요!"

콘스탄체 쪽에도 불이 켜졌습니다. 그녀는 침대 모서리에 앉아 고개를 좌우로 젓고 있었습니다. 전화기를 들지 않은 손으로 수화기를 막으며 나는 "프리에로스의 이웃집 남자야" 하고 말했습니다. 식은땀이 솟아나는 것을 느꼈죠. 프리에로스는 이제 가지 않을 작정이었으므로 난 그와 전화번호를 교환했다는 사실을 언급하지 않았었습니다.

"혼자 계십니까?"

"누군가는 남아서 자리를 지켜야 하니까요!" 노이만이 부르짖듯 말했습니다.

"혼자 계신다고요?"

"놈들이 내 울타리를 부수고 있어요! 저 불한당 놈들 같으니라고!"

"경찰을 부르셨어요?"

노이만이 웃음을 터뜨리다 말고 기침을 해댔지요. "참, 순진하군요……" 소리를 들어보아서는 술을 마시는 것 같았습니다. 난 뉴욕 경찰에 관해 쓴 콘스탄체의 신문기사를 보내지 않았었습니다.

"어쩔 셈이세요?" 내가 물었습니다.

"들어봐요! 그들이 부수는 소리가 들리지 않나요?"

핸드폰을 귀에 바짝 갖다 붙여보았지만 헛수고였습니다.

"이젠 편지함을 부수는군." 그가 그렇게 말하며 또 한 모금을 삼키는 듯했습니다. "아무리 용을 써도 잘 안 될 거예요. 저놈들. 멍청한 놈들, 두 명이 한꺼번에 달라붙어도 안 될걸. 이젠 정말 못 참겠군요. 끝장을 봐야겠어요……"

"거기 가만히 계세요!" 내가 외쳤습니다.

콘스탄체가 문 앞에 서서 머리를 손가락으로 툭툭 건드리며 미쳤냐는 시늉을 해 보였습니다. 하지만 그녀가 복도에서 중얼대는 말들을 난 알아들을 수 없었죠.

"여보세요?" 노이만이 다시 나를 불렀습니다.

"예!" 내가 대답했습니다. 아니, 그가 부른 건 내가 아니라 밖에 있는 놈들이었을까요? "집 안에 꼼짝 말고 계세요! 영웅 행세를 할 때가 아니에요!"

"이젠 다 가고 없어요." 그가 웃음을 터뜨렸습니다. "아무도 안 보여요. 다 도망갔다오. 겁을 집어먹은 게지." 노이만이 술을 마시는 소리가 내 귀에 똑똑히 들렸습니다. 그가 술병을 바닥에 놓았습니다. "저 멍청한 불한당 놈들 같으니." 숨을 헐떡이며 그가 말했습니다.

"거기 그렇게 혼자 계시면 안 됩……"

"그래, 요즘 어떻게 지내요?" 그가 명랑하게까지 들리는 목소리로 내 말을 중간에서 잘랐습니다.

"그 안에 꼼짝 말고 가만히 계세요!" 내가 말했습니다. "혼자 밖으로 나가시면 안 됩니다. 주말이라면 몰라도 주중에는 절대 안 돼요!"

"이곳으로는 언제 다시 올 겁니까? 한판 더 둘 게 남았는데. 아니면 이번엔 장거리 체스를 둘까요? 어디 사는지 주소를 주겠어요? 그동안 버섯을 잘 말려뒀거든, 자루 하나 가득."

"노이만 씨." 난 그의 이름을 불러놓고는 더 이상 이을 말을 찾지 못했습니다.

"저 통. 내 쓰레기통!" 그가 갑자기 큰 소리로 부르짖었습니다.

"그냥 두세요! 쓰레기통이 뭐가 그리 중요합니까!" 몇 번이고 난 "여보세요? 노이만 씨!"를 반복했습니다. 그러고는 뚜우—, 뚜우— 하는 소리만이 들려왔을 뿐이었죠. "접속이 중단되었습니다"라는 메시지가 나왔고요.

방으로 도로 돌아온 콘스탄체가 벽 쪽을 향해 돌아눕더니 이불을 어깨까지 끌어올려 덮었습니다. 난 그녀에게 일의 전모를 설명하려고 했죠—처음에는 나도 번호를 줄까 말까 망설였지만 위급한 일을 당했을 때 이웃의 도움을 청할 수 있다는 사실을 생각해보면 결국은 잘한 일이었다고. 콘스탄체는 꼼짝도 않더군요. 나는 노이만 씨한테 아무 일이 없는지 걱정된다고 했습니다.

"또 전화할지도 모르지." 그녀가 대꾸했습니다. "이제부턴 이런 일이 자주 일어날걸, 뭐. 아무에게도 전화번호를 안 주겠다더니."

이런 순간에는 우리가 서로에게 너무나 실망한 나머지 서로를 미워하기까지 한다고 난 생각합니다.

난 핸드폰 배터리 충전기를 가지고 오려고 작업실로 건너갔습니다.

"그리고 그가 당신 번호를 또 누군가 다른 사람에게 준다면?" 콘스탄체가 몸을 휙 돌리더니 상체를 일으켰습니다.

"설마 그럴 리가!"

"상상을 좀 해보라고!"

"콘스탄체, 실없는 걱정이야!" 하고 내가 말했죠.

"상상을 좀 해보라니까!" 그녀는 왼쪽 어깨에서 미끄러져 내려간 잠옷 어깨끈을 끌어올렸습니다. 하지만 도로 미끄러져 내려가더군요.

"이제부터 얼마나 많은 사람들이 우리 핸드폰으로 전화를 걸어올지. 그런 이웃들이라는 사람들이 말이야" 하고 그녀가 말했습니다.

"전화번호부에 우리 번호가 버젓이 나와 있는데, 뭘. 보통 집 전화번호 말야. 그러니 어차피 이론적으로야 누구나 우리한테 전화를 걸수 있다는 얘기잖아."

"내 말은, 그런 뜻이 아니야. 어느 곳에선가 집이 불탄다든가 혹은 폭탄이 터졌다든가 하면 누군가 밖으로 달려 나가겠지, 그럼 다른 건 다 그냥 놔둬도 핸드폰만은 가지고 나간단 말이야, 우연히 그게 가방 속에 들어 있을 수도 있고. 그렇게 되면 당신은 이제 그 사람하고 통화를 해야 할지도 몰라."

나는 핸드폰 충전기의 플러그를 침대 옆 벽의 배선 분기함에 꽂아 충전시켰습니다.

"얼마든지 일어날 수 있는 일이잖아." 마치 가정교사 같은 어투로 콘스탄체가 말했습니다. "이제 당신은 핸드폰으로 코소보에서 오는 전화를 받게 될 거고, 아니면 체코에서, 아니면 홍수가 난 지역에서도 아무나 당신한테 전화를 하겠지. 그도 아니면 에베레스트 산꼭대기에서 얼어 죽어가는 사람도 당신한테 전화를 걸 거고. 당신은 그와 최후의 순간까지도 얘길 나눠야 한다고. 목숨이 완전히 끊어지는 순간까지!"

그녀는 팔꿈치를 괴고서 계속 말을 이었습니다. 벌거벗은 왼쪽 어깨 너머, 비스듬히 위를 향한 베개 모서리에 시선을 고정한 채. "이제부터 당신, 어떤 사람들하고 관계를 맺게 될지 한번 상상을 좀 해보란 말야! 아무도 더 이상 혼자 있을 필요가 없어!"

전화번호 안내센터에다 전화를 거는 일은 부질없는 짓이었습니다. 노이만에게 전화를 건다는 것이 부질없었으니까요. 그에게 전화를 걸어서 그가 직접 자신의 이름을 입력한 그 자동응답기의 음성을 한 번 더 듣게 되는 게 뭐가 그리 불쾌한지, 그건 나로서도 알 수 없는 일이었습니다.

핸드폰 화면에는 배터리가 충전되고 있다는 그림만이 보였습니다. 작은 배터리 모양의 그림에 세 개의 사선이 지나가고 있었습니다. 그게 내가 불을 끄기 전에 마지막으로 본 장면이었습니다. 어둠 속에서 콘스탄체가 말했죠. "나 당신하고 이혼할 테야."

난 그녀의 숨소리와 움직임에 귀를 기울이며 "디리리릭" 소리가 나기를 기다렸습니다.

우리 두 사람의 손이 우연히 스쳤을 때는 신문 판매점의 셔터도 이미 올라간 후였습니다. 그리고 나서 우리가 아주 천천히 서로에게 다가가기까지도 억겁의 시간이 흘렀습니다. 하지만 바로 그 순간부터 우리는 서로의 몸을 정신없이 포개며 감싸안았습니다. 마치 불면 때문에 미쳐버린 사람들처럼.

언젠가부터 "디리리릭" 소리가 울리기 시작했습니다. 그 소리는 아주 멀리서부터 들려왔죠. 우주선의 기적 소리처럼, 낮고 아득한 소리가, 차차로 점점 커지면서, 점점 더 커지고도 계속해서 더 커져 결국은 다른 모든 소리들을 다 집어삼켰습니다. 그 때문에 콘스탄체와 나는 마치 아무런 소리를 내지 않고 움직이기만 하는 듯이 생각될 지경이었죠. 오로지 "디리리릭" 소리만이 들릴 뿐이었습니다——갑자기 그 소리가 뚝 그칠 때까지, 마침내 적막이 찾아들고 사위가 침묵할 때까지! 우리도 함께 침묵했습니다.

베를린 볼레로*

"어쩜 그렇게 느글느글한 남자가 다 있을까!" 그녀가 유리잔을 또한 번 뺨에 갖다 댔다. "당신이 거기 합세하겠단 말이지. 계속해서 그렇게 고집스럽게 버티고 있더니. 어떻게 그런 작자가…… 도저히 이해가 안 돼!"

로베르트는 손가락을 쫙 벌렸다. 가운뎃손가락을 스치지 않은 상태에서도 사마귀를 느낄 수 있는지 궁금했다. 처음에는 딱지 부스럼처럼

---

* 독일이 재통일 된 후 일어난 혼란 중 하나는 분단 이전의 집주인과 현 거주자의 마찰이다. 보통은 서독에 살고 있던 분단 이전의 집주인들이 부동산 소유 문서를 들고 동독에 있는 땅과 집의 소유권을 주장했다. 그들은 수십 년 동안 살고 있던 동독의 세입자들에게 집을 다른 이에게 팔 것이니 당장 나가라고 요구했다. 이 작품의 주인공들도 이와 같이 상황에 처한 것이다. 자기네 집이라고 생각하고 정성을 쏟아부으며 살아온 로베르트는 어느 정도 보상해주겠다는 제안에도 불구하고 집을 떠나지 않으려 버티고 있다. 그 와중에 서독에 있는 집주인은 인부를 보내 리모델링 공사를 강행하고 주인공은 이러한 상황에서 고통을 겪으며 이 집을 사고자 하는 새로운 계약자와도 마찰을 빚는다. (옮긴이 주, 이하 모든 주는 옮긴이 주이다.)

느껴졌던 것이 지금은 식빵 부스러기같이 되어버렸다.

"기껏 해야 4주 남았어." 그는 고개를 들고 그녀를 힐끗 쳐다보았다. 그녀는 짙은 청색의 목욕 가운을 걸친 모습으로 여전히 창턱에 기댄 채였다. 오른쪽 팔이 가슴 아래를 지나 왼쪽 팔꿈치를 받치고 있었다. "계획대로라면 딱 두 주야. 두 주 남았다고."

"밥맛이 다 떨어질 지경이야!" 그녀는 와인 브랜디를 한 모금 홀짝 들이켰다. 뺨 위에 분홍색으로 나타났던 한 줄기 홍조가 서서히 색을 잃었다. "당신이 어떻게 그럴 수 있었는지 알 수가 없어. 도저히 이해가 안 돼."

잔 안에 남은 브랜디가 이리저리 출렁거렸다. 치과에서 의료보험증 카드를 내고 접수를 기다릴 때마다 손에 쥐어보곤 하는 그 유리구슬처럼. 그 안에서 작고 하얀 돛단배는 푸른 파도가 아무리 사납게 몰아쳐도 꿋꿋이 돛으로 바람을 맞으며 침몰하지 않고 출렁거렸다. 유리구슬을 거꾸로 들어도 역시 마찬가지였다. 돛단배는 매번 파도 위로 떠올랐다. 그는 손에 깍지를 끼어 모아 쥐었다. "96주나 버텼어. 이제 겨우 두 주만 더 지내면 돼……"

"빌어먹을 96주!" 그녀는 눈살을 찌푸리며 입을 열었다. 잔은 비어 있었다. "그게 다 쓸데없는 노릇이니……"

"빌어먹을 96주라니, 도로, 그렇지 않아……"

"빌어먹었다 뿐이야? 그건…… 당신은 도대체 이 상황을 뭐라고 부를 참인데? 집 안 복도가 일요일 거리 부랑자들의 만남의 장소가 되고, 오줌 눌 때 몸을 돌리는 것조차 귀찮아하는 뻔뻔한 그놈들. 이 벽저 벽에 드릴 구멍을 내고 못을 박는다며 새로 빨아놓은 옷장 속 속옷을 죄다 더럽혀놓질 않나, 그뿐이야? 낮에도 빛이라곤 볼 수 없고, 창문에는 노상 이놈의 비닐이 덮어씌워져 있지, 아니, 빌어먹을 놈이 창가에 앉아 빈정대며 나한테 그 재수 없는 손가락질이나 하지 않아준다면, 그나마 창문에 붙은 비닐쯤이야 감지덕지겠지."

"뭐라고?"

"아아, 로베르트, 당신 도대체 어디에 살고 있는 거야?"

"누가 당신한테 뭘 어쨌다고? 그놈이 누군지 다시 알아볼 수 있겠어?"

"아무것도 모르는 척 능청 좀 떨지 마!"

"난 심각하게 말하는 거야." 그가 몸을 벌떡 일으켰다. 하지만 그녀가 그를 쳐다보는 모습을 보건대—그의 손길을 거부하고 있었다. 그는 그런 그녀 앞에 서고 싶지 않았다. 시디플레이어의 짙은 노란색 불빛이 그를 놀라게 했다.

"물론 당신은 심각하게 말하는 거겠지. 하지만 진짜로 무엇에 대해 말하는지는 모르고 있어. 다른 때는 상상력도 풍부하면서." 그녀는 빈잔을 손바닥 위에서 굴리며 그에게 다가왔다.

"도로." 그가 그녀의 이름을 불렀다.

그녀가 또 한 번 잔을 채웠다.

"이 알량한 술……" 그는 그녀가 마시는 잔마다 숫자를 세어왔고 이번에도 물론 잊지 않았다. 술잔의 끝까지 찰랑찰랑하게 부었던 마지막 술잔은 두 잔으로 쳐야 했다.

그녀는 무릎을 꿇었다. 응접실 탁자에 손을 받친 채 홀짝거리며 술잔을 비워갔다. 머리카락이 한 올 내려와 술잔 끝에 닿았다. "전혀 나

쓰지 않아. 이 알량한 술 말야, 당신 친구가 갖다준 술." 그녀는 소파를 붙잡고 일어섰다. 그녀를 나무랄 생각은 없었다. 그는 지금까지의 모든 순간들처럼 바로 이 순간에도 그녀의 인생에 속하고 싶을 뿐이었다. 그들은 나중까지도 모든 과거의 순간들을 조금의 후회도 없이 낱낱이 기억해야 했다.

"당신 치이인구." 그녀가 반복해서 말했다. 그녀는 걸어가면서도 술을 마시려고 애썼다.

로베르트는 그 남자를 나무라야 한다면 오로지 그 술을 이 집 안으로 들여온 것을 꼽고 싶었다. 두 사람 다 독한 술을 잘 마시지 못했다. 도로의 친구 중에는 술을 일절 마시지 않는 친구가 있을 정도였다. 누구라도 그 점을 고려했어야 했다.

"당신 치이인구."

"이제 딱 두 주면 돼." 로베르트가 말하면서 자신의 손과 양말 벗은 맨발가락을 내려다보았다. 자기 발가락이 타인들의 수없이 많은 발들과 한데 섞여 있다면 구별해낼 수 있을까? 손을 알아볼 수는 있을 것이다. 정기적으로 손톱을 다듬게 된 이후부터 자신의 손 모양에 익숙해졌으므로. "원래부터 그렇게 하기로 했었잖아. 처음부터."

"처음부터라고!" 그녀가 방 안을 빙빙 돌아다녔다. 그리고 조용히 말했다. "일주일씩 기한을 넘길 때마다 그 공사 인부 놈들, 우리한테 돈을 줘야 해. 그들이 우리한테 주겠다고 약속했던 건 빈집이었으니까. 빈집, 아무도 살지 않는 집 말이야. 그러니 매주마다 돈을 더 받아야지……"

"나도 알지만……"

"그들이 하늘 높은 줄 모르고 숫자를 위로 올렸어. 아주 가파른 곡선을 그리며 가격을 올렸지. 그리고 당신은 지금 우리가 그 얘길 이미 마쳤다고 말하고 있고. 당신네들은 앞으로도 영영 이해할 수 없을 거야!"

"당신네들이라니, 지금 그게 누굴 말하는 거지?"

"당신네들. 당신이랑 여기 있는 작자들 죄다 전부……"

"좀 앉아."

"난 당신이 똑똑하다고 생각했어. 그 사람들을 일단 애타게 해놓고, 그리고 나중엔……" 그녀가 잠깐 동안 주먹을 쥐었다 폈다. 그녀의 이마와 윗입술 위에 땀방울이 송골송골 맺혔다. "평생 다시는 받을 수 없는 좋은 제안이었는데도. 절대로 다시는 받을 수 없다고!"

"여기 이 일이 다 끝나면……" 그는 그녀를 바라보았다. 그는 사실 계속 말을 잇고 싶었다. 그들이 침대에 누워 다시금 창밖으로 텔레비전 송신탑을 바라볼 수 있게 된다면, 반짝이는 불빛과 그들의 별을 다시 볼 수 있다면. 낮 동안에는 건넛집의 지붕 안테나에 앉은 까치와 굴뚝을, 아침에는 벽에 깊숙이 내려앉은 긴 그림자를 보게 된다면, 세모난 깃발 모양을 이루며 발코니에 도착한 그림자와, 바람이 마치 프리드리히스하인에서 불어오기라도 하듯 나부끼는 그 작은 깃발 모양의 그림자를 보게 된다면…… 로베르트는 문어 다리처럼 사방으로 가지를 뻗어나간 덩굴과 마당에 세워놓은 자전거들을 보았다……

그녀가 웃었다.

"2년간이나 이 짓을 계속하고 나서 나더러 '고마워요'라고 말하란 말이야? 아잉, 계단이 참 예쁘게 됐네요, 어머나, 칠도 참 잘하셨네요, 이러면서?"

"그렇게 큰 소리로 떠들지 마!"

"당신은 바보 얼간이야! 그치가 그런 숫자를 부른 이유가 뭔지나 알아? 18만, 거기서 딱 2만을 더하면 20만이니까! 그러니 당신은 20만을 부를 수도 있었던 거란 말이지. 이이십만……"——그녀가 손가락으로 공중에 2라는 숫자를 그려 보였다——"2라고 쓰고 0은 다섯 개. 그 작자가 뭐라도 내보이던가? 이 집이 그 남자 소유라는 걸 증명하는 종이 쪼가리 한 장 내밀어 보이더냔 말야!"

로베르트는 시디플레이어의 불빛이 불쾌했다. 마치 누군가 소파 뒤에서 그들의 말을 엿듣는 듯한 느낌이었다. 그는 매주마다 총 열 장이 담긴 그 고전음악 시디 세트 중에서 한 곡을 선택해 들었다. 그가 도로테아에게 선물했던 것이다——열 장에 88마르크였다. 그는 대부분의 작곡가들을 알고 있었다. 하지만 제목과 지휘자와 오케스트라의 이름들만은 예전에 러시아어 단어를 외울 때처럼 억지로 익혀야만 했다. 마지막으로 들었던 음악이 무엇이었는지 생각나지 않았다.

"당신은 그렇게 너그럽게 포기를 하기 전에 적어도 한 번은 물어볼 수 있었어——마치 나라는 사람은 여기 없는 것 같더군. 마치 내가 무슨 투명한 공기인 것처럼. 공기야. 그렇지?" 그녀가 몸을 돌리더니 복도로 갔다. 손가락 끝에 쥐었던 술잔을 응접실 탁자에 '탁' 하고 거세게 놓았다. 그는 몇 발짝을 걸어가 그녀의 뒤에서 멈춰 섰다.

"당신 혼자 두고 도망가지 않을 테니까 걱정하지 마!" 그녀가 뒤를 돌아보지 않은 채 부르짖었다. "이 한심스러운 남자야, 당신 정말 한심해."

"도로. 아이들 깨겠어." 그가 목소리를 낮추며 말했다.

"나 볼일 좀 봐야겠어." 그녀가 화장실 문을 걸어 잠갔다. 그는 힘없이 팔을 떨어뜨렸다.

그는 거실 소파에 앉았다. 가죽 주름이 반원을 그리며 조금 전 그가 앉았다 일어난 자리임을 알려주는 바로 그 지점에 앉았다.

그녀가 다시 문지방을 넘는 순간, 그때부터는 이 저녁을 어떤 식으로 견뎌내야 할지, 어떻게 하면 그녀가 침대에 눕고 잠들지를 알고 싶었다. 잠자리에 들고 나야 가장 어려운 고비가 지나갔다고 할 수 있다.

그는 직장에서 휴식 시간마다 읽고 있는 책에 나오는, "목전에 닥친 시간만을 계획하며 살라"는 조언을 따랐다. 도로테아를 달래 오로지 이 저녁을 무사히 보내기만 하면 된다. 오로지 오늘 이 하룻밤만을.

그는 아침을 신뢰했다. 그가 아이들 옷을 다 갈아입히고 도로테아가 주방으로 들어오고, 그가 그녀의 커피 잔에 우유를 부어주고 나서 반 시간 동안 만끽할 수 있는 시간을 그렸다. 아이들을 데리고 집을 나설 때쯤이면 그릇들은 이미 설거지 기계에 들어가 있을 것이었다.

그는 2년 반 동안 집 안 이곳저곳을 공사했다. 처음에는 난방기와 전기설비, 그러고 나선 방마다 마루를 깔고 창문을 새로 갈았다. 암나사가 하나씩 박힐 때마다, 링버클이 하나씩 걸릴 때마다, 새로 칠한 문틀이 하나씩 완성될 때마다 그의 마음은 점점 더 안정되어갔다. 그중에서도 가장 큰 안정감을 안겨주는 건 두 아들이었다. 도로테아가 다니는 대학의 학생들이 놀러와 집 안을 둘러보고 있을 때 그가 양팔에 두 아이들을 안고 거실로 들어가 잠자리에 들기 전 손님들에게 작별인사를 시키는 순간, 그리고 도로테아가 친구들에게 "여러분, 우리 집 세 남자예요!"라고 소개하는 순간, 그 순간의 자신보다 더 행복한 사람은

세상에 다시없을 것이었다. 아니, 적어도 그가 아는 한에서는 없을 것
이었다.

갑자기 다시 그 익숙한 멜로디가 들려왔다. 그녀의 손가방에서 나오
는 소리였다. 로베르트는 이 오케스트라 교향곡을 알고 있었다. 그 곡
을 지은 작곡가의 성과 이름도 알고 있었다. 뿐만 아니라 지금 그녀의
핸드폰 화면에 누구의 이름이 나타나 깜박일지도 알았다. 그는 그녀의
손가방을 소파 위로 던지고 쿠션을 하나 집어 들어 양손으로 힘껏 손
가방 위에 대고 눌렀다. 마침내 오케스트라 음악이 그쳤다.

로베르트는 목수 직업교육을 받았고 거의 10년 동안이나 여기저기
공사판을 전전했다. 3년 동안 보일러 설비 일을 했고 1년 반 동안 사
무실용 가구를 실어 나르고 배달하고 설치했다. 지금의 케이터링 서비
스 '마그눔'에서 일하게 된 것은 2년 반 전부터였다. 해고를 당한 적은
단 한 번도 없었다. 언제나 회사가 쫄딱 망했다. 그는 자신과 같은 사
람을 해고할 수는 없다고 확신했다. 할 일은 도처에 넘쳐났다. 그러니
아무 문제가 없지 않은가? 하지만 도로테아는? 그녀가 벌어들일 수입
같은 걸 계산에 넣은 적이 없으므로 처음부터 아무런 기대 없이 홀가
분하게 살았다. 서른세 살이 되어서야 그녀는 첫아이를 가졌다. 그는
누가 그렇게 오래 대학을 다닐 수 있을 거라고 생각한 적이 없었다. 어
쩌다 도로테아는 몇 주쯤 일을 한 적도 있으나 매번 돈을 받지 않는 일
이었다. 면접을 보러 오라는 말을 들을 때마다 그녀가 너무나 기뻐했
으므로 그는 그때마다 뭔가 고정직이 결정되었나 보다 하고 생각했었
다. 어차피 그녀가 일을 할 필요는 없다. 가족은 그가 다 먹여 살릴 것
이며 그녀에게 필요한 게 무엇인지 잘 알고 있었다. 조언 같은 건 전혀

필요하지 않았다. 이 공사 용역업자들의 조언이라면 더더욱 필요 없었다.

이 공사 용역업자들은 세입자 모임에 나타나서 도로테아를 뚫어져라 쳐다보았고 도로테아가 사용하는 사투리를 듣자 펄쩍 뛰며 흥분했다. 남부 독일인, 동향인 여자를 이런 곳에서 만나리라고는 생각지 못했던 듯, 이런 집에서라면 더더군다나 놀라운 일이 아닐 수 없다는 투였다. 그는 그 결투를 받아들였다.

집 임대 계약서가 서류철에서 나와 세상 빛을 보았던 건 딱 한 번뿐이었다──그것도 딱 30분간이었다. 빈스 가의 복사 가게에서 계약서를 복사할 일이 있었기 때문이다. 도로테아가 회원카드를 가지고 있어 할인 혜택을 받을 수 있는 복사 가게였다. 여러 가지 일을 처리하는 동안에 원본을 잃어버리거나 해서는 절대 안 되었다. 아니, 귀퉁이 한 부분이 구겨지는 것조차 용납할 수 없었다.

변기 물 내리는 소리가 들리는데 그는 일어서야 할지 그대로 앉아 있어야 좋을지 알 수 없었다. 도로테아는 이제 만반의 준비를 하고서 그에게 퍼부을 문장들을 마련했을 게 분명했다. 그는 오로지 했던 말을 반복할 수밖에는 별 도리가 없을 것이었다. 두 주면 끝이 날 것이니…… 비닐도 벗겨질 것이고 공사판도 철거될 것이며…… 98주 만에 다시 보는 파란 하늘, 그날은 축하해야 마땅할 날이며, 승리의 날 운운…… 그가 그런 상상을 함에도 기쁘지 않은 적은 이번이 처음이었다.

반년 동안 아무런 일도 없었다. 그러곤 공사장임을 알리는 그 안내문, 붕괴 위험이 증가할 것이라는 안내문이 나붙었다! 그는 최루가스를 담은 스프레이를 사서 방마다 한 통씩 마련해두었다. 그러고 나서 공사 인부들은 창문에 비닐을 덮었다. 애초에 비닐을 치겠다는 말은 전혀 없었다. 열 달 동안 로베르트와 가족들은 그 뒤에서 묵묵히 웅크리고 있었다. 그러는 동안에도 공사 인부는 단 한 명도 나타나지 않았다. "우리 목을 은근히 조이겠다는 속셈이겠지." 도로테아가 그렇게 말했었다. 로베르트는 대답했다. "아무도 이사를 나가지 않겠다는 데야 집주인이나 집을 사려는 대머리나 어쩔 수 없겠지!"

본격적으로 작업이 시작되자 공사 인부라는 작자들은 일주일이 멀다고 초인종을 눌러댔고 나중에는 날마다 대문 앞에 나타나 진을 쳤다. 그는 변화를 원하지 않았다. 좋은 것이 무엇인지 알기 위해 먼저 나쁜 경험부터 해보아야 할 필요는 없지 않나. 그는 자신의 자리를 지켰고, 그곳에서 한 발짝도 벗어나지 않았다.

"다른 집을 한번 보는 것은 어때? 그냥 일단 보기만 하잔 말이야." 그렇게 제안하는 도로테아에게 그저 반문했을 뿐이었다. "우리 집에서 마음에 안 드는 게 뭔데? 뭘 더 바라는 거지? 내가 빠뜨린 게 하나라도 있나? 당신이 보기에 개선할 점이 뭐야? 없다고? 거봐!"

공사판 인부들은 먼지처럼 자꾸만 집 안으로 기어들었다. 젖은 걸레로 닦아봐야 아무 소용이 없었다. 부엌의 온수를 끌어다가 욕조를 채우는 일이 일어나는 것은 원치 않았다. 중앙난방도 원하지 않았다. 그는 석탄을 땠고 그것만을 신뢰할 수 있었──전기가 끊기거나 전쟁이 나도 믿을 수 있는 최선의 난방법이기 때문이었다. 그는 심지어 만일의 사태에 대비할 요량으로 지하실 한 칸을 더 빌려 석탄을 비축해놓았다. 시장에 내다팔 수도 있을 만큼 많은 양의 양초도 사두었다.

작업 인부들은 오로지 돈을 낭비할 줄만 알았다. 그렇게 해서 안 되면 더 많은 돈이 들어갔고, 좀더 많이, 점점 더 많이 돈을 뿌렸다. 로베르트는 잘 해나가고 있었다. 바람직하지 못한 행동을 한 건 그들 쪽이었다. 참을성을 잃고 잘못된 건 뭐든지 다 로베르트에게 미뤘다. 그들이 어디 출신이건 공사장 책임자란 작자가 노이퀼른 구에 살건 헬러스도르프 구에 살건 그는 하등 관심이 없었다. 그가 아는 건 오로지 돈이 그들 가족을 파괴하고 말 것이라는 것과, 끝까지 양보해서는 안 된다는 것, 이사를 나가서는 안 된다는 것이었다. 그들은 시련을 통과해야만 했다. 그는 도로테아가 끝까지 견딜 수 있도록 버팀목이 되겠다고 다짐했다.

그 남자는 말귀를 알아들었다. 오늘 저녁, 남자는 문 아래 틈 사이로 자신의 명함을 들이밀었다. 머리숱이 너무 적기는 해도 많아 봐야 30대 후반쯤 되었을 성싶었다. 가까이서 보면 가르마를 전혀 구별할 수 없었고 대머리에 번들번들 윤기가 흘렀다. "이렇게 오랫동안 버틴 분이시라면 이사를 나갈 생각이 없다는 거겠죠, 잉? 집주인과 중개업자가 속임수를 씁니다. 나더러는 마냥저냥 기다리라고만 하고 있고요." 로베르트는 남자가 쓰는 사투리가 마음에 들었다. 오버라우지처의 사투리라고 했다.

"난 여기 이 집을 샀습니다. 이 집을, 하지만 빈집을 산 겁니다. 저 작자들이 말하기를"—남자는 공사 인부들을 가리키고 있었다—"돈만 있으면 문제가 아니라는 거죠, 잉? 여러분들이 언젠가는 돈을 받고 이사를 나갈 거라는 말입니다. 하지만 이제 전 그런 말 안 믿습니다. 전 정말, 에, 또, 그러니까 돈을 돌려받고 싶다 그 말입니다. 상환. 이

해하시겠습니까? 전 2년을 기다렸습니다. 마냥저냥 기약도 없이 기다
리라고만 한다니까요."

마침내 사태를 똑바로 파악한 자가 나타난 것이었다. 그와 도로테아
가 절대 이사를 나가지 않을 것임을 이제야 파악한 모양이었다. 설령
18만을 받게 된다고 해도 나가지 않을 것이었다. 로베르트가 그 서류
에 서명하지 않을 이유가 뭐란 말인가? 이제 공사 업체는 서면으로 통
고를 받게 된 셈이었다. 즉 공식적인 통고를 받는 것이다.

도로테아가 집에 돌아왔을 때 마침 그 남자는 가려던 참이었다.

"당신은 생각도 해본 적 없겠지."—로베르트는 깜짝 놀랐다—"당
신이 얼마나 오래 일을 해야 그만한 돈이 생기는지. 6년, 7년." 그녀는
그를 쳐다보지 않았다. 말하는 동안에조차도 쳐다보지 않은 채 날이
춥다는 듯 목욕 가운의 깃을 추슬러 세웠다. "20만. 2가 하나고 그 뒤
로 0이 다섯 개. 우리 사이에 그 이야기가 오간 적은 단 한 번도 없었
다고. 단 한 번도."

그는 자신의 눈이 불안하게 깜박거린다는 것을 알았지만 아무런 대
꾸도 하지 않았다. 그는 알고 있었다. 바보 멍청이인 그는, 너무나 잘
알고 있었다.

"난 당신이고 그 대머리고 죄다 일이 어떻게 돌아가고 있는지 드디
어 이해를 했구나 하고 생각했어"라고 그녀가 말을 이었다. "하지만
당신네들은 아무것도 모르고 있는 거야."

그가 그녀를 올려다보았다. 도로테아는 어깨를 벽에 기대고 있었다.

"당신, 그거 알아······" 그녀의 머리는 멜로디라도 따라가듯 흔들거
렸다. 술 취한 그녀의 모습을 본 적이 딱 한 번 있었다. 아이들이 태어

나기도 전이었다. 그녀는 집으로 돌아오는 길 내내 울었고 그를 발로 찼었다. 말 안 듣는 강아지처럼 그녀를 질질 끌고 와야 했었다. 오는 길에 만난 사람은 아무도 없었다. 그녀를 버리고 그냥 왔더라면 길에서 얼어 죽었을지도 모른다. 그녀가 그 사실을 잊어서는 안 된다. 그녀는 종종 늦게 귀가했다. 어떨 때는 정말로 아주 늦은 시각에 돌아왔다. 하지만 아침 주방에서 모든 것은 정상으로 회복되었다.

"당신, 그거 알아……" 그녀가 목욕 가운을 잡고 있던 손을 놓고 벽을 따라 걸어가 문을 열더니 비틀대며 밖으로 나갔다.

그는 그녀를 따라 복도로 나섰다. 화장실의 문이 닫히고 불이 켜진 뒤 변기 뚜껑이 수도관에 쾅 하고 부딪히며 열리는 소리가 났다. 그녀는 토했다. 그러곤 변기의 물 내리는 소리가 났다.

마치 텔레비전 코미디 극의 한 장면 같았다. 사람들이 잠깐 나타났다가 무엇인가를 말하고 다시 사라질 때 다른 사람들이 서로서로를 멀거니 마주 보다가 웃음소리가 삽입되는 장면이랄까.

다시금 소리가 들려왔다. 문은 잠기지 않은 채였다.

그는 도로테아가 소리를 지르는데도 아랑곳하지 않았다. 나가라며 그를 마구 흔들어 내쫓으려는 손도 상관하지 않았다. 그에겐 그런 게 통하지 않는다는 것을 그녀가 알아야 했다. 그는 그녀를 조금 옆으로 밀었다가 왼손으로 허리를 감싸 안아 자신의 엉덩이 쪽으로 바짝 끌어당겼다. 그녀는 다시 변기 위로 몸을 굽혔다. 그녀는 토했고 기침을 하고 침을 뱉었다. 오른손으로는 그녀의 이마를 받쳤다. 그녀의 목욕 가운이 열려 있었고 아래로 늘어진 가운의 허리끈이 그의 발가락에 닿았다. 그녀의 입에서 나온 침이 변기 안으로 길게 늘어졌다. 소화가 덜

되어 누렇고 갈색 기가 도는 끈적끈적한 음식물이 변기 안에서 둥둥 떠다녔다.

그녀가 길게 늘어진 침을 밧줄처럼 입으로 끌어당기는 동안 그는 부드럽고 차분하게 말했다. 그가 그녀의 이마를 약간 들어 올린 다음 변기의 물을 내렸다. "걱정하지 마." 그가 말했다. "진정해, 도로, 진정해."

서서히 다시 세상이 제자리를 잡고 있었다. 꼭 그래야만 한다면 그는 내일 아침까지라도 이런 상황을 견뎌낼 작정이었다. 너무나도 지당한 얘기였다. 그녀의 이마가 그의 손에 닿아 있는 한 나쁜 일은 절대 일어나지 않을 것이었다.

사실 모든 일은 정해진 대로 일어난 것뿐이었다. 그의 결정은 확고했다. 그는 모든 것을 잘 해낸 것이었다. 그는 자신이 그 유리구슬 속 파란 파도를 타는 돛단배와 같다고 느꼈다. 언제나 바람을 향해 돛을 마주하고 항해하는 배였다. 알코올 농도가 높은 이 지독한 술조차도, 생각해보지도 않고 그냥 가져온 그 선물조차도 중요한 역할을 담당하는 것만 같았다. 이 와인 브랜디가 없었더라면, 도로테아의 이마에 손을 대지 않았더라면, 어떻게 그들이 다음 날 아침까지의 시간을 견딜 수 있겠는가? 그는 술에 감사했다. 번쩍거리는 대머리를 가진 작자에게도 역시 그랬다. 정말이지 감사하는 마음이 들었다.

그는 이제 도로테아와 함께 이날 저녁과 이날 밤을 어떻게 보내야 할지 알았다. 그녀가 무슨 말을 하든 그건 아무래도 좋았다.

이 모든 일이 지나고 나면 시디플레이어를 끄는 것을 잊어서는 안 되었다. 그러면 그는 마지막으로 들었던 시디가 무엇이었는지 보게 될 것이고 작곡가의 이름도 다시 알아보게 될 것이다. 자명종 시계가 맞춰져 있었다. 그는 도로테아가 말을 하도록 내버려두었다.

왼손으로는 그녀의 목에 달라붙은 머리카락을 쓸었다. 그건 부드럽게 쓰다듬는 듯이 느껴져야만 했다. 그녀 혼자서는 두 다리를 지탱하고 설 수가 없었다. 그녀의 이마는 촉촉하고 따뜻했다. 아니면 그의 손이 따뜻한 것이었나? 그가 조금 앞으로 나아갔기 때문에 팔꿈치를 갈비뼈에 대고 받칠 수 있었다. 그는 견딜 수 있을 것이었다. 다만 방향을 바꾸려던 것뿐이었다. 그녀의 이마를 다른 쪽 손으로 받치기 위해서. "다 토해내버려." 그가 그녀의 말을 막으며 말했다. "전부 다." 왜 그녀는 이쯤 입을 다물지 않는 것일까?

그 후에 일어난 일들은 왼쪽 손목을 돌린다거나 도로테아가 머리를 올릴 때마다 그가 익히 알고 있는 제스처를 보는 것, 그 이상은 아니었다. 한순간 그는 그녀의 머리 전체의 무게를 묵직하게 느꼈다. 그의 왼손이 마비가 된 듯 아래로 떨어졌다.

로베르트는 평소에 훈련이라도 해온 듯 재빨리 다음 행동에 착수하는 자신의 능숙한 모습에 스스로도 놀라지 않을 수 없었다. 손가락 사이에서 그는 그 식빵 부스러기를 다시금 느꼈다. 그녀의 머리카락이 그의 왼손을 부드럽게 감쌌다. 그는 도로테아의 머리를 천천히 뒤로 젖혔다. 그녀의 얼굴은 이제 그의 얼굴 바로 아래에 있었다. 그들은 서로의 눈을 마주 보았다. 서로를 관찰했다. 마침내 그는 그녀를 놓쳐버리기엔 너무나 늦었음을 알았다. 그녀의 눈이 감기는 그 순간, 그는 그녀의 열린 입에 입을 맞추는 것밖에 다른 출구는 알지 못했다.

밀바, 그녀가 아직 젊었을 때

어떻게 생각을 해야 좋을지 오늘날까지도 난 알 수가 없다. 재난? 오다가다 생길 수 있는 사소한 일? 아니면 그냥 좀 다른 날과는 다른 무엇? 그중에서도 제일 불쾌했던 건 그 이후의 시간이었다. 나는 그날 해리와 라이너와 함께 반 시간 동안 자동차에 앉아 있었다. 빨간 머리의 여자가 몰고 간 파사트가 들판 위에서 먼지를 뿌옇게 일으켜 안개를 만들고 있는데도 불구하고 해리는 너무 빨리 달렸다. "재미 좀 보려면 돈깨나 들 텐데." 해리가 구시렁댔다. "재미 좀 보려면 돈깨나 들텐데." 윈도 브러시가 작동하기 시작하자 물이 솟아나왔다. 라이너는 입가에 담배를 꼬나물고 왼손에 담뱃갑을 꼭꼭 구겨 쥔 채 오른손으로는 문 위에 달린 손잡이를 잡고 있었다. 돌부리라도 만났는지 자동차가 한바탕 출렁거렸다. 혀끝에서 먼지가 느껴졌다.

아내들을 페루자에서 데려오기 전에 우린 먼저 그녀들에게 무엇을

44

이야기할지 결정해야 했다. 하지만 빨간 머리의 여자의 정체가 무엇이었는지조차도 제대로 파악하지 못한 상태였다. 남자의 애인이었나? 여자 친구나 창녀였을까? 아니면 똑 부러지게 영악한 아내나 딸이었나? 혹은 라이너가 돌연 주장하듯이 여자 종업원? 정말 우리가 그녀의 계획을 다 망쳐버렸던 걸까?——아니면 오히려 그녀의 일이 계획대로 성사되도록 일조했던 걸까?

브레이크를 밟지 않은 채 해리는 치타 델라 피에베Città della Pieve로 가는 길로 방향을 틀었다. 기필코 오늘 국경을 넘겠다고 용을 써볼 것인가 아니면 아무 데나 다른 장소로 이동하는 것만으로 만족할 것인가? 그도 아니라면 배려를 한다는 것도 사실은 하등 필요 없는 짓인가?

해리와 라이너가 싸웠다. 나는 그들의 언쟁을 딱 한 번 중단시켰고 카라반을 숨긴다거나 혹은 내리막길에서 아래로 굴린다는 건 터무니없는 짓이라고 말했다——우리의 왼쪽으로 보이는 계곡 안에서 고속도로는 오르비에토를 거쳐 로마로 향했다. 해리가 나더러 참견하지 말라고 말했다. "네가 걱정할 일이 아니야. 넌 아니라고. 우아하게 뒤로 몸을 빼고 있었잖아." 그러면서 그는 백미러를 힐끗 쳐다보았다.

난 단지 아내 도렌이 언젠가는 알아내지 않을까 겁이 났다. 우리가 그녀들에게 어떤 이야기를 들려주든 마찬가지가 아닐까?

이날까지도 내가 도렌을 속여왔던 건 그냥 귀찮아서 그랬던 것이지 정말로 무엇인가 숨길 것이 있기 때문은 아니었다. 하지만 그녀는 거짓말을 제일 싫어했다. 그래서 난 진실을 말하자는, 일의 전모를 그냥 다 솔직하게 말해주자는 편이었던 것이다.

"그래, 그럼 무슨 일이 있었는지 한번 말해봐!" 해리가 외쳤다. "한 번 설명을 해보라고!"

해리와 라이너의 뒷좌석에 앉아 나는 내가 이사를 나가는 장면을 상
상했다. 수천 개의 짐덩이를 들고 이리저리 허둥대야 하는 일이 아닌
가. 최근 몇 년 사이에 모든 일이 수월해졌다고는 하지만 짐을 챙길 때
마다 어쩐지 점점 더 힘이 많이 들었다. 그런 상황을 생각하면서도 한
편으로 벌써부터 그런 생각이 드는 것 자체가 불길하게 느껴졌다.

라이너와 사비네, 해리와 신티아——예전에는 발트 해 바닷가에서,
나중에는 벌러톤에서, 그 후 비용이 너무 많이 들게 되자 호엔 타트라*
에서 우리는 늘 함께 모여 텐트를 치고 야영을 했었다. 최근 들어서 우
리는 모두 각자 여러 번 이사를 다녔다. 해리와 신티아는 2년이나 네
덜란드에 가 있기도 했다. 그동안 모두들 직업을 바꿨다. 생일이 되면
우리는 전화를 걸어 축하해주곤 했다.

우리들 중 누가 이탈리아 움브리아에 갔는지 기억이 나지 않는다.
1997년에 일어났던 지진 때문에 물가는 땅에 떨어졌고 사진으로 본 그
곳 휴가철 민박집들이 파라다이스를 약속하는 듯했다.

최근 몇 년 사이에 나는 친구들에게 신경을 써야 한다는 것을 깨달
았다. 언젠가 문득 세상 천지에 혼자만 남고 싶지는 않았다. 도렌과 나
는 단 한 번도 둘이서만 여행을 간 적이 없었다. 작년까지는 늘 울리
케, 우리의 딸이 함께 갔었다.

4월에 나는 이탈리아 지도를 펼쳐놓고 움브리아를 찾아 아비아노와
피아첸차까지의 거리가 얼마나 되는지 살펴보았다. 요즘 사람들은 이

---

* 벌러톤Balaton은 유럽 최대의 호수이고, 호엔 타트라Hohen Tatra는 슬로바키아와 폴란드
  사이에 국경을 이루는 거대한 산악지대이다.

46

런 지명을 들어도 별 감흥이 없겠지만, 1999년 초반에는 누구나 거의 매일 뉴스에서 듣곤 했던 지명이었다. 나토의 비행기들이 바로 그곳으로부터 코소보와 세르비아로 출발했기 때문이었다. 겁을 먹었던 것은 절대 아니었다. 당시에는 어차피 공격도 거의 없었다. 그럼에도 자발적으로 그런 지점 근처로 떠난다는 건 사리에 맞지 않는 일이라는 느낌이 들었다.

우리가 출발하는 5월 10일, 난 학교 동창회라도 앞둔 느낌이었다. 자동차 석 대에 나누어 타고 간다는 사실이 나를 안심시켰다. 게다가 우리는 서로서로 잘 통했다. 그런 건 금세 알 수 있는 법이다.

첫 주는 구비오 근처에서 지냈다. 우리는 늦잠을 잤고 느긋하게 아침 식사를 즐겼으며 이따금 산책을 가거나 집 건물 뒤 초원에서 몇 시간이고 빈둥거리는가 하면 아시시로 소풍을 가기도 했다.

가끔 CNN 방송을 보기도 했지만 보도 내용에 대한 이야기를 나누는 것은 가급적 삼갔다. 라이너는 "airbase(공군기지)" "airstrikes(공습)" "Serbs(세르비아인들)"라는 영어 단어가 독일어보다도 더 익숙하게 느껴지며 더 정확한 표현처럼 들린다고 했다. 독일어 단어는 번역투처럼 어색하게만 들린다는 것이었다. 그건 나 역시 마찬가지였다. 어디에선가 '재난'이라는 독일어 단어를 읽으면 그것은 머릿속에서 즉시 영어 단어 "catastrophe"가 되었다. 그게 바이에른 주의 홍수 이야기든, 도나우 강의 오염이든 혹은 알바니아 사람들의 문제든 모두 마찬가지였다.

나흘 뒤에 도렌이 자동차 안에서 말했다. 이제부터 본격적으로 진짜 휴가를 즐기고 싶다는 것이었다. 나는 그게 무슨 말이냐고 물었다. 지금 당장 짐 가방을 챙기고 친구들에게, 얘들아, 우린 너희랑 노는 게

이제 지겨워졌어, 라고 말하란 말인가? "뭐, 그러면 안 되나?" 그녀가
그렇게 반문하며 어깨를 으쓱해 보였다.

5월 15일, 우린 구비도에서 '광인들'을 구경했다. 묵직한 원통 양초
를 들고 성상을 어깨에 멘 사람들 세 무리가 골목을 질주하고 있었다.
참으로 신명나는 광경이었다. 축제날의 분위기가 우리에게도 금세 전
염되었다. 저녁에는 라이너와 해리와 내가 부엌에 둘러앉아 캄파리 두
병을 마셨고 남은 맥주를 모조리 비웠다. 이제 그만 자자며 사비네가
왔을 때 라이너는 그녀의 파인 가슴골 안으로 맥주를 부어버렸다. 진
짜 한심한 짓이었다.

신티아는 화해를 위해서 여자들끼리만 페루자로 쇼핑을 나가게 해달
라고 요구했다. 그동안 남자들은 치타 델라 피에베의 새 숙소에 남아
방 정리를 하라는 것이었다. 도렌은 내 앞에서 배신이라는 말을 언급
했다——진짜로 배신이라는 단어를 썼다!——내가 진짜 나쁜 일을 저지
르기라도 한 것처럼 말이다.

우리는 신티아와 해리의 카라반*에 짐을 전부 실은 다음 트라시메노
호수와 에트루스크의 공동묘지가 있는 키우시를 지나 자동차를 몰았다.
치타 델라 피에베로 들어가는 진입로를 발견하지 못해——거리감각을
쉽게 잃어버릴 수 있는 지역이었으므로——떡갈나무 숲 가운데를 횡단
했고 채석장인 것 같은 아름다운 공터를 보았다. 우리는 문득 허허벌판
에 멈췄다. 산등성이의 끝자락, 우리가 묵을 시골 별장이 햇빛 속에서
반짝거렸다. 숲이 집을 에워싸고 있었다.

---

* 승용차에 매달아 끌고 다니는 이동식 주택.

"여자들이 좋아서 자지러지겠네." 해리가 말했다.

차를 몰고 가는 도중 그는 그 길의 반쯤은 비명을 지르며 통과했고 ──차바퀴 자국이 점점 더 깊이 패었다──결국 브레이크를 밟았다. "뱀이다" 하고 그가 말했다.

어떤 여자가 그 주택의 수영장으로부터 솟아나왔을 때 우리는 사실 놀라 주춤거렸어야 했다. 그녀는 한 손으로 초록색 수건을 들어 올려 털더니 머리를 닦기 시작했다.

우리는 큰 주차장에 도착해 베를린 번호판을 단 신형 파사트 자동차 옆에 차를 댔다. 집 주인은 근처에서 말 농장을 경영하는 독일인이라고 했다.

우리는 문을 두드렸고 집 주위와 수영장을 한 바퀴 돌아본 뒤──물이 얼음장처럼 차가웠다──수영장 주위에 있던 플라스틱 비치 체어에 나란히 누워 전방의 경치를 감상했다. "완전 호화판이다!" 라이너가 탄성을 지르며 잔디 위에 나뒹굴고 있던 비키니의 상의를 손가락 두 개로 들어 올렸다. 또 한 번 문을 두드렸지만 집 안에는 개미 새끼 한 마리도 움직이지 않는 것 같았다.

해리가 꼬깃꼬깃 접었던 종이를 꺼냈다. 거기 붙은 푸르스름한 사진은 분명 전면에 수영장이 딸린 이 저택을 보여주고 있었다. 내가 종이쪽지의 뒷면에 씌어진 글씨를 해독하려고 애쓰고 있는데 라이너가 나를 쿡 찔렀다.

2층 창문에서 나이가 지긋한 한 남자가 내려다보고 있었다. 갈색으로 그을린 피부에 턱이 앞으로 튀어 나와 있었고 뒤로 빗어 넘긴 머리카락이 하얬다.

나는 그를 향해서 바로 우리가 이번 한 주 동안 집을 빌린 사람들이 라고 소리를 쳤다. "우리가 너무 일찍 왔나요?"

처음에 난 그가 독일어를 못 알아듣는다고 생각했기 때문에 똑같은 내용을 영어로 다시 한 번 말해보았다. 하지만 그는 내 말을 중간에서 자르며 소리를 질렀다. "이 똥개 같은 작자들아, 썩 꺼져. 빨리 가버리 란 말야!" 창턱에 몸을 기대고 있던 그가 이내 집 안으로 사라졌다.

"아니, 이건 또 뭐지?" 라이너가 물었다.

"여기 이렇게 사인을 했는데." 해리가 그렇게 말하며 종이를 내밀어 보였다. "그가 여기에 사인을 했다니까. 몸소 사인을 했다고!"

"슈뢰더 씨!" 라이너가 외쳤다. "시그노르 슈뢰더 씨!" 난 몇 번이 고 문을 두드리다가 나중에는 주먹으로 쾅쾅 내리쳤다.

해리는 뒤로 물러서서 도움닫기를 하고는 발로 잠긴 자물쇠를 걷어 찼다. 문이 활짝 열리고 몇 초가 지나자 시그노르 슈뢰더가 밖으로 나 왔다.

"꺼져!" 그가 소리질렀다. "꺼져!" 그가 휘휘 팔을 내젓는 통에 우리 는 움찔해 뒤로 물러났다. 잠깐 동안이었지만 나는 그가 우리를 향해 개라도 풀면 어쩌나 하는 두려움에 빠졌다. 슈뢰더에게서는 향수 냄새 가 났다. 보기 드문 파란 눈동자를 가진 사내였는데 생각보다는 키가 작았다. 반바지가 그의 주름진 가슴께에까지 끌어 올려져 있었다. 가슴 뿐만 아니라 어깨와 팔과 다리도 길고 하얀 털로 뒤덮여 있었다.

우리 세 사람은 조용히 기다렸다. 그와 이야기를 나누기를 원했다. 우린 마흔 줄에 들어선 남자들이고 이가 빠져 덜거덕거리는 베를린 출 신 노인 때문에 여행을 망치고 싶지는 않았다. 우린 타협하기를 바랐다. 우리들 각자가 이미 백 마르크씩 지불하지 않았던가. 하지만 슈뢰더는 우리가 파리라도 되는 양, 연신 손을 휘휘 내저으며 "꺼져! 꺼져!"라고 부르짖을 뿐이었다.

해리가 그에게 계약서를 내보였다. 슈뢰더가 계약서를 잡으려고 손을 뻗자 해리가 몸을 뒤로 빼는 바람에 종이가 찢어졌다. 슈뢰더는 종이 쪼가리를 구겨 땅으로 던지고는 몸을 획 돌렸다.

해리가 그의 팔을 붙들었다. 잠시 동안 그 두 사람은 꼼짝하지 않았다. 그러고 나서 슈뢰더가 이리저리 날뛰며 해리의 뺨을 때렸다. 해리가 넘어지며 조약돌이 깔린 바닥으로 쓰러지는가 싶더니 금세 슈뢰더를 붙잡으며 몸을 일으켰다. 그 순간 슈뢰더가 비틀대며 뒷걸음질을 쳤다. 라이너가 그의 가슴팍을 때렸기 때문이었다. 해리는 그를 땅에다 메다꽂았다.

친구 녀석들은 고개를 숙이고 그를 내려다보았다. 나는 단지 그의 등만이 보였다. 나는 그들이 낮은 목소리로 슈뢰더와 이야기를 나누고 있다고, 아니 그를 위협하고 있다고 생각했다. 하지만 이내 그들이 무엇인가를 자루에 넣어 채우고 있다는 인상을 받았다.

나는 여자의 목소리를 듣지 못했다. 독일어 단어라고는 한마디도 없었기 때문이기도 했다. 나는 라이너와 해리 쪽만을 계속해서 보고 있었다. 그들은 내 친구들이었고 그리고 그들은 옳았다. 슈뢰더는 적어도 반성문 한 장쯤은 써야 마땅하다. 바로 그때—사람들은 흔히 그런 상황을 잘 알고 있다고 생각하지만, 사실 총성이란 건 생각보다 훨씬 더 크고 건조한 소리였다.

빨간 머리의 여자가 나를 겨누고 있었다. 난 이제부터 유명한 영화의 한 장면이 연출되겠거니, 내 인생의 모든 순간들이 눈앞에서 차례차례 주마등같이 빙빙 돌아가겠거니 하고 기다렸다. 그와 동시에 내가 첫 표적이라는 건 말이 안 된다는 생각도 들었다.

해리와 라이너는 슈뢰더를 놓아준 뒤 뒤로 물러났다. 빨간 머리 여자가 서 있는 문으로부터 멀리 갔다. 그녀는 어깨에 멨던 노란색 손지갑을 검은색 정장 바지 주머니로 넣었다. 그녀의 권총은 이제 해리를 향했고 그러고 나선 라이너를, 다시 해리를 향했다. 그 외에 뭘 더 서술해야 좋을지 나로서는 알 수 없다.

그들 사이에 노인이 마치 커다란 스포츠 가방처럼 널브러져 있었다. 난 빨간 머리 여자가 곧 슈뢰더를 돌봐줄 것이라고 생각했다. 혹은 그의 손에 권총을 들려줄지도 모른다고도 생각했다. 왜냐하면 그가 경기 중 부상을 입고 쓰러진 축구선수마냥 갑자기 손을 번쩍 쳐들고 공중을 휘휘 저었기 때문이었다.

빨간 머리 여자는 우리에게서 눈길을 떼지 않은 채 낮은 목소리로 그에게 뭐라고 거칠게 쏘아붙였다. 갑자기 어디서 났는지는 알 수 없었으나 그녀가 초록색 수건 한 장을 노인에게 던졌다. 수건은 그의 무릎 위에 떨어졌다. 그 후 그녀는 주택의 벽을 따라 주차장에 세워둔 새 파사트로 걸어갔다. 자동차에 대해서 잘 아는 모양이었다. 바로 다음 순간 그녀는 벌써 들판을 질주해 가고 있었다.

나는 노인을 살펴보았다. 숨을 거칠게 몰아쉬면서 자꾸만 기침을 하려는 것처럼 보였다. 하지만 그마저도 할 만한 힘이 없는 모양이었다. 그는 내 쪽을 보려고 애를 썼지만 고통이 심한지 자꾸만 눈을 찌푸렸다. 그저 약간의 열상이나 찰과상을 얻었을 정도인데도 그의 가슴에 난 털은 피투성이였다. 열린 문틈으로 커다랗고 하얀 타일이, 주방의 거대한 환기 연통이 보였다.

페루자에 도착해서도 우리는 여전히 의견의 일치를 보지 못했다. 하지만 난 다시 다른 사람들과 섞여 있는 게 좋았다. 언젠가 어디선가 은신을 해야 할 일이 생긴다면 난 숲이나 산속보다는 도시를 택할 것이다.

나는 호텔 방을 잡아 밤을 지내고 다음 날 아침 여행안내센터에 들러 새로운 좋은 숙소가 없는지 문의해보자고 제안했다. 라이너와 해리가 찬성했다.

해리는 멍청한 생각일랑 하지 않는 게 좋을 거라고 경고했고 라이너는 내 어깨에 손을 올리며 "기분전환도 할 겸 이제 우리를 위해서도 좋은 일을 좀 해보자고"라고 말했다.

여자들이 걸어오고 있었다. 그들의 허벅지와 무릎께에서 커다란 쇼핑백이 흔들렸다. 손가방들을 어깨에 메고 있었다. 도렌의 얼굴과 팔이 빨갛게 물들어 있었다. 신티아가 울고 있었다. 우린 물론 진지하게 왜 우는지 물었다.

아기를 안고 구걸하는 여자들이 내내 쫓아왔다는 것이었다. "아예 신경도 쓰지 않았어. 그냥 무시했어!" 사비네가 말했다. 그래도 거지 아줌마들은 물러가지 않았다. 오히려 점점 담대해져서 나중에는 신티아와 사비네의 팔을 부여잡기까지 했다는 것이었다. "난 두 사람 사이에 있었는데, 그네들이 막 달라붙었어. 정말이지 찰거머리같이 달라붙었다고." 도렌이 말했다. 신티아는 부모님이 선물해주신 새 손목시계를 그들이 계속해서 뚫어져라 쳐다보았다고 했다.

라이너는 여자들에게 불법적인 베를린 노인과 창녀 같은 이탈리아 여자 이야기를 들려주면서 적어도 돈은 도로 찾아와야 하며 그런 작자 때문에 우리의 여행을 망칠 수는 없다고 말했다. 그리고 내가 훌륭한 제안을 했다는 것이었다.

　"이번 여행에서 들었던 말 중 가장 훌륭한 아이디어네!" 사비네가 대꾸했다.

　해리는 호텔 방 잡는 일을 맡았고 그동안 우리는 그 옆 테라스에서 물과 캄파리 오렌지를 마셨다.

　사비네가 말했다. "그 여자들이 언제 또 나타날까 이렇게 겁을 내야 하다니, 너무 끔찍한 일 아니겠어?"

　호텔의 이름은 '포르투나'이며 별 네 개짜리라고 했다. 유리로 된 정문 앞에, 가장자리에 금띠가 둘려 있고 가운데 문양이 박힌 두껍고 붉은 융단이 깔려 있는 호텔이었다.

　기분 좋은 저녁 시간이었다. 여자들이 새로 산 옷을 입어보았고 난 도렌이 배신 운운하던 비난을 후회하고 있다는 인상을 받았다. 그녀는 나만큼이나 많이 마셨다.

　해리는 내게 너무 기죽을 것 없다고, 자책감을 느낄 하등의 이유가 없다고 속삭였다. 순전히 그 영감탱이가 자초한 일이었으며 위자료야 이미 다 충분히 해먹지 않았냐는 것이었다. "그자가 먼저 시작한 일이야." 해리가 말했다. "그 작자가 바라던 대로 된 거라고."

　하지만 난 자꾸만 빨간 머리 여자가 생각났다. 그 여자의 생김새를 묘사하기는 어려운 일이다. 이탈리아 여가수 밀바같이 생겼다고나 할까, 아직 젊었을 때의 밀바.

아침 식사 뷔페 때 라이너가 나를 보며 비죽이 웃었다. 호텔 숙박료 계산은 이미 끝났다고 말했다.

우린 트라시메노 호숫가 파시냐노에 새로운 숙소를 발견했다. 그곳은 역사적으로 꽤 의미 있는 땅이었다. 기원전 217년 한니발이 로마인들을 무찌른 장소였던 것이다. 하지만 지금은 단 한 군데 견학용 길과 화장 무덤이 발굴된 몇 군데 유적지를 빼면 당시의 흔적이라곤 거의 남아 있지 않았다

트라시메노 호수는 그리 큰 편은 아니었다. 일단은 잔잔했다. 바로 그 점이 나를 안심시켰다. 왜냐하면 전투기들이 유고슬라비아에 다 투하하지 못하고 남은 폭탄을 베니스 근처의 아드리아 해에 떨어뜨린다는 보도는 결코 농담이 아니었기 때문이었다.

오르비에토로 소풍을 떠나기 전까지는 파시냐노에 머물렀다. 나는 레스토랑에 들어갔다가 빨간 머리 여자의 눈에 띈다거나 하는 일을 당하고 싶지 않았다. 어쩌면 사람들이 이미 우리를 찾고 있는지도 모른다.

하지만 끝내 아무 일도 일어나지 않았다. 국경에서도——아니, 국경 검문소에는 아예 아무도 없었다——집에 돌아와서도. 몇 주가 지난 후 나는 경찰로부터 편지 한 장을 받았다——과속 때문이었다. 도렌은 그 베를린 출신 노인에게 정말로 무슨 일이 일어났는지를 한 번 물었다. 예상했던 질문이었다.

내 대답이 그럴듯했던 모양인지 그녀는 더 이상 캐묻지 않았다. 오늘까지도 아무 말이 없다. 그녀는 그 일을 잊어먹었을 것이다. 라이너와 해리는 아무런 걱정 없이 아주 잘 지내고 있는 것 같았다. 우린 다시 생일날 서로서로에게 전화를 걸어주곤 한다. 언젠가 나는 그들이

슈뢰더 씨에게 한 짓에 대해 이야기를 나눠보겠다고 굳게 마음먹었다. 하지만 전화상으로는 쉽지가 않았다.

그 이후로 무엇인가가 달라졌다는 것만은 분명했다. 하지만 그 달라진 게 딱히 무엇인지는 알 수가 없었다. 라이너나 해리 이전에도 나는 친구들을 많이 잃어보았다. 그러니 그 문제는 아니다. 우린 언젠가 다시 화해를 할지도 모른다. 그러니 그런 문제라기보다는 어쩐지 내가 문지방을 하나 넘어섰다는 느낌이 들었다는 편이 더 정확할 것이다. 마치 내 뇌가 기계처럼 스위치를 갑자기 바꾼 것같이 느껴졌다. 자동적으로 추억에 잠기는 기능으로 바뀐 것이다. 아니면 적어도 적당한 연령에 추억에 잠기는 일이 시작되는 순간에 대비해 머리가 어떻게 작동해야 할지를 미리 연습하는 듯 느껴졌다.

난 아직도 여전히 빨간 머리 여자 생각을 많이 한다. 따지고 보면 지금까지 내가 살아오는 동안에 총으로 나를 쏘아 맞힐 것인지 아닌지를 심사숙고해본 유일한 인물이었으며 또한 앞으로도 줄곧 그 사실은 변하지 않을 것이다. 만일 나와 아무런 친분이 없는 어떤 여자가 나를 죽이지 않기로 결정을 내렸던 사실로 본다면, 그 결정이 아니라 다른 결정, 이를테면 나를 가두기로, 그것도 평생 동안 가두기로 결정할 수도 있었다는 가능성 역시 버젓이 존재하지 않는가? 그녀의 인질이 되어 파사트를 탄 뒤, 영원히 행방불명이 된다. 이상하게 들리리라는 것은 나도 안다. 그런데도 나는 점점 더 빈번히 그런 상상을 하게 되었고 평범한 일상생활로 돌아가는 게 점점 더 힘들어져만 갔다.

이따금 아주 단순한 기억들에 잠기기도 한다. 가령 구비오 근처에 우리가 도착했던 일 같은 장면이 떠오른다. 나는 우리가 자동차에서 짐을 꺼내고 해리가 술병을 따는 장면을 떠올린다. 주택 뒤편에 펼쳐진 들판으로 조금 걸어 나가 구릉 너머 눈 덮인 하얗고 거대한 아패닌 산을 바라본다. 우리들 각자의 손에는 술잔이 들려 있다. 아무도 입을 여는 사람은 없다. 마치 어쩌다 우연히 만나게 된 사람들처럼——잔을 부딪치자는 말조차 하지 않는다. 이 대목에서 나는 매번 소름이 돋고, 노래라도 한 곡조 흥얼거리고 싶은 심정이 된다.

캘커타

권터 그라스 선생님께 드리는 글

3주 전 화요일이었습니다. 비가 올 거라는 예보가 있었는데도 종일 청명하고 맑은 날씨였죠. 날마다 두 시간씩 하는 연주 연습을 마친 다음, 마당에 나가 잔디를 깎기 시작했습니다. 그 주는 정원을 돌보기로 결심했었거든요. 그다음 주는 주차장을 정리하고 방한용 타이어를 갈아 끼울 차례였습니다. 아니, 어떻든 자동차를 돌보고 지붕의 홈통을 청소하고 그러곤 다시 정원, 그러고 나면 눈이 내리기 전에 끝마쳐야 하는 마지막 바깥일은 묘지의 벌초만 남죠. 고인 추도 주의 일요일이 되어서야 묘지에 가겠다고 나서면 공동묘지의 모든 주차장에 자리가 하나도 없거든요.

누군가의 기척을 느꼈습니다. 그녀가 자기 집 현관문 입구에 서서 저를 건너다보고 있었습니다. 내가 지금 '그녀'라고 부른 사람은 베커스 씨의 아내입니다. 이웃들에 대해 말을 할 때, 사실 우린 언제나 가족 단위의 복수형으로 부를 뿐입니다. '베커스 씨네 가족들'이라고 말입니다. 그녀와 그와 그 부부의 아이들, 산드라, 낸시, 케빈을 말하는 것입니다.

베커스 씨의 아내는 내가 외치는 소리에 아무런 대꾸도 하지 않았습니다. 내가 "안녕하세요! 안녕하세요!"라고 외치며 손을 흔들었는데도 말입니다. 그냥 내 쪽을 향한 채 꼼짝도 하지 않는 것이었습니다. 일요일, 그러니까 이틀 전에 그녀가 우리 집에 쥐덫을 가져다주었고 우리는 그녀에게 자두잼 한 병을 선물했었지요.

지난 48시간 동안 그녀가 우리에게 반감을 가지게 될 만한 일이라도 있었을까요? 통 알 수 없는 일이었습니다. 잔디 깎이에서 잔디가 반쯤 찬 풀받이통을 빼내 비웠습니다. 파란색 쓰레기봉투에 버리는 대신—그러려면 그녀를 향해 등을 보여야 했거든요—주차장 뒤 퇴비 더미로 걸어갔습니다. 잔디와 작고 딱딱한 능금들이 함께 섞여 얼마나 빨리 죽탕이 되어버리는지를 볼 때마다 매번 감탄을 금할 수 없습니다. 하지만 그 퇴비를 어디에 사용해야 좋을지 알 수 없다는 게 문제입니다. 정작 우리한테 필요한 건 잡초가 무성하게 솟아오르지 않도록 촉촉한 건초를 마련하는 일이지만 질 좋은 건초는 비싸거든요.

풀받이통을 다시 기계에 걸었습니다. 내가 몸을 일으키자 눈길이 자동적으로 그녀 쪽을 향했죠. 나는 손을 흔들며 "이게 마지막입니다!"라고 외치며—올해로는 마지막 잔디 깎기란 말이었죠—미소를 지으려고 애썼습니다. 그녀는 그 자리에 밀랍 인형처럼 그대로 서 있었습니다.

나는 일을 계속했고 나무 아래에서는 진도가 보다 더 빨리 나갔습니다. 능금이 떨어져 있지 않고 바람에 날려온 낙엽만이 소복이 쌓여 있었기 때문이었습니다.

쥐 이야기를 좀더 해드려야겠네요. 쥐와 모기들 이야기입니다. 토요일에 마르티나가 자다 말고 나를 흔들어 깨웠습니다. "여보, 저 소리 들려? 저 소리 안 들려?" 그녀의 목소리에 약간의 히스테리가 묻어 있었습니다. "쥐! 저 소리 안 들린단 말야?" 생쥐 한 마리가 창문을 통해 쪼르르 들어왔던 모양이었습니다. 아침에는 벌써 서리가 내리기도 했습니다. 마르티나는 쥐들이 아무 문제없이 회벽을 기어오를 수도 있고 게다가 포도 덩굴로 뒤덮인 벽이라면 더더군다나 쉽게 오르락내리락할 수 있다고 주장했습니다.

우린 사실, 쥐덫 같은 건, 그러니까 그런 건 너무나도 진부하고 시대에 뒤떨어진 물건이라는 듯, 아예 생각조차 하지 않았습니다. 마르티나는 핀드아이젠 씨네 고양이를 살살 꾀어 데려와야겠다는 계획을 세웠고 나에게는 모든 옷장을 벽에서 떼어놓으라고 말했습니다. 정오가 되어서야, 즉 그녀가 빨래를 널면서 베커스 씨의 아내에게 그 이야기를 건넸을 때에야 쥐덫 말이 오고 갔습니다.

서로 포개져 있는 두 개의 초록색 상자는 마치 누군가 직접 만든 망원경처럼 보였습니다. 안쪽에는 조그만 지레 모양의 기구가 들어 있어서 쥐가 지나가는 순간 문이 잠기며 쥐를 가두도록 되어 있었습니다. 베커스 부인은 계란빵을 이용해보라고 권했습니다. 계란빵이라면 어떤 쥐라도 다 유인할 수 있다는 것이었죠. 이미 말했듯이 그건 벌써 이틀 전의 일이었고, 그 후 나는 할 일을 다 했다고 생각합니다.

도저히 더는 견딜 수가 없었습니다. 잔디 깎는 기계를 풀밭 한가운데 세워두고서 그녀에게 다가갔습니다.

"계란빵을 샀습니다." 내가 말했습니다. "한 쪽 맛보시겠습니까?" 나는 마르티나가 만든 잼이라면 오래전에 구워 딱딱해진 빵이라 해도 맛있게 먹을 수 있을 것이라고 덧붙이려는 참이었습니다. 하지만 그녀가 내 말을 자르더군요.

"행운을 빌어주세요." 그녀가 큰 목소리로 되풀이했습니다. 걸음을 뗄 때마다 그녀의 검은색 가죽 바짓가랑이가 서로 쓸리며 소리를 냈습니다. 그건 찍찍대는가 하면 뽀드득거리는 것 같기도 한, 뭐, 대충 그 중간쯤 되는 소리였습니다. "우리를 위해 뭔가 해주시겠다면, 행운이 함께하길 빌어주세요."

베커스의 아내는 말을 하는 동안 빨랫줄을 맨 말뚝에 기댄 채 거의 사납다 싶은 눈길로 저를 쳐다보았습니다.

난 울타리와 자두나무 사이에 서서 그녀의 말을 들으며 어떻게 그 자리를 피할 수 있을지 궁리했습니다.

케빈이 의식불명 상태에 빠졌다는 것이었습니다. 극장 앞에서 벌어진 일이라고 했습니다. 공사장 한가운데였습니다.

그녀가 모든 정황을 매우 소상히 묘사했습니다. 아니, 나는 오히려 그녀가 이야기에 빠져들어갔다고 말하고 싶습니다. 그녀는 양손을 갈비뼈에, 엉덩이에 갖다 댔다가는 허벅지를 탁 때린 후 이내 양손을 주먹 쥐어 관자놀이를 누르기도 했습니다. 그러곤 고개를 돌리려고 애썼지만 돌리는 병마개에 잘못 낀 병마냥 결국은 꼼짝하지 못했습니다. 그녀의 스웨터는 배꼽이 다 드러나도록 올라가 있었습니다.

베커스 씨의 아내가 울기 시작했습니다. 전화벨 소리가 울리자, 난 마침내 울타리를 뛰어넘어가 그녀의 손이라도 부여잡고 싶은 심정이었지요.

그녀가 현관문을 살짝 열어두었기에 전 기다렸습니다. 몇 분 뒤, 나는 잔디 깎는 기계를 울타리 쪽으로 밀어놓고 전깃줄을 가져와 현관문 건너편에서 다시 일하기 시작했습니다. 현관문 쪽에서 눈을 떼지는 않았지요. 나는 베커스 씨의 아내가 지금 저한테 했던 것과 똑같은 얘길 반복하고 있을지, 혹은 전화 통화 중에도 아까와 같은 몸동작을 하고 있을지 궁금했습니다. 물론 지금은 한쪽 손만을 움직일 수밖에 없을 테지만요.

몸을 굽히는 게 귀찮아 저는 아예 풀썩 주저앉아 쓰레기 비닐 봉투를 탁탁 턴 다음 풀받이통을 단번에 비워냈습니다. 마치 누구의 감독이라도 받는 양 엄숙히 작업에 임했습니다.

그녀의 그 이상한 태도가 우리 사이가 나빠져서 그런 것이 아님을 알게 되었다는 것만으로도 솔직히 말해 매우 안심이 되었습니다―반드시 싸워야 할 운명이라면 이웃과 싸우는 것보다는 차라리 직장 동료와 싸우는 편이 훨씬 낫습니다. 집에서는 모든 일이 순조로워야 하니까요.

좋은 인간관계를 유지하자면 인사말에 덧붙여 가벼운 말 몇 마디 덧붙이는 것으로도 충분합니다. 여름에는 문제 될 것이 없습니다. 정원에 할 일이 많아지면 비록 이 집에서 저 집 간 거리가 10미터도 안 되긴 하지만 서로서로의 존재를 쉽게 잊는 법입니다.

지난겨울에는 내가 베커스 씨네 집에 초인종을 한 번 눌렀고, 양파 몇 알과 레몬을 빌리겠다는 핑계를 대며 핀드아이겐 씨 집의 초인종을 누른 적도 있습니다. 그건 물론 주말에나 가능한 일이었습니다. 월요일에 나는 두 배가 넘는 양을 돌려주었습니다. 우리가 절대적으로 신뢰할 수 있는 이웃임을 그들이 알도록 말입니다. 단 한 주라도, 내가 이 동네 누군가의 소포를 대신 받아주지 않은 적은 없었습니다. 다른 일 역시 난 기꺼이 도맡았을 것입니다. 누구든 내게 부탁만 한다면요.

그리하여 난 그녀의 현관문을 지켜보고 있었는데요, 하지만 정작 문이 잠기는 순간만은 놓치고 말았습니다. 베커스의 아내는 내가 진즉에 자두나무 주위의 잔디를 다 깎았다는 것을 알아보았던 것일까요? 혹시라도 나를 한심하게 보지는 않았을까요?

집과 거리 사이에 길게 난 잔디밭에서 나는 알코올 도수가 높은 술이 담겼던 술병을 발견했습니다. 빈 병 하나 정도는 늘상 굴러다니기 마련이지만 이번에는 세 병이나 되었습니다. '골데네 아우에' 병이 두 개였고 '클라이너 파이클링'이 한 병이었죠. 상표가 없는 술병이 하나 더 있었는데요, 돌멩이들이 허브 밭을 둘러싸고 있는 곳 한 모퉁이에 거꾸로 꽂혀 있었습니다. 아마도 노숙자들이 쉼터로 돌아가 잠자리에 들기 전에 우리 집에 들러 잠시 놀다 간 모양이었습니다. 그건 개똥이 그 자리에 있다는 사실로도 알 수 있는 일이었습니다. 잔디 깎는 기계는 다행히 똥을 지나쳐 갔습니다.

노숙자들이 술병의 뚜껑을 다시 가만히 닫아두며 함부로 아스팔트나 집의 담벼락에 던져버리지 않는 것을 볼 때마다, 난 그게 우리들과의 암묵적인 협정이라고 생각했습니다. 보통 때 같으면 노숙자들의 술병 따윈 병과 병마개를 따로 분리하지도 않고 그냥 쓰레기통에 던져버렸을 것입니다. 하지만 네 병이나 한꺼번에 쓰레기통에 던져 넣다니요, 그건 차마 못 할 노릇이었습니다. 그러나 다른 한편으로 보자면 병뚜껑을 열어야 한다고 생각하니 몹시 역겨웠죠—병뚜껑은 노란색 봉투에 넣어야 하거든요—그리고 병은 깨끗이 헹궈, 버릴 병들을 따로 모아두는 바구니에 넣어야 합니다. 나는 그 네 개의 술병을 쓰레기통 앞에 세워두었습니다. 마르티나에게 좋은 생각이 떠오를지도 모르는 일이었으니까요.

5시쯤 귀가해서 집으로 들어가는 베커스 씨를 보았습니다. 그는 컴퓨터 상점에서 일합니다. 예전에 그는 '플라네타' 회사의 인쇄기를 팔러 세계를 누비고 다니는 영업사원이었습니다. 마르티나는 나한테 늘 그를 좀 본받으라고 말합니다. 그는 자신의 일을 알아서 찾아 하며, 점잔 빼며 까다롭게 골라대지 않고 무슨 일이라도 다 맡는다는 것입니다.

그는 원하는 만큼 먹어도 살이 찌지 않고 잘난 척하길 좋아하는 종류의 사람입니다. 거의 언제나 밝은색 청바지를 입고 다녔고 허리띠에는 묵직한 열쇠 꾸러미가 매달려 있어서 마치 암소처럼 오고 가는 길에서 늘 철렁거리는 소리가 났습니다.

10분 뒤, 베커스 부부가 딸아이 둘을 다 데리고 차에 오르더군요.

사위에는 땅거미가 깔린 지 오래고, 나는 충분히 일을 했음에도 불구하고 계속해서 일했습니다. 마르티나와 함께 집 안으로 들어가든가 아니면 마르티나가 돌아와 저녁 식사를 준비하는 동안 천천히 들어가고 싶었습니다. 그녀는 요즘 들어 매일 늦게 귀가했고 바로 그날, 그 화요일에는 한 시간이나 늦었습니다. 나는 그녀가 부엌 식탁에 앉을 때까지 낮에 있었던 일을 이야기하지 않고 기다렸습니다.

나는 아주 사소한 사항까지도 절대 빼먹지 않았습니다. 부러진 얼굴뼈와 쇄골과 갈비뼈, 엉덩이와 다리에서부터 두뇌 속 기압이 하강했다

64

는 것에 이르기까지, 그리고 사고 현장에서 그 모든 것을 다 목격한 낸시는 심리 상담을 받는다는 것까지도 말입니다.

두 손으로 머리를 받치고 있던 마르티나는 마치 귀를 막고 있는 것처럼 보였습니다. 그녀는 피곤할 때마다 거기 그런 자세로 앉아 있곤 합니다. 펠릭스가 문 앞에 나타나자 우리 두 사람 다 안심했을 거라고 생각합니다.

그 아이는 5월에 시장(市場)으로부터 꽤 먼 곳에 공동 자취집을 마련해 이사를 했습니다. 완전히 다 쓰러져가는 폐가입니다. 방세 중 50마르크는 자기 힘으로 직접 냅니다. 학생의 신분으로 어디서 돈을 마련하는지 나로서는 알지 못합니다.

마르티나가 그 아이에게 베커스 씨네 이야기를 들려주었습니다. 나는 그녀가 작은 부분이라도 몇 군데 빼먹으면 즉시 보충을 해주리라 학수고대했습니다. 그녀는 운전사는 어떻게 되었느냐고 물었습니다. 나는 어깨를 으쓱해 보였습니다.

"큰일 날 뻔했네요." 마르티나의 보고를 들은 펠릭스의 머리에 떠오른 말은 고작 그 한마디가 전부였습니다. 그녀는 아이더러 그게 무슨 뜻이냐고 물었습니다. 펠릭스는 입안 가득 음식물을 넣고 있었으므로 손끝으로 공중을 획획 저으며 허우적거렸습니다. "아슬아슬하게 우리를 비켜 갔잖아요. 그러니까 큰일 날 뻔했던 거죠."

나는 마르티나가 제발 무슨 말이라도 하길 바랐습니다. 하지만 그녀 역시 적당한 말이 떠오르지 않는 모양이었습니다.

펠릭스가 집을 나가고 난 뒤 그 아이와 나는 서로를 좀더 많이 이해하게 되었습니다. 우리는 마르티나의 새 헤어스타일이 괴상하다는 데 의견의 일치를 보았죠. 멀리서 보면 그녀는 마치 베레모를 쓴 것처럼 보입니다.

마르티나가 갑자기 벌떡 일어났습니다. 펠릭스는 여전히 음식을 씹고 있는 중이었습니다. 그녀는 우리를 스쳐 지나가 카펫이 깔린 마루로 달려 나갔습니다. "이번에도 아니네." 그녀가 나를 쳐다보았습니다.

바로 그 순간이었습니다. 집 안에 쥐덫을 놓는 것을 제가 얼마나 싫어하는지 그제야 처음으로 깨달았습니다. 아니, 바로 그 순간 나는 서로서로 포개져 있는 두 개의 금속 상자가 결국에는 반드시 불행을 불러오리라는 확신이 들기조차 했습니다. 우리는 쥐덫을 창문 가까이로 옮겨놓고 계란빵 부스러기를 좀더 많이 집어넣었습니다.

그 한 주 내내, 날이 맑았습니다. 나는 다른 날과 마찬가지로 10시에서 11시 사이에 연습을 했지요. 최근 들어 내 연주를 들어준 사람이 아무도 없긴 하지만 내가 느끼기로는 썩 잘하는 편이었습니다. 무엇보다 활을 다루는 기술이 많이 늘었습니다. 활 다루는 기술을 익히거나 연습곡을 연주하는 것입니다. 예전에는 그 두 가지 일을 위한 시간을 낼 수 없었으니까요. 연습을 잘 마친 후 나 자신에게 주는 보상으로 바흐와 모차르트 음악을 들었습니다. 그러고 나선 줄곧 집안 살림에만 몰두했습니다.

연습을 할 흥이 나지 않을 때는 음악을 들었습니다. 전 한 번도 시디 외에 무언가를 가지고 싶었던 적이 없거든요. 시립도서관에 소장된 양은 그리 많지 않았습니다. 이제 난 다시 레코드판을 듣습니다. 나팔 모양의 팔을 가장자리로 가져간 뒤 천천히 손잡이를 돌리며 사파이어가 들어앉는 모양을 바라볼 때의 그 느낌이라니요! 마주르의 베토벤과 사발리슈의 슈만을 들었습니다. 난 그것들을 열다섯 살, 혹은 열여섯 살 때부터 들어왔습니다. 지휘를 할 수 있을 정도이지요. 모든 곡들을 다 지휘할 수도 있습니다. 난 예전에는 늘 건축 엔지니어로, 대개는 프로젝트 감독관으로 일했습니다. 하지만 본시 난 음악가입니다.

베커스 씨의 아내는 병가를 냈습니다. 난 집 안에서도 늘 그녀가 아이들에게 문을 열어주는 모습을 보았습니다. 그 집의 대문은 우리 집처럼 길가로 나 있는 것이 아니라 옆으로, 그러니까 우리 집 목욕탕의 창문을 통해 보이는 쪽으로 나 있거든요.

그녀의 남편이 귀가하기가 무섭게 그들 가족은 자동차에 올라 떠납니다. 대개는 산드라와 낸시도 동행합니다. 두 시간 아니면 세 시간 후 그들은 돌아오곤 했습니다.

금요일, 내가 우편물을 꺼내려고 하는 찰나에 베커스 부인은 막 시장을 보고 돌아오는 길이었습니다. 야위어 있었습니다. 그녀에겐 그게 더 잘 어울립니다. 나는 가벼운 목례로 인사를 건넨 다음 곧장 뒤로 돌아섰습니다. 마치 열쇠를 잘못 가지고 나오기라도 한 듯이 말이죠.

만일의 경우를 대비해서 난 "행운을 빌겠습니다"라는 말을 준비해두었습니다. 쥐에 대한 새 소식 따위야 관심이 없을 게 분명했으니까요. 어차피 새 소식 같은 건 없었습니다. 마르티나가 귀가하기가 무섭게 늘 맨 먼저 위층으로 뛰어 올라가보곤 하지만, 매번 "이번에도 안 잡혔어"를 연발할 뿐이거든요.

전 계란빵에다가 햄 한 조각 하나를 더 얹었습니다. 보통의 경우에, 우리의 눈이 낯선 물건에 길들여지는 데는 며칠이면 충분합니다. 하지만 이 물건 앞에서라면 나는 날이 갈수록 점점 더 큰 역겨움을 느낄 뿐이었습니다. 어쩔 줄 모르고 이리저리 뛰어다니는 쥐가 든 두 개의 상자를 내 손으로 들어야 하다니요. 혹시 내가 그놈들을 죽여야 하는 걸까요? 일이 그 지경에까지 이른다면 나는 베커스 씨의 아이들을 불러올 작정입니다. 아이들에겐 다소 기분 전환거리가 되겠지요. 그 자리에서 당장 쥐덫을 가지고 가면 될 것입니다.

쥐 소리를 듣는 사람은 언제나 마르티나였습니다. 그녀가 아니었다면 난 쥐가 들었다는 것조차 전혀 눈치채지 못했을 것입니다. 그녀와는 달리 난 밤마다 모기에 시달렸습니다. 난 모기는 가을이 되면 죽는 거라고 생각했습니다. 올해는 그것들이 우리 집에서 겨울을 날 모양입니다. 처음에 나는 그것들이 나만 물 거라고 생각했는데요—한 마리가 내 콧구멍으로 들어가기도 했죠. 하지만 아침에 일어나 보면 나보다 마르티나가 물린 자국이 훨씬 더 많았습니다. 그러니 내가 한탄할 계제가 못 됩니다.

작년 이맘때쯤 지붕을 청소하는데 거미 한 소대가 다락의 창문으로 기어들어왔던 적이 있습니다. 하지만 11월에 모기라니요, 이건 거미의 경우와는 아무래도 좀 다른 문제입니다. 안 그렇습니까?

10월 마지막 주에 난 그 외에도 지붕 차양을 설치했고, 마구 자란 포도나무 덩굴을 가지치기했습니다. 그러고도 시간이 남는 틈틈이 내가 집안 살림까지 돌보는 것은, 그러니까 시장을 보는 일에서부터 청소까지 모두 도맡아 하는 것은 너무나도 당연합니다. 기꺼이 즐기며 하고 있습니다.

마르티나만 집에 있으면 만사가 아무 걱정 없이 평범하게 흘러갈 것입니다. 사람들은 나만 보면 하나같이 할 일이 너무나도 많다는 하소연을 늘어놓습니다. 그래서 나 역시 걱정거리가 많다고 대답하면 그들은 저를 한심하다는 듯이 쳐다보며 비죽이 웃곤 합니다.

물론 자동적으로 집 안에서의 지위가 한 등급 낮아집니다. 단 한 번도 난, 마르티나보다 더 오래 텔레비전 앞에 앉아 있던 적이 없습니다. 그녀가 아침에 일어나면 나는 부엌으로 가서 아침상을 차립니다. 펠릭스가 함께 사는 동안에도 그 아이를 깨우고 침대에서 내모는 사람 역시 나였습니다.

마르티나는 이 생활을 즐기고 있다고 생각합니다. 살림을 돌보지 않아도 되고 누군가 항상 집에 있다가 그녀를 맞이해주며 식사 준비를 해놓으니까요. 뭐든 좋은 면이 있습니다. 생활비가 부족하지 않는 한에서는 말입니다──사실 예전 같으면 보통 누군가 한 사람은 집에 남아 있었지요.

리펜도르프 발전소가 준공되었을 때, 나는 분과를 막론하고 모든 곳에 취업 지원서를 냈습니다. 심지어는 홍보과에도 지원서를 냈죠. 그 공사에 동참했던 사람 말고 그 일에 대해 더 소상히 알고 있는 사람이 어디 있겠습니까? 일이 어떻게 돌아가는지 나는 잘 압니다. 그들이 나한테 기회를 한 번이라도 줬을 거라고 생각하십니까? 면접에조차 부르지 않더군요. 예전의 연줄이든, 새 연줄이든, 죄다 낙하산 고용이었지요. 너는 그 사람들 편이냐 아니면 이쪽 이 사람들 편이냐, 뭐, 그 둘 중의 하나인 겁니다, 그도 아니라면 안됐지만 할 수 없다, 땡이다, 그거죠. 취업진흥청 공무원들은 처음에 나를 광고 전용 신문사로 보낼 작정이었습니다. 나더러 행상인이 되라는 거였죠. "난 발전소를 지었습니다." 난 그렇게 말하고 나와버렸습니다. 단 한 번이라도 그런 일에 발을 들여놓기 시작하면 그걸로 인생 끝장인 것입니다. 막 내린 거죠. 굳이 내가 설명할 필요도 없지 않겠습니까?

쥐 소동이 있었던 둘째 주 초에 난 정원 일을 마치고 집 안으로 들어와 샤워를 하기 위해 욕실로 향했는데요, 그때 마침 우리 집 자동차가 언덕을 오르는 소리가 났고 곧이어 마르티나의 발소리가 들렸습니다. 익숙한 노랫가락을 저절로 미리 흥얼거릴 때처럼, 나는 현관문에 열쇠를 꽂는 소리가 나기를 기다렸습니다. 욕탕으로 들어가긴 했지만 아무 소리가 들리지 않았으므로 수도꼭지를 도로 잠갔지요. 몇 번이고 샤워를 중단하고 마르티나를 불러보았습니다. 결국 난 머리를 말리지도 못하고 정원으로 나갔습니다. 마르티나와 베커스 씨네 부인이 울타리 옆에 서 있었습니다. 마르티나는 시장을 봐온 길이었습니다. 그래서 난 그녀가 들고 있던 두 개의 봉투를 집 안으로 들이겠다는 핑계를 대며 그 자리를 피할 수 있었습니다. 난 내용물을 모두 다 꺼내고 차를 끓였으며 식사 준비를 하고 신문에 끼어 온 광고지들을 훑어보았습니다.

"저 사람들 정말 너무 안됐어." 마르티나는 사과 주스 한 잔을 마신 후에 그렇게 말했습니다. 나 혼자 또 모든 준비를 다 해놓고 그녀가 올 때까지 기다린 것을 너무도 당연히 받아들이는 그 태도에 기분이 상하더군요.

그때부터 두 여자는 날마다 거기 서 있었습니다. 마르티나와 대화를 나누기 위해서라면 베커스 씨 부인은 깜깜한 밤이라도 밖으로 나왔습니다.

그러니 우린 그야말로 항상 대기 상태였지요. 마르티나는 안드레아가, 그러니까 베커스 씨 부인의 이름이 안드레아인데요, 그녀는 집 안에 어느 한구석이라도 케빈이 생각나지 않는 곳이 없다고 말했습니다. "어른이었다면 케빈은 벌써 죽었을 거래. 의술이 한계를 선포하고 손을 들어도 아이들한테는 희망이 있다는 거야." 마르티나가 말했습니다.

나는 그런 고통스러운 경우라 할지라도 일종의 타성이 형성될 거라고 생각했습니다. 병원에 가서, 몇 시간 동안 아이의 손을 잡아준 다음, 그 아이가 그냥 자고 있는 거라고 상상하면서, 의사와 대화를 주고받고, 다음번 수술에서는 무엇이 목표인지를 설명 들은 뒤, 다시 집으로 돌아오기 전에 조금 울겠지요. 그 집의 차고 문소리가 들리면 그들이 돌아왔다는 것을 압니다. 그 문은 발로 차야만 열리고 닫히는 모양입니다. 사람의 움직임을 감지하는 자동 전등 세 개에 불이 나란히 들어오고 베커스 씨네 가족 네 명이 거위 걸음을 걸으며 마치 무대로 올라가듯 차례차례 집 안으로 들어갑니다.

아무튼 어제까지도 쥐는 잡히지 않았습니다. 나는 매번 마르티나가 "이번에도 아니네"라고 부르짖는 소리를 들었습니다. 나더러 옷장만큼은 조금 앞으로 당겨놓아야 한다는 것이었습니다. 옷장의 뒷면에는 정말로 이빨로 물어뜯은 자국이 있었습니다. "거봐!" 마르티나가 외쳤습니다. "거보란 말야!"

쥐가 있는 걸 나더러 어쩌란 말일까요? 누가 말씀 좀 해보세요!

난 정원으로 가 잡초를 뽑았습니다. 습기가 많고 아무것도 새로 자라지 않는 때이니 보도블록 사이에 난 잡초를 뽑기에는 아주 안성맞춤인 시기입니다.

갑자기 누군가의 목소리가 들렸습니다. "이제 곧 끝나시겠네요."

뭐 그런 비슷한 말이었습니다. 베커스 씨의 허리띠에 여전히 열쇠 꾸러미가 달려 있건만 나는 그가 가까이 있다는 걸 알아차리지 못했던 겁니다.

베커스 씨는 손을 울타리에 걸쳤는데요, 그 순간 나는 이제부터 일이 좀 곤란하게 돌아갈 것임을, 더 이상은 자리에 쪼그리고 앉아 있을 수만은 없음을 깨달았습니다.

"네, 뭐, 어떻게 지내세요?" 내가 물었습니다.

"캘커타에 가보신 적 있습니까?"

난 그가 뭔가를 잘못 말한 것이려니 생각했고 아마도 옛 러시아 부대가 있던 자리에 새로 문을 연 인도 레스토랑 얘길 하려나 보다 했지요. 다행히도 난 다만 "아니요"라고만 대답했을 뿐이지만요.

"그건 도시입니다." 그가 말했습니다. "보신 적이 분명 있을 거예요! 캘커타를 모르면 세상을 안다고 할 수 없지요."

그가 이야기를 하기 시작했는데, 도무지 끝날 줄을 몰랐습니다. 나한텐 그 모든 게 이상하게만 보였지만 그래도 그의 말을 잠자코 들었습니다. 그러니까 내 말은요, 애초부터 마르티나 생각을 했다는 것이고, 마르티나와 내 생각을 했다는 말이며, 그런 중에도 베커스 씨의 말을 그냥 듣고 있었다는 말입니다.

"거기에 또 한 번 가실 건가요?" 그가 코를 푸는 동안 내가 물었지요.

"잠깐만 기다려보세요." 그가 그렇게 말하더니 몸을 돌려 집 안으로 들어가더군요. 그는 두꺼운 목걸이를 가지고 다시 나왔습니다. 산호가 달려 있었고 그 사이사이에는 은구슬이 달려 있었습니다.

"이것 좀 잠깐 들어보세요. 거기서는 이런 걸 코웃음 나올 정도로

싼 가격에 팝니다."

나는 지저분한 내 손을 들어 보였습니다. 내 제스처를 잘못 해석했는지 그가 목걸이를 내 오른팔에 걸어주었습니다.

목걸이는 정말 무거웠습니다. 그가 계속해서 말하는 동안 나는 목걸이를 관찰했습니다. 10분쯤 지나자 그가 목걸이를 다시 거두더니 자신의 손목에 돌돌 말았습니다. 그가 작별의 인사 대신 악수를 청했을 때는 이미 날이 어두워진 시간이었습니다.

저녁에는 어머니와 전화 통화를 했습니다. 이따금 난 꼭 한 번 어머니에게 묻고 싶습니다. 왜 그 당시 나를 음악학교에 보내시지 않았느냐고요. 혹시라도 해고당했다는 음악가를 보신 적 있나요? 난 없습니다.

요즘 들어 어머니는 내가 밤에 잠을 잘 자는지를 물으십니다. 어머니에겐 그것이 안녕무사를 가늠하는 척도가 된 것입니다. 난 그 빌어먹을 모기만 아니라면 잠을 찰 잘 수 있을 거라고 말씀드렸습니다.

"거 참, 이상하구나." 어머니가 소리치셨습니다. "나도 매일 아침마다 물린 자국을 발견하거든. 진짜 모기에 물린 자국 말이다." 이제 으스스한 생각이 들 지경입니다. 그야말로 히치콕의 영화 같은 기분입니다. 밀레니엄의 말에 짐승들이 미치면 그 현상에는 뭔가 반드시 의미가 담겨 있기 마련이지요. 다른 한편으로 생각해보면 새로운 일자리가 대거 창출될지도 모르겠군요. 속성 코스로 교육을 마친 방역 요원 같은 직업이 탄생하는 거죠.

어제저녁에는 모기에게 너무 쾌적한 환경이 되지 않도록 창문을 활짝 열었습니다.

내가 잠에서 깬 건 아마 베커스 씨네 차고 문소리 때문이었을 것입니다. 베커스 씨의 음성을 들었습니다. 그는 아내에게 뭔가를 속삭이는 중이었습니다. 그 후 그들의 딸아이들이 총총히 다가왔습니다. 그는 두 아이를 도로 침실로 들여보냈습니다. 아내에게서 나는 소리라고는 훌쩍거리는 울음소리와 걸어갈 때 가죽 바지가 스치며 내는 소리뿐이었습니다. 양쪽 차 문이 거의 동시에 닫혔습니다. 나는 꼼짝하지 않았습니다. 두 아이는 한참 동안 계속해서 밖에 서 있었습니다. 나는 띄엄띄엄 들리는 말소리밖에는 듣지 못했습니다.

그들이 차고 문을 그냥 열어둔 것이 나는 이상하게 여겨졌습니다. 곧 돌아올 거라고 생각한 거겠죠. 물론 경솔한 짓이었습니다——자전거, 자동차 바퀴, 연장들이 든 차고 문을 그냥 열어두다니요.

자동차 소리와 화물기차가 출발하는 소리가 도시 쪽에서 들려왔습니다. 우린 그 소음들을 낱낱이 구별할 만큼 충분한 시간을 이 집에서 살았으니까요. 그렇게 모든 소리들이 선명하게 들리는 달은 오직 11월뿐입니다.

나는 창문 주위에서 나뭇잎들이 다 떨어져 나간 포도나무 가지를 차츰차츰 알아보았습니다. 그것들은 거대한 달팽이의 촉수나 승리의 V자 표시, 혹은 성냥으로 만든 동물의 발처럼 보였습니다. 날이 밝고 핀드아이젠 씨의 차가 출발했을 때 포도나무 가지들은 붉게 물드는 것처럼 보였습니다. 끄트머리로 갈수록 색이 진해졌으므로 마치 면봉처럼 보이기도 했습니다. 한동안 난 술 냄새를 맡았다고 생각했고 노숙자들이 버리고 갔던 병들을 기억해냈습니다. 마르티나가 그걸 어떻게 처리했는지는 알지 못합니다.

그녀는 자명종 시계가 울릴 때까지 잤고 잠깐 내 쪽을 흘긋 쳐다보

74

고 나서 침대 모서리에 앉았습니다. 그녀는 일어나기 전에 머리 위로 팔을 뻗었습니다. 예전에 난 그런 그녀를 도로 침대로 끌어당기곤 했었습니다.

나는 그녀가 내게 물을 필요조차 없다는 것, 몇 마디 단어나 사소한 언급만으로 충분하다는 것을 감지했습니다—그 무엇으로든 나는 자제심을 잃고 말 것이니까요. 저의 이런 느낌은 차츰차츰 형성되어온 것입니다. 이젠 나를 더 이상 두렵게 만들지도 않습니다. 거의 마음을 편안하게 할 정도로 규칙적으로 엄습하는 느낌이거든요. 나는 그 느낌에 몸을 맡깁니다. 물론 나 혼자 있을 때만 그렇지요. 다른 사람들은, 그러니까 나를 잘 안다고 자부하는 사람들은 나의 이런 태도 때문에 당황할지도 모릅니다. 하지만 사실 이건 난방기의 공기를 빼는 일과 다르지 않습니다. 가끔씩 반드시 해줘야 하는 일인 거지요.

물론 난 일어나야 한다는 것을 알고 있었습니다. 마르티나가 욕실에서 나왔을 때 아무 준비가 되어 있지 않으면 그녀는 촉박한 시간에 쫓겨 아침밥도 못 먹고 나가야 합니다. 그렇게 되면 내가 차고에서 차를 빼 정원 문 앞에서 기다리고 있다 해도 별 큰 도움이 되지 못합니다.

그 후 전 베커스 씨네 자동차 소리를 들었다고 생각했습니다. 난 베개에서 머리를 들어 귀를 기울였습니다. 그때 난 쥐덫을 보았습니다. 여전히 열린 채였습니다.

욕실 문 열리는 소리와 마르티나가 계단을 내려가는 소리가 들렸습니다. 한 발 한 발, 한 계단 한 계단, 마지막엔 그녀의 신발굽이 주방의 타일 바닥에 닿는 소리와, 냉장고 문이 '찍—' 하며 열리는 소리가 났지요. 마치 말 울음소리 같았습니다.

문득 생쥐 역시—아직도 살아 있다는 것을 전제로 한다면—내내
이 모든 소리와 음성을 저와 똑같이 들었다는 사실을 깨달았습니다.
옷장에 막혀 약간은 둔탁한 소리였을 것만 빼면 말입니다. 생쥐는 분
명 누군가 계단을 올라오거나 내려가는 소리들을 구별했을 것이고 발
소리가 가까워지면 두려움을 느꼈을 것입니다. 아니, 생쥐는 발소리가
멀어질 때 어쩌면 기쁨 혹은 적어도 안도감 같은 걸 느꼈을 게 틀림없
습니다. 그런다고 해도 자신이 처한 상황이 달라지는 건 없지만 말입
니다. 그리고 난 쥐덫의 문을 닫고 정원으로 가져간 뒤 저녁에 마르티
나에게는 생쥐가 화살처럼 뛰쳐나갔다고 이야기하는 것 외에는 아무것
도 할 일이 없음을 깨달았습니다. 진즉에 그런 생각을 하지 못했던 게
안타까울 뿐이었지만, 사실 쥐덫을 넘겨주고 마침내 그 물건에서 벗어
나기에는 바로 지금이 가장 적절한 순간이었습니다. 그러니까 바로 지
금, 베커스 씨의 아내가 웃는 소리가 들려오는 시점을 이용해서 말입
니다. 난 단지 창가로 가기만 하면 되는 것입니다. 그럼 베커스 씨네
가족들을 볼 수 있을 것이고 다섯 식구가 언덕을 넘어오며 우리를 향해
자꾸만 손을 흔드는 것을 보게 될 것입니다. 아직 멀리 있기는 해도 난
그들이 손에 든 커다란 계란 케이크를 알아봅니다. 방문 선물로 구운 것
이겠죠. 나는 알록달록한 옷을 입고 앞으로 먼저 달려오고 있는 세 아이
들을 꽃이 핀 초원의 나비들과 비교하고 싶었습니다. "나비 같구나. 나
비 같구나!" 나는 그들에게 그렇게 외치고 싶었습니다.

아이들 기억도 납니다. 그리고 발소리가 점점 가까워오던 것 역시
기억납니다. 혹시 캘커타에 가보신 적 있나요?

II

미스터 나이터코른과 운명

"머리를 자르려고 했거든요." 내가 말을 꺼냈다. "근데 가는 곳마다 마침 이발사들이 손톱을 다듬고 있는 중이거나 예약 손님이 많아 남는 시간이 없거나, 그도 아니면 내가 마침 들어간 곳이 여자 미용실이었던 겁니다." 미스터 나이터코른은 마치 무슨 할 말이라도 있는 사람처럼 찻잔을 향했던 고개를 들었다. 나를 잠시 쳐다보는가 싶더니, 그예 설탕 통에서 각설탕 한 조각을 집어 들어 커피에 넣었다가 또 금방 도로 빼서는 입안으로 가져가 빨아먹기 시작했다. "갑자기" 나는 하던 말을 계속했다. "한 상점 안에 이발사들이 가득한 것을 보았어요. 죄다 유색인종 손님들뿐이었는데, 낡고 요란스러운 이발소 의자에 앉아 있었습니다. 그들 주위에 우우 서 있는 백인들은 죄다 우울한 표정이었고 너무나도 큰 이발사 가운 속에서 망연자실해 보였죠. 면도 도구를 들고 검거나 밝은 갈색의 머리통 주위를 한 바퀴 돌고 나면 곧 향수를 묻혀 대머리를 마사지하더군요. 의자가 비고 자리에 앉게 되어, 난 호리호리한 한 남자에게 얼마나 짧게 잘라야 하는지 설명했습니다. 한 사십대 초반 정도 되는 남자였어요. 그가 고개를 끄덕이더니 분무기로 내 머리에 물을 뿌리곤 빗을 쥐어 들었습니다. 우리 두 사람 다에게 썩 유쾌한 일은 아니었죠. 나 역시 머리카락이 완전히 젖었을 때라야만 내 머리카락을 빗질하는 게 가능하거든요. 하지만 난 불평하지 않았습니다. 조금 후에 내 이발사가 옆에 있던 다른 이발사에게 러시아어로 무엇인가 질문을 던지더군요. 그 이발사는 대답도 하지 못한 채 어느 대머리 남자의 얇은 턱수염을 투구 끈처럼 길게 남기며 면도를 하느라 여념이 없었습니다. 그때 내가 무엇인가를 말했죠. 이발사가 거울을 들여다보며 마치 내가 그의 손이 놀리는 빗 아래서 어떤 표정을 짓는지를 지켜봐야겠다는 듯 내 얼굴을 살폈습니다. 나더러 어디서 왔냐고 묻더군요. 그러는 이발사님은요? 하고 내가 물었죠. 부하라에서 왔다고 하더군요. 난 부하라에 간 적이 있다고, 그 도시나 사막이 참 마음에 들더라고 말했습니다. 잠시 빗질이 멈추었고 우린 거울을 통해 서로에게 미소를 지어 보였습니다. 그는 내게 자기 집이 있는 곳을 정확히 설명하려고 애썼는데—한 민족 영웅 동상의 건너편이라더군요, 그러면서 나더러 거길 기억하겠느냐고 묻더군요. 그는 내 기억력을 북돋우기 위해 이것저것 상세하게 설명을 했지만 결국은 허사였죠. 그러면서도 연신 분무기의 물을 칙칙 뿌려댔습니다. 그는 사실 정식 교육을 받은 엔지니어였는데 1년 전부터 미국에 와서 살고 있다고 했습니다. 온 가족들과 다 함께요. 부하라에서 엔지니어로 사는 것보다 미국에서 미용사가 되는 게 더 낫다는 거죠? 하고 물었습니다—그냥 확인하는 차원의 질문이 아니었습니다. 그랬더니 그가 이렇게 말하는 겁니다. '누, 츠토 델라트? 에토 수드바(Nu, tschto delat? Eto sudba).'"

"그게 무슨 말이요?" 미스터 나이터코른이 손가락으로 입술을 한 번 훑으며 물었다.

"'글쎄요, 뭐 어쩌겠습니까? 다 운명이지요.' '운명' '숙명' 뭐, 그런 식의 말이지요. 반 시간쯤 뒤 내가 그 이발소에서 나왔을 때—면도까지 다 합쳐서 6달러였는데요, 이발사 세 명이 악수를 하며 작별인사를 건네더군요. 그리고 밖에서 담배를 피우고 있던 네번째의 이발사는 '슈챠스트리보'라고 했고, 그건 그러니까 '잘 지내세요'라고 하더군요."

"그래, 그 얘기 때문에 이제부터 '운명'에 대해 글을 쓰겠다는 거요?" 미스터 나이터코른은 양손으로 이마를 받쳤다.

"우연입니다. 뭐, 얼마든지 다른 단어를 사용할 수도 있으니까요." 내가 대답했다. "하지만 이미 누군가 거론한 단어가 내 머리에 와 박히는데, 그것도 러시아어로요. 뭣 하러 내가 또 다른 단어를 생각해내야 한단 말입니까?"

"하지만 작가 양반이 지금 말한 게 운명이란 건 없다는 주장 아닌가?" 그가 고개를 들어 쳐다보는 바람에 나는 그의 눈가가 빨갛게 충혈된 것을 볼 수 있었다.

"제 말은, 저 자신은 그 단어를 사용하지 않는다는 말이었습니다. 그러고도" 나는 내내 하고 싶었던 말을 드디어 시작할 수 있어서 기뻤다. "그러고도 우리는 왜 운명이 있다거나 혹은 없다고 믿는지, 오로지 그 이유만이 중요하다는 것입니다."

미스터 나이터코른은 입안에 남은 나머지 설탕 조각을 다 씹고 난 뒤 커피를 한 모금 마셨다. 그러는 동안에도 그의 팔꿈치는 탁자에서 내려오지 않았다.

"그러니까 중요한 건 오직" 미스터 나이터코른의 반응에 실망한 나는 계속 말을 이었다. "왜 우리가 그런 개념을 사용하느냐는 거죠."

"작가 양반이 그렇게 본다면야." 그가 말했다. 그의 혀가 또 한 번 틀니에서 놀고 있었다.

미스터 나이터코른은 매일 점심때마다, 1시 반쯤 집으로 돌아왔다. 주말에도 마찬가지였다. 나는 그의 방문에 열쇠가 꽂히는 소리를 들을 뿐이었고 조금 뒤에는 방으로 들어가는 문의 두 개의 자물쇠가 열렸다. 그러고 나선 4시경에 부엌으로 가 커피를 만들고 내가 자리를 함께하기를 기다릴 때까지는 아무런 기척이 없다. 대개는 여전히 귀에 솜마개를 꽂은 채이다. 그는 솜마개로 귀를 막지 않고선 밖으로 나가는 법이 없다. 커피는 그가 마련했다. 우유는 내가 샀다. 내가 5시까지도 나타나지 않으면 그는 내 방문을 두드렸다. 나이터코른은 혹시라도 내가 오후에 외출할 일이 있으면 미리 알려달라고 부탁했다──다만 내가 잘 있는지를 알고 싶을 뿐이라는 것이었다.

처음에 나는 그가 하자는 대로 했다. 그 후로는 습관처럼 되어버렸고 나중에 가서는 힘겨운 일, 아니면 그냥 다른 데는 마땅한 집이 없다는 안타까움을 주는 일일 뿐이었다. 어퍼 웨스트사이드의 건물 17층 25평방미터짜리 방이 289달러──맨해튼의 시세로 보면 이보다 더 싼 집세는 없었다. 어차피 6시면 그는 돌아갔다.

나는 평범하지 않은 일련의 우연을 겪으며 미스터 나이터코른과 인연을 맺게 되었다. 그의 아내는, 나와 같은 독일인이었고, 연초에 죽었다고 했다. 그리고 이제 그는 웨스트엔드 애비뉴에 살고 있고 "마지막 남은 일을" 처리하기 위해서만 이곳으로 온다는 것이었다—나를 미스터 나이터코른에게 데려다 준 어느 지인의 말이었다.

괴테 하우스의 도서관에서 나는 브록하우스 사전을 꺼내 '운명' 편을 읽었다. "인간에게 일어난 혹은 세상이나 역사에 일어난 많은 일들이 인간의 의지나 행동에 의해서가 아니라 '외부로부터' 주어진 일임을 체험함을 일컬음. 그와 동시에 운명은 신성한 힘의 작용, '섭리', 신의 의지로 간주되거나 또는 세속적 형식 안에서 인간의 생물학적 사회적 심리적 조건에 의해 정해진 필연적 결과로 간주되기도 한다." 알아야 할 사항은 그 안에 모두 다 들어 있는 성싶었다.

그림Grimm 사전에는 단어의 용례가 많이 기록되어 있다. 예를 들면 괴테는 "나는 경외심을 가지고 운명과 운명이 주는 지혜를 대하노니, 운명이란 우연의 작용에 의해 일어나며 분명 서툰 기관임에 틀림없다"라고 썼다고 기록되어 있다. 이 문장은 모든 질문에 대한 해답을 제공한다. 심지어 학교에 다닐 적에 나를 괴롭혔던 질문까지도 해결해준다. 왜 노동자 계급의 역사적 사명만이 합법적이며, 왜 노동자 계급은 새로운 형태의 당에 의해 통치되어야 하는가? 왜냐하면 우연 속에서 일어나는 운명이 서툰 기관이기 때문인 것이다.

호프마이스터 철학사전은 운명에 대한 서술이 무려 두 페이지에 이른다. 첫 페이지는 젤이라는 사람에 대한 서술이 주를 이루는데, 1939년 『게르만족의 운명신앙』이라는 책을 출간했다고 한다. 그는 그 책

안에서 게르만 민족의 운명이 필연적으로 영웅적인 성격을 띨 수밖에 없는 이유를 설명하면서 다음과 같은 결론을 내렸다. "그 뒤에 도사린 사상은, 그 어떤 종류의 억압에 직면하더라도 인간은 온전히 자유로운 존재임을 확신하는 자존심 밴 믿음이며 게르만족의 마음속 깊은 곳으로부터 우러나온 믿음이다. 게르만 민족은 그러한 믿음을 가졌기에 웃음으로써 죽음을 맞이했고 그때마다 그들의 믿음은 부단히 찬사를 받아왔다."

겔의 책에서는 운명에 대한 개인적인 믿음이 어떻게 해서 초개인적인 '모든 생명체의 운명공동체'라는 신비주의로 변화해갔는지에 관해 읽을 수 있다고 한다. 그 뒤에 몇 가지 참고서적이 더 소개되어 있었고 '운명Schicksal' 다음에는 독일어 알파벳 순서대로 '정신분열의Schizoid'라는 항목이 이어졌다.

"이제 다 마쳤나요?" 미스터 나이터코른이 물었다. "그래, 운명을 발견했나요?" 그는 쇼핑 봉투 안을 뒤졌다.

"서양에서는 '운명'을 두 가지 방식으로 해석하더군요. 수동적 의미나 능동적 의미로 말입니다." 나는 간략하게 요약해보았다. "수동적 의미로 해석하면, 어떤 근원이 있어서 사건들이 그에 따라 차례차례 계획대로 일어난다고 생각하는 거지요. 능동적으로 보자면 거기서 발생론 같은 것이 도출됩니다. 누구나 인생을 헤쳐 나가는 동안 병이 나지 않기를 바라죠. 사람은 자신의 인생이 어느 정도건 많든 적든 간에 타자에 의해 결정되는 경우 그 안에 운명의 지배가 깃들어 있다고 생각합니다. 운명은 세속화된 신인 겁니다. 더 이상 신을 원하진 않지만 혼자서는 감당하기 힘들기 때문이죠. 제가 만일 운명이라는 단어의 올바른 사용에 관한 박사논문을 발견했다 해도 아마 별 큰 도움은 못 됐을 겁니다."

"그런 논문이라면 분명 있겠지." 미스터 나이터코른이 그렇게 말하면서 자리에 앉았다.

"그렇겠죠." 내가 말했다. "하지만 논문보다야 문학이 더 낫지 않습니까?"

"작가 양반은 아마도 철학적인 정신의 소유자는 아닌가 보지요?" 그는 그렇게 물으며 당근 케이크를 상품 포장지째 잘랐다.

"전 철학하고는 영 맞지 않는 사람입니다." 내가 대답했다. "그토록 추상화된 단계에서는 뭐든 반대 의견을 펼 수 있는 여지가 있거든요. 악(惡) — 이것도 추상적인 개념들의 집합이죠. 운명 역시 상이한 여러 개념들의 모임일 뿐이거든요."

미스터 나이터코른이 나를 쳐다보았다. "그건 작가 양반의 이론이오?" 그는 당근 케이크 반쪽을 내게 내밀고 자신의 몫을 씹었다.

"그러니까 누구나 제멋대로 아무 말이나 하기 쉽다는 겁니다." 내가 이었다. "운명 — 그것은 오이디푸스이다, 운명 — 그것은 언어이다, 혹은, 운명 — 그것은 내 동무이며 유전자이다. 인간의 운명은 인간이다. 나는 운명이다. 운명 — 그것은 보드카이거나 레모네이드 혹은 우리의 당근 케이크이다. 너무 멍청한 소리만 하지 않으면, 아니, 바로 너무나 멍청한 말을 하는 바로 그 자리에서는, 무엇을 대입해도 되는 겁니다. 우린 단순히 무슨 일이, 그리고 또 무슨 일이 일어났다라고만 하면 되는 겁니다. 왜 그때마다 늘 '운명'을 거론해야 하는 겁니까?"

"사람들이 운명이라는 개념을 사용하는 때는 바로" 미스터 나이터코른이 대꾸했다. "사람들이 특정한 사건 뒤에 어떤 힘이 숨어 우리를 조종하고 있는지 알 수 없을 때지요." 그는 베어 먹기 시작한 자신의 당근 케이크를 바라보며 헛기침을 했다.

"내가 통 이해할 수 없는 게 뭔지 아시오? 왜 작가 양반이 여기 있느냐 하는 점이지." 그는 다시 손가락 끝으로 입술을 문지른 후 잔을 응시했다. 그런 말을 집주인에게서 듣는다는 건 어쩐지 묘한 느낌이었다.

"창작 지원금을 받았다니까요." 내가 말했다.

"나도 알아요." 그가 말했다. "하지만 왜 작가 양반은 그 창작 지원금을 신청했지요? 왜 글을 이곳에서 쓰느냐 말야, 독일이 아니고. 독일에 관한 이야기를 다룬다면서. 왜 반년씩이나 아내를 혼자 놔두고 팩스와 전화비로 한 달에 6백 달러나 지불해가며 여름을 에어컨 앞에서 보내느냐 말이지. 잠 한번 편히 자기도 어려운 이런 도시 속에서. 난 도저히 이해가 안 가요."

"여기 있는 게 싫으세요?" 내가 물었다.

"아주 싫지." 그가 그렇게 말하더니 갑자기 앉았던 자리에서 상체를 꼿꼿이 바로잡았다. "그런데 도대체 왜 그런 생각을 했지?"

일요일. 팩스를 받았다.

"작가가 운명에 관해 명상을 한다면 누군가는 뒤에서 『욥기』를 읽어야 할 거야. 그 '단순한 남자의 장편소설'을 말이지. 난 오늘 아침에 당신을 위한 구절을 발견해서 그 자리에서 벌떡 일어나 당신한테 빨리 보내줘야 할지 말지를 고민했어. 바로 그때 초인종이 울리더군. 8시경이

86

었는데. 문 앞에 욥이 서 있었어. 당신의 집시 친구. 아내와 아이가 루마니아의 병원에 누워 있다면서 돈이 필요하다더군. 당신이 집에 없다는 것도 벌써 알더라. 그래, 미국에 있다고. 내 수중에는 180밖에 없었는데, 암튼 그의 손에 세면도구와 비누를 들려주고 나서 우린 은행으로 함께 갔어. 4백을 찾았지. 왜 좀더 많이 찾지 않았냐고? 그는 어디서 배웠는지 애원하는 동냥아치의 눈길로 쳐다보며 손에 입을 맞추고 신에게 감사를 드리더라. 아이들에게 뭣 좀 사주라고 따로 50을 주었지. 아버지를 위해선? 나중엔 30밖에는 안 남았는데 그건 내가 가졌어. 이따금 나는 생각했지. 자전거들이 없어지는 데는 이유가 있었구나. 그리고 혼자 있다는 건 관습에만 역행하는 일이 아니라 자연에도 역행하는 일임을 알았어. 오래된 우리 집이 너무나도 크고 덩그렇게만 보였으니까. 난 말수가 줄었고 불친절했고 계속해서 머릿속으로 욥을 생각하고 있었어. 아주 단순한 일상의 일도 내겐 벅차.

운명이란 그저 이제부터 바꿔야 할 생활을 말하는 거야. 하지만 그런 일은 드물지. 로트의 책에 이런 구절이 있어. 멘델 싱어의 아들 셰머르자가 국경을 넘어 송환되기 직전에 군대를 피해 도주하는 장면을 다루는 대목인 듯해. '셰머르자는 술을 마셨다. 몸이 뜨거워졌지만 그는 고요함을 유지했다. 그 어느 때보다도 안전한 느낌 속에, 그는 그에게 닥친 거대한 폭력만큼이나 강한 운명의 힘이 작용하는 순간, 사람의 인생에서 몇 안 되는 바로 그 순간을 경험했다는 것을 알았다.'"

전화요금을 지불하느라 애를 먹었다. 문의할 일이 있으면 걸으라는 전화번호가 있었다. 그 아래에는 "We're here to help you 24 hours a day, 7 days a week(고객님의 문의 전화를 받기 위해 일주일에 7일, 하루 24시간 언제나 대기 중입니다)"라고 표시되어 있었다. 내 전화를 받은 건 사람이 아니었다. 아니, 인간이라고 부를 수 있는 존재가 아니었다. 첫 음성을 듣고 나면 번호를 눌러야 하고, 두번째 음성 후에 또 번호를 누르고, 이런 식으로 계속되는 기계 음성을 들어야 했다. 총 다섯 번 번호를 누른 다음에는 갑자기 다시 맨 처음 단계로 돌아갔다. 난 또 한 번 맨 처음부터 시작해야 했고 마침내 어떤 '어시스턴트'라는 여자의 음성이 나와 "We are sorry"라고 했고 그러곤—모든 전화가 통화 중이라는 것이었다. 한참 뒤 또 한 번 시도를 하라는 것이었는데, 아무튼 내가 그 단계까지라도 뚫고 들어갔다는 것만 해도 참 놀라울 지경이었다.

수요일에 나는 C와 함께 파이어 아일랜드의 해변으로 갔다. C의 아내의 차를 정비소에서 찾아야 되어서 브루클린에서 내렸다. C는 하시딕 크라운 하이츠의 거리를 지나 푸에르토리코의 국경까지 갔다. 그곳에서는 수리비가 단돈 5백 달러지만 맨해튼이었다면 1천5백은 족히 들었을 거라면서 C가 요란하게 웃음을 터뜨렸다.

나는 모자를 쓴 남자들과 귀밑의 꼬불꼬불한 머리카락, 검은 안경과 카프탄을 보았다. 그들은 결코 다른 사람들보다 더 빠르거나 활기차지는 않았지만, 그러나 훨씬 더 나이가 들어 보이는 그들의 그런 차림새 안에서는 그나마 활기차게 보였다. 하지만 안경 너머로, 모자의 챙 아래로는 종종 앳된 얼굴이 드러나 보였다. 아니면 그 옆 차고의 담벼락에 기대 있는 흑인들과 대조가 되어서 그렇게 보이는 것인지도 몰랐다.

이 지역에는 다양한 하시딕 그룹이 있다고 한다. 루바비치파에 속하는데 많은 사람들은 랍비의 수장이었던 메나헴 멘델 수니어슨을 메시아라고 여겼고 지금도 그렇게 여기고 있다. 바로 이 시점, 즉 그가 죽고 난 지금 그들은 자신들이 그를 모실 자격이 없는 사람들이었다고 말한다는 것이었다.

"믿는 자들이 믿겠다는데." C가 외쳤다. "누가 뭐라고 하겠어?" 천 달러를 몇 번이라도 아낄 수 있었던 양 그가 또 한 번 와락 웃음을 터뜨렸다.

그가 자신의 할머니 이야기를 꺼냈다. 1920년대에 할머니는 엘버펠트의 저명인사였다. 1933년 당시 그녀는 히틀러의 계좌에 2백만 마르크를 입금했다. 그녀는 히틀러가 말하는 유대인이란 절대로 독일 내 사람들을 가리키는 것이 아니라 다른 유대인들, 갈리시아에 있는 그들을 지칭하는 거라고 굳게 믿었다. "할머니가 그 믿음을 깨기까지는 무척 오랜 시간이 필요했어." 그는 또 한 번 웃음을 터뜨렸다.

"유대인 강제수용소를 운명이라고 이해할 수 있다면" C가 계속해서 말을 이었다. "그건, 그런 일이 다시 일어날 수 있다는 것을 뜻하는 거지, 그런 일을 저지른 범인이 누군지를 논하자는 게 아니거든. 내가 '유대인의 운명'이라고 말하는가 아니면 '독일인이 유대인에게 저지른 짓'이라고 말하는가는 전혀 다른 것이잖아. 유 노(you know)?"

T가 전화를 걸어왔다. 그들은 겉모양은 고물이지만 속에는 최고급 모터를 단 차를 몰고서 서쪽으로 달리는 중이었다. 그들 말에 따르면 뉴욕을 바로 앞두고 골치 아픈 문제가 생겼다. T는 자신이 사진을 찍

었던 사람들이 한 무리 배우들의 집단이거니 생각했었다. 하지만 그들은 아미시의 암만파 사람들이었다. "그들한테는 자동차도 없어." 그녀가 말했다. "냉장고도 없고 인공 비료도, 전화도 없어. 그런데 너, 정말로 사람 미치게 만드는 게 뭔지 알아? 그들이 옳단 말이지. 현실적으로 보자면 그들이 옳다고."

"지난주 『뉴스위크』에 난 기사를 봤는데" 내가 말했다. "통계상 예배를 드리러 교회에 가는 사람들이 심장마비를 일으킬 확률이 그렇지 않은 사람들에 비해 현저하게 적다더군."

"거봐." 그녀가 말했다. "또 한 가지 기적 아니겠어?"

지하철 출구에서 누군가 내 손에 쪽지 한 장을 쥐여주었다— 종교도 아니고 광고도 아니라고 그 남자가 자랑스럽게 호언장담했다. 그 대신에 "영혼의 평화를 위한 아홉 가지 방법"이라는 것이었다. 그 첫 번째는, 미움을 간직한 삶은 행복의 정도를 50퍼센트나 낮춘다는 것이었다. 그 뒤에 따르는 문항들은 구체적인 내용을 담고 있지 않았다. 삶과 협동하라, 자기 연민을 피하라, 반면에 자신에게 너무 지나치게 많은 걸 요구해서도 안 된다 등등. 일곱번째는 예전에 유효했던 도덕적 덕목들을 부활시키라는 것이었다. 즉, 사랑, 신뢰, 절약, 교회에 갈 것 등등. 아홉번째가 절정이었다. "당신 자신보다 더 크며 당신이 믿고 의지할 수 있는 무엇인가를 찾으라." 자기중심적이며 물질적인 사람은 종교적이며 이타적인 사람보다 평균적으로 덜 행복하다는 주장이 이어졌다. 이런 사실은 더크 대학교의 '최고 행복 지수(top happiness rates)'라는 연구의 결과로도 밝혀졌다는 것이었다.

화성의 암석에서 유기체의 흔적이 발견되었다는 나사의 기자회견이 있던 날, 일본 스시 식당에서 한 일본인이 내게 무엇인가를 물어왔다. 그의 발음이 매우 서툴러서 난 그의 말을 알아들을 수 없었다. 결국 그는 냅킨 위에 글을 써서 내게 보여주었다. 나더러 신을 믿느냐는 거였다. "아니요"라고 나는 말했다. "난 신을 믿지 않습니다." 그는 포장해 갈 음식을 기다리고 있던 옆의 흑인에게로 고개를 돌렸다. 흑인은 물론 신을 믿는다고 했다. "주님이 아니라면 도대체 그럼 누가 우리를 창조했단 말입니까?" 일본인이 신을 믿지 않는다는 바람에 흑인은 화가 났다. 스시 요리사가 또 한 번 내게 알아들을 수 없는 말로 뭔가를 물었다. 그리고 또 한 번 그는 냅킨에 글을 썼다. "U.F.O." 그는 그걸 믿는다는 거였다. 그럼 나는? 나는 다시 한 번 고개를 좌우로 흔들었다. 그럼 난 뭘 믿는 거냐고 그가 물었다. 마침 입안에 음식물을 가득 넣고 있었으므로 잠깐 적당한 대답을 생각해볼 시간을 벌 수 있었다. 나는 말했다. "나는요, 여기 이 생선이 정말로 신선하고 맛있다는 것을 믿습니다." 기분이 좋아진 그가 환하게 웃었다.

계산서와 함께 행운의 과자를 받았다. "때론 좋은 아이디어 한 묶음보다 더 유익한 것이 인내심이다"가 점괘였다. 나는 승강기 안에서 지금 내 경우에, 그 점괘가 무슨 뜻을 지니는 것인지 궁리해보았다. 이제 시간이 얼마 남지 않았다. 언제나처럼 층수마다 불이 들어오는 동그란 표지판을 바라보았다. 12 다음은 14였다. 13층은 없었다. 건물주가 운명에게 바친 희생 제물이란 말인가 — 운명과의 화해를 도모한다는 뜻에서?

"저도 이해합니다." 낮에 나눴던 대화를 미스터 나이터코른에게 얘기해준 후 내가 말했다. "언제라도 신을 부를 수 있다니 얼마나 마음 편한 일인가요. 하지만, 반창고 붙이고서 이제 아프지 않을 거라고 거짓으로 자위하는 행위는 인간의 존엄성에 관계된 문제가 아닐까요?"

"자위?" 그가 물었다? "뭣 때문에 스스로를 위로한다는 거지요?"

"그러니까 모든 것이 우연이라는 사실 때문인 거죠. 우리들의 전 존재가요."

"그렇게 생각하오?" 그가 물었다.

"네." 내가 말했다. "그렇지 않으면요?"

오늘 오전에 한 여자가 전화를 걸어왔다. 그 여자는 독일어로 말을 했고 자신의 이름을 밝힌 뒤 내가 얼마나 더 이 방에 머무를 것인지 물었다. 난 "12월까지 살 겁니다"라고 대답했다. 그렇다면 새해에는 미스터 나이터코른의 집에 자기가 들어와 살아도 되겠느냔 것이었다. 나는 그건 그와 상의할 일이라고 말했다. 내가 이사를 나간 후에도 그가 계속해서 이 집을 소유할지는 의문이었다. "이젠 정리할 것이 얼마 남지 않았다던데요"라고 내가 덧붙였다.

"그런 말을 한 지가 얼마나 오래됐는데요." 그녀가 웃음을 터뜨렸다.

"네?" 내가 물었다. "아내가 죽고 난 후부터 그랬던 게 아니구요?"

"에이! 그 사람 아내가 죽은 지는 벌써 50년도 더 됐는걸요. 그 양반은 너무 춥든지 너무 덥든지 아니면 너무 시끄럽다거나 더럽다고 생각할 때마다 독일로 돌아가겠다고 말한답니다. 나중에 다시 전화할게요." 그녀가 말했다. "잘 있어요!"

92

승강기에서 내리는 길에 미스터 나이터코른과 마주쳤다. 그는 다른 날보다 일찍 돌아오는 중이었다. "또 어딜 가려고?"

"이발소에요." 내가 큰 소리로 외쳤다. 그의 귀에 꽂혀 있는 솜마개 때문이었다. "운명에 대한 이야기를 끝내려고요."

미스터 나이터코른은 뭐라 투덜거리는가 싶더니 곧 눈길을 아래로 떨어뜨리고 옆으로 물러섰다. 그러곤 우리들 사이에 있던 문이 닫혔다.

밖에서부터 난 벌써 내가 아는 이발사가 한 명도 없는 것을 보았다. 그런데도 왜 안으로 들어갔는지 나로서도 이해할 수 없는 일이다. 이번에는 안락의자에 앉아서 기다렸다. 내 뒤로 양복을 입은 흑인 한 명이 들어와 스포츠 가방을 경대 위에 털썩 놓더니 빗이며 가위며 여러 가지 병들을 꺼내기 시작했다. 그러곤 흰색 가운을 걸치고 사장에게서 고객 한 명을 소개 받아 면도를 시작했다. 검은 수염의 털 뭉치가 바닥으로 떨어졌다. 나도 저렇게 해보면 재밌겠다는 생각이 들었다. 머리카락을 뻣뻣이 세운 백인이 나를 맡았다. 그는 적당한 빗을 찾지 못했다.

사장이 어느 인도 여자를 불렀다. 그녀는 큼지막한 빗을 가지고 즉시 일에 착수했다. 일본 여자 한 명이 이발소로 들어와 우리가 있는 곳으로부터 오른쪽 거울 앞에 자신의 물건들을 꺼내놓았다. 라스타 머리*를 마치 볏단같이 두개골에 붙인 그녀의 고객은 머리카락을 귀 높이까지 깎길 원했다. 나는 목 주위의 간지러움과 서비스를 받는 느낌을 즐기며 머리를 숙이거나 오른쪽 왼쪽으로 돌렸다──그때 난 부하라에서 온

---

* 특히 흑인들이 즐겨 하는, 두피에서부터 여러 가닥으로 꼰 머리 모양.

엔지니어가 막 들어서는 것을 보았다. 난 움직일 수가 없어 손을 들어 버둥거렸고 아마도 큰 목소리로 뭐라 외치기도 했을 것이다. 인도 여자는 "실례합니다"라고 하며 그녀의 엄지로 내 관자놀이를 눌렀다. 부하라의 건축 엔지니어는 우리 뒤에 서서 담배를 손으로 던져 입으로 받는 묘기를 부렸다. 사장이 그에게 인사를 건넸고 두 사람은 인도 여자와 시시덕거렸다. 그녀는 막 내 가운을 벗기고 자리를 비우는 중이었다.

난 일어나려고 했지만 그러기 전에 엔지니어가 내 목에 다른 가운을 둘러주더니 이발을 다시 해주겠다고 했다. 공짜라는 말을 즉시 덧붙이면서. 나는 벌써 이발을 다 했다고 말하며 그 증거로 머리를 좌우로 돌렸다. 그렇지만 그와 기꺼이 이야기를 나눌 수는 있겠다는 말을 덧붙였다. "아주 조금만 더 다듬을게요." 그가 고집을 부렸다. "에, 참, 공짜라니까요." 그러곤 내 머리카락을 잡아당기기 시작했다. 그러는 그의 얼굴은 다시금 진지해졌고 마치 그 작업이 마지막 일이기라도 한양 슬프게 보였다. 조심스럽게 나는 첫번째 질문을 던졌다. 왜 당신은 부하라를 떠나왔는가. 그가 손짓을 하며 말도 말라는 듯한 시늉을 해보였다. "더는 산다고 할 수 없는 지경이었으니까요." 나는 미국에 와서는 무엇을 할 생각이었냐고 물었다. "미국"이라고 그가 외쳤다. 그는 질문마다 아주 짧게 대답했다. 마지막으로 난 그가 왜 "운명"을 언급했는지를 물었다. "운명이요?" 그가 거울에 비친 나를 쳐다보았다. 그들은 너무나도 오래 기다려왔다. 지금쯤 얼마나 많은 것을 이루고도 남았을까를 생각하면 초초하다는 것이었다. 그렇지만 다음 주면 그의 아내가 브라이튼 비치에 미용실을 열 것이고 자신은 미장이로 취직되었으므로 이제 그들에게 자신의 솜씨를 십분 보여줄 것이라고 했다. 그러나 훨씬 더 중요한 문제는 그들의 딸이 장학금을 받게 될지도 모른다는 사실이며, 정말로 받게 된다면— 그는 승리감에 취해 공중에서 가위를 절거덕거리며 나를 향해 윙크를 보냈다.

"모든 일이 아주 잘 풀려가는군요." 내가 말했다.

"물론 모든 일이 잘 풀려가지요." 그가 대꾸하더니 내 머리카락 한 줌을 썩둑 잘라냈다. "이렇게 오래 기다리는 일만 없었더라면!"

그 뒤 우리는 입을 다물었다. 그는 내 머리카락을 자르고 또 잘랐고 난 이제부터 뭘 써야 좋을까 궁리했다.

"아니, 아니, 아니!" 내가 부엌에 들어가자 미스터 나이터코른이 연신 비명을 질러댔다. "작가 양반한테 맹수라도 덮쳤단 말이오?"

"그 사람들이 내 머리를 두 번이나 깎았거든요." 나는 그렇게 대답하며 머리카락을 잡아당겼다.

"뭐라고?"

"그 상황을 어떻게 설명드려야 할지 난감하네요." 내가 대답했다. "절대 운명은 아니었습니다. 선생님께서 꼭 물어보셔야겠다면."

"그런 소린 이제 그만둬요." 그가 외쳤다. "얼굴에 눈을 달고 다니는 겁니까? 이 지경으로도 모자라요?"

나는 내 자리로 가 앉았다. 그가 내 앞에 커피를 한 잔 놓았고 봉투를 뒤져 당근 케이크를 꺼냈다. 언제나처럼 그는 포장된 채로 그것을 자르고 반쪽은 내 잔 앞에 놓았다. 그러곤 다시 봉투 안에서 우유를 꺼내 마개를 열었다.

"고맙습니다." 내가 말했다. 우리는 커피를 마시고 당근 케이크를 먹었다. 나는 내 방으로 들어가 컴퓨터 앞에 앉는 것이 두려웠다. "전 뭘 써야 좋을지 모르겠어요." 한참 후에 내가 말했다.

"걱정 마요" 하고 그가 말했다. 그는 혀로 다시 또 윗부분의 틀니를 가지고 놀고 있었다. "내일 내가 이야기를 하나 해주리다. 그 이야기를 약간만 다듬으면 될 거요."

"어떤 얘긴데요?" 내가 물었다.

"어떤 얘기냐고?" 그는 얼굴을 들지 않은 채 말했다. "멀리 길을 떠나는 사람의 이야기—뭐 그런 거지."

"운명의 역할을 맡고 싶으신 거군요?" 내가 물었다.

"아니, 아니에요!" 미스터 나이터코른이 팔을 번쩍 들어 손바닥을 하늘로 향한 채 한참을 그대로 있었다. "난 이발사일 뿐이오." 그는 그렇게 말하곤 손을 다시 떨어뜨렸다. "하지만 그 일을 하다 보면 많은……"

작가와 형이상학

  몇 년 전, 2월이었는데, 그때 난 어머니를 뵈러 드레스덴 집으로 갔
다. 우린 서로 만나는 일은 드물었지만 전화는 자주 나누었다.

  저녁 식사를 하느라 어머니와 부엌 식탁에 앉아 있는데 현관문 초인
종이 울렸다. 어머니가 입을 다무셨다. 난 소리를 내지 않고 잔을 내려
놓았다. 우린 서로의 얼굴을 마주 볼 생각조차 못했다. 갑자기 나타난
방해 요인 때문에 놀라 우리는 그토록 몸이 뻣뻣이 굳었던 것이다. 계
단참에서 훌쩍거리며 우는 소리가 들려왔다.

  "푸시킨!" 이웃 아주머니 헨리에타가 부엌에 들어서며 불렀다. 그녀
가 나를 끌어안았다. 그녀의 아이섀도가 번져 있었다. 뺨에는 시커먼
얼룩 자국이 남아 있었다.

  헨리에타는 언젠가 드레스덴 지역신문에 난 내 사진이 푸시킨을 닮
았다면서 그 이후론 언제나 나를 "푸시킨"이라고 불렀다. 헨리에타 아

주머니는 우랄 산맥의 스베르들롭스크 출신이었다. 지금 그 지역은 예 카테린부르크로 명칭이 바뀌었다. 그녀는 30년째 드레스덴에 살고 있다. 예전에는 치과의사였으나 그 후에 실직자가 되었다가 지금에 이르러서는 연금 수급자가 되었다. 남편에겐 다른 여자가 있으며 두 딸은 집을 나가 독립한 지 오래되었다.

헨리에타는 격앙된 목소리로 이웃집 여자 X가 500마르크를 요구했다고 말했다. 방금 그녀가 집에 찾아와 고래고래 소리를 치면서 탁자 값을 변상하라고 요구했다는 것이었다. 헨리에타의 눈에 다시금 눈물이 고였다.

"무슨 탁자 말인데요?" 어머니가 물었다.

"바닥에 있던 탁자요. 우리 집 앞 요 귀퉁이에 늘 있던 거!" 헨리에타가 소리쳤다.

예전에는 늘 그랬었다. 못쓰게 된 가구는 헨리에타가 사는 다락 층 한쪽 구석에 가져다놓았다. 그녀는 자신이 직접 사용하고 남는 물건을 소련군의 장교들과 그들의 가족들에게 주었다. 몇 주 전, 헨리에타는 그녀의 집 앞 모퉁이에서 이른바 1950년대에 만들어진 소형 탁자를 발견하고 집으로 들여왔는데 그 높이가 너무 높아서 다리를 한 뼘쯤 톱질했다는 것이었다.

그런데 오늘 X라는 여자가, 없어진 탁자를 찾아 이 집 저 집 초인종을 누르다가 헨리에타의 집에도 왔다. 아무것도 모르는 헨리에타가 그녀를 집으로 불러들였다. 다리가 잘려나간 탁자를 본 X여사가 길길이 뛰며 그녀에게 욕설을 퍼부었다. 그러곤 이제 훼손된 탁자 값으로 5백 마르크를 요구하고 있는 것이다. 그리고 그 돈을 다 갚기 전에는 절대 이사를 나갈 생각일랑 하지 말라고 윽박질렀다고 했다.

"X라는 여자!" 헨리에타가 말을 하다 말고 소리쳤다. "X, 그 여자, 그러면 정말 안 되죠!" 1989년 재통일 전에도 이미 아는 사람은 다 아는 사실이었다. X여사와 Y라는 남자는 동독 비밀경찰의 앞잡이였고 우리 집을 '담당'했던 인물들이다. 어머니도 헨리에타도 X의 보고서 명단에 올라가 있었다. 그들의 사이는 그 후로도 변한 것이 없었다. 동독 시절이나 지금이나 서로 만나면 아주 짧은 인사나 나누고 그냥 길을 피해버리는 사이였던 것이다.

어머니는 고개를 끄덕이시더니 내겐 몹시 충격적으로 들리는 제안을 내놓으셨다. 반면, 헨리에타는 눈물을 그쳤다.

이틀 뒤 일요일, 헨리에타는 미장원에서 머리를 손질하고 짙은 청색의 긴 드레스를 입은 뒤 어머니의 금목걸이까지 두르고는 커피를 끓였다. 그녀는 다리를 톱질한 탁자 위에 두 사람분의 찻상을 준비했다. 5백 마르크가 든 봉투와 복사한 서류가 들어 있는 서류철을 그 위에 놓았다. 몇 년째 그녀가 소장하고 있는 성모상 판화 앞에 촛불이 탔고 레코드판에서는 러시아 음악이 흘러나왔다. 그러곤 X 가족의 집에 초인종을 눌렀다. 헨리에타는 X여사에게 위층으로 좀 올라오시라고 부탁했다. 두 여자가 탁자를 마주하고 앉았을 때, 헨리에타가 탁자 다리를 잘라버려 미안하다며 사과를 했다. 그러곤 5백 마르크를 건네주기 전에 그녀에게 일단 질문할 사항이 하나 있노라고 말했다. 그녀가 왜, 그러니까 X여사가 왜 그녀에 관한, 즉 헨리에타에 관한, 그리고 그녀의 가족에 관한 보고서를 썼던 것인지를 묻고 싶다는 것이었다.

X는 미소를 지으며 왜 그런 말도 안 되는 소문을 퍼뜨리는 거냐고

물었다. 헨리에타가 서류철을 내밀었다.

X는 서류를 펴서 넘기고, 넘기고, 또 넘겼다. 그녀의 동작은 점점 더 빨라졌다. "이럴 리가 없어, 절대 이건 아니야!" X여사가 중얼거렸다. X여사가 외쳤다. 자신은 헨리에타에 대한 보고서를 그저 아주 가끔씩만 썼을 뿐이라는 것이었다. 사실은 모든 게 이웃인 Y, 그 Y라는 남자, 옆집에 사는 그자의 책임이며 그녀가 보고한 내용은 Y나 Z라는 여자가 쓴 보고서와는 비할 바가 못 된다고 했다. "제일 많이 보고를 올린 사람은 Z였어요!"

그럴 수도 있겠지요, 하고 헨리에타는 말하곤, 그렇다 해도 서류 안에 지금 들어 있는 건 어쨌든 Z라는 여자의 보고서나 Y이라는 남자의 보고서가 아니라 바로 그녀의 보고서임을 강조했다.

"술을 좀 마셔야겠어요." X여사가 작은 목소리로 말했다. "술이 필요해요." 그녀는 헨리에타를 끌어안으려고 애썼다. 헨리에타더러 자신을 너무 나쁘게 생각하지 말아달라고 했다. 압박을 받아 억지로 그런 것을 쓰지 않으면 안 되었다는 것이다. "자발적으로 그런 짓을 한 게 아니었어요." 그녀가 부르짖었다. "난 누구에게도 해가 되는 일을 하진 않았어요."

X여사는 보드카를 들이켜곤 얼굴을 찌푸렸다. 그녀의 눈에 눈물이 글썽글썽 맺혔다. 한참을 그렇게 훌쩍훌쩍 울더니 밖으로 뛰어나가버렸다. 헨리에타 자신도 보드카를 한 잔 마신 다음 5백 마르크가 든 봉투를 들고 우리 집의 초인종을 눌렀다.

예상 못했던 바는 아니었지만, 어머니는 X여사가 오늘날까지도 우리가 아무것도 모르고 있을 거라는 확신 속에서 살고 있었다는 사실에 탄식을 금치 못하셨다.

나는 원래 어머니의 돈이었던 5백 마르크가 이미 다 날아가버린 거라고 생각했음을 고백했다. "X 같은 여자라면 내 목숨을 걸고 내길 해도 마찬가지일 거라고 생각했죠."

"아니다." 어머니가 외쳤다. "난 정의가 이긴다는 것을 항상 믿고 있단다!"

며칠 뒤 나는 이 이야기를 기록해두었다. 어쩌면 이미 약속해둔 신문 기삿거리로 쓸 수 있을지도 모른다고 생각했기 때문이다. 그러나 난 지금까지 한 번도 실제로 일어난 사건을 쓴 적이 없었다. 그래서 내 그 계획은 어쩐지 불길했다.

"헨리에타와 어머니 얘길 글로 썼습니다." 난 어머니와 통화를 하는 중에 이렇게 말했다. 그러곤 이런 이야기라면 오히려 장황한 설명보다 훨씬 더 효과적으로 몰락한 구동독의 시스템의 구조와 행동양식을 드러내줄 것이라고 덧붙였다.

"내 얘기 좀 들어봐라." 어머니가 내 말을 중간에서 자르셨다. "그 이야기 아직 끝나지 않았어!"

"X여사가 다시 연락을 해왔나요?"

"아니, 전혀 다른 얘기란다!"

헨리에타는 두 주 전에 이사를 나가 지금은 드레스덴의 고층건물에 살고 있다. 이사를 기해 그녀는 화장대를 샀다. 배달료를 아끼기 위해서 화장대가 든 상자를 끙끙대며 혼자 옮겼다. 건물 현관에 다다랐을 때 한 젊은 청년이 도와주겠다며 무거운 상자를 어깨에 메고 승강기를 타고는 위층으로 올라갔다. 헨리에타는 다른 승강기를 탔다. 그녀가 사는 층에 도착했을 때는 화장대도 남자도 온데간데없었다. 그녀는 한참을 기다리다가 승강기를 타고 다시 내려갔다 올라갔고 계단참에서 아래를 내려다보며 화장대를 7층으로 가져다 달라고 몇 번인가를 소리치고 나서 또다시 오르락내리락 뛰어다녔다.

"무슨 일로 이렇게 시끄럽게 소리를 지르세요?" 한 나이 든 아주머니가 놀라서 물었다. 헨리에타는 혹시 상자를 든 남자를 못 보셨냐고 묻고는 자신이 당한 일을 하소연했다.

아주머니가 헨리에타를 물끄러미 쳐다보았다. 그녀는 걱정하지 말라고 말하고는 헨리에타를 일단 집으로 들여보냈다. 그러곤 맨 꼭대기 층으로 올라가 어느 집의 초인종을 누르고 안으로 성큼 들어갔다. 젊은 남자 두 명이 막 화장대를 꺼내 조립하는 중이었다. '계속 그렇게 나가봐라' 하고 그 나이 지긋한 아주머니가 말했다. "마피아 요원의 장모 물건을 훔치다니, 이제 곧 사위의 보디가드를 부를 테고 귀 하나가 잘려나갈지도 모르는데— 그리고 그게 다 이 싸구려 물건 때문이라니. 잘하는 짓들이다!"

10분 뒤, 헨리에타와 그 착한 이웃 여자는 조립이 다 된 화장대를 함께 들고 승강기에서 내렸다. 유리판에 살짝 긁힌 자국이 나긴 했지만 헨리에타는 기분 좋게 못 본 척했다.

어머니가 들려주신 대로 나는 이야기를 계속해서 써나갔다. 헨리에타나 어머니나 물론 그 이웃집 여자가 정말로 무슨 말을 했는지는 알지 못한다. 하지만 그런대로 그럴듯한 이야기라는 생각이 들었다.

나는 이야기의 핵심을 강조할 요량으로 헨리에타의 건물 다락 층에는 1990년까지도 "사회주의 승리!"라는 구호가 커다란 활자체로 적혀 있었다는 사실로 끝을 맺을 작정이었다.

"헨리에타한테도 네가 쓴 글을 보여줄 거지?" 어머니께서 물으셨다.

"왜 그래야 하는데요?" 나는 그녀의 이름을 바꿀 것이라고 했다. 그리고 내가 기사를 제공하게 될 신문이라면 어차피 헨리에타는 읽지 않을 게 뻔하다고도 덧붙였다.

최근 마지막으로 드레스덴에 갔을 때, 나는 헨리에타의 이야기가 실린 기사를 가지고 갔다. 어머니는 늘 기사를 모아두셨다.

솔직히 말해서 어머니가 헨리에타의 옛집에 함께 가보자고 했을 때, 난 썩 내키지 않았다. 헨리에타는 막 키예프 순례여행을 마치고 돌아온 참이었다.

"어찌 됐든 네가 그 기사를 쓸 수 있었던 건 헨리에타 덕분 아니니?"

자동차에 타고서야 어머니는 헨리에타가 우리의 방문을 신이 정한 운명으로 생각한다는 것을 털어놓으셨다. 헨리에타는 독일 사람들을 전도시키는 것을 소명으로 여긴다는 것이었다. 그녀의 머리에 그런 것을 주입시킨 사람은 무슨 미햐라는 남자인데 예전에는 아프가니스탄의 장교였고 그 후 동독 인민공화국에서 살았다는 것이었다. 그는 헨리에타에게 자신이 일하는 교회에 4천 달러를 바쳐야 한다고 포고했다. 그러지 않으면— "어이쿠, 저런!" — 반년 만에 부엌에서 넘어져 죽게 된다는 것이었다.

건물의 입구와 좁은 승강기는 맨 꼭대기에서부터 바닥까지 온통 낙서로 가득했다. 헨리에타는 나까지도 끌어안고 뺨에 입을 맞췄다. 그녀는 우리를 데리고 한 칸 반짜리 집으로 들어갔다. 우린 화장대에 대해— 금색의 뼈대에 검은 유리판을 얹은 모양이었다— 찬사를 늘어놓앉고 그녀의 발코니에 서서 로슈비츠의 엘베 강 기슭을 구경했다.

옷장에 붙어 있던 성모상 판화 주위를 성인 성녀의 그림 한 부대가 엄호하고 있었다. 그 앞에는 성인 성녀의 그림들이 마치 카드 묶음처럼 쌓여 있었는데 뒷면에는 그림에 어울리는 기도문이 각각 인쇄돼 있었다. "내가 뭔가 잘한 일이 하나라도 있다면요, 인생을 살아오면서 말이죠, 그건 수도원에 간 거였어요." 헨리에타가 말했다. 그녀는 가슴과 등이 깊게 파인 갈색 원피스를 입었는데 등 한가운데서 빨간색 브래지어의 이음쇠가 찬란하게 번쩍였다.

헨리에타는 키예프에서 기적을 행한다는 어머니 마리아에게서 묵었다고 했다. 그리고 그 마리아라는 여자는 비밀스러운 기운으로 으스러진 손과 부은 다리를 몇 시간 만에 고친다는 것이었다. 사람들이 그녀와 만나고 나면 고통과 목발을 훌훌 벗어던지고 걸어가며, 그녀가 직접 눈으로 목격하지 않았다면—이 대목에서 헨리에타는 우리에게 시선을 고정시켰다—아마 믿지 못했을 것이라고 했다.

마리아와 미햐 그리고 다른 키예프 사람들과 함께 그녀는 서(西) 우크라이나 지역에 있는 포차예프의 수도원으로 갔다. 그 작은 그룹은 새벽 4시에 교회 정문 앞에서 진을 치고 있었다. 그리고 나선 일종의 달리기 경주 같은 상황이 일어났는데, 저마다 제일 먼저 제단의 철망을 만지려고 했기 때문이었다. 헨리에타가 말하는 제단의 철망이 뭔지 잘 이해할 순 없었지만 난 그녀의 말을 중단시키고 싶지 않았고 나중에는 물어보는 것을 까맣게 잊고 말았다.

수도자 한 명이, 훤칠한 키에 짙은 눈동자를 하고서 신앙인들에게 경고했다. 우리 주위에 무슨 일이 일어나든지 신앙인들은 그것을 염려해서는 안 되며 자신의 믿음을 확고하게 지키고 신을 신뢰해야 한다는 것이었다.

말을 하는 내내 우리의 어깨 너머를 바라보던 헨리에타는 마치 노래를 부르는 어린아이 같은 모습이었다. 한마디 한마디 이야기가 계속될수록 점점 더 생기가 넘쳤고 점점 더 많은 러시아어 단어가 끼어들었으며 그렇게 해서 어머니와 내게 생생한 시나리오를 제시하고 있었다.

사람들이 점점 더 동요하기 시작했고 한숨을 쉬거나 신음을 하거나 혀를 차기도 하고 흑흑 흐느끼며 울었다. 수도승이 제단에서 성경을 집어 듦과 동시에 어떤 이들은 큰 소리로 울부짖기 시작했다. 그들이 바닥으로 쓰러졌다. "그들은 말처럼 행동했어요. 말이나 늑대처럼. 후후후우우!" 미햐의 머리카락이 주뼛 솟아올랐다. "어떤 사람은 돼지 같이 행동했어요. 돼지 같았다니까요. 아, 아, 아!"

이윽고 수도승이 신자들의 머리를 만지기 시작하자 꽥꽥거리는 소리들과 흐느낌은 귀 고막을 찢을 정도로 큰 울부짖음이 되었다. 한 젊은 이는 목청껏 닭 울음소리를 냈고 밖으로 달려 나가려고 했지만 그의 어머니가 저지했다. 한 남자는 몸부림을 치며, 아, 아, 아, 땅바닥에 나뒹굴었다.

"굉장하군요." 어머니가 작은 목소리로 말했다. "정말 굉장해요."

갑자기 모두가 입을 다물고 꼼짝하지 않았다. 얼마 후 그들은 옷의 먼지를 털고 망연자실하게 서로의 얼굴을 쳐다보았다. "그들은 무슨 일이 일어났는지 몰랐던 거예요. 자, 이젠, 마귀가 영혼에서 빠져나간 거지요."

헨리에타는 다이몬과 검은 마술에 대한 이야기로 옮겨갔다. 눈길 한 번 잘못 던지는 것으로도 마귀가 몸에 달라붙는다는 것이었다.

"그럼 아주머니는요, 무슨 일이 일어났나요?" 어머니가 물었다.

"나한테는 마귀가 없었어요. 그래도 정화를 해야 해요. 모든 사람들이 그래야만 해요. 마리아가 오면 여러분들도 그렇게 해야 해요. 내가 전부 다 초대할게요."

어머니 마리아라는 여자가 오는 즉시 다시 이곳으로 오겠다고 나는 말했다. 내 관심을 잘못 해석한 헨리에타가 가슴속 말을 다 쏟아냈다. 주위의 모든 이들에게 그 정화에 관한 일을 전할 작정이며, 다만 그녀의 걱정은 이 소명을 받들 자격이 자신에게 있는지 모르겠다는 것이었다.

4주 후, 우린 다시 한 번 헨리에타의 집 초인종을 눌렀다. 어머니 마리아라는 여자는 막 설거지를 하는 중이었다. 여기서 나는 마리아와 그녀가 나를 위해 준비한 정화의식에 대해 보고하기 전에 먼저 어머니의 협조로 상당량의 자료를 미리 수집했었다는 것을 말해두어야겠다. 나는 이미 첫 기사에 이어 속편을 쓰고 있던 중이었다. 한 가지 난감한 것은 내 기사의 어느 부분에 이 이야기를 끼워 넣느냐 하는 점이었다. 헨리에타에겐 일곱 명의 자매가 있었고 오빠도 한 명 있었다. 그녀의 아버지는 애국전쟁에서 전사했고 오빠는 열네 살에 빵 한 덩이를 훔친 죄로 끌려갔다가 다시는 돌아오지 않았다. 하지만 마리아 덕분에 그녀는 이제 오빠가 구금과 수용소 생활을 견뎌낸 후 시베리아에서 결혼하고 살았음을 안다고 했다. 불과 몇 년 전, 그는 거기서 자식들과 손자들에게 둘러싸인 채 평안한 죽음을 맞이했다.

퇴마의식을 행하기 전에 우린 커피를 마셨다. 어머니 마리아라는 여자는 60대 중반 정도나 됐을까 싶었고 고운 얼굴이었는데 금니가 여러

개 번쩍거렸다. 그녀가 단도직입적으로 말했다. 나는 빨간 머리의 여자와 결혼하게 될 것인데, 아마 러시아 여자일지도 모른다고. 그 여자와 아이도 낳을 것이라고.

"두고 보면 알겠죠." 나는 그렇게 말하곤 미소를 지어 보였다.

양말, 바지, 러닝셔츠 차림으로 난 그 여자 앞에 섰다. 얼굴을 창문 쪽으로 향하라고 했다. 햇빛이 눈을 찔렀다. 마리아는 미소를 지으며 나를 보았다. 아니, 비웃음 같았다. 나 역시 그녀를 향해 웃어 보였다. 그녀가 연극을 해봐야 내 앞에서는 아무 소용이 없다는 것을 보여줄 심산이었다.

마리아가 가까이 다가왔다. 기적을 행한다는 그녀의 손이 내 몸에 닿지 않고 허공에 뜬 채로 어깨로부터 팔로 미끄러져 내려갔다가, 그다음은 목에서부터 배꼽으로 내려갔다.

헨리에타가 통역해준 바에 의하면 나는 심장과 간에 문제가 있다. "네." 내가 말했다. "맞아요."

"신통하네." 어머니가 소곤거렸다.

마리아의 얼굴에서 미소가 사라졌다. 그녀의 시선이 내게 머물렀다. 하지만 그녀가 내 몸을 검사하는 것인지 아니면 내 안에 있는 무엇인가를 꿰뚫어보겠다는 것인지는 알 수 없었다. 천천히 그녀가 팔을 들었다. 나는 세번째로 스캔되는 것이려니 생각했다. 그때 그녀가 무엇인가를 나한테서 확 떼어냈다. 내 안으로부터 무엇인가를 밖으로 잡아채 손으로 둘둘 감더니 바로 다음 순간 마치 물에 젖은 손을 털어 뿌리는 것 같은 시늉을 해 보였다. 나는 아무것도 감지하지 못했다. 그녀가 두번째로 엄청난 힘으로 뼈를— '확' —뽑아내기 시작했을 때 나는 나도 모르게 뒤로 흠칫 물러났다. 하지만 이번에도 역시 아무것도 느껴지지 않았다. 계속해서 그런 식이었다. 마리아는 매 센티미터마다 샅샅이 훑어가며 악과 병으로부터 나를 해방시켰는데 그녀의 진단대로 심장과 간 부분에 이르러서는 유난히 할 일이 많은 모양이었다. 때론 마치 그녀의 손을 통해서 상상 속의 뼈대나 악이 매달려 있는 낚싯줄 같은 것이 미끄러져 빠져나가는 것처럼 보이기도 했다. 그녀는 다시금 작업을 시작했는데, 가끔씩은 양손을 전부 사용하기도 했다. 몹시 힘이 드는지 얼굴이 일그러졌고 눈을 찌푸리기도 했다. 그러는 사이에 나는 마리아가 말한 빨간 머리의 여자가 누구를 가리키는 것일까 하고 곰곰이 생각해보았다. 내가 아는 두 명의 빨간 머리 러시아 여자들 중 아무하고도 결혼하고 싶지 않았다. 마지막으로— 이미 사위가 어두워졌다— 마리아의 손은 내 머리에로 옮겨 가 있었다.

"호로쇼(Choroscho)." 마지막으로 그녀가 말하며 고개를 끄덕였다. 우리는 불을 켜지 않았고 오로지 밖으로부터 비쳐 들어오는 가로수 불빛만이 전부였는데도 나는 마리아가 몹시 피곤해하고 있음을 볼 수 있었다. 그녀는 방금 어머니가 앉아 계시다가 벌떡 일어난 안락의자에 털썩 주저앉으며 두 눈을 감았다.

나는 다시 옷을 입은 다음 커피를 한 잔 더 마셨다. 마리아가 돌아갈 때 노잣돈이나 하시라고 어머니는 헨리에타에게 백 마르크를 건네셨다. 마리아가 돈을 받아서는 안 된다고 했기 때문이었다. 돈이 그녀의 기를 약화시킨다는 것이었다.

배가 약간 출출한 느낌이 들었다. 빨리 집으로 돌아가자고 어머니를 재촉했다. 우리는 마치 묵념이라도 하듯 안락의자에 앉은 채 잠든 마리아 앞에 잠시 서 있었다.

　마침내 승강기를 타게 되었을 때 내가 뭐라 말할 새도 없이 어머니가 백에서 헨리에타의 울긋불긋한 성인 그림 두 장을 꺼냈다. "이걸 가질래, 저걸 가질래?" 하고 물으면서 어머니가 그림들을 내 앞으로 내미셨다.

　그와 거의 같은 순간, 어머니가 입을 일그러뜨리며 나를 쳐다보셨다. 마치 두꺼운 안경을 낀 것처럼 어머니의 눈이 갑자기 커 보였다. 그러곤 승강기 한쪽 벽으로 피하시는가 싶더니 금세 상체를 앞으로 굽히셨다. 나는 도대체 별안간 왜 그러시는 거냐고 묻고 싶었다. 하지만 어머니의 얼굴은 순간 너무나 먼 곳에 있었고, 난 무릎을 꺾으며 바닥으로 미끄러지듯 쓰러졌다. 나는 내 입에서 나오는 요란한 괴성을 들었고, 그 때문에 내가 웃으려고 하자 다시금 꽥꽥대는 소리가 났다. 기분 나쁜 냄새가 코를 찌르며 난 어쩐지 좁은 공간에 갇힌 느낌이 들었다.

　승강기의 문이 열렸을 때, 부부 한 쌍이 놀라 뒤로 물러났다. 그들은 나를 빤히 훑어보다가 이윽고 천천히 다가왔다. 어떻게 이런 일이 나한테 일어날 수 있었는지 그리고 내가 왜 마비가 된 듯 꼼짝도 못하고 그들의 발치에 쓰러져 있는지 나로서는 알 수 없는 노릇이었다. 무엇인가에 걸려 넘어져 바닥에 쭉 뻗어버린 모양새였다. 어머니가 일어나는 나를 도와주셨다. 그러나 너무나 서둘렀기 때문에 나는 또 한 번 쓰러졌다. 부부는 그 자리에서 꼼짝하지 않았다. "당신도 들었지?" 남편이 물었다. 아내가 고개를 끄덕였다. 그들은 속닥거리며 나를 빤히 쳐다보았다. 나는 "작가"라는 단어를 알아들었고 이 자리에서 차마 다시 입에 담고 싶지 않은 말도 들었다.

"이런 돼지 같으니라고." 여자가 갑자기 너무나 큰 소리로 외쳤다. 이 건물에 사는 사람이 모두 다 들을 정도로 큰 소리였다. "이런 돼지 떼들!"

나는, 사람이면 누구나 한번쯤 걸려 넘어지기도 하고 이런 불행한 사태가 일어났다고 해서 나를 욕할 이유는 없는 것이며, 그것도 모자라 어머니까지 모욕해서는 안 된다고 대꾸하려고 했다. 그래요, 당신들 두 사람, 그렇게 따따부따 지껄이면 못써요. 이 승강기 안의 꼬락서니라니, 이 널브러진 오물하며 냄새하며, 아니, 고맙지만 사양이라고, 나라면 단 하루도 이런 곳에서 살 수가 없겠다고 말하려는 참이었다. 하지만 그런 말 대신에 내게서는 참으로 역겨운 트림이 새어 나왔다.

"이 돼지야!" 남자가 외쳤다.

"아가리 닥쳐!" 내가 부르짖었다.

"돼지!"

"아가리 닥쳐!"

우리는 서로서로 진지를 구축하고 찌푸린 얼굴로 계속해서 "돼지!"—"아가리 닥쳐!"—"돼지!"—"아가리 닥쳐!"라고 소리쳤다. 어머니가 갑자기 내 상대방에게 "이 말라비틀어진 짠지야!"라고 소리쳤다. 어머닌, "당신네들은 말라비틀어진 짠지 같은 사람들이야!"라고 말하지 않고 그냥 "이 말라비틀어진 짠지야!"라고만 하셨다.

"뭐, 뭐요?" 남자가 길길이 뛰었다.

"말라비틀어진 짠지야!" 어머니가 그렇게 말하면서 나를 주차장으로 질질 끌고 갔다.

"뭐, 뭐요?" 그가 소리치며 우리를 쫓아왔다. 그의 목소리가 이상하게도 이미 지친 듯 들렸으므로 나는 그를 향해 뒤를 돌아보았다. 그는 정말로 숨을 몰아쉬고 있었고 눈이 튀어 나와 있었다.

어머니가 내 바지와 재킷에서 허둥지둥 오물을 털어내셨다. 그러곤 나를 보조석에 밀어 넣고는 운전대 앞으로 뛰어오르셨다. 어머니는 손수건에 침을 뱉게 한 다음 그걸로 내 오른쪽 뺨을 닦으셨다. 난 손수건에 침을 뱉어서 얼굴을 문지르는 것을 원래는 아주 싫어하지만, 이번만큼은 저항하지 않았다. 아니, 어머니의 수고를 돕기 위해 이마의 머리카락을 뒤로 넘기기까지 했다. 차양에 달린 거울로 나는 남자가 우리 차의 트렁크에 몸을 기대 있는 것을 보았다. 그의 시퍼런 물고기 입에서는 여전히 "뭐, 뭐요?"라는 말이 새어 나오는 것만 같았다.

"말라비틀어진 짠지 놈!" 어머니는 흡족한 듯 자동차를 출발시켰다. 거울 안의 남자는 사라지고 없었다. 넘치도록 많은 일들을 한꺼번에 겪은 바람에 너무나도 지친 데다가 내 그 경험을 어떻게 머릿속에서 정리하고 분류해야 할지 알 수 없는 망연자실한 마음에 나는 그만 눈을 감아버렸다.

믿음, 사랑, 소망 23번

잠에서 깼을 때 마렉은 침대에 혼자 누워 있었다. 커피 냄새가 났다. 왼쪽 눈을 뜨고 보면 쨍쨍한 햇빛이 창살에 내리쬐고 있었다. 오른쪽 눈만을 뜨고 보면 방의 윤곽이 다시금 뚜렷하게 드러났다. 낡은 옷장, 테두리가 없는 거울, 의자 두 개 그의 재킷 한 벌이 걸려 있는 스탠드 옷걸이. 포스터와 한쪽 구석에 놓인 거대하고 조금 지저분한 꽃병만 뺀다면 오스나브뤼크나 뮌스터 같은 곳의 호텔 방과도 흡사한 방이었다. 열 살 땐가 열한 살 때, 그는 아버지와 그곳에서 묵었던 적이 있다. 부자가 함께 가정용품 박람회에 갔을 때였다.

밤새 공기는 조금도 시원해지지 않았다. 뒤채에서 라디오 음악이 흘러나왔다. 마렉은 사회자의 목소리와 그 옆에서 끊임없이 꿀꺽꿀꺽 침을 삼키며 말을 하는 여자의 음성을 들었다. 침대 앞 작은 카펫에는 그와 막다의 바지, 그녀의 블라우스와 그의 셔츠, 그리고 속옷들이 널브

112

러져 있었다. 탁상시계는 7시가 조금 못 되었음을 알리고 있었다. 침대 옆에는 목걸이와 알록달록한 물건들 위에 넥타이가 걸려 있었다. 마렉은 옆으로 돌아누워 얼굴을 베개에 파묻고 콧속 깊숙이 냄새를 들이마셨다.

그는 막다를 팔에 안고는 몇 시간이고 잠자는 모습을 지켜보았다. 그러다가 그녀가 일어나 이브닝가운을 벗는 것을 보았다. 한 육체 안에 그렇게도 많은 사랑이 들어 있을 수 있다는 사실을, 그는 미처 몰랐었다.

열두 시간이 채 지나지 않았다. 마렉은 크네제베크 가에 앉아 추천장을 썼다. 그 추천장은 그가 오늘 정각 10시에 명예박사 스트로본스키 씨, 그러니까 함부르크의 '아스만 시복' 유한 책임회사 사장이며 '콘티넨털'의 하청업자인 스트로본스키 씨에게 전달하려던 서류였다. 그는 비톨트 스트로본스키가 어떻게 회사를 가장 우아한 방법으로─ 그는 정말로 '우아'라는 단어를 사용했다─ 세 딸들에게 나누어 주어야 좋을지 검토하는 임무를 맡았다.

짧은 잠을 잔다는 건 마렉에겐 이미 익숙한 일이었다. 덕분에 그는 여섯 자릿수의 연봉을 받는다. 건너편 집에서 아침 뉴스의 타이틀 음악이 흘러나오기 시작했을 때 스트로본스키의 비서가 전화로 약속을 취소했었다. 다음 순간 개인 택배회사의 조끼 차림의 막다가 들어와 그에게 서류를 전해주었다. 그가 평생을 다해 간절히 기다리던 서신이었다. 아니, 적어도 어제까지 그는 그렇게 생각하고 있었다. 벌써 새로운 편지지를 주문한 상태이고 7월 1일부로 배홀러, 톰슨 & 파트너 회사의 이름이 새겨진 편지지 머리에 그의 이름도 어엿하게 올라가게 될 것이라는 내용이었다.

배흘러는 이 일을 결정하는 자리에서조차 "귀하의 이름"이라는 말을 썼다. 그냥 "마렉 씨"라고 쓰기를 꺼렸기 때문이었다. 모든 이들이 그를 부를 때 "마렉 씨"라며 성을 불렀다. 그의 이름은 발음하기 너무 어렵다는 게 그들의 이유였다. 그리고 그 마렉 씨가 이제부터 배흘러와 톰슨, 그리고 그들의 파트너 스무 명의 파트너가 되는 것이었다.

마렉은 현관문이 열리는 소리를 듣고는 소스라치게 놀랐다. 그는 여드름투성이의 얼굴을 그녀에게 들키지 않기 위해서라도 그냥 베개에 얼굴을 묻은 채 있고 싶었다. 서른네 살 나이에 그렇게 여드름이 많은 사람이 또 어디 있단 말인가.

"잠꾸러기!" 막다가 그렇게 말하며 침대 가까이로 다가와 상체를 숙이더니 그의 입에 키스했다. 그러는 동안 그녀는 빵 봉지와 우유를 그에게서 멀리 떨어뜨려놓으려는 듯 두 팔을 양쪽으로 벌렸다.

그녀는 잠옷에 청 점퍼만을 걸치고 빵 가게에 갔던 모양이었다. 부엌에서 덜거덕거리며 아침 식사를 준비하는 소리가 났다.

막다는 사무실에 앉은 그에게 화장실 좀 사용해도 되겠느냐고 물었다. 그녀는 클립보드를 고객용 의자에 놓아두었다. 마렉은 서류를 수령했다는 것을 확인하기 위해 서명한 자신의 이름을 다시 한 번 쓰고 싶었다. 더 크게, 흐지부지한 필체가 아니라 좀더 도약적인 서체로 쓰고 싶었다. 배흘러가 권해 갔었던 교육장에서 사람들의 서명 날인의 필체를 보면 많은 것을 알 수 있다는 것을 배웠다. 아니, 필체는 한 사람의 거의 모든 정보를 다 가지고 있다고 할 수 있었다. 하지만 자신이 당한 불행은 ―그는 문득 깨달았다― 달라지지 않는다. 아무리 멋진 서명이라 해도 불행의 운명을 바꿀 순 없다.

"늘 그렇게 오래 일을 하셔야 되나요?" 마렉은 그 아가씨를 멈춰 세우고 잠깐만 바라볼 작정이었다. 그는 일을 마치고 놀아야겠다고 말했는데 그녀는 그럼 이제부터 자신도 놀아야겠다고 말했다—단호한 거절이로군—하고 그는 해석했었다. "그럼 함께 가실까요?"라고 그녀가 말하지 않았더라면 그는 아마 계속해서 자리에 가만히 쪼그리고 앉아 있었을 것이었다.

커피 머신에서 부글부글 김이 오르는 소리가 났다. 마렉의 발이 바닥에 닿기가 무섭게 막다가 배 앞으로 쟁반을 받쳐 들고 문 안으로 들어왔다.

"어디, 잘 잤어요?" 그녀는 침대 머리맡에 앉았다.

마렉이 자리를 만들었다. 마렉은 그녀가 말을 하기 시작할까 봐 걱정이었다. 아무 이야기나, 그리고 마지막에—배우가 다음 장면의 연기를 생각해보듯이 그는 앞으로의 일을 미리 예견했다—그는 묻지 않을 수 없음이 분명했다. 다시 와도 되냐고. 어제저녁처럼, 그는 한 줌 흘러내린 그녀의 머리카락을 귀 뒤로 넘겨주려고 했다. 하지만 그녀의 뺨이 먼저 다가와 그의 손 안에 안겼다. 그녀는 그의 손을 마치 전화 수화기처럼 어깨와 머리 사이에 끼웠다.

"당신하고 있는 거 너무 좋아요." 그녀가 말했다.

"아니, 당신하고 있는 게 좋아!" 그가 말했다. 그녀가 수많은 머리핀과 집게들을 머리에서 빼내고서 영화의 한 장면처럼 머리카락을 흔들어 어깨와 등 뒤로 늘어뜨리는 모습은 비현실적으로 보였다. 폭포수 같았다. 하지만 그는 그것을 입 밖에 내지 않았다. 너무나 상투적인 표현 같았기 때문이었다.

"또 올 거죠? 오늘 저녁에 또 올 거죠?"

"그런 말도 안 되는 질문이 어디 있어?" 마렉이 벌떡 일어났다. "어떻게 그런 질문을 할 수 있어?" 그는 침대 옆에서 무릎을 꿇고 그녀를 꼭 끌어안았다. 밤에 그녀를 안았던 것과 똑같이 그녀를 품에 안았다. 자신이 벌거벗고 있다는 것이 이젠 불쾌했다. 그녀가 오해하면 안 되는데…… 하지만 그가 이런 생각을 하는 동안, 그러면서 침대 위에 놓인 쟁반을 쳐다보는 동안 그녀가 속삭였다. "이것 봐요. 호기심 많은 주 장군님이 다시 오셨네요"라고 말하며 그녀가 악수라도 하듯 그의 페니스를 쥐었다. "안녕하세요, 장군님" 하고 그녀가 말했다.

뒤채에서 8시 아침 뉴스가 시작되는 소리가 들려오는 동안 막다는 쟁반을 부엌에 도로 갖다 두고 커피를 개수대에 쏟아부은 다음 새로 커피를 끓였다.

"왜 웃어요?" 그녀가 물었다.

"당신 베개를 가지고 싶어."

"베개를요?"

"응." 그는 고개를 끄덕였다.

"그렇담 매일 저녁에 다시 가져다줘야 해요." 그녀가 진지하게 말했다.

"응." 그가 말했다. "꼭 그렇게 할게."

"귀찮겠네요."

"하지만 난 당신 침대와 절대 떨어지고 싶지 않거든."

마렉은 말을 잘못 한 게 아닐까 걱정스러웠다. 막다가 그의 머리카

116

락을 쓰다듬었다. 그가 눈을 감았다. "마렉? 마렉!" 그녀는 고개를 옆으로 갸우뚱 기울인 채 그가 눈을 뜰 때까지 기다렸다. "당신하고 이렇게 함께 있을 때보다 좋았던 적은 없었어요. 마렉."

그 어떤 여자하고도 당신하고 있는 것만 못했어, 라고 말하고 싶었지만 한심하게 들릴 게 뻔했다.

"어쩌면 난 그냥 꿈을 꾼 건지도 몰라." 그가 결국 내뱉은 말이었다. "당신이 어제 변호사 사무실에 왔고 이미 예전부터 아는 사이처럼 나를 빤히 쳐다보는 꿈을 꾼 거야."

"그리고 당신은" 그녀가 말했다. "슬퍼 보였어요. 자리에서 일어나더니 재킷의 단추를 잠그고 책상 주위를 한 바퀴 돌더니 '안녕하세요' 하고 말했어요."

"그때 당신은 나를 비웃었지. 내가 너무 뻣뻣한 걸 보고 당신이 날 비웃었어."

"비웃은 게 아니에요! 난 그냥 당신의 아이를 낳으면 어떨까 하고 생각했을 뿐이에요."

"아이?"

"당신이 너무나 견실하게 보였거든요. 견실하고 슬프게."

"당신이 금방 사라져버릴 거라고 생각했기 때문이었어."

"그래서 슬펐단 말이에요?"

"오로지 그래서. 오로지 당신 때문에."

"그러곤 무슨 생각을 했는데요?"

마렉이 고개를 좌우로 흔들었다.

"무슨 뜻이에요?"

"난 당신을 그냥 쳐다보았어. 당신을 쳐다보려고만 했거든. 작고, 금발에, 몹시 피곤해 보이는 당신의 모습을……"

"작고 금발에 몹시 피곤해 보였어요?"

"난, 당신이 너무도 아름답기 때문에 피곤한 거라고 생각했어."

"아니, 왜요?" 막다가 물었다.

그녀의 시선을 받은 마렉이 고개를 떨어뜨렸다. 그의 앞에는 깨물어 먹다 만 빵에 소시지가 끼워져 있었다. 훼프너 가구 광고가 끝나자 마렉이 말했다. "그렇게 아름다운 여자라면 당연히 남자 친구가 있을 테고, 어쩌면 여러 명이 있을 수도 있을 테니까. 그리고 그 친구들은 너한테 자꾸만 요구를 할 게 아니냔 말야. 그래서 잠을 제대로 못 잘 것이고. 내 말은, 에이, 그러니까 내가 무슨 말 하는지 알잖아."

"내가 밤에……?"

"아니!"

"하지만 당신이 방금 그렇게 말했잖아요. 내가 밤을 새운다고, 여러 명의 남자들하고."

"친구들 말야. 남자 친구라고 내가 말했어……"

"여러 명의 친구들하고……"

"미안해, 아니, 그런 뜻으로 말한 건 아니었어. 정말 미안해."

막다가 한숨을 들이쉬고 자세를 꼿꼿이 고쳐 앉았다. 그녀가 말을 할 필요도 없었다. 모든 것을 망쳐버렸다는 것을 그 역시 잘 알고 있었다. 그리고 이젠 가야 한다는 것도 알았다.

"내가 화장실을 좀 써도 되느냐고 묻지 않았더라면? 내가 곧장 사라져버렸더라면, 당신이 봉투를 뜯기도 전에 말이에요?"

"그럼 내가 가지 못하도록 막았겠지!"

"다른 때 같으면 난 그런 거 수위실에 맡기거든요."

"내가 수위실에 전화를 걸어서 당신을 꼭 잡아두라고 했을 거야. 당신을 쫓아갔을 거야. 창문에서 뛰어내리기라도 했을 거야……"

막다가 손으로 머리카락을 감더니 알 수 없는 방식으로 땋아 내렸다. "그럼, 우린 똑같은 꿈을 꾼 거네요?"

"응."

"이런 일 경험한 적 예전에도 있어요?"

"아니, 한 번도 없어."

"이 꿈이 계속될까요?"

"그럼. 한번 일어난 일은 일어난 일이야. 더 이상 달라지지 않아."

"그렇다면 얼마나 좋을까?"

마렉은 그녀가 왜 갑자기 그렇게 슬픈 얼굴을 하는 건지 알 수 없었다. "피곤해?" 그 무엇도, 또 그 어떤 사람이라도 이제 더 이상 그를 그녀에게서 떼놓을 수 없었다. 그 무엇도, 그 어떤 사람도. 그가 그녀의 손을 잡으며 말했다. "아무도 못 믿을 거야. 이 행복, 사람들은 아마 내가 허황된 소리를 지껄인다고 생각할 거야."

그녀는 미소를 지었다. "꼭 말할 필요는 없잖아요."

"말 안 해."

"그런 말 하면 안 돼요. 첫 주에는 안 돼요. 첫 주는 성스러운 주니까."

"성스럽다고"라고 말하는 그의 목소리는 진심보다 훨씬 더 진지하게 들렸다.

"6시부터 당신을 기다리고, 기다리고, 또 기다리고—그리고 또 기다릴 거예요."

"나도 기다릴 거야." 그가 재빨리 말했다. "1분마다 한 번씩 시계를 쳐다보면서!"

"난 미신을 믿어요." 그녀가 말했다. 햇빛이 그녀의 발을 비췄다.

"13일이라서? 화요일인데, 뭐. 화요일엔 아무 일도 안 일어나. 그리고 13은 행운의 숫자야."

"분명히 아닐걸요."

"하지만 우리…… 오늘 아침…… 그때 이미 13일이었는걸."

"오늘 아침?"

"그리고 어느 13일 그들이 나를 회사에 채용했어. 2001년 6월 13일."

"좋아요. 그렇담 13은 행운의 숫자네요." 그녀가 말했다. 그와 동시에 알람시계가 울었다.

마렉이 탁자 앞에서 일어나자 막다가 뒤를 따랐다. 그는 욕실 샤워부스의 문을 열고 물을 틀었다. 그녀는 그의 옆에 멈춰 서 있었다. 그가 그녀의 잠옷을 끌어당기자 그녀는 어린아이처럼 고분고분하게 팔을 올리곤 머리 위로 옷을 벗기도록 가만히 있었다. 양어깨마다 모기 물린 자국이 있었다. 두 사람은 손을 잡고 샤워실로 들어갔다. 그가 그녀에게 비누질을 해준 다음 물로 헹궜다. 그리고 그녀가 그의 머리를 가슴에 안았다. 샤워기에서 물이 떨어지는 곳 바로 근처였다. 그녀가 뭐라고 하는지 알아듣지 못했다. 하지만 얼마 후 그녀의 말소리가 또렷이 들렸다. "호기심 많은 장군님."

머리가 젖은 채로 그들은 나우니 가로 나갔다. 그는 거리가 마치 무대처럼 느껴진다고 생각했다. 모든 사람이 한 번씩 그들을 쳐다보았기 때문이었다. 맨 처음은 막다를 그러고 나서 그를. 하지만 원인은 그게 아니었다. 해였다. 오른쪽 보도의 좁은 테두리에 그림자를 만들지 않을 정도로 해가 높이 떴던 것이었다.

코트부스 성문에 다다랐을 때 막다가 손을 흔들었다. 다른 때 같으면 뭇 사람들의 시선을 받으며 몇 미터마다 뒤를 돌아보고 손을 번쩍 든다는 것이 매우 귀찮고 어색한 일이었겠지만 이제 그는 심지어 얼마간 뒷걸음질을 치며 달리기까지 했다.

마렉은 지하철 1호선의 승강장으로 올라갔다. 그는 관광객처럼 주위를 두리번거렸다. 보통 때는 택시를 탔다. 그는 자동차가 없었다. 운전면허증조차 없었다. 수영을 배운 적도 없지만 그 사실을 아는 사람은 아무도 없다.

문득 그는 모든 일을 다 잘했다는 느낌이 들었다. 물론 직업적으로는 주기적으로 성공을 거두었다. 바로 그게 그의 직업이었으니까. 하지만 막다를 통해서야 비로소 모든 것이 의미와 뜻을 지니게 되었다.

마렉은 결혼한 적이 한 번 있었다. 대학생이었을 때였다. 하지만 부부 관계도 또 다른 연애 관계들도 다 오래가지 못했다.

막다에게 사랑한다고, 그녀가 자신의 행운이고 보물이며 하나뿐이며 전부라고, 세상에서 가장 아름다운 여인이고 그녀와 아이를 낳았으면 좋겠다고 말한 것이 마렉의 마음을 짓눌렀다. 그런 말밖에 하지 못하다니. 예전에도 너무나 자주 사용했던 말들이었다. 너무 많이 남용한 나머지 닳아빠지고 왜곡된 말들이었다. 마침내 오로지 그 말의 진실성이 유효한 유일한 여자, 막다를 마주하고서 그는 오로지 또 그 말을 반복할밖에 다른 도리를 찾지 못했다.

마렉이 울란트 가 지하철역에서 밖으로 나왔을 때 막 메르세데스 한 대가 지나갔다. 조수석의 남자가 창밖으로 브라질 국기를 흔들어대고 있었다.

그는 지붕에 커다란 활자체로 '배흘러, 톰슨 & 파트너'라는 간판이 붙은 건물로 들어갔다. 수십 년간 바람과 날씨를 견뎌왔음을 알아볼 수 있는 활자체였다.

"함부르크에 계신 줄 알았는데요?" 수석 여비서 루트 양이 말을 걸었다. 마치 레이저 안경 너머로 사람들을 꿰뚫어보는 듯한 시선으로 쳐다보는 여자였다. "축하합니다"라는 인사를 건넨 뒤 그녀는 즉시 자신의 서류를 처리하느라 고개를 숙였다.

"고맙습니다." 그렇게 답례를 하며 마렉은 배흘러의 방문 틈을 살폈다. 그는 전화 통화 중이었다.

마렉은 여전히 배흘러가 스카이 뒤몽과 닮았다고 생각했다. 큐브릭의 「아이즈 와이드 셧」에 나오는 스카이 뒤몽이 니콜 키드먼과 춤을 추는 장면을 보며 바람 난 배흘러를 목격한 듯 당황한 적이 있었다. 노령의 배흘러는 너무나도 잘생겨서 판에 박은 모델의 모습이랄 수 있었다. 마렉 역시 그런 모델이랄 수 있었지만 배흘러와는 상반된 방향에서였다. 마렉은 이곳 사람들 역시 그를 곰보빵이니 꿀빵이니 혹은 아기 얼굴이라고 부른다는 것을 잘 알고 있었다. 배흘러의 회사라고 해서 학교나 군대나 대학, 혹은 변호사 사무소나 레스토랑과 다를 게 무엇이랴. 하지만 이상하게도 그것은 고객과의 만남에서는—몇 분 정도 어색한 첫 시간만 잘 극복하고 나면—오히려 유리하게 작용했다. 마치 그런 외모를 가진 사람은 마땅히 배흘러의 총애를 받을 만한 특별한 지적 수준과 재능을 갖추었으리라고 생각하는 듯했다.

　루트 양이 서류를 왼쪽 팔에 낀 채 먼저 입장했다. 그녀는 거의 언제나 흰색 블라우스를 입었고 거기에 그녀의 검거나 검게 물들인 머리에 어울리는 검은색의 무언가를 입었다. 마렉의 아버지라면 그녀를 단정한 여자라고 불렀을 테지만 배흘러, 톰슨 & 파트너 회사에서 일을 처음 시작할 당시 마렉은 그녀의 딸이 이제 겨우 열두 살이라는 사실에 놀라움을 감출 수 없었다. 마렉은 루트 양이 꽁한 성격을 가진 여자라고 생각했다.

　"함부르크에 있던 게 아니었나?" 배흘러는 그에게 의자를 권하지도 않은 채 등받이에 몸을 기댔다. "그래, 자네, 함께 걸어왔으니 이제부터 함께 운명을 나눠야지. 이젠 우리 모두 한 배를 타게 됐네."

　"고맙다는 말씀을 어떻게 다 드려야 할지. 배흘러 박사님. 저는 ……"

　"그럴 필요 없네. 전혀 없어." 배흘러는 검은 반점투성이의 큰 손을 휘휘 저었다. 검은색 보석이 박힌 반지가 그의 손가락에서 찬연히 번쩍이고 있었다. "자네도 알다시피, 내 아들 놈들에게도 거절을 했네."

　"네, 바로 그렇기 때문에 더더욱. 배흘러 박사님." 마렉이 말했다. 그 아들 타령은 마렉이 맨 처음 일을 시작할 때부터 줄곧 들어왔던 소리였다. 그 역시 다른 직원들과 마찬가지로 우스갯소리를 나누기는 하지만 그래도 그에게 매번 깊은 인상을 주는 이야기인 것 역시 사실이었다.

　"스트로본스키 그 친군 어떻게 됐나?"

　"어제저녁에 취소를 해왔습니다. 전 하마터면 택배 여직원을 놓칠 뻔했습니다."

"그래도 시간이 충분했을 거야."

"다시 한 번 진심으로 감사드립니다." 마렉은 배흘러와 악수하기 위해 책상 위로 몸을 굽혔다.

"명심하게, 마렉, 우린 모두 한 배에 타고 있어."

"네, 기쁩니다." 마렉이 말했다. 그는 배흘러가 자신의 성에 미스터를 붙이지 않고 직접 이름을 부른 데 대해 감격했다.

"고맙습니다." 마렉은 마치 이제야 그를 알아보았다는 듯이 놀란 눈으로 쳐다보는 루트 양을 향해 말했다.

승강기 안에서—4층 아래에 있는 사무실로 가는 길에—그는 6시에 지하철역으로 곧장 향할 것인지 아니면 그전에 집으로 가 옷을 갈아입을 것인지 곰곰이 생각했다. 지금이라도 당장 운전석에 올라 브라질 아니라 그 어떤 나라의 국기라도 힘차게 흔들고 싶은 심정이었다. 10분이라도 빨랐다면, 그는 또 한 번 생각했다, 나는 그녀를 만나지 못했을 거야. 그건 참으로 가공할 만한 상상이었고 자신의 행복을 짓밟는 공격인 양 느껴졌다. 그리고 스트로본스키가 약속을 취소하지 않았더라면? 마렉은 뭔가 다른 생각을 하려고 애썼다. 막다의 어깨에 났던 모기 자국, 아니면 자신이 욕실에서 면도기를 들고 얼마나 불안하게 서 있었으며 그것 때문에 막다가 웃던 일 같은 생각을 하고 싶었다. 그는 그녀의 머리카락에 입을 맞췄다. 금발의 가르마가 지나는 곳이었다. 마치 무엇인가 보상을 주어야 하겠다는 듯, 막다에게 자신을 위해, 그러니까 오로지 마렉만을 위해 머리카락을 금빛으로 물들인 데 대한 감사를 표해야겠다는 듯. 승강기에서 내려서 복도를 걸어가며 견습생 엘케를 만났을 때까지도 마렉의 얼굴엔 미소가 가시지 않은 채였다.

"오늘 오후 1시에 꼭 오세요." 마렉은 그렇게 외쳤고 엘케가 "저요?" 하고 묻는 것이 기뻤다. "네, 맞아요." 그가 말했다. 그는—배흘러만 빼고—시간이 있는 사람들은 모두 다 초대할 작정이었다. 배흘러의 '런치'는 언제나 루트 양이 직접 그의 사무실로 가져다주었다.

6시에 그는 일단 집으로 돌아가 여행용 가방이나 작은 가방을 챙길 계획이었고—그러곤 곧장 막다에게로 간다! 잠깐 동안 그는 자신의 밤베르크 가 집에 있는 막다를 그려보았다. 별로 기분 좋은 상상이 아니었다. 자신 역시 그 집으로는 다시 돌아가고 싶지 않았다. 납골당 같은 집이었다. 마렉은 복도 창문을 통해 밖을 내다보았다. 그리고 생전 처음으로 푸른 하늘이 자신을 위해서도 푸르러 있다는 생각이 들었다.

마렉은 커피 자판기 앞에 가 멈췄다. 오늘은 어차피 일을 하지 못할 것이었다. 모두들 그를 축하하겠다고 성화일 것이 틀림없었다. 그냥 계속해서 이곳에 서 있기만 하면 될지도 몰랐다. 어떤 이들은 언제 맥주 한 잔 꼭 함께하자고 말할 것이고 또 어떤 사람은 커피를 한잔하자고 할 것이다. 그리고 미스 뉘른베르크였던 여자와 결혼을 했다고 으스대던 카를 하인츠 쾨더링은 자기 집에 꼭 한 번 놀러오라고 할 게 틀림없었다.

금요일 시간표를 짜기 위해 맨 위 서랍을 열고는 모든 것이 예전과 똑같이 놓여 있는 것을 보자 마렉은 실망을 금치 못했다. 그는 일을 좋아했다. 하지만 오늘만큼은 실컷 놀고 떠들며 웃고 싶었다. 어차피 막다 생각밖에는 다른 일에 몰두할 수도 없었다. 잠깐씩 그는 정말 그녀가 옆에 있는 것처럼 착각하기도 했다. 한번은 두 손을 들고 손가락 끝으로 막다의 목에서부터 가슴까지 내려가는 시늉을 해 보이기도 했다.

'스키를 타고 내려가는 것처럼'이라고 그는 생각했다. 하지만 혼자만의 생각이었다. 더군다나 이런 제스처나 비유는 다른 존재의 육체에, 다른 존재의 "보디body"에 속하는 것이다. 이혼한 그의 아내 실케는 언제나 "보디"라는 말을 썼었다.

12시를 넘기고 얼마 되지 않아 그는 요아힘에게 전화를 걸었다. 그는 배흘러 회사에 함께 입사한 동기지만 마렉보다 1년 먼저 지분참여자가 됐었다. 요아힘은 짧은 축하의 말을 건넸다. 그는 마침 의뢰인 여자와 이야기 중이었고 그녀와 함께 점심 식사를 하러 갈 참이었다. 크리스토퍼 하인켄은 화장실에서 만났다. 모두들 그를 크리스라고 불렀다. 처음에 마렉은 크리스와 같은 복도에 사무실을 가지게 된 것을 내심 자랑스러워했었다. 마렉이 휴지를 마구 뜯어 손을 닦고 있을 때 어느새 그의 뒤에 다가와 있던 크리스가 젖은 손으로 그의 어깨를 두드렸다. UMTS 계약서 일을 해결한 이후, 그는 마구간의 가장 우수한 말이자 배흘러의 유력한 후계자라고들 했다. "우린 이제 한 배를 탄 거야!" 역설법이었을까?

1시 반에 마렉이 수위실에 모습을 나타냈다. 견습생 엘케는 그가 늦었다는 사실에는 별로 놀라는 것 같지 않았지만 그와 단둘이서만 걸어가야 한다는 사실에 대해서는 상당히 당황한 눈치였다. 초대의 이유를 자신이 직접 이야기한다는 것은 괴로운 일이었다. 그가 루트의 딸이 몇 살인지를 들었을 때처럼 그녀는 놀라움을 금치 못했다.

어떻게 엘케에게 부담을 줄 수 있겠는가? 루트 양이 가장 총애하는 스벤 슈미트도 그녀와 같이 베츨라르 출신이었다. 스벤 슈미트는 엘케의 입사 지원서를 그에게 보여준 일이 있었다—보통 때 같았으면 마렉은 지원서 따위는 읽지 않는다──그는 너무 어색하게 끼어든 단어라는 듯, "경력을 쌓기 위해 노력한다"는 말에 줄을 그었다. 하지만 스벤 슈미트는 최근 들어 그건 반드시 들어가야 하는 문구라고 했다. 그와 대화를 나누기 위해 애를 쓰는 엘케의 노력이 성가셨다. 그와 동시에 변함없는 그의 소심함이 다시 귀환하고 있었다. 마렉은 예전 성격 그대로였다. 마렉은 반보 정도쯤 엘케의 앞에서 걸었다. 그녀가 갑자기 우뚝 멈춰 섰을 때, 그는 좀 천천히 걸어달라는 경고를 받을 걸로 예상했다. 그러나 엘케는 하이힐을 벗고 팔뚝으로 이마의 땀을 훔치더니 미소를 지으며 다시금 바삐 그를 따랐다. 양손에는 신발을 한 짝씩 든 채. "좋은 생각이 있습니다." 마렉이 그렇게 말하며 엘케에게 팔을 내밀었다. 그들은 길을 건넜다. 마렉은 택시를 잡았고 운전사에게 10유로를 주면서 말했다. "카데베KaDeWe 백화점!"

운전사는 엘케에게 여러 가지 국기와 티셔츠를 나라별로 설명해주면서, 스웨덴과의 축구 경기가 이틀 앞으로 다가왔으며 모든 것이 계획대로 흘러간다면 독일이 스웨덴 아니면 영국과 8강전에서 맞붙을 것인데 사실은 스웨덴이 더 잘한다고 말했다.

마렉은 엘케와 함께 고급 식도락 코너로 올라갔다. 그녀가 진열대의 갯가재와 굴을 구경하고 있는 동안 그는 대하와 와인을 주문했다. "어머, 굉장하네요. 굉장해요!" 엘케가 감탄을 연발했다.

마지막에 그녀는 앉았던 의자로부터 마렉 쪽으로 몸을 기울여 어깨에 기대고서 속삭였다. "너무 멋져요. 정말 너무 멋져요. 마렉 씨." 돌아오는 길에 그들은 아무 말 없이 나란히 앉아만 있었다.

두 시간이 지났는데도 아무도 축하하러 오지 않자 그는 사람들이 이런 식으로 배흘러의 결정을 거부하는 것이라고 확신했다. 물론 모든 파트너가 함께 결정해야 하는 건 사실이지만 배흘러가 하는 말은 곧 법이었다.

마렉의 마음은 차분해졌다. 명백한 적과는 어떻게든 싸워볼 수 있었다. 일당백, 그건 전혀 새로운 일도 아니었다. 그래도 몇 분 동안 마렉은 답변서에 주목할 수 있었다. 그러곤 등받이에 몸을 기대고 눈을 지그시 감았다. 사내 사람들의 거부는 그를 지치게 만들었다. 그는 독립적으로 혼자만의 변호사 사무실을 차리고 싶었다. 그리고 막다는 그의 일을 도와줄 것이다. 그와 막다, 막다와 그가 함께 일하는 것이다. 오늘 저녁에 그들은 이 문제에 대해 이야기를 나눌 것이다. 갑자기 막다를 다시 만나는 게 두려워졌다. 그런 밤이 지나고서 또 그런 아침. 그런 건 반복되지 않을지도 몰랐다. 어쩌면 이사장들이 결정을 번복할 수도 있고 그렇게 되면—마렉은 그럴 것이라고 확신했다—그와 막다의 관계 역시 나쁜 결말을 볼지도 모른다.

전화벨이 울렸다. 회계과 직원이 버스표 한 장이 빠졌다고 했다. 마렉은 찾아보겠다고, 다음번에는 버스표를 미리 복사해두겠다고 약속했다. 그를 기다리고 있는 천 개의 바늘땀 중 단 하나의 바늘땀일 뿐이었다.

루트 양이 그를 찾았을 때는 5시였다. 잠시 위층으로 올라오라는 전갈을 전했다. 아니, 지금 당장 올라오세요. 인사도 없이 그녀가 전화를 끊었다.

승강기로 가는 길에 마렉은 자신이 직접 사표를 내는 것이 제일 좋은 방법이라고 생각했다. 배흘러는 하인켄과 함께 사무실의 창문 앞에서 있었다. 그들은 마렉의 인사에 대꾸하지 않았다. 눈썹을 높이 치켜 뜨고 그를 쳐다보는 루트 양은 그에게 무엇인가를 물으려는 듯 보였지만 이내 열려 있는 회의실을 가리켰다. "배흘러 씨가 곧 오실 겁니다." 그녀는 그렇게 속삭이곤 다시금 책상으로 몸을 굽히고 일에 열중했다.

회의실의 어둠이 마치 장벽이라도 되는 양 그가 주춤 몸을 피했다. 햇빛 때문에 차양을 내려놓았던 모양이었다. 그는 전등 스위치를 찾아 벽을 더듬었다…… 누군가 외쳤다. "셋, 넷!"

마렉은 몹시 놀랐다. 불빛, 얼굴, 웃음. 그들은 「그는 유쾌하고 착한 친구라네」 곡조의 가사를 변조해 불렀다. "그는 23번이다. 그는 이제 23번. 그는 23번. 그는 우리들의 동료이다."

그의 파트너들이 자리를 비키자 23이라는 숫자가 적힌 케이크가 나타났다. 그러곤 노래가 계속되었다. 그는 루트의 벌어진 입을 보았고 크리스를 보았다. 배흘러도 보였다. 그는 마치 지휘봉을 잡은 듯했다. 그랬다. 그는 23번이었다. 스물세번째로 동업자가 된 것이다. 코르크 마개가 터지고 세 명의 종업원들이 사람들 사이를 돌아다니며 유리잔이 놓인 쟁반을 돌렸다. 누군가 외쳤다. "소감 한마디!" 또 다른 목소리가 외쳤다. "한마디! 한마디! 한마디!"

그는 왜 하필이면 자기한테만 이렇게 성대한 입단식을 열어주는 것인지 물으려던 참이었다. 하지만 지분참여자가 정해질 때마다 자신은 그 자리에 없었음을 금세 상기해낼 수 있었다. 그들은 자기네끼리만 파티를 열었던 것이다.

그의 소감 연설은 형편없이 끝났다. 머리에 떠오르는 것이 아무것도 없었다. 다른 사람들이 듣고 웃음을 터뜨릴 만한 아무런 말도 떠오르지 않았다. 그는 실제로 몹시 충격을 받은 상태였고 뭐라 할 말을 찾지 못한 채 감동에 휩싸여 있었다. 그들은 바로 그걸 노린 게 아니던가.

7시경에 첫번째 사람들이 돌아갔다. 모두가 마렉과 작별인사를 나누었고 모두가 그에게 커피나 맥주를 마시자고 하거나 아니면 집에 한 번 놀러오라며 초대를 했다. 당장이 아니면 여름에 혹은 바비큐 파티에서 보자고들 했다. 빈 파티 서비스 팀은 쟁반을 들고 나가기 시작했다.

그중에서도 제일 좋았던 건 그를 놀라게 한 파티가 아니라 다른 사람들과 함께 이야기를 나누는 동안 그가 막다를 생각했으며 건물 밖으로 나가기만 하면 택시를 타고 그녀에게 갈 수 있다는 사실이었다. 그리고 그는 바로 이런 게 행복의 느낌 그 자체이며, 진짜 행복이라고 생각했다.

배흘러는 또 한 번 배를 같이 탔다는 문구를 반복하면서 마렉이 악수를 하기 위해 손을 내밀었을 때 왼쪽 손을 그의 팔에 갖다 댔다. 마렉은 당장에라도 그를 끌어안고 싶은 충동을 애써 눌렀다. "고맙습니다." 마렉이 말했다. "고맙습니다."

회의실의 한쪽 구석에—사비니 광장이 내려다보이는 곳이었다—마지막까지 남은 사람들이 모여 앉았다. 요아힘은 날이 밝으면 무엇을 해야겠느냐고 물었다. "난 이제야 막 시작했는걸! 같은 배를 탄 사람들끼리라면 최소한 파티 정도는 벌여줘야지!"

크리스는 9시 10분 전에 맞춰서 '뚱뚱보 여주인' 집에 자리를 예약해두었다고 했다. 브라질 경기 때문이었다. "마렉이 한턱내야 해." 그가 말했다. "마렉을 벗겨 먹어야지! 나도 전에 몇천 정도는 썼으니까. 이런 날 텔레비전 앞에서 경기 구경 하는 것쯤이야 비교도 안 되지!"

"난 안 돼." 마렉이 말했다. 그리고 '아우우' 하는 좌중의 야유 소리를 들으며 덧붙였다. "날 기다리는 사람이 있단 말야!"

그들은 구두쇠라느니 뺀질이라고 욕을 했지만 악의는 없었으므로 마렉은 적이 안심했다.

"정말 꼭 가야 돼?" 스벤 슈미트가 물었다.

마렉이 고개를 끄덕였다.

"전화해서 여기 무슨 일이 일어났는지 말하면 되잖아. 이런 저녁은 일생에 단 한 번밖에는 없는 거야!"

"안 돼." 마렉이 말했다. "정말로 안 돼. 그녀가 벌써 6시부터 기다리고 있어."

"6시 섹스?" 스벤 슈미트가 이 사이로 휘파람을 날렸다.

"아니, 그럼, 마렉, 기다린다는 사람이 여자야?" 크리스가 물었다.

"응." 마렉이 대답했다. 그리고 지금, 이왕 이렇게 입 밖으로 내고 나니 막다가 더 이상 꿈이라는 생각은 들지 않았다.

"마렉한테 여자가 있다!" 카를 하인츠 죄더링이 외쳤다. "그럼 같이 참석하면 되겠네!"

"축하한다. 그 여자 말이야?" 요아힘이 말했다.

"응. 그 여자야." 마렉이 말했다.

"조심해!" 하고 크리스가 말했다. "내일 당장 결혼하면 안 된다!" 그들은 웃음을 터뜨렸다.

"모레 할게." 마렉이 말했다.

"그렇담 풀어줘야지. 그래도 이게 뭐냐. 너 절대 우릴 완전히 빠져나가진 못할 거야. 두고 보겠어. 이렇게는 안 돼." 스벤 슈미트가 말했다.

요아힘이 마렉을 끌어안았다. 다른 사람들과는 악수로 작별인사를 대신했다.

"애인 이름 정도는 가르쳐줄 거지?" 요아힘이 물었다.

"막다" 마렉이 거의 변화 없는 음성으로 말했다.

"막다!" 스벤 슈미트가 선포했다. "그리고 그녀는 너무나 예쁘다 이거지?"

마렉이 고개를 끄덕였다.

"금발에 긴 머리, 날씬한 몸매, 탐스러운 젖가슴?" 스벤 슈미트가 가슴 앞에 손을 들어 보였다. 그는 마렉을 쳐다보며 손가락을 움직였다.

"믿거나 말거나, 맞아! 그래!" 마렉이 말했다.

"그리고 그녀가 널 사랑하고." 요아힘이 말했다. "그 어떤 밤도 너하고처럼 아름다웠던 적이 없다고 했겠지?"

"입 다물어." 크리스가 부르짖었다. "그냥 가게 놔둬."

"그녀도 날 사랑하고 나도 그녀를 사랑해. 그리고 예전에 겪었던 그어떤 밤보다 아름다웠고." 마렉이 말했다.

"축하한다." 카를 하인츠 죄더링이 말했다. "좋은 저녁 시간을 보내시길, 장군님!"

"입 다물어!" 크리스가 외쳤다.

"왜 장군님이지?"

"호기심 많은 장군님? 그녀가 그걸 그렇게 부르냐?" 요아힘이 물었다.

마렉은 크리스를, 그러고는 다시 요아힘을 바라보았다.

"이 사람, 마렉." 요아힘이 말했다. "설마 정말로 사랑에 빠진 건 아니겠지?"

"자네들이 무슨 말을 하는지 알 수가 없어." 마렉이 그렇게 말하며 한 사람 한 사람을 쳐다보았다. "'장군님'이란 게 무슨 말이지?"

"네 페니스." 스벤 슈미트가 말했다. "스벤냐 머리엔 뭐 좀 새로 떠오르는 단어가 없나 보군."

"그녀 이름은 스벤냐가 아니야."

"자네 말이 맞아. 그녀 이름은 스벤냐도 아니고 요한나도 아니고 물론 막다도 아니야, 마렉." 요아힘이 말했다.

"크리스?" 마렉이 물었다. "지금 무슨 얘길 하고 있는 거죠?"

"파트너들이 이미 다 얘기했는데요, 뭘." 크리스는 의자에 걸렸던 재킷을 입었다.

"그렇게 창백한 얼굴 하지 마." 스벤 슈미트가 말했다. "그 노인이 설마 우편으로 소식을 전하겠어? 루트 양이 몇 층만 내려가면 될 일을 가지고? 그리고 엄격한 수위실에서 그런 여자를 회사 안으로 그냥 들여보냈을 거라고 생각해?"

"그녀 이름은 스벤냐가 아니야." 마렉이 말했다.

"그 노인만 알고 있어. 그 여자의 실제 이름은." 요아힘이 말했다. "그러니까 빨리 손을 떼라고!"

"배흘러 말이야?"

"아이고, 마렉! 당연히 배흘러지. 놀랍다, 놀라워! 클럽에 들어온 걸 환영한다."

"배흘러?"

"그럼, 그런 정력가가 루트 양 같은 여자 한 명으로 만족할 거 같애?"

"이봐, 마렉, 너희들 폴란드에 예쁜 여자가 좀 많냐. 세상 어딘가 어느 민족들 중에 예쁜 여자가 있다면 그건 바로 네 고향 폴란드지! 하필이면 그런 여자랑 꼭……" 스벤 슈미트가 말했다.

"마렉이 정말로 사랑에 빠졌나 봐." 카를 하인츠 죄더링이 말했다. "아직도 정신이 안 드는 모양이야."

"입을 다물어. 진짜 이제 좀 입 좀 다물라고!" 크리스가 말했다. "안 됐네요. 마렉 씨. 하지만 아무도 그렇게 될 줄은 몰랐어요."

세 시간 후, 브라질 경기도 끝이 났고 마렉은 여전히 요아힘과 카를 하인츠 죄더링과 스벤 슈미트와 함께 '뚱뚱보 여주인'에 앉아 있었다.

마렉은 피곤했다. 금방이라도 머리가 탁자 위로 떨어질 것만 같았다. 자는 것만은 불가능한 일이었다. 잠을 잘 수 있는 장소가 아니었다. 그들의 탁자도, 아니 다른 모든 탁자들도 아니었다. 아무리 찾아본들 잠깐 휴식을 취할 수 있는 공간은 어디에도 없었다. 잠을 잔다는 것은 생각할 수도 없는 일이었다.

막다가 갑자기 그의 앞에 섰을 때 그는 자신도 술에 취했나 보다 하고 생각했다. 그녀는 어딘지 모르게 좀 이상했다.

"이리 와요." 그녀가 말했다. "이리 와요." 마치 이 장소에 그와 그녀, 단둘뿐이라는 듯 행동하는 그녀가 이상했다. 하지만 그녀는 스벤 슈미트도 알고, 그녀는 요아힘도 알고, 그녀는 베슐라르 출신에다가, 루트 양의 총애를 받고 있는 카를 하인츠 죄더링 역시 알고 있지 않은가. 왜 그의 동료들에게 인사를 하지 않는 거지? 그들을 알아보기도 어렵지 않을 텐데. 다른 사람들 속에 섞여 양복을 입고 있는 그들을 보면 꼭 정부 요인들처럼 생겼는데. 거기다가 스웨덴 사람들도 많잖아. 벌써부터 도시는 스웨덴 사람들로 꽉 찼는데. 장군님들 천지네. 이곳에만도 벌써 네 명의 장군님들이 있는데.

"이리 와요." 막다가 말했다. "나하고 같이 가요."

마렉은 그녀의 말을 알아들으려면 입술을 봐야 한다고 생각했다. 그러지 않으면 그녀가 무슨 말을 하는지 거의 알 수가 없었다. 그녀는 뭔가 좀 이상했다. 그는 양쪽 눈을 번갈아가며 감았다. 하지만 이 정도 거리에서 변하는 건 아무것도 없었다. 마렉 역시 다른 모든 사람들이 보는 것을 보았을 뿐이다. 그녀는 작고 금발 머리에 몹시 피곤한 모습이었다. 하지만 어쩌면 그녀는 잠을 잘 수 있는 장소를 알고 있을지도 모른다.

에스토니아, 시골에서

2000년 9월, 탄냐와 함께 탈린과 타르투에서 보냈던 한 주간 동안 에스토니아에 관한 글을 쓰라는 청탁을 여러 번 받았다. 그때마다 나는 나 같은 사람에게 그런 청탁은 참으로 영광이라고, 하지만 소설을 쓴다는 건 그렇게 간단한 일이 아니며 더더군다나 나라와 주제를 하나 골라 일필휘지로 내리쓰기만 하면 되는 일이 아님을 설명해야 했다. 나는 에스토니아에 대해 아는 바가 없으며 체제의 변화를 경험했다고는 하지만 에스토니아와 비교를 할 수는 없다. 쇠귀에 경 읽기였다. 어쨌든 내가 상트페테르부르크에 대한 이야기를 33편이나 쓰지 않았느냐고, 그렇다면 에스토니아에 대해서도 뭔가 생각나는 게 반드시 있을 거라는 것이었다.

외국에서 벌어지는 일을 글에 담으려면 일종의 공감대 같은 것을, 그러니까 그 나라의 발전성과 어떤 동질감 같은 것을 느껴야 한다고 나는 말했다. 하지만 내가 강조를 하며 논리를 펴면 펼수록 손님들을 당황시킬 뿐이었다. 예의상 내 얼굴에다 대고 직접 말하지는 못했지만 그들은 내가 핑계를 대는 거라고 생각했다.

나는 작가협회의 초대 손님으로서 케스무에 가기로 되어 있었다. 발트 해안가에 협회의 손님용 숙소가 있었다. 나를 초대한 사람들은 케스무가 매우 특별한 장소임을 설명하는 데 지치지도 않는 모양이었다. 그곳에서라면 누구나 편안히 휴식을 취할 수 있을 뿐만 아니라 그 어느 장소에서도 경험할 수 없는 충만한 영감 속에서 집필을 할 수 있다는 것이었다.

바라건대, 이야기를 이렇게 시작했다고 해서 사람들이 우리를 별로 친절하게 맞아주지 않았다고 생각지는 말기 바란다. 오히려 그 반대였다. 그들은 우리를 정성껏 대해주었다. 이번처럼 협회의 회장이 직접 내 낭독회의 사회를 맡은 적은 한 번도 없었다. 그는 우리를 옛 친구처럼 맞아주었고 커피를 함께 나누며 낭독회에 관해 의논을 하자면서 우리를 초대했다. 카페로 가는 길에서는 몇 미터마다 한 번씩 누군가가 회장에게 다가와 인사를 하며 악수를 청했고 카페에 앉자 사람들이 계속해서 유리문을 두드리거나 안으로 들어왔으므로 두 문장을 연이어 나누기가 어려웠다. 내 손을 붙잡고 흔들면서 저녁에 참석하지 못해 애석하다며 사과를 하던 키가 크고 잘생긴 한 남자의 직업을 묻자 협회 회장이 말했다. 문화부장관입니다. 문화부장관의 아내는 아름답고 젊고 똑똑하고 친절했는데 나와 TV 인터뷰를 진행했다. 그들 모두가 타르투에서 대학을 다녔다고 그녀가 말했다. 이젠 모두가 탈린에서 일을 하게 되었으니 어떻게 서로서로를 모르겠는가?

탄냐와 나는 복잡하지 않은 최고급 일류 레스토랑을 돌며 점심과 저녁 식사를 했다. 맥주를 여러 잔이나 마셔도 20마르크를 넘기는 일이 거의 없었다.

낭독회가 끝나고 우리 관계자들 몇 명만 레스토랑을 찾아 나섰을 때도 이런저런 조언과 안내를 맡았던 사람은 바로 탄냐와 나였다. 반면에 탈리에서, 아니 발트 해안 전역에서 그들이 독립을 쟁취했던 시절에 관한 이야기를 들려준 내 책의 여성 번역가는 언제 마지막으로 레스토랑에 갔었는지도 기억해내지 못했다. 그녀에겐 가령 내 책처럼 비싼 물건을, 그러니까 환율을 적용해서 계산하면 17마르크나 하는 책을 산다는 건 생각할 수도 없는 일이라고 했다.

케스무에서 보냈던 날들에 대해 이야기를 하기 전에 또 하나 작은 에피소드를 소개하고 싶다. 사실은 내가 하려는 이야기와 아무 상관이 없는 에피소드이긴 하다. 타르투 대학교 독문학과에서 있었던 낭독회와 저녁에 열렸던 공식 낭독회 사이에 시간이 비자 학생들은 탄냐와 내게 도시를 한 바퀴 돌자는 제의를 했다. 낭독회에서는 내 책을 번역한 번역서를 낭독하게 되어 있었다. 조촐한 산책길 끝에 우리는 한 신문 가게를 지나게 되었는데, 그 안에 우리 나라에서 파는 것과 똑같은 음료수가 진열되어 있었다. 그 앞에는 긴 의자도 두 개 놓여 있었다. 우린 학생들에게 음료수를 함께 마시자고 초대했다. 탄냐는 이곳 사람들이 러시아 사람이라면 무조건 욕을 하면서도 독일 사람들에 대해서는 거의 찬양을 하다시피 칭찬을 하는 현상이 이상하다고 했다. 손님을 접대하는 예의로 그러는 것일까?

학생들은 그건 손님에 대한 예의하고는 아무 상관이 없으며, 뭐, 원래 늘 그런 것이며 그들은 더더군다나 독문학을 공부하고 있기 때문이라고 했다. 나는 무엇인가 더 물으려고 했다. 그때 마침 학생들 중에서도 가장 어리고 제일 예쁜 여학생이 "그게 왜 이상하다는 거죠? 독일 사람들이 에스토니아인들에게 잘못한 게 없잖아요!" 하고 외쳤다.

"에스토니아인들에게는 아무 잘못도 안 했을지 모르지만……" 탄냐가 얼버무렸다.

"무슨 말씀 하시는 줄 저도 알아요!" 그 여학생이 탄냐의 말을 중간에서 잘랐다. "하지만 아시잖아요, 에스토니아 내에도 자체적으로 나치 친위대가 있었어요. 그리고 수적으로 생각해본다면, 전쟁이 끝난 후에도 얼마나 많은 우리 에스토니아인들, 아니 전 발트 지역의 사람들이 러시아인들에 의해 살해당하고 끌려갔느냔 말이에요. 러시아에서 온 건 뭐든지 부정적인 것들뿐이었지만 독일로부터는 좋은 것만 왔거든요. 이곳 사람들이 그걸 잊지 않고 기억하고 있는 거죠."

탄냐는, 기억을 어느 한 시점이나 어느 한 국가에 한정하기만 해서는 안 되며 그들의 주권을 빼앗았던 건 사실상 히틀러-스탈린 동맹이었다고 말했다.

"맞아요, 물론 맞는 말씀이에요." 그 여학생이 말했다. "하지만 그게 왜 이상하다는 거죠?"

"왜 이상하지 않죠?" 탄냐가 대꾸했다. 그 후 우리는 대학으로 다시 돌아가서 서로서로 주소를 교환했다.

대여한 차를 타고 케스무로 가는 중에 탄냐는 우리에게 자기주장이 너무 심했던 거냐고 물었다. 아니라고, 오히려 그 반대였다고, 나한테도 그 외에 더 좋은 생각은 떠오르지 않았다고 나는 대답했다. 탄냐는 언제나 에스토니아 동화에 나오는 표현들을 생각한다고 말했다. 저녁마다 우리가 소리 내어 읽곤 했던 동화였다. 그 이야기들 속에는 언제나 "그들은 아름다운 옷으로 한껏 멋을 냈다. 마치 당당한 독일 어린이들처럼"이라든가 "귀여움을 많이 받고 자란 독일 어린이처럼 행복했다"와 같은 표현들이 자주 나왔다.

우리는 케스무에 가게 된 것이 기뻤다. 여행 안내서에 따르면, 탈린에서 동쪽으로부터 40킬로미터 떨어진 만곡형의 땅 라헤마는 이미 1971년 이후부터 국립공원으로 지정되었다고 했다. 핀란드 만과 장거리 도로인 탈린 나르바 사이에 위치하며 649평방킬로미터나 되는 거대한 땅이었다. 안내서에는 그 지역의 많은 동물들이 멸종 위기에 처해 있다는 보고도 실려 있었다. 스라소니, 밍크, 물수리, 두루미, 큰회색머리아비, 흑고니, 심지어는 먹황새까지도 멸종될지 모른다고 한다.

우린 아르네의 집을 찾아갔다. 그는 깡마른 몸집에 중간 정도 길이의 머리에 베레모를 쓴 남자였다. 그는 개인 바다박물관 같은 것을 운영하고 있었다. 그는 탄냐와 내게 악수를 청했다—악수는 우리들이 이 마을에 속한 사람임을 자신의 세터 종 개들에게 알려주는 신호라고 했다. 우리에게 열쇠를 넘겨주기 전에, 그는 케스무에는 매우 저렴한 자가 치료법이 있다며 짧은 연설을 늘어놓았다. 하지만 아르네는 손님용 숙소로 가는 동안만큼은 마치 정갈한 통나무집을 보는 우리의 시선이 흐트러지면 안 된다는 듯, 이곳의 평화를 마음 안에 담는 데 방해를 받아서는 안 된다는 듯 내내 침묵을 지켰다. 세터 종의 개 두 마리는 우리 앞에서 졸랑졸랑 뛰어가기도 하고 다시 돌아와 우리 주위를 맴돌거나 우리들의 무릎에 몸을 비벼대기도 했다.

오늘, 그러니까 6년이 지난 지금에 와서, 그 당시 일주일간 일어난 일들을 생각해보면, 지금부터 내가 이야기하려는 믿을 수 없는 사건들보다도 내 머리에는 오히려 그 당시 보았던 빛이 가장 먼저 떠오른다. 그건 세상의 색을 생생하게 드러내는 동시에 창백하게 보이게도 만드는 빛이었다.

그 집은 한때 크리스티안 스텐 선장의 소유였다. 그는 1947년에 시베리아로 끌려갔고 그때부터 행방불명자로 간주되었다. 복도는 식당으로 이어졌다. 넉넉한 규모를 갖춘 이 식당은 건물의 중앙에 위치하고 있었다. 우린 단 한 번의 예외를 제외하고는 언제나 거기 식탁에서 우리끼리만 앉아 밥을 먹었다. 그곳을 지나면 복도가 두 개의 객실과 부엌으로 이어졌으며 부엌의 바깥쪽으로 메마른 겨울 정원이 보였다. 높은 유리창문으로는 사우나실과 마지막 빙하기 시대에서 유래한 이끼 낀 바위를 볼 수 있었다.

탄냐와 나를 위해서 가장 아름다운 방이 예약되어 있었다. '서사시' 방이었다. 작은 '장편소설'의 방들은 일단 비어 있었다. 두 개의 '단편소설' 방에는 서정시인 부부가 묵었다. 하지만 두 사람 중에 우린 아내의 얼굴만을 보았을 뿐이며 그녀 역시 "케스무는 일하기에도 좋고 휴가를 보내기에도 좋은 곳이죠"라고 말하기가 무섭게 총총히 사라져버렸다. 케스무에서의 소중한 시간을 단 1초라도 허비해서는 안 되겠다는 듯한 태도였다.

케스무에는 좁다란 해변이 있었다. 숲을 가로지르면 갑자기 바다가 펼쳐졌다. 작은 부두의 선창가로 나가 어린아이들이 고기 잡는 것을 구경하거나 폐기된 돛단배 한 척이 선창가 담벼락의 타이어 화환에 몸을 부비고 있는 광경을 보며 마음껏 상상의 나래를 펼 수 있다. 굉장한 풍경을 제공하는 것은 아니지만 바로 그렇기 때문에 아름다웠다. 어딘가에 판목 공장이 있는 게 분명했다. 여기저기에 판목들이 널브러져 있었다. 마을 주민들은 그것들을 주워 모아 모닥불을 피우거나 집 앞에 차곡차곡 쌓아놓았다.

케스무에서 우리가 특별히 잘할 수 있던 일은 잠을 자는 거였다. 고요 그 자체만을 즐기기 위해서라도 누구나 한 번쯤 케스무로 여행할 필요가 있다. 저녁에 겨울 정원에 앉아 차를 마시며 바닷소리와 새소리를 들을 때면 시간이 멈춘 것만 같이 느껴졌다.

케스무의 평화를 깨는 차량이라곤 두세 대의 버스뿐이었다. 그 버스들은 오전에 마을 길을 통과하며 어린아이들을 아르네의 박물관으로 데려다주었다. 아이들은 고래의 뼈, 상어 이빨, 유리병에 든 배, 낚시 고리, 전 세계의 등대가 그려진 엽서를 구경하며 감탄했고 집 앞의 잔디에서 소풍 도시락을 먹었으며 선창가로 뛰어나갔다가 돌아오곤 했다.

탄냐와 나는 아르네를 만나려고 애썼다. 그를 식사에 초대하고 싶었다. 하지만 그는 의기소침한 태도로 우리를 대했다. 우리가 두번째로 박물관을 돌고 있을 때조차도 그는 그저 고갯짓으로 우리를 맞았을 뿐, 바로 우리를 지나쳐 사라져버렸다.

세번째 날, 밖에는 이른 아침부터 부슬부슬 비가 내렸고 우린 서사시 방 안에서 버스에서 내린 아이들이 아르네의 문을 마구 흔들고 집을 한 바퀴 돈 다음 베란다를 엿보는 광경을 목격했다. 결국엔 당황하여 어쩔 줄 모르는 여선생님들이 다시 아이들을 버스에 태웠다. 그들은 버스 안에서 소풍을 열고 있었다. 우리가 저녁에 고층습원으로 놀러 갔다 돌아왔을 때도 아르네에게 사우나실을 가동시켜달라고 적어놓은 쪽지가 문틈에 그대로 꽂혀 있었다. 하늘은 그새 맑아졌고 해 지는 광경이 아름다웠다.

네번째 날, 춥고 바람이 심하게 불어 창문을 꼭 닫아도 파도 소리가 들렸다. 우리는 집 안에 머물렀다. 탄냐는 차를 끓였고 구스타프 헤를링의 「자비 없는 세상」을 들고 침대 안으로 기어들었다. 나는 드디어 일하기 좋다는 케스무의 분위기를 누리고자 노트북을 켜고 모니터상의 데이터들을 바라보았다——바로 그때 개들이 짖는 소리가 우리를 창가로 불렀다.

박물관 앞에는 초록색 바르카스 차 한 대가 서 있었다. 아르네의 세터들이 사납게 날뛰었다. 그들이 갑자기 어디서 나타났는지 나는 알지 못했다. 결코 환영의 뜻은 아닌 것 같았다. 아르네는 그저께까지만 해도 고분고분 말을 잘 듣던 개들의 목덜미를 잡아 집 안으로 억지로 끌어당겨야 했다. 그러나 그 안에서도 그들은 진정하지 않았고 베란다의 유리창에 뛰어오르며 미친 듯이 짖어댔다.

반면 아르네는 한층 젊어진 것 같은 모습이었고 베레모가 그의 뒤통수에 걸려 있었다.

"아무한테도 말하지 않는다고 약속하면 내가 뭔가를 보여주죠." 그가 말했다. 그는 우리더러 따라오라는 손짓을 해 보이곤 열쇠를 돌려 바르카스의 뒷문을 조금 열었다. 그가 안을 들여다보더니 광대처럼 팬터마임을 사용하며 우리도 자기처럼 하라는 지시를 보냈다. 난 아르네가 매일 어린아이들하고 놀다 보니 저런 과장된 자세가 나오겠거니 하고 짐작했다.

차 안은 껌껌했다. 나는 불쾌한 공기 때문에 뒤로 물러났다. 탄냐는 좀더 시간을 끌었다. 그러더니 나를 쳐다보며 마치 내가 지금 몇 시냐고 시간이라도 물은 듯 아무렇지도 않게 말했다. "곰이야. 저 안에 죽은 곰이 누워 있어."

아르네는 예의 판목들 중에 하나를 차 안으로 가지고 들어갔다. 탄냐가 문을 끝까지 열었고 아르네와 나는 그 판목을 차체에서부터 땅바닥으로 걸쳐 내리막길을 만들었다. 아르네는 그 앞에 섰고 탄냐와 나는 문 뒤로 물러났다.

곰은 꼼짝도 하지 않았다.

우린 아르네가 재킷 주머니에서 깡통을 꺼내 손톱으로 열곤 막대기로 그 안을 휘젓는 과정을 지켜보았다. 막대기를 내 쪽으로 향하고서 고맙다는 듯이 혹은 미리 약속해둔 명령이라도 하달하듯 고개를 끄덕이며 손뼉을 세 번 치곤 외쳤다. "세르요샤! 세르요샤!" 그는 손뼉을 세 번 쳤고 막대기를 내게서 도로 가져간 뒤 마치 낚싯줄처럼 앞으로 내밀었다.

난 평소 절대 겁이 많은 사람은 아니지만, 내가 있는 곳으로부터 팔길이 하나 정도나 떨어졌을까 싶은 곳에 곰의 머리통이 어둠으로부터 불쑥 나타나자 겁에 질려 '오줌을 지린다'는 세간의 표현이 절대 과장이 아님을 알았다. "저리로 가자!" 탄냐가 소곤거렸다. 하지만 아르네만큼은 꿀이 발린 막대기만으로 무장한 채 전혀 동요의 기색을 보이지 않았다. 그는 다리를 벌린 자세로 판목 앞에서 굳건히 자리를 지켰고 점점 더 상체를 앞으로 숙이는 바람에 마치 그의 신체가 체조라도 하는 것처럼 보였다. 곰은 머리를 내밀긴 했지만 판목을 통과해 나오기를 거부했다. 아르네가 가능한 한 막대기를 곰의 주둥이 가까이로 내밀었다. 세르요샤가 막대기를 핥고 막대기를 깨물었다. 곰은 간간히 으르렁대며 막대기를 아작아작 깨물었다. 어린아이 때부터 누구나 곰이 그르렁댄다는 것을 배우긴 한다. 하지만 함정이라든가 혹은 철망 같은 보호 장치도 없이 곰이 그릉대는 그 소리를 한 번이라도 실제로 들으면 영원히 잊지 못할 깊은 인상이 남는다.

이상하게도 아르네의 꿀 막대기보다 더 나를 안심시킨 건 오히려 곰의 태도였다. 이 이야기의 마지막 부분을 아는 사람이라면 당연하다고 생각할 수도 있겠지만, 어쩐지 난 처음부터 이 곰이 자제를 하고 있으며, 무엇을 해도 되며 무엇을 하면 안 되는지를 이미 알고 있다는 느낌을 받았다. 곰이 앞발을 내밀더니 차체에 걸쳐 있던 판목을 옆으로 밀어냈다. 그러곤 차의 짐칸 모서리와 땅바닥에 떨어진 판목의 거리를 가늠하더니 한쪽 앞발로 발걸음을 떼곤 오른쪽 앞발을 아래로 향하면서 재빨리 훌쩍 뛰어내렸다. 그 순간 아르네가 한 발짝 풀쩍 뛰어 뒤로 물러나지 않았더라면 거의 그와 부딪힐 정도로 가까운 곳에 곰이 있었다. 그와 동시에 바르카스 차가 금속성의 날카로운 쇳소리를 내며 뒤뚱거렸다.

아르네는 허둥지둥 깡통 안을 긁어댔다. 아작아작하는 소리가 새롭게 시작되었다. 그러고 나서 그 일이 벌어졌다. 처음에 나는 곰이 우리를 향해 방향을 바꾼다고 생각했다. 그렇지만 곰은 계속해서 돌았다. 한 바퀴를 빙글 돌고 나서 또 한 번 더 돌고, 아르네가 박수를 치자 곰은 목에 감은 줄을 함께 끌면서 돌고 또 돌았다. 우리까지 박수를 치자 곰은 가만히 멈추더니 어지럽다는 듯 앞으로 뒤로 비틀거리다가 재주

넘기를 한 번 연출했다. 약간은 실패한 재주넘기였으나 어쨌든 재주넘기로 볼 수는 있었다. 곰은 엉덩방아를 찧으며 넘어지더니 구걸하듯이 앞발을 내밀며 마지막을 장식했다.

아르네의 막대기가 너무 짧아진 것인지 아니면 누군가의 조언을 따르는 것인지는 모르겠으나—아무튼 그는 수건을 한 장 꺼내 들더니 꿀이 든 깡통에 넣었다가 세르요샤에게 던졌다. 그와 동시에 곰이 그것을 갈가리 찢어 입속으로 집어넣었다. 쩝쩝 입맛을 다시며 그르렁대던 곰은 이제 네 발로 기어 잔디 위를 슬렁슬렁 걷기 시작했다. 아르네는 조수석의 과일 바구니를 꺼내 들었다. 그러곤 세르요샤에게 사과를 몇 알 던져주었고 나머지는 짐칸 여기저기에 던져놓았다. 세르요샤가 진짜로 뒤로 돌더니 바르카스 안으로 훌쩍 뛰어 들어갔다. 차체가 끽끽 소리와 함께 출렁대더니 아래로 내려앉았다.

몇 주가 지나고서야, 그러니까 내가 이미 세르요샤에 대한 이야기를 여러 번 하고 난 다음에야 난 아르네 집 앞에서의 그 사건이 좀 이상하다는 느낌을 받았다. 아르네는 무슨 이유로 곰을 차 밖으로 불러냈을까? 우리 앞에서 사육사가 되어 연기를 보여줄 요량이었던 것인가? 자랑하고 싶은 허영심에서? 그 이유 때문에 들킬 위험까지도 감수한 것인가?

아르네가 자신과 함께 어딜 좀 같이 가자면서 우리를 초대했다. 그렇게 해서 탄냐와 나는 자동차를 얻어 타며 여행하던 시절 이후 처음으로 다시금 바르카스에 쪼그리고 앉게 되었다—예전과 달라진 점이 있다면 탄냐가 먼저 올라탔다는 것이었다.

오늘날 나는 내가 왜 그때 케스무에서 아무런 메모를 적어두지 않았던가를 묻곤 한다. 에스토니아 사람 한 명과, 독일의 작가 한 명이 그의 첫번째이자 유일한 애인과 함께 숲을 통과하며 짐칸에는 곰 한 마리를 태우고 가고 있다. 그런데도 내 머리에는 바로 그 순간 겪고 있던 이야기를 종이에 적기만 하면 나를 초대해준 사람들이 그토록 원하던 훌륭한 이야깃거리가 되지 않을까 하는 최소한의 의구심조차 들지 않았던 것이다.

아르네의 말을 글자 그대로 옮겨 적을 수만 있다면 물론 그야말로 큰 장점이 될 것이다. 그의 독일어는 프로이센의 방언이 많이 섞여서 나로서는 도저히 그의 그 이상한 문장 성분의 순서와 폭넓은 발음을 그대로 옮겨 적을 수가 없다. 아무튼 적어도 기아를 2단으로 변속하고 마을을 출발해 오르막길을 뒤뚱거리며 올라가는 동안에는 우리 모두가 침묵했다. 아르네는 우리의 긴장을 즐기는 듯했고 도로 표면의 파인 곳을 고불고불 지나쳐 가느라 운전에만 몰두하는 척했다.

"뭘 하는 곰이죠?" 마침내 탄냐가 입을 열었다. 그녀는 아르네의 눈을 쳐다보느라 앞으로 상체를 너무나 굽힌 나머지 앞창에 이마가 닿을 지경이었다. "곰을 가지고 뭘 하시는 거예요?"

아르네가 미소를 지었다―도로 중에 또 한 번 움푹 팬 데가 나타나 우리를 앞쪽으로 쏠리게 만들었다. 아르네가 욕을 퍼부었다.

"두 분도 저 소리 들었어요? 곰이 그르렁댔어요. 그르렁댔다니까요." 탄냐가 외쳤다.

고불고불한 길을 몇 번인가 더 돌고 나서 아르네가 말하기 시작했다. 하지만 그가 말한 내용은 탄냐의 질문과는 상관이 없었다. 그는 작가들이 가난하기 때문에 작가협회가 가난하다고 말했다. 협회는 물론 국가의 지원을 받음에도 불구하고 딱 한 명의 회원만 빼면 에스토니아에서 책을 써서 먹고살 수 있는 작가는 한 명도 없다는 것이었다. 손님용 숙소 마이스터(그는 정말로 이런 단어를 사용했다)에게, 한 작가 협회의 손님용 숙소 마이스터에게 남는 것은 별로 없으며 다른 곳에서라면 받았을 법한 팁 역시 이 경우에는 생각할 수 없다고 했다. 가끔씩 그는 마을의 주민들을 사우나실에 들이기도 이 사람들은 그들이 설령 값을 지불한다고 해도 농산물로 지급한다는 것이었다. 박물관 입장료로 말하자면 박물관 살림을 겨우 꾸릴 수 있을 정도밖에는 되지 못한다. 하루 열 대의 버스가 온다 해도 충분하지 않을 것이었다. "그러니, 츠토델라트?" 그가 러시아어로 물었다. 그러니 '자신이 무엇을 하겠는가?'라고.

그래서 곰을 훈련시켜 숲 속으로 데리고 다닌다는 말인가?

아르네는 옆으로 빠지는 샛길을 찾으려고 했다. 숲길에서는 차를 천천히 몰았다. 아르네는 자신이 혁명이라고 부르는 사건에 대한 이야기를 했다. 그들이 원했던 것은 이제 모두 다 이루었다. 독립, 민주주의, 시장경제, 곧 유럽연합에도 가입할 것이다. 하지만 이제 모든 섬들과 해안가 땅들이 핀란드와 스웨덴 사람들에게 팔렸고 일부분은 러시아인과 독일인에게도 넘어갔으며 탈린의 두 저택 역시 마찬가지라는 것이었다. 사실 이젠 뭔가 더 개인 소유로 돌리거나 시장경제 법칙으로 운영할 수 있는 것도 별로 남지 않았다. 그럼 이젠 어떻게 한다?

우리가 나무뿌리나 깊은 웅덩이 위를 지날 때마다 세르요샤의 그르렁대는 소리가 들렸다.

예전과 달라진 차이가 있다면 유일한 것은 서방 사람들이 케스무에 가끔 들른다는 것이며 자기가 박물관에서 무슨 일을 하든지 아무도 더 이상 이래라저래라 간섭하는 사람이 없다는 것뿐이라고 아르네가 말했다.

아르네는 전조등을 켰다. 소나무들이 안쪽을 보고 우거져 길이 마치 터널처럼 어두워졌기 때문이었다. 영원처럼 느껴질 정도로 긴 그 길을 2~3킬로미터 달리고 나자 드디어 우리 앞에는 히스가 무성한 공터가 나타났다. 아르네는 차를 멈추고 전조등을 끄더니 차의 열쇠를 빼고 팔짱을 낀 채 등받이에 몸을 기댔다. 라티에 있는 한 친구를 통해 해안가에 저렴한 가격의 집을 한 채 구할 수 있느냐는 의뢰가 들어왔다고 했다. 아르네는 그 친구의 박물관을 위해 특별 우정 세일가로 낡은 독일산 망원경 두 대를 넘긴 일이 있었다. 그가 그러겠다는 대답을 하지 않았음에도 불구하고 미카가 아르헨티나 출신에 그림같이 아름다운 아내와 세 아이들까지 대동하고서 불쑥 나타났다. 매매는 성립되지 않았지만 미카는 이 지역의 숲을 보고는 감탄을 금치 못했다. 아르네는 핀란드에도 숲이 많은데 왜 하필 이곳에 관심을 보이는 것인지 이상하게 생각했다고 했다. 알고 보니 미카는 사냥꾼이었으며, 이 숲을 러시아 숲이라고 불렀고 러시아 숲에는 곰이 있을 거라고 확신했다. 그는, 그러니까 아르네로 말하면 라헤마에서 한 번도 곰을 본 적이 없지만, 그래도 주택 매매가 성립되지 않은 이후에 또 한 번 미카를 실망시키고 싶지 않았으므로 산림청 혹은 사냥을 담당하는 관청에 물어보마고 약속을 했다는 것이었다. 그들로부터 들은 답변에 의하면 곰은 충분하고도 남을 정도로 많지만 국립공원 내에서는 총을 쏘는 것이 금지되어 있다고 했다. 단—아르네는 오른손을 들더니 검지로 엄지를 문지르기 시작했다──단, 곰이 주민이나 관광객의 신변과 생명에 위협을 가했을 때만은 예외라는 것이었다.

아르네는 미카가 핀란드 돈 얼마를 지불하면 예외 조항으로 처리해 줄 것인지 산림 감독 주임과 협의를 보았다. 미카는 그 액수에 찬성을 했으며 그중의 반은 선불로 지급하고 나머지 반은 곰의 가죽을 벗긴 후에 지불하기로 했다. 3월에는 실제로 라헤마에 곰의 가족 한 무리가 나타났다. 하지만 여러 가지 다른 화를 면하기 위해서라면 가을까지 기다렸다가 총을 쏘는 게 좋겠다고 산림 감독 주임이 부탁했다.

하지만 5월이 되자 곰의 가족은 사라졌고 지금까지도 아무런 흔적이 발견되지 않고 있다. 산림 감독 주임이 일주일 전에 전화를 걸어 선불 금액을 되돌려줄 수 없다는 사실을 알려왔다. 돈 대신에 주임은 결정적인 정보를 하나 주었다. 상트페테르부르크와 맞닿은 지역에 근근이 살림을 유지하고 있는 서커스단이 있다는 것이었다. 소련 시절에 명성을 날리던 매우 유명한 서커스단이었다. 동물들을 먹여 살리는 값이 너무 올라 그들은 이제 그 동물들을 없애려고 한다는 것이었다. 그렇게 해서 아르네는 어제 3백 마르크를 주고 세르요샤를 넘겨받았다. 곰을 사육하던 여자와 함께 세르요샤는 검열 없는 국경선을 넘어갔었다. 그러곤 이제 그들에겐 곰이 한 마리 생겼다.

탄냐가 사육사 여자에게 곰에게 닥치게 될 운명을 알려줬느냐고 묻자 아르네는 펄쩍 뒤로 물러나면서 그럼 그 여자가 곰이 굶어 죽는 것을 더 바라겠느냐고 반문했다. 자신의 활약 덕분으로 그 짐승은 그나마 위장이라도 배불리 채우고 죽을 수 있을 것이고 적어도 몇 시간만이라도 자연 속에서 맘껏 뛰어놀 수 있다는 것이었다.

150

세르요샤를 그 공터에서 이틀이나 사흘 정도 살게 한다는 게 그의 계획이었다. 사육사와의 이별을 좀 덜 고통스럽게 하기 위해 그녀는 아르네에게 자신의 낡은 신발과 재킷을 함께 넘겨주었다. 아르네는 다 해진 모카신을 꺼낸 후 차에서 내렸고 나는 그것을 아기처럼 받아 들었다.

나는 미소를 짓지 않을 수 없었다. 아르네가 '곰을 떠맡긴다'는 독일 속담의 의미 그대로 우리한테 사기를 치려 한다는 의심을 버릴 수 없었기 때문이었다. "내 말을 믿지 못하겠단 말인가요?" 그가 물었다. 나는 멋쩍게 어깨를 으쓱해 보였다. 불쾌한 듯 그가 말했다. "내일 미카가 오기로 했어. 그럼 자네가 사과를 하고 싶어질지도 모르겠구먼." 난 그 자리에서 당장 사과를 했고, 거듭거듭 사과를 다시 했으나 결국은 허사였다. 아르네는 차체의 뒷문을 열고 손뼉을 세 번 치며 세르요샤를 불렀다. 그는 신발묶음과 재킷을 옆구리에 끼고 어깨에는 먹이가 가득 든 보따리를 둘러메더니 히스 덤불 사이로 난 길로 향했다.

탄냐와 나는 차 옆에 그대로 서 있었다. 나는 아르네 옆에서 뒤뚱거리며 가고 있는 세르요샤가 참 잘생긴 곰이라고 생각했다. 앞발을 뒤로부터 앞으로 끌 듯 걸어가는 곰의 그 걸음걸이뿐만이 아니었다. 숱이 많은 털 아래서 움직이고 있는 곰의 몸짓은 호랑이의 그것에 못지않게 유연했다. 다만 세르요샤의 유연한 움직임은 겉으로 금방 드러나지 않을 뿐이었다.

그들이 우리의 시선을 넘어 반대편 초원으로 사라지자 탄냐가 나더러 아르네가 만일 도와달라고 소리를 지른다면 어떻게 할 거냐고 물었다. "적어도 그에게로 뛰어가지는 않을 거야."

돌아오는 길에 우리들 세 사람은 모두 각자의 시름에 잠겨 있었다. 우린 짧은 작별인사만 주고받았다. 아르네는 세터 종 개들 말고도 몇 명의 여선생님들과 아이들 가운데 둘러싸여 정신을 차리기에도 충분히 바빠 보였다.

탄냐는 저녁에 아르네의 집으로 가 사우나 문제를 물어보는 일을 맡았다. 하지만 아르네는 집에 없었다. 아니면 방해를 받지 않기 위해 문을 열어주지 않았는지도 몰랐다.

겨울 정원에 앉아 차를 마시는 동안 우리는 사냥하는 장면을 상상해보려고 했으나 잘 되지 않았다. 이번에도 아르네는 세 번 손뼉을 치며 '세르요샤!'라고 외칠까? 우린 세르요샤가 도망치기를 바라야 하나, 말아야 하나? 서커스단의 곰이 라헤마에서 살아남을 수 있는 가능성이 있는 것일까? 그 곰은 앞으로도 늘 인간과 가까이 있으려고 할 것이므로 지금이 아니면 나중에라도 급기야 위험한 동물로 간주되어 사격을 당하지 않을까? 세르요샤의 미래는 어떻든 부정적이었으며 우리로서도 어쩔 도리가 없었다.

다음 날, 날은 따뜻했고 하늘은 구름 한 점 없이 맑았다. 우린 한때 어느 독일 남작의 농장이었던 팜세로 소풍을 갔다. 연이어 오래된 공동묘지로 에워싸인 숲 속의 작은 교회에 들렀다. (난 내 메모 수첩을 열어보았다. 정말로 내가 에스토니아에 관해 기록한 내용은 전혀 없었다. 하지만 두번째 페이지에는 탄냐가 나무 십자가와 묘지의 비석에 있던 이름들을 옮겨 적어놓았다. 그리고 난 다시금 기억해냈다. 그것을 기록한 사람이 내가 아니라 그녀였다는 사실 때문에 그 당시 내가 얼마나 부끄러웠던지.)

돌아오는 길에는 날씨가 흐려지더니 비가 오기 시작했다. 집에 돌아오자마자 우리의 기분은 한결 나아졌다—반야 통나무집* 사우나에 김이 모락모락 오르고 있었다. 아르네가 정말로 불을 땠으며 싱싱한 자작나무 가지를 양동이에 담아 입구에 놓아두었다.

팔에 수건 한 장만을 걸치고 수증기 사우나실로 들어갔을 때 그 작은 공간 안에는 이미 세 명의 남자가 쪼그리고 앉아 있었다. 그들은 우리가 인사해도 대꾸하지 않았고 자리를 비켜주지도 않았다. 그들은 탄냐의 몸만을 쳐다보았다. 고개를 돌리지 않고도 난 그녀 뒤에 앉은 남자가 허공에다 대고 여자의 몸매를 그리는 것을 볼 수 있었다. 그들이 하는 말은 물론 알아듣지 못했지만 그들의 졸렬한 얼굴 표정만 봐도 통역인이 필요 없을 정도였다. 몇 분 뒤 탄냐가 반야를 떠나 집으로 돌아갔다.

바보 같은 생각이긴 했지만 나는 싸워보지도 않고 핀란드 놈들에게 전쟁터를 다 내줄 수는 없다 싶어서 또 한 번 맨 첫번째로 사우나실로 들어갔다. 그러곤 맨 위층에 벌렁 드러누웠으므로 그들은 어쩔 수 없이 아래층에 모여 앉을 수밖에 없었다. 그 뒤 반 시간 동안은 등이 점으로 잔뜩 뒤덮였고 금발에 콧수염을 단 남자가 윗사람 대접을 받는 양을 구경했던 것 같다. 사람들은 그에게 의자를 받쳐주었고 그가 들어가면 문을 닫아주었으며 욕실에서나 사우나실에서나 제일 먼저 자리를 잡도록 양보했고 한마디 한마디 말을 할 때마다 두 명이 번갈아 대꾸해주었다.

'서사시' 방에 들어갔을 때 난 분위기가 험악하다는 것을 알았다—

---

* 통나무를 이용해 야외에 간이로 지은 전통 러시아식 사우나.

그때 그녀가 폭발했다. 우리의 다툼은 언제나 똑같은 식이었다. 어떻게 하는 것이 적당한 태도인지 모르고 행동한 사람은 언제나 나였다. 이번 경우, 내가 그 역겨운 세 놈에 대항해서 아무런 행동도 취하지 않을 바에야 탄냐와 동행하는 것이 최소한 올바른 대응이었다는 것이다. 하지만 나라는 놈은 아무것도 희생하고 싶어 하지 않으며, 내가 원했든 아니든 그런 행동을 보임으로써 그 세 남자와 한 족속이 된 셈이라는 것이었다.

참으로 이상한 점은, 내가 상황이나 감정에 대한 관찰과 묘사로 돈을 벌어 먹고살고 있음에도 불구하고 언제나 탄냐에 비하면 나 자신이 벙어리이며 아둔하게 느껴진다는 사실이다.

조금 뒤, 예의 그 금발 콧수염이 두 개의 총을 식탁에 올려놓고 분해를 한 뒤 닦기 시작했을 때 상황은 더욱더 악화되었다. 그와 동시에 그는 큰 소리로 무슨 곡조 같은 것을 휘파람으로 불었다. 난 뭔가 행동하지 않으면 안 되었다.

방에 들어가서 무기를 닦는 게 좋겠다고 내가 의견을 내놓자 그는 웃음으로 얼버무리며 묵살했다. 내가 강경하게 나가자 그는 "아르네! 아르네!" 하고 부르며 마치 이 일을 시킨 사람이 아르네인 양 소리를 질렀다. 내가 총구를 붙잡았을 때에야 그는 "Don't touch it, don't touch it!" 하면서 내 손에서 무기를 빼앗아 갔다. 결국 우리가 식탁의 반을 식사 음식으로 채우는 것으로 사건이 일단락 지어졌다— '단편소설' 방에 묵고 있는 여류 서정시인은 그 무엇으로도 설득할 수가 없었다. 우리와 함께 식당을 방어하자는 제안을 거부했다. 그 핀란드 남자는 식탁의 나머지 반쪽 부분을 차지한 채 무기에 기름칠을 계속했다.

한동안은 집중을 잘하지 못하고 휘파람을 휘휘 불어대다가 먼저 전쟁터를 내주고는 자리에서 일어났다. 우리한테는 잘된 일이었다.

우리가 벌써 침대에 누운 뒤에 누군가 문을 두드렸다.

아르네는 그 훼방꾼들의 일을 사과하더니 우리더러 자신을 좀 도와달라고 간곡히 부탁을 해왔다. "자네들도 원래는 동쪽 진영 사람들이 아닌가!"라고 그가 말했다. 그 세 남자들 중 한 명이 미카의 사장이라고 그가 설명했다. 그런데 지금 미카가 곤경에 처했다는 것이었다. 더 이상은 그도 잘 모른다고 아르네가 말했다. 그 사장을 손님용 숙소에 묵게 한 사실을 우리가 탈린의 협회에 가서도 모른 척해준다면 매우 고맙겠다고 했다. 모든 일이 잘되어간다면 그들은 모레 돌아갈 것이라는 것이었다.

"모레요." 탄냐가 말했다. "그땐 우리도 가는데요."

"하지만 내일은 있을 거지?" 아르네가 물었다. 그 핀란드 사람들이 택시를 타고 왔기 때문에 우리 도움이 좀 필요하다고 했다. 그중 두 사람이 사냥 가는 곳까지 우리가 좀 태워다 줄 수 없는지 물었다.

"꼭 뒷좌석에 앉는다는 조건으로요." 탄냐가 결정을 내렸다.

아르네가 가까이 다가오더니 우리 두 사람에게 차례로 악수를 청했다. "3시 30분에 기상, 우리 집에서 아침 식사, 4시 반에 출발"이라고 말하곤 그는 바삐 돌아갔다.

우리는 잠들 수가 없었다. 3시경, 바다표범 소리 비슷한 소리가 나는 바람에 우리는 잠에서 깼다. 사장이라는 핀란드 남자가 샤워를 하며 내는 소리인 것이 분명했다.

벌거벗은 몸으로 알게 된 사람을 식탁을 사이에 두고 마주하고 보니 참으로 묘한 기분이었다. 북극 탐험이라도 떠날 모양으로 차려입은 값비싼 옷은 내 눈엔 자신들의 진짜 본질을 숨기려는 서투른 노력으로 보였다.

그들이 붙임성 있게 다가와 완숙한 달걀과 절인 청어를 권했다—며칠 전 나는 베를린에서 그 비슷한 음식을 '스웨덴 진미'라는 이름으로 산 적이 있었다. 아르네와 사장은 바르카스에 올랐다. 미카와 다른 남자는 우리 차에 탔다. 두 사람 다 눈이 작았고 머리카락이 덥수룩했다. 미카는 어두운 금발, 다른 남자는 밝은 금발이었다. 그들은 금세 잠이 들었다. 그들이 풍기는 술 냄새는 창문을 열고 달려야 겨우 참을 만한 정도였다.

갈림길이 지난 후 우리는 창문을 끝까지 내린 다음 숲의 공기를 깊이 들이마셨다. 공기는 촉촉하고도 끈끈해서 앞에서 달리는 바르카스의 매연을 걸러주는 것 같았다. 나는 조마조마하며 전조등의 둥근 시야 안으로 세르요샤가 나타날 것을 기대했다. "제발, 제발 도망이라도 치면 좋으련만!" 탄냐가 속삭였다.

우리는 공터 못 미쳐 차를 멈추고 사장이 제 나라 사람들을 깨우도록 내버려두었다. 벌써 동녘이 밝아오기 시작했다. 히스가 자라는 공터에는 안개가 깔려 있었다.

아르네는 사냥꾼들에게 50미터 떨어진 곳을 가리키며 그들의 자리를 지정해주었다. 사장은 약간 높은 곳에 자리를 잡았다. 미카는 우리와 좀더 가까운 곳에 섰고 밝은 금발의 남자는 제일 가까운 곳에 자리를 잡았다. 아르네가 담요를 나누어주었고 우리 때문에 걱정을 하는 눈치였다. 우리더러는 집으로 돌아가 좀더 잠을 자도 된다는 것이었다. 우리가 다시 필요한 건 네다섯 시간쯤 후라고 했다. 하지만 우린 아르네의 권유를 거절했다. 만일 레스코프나 투르게네프 식으로 그다음 장면을 묘사할 수 있다면 얼마나 좋을까? 하지만 나는 내 주변에서 울고 있는 새들의 이름을 알지도 못했거니와 목덜미나 팔 위로 기어오르는 무당벌레의 이름 역시 알지 못했다. 더더군다나 나는 신통한 사냥꾼의 관찰력을 가진 사람이 전혀 못 되었다.

한기가 느껴져 소나무 아래를 왔다 갔다 하며 반야 사우나실에 갈 생각만 했다── 우리가 협조한 최소한의 대가로 사우나실에 들어가도록 해주겠다는 약속을 받았다. 하지만 한 번도 자동차에서 아주 멀리 떨어졌던 순간은 없었다. 총을 맞으면 아무리 세르요샤라 해도 사납게 돌변할 수 있을 것이었다.

7시와 8시 사이, 해가 나무의 정수리 위로 떠오른 지도 오래되었을 무렵, 나는 어떤 움직임 같은 것을 포착했다. 사냥꾼들이 무엇인가를 주시하며 기회를 엿보고 있었던 모양이었다. 우리 말고는 모두가 쌍안경을 가지고 있어서 우리는 아르네의 진술에 의지할 수밖에 없었다. 나중에 그는 원래는 모든 것이 순조롭게, 아니 거의 이상적으로 시작되었다고 말할 것이었다. 맞은편 숲에서 세르요샤가 어슬렁거리며 배회하고 있었기 때문이었다. 우수한 사격수에게 200미터 혹은 250미터 정도는 별 문제될 것이 없는 거리이지만 세르요샤는 자꾸만 나무둥치나 덤불 뒤로 모습을 감추었다. 세르요샤를 더 가까이 유인할 때까지 쏘지 말라던 아르네의 조언은 일리가 있었다. 현실 세상에서 가공할 만한 사건들은 언제나 순식간에, 그리고 대부분은 부차적으로 일어나는 법이다. 그리고 그 누가 딱 정확한 장소와 정확한 순간에 가 있을 수 있단 말인가. 진실에 명예를 부여하기 위해서 난 일의 마지막 전모를 실제로 겪었던 그대로 짧고도 간결하게 서술함이 마땅할 것이다.

결국 세르요샤를 쏘기로 했고 그 곰은 이제 핀란드인들의 사정거리 내에 들어 있었다. 곧이어 사냥꾼들 사이에서 벌어진, 아르네 역시 어느 정도 연루되었던 그 싸움은 다른 어떤 곰이라 해도 10리 밖으로 쫓아버렸을 게 분명했다. 나중에 아르네가 보고한 내용에 따르자면 누가 쏠 것인가, 즉 사장이 쏠 것인가 아니면 일등 사격수라고 알려진 밝은 금발 남자가 쏠 것인가로 싸움이 일어났다는 것이었다. 밝은 금발 머리가 버티면서 사장이 쏘기에는 거리가 너무 멀다고 주장했다. 아무튼 그들은 축구 경기장에서처럼 한바탕 야단법석을 떨었고—갑자기 한 발의 총성, 그리고 곧이어 두번째 총성, 그러곤 고요가 뒤따랐다. 탄냐는 양손의 주먹을 부딪치며 속삭이고 있었다. "달아나! 세르요샤, 달아나!"

우리가 그 이후에 들을 수 있던 소리는 여자의 비명이었다. 그 말은 즉, 처음에 나는 인간에게 길들여진 혹은 고통스러운 나머지 인간을 흉내 내는 동물의 소리라고 생각했었다. 곧이어 히스의 덤불 속에서 진짜로 여자가 모습을 드러내자 우리는 모두 거의 안도감을 느끼기까지 했다. 머리에 검은 수건을 쓴 여자였다. 그 여자는 팔을 허공으로 올리고서 그 자리에서 빙글빙글 돌고 있었다. 그녀는 어느 방향으로부터 총성이 들렸는지 모르는 것 같았다. 우리 두 사람은 이제 작은 둔덕 위에 있던 미카의 옆에 서 있었고, 몇 발짝쯤 떨어진 오른쪽에 밝은 금발 머리와 사장이 있었고 그 뒤에 아르네가 있었다. 땅에 뿌리라도 내린 듯 그들은 쌍안경을 통해 계속해서 앞만 바라보며 꼼짝하지 않았다. 하지만 그냥 눈으로 봐도 그 여자가 맞은편 숲을 가리키는 모양을 똑똑히 알아볼 수 있었다. 여자의 비명은 점점 더 사나운 욕설로 변해갔다.

다음에 나올 표현은 내가 한 번도 써본 적도 없거니와 아마도 다시는 써먹지도 않을 테지만 이 경우에는 도저히 피해 갈 길이 없어 보인다. 나는 내 눈을 의심하지 않을 수 없었다. 그렇다. 무엇이 그곳에서 움직이고 있는지 본 순간 나는 참으로 내 눈을 의심했다. 그건 세르요샤였다. 하지만 세르요샤는 뛰지도, 춤을 추지도 혹은 공중제비를 넘지도 않았다. 세르요샤는 잘 탄다기보다는 서투른 모양새로 여성용 자전거를 타고 있었다. 발이 페달에서 자꾸 미끄러져 내리는 모양이었다. 세르요샤가 몇 미터 갈 때마다 나는 금방이라도 넘어지거나 운전대 너머로 날아오를 것이라고 생각했다. 하지만 그건 오히려 숲의 바닥 때문이었다. 세르요샤는 자전거 안장 위에 앉아 있는 힘을 다해 발버둥쳤다. 애석하게도 이 순간 나는 내 옆에 있는 사람들에게 주의를 기울일 수가 없었다. 총알이 한 발 발사되고서야 나는 창백한 아르네의 얼굴과 사장이 총을 들고 쏘는 장면을 보았고 연이어 밝은 금발 머리와 미카가 총을 쏘는 것을 보았다.

이번에 비명을 지르며 사장의 총구를 잡아 밑으로 끌어내린 사람은 아르네였다. 욕을 퍼붓던 여자가 아무리 조준각으로부터 멀어지고—곧 알게 된 바로는 자전거를 잃어버리는 바람에 그녀가 기절했었다고 한다—히스 덤불로 사라져버렸다고 해도 총을 쏘는 것은 무책임한 행동임에 분명했다. 잠깐 동안 주먹다툼이 벌어졌고 그 기회를 이용해 나는 미카의 쌍안경을 빌렸다. 아마도 그 때문에 난 세르요샤를 마지막으로 본 사람이었을 것이다. 곰은 네 발을 다 사용해서 숲 속으로 도망쳤다. 얼마 후에는 느릿느릿한 발걸음으로 터벅터벅 걷다가 이윽고 소나무 사이로 사라졌다.

그 이후, 사냥꾼들이 어떻게 되었는지는 굳이 말할 필요도 없을 것이다. 다행히도 그들이 시끄럽게 싸운 이유는 곰의 숙련된 솜씨보다는 손상된 위계질서와 아르네의 간섭 때문이었다. 그러는 바람에 그들은 여자까지도 까맣게 잊었다. 히스 덤불을 헤치고, 그러나 계속해서 몸을 숙인 채 그녀가 서서히 모습을 드러냈을 때에야 그녀를 도우러 뛰어갔다.

내가 짐작했던 것보다 훨씬 젊은 여자였다. 자전거를 보자— '반더러'라는 상표의 구식 모델이었다—그녀는 간담이 서늘할 정도로 요란한 괴성을 질렀다. 앞바퀴는 밖으로 빠져나온 바퀴살을 단 채 8자 모양이 되어 있었다. 총알이 뒷바퀴의 볼 베어링을 파열시켰다. 하지만 그 주위 어디에도 핏자국은 없었다.

블루베리를 따러 나왔던 그 여자의 손에는 입을 다물 때까지 계속해서 핀란드의 지폐가 쥐여졌다. 아르네가 그녀의 무거운 자전거를 들어 바르카스에 실었고 그녀를 집에까지 데려다 주었다. 사장은 미카와 그의 적수인 일등 사격수 밝은 금발남 사이에 끼어 앉았다. 탄냐는 좌석을 단 1센티미터도 앞으로 당겨주지 않은 채 햇빛 가리개에 달린 거울을 통해 그들이 하는 양을 관찰했다.

우리가 다음 날 아침 '서사시' 방의 열쇠를 아르네에게 돌려주고 고맙다는 인사와 함께 작별을 고했을 때, 그 핀란드 사람들은 벌써 모두 돌아간 뒤였다. 하지만 그들은 두 대의 택시에 나눠 탔다고 했다. 한 택시에는 미카와 사장이, 또 한 택시에는 금발의 남자가 혼자 타야 했다는 것이었다. 아르네는 미카를 위해서는 잘된 일이라고 생각했다. 사냥에서의 경쟁심 때문에 사장과 지금까지는 그의 오른팔 격이었던 밝은 금발 머리 사내가 공개적으로 절교를 하게 되었으니 미카에게는 더없이 좋은 기회가 아니겠냐는 게 아르네의 의견이었다. 그러니 그 작자에게는 이번 사냥이 실패는 했을망정 가치가 있는 사건이었다는 것이다. 아르네는 또 딸기 수집가 여자가 침묵하는 대가로 충분한 돈을 챙겼다고 진단했다. 그녀가 그래도 입을 다물지 못할 양이면, 충분히 예상할 수 있는 일이지만, 그 벌로 아마 아무도 그녀의 이야기를 믿지 않을 것이었다.

아르네는 세르요샤의 운명에 대해 알게 되는 즉시 우리에게 알려주겠다고 약속했다. 하지만 애석하게도 나는 그 이후로 아르네에게서 그어떤 소식도 듣지 못했다.

나로 말하면, 물론 왜 그 당시가 아니라 지금, 그 걱정스러운 사냥소동이 일어난 지 6년이 지나서야 그 이야기를 기록하는지 나 스스로에게 묻고 싶을 지경이다. 그동안 나는 수많은 세부사항을 잊어먹었다. 작가의 집에 머물던 여류 서정시인의 이름도, 빌린 차의 상표도, 가격이나 우리가 차를 몰았던 기억들 등등 그 모든 것들이 기억나지 않는다. 거기다가 에스토니아는 최근 들어 몹시 많이 변했을 것이며, 내 이런 이야기는 이미 다 지나간 역사에 지나지 않을 것이다. 아무튼 내 인생만 변한 게 아닌 것만은 분명하다. 우리들 모두의 인생은 최근들어 전혀 다른 인생이 되었다. 그리고 바로 그렇기 때문에—아마도, 아마도—내가 마침내 에스토니아에 관한 이야기 쓰기를 감행하게 되었는지도 모른다.

카이로에서 생긴 일

혈압계의 압박대에서 공기가 푸푸 빠져나가는 동안 "아무래도 저 아래서 병균의 씨앗이 몸에 들어간 것 같군요." 당직 의사는 그렇게 진단을 내렸습니다. "아니면 그전에 이미 씨앗을 몸 안에 가지고 있었다든가요." 참으로 비유적으로 들리는 말입니다만 그는 분명 씨앗이라고 말했습니다. 아무튼 나는 3월 1일에 돌아온 후 두 주 내내 완전히 힘이 다 빠진 상태로 침대에 누워 항생제를 삼키며 있었습니다. 이메일 한 줄 쓰려는 시도만 해도 머리가 금세 터져버릴 것이 틀림없었습니다. 4월이 되어서야 겨우 몸을 추스를 수 있었을 정도로 몸의 회복 속도가 느렸던 것입니다.

테겔 공항에 착륙하고 나서 난 셰일라에게 이젠 만나지 말자고 말했습니다. 정말로 그렇게 말했다니까요. 내가 파리의 야외 트랩에서 기다리는 것만으로도 녹초가 되어가는 동안 그녀가 내 딸 안네를 위해서

갈색 피부의 인형을 사주었음에도 불구하고 말입니다. 내가 카이로에서나 알렉산드리아에서나 "어두운색 피부"를 가진 인형을 발견하지 못했기 때문이었습니다.

셰일라는 나더러 유치하게 굴지 말라고, 나를 간호해주겠다고, 그리고 내가 다시 건강해지면 그때 가서 다시 이야길 나눠볼 수 있지 않겠느냐고 말했죠. 아무튼 내 질투는 우스울 뿐만 아니라 근거가 없다는 것이었습니다.

우리가 다시 한 번 모든 문제를 터놓고 대화 나누는 것에 대해선 좋다고 나는 말했습니다. 그리고 택시 운전사에게 내 여행 가방을 건네주었습니다. 하지만 나는 일단 건강해지고 싶으며, 그녀가 내 옆에 있는 것이 내 건강에는 독이 된다고 했습니다.

그렇게까지 그녀를 모욕할 생각은 추호도 없었지만 안 그러면 그녀를 떼어버릴 수 없었을 것입니다.

내가 병이 났던 일과 셰일라와의 이별에 대해 언급하는 데는 그만한 이유가 있습니다. 그렇게 하지 않으면 내가 왜 그때 카이로에서 일어난 일에 대해 누군가에게 말을 하기는커녕 그토록 오랫동안 기억조차 하지 않고 살았는지, 바로 그 이유를 설명할 수 없기 때문입니다.

심리학적으로 보자면 매우 간단한 문제인지도 모릅니다. 기억력은 내 몸이 회복되고 셰일라와의 이별을 어느 정도 극복하기를 기다렸던 것이지요. 그런 다음 나는 곧 그 일에 관해 말을 하기 시작했는데, 이야기를 함으로써 상황을 객관화할 수 있을 거라고 생각했기 때문이었습니다. 이제까지도 난 매우 자주 그 이야기를 했었고 나 자신을 비판했으며 내게 죄가 있음을 시인했습니다. 하지만 그래 봤자 잠시 동안

만 위로가 될 뿐이었습니다.

문제가 된 날은 바로 마지막 이틀 전이었습니다. 나는 그날 호다와 다른 여자들과 함께 비둘기 고기를 먹고 있었습니다. 영어로 하자면 pigeon, 어쩐 일인지 모두들 비둘기 고기를 영어로 불렀으므로—비둘기보다는 pigeon이 훨씬 더 잘 어울립니다. pigeon이라고 하면, 고기를 본격적으로 한입 베어 물기 전 일단 입술을 갖다 댔을 때의 느낌이 생생하게 느껴지니까요. 속이 꽉 찬 비둘기 고기의 부푼 살과 고무같이 쫄깃쫄깃한 감촉 말입니다. 난 한 번도 우리들의 작은 모임에 대해서 이야기를 장황하게 끈 적이 없었습니다. 그건 옷차림은 유럽풍이면서도 아랍어로 대화를 나누는 바람에 그 지역의 주민들이 기독교도일 거라고 생각했던 그 여자들에 관한 이야기입니다. 장사꾼들이며, 벙어리마냥 시종 입을 꾹 다물고 있던 점쟁이 여자들이며, 어린아이들, 혹은 진하게 화장을 한 열서너 살의 소녀들에 대해서도 역시 나는 누군가에게 말을 한 적이 없습니다.

그날 저녁, 그 말도 안 되는 학회, 낭독회, 내 몸 안으로 기어들어온 바이러스, 그 모든 것이 하나의 문맥에 속하는지도 모릅니다. '생선 시장'이라는 이름의 레스토랑과 알렉산드리아 부둣가의 고기잡이들까지도 모두 포함해서 말이지요. 난 한 번도 택시 운전사에 대해 언급한 적이 없습니다. 최소한 나만큼은 죄가 있는 인물이었지만, 지금에 와서 그 택시 운전사를 비방한들 무슨 도움이 되겠습니까? 무엇보다도 난 셰일라에 관해서는 이야기한 적이 없습니다. 셰일라와 사미르와 그 전날들에 대해서도요.

바로 그 마지막에서 이틀째가 되던 날, 나는 병을 앓았고 피곤했으며 마음의 상처를 받아 그만 호텔로 돌아가고만 싶었습니다. 거지들에게 자꾸만 자선을 베푸는 일을 그만두고 싶었으며 택시 운전사가 어서 빨리 떠나주기를 바랐습니다. 하지만 그는 여유를 부리면서 계속해서 느긋하게 팔라펠*을 씹었습니다. 다행히도 문은 안으로부터 잠겨 있었지요. 왼쪽에 어린아이 한 명, 오른쪽에 어린아이가 또 한 명, 우리 주위에도 오로지 어린아이들만이 와글거렸습니다. 그 아이들은 점점 더 뻔뻔해져갔고 차 유리창에 침을 뱉었습니다. 그러곤 택시가 출발할 때 들리던 그 꽝— 하는 요란한 소리. 마치 모두가 한꺼번에 동시에 차를 발로 차기라도 한 듯한 소리였습니다. 아이들이 뒤에 남아 있었습니다. 택시가 고가도로 위로 질주했습니다. 우리가 시속 50킬로미터로 달렸는지 70킬로미터로 달렸는지 혹은 그보다도 빨리 달렸는지는 알 수 없습니다. 나로 말하면 어떻게 하든지 빨리 달리기만을 바랐으니까요. 그러고 나서 어느 순간에, 그를 보았습니다. 그 소년이요, 내 어깨와 아주 가까운 곳에서, 몇 센티미터나 떨어졌을까 말까 한 거리에서요, 그의 두 눈이 내 두 눈을 똑바로 마주 보고 있었던 것입니다. 두 눈을 동그랗게 뜨고서요. 나는 차의 뒤쪽 유리창을 통해서 그를 볼 수 있었는데 독일 사람들의 표현대로 하자면 참으로 내 목 바로 아래에 그가 있었던 셈이었습니다. 나는 그가 거기 있기를 바라지 않았습니다. 날 좀 혼자 내버려두면 얼마나 좋았을까요. 나는 고개를 돌리고 정면을 바라보았습니다.

---

* 콩가루에 각종 양념을 넣어 동그란 모양으로 튀겨낸 아랍의 음식이다.

애당초 시작이라는 게 있기나 했다면, 2004년 9월 혹은 10월에 걸려온 전화 한 통이 바로 사건의 시작이었다고 할 수 있습니다. 전화기 액정 화면에 나타난 지역번호는 나로서는 통 알 수 없는 숫자였지요. 한 여자가 낮은 음성으로 웅얼거리며 말했습니다. "We want to send you a fax.(팩스 한 장을 보내드리겠습니다.)" 처음에 나는 키예프로부터 걸려온 전화려니 생각했습니다. 여자의 억양이 러시아인이나 우크라이나인에 어울린다고 느껴졌습니다. 3월 초에 일주일 간 우크라이나로 갈 일정이 잡혀 있기도 했습니다. 하지만 도착한 팩스 전문을 보고 난 웃지 않을 수 없었습니다. 아니, 와락 웃음을 터뜨리고 말았습니다. 지금은 그날의 그 웃음 때문에 화가 나지만 그 당시에는 아랍어로 씌어진 그 팩스가 너무나 어처구니없게 느껴졌던 겁니다. 그 수려한 글자를 가지고 나더러 뭘 어쩌란 말입니까? 맨 아래 줄에서 그나마 아주 쪼그만 글씨의 라틴어 문자를 발견했습니다. 그건 카이로의 어느 주소였습니다.

난 셰일라에게 팩스를 보여주었지요. 셰일라는 아랍어를 조금 할 줄 알거든요. 그녀가 사전을 동원해가며 결국 편지의 내용을 알아냈습니다.

"이 편지는" 그녀가 말했습니다. "당신을 국제 작가 학회로 초대하겠다는 명예로운 초대장이야." 그녀는 진짜로 격앙된 목소리로 말을 했습니다. 나더러 '문학과 역사'라는 주제를 가지고 카이로에서 강연을 하라는 내용이라더군요. 항공료와 숙박료는 주최측에서 지불한다고 했습니다.

분명 난 이제 초대를 수락해서는 안 되는 거였습니다. 1년 반 전부터 난 선인세와 빚으로 생계를 이어가고 있던 터였고 새로 시작한 책을 빨리 끝내야 했습니다. 게다가 예의 그 우크라이나 여행의 일정 역시 잡혀 있던 터였으니까요.

난 이 초대의 배후에 분명 가말 알 기타니와 에드워드 알 샤라트가 있을 것이라고 짐작했습니다. 그들을 실망시키고 싶지 않았습니다. 무엇보다 난 셰일라를 위해서 수락했습니다. 셰일라는 이집트에 가보는 것이 오랜 소원이라고 했기 때문이었습니다.

셰일라의 아버지는 알제리 사람이고 어머니는 드레스덴 근교 카멘츠 출신입니다. 레싱이 태어난 곳입니다. 셰일라의 부모님은 두 분 다 드레스덴 공대를 졸업했다고 합니다. 셰일라는 아버지를 사진으로만 알고 있습니다. 셰일라와 난 2003년 말 코블렌츠에서 있었던 한 낭독회에서 만났습니다. 그녀는 낭독회가 끝난 후 우리와 함께 식사를 같이 했고 마지막에는 서적 거래상과 함께 내 호텔까지 따라왔습니다. 내가 작별인사를 하려는 찰나, 그녀가 내 방이랑 창문으로 내려다보인다는 라인 강 풍경을 좀 구경해도 되겠냐고 물었습니다. 그전에 내가 라인 강의 경치가 참으로 멋있다는 감탄을 늘어놓았었거든요.

셰일라와는 아무런 양심의 거리낌 없이 관계를 맺을 수 있었습니다. 그건 사랑하는 아내와 아이들과 헤어져 살아야 하는 내 처지에서의 유일한 장점입니다.

셰일라는 믿을 수 없이 아름다운 머리카락과 생동감 넘치는, 약간은 흥분이 고조된 태도 때문에 언제나 주위의 눈길을 끄는 편이었습니다. 그녀는 법학 공부를 망친 후 어떤 공증사무소에서 일했습니다. 코블렌츠의 낭독회 이후 몇 주가 지나자 그녀는 베를린에 있는 여자 친구의 집으로 이사를 왔고 그곳에서도 즉시 일자리를 구했습니다. 그때부터 우린 거의 매일이다시피 만났지요. 사람들은 곧 우리 두 사람을 함께 초대하게 되었습니다. 난 탄냐와의 사이에서 낳은 딸, 안네에게만은 셰일라를 소개시키지 않았습니다.

셰일라는 이집트 작가들의 책만을 읽었고 아침마다 새 아랍어 단어를 외웠습니다. 나는 여러 가지 자료를 모아 강연 원고를 만들었고 머리말에는 독일어로 "역사/이야기(Geschichte/Geschichten)", 그리고 영어의 "히스토리/스토리(history/story)"라는 두 쌍의 단어들이 지닌 연관성을 화두로 넣었으며 마지막은 루이스 캐럴의 『이상한 나라의 앨리스』 중에 나오는 앨리스와 험티덤티의 대화로 끝을 맺었습니다. 즉, 권력을 가진 사람은 말의 의미를 마음대로 결정할 수 있으므로, 그에 대항할 수 있는 우리 이야기꾼들은 매우 중요한 사람이다…… 바로 이런 식으로 연설을 마무리하려고 했던 것입니다. 왜냐하면……

엄청나게 큰 강당에 서 있는 내 모습을 떠올려보았습니다. 청중석의 첫번째 줄과 무대 사이에는 사진기자들이 앞을 다투어 모여들었고 나는 강연의 마지막 문장이 끝난 후에도 "슈크란"이라고 말하면서―"고맙습니다"는 내가 아는 유일한 아랍어 단어입니다―오른손을 심장으로 가져간 후 깊이 상체를 숙여 인사할 것입니다. 어떤 사람들은 너무나도 감동한 나머지 자리에 가만히 앉아 있지 못할 것입니다.

『심플 스토리』가 아랍어로 번역될 수 있도록 길을 열어주었던 독일문화원 괴테 인스티투트의 도서관 사서 엘리자베트 양과 함께 나는 카이로와 알렉산드리아의 대학과 독일어 학교와 괴테 문화원의 낭독회 일정을 잡았습니다.

2월 초—1월 말이 되어서야 난 학회가 2월 마지막 주에 열린다는 것을 통보받았습니다— 독일어로 강연을 하는 건 무의미하다는 생각이 들었습니다. 샌디에이고에서 베를린으로 이주해 오기 위해 짐가방을 싸고 그 위에 앉아 날짜만을 세며 학수고대하고 있던 존 우즈가 단 이틀 만에 내 원고를 번역해주었고 나를 고무하는 글 몇 마디를 덧붙여 보내왔습니다. 그리고 마지막으로 나는 오후 한나절을 남아프리카에서 어린 시절을 보냈다는 엘레노르, 일명 "뇌르센"이라는 애칭으로 불리는 어머니 친구 옆에 앉아 영어단어의 정확한 발음과 적당한 억양을 익혀야 했습니다. 비행기를 타기 하루 전날, 할인가로 판매되고 있는 독일과 베를린 달력 대여섯 권과 조그만 아몬드 크림 초콜릿 선물 세트를 샀습니다— 예쁘게 포장된 초콜릿을 선물로 받으면 기분이 좋은 법이니까요. 카데베 백화점에서는 아크릴 플라스틱 유리에 싸인 베를린 장벽 조각을 (알록달록한 것들을 골랐지요) 한 개당 6마르크 99페니히를 주고 샀습니다. 혹자는 웃을지도 모르고, 또 나 역시 스스로에게 아이러니한 짓을 한다고 생각하기도 했지만 세상의 모든 출장 여행자 혹은 사업상 여행을 해본 사람이라면 막상 자신을 초대한 사람들과 마주했을 때 그런 물건들이 얼마나 큰 도움이 되는지를 잘 알고 있을 것입니다. 그러고도 또 한 가지 숨김없이 시인하는 바가 있다면, 내가 이런저런 허약한 순간에 나 스스로를 나라와, 뭐, 그러지 않을 이유는 또 어디 있겠습니까만, 유럽과 서방세계를 대표하는 민간 외교관이라고 생각한다는 점입니다.

2월 22일, 나는 에어 프랑스로 파리를 경유해 카이로로 향했습니다. 베를린에서 파리로 출발하기 전 기내에 울려 퍼졌던 음악은 공교롭게

도 내가 성탄절 선물로 셰일라에게 선물했던 시디에 들어 있던 곡이었습니다. 미하엘라 멜리안의 기악곡이었지요. 셰일라 역시 그것을 좋은 징조라고 여겼습니다. 우리가 함께 여행을 떠나기는 처음이었습니다. 출발할 때 우리는 서로의 손을 꼭 잡으며 눈을 감았습니다.

카이로에서는 여권 검사대를 지나기도 전에 벌써 두 명의 젊은 남자들로부터 인사를 받았습니다. 그들이 학회의 사절단으로서 당당한 태도를 보여 그 덕분에 우리는 비자 검사도 받지 않고 여권 검사대를 곧장 통과할 수 있었습니다. 하지만 곧 그게 잘못된 것임이 드러났지요. 우리는 다시 그곳으로 되돌아가 35달러를 주고 우표처럼 생긴 비자를 받아야만 했습니다—검사대 뒤에서 우리를 기다리고 있던 엘리자베트는 그런 관행을 관광 국가의 실용주의라고 불렀습니다.

물론 따뜻한 날씨는 축복이었습니다. 비행기 안에서의 불안한 졸음이 지나고 난 뒤 공항 건물로부터 주차장까지 가는 몇 미터의 도보만으로도 기쁨을 만끽하기에 충분했습니다. 은빛으로 번쩍이는 폭스바겐 버스의 운전사는 양복 차림의 노신사였는데 우리들을 위해서 차 문을 열어주었고 짐을 실어주었습니다. 그런 다음 버스는 이른 저녁의 교통망을 뚫고 미끄러져 갔습니다. 짙푸른색의 군복을 입은 병사들이 방패와 곤봉으로 무장하고 길가에 양쪽으로 늘어서 있었습니다—무바라크 대통령을 맞이하기 위해서라고 했습니다. 곧 우리는 고가도로 위만 달렸으며 카이로를 내려다보았고 도처에서 울려대는 자동차들의 경적 소리에 익숙해지려고 애썼습니다.

어둠이 깔릴 무렵 호텔에 도착했습니다. 셰일라는 우리가 묵게 될 방을 특실이라고 불렀지요. 거실과 침실과 커다란 욕실이 딸려 있었기 때문이었습니다. 창밖에는 매끄럽게 닦아놓은 다른 건물의 벽이 먼 전망을 가렸고 더 아래쪽으로는 안테나가 설치된 지붕들이 보였습니다. 우린 여행 가방을 그대로 열어둔 채 밖으로 나갔습니다. 손을 잡고 몇 개의 차선을 넘어 도로를 건넜는데 그 도로로부터 우리가 묵은 호텔로 들어오는 길이 갈라졌습니다. 우린 1분 후에 나일 강가에 도착했습니다. 엘리자베트의 조언대로라면 우린 코니시*를 따라 '생선 시장'이라는 선상 레스토랑에 도착하게 되는 것이었습니다.

"코니시"라는 개념을 모르는 것은 아니었지만, 그래도 어쩐지 "코니시"라는 말은 내 귀에는 근접할 수 없을 정도로 너무나 멀게 느껴졌고 한때 토스카나라든가 브로드웨이라는 말이 그랬던 것처럼 너무나 이국적으로 들렸습니다. 그런데 이젠 카이로에서 셰일라라는 들뜬 여자와 함께 코니시의 난간에 기대 서서 물 위에 무슨 나무 상자가 떠내려오기라도 할 듯, 파도를 면밀히 주시하고 있는 것입니다. 오색등을 화환처럼 두른 보트도, 반대쪽에 있는 궁전 같은 호텔의 훤한 불빛도, 아니 다리와 부둣가의 조명조차도 나일 강 전체를 훤히 밝히지는 못했습니다. 나일 강은 부드러운 어둠에 덮인 채 넓고도 육중하게 흘렀습니다. 우리는 물결의 반대쪽으로 걸었습니다. 디스코텍과 인적이 드문 레스토랑을 지나쳤습니다. 이곳에서 쌍쌍이 걸어가고 있는 젊은이들은—등불과 등불 사이의 거리가 멀었는데요—신체 접촉이 없었습니다. 그들이 말을 할 때는 뭔가 매우 진지한 이야기를 나누는 듯이 보였는데 아무튼 절대 수다를 떠는 것처럼은 보이지 않았습니다. 셰일라가 한

---

* Corniche: 해안의 절벽을 따라 난 도로.

번 멈추어 서더니 나를 끌어안고 입을 맞추며 말했습니다. "당신한테 너무 고마워!"

'생선 시장'에서 우린 창가에 마지막으로 남은 빈자리에 앉을 수 있었습니다. 내 발밑으로 흐르는 물이, 우리가 앉아 있는 곳 아래로 흐르는 물이 나일 강이라는 것을 생각하자 우습게도 내 마음은 어쩐지 자랑스러움으로 벅차올랐습니다. 그러면서도 동시에 우리가 마치 부적절한 행동이라도 했다는 듯이 나일 강 위에 앉아 있는 것은 어쩐지 신성모독이라는 생각도 들었습니다. 셰일라가 핸드폰을 꺼내들었습니다. "엄마!"라고 그녀가 부르더니 "내가 지금 어디 있는지 알아요?" 하고 말했습니다.

뷔페에는 얼음을 산 모양으로 쌓아 길게 늘어놓았는데 세상에서 가장 아름답고도 진귀한 생선들이 거기에 꽂혀 있었습니다. 대부분의 생선들이 주둥이를 밖으로 둔 채 얼음 속에 파묻혀 있었으므로 뷔페 웨이터들은 손님들에게 생선을 선보이기 위해서 밖으로 끄집어내야만 했습니다. 그들은 어떤 때는 마치 귀한 물건을 들듯 생선 한 마리를 통째 양손으로 들어 보이기도 했고 또 어떤 때는 한 손에 한 마리씩 저울처럼 들기도 하더군요. 우리가 결정을 하자 뷔페 웨이터는 주방장에게 그 '이집트 생선'을 건네주고는 다음 손님에게로 얼굴을 향했습니다. 셰일라가 테이블로 돌아갔습니다. 나는 조금 기다리다가 마침내 그녀 뒤를 따라갔지만 뭔가 분명 실수가 있었을 거라고 확신했습니다. 아무도 우리에게 번호표라든가 영수증 같은 걸 준 적이 없기 때문입니다. 하지만 내가 자리에 앉기가 무섭게 벌써 생선이 우리 앞에 놓여 다음 주문을 기다리고 있었습니다. 웨이터는 우리의 주문을 반복했습니다.

"yes, grilled. sir!(네, 석쇠 구이요, 손님!)" 그러곤 우리가 아직 전채
요리를 다 맛보기도 전에 벌써 다 구워진 생선을 가져왔습니다.

우리는 호텔로 돌아오는 길에 작은 상점에 들러 물을 샀습니다. 입구
의 계단에 앉아 있던 남자가 미소를 짓더니 자신의 머리카락을 뽑는 듯
한 시늉을 해 보인 후 내 머리카락을 가리키며 "very nice, very nice!(좋
습니다, 좋아요!)"라고 외쳤습니다. 이런 말을 들으니 기분이 좋았을
뿐만 아니라 바로 내가 있어야 할 곳에 와 있음을 느꼈습니다.

다음 날 아침은 조그만 사고로 시작되었습니다. 우린 호텔 근처에서
약속한 시간에 맞추어 기다리고 서 있었습니다. 우린 폭스바겐 버스를
찾아 두리번거렸습니다. 나는 계속해서 느릿느릿 다가와 우리에게 말
을 거는 택시를 물리쳤습니다. 그리고 셰일라는 계속해서 호텔 프런트
에 우린 택시가 필요 없다고 알려야 했습니다. 10시 20분이 되어서도
폭스바겐 버스가 나타나지 않자 나는 독일문화원 괴테 인스티투트에
전화를 걸었습니다. 운전사 역시 전화를 해서 우리가 도대체 어디서
기다리고 있는 거냐고 물었다는 소식을 전해 들었습니다. 갑자기 다
찌그러진 차 한 대로부터, '라다' 기종이었는데요, 그 차에서 내 이름
을 부르는 소리가 들려왔습니다. 우리는 차에 올랐습니다. 운전사가
욕을 했습니다. 그는 벌써 반시간 전부터 이곳을 빙빙 돌며 우리를 찾
았다고 주장했습니다. 이곳에는 차를 세울 수가 없다는 것이었습니다.
주차금지 구역이라는 거죠! 셰일라는 그더러 거짓말 좀 하지 말고,
우리가 이미 20분 전부터 이곳에 서 있었노라고 반박했습니다.

우리의 화난 시선이 백미러에서 마주쳤습니다. 사람들이 우리에게
이런 거친 택시를 보냈다는 사실에 기분이 언짢았습니다. 어째서 은빛

폭스바겐 버스와 그 친절한 노신사를 보내지 않은 것일까요.

셰일라와 난 몸을 좀더 깊숙이 파묻으며 자리를 잡았습니다. 운전사가 잃어버린 시간을 만회하겠다는 심산으로 도로 전체를 좌충우돌 누비며 달렸기 때문이었습니다. 늘 다음 신호등을 새 목적지로 삼으면서 말입니다. 차들이 마치 소용돌이처럼 돌고 있는 넓은 교차로에 이를 때마다 그는 오른쪽으로 큰 커브를 돌아 맨 앞으로부터 첫번째 혹은 적어도 두번째 줄에 서곤 했습니다.

괴테 인스티투트 정문에 도착했을 때 우리들의 시선은 또 한 번 백미러에서 마주쳤습니다. 나는 택시 운전사에게 고맙다고 말하지 않을 수 없었습니다. 그는 침울하게 고개를 끄덕이더니 건물 안으로 사라졌습니다.

물론 낭독회에 대해서 좀더 길게 쓰고 싶은 유혹이 큽니다. 셰일라는 대학 캠퍼스의 젊은 여자들 사이에서는 특별히 눈에 띄지 않았습니다. 나는 여자 학장으로부터 빨간 상자에 담겨 반짝이는 대학의 금메달을 수여받았습니다. 나는 모차르트 구슬 초콜릿 선물세트와 투명 아크릴 플라스틱 상자에 포장된 베를린 장벽 조각으로 그 친절함에 답례했습니다. 학장실은 흡사 1980년대 초반 레닌그라드의 인쇄소장 사무실처럼 꾸며져 있었습니다. 조야한 책상과 장롱들, 어두운색으로 칠해진 가구들은 군데군데 손상된 채였으며 벽에는 대통령의 사진이 걸려 있었습니다. 강의실은 여학생들로 넘쳐났으며 셰일라는 그 가운데 어딘가에 섞여 앉았고 가장자리에 몇 명 안 되는 남학생들이 서 있었습니다. 그중에는 안경만 보일 뿐 다른 모든 신체를 검은 천으로 가린 여학생들도 있었습니다. 하지만 그 외 대부분 학생들은 청바지와 티셔츠

차림이거나 긴 정장에 머리에 히잡을 두르고 있었습니다. 내가 낭독한 글을 그들이 얼마나 이해했는지는 알 수 없었습니다. 그들은 3학년 혹은 4학년에 가서야 독일어를 배웠습니다. 숨 막히는 침묵 외에는 아무 반응도 없다가 마지막으로 짧은 박수가 이어졌을 뿐이었습니다. 내 자리의 왼쪽과 오른쪽에는 대학교 교직원들, 즉 진행을 맡은 교수들이 앉아 있었습니다.

그들이 독일어로 던진 질문들은 내 나라의 그것과 비슷했습니다. 왜 작가가 되었는가? 내 책의 어느 정도나 실제 개인적인 전기를 담고 있는가? 동독인들은 서독인들에게 탄압을 받는가? 왜 내 책의 인물들은 행복하지 않은가? 내가 책을 써서 먹고살 수 있다는 점에 가서는 설명이 필요했습니다. 두 권의 책이라는 말을 피하려고 난 일부러 내 책들이라는 말을 사용했습니다. 누군가 내게 주의를 주었던, 이스라엘에 관한 질문은 이곳에서도, 나중에 다른 자리에서도 거론되지 않았습니다. 사회를 맡은 교수가 손을 든 사람을 못 보고 지나친 것을 내가 지적하자 교수가 내게 물었습니다. "저 중에 누구를 가지고 싶습니까?" 나중에 그는 그 말이 단지 농담일 뿐이었다고, 농담으로 한 말이라는 것을 극구 강조했습니다.

우리는 이미 열두 번도 넘게 내 낭독회에 참가했던 셰일라를 기다려야만 했습니다. 그녀는 여학생들과 번역가 한 명에게 둘러싸여 이야기를 나누는 중이었지요—만일에 대비해서 내 학회 강연 원고를 아랍어로도 번역해놓는 게 좋겠다는 의견이었습니다. 셰일라는 폭스바겐 버스 안에서 드디어 대학교 교내를 볼 수 있어서, 그리고 관광객으로 도시를 통과하지 않아도 되어서 얼마나 기쁜지 모르겠다고 했습니다.

모든 것이 정말이지 행복한 여행임을 말해주는 것 같았습니다.

하지만 그 후 점심시간이 되었고 점심시간에 우리는 사미르를 만났습니다. 엘리자베트가 우리를 위해 도시를 안내해줄 사람으로 사미르를 고용했던 것입니다. 그는 날씬하고 키가 훤칠했으며 이집트의 벽화부조에 나오는 사람들처럼 외모가 멋졌습니다. 길고 하얀색의 옷을 입고 아름다운 가죽 신발 차림이었지요. 아랍어 외에도 그는 영어, 프랑스어, 스페인어를 할 줄 알았고 독일어와 러시아어는 잘하는 편이 못된다고 하면서도 거의 유창한 수준의 독일어를 구사했습니다. 그는 손톱도 잘 다듬어지고 손이 아름다운 남자였고 왼손에는 검은 보석이 찬란한 두꺼운 금반지가 끼워져 있었습니다. 그의 가녀리다 싶은 걸음걸이 역시 눈길을 끌었습니다. 반면에 그의 목소리는 깜짝 놀랄 정도로 높았습니다. 작가를 만나게 된 것이 그를 매우 들뜨게 하는 모양이었습니다.

사미르는 내 책 두 권을 다 읽었다며, 두 권 다 괴테 인스티투트 도서관에 있었고 정말이지 그 두 권 다 그의 마음에 "쏙 들었다"고 했습니다. 그 역시 언젠가는 장편소설을 쓰고 싶지만 아직은 때가 아니라는 것이었습니다. 나는 사미르의 나이가 이십대 중반이나 후반쯤 되었을 거라고 점쳤습니다. 그러나 그가 바라고 희망하는 바는 그의 책도 내 마음에 똑같이 드는 것이라고 했습니다. 우리는 잔을 부딪쳤습니다. 셰일라가 잔을 들었을 때—사미르는 주저함 없이 흰 와인을 골랐었지요—그는 처음으로 그녀를 보았습니다.

엘리자베트는 식사가 끝날 무렵 내게 번역 때문에 시간을 허비해서는 안 됨을 상기시켰습니다. 가능한 한 원고를 빨리 받아야겠다는 것이었습니다.

뒷날 나는 종종 생각하곤 했습니다. 그녀가 그 말을 좀더 일찍 했었더라도, 내가 멍청하게도 가방을 그녀의 사무실에 놓고 오지만 않았더라도, 그리고 그 때문에 엘리자베트와 함께 문화원으로 들어가지만 않았더라도─기타 등등. 얼마나 부질없는 생각인지는 물론 잘 알고 있습니다.

20분 후, 내가 셰일라와 사미르에게 돌아갔을 때에는 이미 모든 것은 결정된 후였습니다. 두 사람 다 팔꿈치를 탁자 위에 받치고 있었는데 셰일라의 오른쪽 팔꿈치가 그의 왼쪽 팔꿈치에서부터 한 뼘 정도밖에는 떨어져 있지 않았습니다. 두 사람 다 미소를 지으며 있다가 내가 그들의 테이블로 다가가자 깜짝 놀라 몸을 뒤로 젖혔습니다.

셰일라는 즉시 피라미드에 대한 사미르의 열정을 이야기하기 시작했습니다. 그는 아버지에게 절대로 오랜 시간 동안 피라미드를 떠나는 일은 없을 거라는 약속도 했다는 것입니다. 사미르는 피라미드에 대해서라면 인간이 알 수 있는 모든 것을 다 알고 있다고 했습니다. 그는 그렇지는 않다고 겸양을 떨면서 지금부터 도시를 한 바퀴 돌면 좋겠다고 말했습니다.

사미르를 우리 두 사람 가운데 둔 채 걷기는 했지만 대개 사람들이 너무 붐비는 바람에 한 줄로 서서 가야 했습니다.

다음에 일어난 일들을 어떻게 다 글에 옮길 수 있겠습니까. 여러 종류의 시장이나 혹은 그 젊은 청년들에 대해서 말입니다. 그들은 중심가에서 벗어난 어느 넓은 거리의 주변에서 갑자기 내 앞에 나타났고, 그들이 휘휘 내젓는 손짓으로 미루어 짐작건대 그들이 내미는 솔이라든가 플라스틱 양동이 같은 따위들, 그리고 다른 잡동사니 살림살이들을 봐달라는 시늉인 것 같았습니다. 그들의 억양은 점점 더 강도가 높아져갔으며, 아니 나한테는 거의 위협적으로 들렸습니다. 사미르가 팔을 한 번 휘저으며 몇 마디 날카로운 말을 던지자 그들이 곧 옆으로 물러났습니다. 그들은 일단 입을 다물었으나 곧이어 우리 뒤에다 대고 뭐라고 외쳤습니다. 셰일라는 그 말을 이해하지 못했고 사미르는 통역하길 거부했습니다. 그들은 진짜 장사꾼이 아니라 가난하고 거친 부랑배들이라고 그가 말하더군요.

물론 난 셰일라의 감탄을 잘 이해하면서 좀더 사려 깊게 행동해야 했는지도 모릅니다. 하지만 그 무엇도 내가 처음부터 겪었던 고통스러운 상황을 막아주진 못했을 것입니다. 내가 무슨 짓을 하든 그 두 사람은 아무 관심이 없었거든요. 셰일라가 내게 보이는 관심은 매번 형식적인 차원이었을 뿐이거나 그저 자비심으로 던져주는 빵 조각에 불과할 뿐이었습니다. 처음에 난 셰일라가 내 앞에 걸어가는 게 나을 거라고 생각했지요. 하지만 꽉 끼는 청바지를 입은 그녀가 사미르 앞에서 부러 머리카락을 뒤로 젖히고 심지어 한 번은 아무 이유도 없이 갑자기 우뚝 멈춰 서는 바람에 사미르가 그녀와 가까워진다면…… 나는 셰일라가 얼마나 교활할 수 있는지 이미 잘 알고 있었으니까요.

하지만 내가 방해가 되고, 셰일라가 신경질적이 되었다는 것을 결정적으로 눈치챘던 순간은 우리가 알 아샤르 사원에 도착했을 때였습니다. 난 거의 2백 유로나 주고 산 신발을 벗기를, 내 제일 좋은 신발을 사미르를 따라 그 작은 신발장에다 밀어 넣기를 꺼렸습니다. 누구나 자신들의 낡아빠진 신발을 두고 내 것을 신고 달아날 수 있는 것 아니겠습니까. "참, 말도 안 되는 소리 좀 하지 마!" 셰일라가 신경질적인 목소리로 말하며 스타킹을 신은 발로 사미르 뒤를 따르더군요. 입구에 앉아 내가 신발 벗는 양을 구경하던 남자들이 어쩐지 내 눈에는 적대적으로만 느껴졌습니다.

사미르는 지치고 피곤할 때마다 사원을 찾는다고 했습니다. 도시의 그 어느 곳도 이곳만큼 기분 좋게 시원하고 조용한 곳은 없다면서요. 나는 난생처음으로 이슬람 사원에 들어가게 되었는데, 무엇을 해도 되고 무엇을 하면 안 되는지 알 수가 없어 불안했습니다. 누군가 우리를 눈여겨보았다면 셰일라가 우리를 이리로 데리고 왔다고 여길 게 분명했습니다. 노란 장식이 달린 빨간 양탄자에 누워 잠을 자고 있는 남자들을 보자 어쩐지 내 마음은 한결 안심이 되며 위로받는 듯했습니다. 그리고 마지막에 내 신발을 다시 발견하자 기분이 한결 나아지는 느낌이었고 셰일라의 교태도 조금은 여유롭게 받아들일 수 있을 것 같았습니다. 하지만 오래가지는 못했습니다. 향수와 향료를 늘어놓은 판매대 앞에 멈췄을 때 셰일라와 사미르는 아랍어로 자기네들끼리만 대화를 나누기 시작했던 것입니다. 사미르는 셰일라에게 거의 모든 병마다 다 열어보게 했고 두 가지 혹은 세 가지 향료를 섞어보라고까지 권했습니다. 당연히 셰일라의 눈에 그는 향수의 대가로 비쳤을 것입니다. 그녀는 그의 평가에 매번 동의했습니다. 사미르는 그녀에게 향수 세 병을 극구 선물하겠다고 했고—진짜로 그리 비싸지 않은 가격이었지요—아랍어와 라틴 문자로 작은 표찰에 손수 이름을 써 넣었습니다. 그 후 그들은 내 쪽은 거들떠보지도 않은 채 계속해서 앞으로 걸어갔습니다. 사미르는 셰일라의 발음을 교정해주었고 그녀가 점점 나아지고 있다며 과장된 칭찬을 퍼부었습니다.

나는 몇 번인가 사미르를 보내려고 애를 썼습니다. 이미 너무 오랫동안 우리가 신세를 졌으니…… 난 호텔로 돌아가고 싶었으며 저녁에는 또 한 번 '생선 시장'으로 가고 싶었습니다. 하지만 사미르는 수피가곡과 무용 공연을 절대 놓쳐서는 안 된다면서 우리를 위해 미리 표를 예약해두었다고 했습니다.

관광객들을 위한 그 구경거리는 어느 요새 같은 곳에서 벌어졌습니다. 그 장소에 대한 기억은 거의 남아 있지 않지만 사미르와 셰일라가 나를 뒤따라오겠거니 생각하며 나 혼자 앞장서 걸어가 한쪽 구석에 자리를 잡았다는 것만은 기억이 납니다. 처음에 난 두 사람이 없어진 줄 알았습니다. 하지만 곧 두 사람을 맞은편에서 발견했지요. 셰일라는 사미르와 너무나도 가깝게 붙어 있어서 마치 그에게 기대고 있는 것처럼 보였습니다.

나중에 우리는 아주 조그만 레스토랑에서 양철 접시에 담긴 피자를 먹고 거의 얼음이다 싶은 맥주를 마셨습니다. 사미르는 피라미드 측량에 얽힌 전설을 이야기해주었습니다. 셰일라는 이미 그전에 아랍어로 그 이야기를 들었다고 했습니다. 사미르와 마주하면 누구나 실제로 기분이 좋아질 만하다는 생각이 들었습니다. 나는 질투심과 애석함을 동시에 느꼈습니다. 셰일라가 우리 둘 사이에 끼어드는 바람에 우리는 얼마나 많은 것들을 놓치고 있단 말입니까. 나는 그에게 막 물으려는 참이었습니다. 지금 그가 들려준 이야기를 곧 책으로도 읽을 수 있겠냐고요. 그때 셰일라가 내일 아침에 나를 따라 독일 여학교에 갈 것이 아니라 이집트 국립박물관 관람하는 데 시간을 보내야겠다고 선언했습니다.

불쾌한 건, 셰일라의 말이 당연히 옳다는 점이었지요. 내가 늘 똑같은 것을 읽고 늘 똑같은 질문을 받으며 새로운 대답거리를 생각해내지 못하는 바람에, 사실 우리는 청중들 사이에서 때때로 답답함을 느꼈고, 나 역시 평소의 모습과는 달리 과묵함으로 일관하는 경우가 많았던 것입니다. 그런 일이 반복되다 보면 물론 환상이 깨지는 게 당연하겠지요. 그럼에도 불구하고 그녀의 결정은 배신으로 느껴졌습니다.

다음 날 아침, 셰일라는 아침 식사 도중에 갑자기 도로 맞은편에서 사미르를 보았습니다. 그는 정문에서 눈을 떼지 않더군요. 그가 약속 시간보다 한 시간도 더 넘게 일찍 왔음에도 셰일라는 갓 구운 핫케이크를 그대로 내버려둔 채 커피를 꿀꺽 삼키더니 몇 초 지나지 않아 벌써 호텔 입구의 계단을 뛰어 내려가고 있었습니다. 사미르가 나를 발견하고 절하는 시늉을 하며 인사를 했습니다. 나는 손을 흔들어 답례했습니다.

이제 알렉산드리아로 가기 위해 셰일라의 물건까지 내가 다 챙겨야 한다는 데 화가 났습니다. 저녁에 그곳에서 내 낭독회 일정이 잡혀 있었거든요.

나중에 난 독일 여학교 선생님에게 화풀이를 했습니다. 참으로 희한한 일이었습니다. 모두가 시인의 생각을 웃음거리로 만드는데도 잠시 뒤 바로 그와 똑같은 내용의 질문을 되풀이하면서 아무도 눈치채지 못하다니요.

점심 식사 때, 우린 전날 저녁에 갔던 피자집에서 만나기로 약속을 했었습니다. 나는 셰일라에게 학교의 어느 여학생에 대해 이야기를 하는 실수를 범하고 말았습니다. 그 소녀는 머리에 히잡을 쓰고 있었고 어쩐지 피곤한 듯한 인상을 풍겼습니다. 다른 학생들과는 달리 그 소녀는 말을 하는 동안에도 자리에 그대로 앉아 있었습니다. 나는 나 대신에 그 소녀가 교사에게 글에 담은 이야기와 그에 대한 해석의 관계에 관해서, 또한 작가가 주장하는 바가 무엇이든 그것은 그리 중요하지 않다는 설명을 하도록 내버려두었습니다. 그러곤 그 소녀는 진실에 관한 이야기도 했습니다. 진실이란 건 언제나 일종의 동의라고요. 그녀와 나 사이에 절대로 남녀간의 수작이 오고 간 건 아니었습니다— 적어도 내 느낌엔 그랬죠—그건 다만 그 친숙함에 대한 경탄이었습니다. 한마디 한마디 단어가 표현하고 있는 그 친숙함, 아무것도 없는 곳에서부터 갑자기 생겨난 것 같은 친숙함 말입니다. 내가 또 한 번 선생님과 논쟁을 벌이기 시작했을 때, 나는 그 소녀가 미소를 지으며 고개를 끄덕이는 것을 보았습니다. 나는 셰일라에게 그 여학생을 좀더 알게 되었더라면 좋았을 거라고 말했습니다. 하지만 감히 여학생에게 말을 걸 수가 없었기 때문에 인사조차 제대로 나누지 못했다고도 덧붙였습니다.

"왜" 셰일라가 나를 나무라기 시작했습니다. "그 여학생하고 만나보지 그랬어?"

"나를 수상한 사람이라고 생각할까 봐 걱정이 돼서." 나는 말했습니다. "그 여학생을 당황시키고 싶지 않았어."

"아, 그래, 당황이라고!" 셰일라가 외쳤습니다. "수상하게 생각한다면 그러라지, 뭘!"

나는 그 정도 했으면 됐다고 생각했지만, 셰일라는 좀처럼 진정하려고 하지 않았습니다. 엘리자베트와 사미르도 있는 곳에서 그녀가 그렇게 격앙된 반응을 보이는 게 몹시 괴로웠습니다.

나는 일단 긴 인터뷰에 응하기 위해 괴테 인스티투트의 도서관으로 가야 했습니다. 사미르가 제 시간에 셰일라를 역에까지 데려다주겠다고 약속했습니다.

정확히 2시에 신문기자들과 헤어졌습니다. 엘리자베트가 다가와 내 옆자리에 앉더군요.

"운전사가 연락드릴 겁니다." 그녀가 말하며 미소를 지었습니다. 나는 고개를 끄덕였습니다. 우리는 아무 말도 하지 않았습니다.

"실수가 아니었기를 바랍니다." 그녀가 말했습니다. "제가 사미르를 소개시켜드린 거 말이에요."

난 그녀의 암시가 주책없다고 생각했습니다. "곧 알게 되겠지요." 내가 말했습니다.

"셰일라가 이야기하지 않던가요?"

"뭘요?"

"셰일라는 함께 가지 않겠답니다." 엘리자베트가 말했습니다. "우린 지금 그녀의 기차표를 다시 팔려고 애쓰는 중이에요. 제가 생각하기로는……"

"금시초문인데요." 나는 가능한 한 침착을 유지하며 핸드폰을 켰습니다. 두 개의 음성메시지가 도착해 있었는데, 그것을 들으려면 비밀번호가 필요했고, 난 그 비밀번호를 몰랐습니다. 비밀번호를 단 한 번이라도 알았던 적조차 없었습니다.

"알렉산드리아는 아름다운 곳이에요." 엘리자베트가 말했습니다.

그녀가 다 이해한다는 듯이 말을 하는 바람에 나는 적이 당황할 수밖에 없었습니다.

셰일라는 핸드폰이 여러 번 울리도록 받지 않았습니다. 드디어 그녀가 전화를 받았을 때는 주위가 요란한 소음으로 가득했습니다. 안 그래도 나한테 이야기하려고 했었다는 것이었습니다. 하지만 내 핸드폰이 꺼져 있었다더군요. 어차피 우린 기차 안에서나 낭독회에서나 우두커니 앉아 있기만 할 것이 아니냐고 그녀가 말했습니다. 게다가 알렉산드리아에서 가장 흥미진진한 것들이라고 해봤자 물속에 있는 것들뿐이라나요. 기왕 이곳에 있는 바에야 그녀는 반드시 피라미드도 한번 구경하고 싶다는 것이었습니다.

나는 피라미드는 학회가 열리는 동안에도 올라갈 수 있지 않느냐고 물었습니다.

그녀는 학회만큼은 절대 놓치지 않겠다고 말했습니다.

"알렉산드리아 역시 매일 구경할 수 있는 곳이 아니야." 나 자신에게 말하듯 그렇게 말하고 나서 빨간 버튼을 누르고 마당으로 나갔습니다.

라다 운전사가 한쪽 문을 열어젖히곤 소리를 고래고래 지르며 시계를 가리켰습니다. 내 핸드폰이 울렸습니다. 나는 차 안에 앉아 차 문을 쾅 닫으며 외쳤다. "Sorry, sorry, sorry!" 뭘 잘못했는지 알 수가 없었음에도 불구하고 난 그렇게 말했지요.

증오에 가득 찬 운전사의 눈이 백미러를 통해 나를 쏘아보고 있더군요. 핸드폰이 계속해서 울렸습니다.

이번에 비한다면 지난번의 그 첫번째 택시행은 한낱 거북이걸음에 지나지 않았습니다. 아무려면 어떻겠습니까. 사고를 바랐다고 하면 그건 과장일 것입니다. 하지만 나는 이상하게도 사고가 일어날 것이라고 확신했고 마치 구원이라도 기다리는 심정으로 그것을 기대했던 겁니다. 나도 압니다. 나중에 일어날 일을 생각해본다면, 지금 이런 말을 한다는 것이 얼마나 어리석은 일인지를요. 하지만 그 순간에는 그 망쳐버린 여행의 결말로서 가장 적절하고도 가능한 사건은 사고밖에 없을 것 같았습니다.

몇 번인가 소스라치게 놀라며 몸을 흠칫 움츠리는 때가 있었습니다. 한 번은 정말 두 눈을 질끈 감기도 했지요. 늙고 깡마른 데다가 온통 흰색 옷차림을 한 노인이 하늘에서 뚝 떨어지기라도 한 양, 여러 차선이 지나가는 도로 한가운데 나타나 우리 차의 냉각기 앞에 우뚝 서 있었기 때문이었습니다. 그는 머리에 흰색 두건을 쓰고 한쪽 손에는 막대기를, 다른 쪽 손에는—생각이 나질 않는군요. 나한테는 그가 무슨 신화에 나오는 인물 같아 보였습니다. 저승사자 같기도 했고요.

나는 이미 그를 전면 유리에서 보았고, 충돌하는 소리를 들었다고 생각했습니다—차가 갑자기 바로 그의 무릎 앞에 서 있었습니다. 맹세할 때처럼 치켜든 팔로 우리 차를 멈추게 했다는 듯이 보였습니다. 그다음 순간 아무도 우리가 있는 곳으로 돌진해 들어오지 않는 게 기적처럼 여겨졌습니다.

알고 보니 라다 운전사는 출발 시각을 잘못 알고 있었던 것입니다. 이제 우리는 돌연 친구처럼 친해졌습니다. 그는 꾸밈없는 친절함으로 내가 어떻게 어디서 기차를 타야 하는지 설명해주었습니다—기차역 앞 어딘가에 주차할 곳을 찾는다는 건 도저히 생각할 수 없는 일이었습니다. 그는 다시 나를 데리러 오겠다는 약속을 남기고는 쏜살같이 사라져 갔지요. 셰일라가 몇 번인가 더 전화를 걸어왔었지만 난 할 말을 다 끝냈다고 생각했습니다.

지금에서야, 그러니까 이 글을 쓰면서야, 그 시간 이후에 일어난 일들에 관한 기억이 머리에서 그 이전에 일어났던 모든 일들의 기억을 다 몰아냈다는 것을 파악합니다. 그리고 그 이전의 시간과 그날들을 다시금 기억으로 끄집어 올린다는 것이 얼마나 어려운지도 압니다.

나는 "알렉산드리아 역시 매일 구경할 수 있는 곳이 아니야"라는 말을 함과 동시에 셰일라와의 관계를 끊어버린 거라고 생각했습니다. 일은 빠르게 진행되었습니다. 셰일라는 맨 처음으로 잡은 제일 좋은 기회를 이용해 나한테 왔던 것처럼 역시 이번에도 제일 좋은 기회를 이용해 가버렸던 것입니다. 혼자서, 그리고 자유의 몸으로 나는 알렉산드리아 쪽으로 향해 가고 있었습니다. 안네에게 설명할 필요도 없게 되었으니 얼마나 다행이냐 하고 난 생각했지요. 알렉산드리아에 도착하면 안네에게 엽서를 쓰고 기차에 대해서 이야기해주리라고도 생각했습니다. 오리엔트 특급열차일 거라고 생각한 건 아니었지만 이렇게까지 황폐하고 낡은 기차일 거라고도 상상하지 않았습니다. 좌석의 덮개와 커튼은 일등석의 것들조차 몹시 구겨져 있었으니까요.

나는 몇 분이고 혹은 몇 시간이고 현실세계를 떠나게 만드는 기분 좋은 꿈이라도 꾸듯 그 좌석 위에서 뒤치락거렸습니다. 무릎 위에는 대리석 같은 느낌의 회색 장정을 한 인젤 문고 『카바피스 시집』을 들고 있었습니다. 군대 시절 때부터 줄곧 나와 동행해온 시집이었습니다. 하지만 무엇인가를 읽을 기분은 아니었습니다. 이상하게도 난 계속해서 그 델타 삼각주를 머릿속에 떠올렸습니다. 지도에서도 보았고 비행기 안에서도 실제로 내려다보았습니다. 나는 나일 델타를 횡단하며 이 곳의 땅에 단지 1평방미터라도 식물을 심지 않고 그대로 둔다는 것이 야말로 죄라는 생각을 했습니다.

알렉산드리아로 가는 길에 지나친 집들은 프리츠 랑의 영화 장면처럼 으스스했습니다. 마흐무드, 올리브색 양복에 회색 셔츠와 반들반들 윤나는 빨간색 넥타이 차림의 그 잘생긴 마흐무드가 승강장에서 나를 반갑게 맞았을 때 그런 부정적인 인상은 금세 날아가버렸지만요.

늦어도 나중에 우리가 차를 타고 옛 유럽 상점이 즐비한 상가 거리를 지났을 때, 그리고 부둣가의 부드러운 전등 빛 속에서 환하게 보이던 해변으로 방향을 꺾어 바다가 내 앞에 펼쳐졌을 때 나는 문득 셰일라가 보고 싶었습니다. 어쩌면 내가 보고 싶었던 사람은 셰일라가 아니었을지도 모릅니다. 하지만 그 모든 것을 혼자서 경험한다는 것이 슬펐던 것만은 사실이었습니다.

예약상에 문제가 생기는 바람에 윈저의 현관에서 기다려야 했던 45분 동안, 나는 딱히 아픔이라고 할 순 없으나 일종의 우울한 정조를 즐겼습니다. 네, 맞습니다. 차 한 잔과 뭔지 모르는 리큐어 술 같은 것을 마시는 동안 나는 어쩐지 음울한 기분으로 빠져들었습니다.

맨 꼭대기 층의 넓디넓은 방에 여장을 푼 뒤, 빡빡해서 열기 힘들었던 발코니 문을 열고 밖으로 나가자 해변의 불빛이 만들어낸 둥그런 곡선이 내려다보였습니다. 불빛이 타원을 그리며 부두의 장벽에 완벽을 더했습니다. 그러곤 마차 냄새가 섞인 바다 공기를 들이마셨을 때 나는 이곳에서 반드시 바람을 피우겠다는 결심을 했습니다. 전날 카이로의 여학생처럼 나하고 의견의 일치를 보는 여자를 이곳에서도 만날 것입니다. 그 묘한 환희가 나를 앞으로 나아가게 하는 힘이 되었습니다. 하지만 나는 몹시 피곤했습니다. 아니, 진이 다 빠져 완전히 지친 상태였지요.

괴테 인스티투트는 어떤 공장 사업자가 살던 저택에 들어 있었습니다. 아랍어로 된 원고가 낭독되는 동안 내겐 청중들을 찬찬히 돌아볼 수 있는 시간이 충분히 주어졌습니다. 거기 참석해 있던 여자들 중에 내 환상을 자극할 만한 사람은 한 명도 없더군요. 낭독은 끝도 없이 이어져갔고 토론은 마라톤이 되었습니다. 마치 산 위를 향해 발걸음을 떼듯 한마디 한마디 말을 할 때마다 너무나 많은 힘이 듦을 감지했습니다. 하지만 난 알렉산드리아에 와 있었습니다. 그러니 용감하게 발걸음을 떼며 11시가 넘어서야 강연을 마쳤습니다. 그 후 우린 강연 장소를 떠났고 다시금 도착한 곳은— '생선 시장'이었습니다. 알렉산드리아에도 이 레스토랑이 있었던 것입니다. 바다가 보이는 해변에 있었습니다. 문득 셰일라를 부르고 싶었지요. 그녀가 전화를 걸어 물어보았던 것처럼 말입니다. "엄마, 지금 내가 어디 있는 줄 알아요?"

우리는 이미 거의 텅 비어버린 식당에 들어온 마지막 손님들이었습니다. 그래도 뷔페는 여전히 생선들로 가득했습니다. 1시에서 2시 사이에 나는 호텔로 돌아왔고 몇 분쯤 잠이 들었다가 묘한 흥분으로 잠이 깨어 새벽 동이 틀 무렵까지 이리저리 뒤척거렸습니다. 7시에 난 셰일라의 세면도구가 든 가방을 열어 그녀의 소지품을 침대 옆자리에다 꺼내놓았습니다. 그녀의 향수를 뿌리고 그녀의 전화번호를 눌렀습니다. 전화벨이 울리는 소리를 들으면서 나는 셰일라가 자고 있을 방을 상상했습니다. 그녀가 핸드폰을 바로 옆에 두고 있다는 사실이 놀

라왔습니다. 음성메시지를 저장하는 메일박스—다 기어들어가는 목
소리로 그녀가 남긴 '셰일라 디에체'라는 이름을 들을 수 있습니다—
로 넘어갈 거라고 생각하고 있을 때 뜻밖에도 그녀가 전화를 받았습니
다. 나는 별일 없이 잘 있는지 물었습니다.

"그럼, 당연하지. 다 잘 돌아가고 있어." 그녀가 말했습니다. "당
신은?"

"잠이 안 와……"

"……그리고 난 이를 닦을 수가 없어."

"자업자득이지." 난 말했습니다.

"내가 마중 나갈게. 잘 자." 셰일라가 말했습니다.

아침 식사 후 나는 도로 침대 안으로 기어들고만 싶었지만 청소부
여자들이 벌써 옆방까지 와 있었습니다. 호텔 현관에서 추가로 커피를
한 잔 더 시키고 또 얼음을 넣은 콜라를 기다리면서 난 꾸벅꾸벅 졸았
습니다. 사실 난 깨어 있어야 했고 도시를 구경하거나 뭔가 경험해야
했습니다. 나중에 셰일라가 들으면 놓쳐서 안타깝다고 할 그 무엇을
말이지요.

나는 물약을 마시듯 조금씩 홀짝거리며 콜라를 마셨습니다. 그리고
윈저의 소파에 앉아 점점 불어나는 어린아이들과 연인들과 산책을 나
온 사람들이 해변에 멈춰 서서 좀더 깊은 곳에 자리를 잡은 선창이나
물을 바라보는 것을 구경했습니다. 곧 그 사람들은 한 무리의 구경꾼
을 이루었고 결국은 나 역시 그 행렬에 참여했습니다.

뭔가 색다른 광경이 내 시야에 들어왔습니다. 처음엔 남자 다섯 명
이 끌어당기는 것이 밧줄인가 생각했지요. 그건 생선 잡는 그물이더군

요. 한쪽 끝은 한 명의 '예인선 인부'가 어깨 너머로 끌고 있었고 다른 사람들은 두 손으로 그물을 가슴께로 끌어당기거나 엉덩이 쪽으로 혹은—뒷걸음질을 치며—팔 밑으로 끌었습니다. 처음에는 완전히 헛수고라고 생각했지만 곧 그들은 몇 발짝쯤 앞으로 나아갔습니다. 그물은 분명 부두에서 멀리 떨어진 곳에 던져졌을 것입니다. 그물이 수면에 그린 둥그런 선을 따라 눈길을 옮겨보면, 오른쪽으로 한 2백 미터 떨어진 곳, 그러니까 시선이 동쪽으로, 도서관이 있는 방향을 따라 해변으로 도로 돌아왔다가는 곧 두번째 사람들의 무리를 보게 되어 있었습니다. 그들도 역시 그물의 다른 쪽 끝을 당기며 우리 쪽으로 전진해오고 있었습니다.

자그마한 체구의 노인이 까칠까칠한 턱에 차양 모자와 다 해어진 재킷 차림으로 나를 바라보며 "Hello" 하고 속삭였습니다. "Hello" 하고 내가 대답했지요. 그는 다시 작은 목소리로 "Hello"라고 반복했고 우리 뒤에 서 있던 마차를 가리켰습니다. 나는 고개를 좌우로 흔들며 손가락으로 내 눈과 어부들을 가리키는 시늉을 해 보였습니다. "After, after(나중에, 나중에요)" 하고 그가 말하면서 나를 한 번 가리키곤 다시금 마차를 가리켰습니다. 난 체념하듯 고개를 흔들며 다시금 바다 쪽을 응시했습니다. 그때 누군가 내 다른 쪽 팔 소매를 잡아당겼습니다. "Go! Go!(갑시다! 갑시다!)" 한 남자가 그렇게 요구하면서 내가 그를 따라나설 것이라고 기대했는지 마차를 향해 몇 발짝 걸음을 옮겼습니다. 그 바람에 내 오른쪽에 있던 마부가 화가 났고 그들은 이제 서로에게 욕을 퍼부으며 싸우기 시작했습니다. 맨 처음 내게 다가와 "After, after"라고 속삭이던 노인이 나에게 안심하라는 듯이 고개를 끄

190

덕여 보일 때까지 싸움은 계속되었습니다.

나는 어깨에 멘 가방을 가슴께로 옮겨 들고 양팔을 꼰 채 어부들에게서 눈을 떼지 않았습니다. 어부들은 내가 보기에도 모두들 나이가 지긋한 노인들이었고 맨발에다 그중 몇 명은 벌거벗은 상체에 맨살 위에 바로 재킷을 걸쳐 입었습니다. 움직임이 거의 느껴지지 않을 정도로 느릿느릿 가까워오는 그물, 노인들이 쏟아붓는 노고, 그들이 손에 둘둘 감고 있는 헝겊, 부릅뜬 눈과 벌어진 입, 핏줄이 돋아난 목에서 흐르는 땀방울, 명령이나 지시가 필요 없는 그들의 집중, 그들 두 그룹의 무리들이 마침내 만날 때까지 거리를 점점 더 좁혀오는 작은 보폭, 단 한순간이라도 쉼 없이 혹은 위를 쳐다봄도 없이, 슬로모션으로 서로에게 행진해 오는 그 광경을 보았습니다. 그 모든 것들이 너무나도 비현실적이었고, 나를 사로잡는 극적인 요소가 있었습니다. 그들의 고기잡이 행진은 셰일라에게 반드시 들려줄 이야깃거리임에 분명했습니다.

내 옆에 있던 키 작은 마부가 쉰 목소리를 높일 때마다 나는 또 한 명의 경쟁자가 나타났음을 확신할 수 있었습니다. 그의 목소리가 더욱 더 커지면 다음 순간 누군가의 손이 나를 건드렸고 그러면 그 키 작은 마부는 즉각 그를 쫓아버렸습니다. 한 번은 그가 내 구겨진 재킷을 도로 펴주기까지 했습니다. 그러는 사이사이에도 그는 계속해서 낮은 목소리로 "Hello"를 연발했고 내 기억을 일깨우려는 듯 손을 들어 인사했습니다.

한 50미터 떨어진 거리를 사이에 두고 어부들은 멈춰 섰습니다. 몸은 한껏 뒤로 빼고 발로 땅을 디딘 채 그들이 그물을 끌어올렸습니다.
멀찍이 떨어져서 그물의 움직임을 따라오던 작은 보트가 있었는데

나는 그제야 그 보트가 어부들과 한 팀임을 알아보았습니다. 두 명의 남자가 보트에서 물 위로 뛰어내렸습니다. 그들은 그물의 두 끝이 교차하는 곳에서 수면을 때리고 발로 밟으며 물고기가 달아나지 못하도록 마지막으로 남은 틈까지도 꼭꼭 막으려고 애쓰고 있었습니다.

그물을 잡았던 남자들이 서로서로를 향해 모여들어 마침내 하나의 무리를 이루었습니다. 그들 앞에서 물결이 출렁거렸습니다. 나는 그것이 펄떡대는 물고기일 거라고 착각했지만 사실 그건 헤엄을 치던 두 남자가 풍덩대는 허우적거림일 뿐이었습니다. 나도 다른 사람들을 따라서 난간으로 올라갔습니다. 우린 모두 그물만을 응시했습니다.

마부가 내 바짓가랑이를 잡아끄는 바람에 나는 잠시 동안 한눈을 팔아야 했고 그물이 육지로 밀려 나오는 광경을 놓치고 말았습니다. 그 다음 순간 남자들이 줄지어 늘어놓은 양동이로 잡은 고기를 천천히 가져가는 광경을 보았는데 참으로 실망스러운 광경이었습니다. 거의 아무것도 잡히지 않았거든요. 많아야 열두 마리 정도, 지난밤 우리가 먹어치운 양을 넘지 않을 성싶더군요. 고기잡이가 실패했음에도 아랑곳하지 않는 듯 남자들과 아이들이 양동이 주위에서 분주히 왔다 갔다 하며 웅성거렸습니다.

피곤해졌기도 하거니와 따가운 햇살도 피할 겸 나는 그 자그마한 마부를 따라 마차에 몸을 실었지요. 장담하건대 셰일라라면 그런 마차는 절대 타지 않을 겁니다. 하지만 마부가 10유로를 못 버는 것보다야 10유로를 버는 것이 더 나은 데다가 마차는 누군가를 태우기 위해 있는 것이 아닌가요. 게다가 내가 반드시 가봐야겠다고 의무로 삼은 카이트 베이 요새는 지금의 내 상태로 해변을 따라 강행군으로 가기에는 너무나 먼 곳이었습니다. 부둣가에서 보기에 바다의 서쪽 날개에 있는 그 요새는 파라오의 유적지에 세워졌다고 합니다. 즉, 고대에는 한때 등 대가 서 있던 곳이었습니다.

가죽 의자에 풀썩 앉았을 때 느낀 안도감이 모든 의심의 잔재를 몰 아냈습니다.

나는 느긋하게 몸을 뒤로 기대고——우리가 가는 동안 길을 지나가던 행인들은 나를 볼 수 없었습니다——마부의 굽은 등과 말 엉덩이와 그 위를 좌우로 휙휙 지나가는 채찍의 매듭을 응시했습니다.

지금에서야, 그러니까 한 시간, 한 시간 점점 더 많은 기억이 내 머 리에 떠오르는 지금에서야 나는 여러 가지 세부사항들이 어떤 단서였 음을 파악하게 됩니다. 다른 사람들이라면 보통 여행 기록쯤으로 생각 하고 말 테지만요, 사실은 모든 것이, 아니 거의 모든 것이 종말을 뜻 하고 있었던 것입니다.

나는 요새에서 내려달라고 했고 모든 길들을 성실하게 돌아보았으며 전망대를 통해 바다를 내려다보고 해안 산책로와 도서관을 관찰했습니 다. 이 지역에서는 내 긴 머리카락이 불쾌감을 불러일으키는 모양이었 습니다. 초등학생 아이들이 그런 내 머리카락을 보며 네 번이고 다섯 번이고 계속해서 "루티, 루티*"라는 말을 연발하며 놀렸을 때는 참으 로 진저리가 났음에도 불구하고 못 들은 척 내버려두었습니다.

나를 실어다주었던 마부가 "Hello"라는 말을 길게 끌며 인사했고 돌 아가는 길을 제안했습니다. 손님을 기다리느라 길게 늘어선 마차들을

---

* 게이, 동성애자라는 뜻.

지났고, 커다란 홀에 진을 친 진짜 생선 시장을 지났습니다. 시장에서는 여자들이 생선을 사라고 들어 보이거나 물고기 위에다 연신 물을 끼 얹고 있었습니다. 우리는 마부가 꼭 봐야 한다고 권한 궁전에 도착했고 나는 마차 안에 선 채 쇠창살이 쳐진 그 궁전을 구경했습니다. 여학생들 세 명이 내 옆을 지나며 킥킥거리기도 하고 무슨 말인가를 소리내다가 뒤로 빠져 안 보이다가는 다시금 내 옆으로 나타나곤 했습니다. 나는 빙긋이 웃어 보이는 것 외에는 딱히 생각나는 게 없었습니다. 노인이 마부석에서 훌쩍 뛰어내려 내쫓을 때까지 그들은 그 놀음을 계속했습니다. 나는 도서관으로 그 미련한 산책길을 계속 이어갔습니다. 마부에게 약속했던 10유로 대신에 15유로를 줄 작정이었습니다. 어쨌든 그가 먼 길을 돌아간 건 사실이니까요. 하지만 그는 죽어도 30유로를 받아야겠다고 우겼습니다. 언성이 높아지며 그가 성가시게 따지기 시작했습니다. 나는 얼른 30유로를 내주고 그 자리를 떠나 도서관에서 커피를 마셨습니다. 나는 셰일라가 사미르와 재미있는 시간을 보내면서 내게는 한 번도 들려준 적이 없는 사랑스러운 목소리로 그의 귓가에서 속삭이고 있는 장면을 상상했습니다. 그러곤 다시 거리를 터벅터벅 가로질렀습니다. 머리가 아파왔고 쉴 새 없이 하품이 났지요. 갑자기 쩌렁쩌렁 요란한 목소리가 울리는 순간, 나는 너무도 깜짝 놀라 몸을 움츠렸습니다. 가로등과 주택의 벽에 스피커가 매달려 있었습니다. 얼마 후 내 주위에 남자들만이 가득해졌고 그들은 하나같이 무릎을 꿇었습니다. 내가 보기에 보통 상가였음에도 불구하고 그들은 거리나 인도 한가운데서 기도를 드리고 있었습니다. 그리고 나는, 머리카락이 긴 이 사람은 아직도 서 있는 유일한 인간이었습니다. 스피커에서 터져 나오는 위협적인 목소리는 바로 나를 겨냥한 목소리인 것처럼 느껴질 지경이었습니다. 나는 해변가 쪽으로 얼른 도망쳤습니다.

'세실'이라는 유명한 호텔 앞에서 귀에 익은 "Hello!"가 나를 맞이했습니다. 내 마부가 손을 흔들며 묶어놓은 자루에 든 먹이를 먹고 있는 말 잔등을 가볍게 두드렸습니다.

1시에 호스니 하산을 만나기로 한 약속이 있었습니다. 반년 전에 베를린에서 에드와르 알 샤라트를 통해 알게 된 이집트 동료입니다. 호스니는 꼬불꼬불한 빨간 머리카락 때문에 사람들에게서 종종 외국인이라는 오해를 받습니다.

그는 한 술집으로 나를 데려갔는데 영광스럽게도 한때 영국 여왕이 들른 적도 있었다는—벽에 붙은 사진이 그 여실한 증거였지요—그 술집은 지금은 주로 가족들로 만원이었습니다. 사람들은 양철 그릇에 담겨 나온 요리를 먹었고 긴 탁자 앞에 앉았습니다. 음식을 먹는 동안에 호스니가 자꾸만 새로운 그릇을 내게 내밀었지만 난 영 입맛이 없었습니다. 그 반대였습니다. 두통에다가 가벼운 구역질 증세까지 겹쳤습니다. 나는 아스피린 두 알을 물에 녹였는데 그런 내 행동은 아마 이곳에서는 단정치 못한 일로 여겨지는 모양이었습니다. 아무튼 사람들이 내 쪽을 돌아보았고 나와 마주보고 있던 친구 역시 당황한 듯 나를 쳐다보았습니다.

호스니는 왜 셰일라를 데려오지 않았느냐고 물었습니다. 그리고 그가 내 말을 잘 못 알아들은 건 아마 내 부족한 영어 실력 때문이었겠지요. 그는 그녀가 도시 카이로를 사랑하게 되었다는 말로 알아들었습니다. 하지만 그 오해를 풀기에 난 너무나 힘이 부쳤습니다. 나는 주로 듣기만 했고 그는 희망으로 가득 차 있었습니다. 그는 앞으로 몇 달 동안 이집트에 좋은 변화가 있을 것이라고 전망했습니다.

호스니가 들려준 이야기는 내 관심을 끌었습니다. 무엇보다도 그가 2년 넘게 카르툼에서 문화 전담 외교관으로 일할 때의 이야기가 그랬습니다. 하지만 나는 어느덧 그와 더 이상 대화를 나눌 필요가 없이 원저의 현관에서 혼자 기차 출발 시간을 기다리며 차가운 콜라를 마실 수 있게 된 것이 기뻤습니다. 마흐무드, 그 사랑스러운 운전사가 나와 작별하기 위해 꽃같이 하얀 옷을 입고 나타났습니다. 나를 역에 데려다 주었는데 내가 건네는 팁을 한사코 거절하는 바람에 나는 정말로 그 돈을 도로 주머니에 넣어야 했습니다.

돌아오는 길에 나는 추위에 몸을 떨었습니다. 일등석 객실 안을 가득 메우고 있던 장교들이 담배를 피우러 연신 밖으로 나갔기 때문이었습니다. 그리고 열린 문에서 매번 지옥같이 차가운 바람이 불어왔습니다. 나는 몸을 움츠리고 곧 재채기를 하기 시작했으며 손수건을 찾아 보았으나 허사였습니다. 또다시 셰일라와 사미르 앞에 나타나야 한다는 사실이 부담스러웠습니다. 나는 싸우고 싶지도 않았고 언쟁을 하고 싶지도 않았습니다. 따뜻한 침대에 들어가 나 혼자 있게 놔둬주기만 한다면 다른 건 아무래도 좋았습니다.

카이로의 승강장에는 세 명의 명랑한 트리오가 나를 기다리고 있었습니다. 라다 운전사와 사미르 가운데에 셰일라가 서 있었습니다. 그녀는 무슨 일이 있었느냐면서 내가 매우 아파 보인다고 했습니다. 그럼에도 불구하고 그녀는 나더러, 그녀와 함께, 사미르와 운전사까지도 함께 '생선 시장'에 가서 밥을 먹자고 요구하더군요. 오늘 그녀가 한턱

196

내겠다는 것이었습니다. 우리가 그녀의 손님이라면서요.

나는 아스피린 몇 알을 빼고는 자는 것밖에 바라는 것이 없다고 말했습니다. 나는 재채기를 했고 사미르와 운전사가 동시에 휴지를 내밀었습니다. 나는 그것을 기적이라도 보는 양 감사히 받아들였습니다.

셰일라는 애석하기는 하지만 자신과 동행한 손님들을 대접하겠다는 결정을 굳게 밀고 나갈 작정이었습니다. 나 역시 반드시 그렇게 해야 한다고 설득하기까지 했습니다. 오늘 같은 날 나하고 있어봤자 어차피 재미도 없을 것이라면서 말입니다. 셰일라가 차 안에서 말했습니다. 두 명의 너무도 다른 운전사의 수수께끼를 풀었다는 것이었습니다. 라다를 모는 운전사는 예전에 동독인민공화국 대사관에 고용되었고 사람들이 대사관으로부터 라다까지 포함해서 운전사를 넘겨받았으며 건물 역시 넘겨받았다고 했습니다. 반면 은색 폭스바겐 버스의 운전사는 애초부터 늘 괴테에서만 일해왔다는 것입니다.

우리는 약국에 들렀는데 사미르가 다음 날이면 콧물을 멈추게 한다는 약을 권했기 때문이었습니다. 호텔 앞에서 운전사는 시동을 끄지 않은 채 차에서 내려 승강기 앞까지 내 가방을 들어주었습니다. 우리는 서로서로 진심 어린 작별인사를 나눴습니다.

그날 밤은 엉망진창이었습니다. 깨어 있는 상태와 잠든 상태와 꿈속을 오락가락하는 비몽사몽의 왕복운행 덕분에 나는 스스로에게 쫓기며 점점 더 피곤해져만 갔습니다. 어쩌면 단순히 콜라를 너무 많이 마신 탓인지도 몰랐지만요. 난 오로지 차가운 콜라만을 탐했거든요. 하지만 콜라가 식도를 타고 내려가는 순간 나를 어딘가에 딱 들러 붙이고 잠을 자지 못하도록 막는 것만 같았습니다. 불을 켜고 일어난 후에도 나는 또 한 번 그 비몽사몽의 상태로 빠져들었습니다. 셰일라는 2시경에 돌아왔고 곧장 잠이 들었으며 9시에 완전히 숙면한 말간 얼굴로 일어났습니다.

정확히 학회 개막식 날에 맞춰 내 기분은 엉망이 되고 말았습니다. 나는 게걸스럽게 과일만을 먹어댔고 그 외에는 차가운 콜라만을 찾았습니다. 아침 식사 뷔페에서조차 멜론의 반을 다 내 접시에 올리고 치즈 접시를 장식하던 포도알까지도 모두 다 약탈했습니다.

셰일라는 끊임없이 피라미드에 관해서만 지껄여댔습니다. 그동안 내내 피라미드를 관찰하는 것 이외에는 한 일이 없었고 그림자의 움직임을 주목했다는 것이었습니다. 그리고 사미르가 그녀에게 피라미드에 관해서 알아야 할 것이라면 뭐든지 전부 다 설명해주었다는 것이었지요. 그녀는 피라미드 관람에 중독되었다고 했습니다. 세상 그 어느 것도 그 일과 견줄 수 없다면서요. 피라미드를 보는 것이 그녀에게는 최선의 보약이며, 아니 가장 좋은 종교라고까지 했습니다.

나는 조롱하는 말을 던지느라 그나마 거의 남지도 않은 힘을 빼고 싶지는 않았습니다. 셰일라의 말을 특별히 주의 깊게 듣고 있지도 않았습니다. 하지만 그녀가 말을 하면 할수록 그녀에게 일어난 변화는 돌이킬 수 없을 것만 같았습니다. 난 그런 현상을 내 친구들의 아이들에게서 보았을 뿐인데요, 그들은 어쩐지 더 이상 아이들이 아니었고 나는 문득 전에 없던 주의력으로 혹은 거리감으로 그들을 새롭게 대하게 되는 것입니다. 뭐, 그런 식의 무엇인가가 셰일라에게 일어난 것입니다. 그녀의 그 수다에도 불구하고 조용하게 보였고 더 이상 그렇게 수선스럽지도 않았고 흥분한 것도 아니었습니다. 정말로 훨씬 더 성숙해져 있었습니다. 문득, 나는 그녀를 원했습니다. 그래, 난 그녀에게 막 결혼 신청이라도 할 참이었습니다.

우리가 버스를 기다리고 있을 때 연락도 없이 사미르가 불쑥 나타났습니다. 우리와 함께 가고 싶다면서. 학회에 아주 관심이 많다면서요. 나는 그게 가능한 일인지 모르겠다고 말했습니다. 내가 반대하지만 않는다면 아무런 문제가 없다고 그가 말했습니다. 나는 어깨를 으쓱해 보였습니다.

바로 이 순간, 백발에 커다란 코와 갸름한 얼굴에 안 어울리게 넓적한 입을 가진 남자가 우리 옆으로 다가왔습니다. 그는 초면 인사에서는 늘 그렇게 한다는 듯 머리카락을 쓸어 올리며 내게 프랑스어로 말을 걸었습니다. 나는 프랑스어를 할 줄 모릅니다. 사미르가 얼마 가지 않아 그 사랑스러운 동료의 말을 자르고 약속이라도 한 듯 통역을 시작했습니다. 내가 이해한 말이라곤 "très bien, très bien(매우 좋아요, 좋아)"뿐이었는데 사미르는 그걸 "굉장하군요. 정말 대단해요"로 번역했습니다. 나는 행복해져 함박웃음을 지었습니다.

알고 보니, 또 다른 한 명의 사미르, 즉 사미르 그리스가 자신이 번역한 『심플 스토리』의 아랍어본을 여러 명의 작가에게 보냈고, 바로 지금 내 앞에 있는 사랑스러운 신사가 그 수령자들 중 한 사람이라는 것이었습니다.

그에게 고맙다고 말하는 대신 나는 우리의 사미르에게 그의 이름이 어떻게 되는지, 그리고 그의 책이 혹시 영어나 독일어로 번역되었는지 물어봐달라고 부탁했습니다. 단호한 "non, non(아니요, 아니요)"라는 말 뒤에 그 아랍인 동료는 "au revoir(또 봅시다)"라고 인사한 후 돌아가버렸습니다.

학회는 어떤 넓은 홀에서 열렸는데 어두운 공간이었다는 것만 기억에 남아 있습니다. 나는 사미르에게 헤드폰이 어디 있는지 좀 물어보라고 했지만 끝내 알 수가 없었고 직접 통역사 구역을 찾아 나섰으나 그런 건 없었습니다. 내가 아는 얼마 안 되는 작가들 중에 에드와르 알 샤라트를 빼고는 아무도 볼 수 없었습니다. 그는 동료들에게 에워싸여 인사를 나누느라 바빴습니다. 반 시간쯤 후에 바살라마 박사가 자신을 지지하는 무리들과 함께 입장했습니다. 그는 초대장을 보낸 행사의 주최자였습니다. 사람들이 전부 다 일어나 기립박수를 치는 것만이 빠진 듯했습니다. 그랬더라면 그야말로 완벽한 무대 연출이 되었을 것입니다.

그 모든 연설의 내용을 내가 알아들었을 리는 만무했고 다만 그 모든 연설마다 끊임없이 바살라마 박사의 이름이 들어간다는 것만을 알아들었을 뿐이었습니다. 그의 이름이 언급되는 횟수가 늘어갈수록 그건 무슨 간청같이 들렸습니다. 사미르는 촛대처럼 몸을 꼿꼿이 세우고서 셰일라 옆에 진지하게 앉아 각각의 연설이 끝날 때마다 열렬하게 박수를 쳤습니다.

한 시간 반 후 학회 참석자들이 현관으로 쏟아져 나왔을 때에서야 나는 깨달았던 것입니다. 통역사 구역 같은 것은 애당초 마련되지 않았다는 것을. 그러니 헤드폰도 있을 리가 없겠지요. 사미르는 내가 깨달은 내용을 즉각 확인해주었습니다. "여기선 아랍어로만 소통을 합니다." 그렇담 나더러 여기서 뭘 하란 말이냐고 사미르에게 물었습니다. 그 역시 알 수 없노라고 했습니다. 몇 분 뒤에 손님들이 한바탕 휩쓸고

가 텅 빈 뷔페상 앞에서 뭔가 마실 수 있는 음료라도 찾기 위해 헛수고를 기울여야 했을 때, 나는 더욱더 화가 치밀었습니다. 오로지 쓰고 버린 잔들이 몇 개 나뒹굴 뿐이었고 오렌지 주스를 담았던 병은 어떤 신사 양반이 마지막 남은 한 방울이라도 잔에 담고자 벌써 앞으로 기울인 뒤였습니다.

셰일라와 사미르는 머물겠다고 주장하더군요. 나는 호텔로 돌아와 차가운 콜라 캔을 다섯 개나 샀고 침대 위에서 비몽사몽 뒤척이며 시간을 보냈지요.

셰일라는 저녁 식사 시간에도 나타나지 않았습니다. 그 대신에 나는 호다 바라카트를 만났습니다. 우리는 1년 전에 예멘에서 알게 되었고 주소를 교환했습니다. 호다는 1989년 두 아이들을 데리고 베이루트를 빠져나와 파리로 몸을 피했습니다. 나는 베이루트에 관해 이것저것 물었고 그녀는 반은 영어로, 반은 프랑스어로 대답했습니다. 『새로운 인생』에 등장할 어떤 인물을 묘사하느라 그녀의 경험담에 관한 정보가 필요했던 것이었습니다. 내가 지금 막 쓰고 있는 소설입니다. 우리가 대화를 나누는 동안 나는 셰일라가 호텔로 들어오는 것을 보았습니다. 11시쯤에 호다가 주소를 적어주었는데 나는 그것을 베라 튀르머라는 인물을 위해 사용했습니다. '베이루트—스토르코 에어리어—와디 아부이밀, 알리앙스 대학의 다음 건물—4층'.

내가 침대로 다시 돌아오니 셰일라는 이미 나가고 없었습니다. 자정이 넘어서야 그녀가 돌아왔습니다. 그녀는 내게 어디 있었냐고 물었고 이제 좀 핸드폰을 켜놓는 버릇을 들이면 안 되겠냐고 묻더군요.

다음 날 오후—그때까지 나는 아침 식사를 하기 위해서만 아래층으로 내려갔고 거리에서 사미르를 보았고 다시금 침대로 기어들었습니다—나는 잘 모르는 두 명의 동료들과 어느 방 강단에 앉아 있었습니다. 그 방은 평범한 학교 교실 비슷한 크기였고 창문이 높이 달려 있었으며 그 뒤로는 하얀 하늘이 펼쳐져 있었습니다. 나는 인사를 받았고 뭔가 축하를 받기도 했으며 옆자리에 있던 사람의 연설에 귀를 기울이다가, 마지막엔 내 소설을 아랍어로 낭독하는 한 아름다운 여성의 목소리에 주의를 기울였습니다. 계속해서 바뀌는 청중들을 돌아볼 시간은 넉넉했습니다. 동료들이 경박하게 연설을 지껄일 때 사람들이 연신 들어왔다가 다시 나가는 현상은 십분 이해할 수 있었지만 내 책을 읽고 있는 동안 맨 처음 들어와 앉았던 사람들이 일어나는 것을 보자 매우 상심이 되었습니다. 청중의 숫자가 열여덟 명이 넘은 적은 한 번도 없었습니다. 사미르와 셰일라는 맨 앞줄에 나란히 앉아 꼼짝하지 않았습니다. 그들 쪽으로 자꾸 눈길을 돌리지 않기 위해서는 무진장 노력이 필요했습니다. 마지막에 사미르는 또 한 번 열렬히 박수를 쳤습니다. 청중들 중에 두 명이 손을 들고 무엇인가를 말했지만 둘 다 내 책에 관한 질문은 아니었습니다.

내가 다시 호텔로 돌아가겠다고 선포하자 "당신을 어쩌면 좋지?" 하고 셰일라가 외쳤습니다. 나는 사미르가 시간이 난다고 하면 그와 함께 식사하러 가라고 말하고 나서는 택시에 올랐습니다.

층계를 오르다가 하산 다우드를 만났습니다. 그의 책 중에 몇 권이 독일어로도 번역되었거든요. 베이루트에서 그는 신문을 발행합니다. 우리가 서로 알게 된 곳 역시 예멘이었습니다. 하산이 내 강연문을 달라고 부탁했습니다. 그것을 인쇄하겠다면서요. 일단 먼저 한 번 읽어

보는 게 좋을 거라고 나는 말했습니다. 아니라면서 그가 웃었습니다. 내가 쓴 것이기만 하면 충분하다는 것이었습니다. 한순간 동안 내 머리를 누르던 압박감이 사라졌습니다. 그리고 난 이제 나쁜 일은 다 지나갔을 거라고 믿었습니다. 2분 뒤, 나는 침대에 몸을 던졌습니다.

전화벨이 울렸고 호다의 음성이 들려왔습니다. 그녀와 여자 친구들 몇 명이 함께 식사하러 가는데 날 초대하겠다는 것이었습니다. 거절하는 나에게 안 돼요, 라고 말하며 그녀가 내 말을 반박했습니다. 나한테 오히려 기분전환이 될 거라면서요.

샤워를 하고 옷을 입는 일만으로도 나는 젖 먹던 힘을 다 쏟아부어야 했습니다. 복도를 지나 승강기로 가는 길에서 난 이미 녹초가 되어 있었습니다.

로비에서 하산 다우드가 내게 손을 흔들었습니다. 나더러 좀 기다리라면서 서류가방을 뒤적거리더니 종이 몇 장을 내게 내밀었습니다. 내 연설문이었지요―내용이 불명확하다면서, 애석하게도. 아마 번역이 잘못 되었나 보다고 내가 말했습니다. 아마도, 라고 그가 말하더군요. 내가 너무도 아무렇지도 않게 그것을 받아들이는 데에 나 스스로도 놀라지 않을 수 없었습니다. 호텔 계단에서 난 엉엉 울음을 터뜨리기 직전이었습니다.

어쩌다 그런 우스운 광대놀음에 끼게 되었던 것일까요? 학회고 뭐고 다 지옥에나 떨어져버려라 하고 나는 빌었습니다. 속은 기분이었고 모욕당한 느낌이었습니다. 셰일라가 미웠고 사미르가 미웠습니다. 나는 이곳을 떠나고 싶었습니다.

강연을 들으러 그 학회에 가는 사람은 아무도 없다고 호다가 말했습니다. 초대를 받았다는 것은 일종의 선물인 것이며 비행기를 타고 카이로에 와서 친구들을 만나고 재밌게 지내면 그만이라는 것이었습니다. 그것 자체로도 멋진 일이라면서요. 통역사 구역이 있든지 말든지 간에—그녀가 웃음을 터뜨렸지요—그런 건 아무 상관이 없다는 것이었습니다. 그리고 내가 얼마나 잘 지내고 있느냐면서요, 거기 참석하지 않았다고 해서 양심의 가책을 받을 필요가 전혀 없다는 것이었다. 자유라는 것이었습니다!

호다는 카이로에 도착한 이후로 촘촘히 잡힌 인터뷰에 응하느라 이리저리 허둥지둥 뛰어다니기만 했던 터라면서—하리리에 대한 저격 사건은 그보다 며칠 전의 일이었습니다—나를 자신의 여자 친구들에게 소개했습니다. 그중에는 쿠웨이트 출신 작가 라일라도 있었습니다. 그녀는 마치 스파이를 의심하듯 색안경 너머로 나를 훑어보았습니다. 끝으로 그녀는 내 옆에서 담뱃불을 밟아 껐습니다. 보조석에는 호다와 프랑스와 아랍 문학을 지도한다는 카이로 출신의 어떤 여자 교수가 앉았습니다. 차의 주인은 좌석을 앞으로 바짝 당겨 앉았기 때문에 등받이와 운전대 사이에 그야말로 꼭 끼어 있는 것처럼 보였습니다.

사실 내가 기억하는 것이라고는 여자들의 웃음뿐입니다. 그리고 내가 그녀들을 부러워했다는 사실이 기억납니다. 나는 전 인생을 걸쳐서 그녀들이 차를 타고 가며 웃듯이 그런 식으로 웃어본 적은 한 번도 없었기 때문이었습니다. 와락 터지는 웃음 때문에 그 여자들 중에서 한 번 시작한 문장을 완전히 마치는 사람은 아무도 없었습니다. 그 깐깐한 라일라까지도 말입니다. 난 그들이 웃은 이유를 오늘날까지도 알지 못합니다. 호다는 좌석에서 떨어져 내 무릎 앞에서 엉덩방아를 찧기도 했고 그 바람에 또 한바탕 웃음이 터져 나왔습니다. 계속해서 그녀가 영어로 상황을 설명해주기는 했지만 나세르의 무덤에 모인 사람들의 무엇이 도대체 그리 우습단 말입니까? 그들이 숨을 돌리느라 필요했던 아주 짧은 막간에도 한마디 말이 나오기가 무섭게 즉시 웃음의 불씨가 되었고 즉시 다음번 웃음으로 번져 폭발하곤 했습니다. 커다란 광장의 신호등 옆에 서 있던 경찰관조차도 좁은 차 안에 빽빽이 들어앉아 터져 나오는 웃음 때문에 눈물을 흘려가며 입을 가리고 있는 여자들을 보고는 빙긋이 웃음을 지어 보였습니다.

알 아샤르 회교사원 앞 차단기가 한쪽 옆으로 눕자 누군가 주차장으로 가는 길을 열어주었습니다. 우리는 구걸하는 여자들과 어린아이들을 지나치며 어느 터널을 통과해 관광객들을 위한 소우크(시장)의 입구까지 걸었습니다. 그곳에서는 한꺼번에 여러 명의 종업원이 우리에게 다가와 메뉴판을 들이댔고 의자와 탁자의 물결로 넘쳐나는 곳 가운데서 우리가 특정한 의자에 앉거나 특정한 탁자 앞에 앉기를 원했습니다. 그 여자들과 함께 있는 동안에는 종업원들도, 거지들이나 장사꾼이나 빙빙 돌아다니는 어린아이들도 그렇게 큰 방해꾼이랄 수는 없었습니다.

오히려 그 반대였지요. 그들도 그 자리에 함께 속했고 때때로 나 때문에 영어로 통역되기도 한 그 대화에 새로운 이야깃거리를 제공하기에 적당한 손님들이었습니다. 어떤 한 카펫 상인마저도—나는 그가 곧 거절을 당하고 물러날 거라고 확신했습니다. 그 상황에서 누가 도대체 카펫을 살 거란 말입니까?—흥정을 하고 대화를 주고받아야 했는데 처음에 160이집트 파운드라던 가격이 70으로 내려갔고 그다음엔

60, 55로 깎였습니다. 이제 그 장사꾼은 더 이상 못 참겠다는 시늉으로 툴툴거리며 머리를 절레절레 흔들고는 우리 곁을 떠나갔습니다. 하지만 이내 우리 쪽을 돌아보며 밝게 인사를 건넸습니다―그러더니 금세 다시 우리 옆에 바짝 다가와 있었습니다. 그들이 너무나도 멋진 여성들이기 때문에, 바로 그 이유 때문에 45파운드라는 것이었습니다. 호다는 20이면 충분할 거라고 외쳤습니다. 분명 20을 주고 살 수도 있을 거라면서요, 하지만 아무도 그녀에게 흥정을 하라고 하지 않았으니 할 수 없는 일이라고 했습니다. 라일라는 탁자에 가까이 다가오지 못하도록 막았던 종업원과 거센 실랑이를 벌이던 한 소녀를 불렀습니다. 짙은 화장을 한 소녀였습니다. 라일라는 소녀를 탁자 옆으로 바짝 가까이 오게 했고 무엇인가를 속삭이다가 소녀가 달아나려고 하자 순식간에 팔을 꽉 잡았습니다. 그녀는 소녀의 팔을 꼭 잡은 채 계속해서 말을 했고 소녀는 몇 번인가 고개를 끄덕이며 뭐라고 대답을 하는 것 같았습니다. 그제야 라일라는 소녀를 놓아주었습니다. 10분 뒤 소녀가 다시 돌아왔고 라일라는 소녀의 손에 지폐 몇 장을 쥐여주었습니다. 우리 옆을 지나쳐 가던 거지 한 명이 갑자기 라일라의 등 뒤에서 상체를 굽히더니 그녀의 뺨에 쪽 소리가 나도록 입을 맞췄습니다. 하지만 그녀는 화를 내기는커녕 웃음을 터뜨리며 손수건으로 뺨을 문질렀습니다.

그때까지도, 어둠이 내려앉은 늦은 시각에도 관광버스가 꼬리를 물고 속속 도착했습니다. 여행 안내원들이 차례차례 나타나 작은 깃발을 높이 들어 올렸고 그룹과 그룹이 꼬리를 물고 차에서 내려 소우크 쪽으로 사라졌습니다. 대부분 나이가 많은 숙녀, 신사들의 행렬 중 어떤 사람들은 위로 들어 올린 선글라스 때문에 곤충 같은 모습을 하고서 우리 쪽을 부럽다는 듯이 건너다보았고 카메라로 사진을 찍거나 깃발 뒤를 따라갔습니다.

처음에는 피곤함을, 그리고 나선 머릿속의 압박을 다시 느꼈습니다. 요리가 나왔음을 알아차렸을 때 내 앞에는 비둘기 다리가 묶여 있었습니다. 우리가 비둘기를 먹는 동안——비둘기 고기는 이로 물어뜯을 일이 별로 없고 그보다 더 중요한 건 속 안을 채운 내용물이라고 하더군요——다른 비둘기들은 빵 부스러기를 찾느라 우리 다리 사이를 돌아다녔습니다. 첫 모금부터 난 반감을 느꼈습니다. 아니, 역겨움에 가까웠습니다. 더 이상 먹을 수가 없었습니다. 먹고는 싶었지만 그럴 수 없었던 겁니다. 구토증이 일었습니다. 내 몸에는 이제 힘이 하나도 없었습니다. 의자 위에 그대로 앉아 있는 게 기적이었습니다.

여자들이 따라오겠다는 것을 끝내 만류하자 그들은 종업원을 불렀고, 종업원은 소년을, 소년은 택시 운전사를 불렀습니다. 가격이 정해지고 호다가 절대 15파운드 이상을 줘서는 안 된다고 단단히 명심시켰습니다.

몸을 일으켜 몇 발짝만 걸으면 운전사의 뒷좌석에 앉을 수 있었습니다——그때 이미 내 주위에는 그들이 있었습니다. 어린 사내아이들의 패거리였습니다. 제일 어린아이는 여덟 살쯤 될 성싶었고 나이가 든 아이들은 열둘 혹은 열셋쯤 되어 보였지요. 하지만 그 애긴 벌써 했을 것입니다. 그것도 너무나 자주 했을 것입니다.

가장 기분 나빴던 것은 아이들이 아니었습니다. 여자들과 작별한 뒤 걸어가던 내게 다시금 기억이 엄습했습니다. 셰일라와 사미르, 학회, 내 변변찮은 강연, 실망한 동료, 땀에 흠뻑 젖은 호텔 방의 베개. 여자들과 함께 보냈던 한 시간 반 동안의 일은 이미 나한테는 아름다운 한 편의 영화처럼 느껴질 정도였습니다. 이젠 영화관을 떠나 현실 세계로 돌아가고 있는 것이었습니다.

나는 차 안에 몸을 실었습니다. 오늘날까지도 내 귀에는 그 소리가 쟁쟁합니다. 한 소년이 차 위로 뛰어드는 바람에 나던 그 '쾅' 소리! 처음에 나는 '또 한 군데 패었겠군' 하고 생각했을 뿐입니다. 마치 차체에 그런 상처가 나는 게 당연하다는 듯이, 관광객을 실어 나르는 관광사업이라면 늘 따라다니는 문제점이라는 듯 말입니다. 나는 더 이상 아무것도 보고 싶지 않았고 더 이상 아무것도 듣고 싶지 않았습니다. 나는 어쩌다 빠지게 된 이 광대극을 그만 끝내고 싶었습니다.

그가 어떻게 거기에 그렇게 붙어 있던 것인지 나로서는 아는 바가 없습니다. 갈라진 틈으로요? 그 안에 손톱을 집어넣었단 말인가요? 아니면 손바닥으로? 발을 범퍼에 갖다 대고 말이죠? 우리 차를 추월하던 차의 운전사가 차체 위에 있던 그 소년을 가리키며 고개를 절레절레 흔들었습니다.

나는 협박당하고 싶지 않았습니다. 나는 내 의지를 관철할 작정이었습니다.

1분이나 2분이 걸렸을까요? 급기야 내가 "Stop, please, stop! (멈춰요, 제발 멈추세요!)"이라고 소리를 칠 때까지 말입니다.

택시가 속도를 늦추고 사람의 걸음걸이와 비슷한 속도가 되었을 때 소년이 떨어져 나갔습니다. 택시운전사는 "good idea! (잘 생각했다!)"라고 말하며 백미러를 통해 나를 보고 고개를 끄덕였습니다. 15파운드는 너무 적다며, 그때까지 차 안을 채우던 고요함은 어느새 불평으로 바뀌었습니다.

그 소년이 미끄러져 내렸더라면 어떤 소리가 났을까를 내가 택시 안에서부터 상상해보았는지 그건 기억나지 않습니다. 어차피 꼭 닫힌 창문 때문에 우린 아무 소리도 듣지 못했을지 모릅니다.

택시 운전사는 15파운드 대신에 10유로를 요구했습니다. 나는 그를 얼른 떼어낼 심산으로 30파운드를 내주었습니다.

셰일라와 사미르가 호텔 로비에 앉아 있었습니다. 난 그녀의 손이 그의 무릎 위에 놓여 있다고 믿었습니다. 하지만 이미 그런 건 아무래도 상관없었습니다. 네, 맞습니다, 그녀가 10분 뒤에 방으로 들어왔을 때 나는 그녀가 오히려 귀찮을 지경이었습니다. 나는 그녀가 욕실로 들어가는 소리를 들었고 침대에 누워 머리맡의 전등을 켰다가 다시 끄고는 이내 잠드는 소리를 들었습니다.

다음 날, 그녀는 나한테서 5미터 이상 떨어지는 법이 없었습니다. 아침 식사 때 우리가 앉은 식탁과 뷔페가 차려진 상과의 거리가 그 정도쯤 되었을 것이고 저녁에 괴테 인스티투트에서는 내가 강연하는 강단과 그녀가 앉은 맨 앞줄의 좌석과의 거리가 그 정도쯤 되었을 것입니다. 아침 식사 때 사미르는 아무 데서도 보이지 않았고 나는 호다에게—어쩔 수 없이 난 호다에게 셰일라를 소개시켰지요—차체 위에 붙어 있던 소년 이야기를 해주었습니다. 호다가 얼굴을 찌푸렸습니다. 그건 일종의 놀이, 그러니까 담력 테스트 같은 것이라고 하더군요. 그러다 무슨 일이 생기면 택시 운전사에게 책임을 무는 것이 아니라 그나마 무엇인가 내줄 것이 있는 자에게 사건의 책임을 떠맡긴다는 것이었습니다.

그 마지막 날들에 대한 기억은 거의 남아 있지 않습니다. 낭독회 직전에 일정이 잡혀 있던 인터뷰를 취소하려고 애썼습니다. 더 이상 말을 할 수가 없었기 때문이었죠. 하지만 이상하게도 영어로 말을 하는 건 가능했습니다. 낭독회 동안에는 머리가 터져버릴 것만 같았습니다.

다음 날 아침, 텅 빈 거리의 어둠을 뚫고 우린 비행장으로 향했습니다. 내가 어떻게 체크인 코너까지, 여권 검사소까지, 보안 검사대까지, 게이트까지 참고 걸어갔는지 알 수가 없습니다. 도처에서 바람이 들어왔고 게다가 파리에서 비행기를 갈아탈 때는 차가운 2월의 바람이 부는 야외에서 몇 분간 기다리기까지 했습니다. 셰일라는 갈색 피부의 인형을 들고 있었습니다.

베를린에 착륙해 짐을 기다리고 있는 동안 나는 저장된 음성메시지를 들었습니다. 어쩌면 그게 실수였는지도 모릅니다. 어쩌면 내 옆에 서 있던 셰일라는 음성메시지를 남긴 셰일라와는 전혀 아무 상관이 없는 사람인지도 몰랐습니다. 하지만 그 둘을 따로 떼놓고 생각할 수 있는 힘이 나에게는 더 이상 남아 있지 않았습니다.

이미 말했지만, 난 이 이야기를 벌써 여러 번이나 반복했습니다. 이젠 글로 쓰기까지 했습니다. 하지만 모든 기대에도 불구하고 그 충격은 줄어들지 않는군요. 오히려 그 반대입니다. 때때로 난 그 충격이 점점 더 커진다고 생각하거든요. 아무 일도 일어나지 않았다고 나 자신에게 타이르기도 합니다. 아무 일도 일어나지 않았어. 오히려 내겐 행운이었던 거야. 모두들 그렇게 말합니다. 하지만 나는 내 유일한 기회를, 바로 그 순간, 떠날 수 있었던 그 기회를 놓친 것이 아닌가, 그렇게 해서 난 어쩌면 아직도 그곳에 갇혀 있는 게 아닌가 하는 생각을 합니다. 어느 한순간까지 ─ 잘은 모르지만 어쩌면 기적이 일어나, 내가 아무런 망설임 없이 "stop, stop, stop!(멈춰요, 멈춰요, 멈춰요!)"라고 외치는 바로 그 순간까지 말입니다.

비문학 또는 일요일 저녁의 현현

어쩜 난 그냥 좀 과음을 했던 건지도 모르겠습니다. 그게 유일한 이유인 것처럼 말을 하고는 있지만, 물론 그렇기도 하지요. 하지만 또 하나의 다른 이유가 있죠, 그걸 어떻게 이야기해야 좋을까요……

주위를 빙빙 겉도는 묘사를 할 수밖에는 없군요. 하지만 진짜로 이야기하고 싶은 것은요—그럼 여러분들은 분명 내가 미쳐서 횡설수설한다고 생각하실 거예요. 이미 여러분들도 다 아시는 일이기 때문이거나 아니면……

외부에서 보자면 그런 건 대개 지극히 단순한 일처럼 보이죠.

벌써 몇 주는 지난 일이었습니다. 일요일이었죠. 우린 무더위를 피하기 위해 아침에 프리에로스의 여름 별장으로 떠났습니다. 적어도 그날 하루만이라도 말이죠. 그 소나무들 아래 기온은 언제나 베를린보다는 3도 내지는 4도가량이 낮습니다. 클라라와 프란치스카는 발가벗은

212

채로 뛰어다닐 수 있죠. 우리는 짧은 바지를 입고, 누구나 아무렇게나 마음대로 지내는 겁니다. 티펜제 호수가 바로 코앞에 있었으니까요.

12시쯤 되자 어머니가 도착하셨는데 트렁크에 감자 샐러드가 담긴 그릇을 싣고 오셨죠—그 상아색 그릇을 나는 익히 잘 알고 있었죠. 내가 기억할 수 있는 한, 그 그릇은 언제나 있었으니까요. 어머니 바로 뒤에 M과 E가 도착했습니다. 오후가 되어서야 오겠다던 두 명의 친구들이었습니다. 그녀들이 테라스와 창고 사이에 떨어져 있던 솔방울과 솔가지들을 그러모으는 나를 발견한 것은 무안한 일이었습니다. 하지만 제 말을 믿어주세요. 맨발로 이끼가 낀 길을 걷는 것은 매우 기분 좋은 일입니다. 물론 나뭇가지와 솔방울과 솔가지들이 우리 마당에만 떨어져 있었다면 눈에 띄었겠지요. 땅을 임대하고 보면 그런 걸 그러모으는 건 당연합니다.

너무 더워서 전기 그릴밖에는 생각할 수 없었는데요, 소시지와 꼬치는 쇼핑센터에서 사온 것이긴 했지만, 그래도 아주 좋은 소시지 상점에서 산 거였습니다. 내가 정오에 맥주를 마시는 일은 드물었습니다만, 아니, 원체가 술을 그리 즐기는 편은 못 되죠. 하지만 그릴에는 단연 맥주가 최고 아니겠습니까. 날은 무더웠고 나는 목이 말랐습니다. 게다가 지난번에 사둔 창고의 맥주는 아주 시원했습니다. 나는 그릴에서 고기가 구워지는 동안 두 병 혹은 세 병을 마셨고 식탁에서도 한 병 혹은 두 병쯤 마셨을 겁니다. 모두가 맥주를 마셨습니다. 물론 아이들은 빼고요. 순식간에 박스가 비었습니다. M과 E, 그 두 명의 여자 친구들은 다이어트용 감자 샐러드를 보며 재밌다며 놀려댔고 케이크 바닥의 빵이 부서진 걸 가지고도 조롱했습니다. 딸기 위에 끼얹은 젤리가 붙들고 있어서 그나마 케이크가 떨어지지 않고 있었거든요. 하지만 결국 그들이 감자 샐러드를 다 먹어치웠고 소시지 역시 다 먹었죠. 나탈리아와 나는 케이크를 맛있게 먹었습니다. 사실 맛이 있었으니까요.

아이들을 재우기 위해 나탈리아와 내가 번갈아가며 2인용 유모차를 밀었는데 이웃집의 개들이 컹컹 짖는 바람에 프란치스카가 "멍! 멍! 멍멍!"을 연발했고 클라라는 프란치스카를 따라했습니다. 우리는 아이들을 재우겠다는 계획을 포기하고 수영에 필요한 준비물을 챙긴 다음 호수로 갔습니다. 나탈리아와 내가 다른 쪽 호숫가로 헤엄치는 동안 M과 E는 생각에 잠겼고 어머니는 클라라와 프란치스카를 데리고 호숫가에 매어놓은 작은 보트 속에 앉아 미국으로 갔다가 왔다가, 다시 갔다가 왔다가 왕복여행을 했지요. E의 아들이 미국 캘리포니아에 살고 있는데요. E의 말에 의하면 미국에서는 아이들이 그렇게 벌거벗고 돌아다닐 수 없다는 것이었습니다. 난 생각했죠. 아마도 그렇다면 우리 나라에서도 미국처럼 곧 금지되겠구나, 라고요. 미국에서 시작하면 그다음엔 우리니까요.

M과 E가 돌아가기 전에 우리는 그녀들이 가져왔던 프로세코 주를 마셨습니다—그 두 사람은 프로세코를 제일 좋아합니다—이제야 좀 날이 시원해졌기 때문이었습니다. 그러곤 남은 생크림을 얹어 나머지 케이크를 먹었지요. 그리고 나서 두 명의 여자친구, M과 E는 차를 몰아 떠났습니다. 우리는 숲 속 길에 서서 그들에게 손을 흔들었습니다. 그들 역시 차창의 양쪽으로 손을 내밀고 손을 흔들었습니다. 뽀얗게 솟아오른 먼지 위로 해가 소나무 사이에서 모습을 드러냈습니다. 나탈리아는 여기서 자고 가자고 말했습니다. 다음 날 아침 일찍 베를린에 도

착하면 되지 않느냐면서요.

"그 생각을 좀더 일찍 했었어야 했어." 내가 말했습니다. 마치 지금까지의 그 긴 시간은 일요일이 아니었다는 듯이 말입니다. "이리 와라. 애들아." 어머니가 말씀하셨습니다. "그럼 이제부터 본격적으로 여기서 편안하게 자리를 잡아보자꾸나."

식탁을 정리하거나 설거지를 하고 싶다는 사람이 아무도 없었습니다. 어머니는 냉장고에 우유를 갖다 두기만 하셨죠. 안채에서 어머니는 "어머. 여기 프로세코가 또 한 병 더 있어"라고 외치셨습니다.

"우리를 위한 보상으로 우리 그거 지금 마셔요." 내가 말했습니다. 내가 왜 보상이라고 말했는지, 그건 나로서도 알 수가 없습니다. 하지만 날은 무더웠고 그럴 땐 프로세코가 정말 제격이거든요.

그렇게 먹고 마시기만 하는 생활, 그게 다른 사람들의 귀에 어떻게 들릴지 물론 상상이 가긴 합니다.

클라라와 프란치스카는 모래상자에서 가지고 노는 플라스틱 소꿉놀이 장난감을 창고에서 발견해서는 여기저기에 던져놓았습니다. 어머니는 해먹 위에 누워 『타게스 슈피겔』지의 가장 어렵다는 단계의 스도쿠를 펼쳐 들고 계셨습니다. 그건 어머니 친구 M과 E가 한참 실랑이를 벌인 끝에 결국은 어머니께 맡기고 간 것이었습니다. 나탈리아는 다리를 꼬고 등을 깊숙이 묻고 앉았습니다. 식탁 앞에서, 나머지 신문을 무릎에 올리고서 계속해서 읽으려고 애쓰고 있었던 겁니다. 하지만 클라라가 자꾸 물었습니다. "아이들이 아무도 안 놀아주면 밤의 여왕은 뭐라고 했지? 잠자는 숲 속의 미녀가 여왕님보다 더 예쁘면 여왕님은 슬픈 거야?" 때로 그런 식의 질문이 몇 시간이고 계속되었지요.

난 차 안에 몸을 싣고 라디오를 트는 대신에 우리들의 친구인 S양에게 전화를 걸었습니다. 영국 대 에콰도르 경기가 어떻게 끝났는지, 그리고 오늘 저녁엔 어느 팀이 경기를 하는지 묻기 위해서였죠. 그녀는 왜 작가들이 소유격을 그토록 까다롭다고 생각하며 사용하지 않는지를 물었습니다. 나로서도 설명할 수 없는 일이었지요. 그렇지만 나는 그녀가 사용한 형용사 "자칫하면 맛이 없어질"이라는 형용사를 외워둬야겠다고 생각했습니다.

한 손에는 읽다 만 아이알라의 단편집을 들고 또 한 손에는 그동안 미지근해지다시피 한 남은 프로세코 병을 들고 나는 통풍시키려고 펼쳐놓은 담요 위에 누웠습니다.

문득 그네 의자에 앉고 싶다는 생각이 들었습니다. 그네 의자를 어디 가면 살 수 있을까, 그리고 가격이 얼마일까 하고 난 진짜로 궁리를 해보았고 그네 의자를 사는 값이나 그걸 배달하는 값이 아마 거의 같을 것이란 데 생각이 미쳤습니다.

색안경을 통해 본 하늘은 이탈리아의 하늘처럼 파랬습니다. 그리고 소나무 가지는 사실 잣나무 가지였습니다. 때론 바스락거리는 소리가 들려오기도 했습니다. 나한테 그건 언제나 마치 기차가 숲을 통과하는 소리같이 느껴졌죠. 예전 드레스덴 하이데에서처럼요. 그러곤 하늘이 물이고 소나무가 해초라면 어떨까 하고 상상했습니다. 몇 초 동안 난 잠이 들었던지도 모르겠습니다―그리고 프란치스카가 내 머리맡 가까이에서 뛰어가는 바람에 깨어났습니다. 그 아이는 웃으며 환호성을 질렀습니다. 너무나 빨리 달아났기 때문에 나는 곧 아이가 넘어지지나 않을까 걱정이 되었습니다. 그리고 그 아이가 뛰어가는 쪽의 숲은 내

216

가 바닥을 쓸지 않았던 곳이니 넘어지면 다칠지도 모릅니다. 심지어 내 머릿속에는 여우가 떠오르기도 했습니다. 여우는 매년 쓰레기장이 있는 곳까지도 감히 다가와 우리를 지켜보곤 했습니다. 광견병이 걸린 여우겠죠.

프란치스카가 멈춰 서더니 상체를 굽히고 팔을 뻗으며 외쳤습니다. "이거, 이거어?"

그건 진짜로 아주 예쁘고, 커다랗고, 흠이라곤 없이 완벽한 오렌지 껍질이었습니다. 누군가가 우리 울타리 안으로 버렸던 모양이었습니다. "오렌지 껍질" 나는 말했습니다. "뭐어?" 아이가 물었습니다. "오렌지 껍질." 난 반복했죠. "뭐어?"—"오렌지 껍질!" 난 그렇게 외쳤습니다. "이거?" 오렌지 껍질, 그리고 또 한 번, 오렌지 껍질. 그때 문득 난 깨달았습니다. 오렌지 껍질이다! 프란치스카가 내 말을 즉시 이해했습니다. 아이는 내 말투 때문이었는지 혹은 다른 어떤 이유에서였는지 잘 모르겠습니다만 아무튼 마침내 내가 가장 올바른 설명을 했다는 것을 알아챘습니다. 우리 둘은 함께 오렌지 껍질을 관찰했고 그와 함께 일어난 기적을 알아차렸습니다. 바로 오렌지 껍질이 있고, 우리가 있고, 모두가, 그리고 모든 것이 있다는 사실을, 그야말로 기적 그 자체를 보았던 것이죠. 더 이상은 할 말이 없습니다. 그러니 그에 대한 설명을 요구하지 말아주십시오. 우리는 우리가 존재한다는 기적을 깨달았습니다. 이상 무입니다. 우주의 품에 우리가 있었다라고 말해야 하는 걸까요? 하지만 난 우리만을 본 것이 아니라 모든 이들과 모든 것들을 보았습니다. 각각의 여자와 각각의 남자와 각각의 사물들, 하지만 멀리서 한꺼번에 내려다보았다는 말이 아니라, 각각의 여자와 각각의 남자와 각각의 사물들을 아주 가까이서 느꼈단 말이죠. 우린 모든 끔찍한 것들 속에 있었고 모든 인간적인 것들에게도, 모든 추한 것들과 모든 아름다운 것들 속에 들어 있던 것입니다. 나는 그들로부터 따로 떨어져 있는 게 아니었고, 나와 그들 중간에는 아무것도 없었습니다. 나와 우리와 모든 것들 사이에는 아무것도 없었습니다.

난 미치지 않았습니다. 그렇다고 전자의 입자를 보았다거나 아인슈타인의 공간을 보았다고 주장하는 것도 아닙니다. 하지만 그렇다 해도 뭐, 그런 경우와 비슷하다고 볼 수는 있을 겁니다.

하지만 그것을 입에 올리는 순간 내 말은 난센스가 되어버립니다. 내가 모든 것을 다 이해한 순간은 눈을 한 번 깜박거릴 정도밖에는 되지 않았습니다. 아무것도 사라진 것은 없습니다. 나는 그것을 보았고, 그러나 바로 다음 순간 더 이상 아무것도 없다는 것을 알았습니다. 장막이 이미 내려가 있었습니다.

오렌지 껍질 뒷면에는 개미들이 기어 다녔습니다. 그것이 프란치스카로 하여금 또 한 번 웃음을 터뜨리게 했고 또 한 번 "이거?" 그리고 "뭐어야아?"라고 물을 수 있는 계기를 제공했지요. "그건 개미야." 난 말했습니다. "개미," 그러곤 뒤로 돌아섰습니다. 몇 발짝 후에 난 뒤를 돌아보았습니다. "개미"라고 말하고 나서 난 아이에게로 돌아가 손에서 오렌지 껍질을 빼내려고 했습니다. "아니야, 아니야!" 아이가 외쳤습니다. 그래서 난 개미가 기고 있는 오렌지 껍질을 아이가 들고 있도록 그대로 내버려둔 채 다시금 담요로 돌아갔습니다.

내가 흥분했다거나 행복했다거나 혹은 슬펐다고 말할 수는 없습니다. 그저, 전 생각을 했죠. 죽기 직전에 자기 자신의 인생을 눈앞에서 한 번 고속으로 돌려볼 수 있으면 얼마나 좋을까 하구요. 그러면 바로 이 순간도 거기에 들어 있을 테니까요. 바로 이 순간과 이 오후 말입니다.

이미 말씀드렸듯이 난 그냥 과음을 했던 건지도 모릅니다. 날이 정말로 무더웠기도 하구요. 10시가 되기 직전 내가 온도계를 보았을 때 어쨌든 그 파란 수은 기둥이 섭씨 29도를 가리키고 있었으니까요. 상상을 좀 해보십시오. 밤 10시에 기온이 29도라니요!

III

섣달그믐의 혼란

　예전에 난 늘 섣달그믐이 오는 것이 두려웠습니다. 애당초 난 아주 말도 안 되는 인생을 살고 있었지요. 사업만큼은 잘 돌아갔습니다. 내가 바라던 것보다도 오히려 더 잘 돌아갔죠.

　어디서부터 이야기를 시작해야 할지 생각할 때면 나는 사무실 안락의자에 깊숙이 몸을 묻고 앉아 오른발을 책상의 중간 서랍 위에 올리고 신발 끝은 책상 모서리 아래에 끼우고 있더군요. 왼손에는 전화 수화기를 들고 있고 오른손은 빙빙 꼬인 전화선을 바이올린의 활마냥 무릎 위에 놓고 있죠. 재떨이 위로 뭉게뭉게 떠오르는 담배 연기가 여러 가지 모양을 만들어냅니다. 금방 쓱 뽑아 올린 손수건이라든가, 거꾸로 든 아이스크림, 만화에 나오는 동화의 성 같은 것들이죠.

　베를린의 지역번호가 뜨자 잠시 깜짝 놀랐지만 언제나 그랬듯이 클라우디아의 번호라는 것을 확인하자 이번에도 역시 실망감을 느꼈습니다. 클라우디아는 알트슈타트에 있는 우리 가게 지점의 우테와 전화가 연결이 안 될 때만 이곳에 전화를 걸곤 했습니다. 그런데 그녀가 이번에는 수다를 떨기 시작했습니다. 그녀는 올해 마지막 날에 관한 이야기를 꺼냈습니다. 그리고 난 그녀가 왜 망년회 때 초대할 사람 명단을 일일이 열거하는지 알 수가 없었습니다. 그 이름들은 내가 모르는 사람들의 것이었습니다. 하지만 조금 뜸을 들인 후에 그녀가 덧붙이더군요. 한마디 한마디 강조점을 넣으면서요. "당신의 율리아도 올 거야!"

그날은 1999년 10월 9일이었고 7시가 되기 직전이었죠.

어쩌면 여러분의 인생에도 그런 사람이 있을 겁니다. 여러분에게 전 세상과 맞먹을 정도로 소중한, 그 사람을 위해서 10년이라는 세월을 바친, 그 사람을 위해서라면 아내도 자식도 사업도 한 치의 망설임 없이 다 버릴 수 있는. 나한테는 율리아가 그런 존재였습니다. 1989년 드레스덴 예술대학교 카니발 축제 때 처음으로 만났던 바로 그 율리아 말입니다. 그녀 특유의 발걸음만 아니었다면 사람들은 '운수 좋은 한스'로 분장한 그녀를 정말로 남자아이라고 여길 지경이었죠. 그녀는 맥주를 주문했고 나도 맥주를 주문했습니다. 그리고 우리는 함께 맥주가 올 때까지 기다렸죠. 난 그녀의 분장을 칭찬했고 맥주 마시는 여자를 좋게 본다고도 말했습니다. 그때 내가 했던 말을 떠올리면 난 오늘날까지도 얼굴이 화끈 달아오르는 것을 느낍니다. 우린 잔을 부딪쳤습니다. 나는 극장에 관해서 대체로 매우 열정적으로 말했을 뿐 아니라, 특히 라이프치거 가의 실험연극 「하일브론의 케트헨」 공연에 관해서 열렬히 설명을 했는데요, 율리아는 내가 그 연극 중에 그녀를 알아보았기 때문에 그토록 정열을 쏟아붓는 것이라고 믿었습니다. 음악이 시작되자 우린 춤을 추었습니다. 율리아는 밤새도록 오로지 나하고만 춤을 추었습니다.

나는 기술공대의 물리학과 학생이었고 한창 졸업논문을 쓰는 중이었습니다. 율리아는 주립극장에서 실습을 마쳤습니다.

우리가 두번째로 만난 순간에는 겐제딥브룬넨의 유제품 판매 카페에 앉아 서로의 얼굴을 마주 보고 있었는데 율리아가 탁자 한가운데에 손을 올렸으므로, 아니, 건너편 쪽으로 조금 더 앞으로 내밀고 있었기 때문에 나 역시 그녀의 손에 내 손을 올리지 않을 수 없었지요.

철석같은 약속에도 불구하고 그녀는 드레스덴의 자리를 얻지 못했습니다. 율리아는 그건 순전히 베를린 배우학교의 평가 때문이라고 생각했습니다. 그 평가에 따르면 그녀가 "노동자 계급의 지도적인 역할을 직시하는 데" 문제가 있다고 씌어져 있다는 것입니다.

하지만 근교 도시 A의 극장은 그녀의 손에 입이라도 맞출 기세로 대환영이라는 것이었습니다. 그 소식은 그녀 자신보다도 나를 더 많이 괴롭혔습니다. 지금이든 나중이든 누구나 그녀에게 관심을 보일 거라고 생각했기 때문에 결국 나는 그래도 드레스덴보다야 A가 낫겠다는 결론에 도달했습니다. 여자 배우 지망생이 기술공대의 학생과 교제한다는 것은 그 당시로서는 아직 드문 일이었기 때문이었습니다. 그녀의 극장 패거리들에게 "물리학자"라고 하면 고작해야 뒤렌마트라는 작가밖에는 떠오르는 것이 없었거든요. 그들은 기술공대에서 5년을 견딘다는 것이 무엇을 의미하는지, 그리고—공산당 당원 동지가 되지 않은 채—연구기관의 등록허가를 받아낸다는 게 어떤 건지 전혀 알지 못했습니다. 비록 한낱 베를린의 기술학교 연구직이라 해도 말입니다.

율리아를 묘사한다는 건 오늘날까지도 내겐 쉽지 않은 일입니다. 그건 사랑의 이유를 대라는 것처럼 어려운 일이죠. 사람들이 어린아이들에게 그러듯 그녀더러 독창적이라고 말하면 나는 화가 납니다. 그녀에게서 제일 놀라운 점은, 그녀가 배우라는 점을 감안하면 특히 더 그런데요, 그건 바로 그녀가 다른 사람들에게 어떤 여운을 남기는지 스스로는 전혀 눈치채지 못하는 것 같다는 점입니다. 그녀처럼 연약하게 보이면서도 동시에 결연한 걸음걸이는 그 어떤 다른 여자들에게서 한 번도 본 적이 없노라고 내가 말하니, 그녀는 그건 내가 눈이 멀어서 그런 거라고 말했습니다. 아침마다 그녀에겐 지난밤에 꾸었던 꿈에 관한 이야기보다 더 중요한 건 없는 듯했습니다. 마치 고백하지 않고는 못 배기겠다는 투였죠. 율리아는 놀자고 하는 모임에는 빠지는 법이 없었습니다. 언제나 마지막에 가서는 지루해하는 기색이 역력했음에도 불구하고 말입니다. 그녀는 대부분 기차 안에서 대본을 외웠고 매일 아침 4시에 알람시계를 맞춰놓았었죠. 나는 율리아의 모든 것을 사랑했지만 때때로 그녀가 혼자 틀어박혀 말을 하지 않는 것만은 정말이지 싫었습니다! 율리아는 분명 아무런 이유 없이도 순식간에 마음의 문을 걸어 잠글 수 있는 모양이었습니다. 그렇게 해서 내가 갑자기 그녀 앞에 있는 사물처럼 되어버리면, 그것도 어쩔 수 없이 피해 가야 하는 사물이 되고 보면, 그녀는 상점의 판매원과도 수작을 주고받았고 아니면 우리가 길을 가다가 우연히 마주치게 된 무대 설치 담당자와도 몇 분이고 다정한 대화를 나누는 것이었습니다.

1989년 6월, 나는 숲길을 걷다가 왼쪽 발을 삐끗 했습니다. 인대가 끊어져 깁스를 감아야 했죠. 율리아는 나 때문에 베를린의 졸업파티도 취소해야 했고 나를 위해 밥을 짓고 간호해주었으며 나중에는 택시를 불러주었습니다. 나는 그걸 타고 가서 졸업논문 발표회를 마쳤지요.

깁스와 함께 우리들의 가장 아름다운 시절이 시작되었습니다. 우린 거의 단 한순간도 떨어진 적이 없었습니다. 다시 내가 잘 걸을 수 있게 되었을 때, 우린 부다페스트와 세게드로 갔다가 8월에 돌아왔습니다. 그 때문에 우리를 비웃는 사람들도 있었습니다. 율리아와 난 서쪽으로 가자는 말 같은 건 입에 담은 적이 없었습니다. 아이를 낳는 일이나 함께 살 집에 대해서도 마찬가지였습니다.

나중에 나는 율리아가 배우였기 때문에 사랑했던 게 아닌지 자문하곤 했습니다. 모든 사람들이 한 번쯤 돌아보는 그녀가 마지막 박수갈채가 끝난 후 형편없는 기숙사 방으로 나를 따라와 내 몸을 감싼 채 잠들고 그 목소리로 내 귀에 무엇인가를 속삭일 생각을 하면, 그리고 그녀의 손— 아아, 제삼자에게는 그저 싱거운 소리로 들리겠지요.

하지만 제 말을 믿어주세요. 내가 「하일브론의 케트헨」을 사랑하면 할수록 나는 나와 함께 있는 것 외에는 아무것도 원하는 게 없는 율리아를 사랑했습니다. 그녀와 함께라면 모든 것이 쉽고 당연했고 전혀 힘든 일이라곤 없었지요.

한 번은 기차 안에서, 우린 부모님께 가는 길이었는데요, 율리아는 나와 마주 보는 자리에 앉아 책을 읽고 있었는데, 바로 그때 나는 우리가 서로 모르는 사이라는 상상을 했습니다. 참으로 가공할 만한 비전이었죠. 실제로 내 손이 갑자기 차가워질 정도였다니까요.

9월에 A에서 율리아의 첫 공연이 시작되었고 나는 B에서 연구보조원 일을 시작했습니다. B의 사람들은 기술공대에서처럼 그렇게까지

맹신적이지 않았습니다. 난 목요일에 벌써 연구원을 나서고 싶었지요. 하지만 율리아는 이제 자신에게 시간도 필요하며 잠도 충분히 자야 한다면서 이제부터는 자신의 일에만 집중하고 싶다는 것이었습니다.

그녀가 없는 한 주란 영원과 같이 길었습니다. 두 주는 도저히 참을 수 없었습니다. 난 그녀의 감정 변화를 이해할 수 없었습니다. 그녀가 보낸 편지에서— 우린 둘 다 전화가 없었거든요. 그리고 극장이나 기술학교연구실로 전화를 거는 건 아주 급한 일이 일어났을 때만 가능했습니다— 돌아오는 주말에 연습 공연이 있으므로 대본을 외워야 한다고 썼을 때 난 A로 갔습니다.

율리아는 저녁 공연이 있었습니다. 난 건너편 극장 카페에 앉아 그녀를 놓쳤고 결국 초인종을 눌러 잠을 자고 있는 그녀를 깨워야 했습니다—그녀는 욕실이 없는 한 칸 반짜리 집에 세 들어 살았었죠. 그날은 그녀의 26번째 생일이 되기 닷새 전이었습니다. 나는 그녀에게 어디서 축하 파티를 하고 싶냐고 물었습니다. A 아니면 B에서? 율리아는 첫 공연이 바짝 다가오는 그런 시기에 축하 파티를 할 마음은 없다는 것이었습니다. 난 물론 그럼에도 불구하고 A로 갔지요.

극장 입구의 여자가 나를 들여보내준 건 그나마 자비심에서 나온 행동이었을 겁니다. 나는 한 손에는 선물 보따리를 들고 다른 한 손에는 꽃다발을 든 채 구내식당으로 들어서 스무 명 남짓한 사람들 앞에 멈춰 섰습니다. 그들은 돌아오는 월요일, 즉 10월 2일에 라이프치히로 가 시위에 참석할 것인가 토론 중이었습니다.

우리가 드디어 밖으로 나왔을 때는 이미 12시가 넘은 시각이었습니다. 나는 서둘러 그녀를 위한 생일상을 차렸습니다. 율리아는 벌써부터 잠옷으로 갈아입은 뒤였는데요, 그녀가 말했습니다. "너, 꼭 금방 울음이라도 터뜨릴 것처럼 보여!"

아닌 게 아니라 난 실제로 절망 상태였던 겁니다. 그래도 난 우리들 만의 비밀 언어로 그 이상한 마법에서 율리아를 풀어보려고 애를 썼고 그러면서도 더 이상 그런 식으로는 안 될 것임을 알았습니다.

10월 4일 수요일, 나는 B의 교회로 가서 우리들 지역에서는 공산당으로의 전향이 업무 성과 그 자체보다 훨씬 더 큰 의미가 있다는 식의 말을 했습니다. 진부한 이야기였는데도 많은 박수갈채를 받았지요. 그러고 나서 두 명의 남자가 내게 말을 걸었는데요, '새로운 포럼'에서 함께 일할 생각이 없느냐는 것이었습니다. 그건 많은 것을 희생하게 될 수도 있는 위험한 사안이라는 것을 말씀드리지 않을 수 없군요. '알루미늄과 아연 합금의 고 가연성'을 주제로 쓴 내 졸업논문 때문에 난 얼마간의 선금을 받을 수 있었고 첫 실험을 위한 준비 역시 큰 문제없이 마친 상황이었습니다. 할레의 마르틴 루터 대학교 발터 교수님은 내 논문을 받아주시겠다는 언질을 주기도 하셨고요.

소포클레스의 「안티고네」 첫 공연이야말로 대성공이었다고 부를 만한 것이었습니다. 아무런 불평 없이 난 끝도 없는 첫 공연 축하 파티를 견뎌냈고 침착을 유지했습니다. 하지만 다음 날 아침 내가 교회에서 했던 연설에 대해 말해주자 그녀의 마음이 다시금 녹아내렸지요.

그녀에게서 감탄 어린 칭찬을 받는다는 건 퍽 멋진 일이었는데, 그녀는 곧 내 행동이 아무개 씨의 마음에 꼭 들 거라고 했습니다—그녀의 연출자인 여자 이름을 까먹었네요. 나는 아무개 씨의 마음에 들고 싶은 생각은 전혀 없다고 말했고 율리아는 어차피 난 기회가 없을 거라고 했습니다. 그녀가 동성애자라면서요.

여러분이 지금 마침내 결정적인 마지막 단어가 입 밖으로 나왔다고 생각하신다면 그건 착각입니다. 물론 나는 확실하게 알지는 못합니다만 아무튼 그 아무개라는 여자와 율리아의 관계가 불명확했으므로 몹시 괴롭긴 했었습니다.

B에서의 모든 일은 전국에서의 그것과 똑같이 진척되고 있었습니다. 단지 B의 시위가 라디오에 단 한 번도 보도된 적이 없다는 것 이외에는 말입니다. 그건 매번 실망스러움과 헛수고를 했다는 좌절감을 불러일으켰습니다.

B의 '새로운 포럼'이 서독의 자매 도시인 K로부터 비밀리에 복사기를 넘겨받게 되었을 때, 우린 항상 새로운 포럼의 창립 호소문의 복사본을 네 부씩 만들어가며 작성했습니다. 우테는, 그러니까 종합진료소의 실습생이었던 여잔데요, 그녀와 나만이 유일하게 열 개의 손가락으로 타자를 치는 게 가능했습니다. 우린 자주 둘만 남아서 찌그러져가는 어떤 저택의 '취미생활 창고'에 앉아 자정까지도 타자를 쳤습니다. 그 일은 나한테는 아주 이상적이었죠. 난 사람들 속에 섞여 있었고 아무 생각을 하지 않아도 되었으니까요.

새로운 포럼의 '대표자 회의' 사람들이 복사기는 나와 우테의 손에 있는 것이 가장 효과적이라는 생각을 하게 된 건 아마 우리들의 그러한 일에 관한 열성 때문이었겠지요. 하지만 갑자기 이제 누구나 복사를 해야 되었으므로—후원금조로 한 페이지당 20페니히를 받았죠—더 이상 무서워해야 할 것이 없어진 11월 초부터는 정식 업무 시간을 정했고 나와 우테가 시간표를 짜서 번갈아가며 복사 일을 보았습니다.

우테는 나를 본 처음 순간부터 사랑에 빠져 있었습니다. 나는 코부르
크로 가는 차 안에서 그녀에게—우리가 받은 환영금으로 복사기의 토
너를 샀습니다— 율리아와 우리의 멋진 여름에 대해서 이야기를 해주
었습니다. 하지만 그 이야기조차도 그녀의 행동을 바꾸진 못했습니다.

옆에 있는 여자를 언제든지 품어도 좋다는 게 확실하다면, 네, 맞습
니다, 그녀가 바로 그걸 기다리고 있다는 것을 알면, 언젠가 기회가 왔
을 때 반드시 일이 일어나게 마련입니다. 그녀와의 섹스가 그렇게 열
정적이고 간단하면서도 아름다울 수 있다는 사실에 나 자신도 몹시 놀
랐습니다. 그 일은 이제 거의 매일 일어났고 그다음의 모든 것은 전과
변함이 없었습니다. 언젠가 나는 우테와 같이 살면 어떨까 하고 자문
했습니다. 그건 단 한순간이었습니다. 한순간의 찰나였죠. 그리고 물
론 말도 안 되는 생각인 것 같았죠. 어떻게 내가 우테 때문에 율리아를
버릴 수 있겠습니까.

11월 26일, 난 율리아의 첫 셰익스피어 공연을 보기 위해 A로 갔습
니다. 극장은 거의 텅 비어 있었습니다. 그래도 난 아무개 씨에게 축하
인사를 건넸고 그녀는 왜 내 손이 그렇게 차냐고 물었습니다. "내 손
이 정말 그렇게 찬가요?" 난 놀라 그렇게 물으며 한쪽 손을 뺨에 대보
았습니다. 그 바람에 아무개 씨가 웃음을 터뜨렸고 율리아는 알 만하
다는 듯한 표정으로 바라보았죠.

12월 중순에 마침내 일어날 일이 일어나고야 말았습니다. 율리아가
처음으로 B에 온 것이었습니다. 동승자가 있었기 때문에 차를 얻어 타
고 왔다고 그녀가 말했습니다. 그 동승자란 아무개 씨를 말한 것이었
습니다. 나중에 율리아는 뭔지 내가 좀 이상함을 느꼈다고 말하더군

요. 석 달 반 동안 그녀는 한 번도 나타나지 않다가 이제 갑자기 아무 개라는 여자와 함께 문 앞에 서 있는 겁니다! 그러니 내가 행복에 겨워 펄쩍 뛰어올랐겠습니까? 나는 커피를 끓였고, 케이크를 식탁에 내놓았으며 아무개는 지옥에나 떨어지라고 저주를 했습니다.

아무개라는 여자는 라이프치히 시위에 관한 이야기만을 늘어놓으며 우리가 극장뿐만이 아니라 A라는 도시 전체를 다 뒤엎어놓았다고 말했습니다. 나는 거기서 '우리'란 누구를 말하는 거냐고 물었죠. "뭐, 우리 모두죠"라고 그녀가 외치곤 팔을 양쪽으로 벌리더니 "극장 전체"라는 겁니다. 율리아의 말에 의하면 극장 동료들이 모두 함께 힘을 모았으며 서로가 서로를 믿을 수 있다는 건 정말이지 너무나 아름다운 경험이라더군요. "그들이 극장 사람들 중 단 한 명을 붙잡아갔더라도 우린 아마 모두가 다 감옥으로 갔을 거야."

그 와중에 내가 어떻게 우리들의 '복사 서비스'에 관한 이야길 꺼낼 수가 있었겠습니까?

아무개가 떠드는 동안 율리아와 단둘이 남게 될 상상을 하니 난 겁이 났습니다. 율리아는 외투를 몸에 감은 채 앉아 있었는데요, 손을 주머니에 찌른 채, 소파 위에—창문을 열어놓았었거든요. 우리들이 서로 뒤질세라 담배를 박신박신 피워댔기 때문이었습니다—그렇게 앉아 그녀도 아마 나와 똑같은 느낌이었을 것입니다. 아무개와는 매우 각별한 작별 인사를 나누었습니다. 우리 둘만 있어야 할 시간을 한 시간 반 동안이나 뺏어서 미안하다고 했습니다. 그러곤 나까지도 끌어안더군요.

사실 모든 일이 다 잘 돌아갈 수도 있었을 겁니다. 율리아가 이제 아무개와 내가 서로 친하게 되어 기쁘다는 말만 하지 않았더라도 말입니다. 그리고 아무개와 함께 일하는 것은 그녀에게 매우 의미 있는 일이며 그녀가, 그러니까 율리아 자신이 왜 오지 못했는지 내가 분명 이해할 수 있을 거라고 말했을 때, 나는 결국 폭발하고 말았습니다.

우리 관계가 앞으로도 이런 식으로 계속되는 거냐고 내가 물었지요. 율리아가 넋이 빠진 모양으로 나를 바라보았을 때 내가 말했습니다. "난 이렇게는 더 이상 못 살아!" 내 입에서 얼마나 노엽고 냉정한 목소리가 나던지, 나 자신도 깜짝 놀랄 지경이었습니다. 난 결정을 원했습니다. 난 내 율리아를 되찾고 싶었습니다! 파라다이스가 아니라면, 그렇담 아무것도 가지지 않겠습니다. 오늘날 그런 건 완전히 한심한 생각이라고 여깁니다만 그 당시에 나로서는 그만하면 충분히 괴롭힘을 당했다고 생각했었죠. 그러자 율리아는 문 앞에서부터 뭔가 이상함을 감지했노라는 예의 그 말을 하더군요.

"난 다른 여자랑 잤어." 이렇게 말을 꺼내고 나서 난 설명을 하려 했습니다. 그녀가 자꾸 멀어지는 바람에 미쳤었다고, 그녀가 내 인생이라고, 그녀가 없다면 난 추워 얼어 죽을 것이며 그녀와 함께 있는 것이외에는 원하는 것이 없노라고, 예전처럼! 하지만 난 아무 말도 하지 못했습니다. 마치 말하는 수고를 아끼겠다는 듯.

율리아의 뺨을 타고 눈물이 흘러내렸습니다. 우리는 너무나도 좁은 복도에 서서 위층 사람의 발소리를 들었고 전등 스위치를 딸깍 하고 누르는 소리도 들었습니다. 그리고 그녀의 눈물이 마룻바닥에 떨어지자 '탁―' 하는 아주 작은 소리가 났지요.

율리아는 나를 나무라고 싶지 않다고 말했습니다. 섹스로는 나를 단

한 번도 만족시키지 못했음을 자신도 이미 눈치챘다면서요.

아니야, 하고 난 반박했습니다. 그건 말도 안 되는 소리라고요.

우린 그 자리에서 꼼짝하지 않았습니다.

그녀는 나쁘게 생각하지 않겠다고 말했습니다. 어쩌다 한 번 한 실수였을 테니까. 그건 사랑하고는 아무 관계도 없는 일이니까.

그러고 나선 오늘날까지도 이해할 수 없는 일이 일어났습니다. 난 아주 잠깐 동안 우테와 함께 살면 어떨까 하고 생각했던 바로 그 순간을 떠올렸습니다. 율리아에게 다른 여자 때문에 그녀를 버린다는 것은 말도 안 될 거라고 강조하는 대신에, 나는 사랑도 조금은 개입된 일이었다고 말했던 것입니다.

왜 난 거짓말을 했던 걸까요? 그건 거짓말이었습니다. 맹세합니다, 거짓말이에요!

율리아가 나를 물끄러미 쳐다보았습니다. "그렇다면"이라고 그녀가 말했습니다. 그녀의 목소리가 낯설었습니다. 난생처음으로 그녀의 목소리가 낯설었죠. 그녀는 방으로 가더니 가방을 가지고 나왔습니다. "그렇다면"이 그녀에게서 들은 마지막 말이었습니다.

역으로 가는 길에 나는 그녀에게 갖은 사랑 고백을 다 쏟아냈습니다. 나는 율리아를 사랑했고 오로지 율리아만을 사랑했고 그렇기 때문에 그녀의 마음을 돌리는 데 자신이 있었습니다. 난 우리가 바로 다음 순간 서로를 끌어안고 키스할 것임을 확신했습니다. 그리고 우리가 방향을 돌린 다음 다시는 절대 헤어지는 일이 없을 것임을요. 율리아가 역에서 내게 담배를 한 개비를 달라고 청했을 때 나는 악몽에서 깨어날 수 있는 구원의 순간이 왔다고 생각했습니다.

율리아는 내 편지에 답장하지 않았습니다. 그녀의 공연이 있는 날 나는 A로 갔습니다. 그녀는 나와 이야기하려고 하지 않았습니다. 어느 날엔가는 분명 내가 그녀를 이해할 거라면서요. 꽃은 감사히 받겠다며 내게 손을 내밀었습니다. 그녀의 남녀 동료들이 나를 낯선 사람인 양 건너다보았습니다.

처음에 난 율리아가 내게 시험시간을 준 거라고 믿었습니다. 하지만 그해의 마지막 날에도, 내 생일인 1월 13일에도 여전히 아무 소식이 없었습니다. 나는 술을 마시기 시작했습니다. 혼자 있는 것을 참을 수가 없었습니다.

기술학교에 종사하는 거의 모든 이들이 동독공산당(SED)에서 탈당했습니다. 내 지도교수인 K교수는 내가 퇴학당하지 않게 하려고 10월 초, 얼마나 많은 위험을 불사했는지 모른다고 떠들고 다녔습니다. 나는 거의 대부분의 시간을 새로운 포럼 사무실에 앉아 있었고 한밤중까지도 졸업논문이나 광고문 혹은 모든 종류의 호소문들을 복사했습니다. 우리는 수익금의 10퍼센트는 서독 마르크로 받기를 요구했습니다. 그건 우테의 아이디어였는데요, 모든 사업상의 문제는 사실 그녀가 다 관리했거든요. 그녀는 내가 필요할 때 언제든지 있었습니다. 내가 원하는 것은 뭐든지 다 들어주었다고도 말할 수 있겠군요. 내가 아주 자주 못되게 굴었음에도 불구하고 말입니다. 그녀가 남들 앞에서 마치 우리가 한 쌍의 연인인 양 행동할 때마다 나는 정말이지 참을 수가 없었거든요.

우리는 매달 2천 마르크씩을 새로운 포럼에 후원했고 나머지 돈은 우리가 가졌습니다. 그 액수가 한 주 한 주 지나면서 점점 더 불어났기 때문에 결국 어느 토요일 우테는 내가 받는 장학금보다도 몇 배나 많은 액수의 돈을 쥐여주더군요.

하지만 이런 식으로는, 그러니까 내가 지금 보고하는 이런 식으로는 아마 여러분들이 잘못된 인상을 받으실지도 모르겠습니다. 그 당시, 돈이란 물건은 다른 여타의 문제들과 마찬가지로 내 관심 밖의 일이었습니다. 게다가 나는 우리가 무슨 일을 하고 있는 건지 조금씩 깨달아가고 있었습니다. 우테는 물론 확실하게 알고 있었죠. 나라면 전혀 생각해보지 않았을 문제였는데도 말입니다. 즉, 우리는 관청에 등록하지 않은 채 불법영업을 하고 있던 것입니다.

3월 중순, 지방의회 선거가 있기 바로 전 주에 우리는 자영업자 등록을 마쳤습니다. 민사법상의 회사를 차린 것입니다. 아까도 말했듯이 나는 아무것도 할 필요가 없었습니다. 그녀가 서류를 내밀면 나는 서명을 하고 맡은 일을 처리했습니다. 그 외에 다른 모든 일에 일체 관여하고 싶지 않았죠. 율리아에게서 연락이 오는 즉시 모든 일에서 손을 떼고 그녀를 따라 어디든지 가겠다는 기대 속에서 살고 있었거든요.

난 박사논문을 포기했습니다. 혼자 기숙사 방에 틀어박혀 공부에만 집중할 수가 없었기 때문이었습니다. 부모님께는 할레의 모든 지도교수와 발터 교수와 같은 후원자들이 휴직이나 해직을 당했다는 핑계를 댔습니다.

우테가 종합진료소에 다닐 날이 얼마 남지 않았을 때였습니다. '복사 2000'에서의 영업은 취미생활과 같았습니다. 나는 동전을 종이에 싸는 법을 배웠고 우테는 돈 주머니를 마을금고에 가지고 가서 통장에서 불어난 액수의 숫자를 감상하곤 했지요. 나는 A로 두 번 더 찾아갔었습니다. 그러곤 그 도시에 다시는 발을 들여놓지 않겠다고 결심했지요.

우리와 함께 새로운 포럼에 입당했던 사람들 대부분이 그동안 다른 정당으로 옮겨갔기 때문에 우테와 나 말고는 아무도 복사기가— 우린 12월에 새 복사기를 한 대 더 선물 받았었죠— 원래 누구의 소유로 돌아가야 하는 물건인지 알지 못했습니다. 그 기계를 건물 1층에 있던 우리의 작은 상점으로 운반했습니다. 우테는 1990년 6월 1일자로 민중연대로부터 그 상점을 무기한으로 임대할 수 있다는 계약서를 받았습니다. 우리가 대출을 받아 들여놓은 석 대의 복사기 옆에서 그 예전 모델들은 이미 박물관에나 들어갈 물건처럼 보이더군요.

B에서 우리는 맨 처음부터 감히 아무도 맞설 수 없는 일인자였죠. 경쟁사들이 컴퓨터니 사무실 장치를 들여놓고 큰 사업을 벌이겠다고 큰소리를 치며 시간을 낭비하는 동안, 우린 그 어떤 주문도 거절하지 않고 받았고 밤샘 근무도 마다하지 않았으니까요. 우리는 제본기에 돈을 투자했습니다.

우테와 나는 거의 매일 성관계를 가졌고 때론 가게에서 기계가 나머지 복사물을 토해내는 것을 기다리는 동안에도 몸을 섞었습니다. 섹스로만 말하자면, 우테와 난 오로지 서로를 위해 태어난 사람들인 것 같았죠. 율리아에게서는, 아닌 게 아니라 어쩌면 그녀의 말이 옳았는지도 모르겠는 것이, 언제나 뭔가 좀 억눌린 느낌을 받았었거든요.

"우리 섹스 굉장히 많이 하네." 우테가 한번은 그렇게 말하더군요. "우리 돈 굉장히 많이 버네"와 같은 어투였죠. 하지만 그와 정반대의 이야기를 했더라도 그녀는 아마 역시 그와 똑같은 말투를 유지했을 것입니다. 이해하시겠습니까? 내 말은요, 그녀에게는 우리가 함께 있다는 것만이 중요했단 말입니다. 나와 함께라면 우테는 눈썹 하나 까딱하지 않고 다른 모든 일을 내팽개치곤 어디든지 나를 따라나섰을 거라 그 말입니다. 괜히 잘난 척하는 말이 아닙니다. 나 역시 마찬가지였으니까요, 다만 그 상대가 율리아라는 게 다를 뿐이었죠.

8월 말, 막 사위가 밝아오는 새벽녘이었는데 우테의 머리가 내 가슴 위에 있었습니다. 나는 거의 다시 잠이 들었는데요, 그녀가 "나 임신했어"라고 속삭이더군요. 그녀는 내가 기뻐할 거라고 기대하지 않았습니다. 1991년 2월 28일 프리드리히가 태어났습니다. 우테의 할아버지 이름을 딴 겁니다. 두번째 이름과 성은 내게서 물려받았습니다. 프리드리히 프랑크 라이헤르트.

그럼에도 불구하고 프리츠(프리드리히의 약칭)는 줄곧 우테만의 아이였습니다. 그 녀석은 내 인생을 근본적으로 변화시키지 못했습니다. 그 아이가 태어나는 바람에 내가 박사과정을 그만둔 일로 몹시 화가 나 있던 부모님과 다시금 화해할 수 있었습니다. 그리고 우테가 몇 주가 지나 즉시 가게에 나와 일을 돌봤음에도 불구하고 난 전보다 훨씬 더 할 일이 많았습니다.

얼마 가지 않아 나는 프리츠와 단둘이 있는 자리를 피하게 되었습니다. 그 아이는 제 엄마가 옆에 있을 때면 내가 하는 말 따위에는 콧방귀도 뀌지 않았죠. 커갈수록 점점 더 나한테만은 신경질적으로 대했습니다. 그러면서 제 엄마를 아끼는 마음 역시 점점 더 커져만 갔지요. 우테에게 있어서 프리츠는 거의 두려움을 일으킬 정도로, 즉 어린아이답지 않은 식으로 매력적인 존재였습니다.

그 아이가 태어나기 전에 우린 벌써 직원을 고용했었습니다. 주로 대학생들을 고용했는데 우리 집에서 일하겠다고 모인 학생들이 길게 줄을 늘어섰었지요. 하지만 지금 그런 이야기까지 할 필요는 없겠죠. 배경 설명으로서는 이만하면 충분할 것 같습니다. 사업의 들고 나는 모든 일들을 자세히 이야기할 자리가 아니니까요. 난 정말로 좋은 사장이었고, 아니, 적어도 어찌 되었든 지금보다는 나은 사장이었습니다. 지금 내가 무슨 말을 하는지 잘 알고 있습니다. 그 당시에 사람들은 내가 진짜로 '쿨'한 사람이라고 여겼고 사업상으로 보자면 정말로 난 그런 사람이었다고 볼 수 있습니다. 별로 성공을 바라지 않았으니까요.

이해하시겠습니까? 내가 한 행동 중에 그 어떤 것도 정말로 좋아서 한 행동은 단 한 번도 없었단 말입니다. 나와 내가 하는 일에는 아무런 관련성이 없었습니다. 둘은 그냥 잘 맞았던 것뿐이었지요. 하나가 다른 하나를 야기했던 것뿐입니다. 고민과 혼란을 겪다가, 그러다가 순전히 우연히 끼어들게 된 게임같이 말입니다.

물론 난 언제든 자리를 박차고 베를린의 율리아의 집으로 찾아가 초인종을 누를 수도 있었을 것입니다(1991년부터 그녀는 베를린 고리키 극장에서 몇 번인가 작은 배역을 맡았고, 그 후에는 소극장의 무대에만 올랐지요). 하지만 그건 내게 걸맞지 않은 행동으로 보였습니다. 임의적이면서도 어쩐지 너무 간단하지 않습니까? 나는, 뭐, 여러분이 굳이 그렇게 부르시겠다면 운명의 손짓 같은 것을 기다렸습니다. 네, '복사 2000'이 결국엔 부도라도 나기를 바랐죠. 오늘날 뒤돌아보면 우스운 이야기입니다만 나는 우테와 내게서 무엇보다도 우선 영업을 함께 꾸려가는 사람들, 즉 동업자 관계만을 보았던 것입니다. 함께 살기도 하는 동업자 말입니다.

네, 나는 우리가 파산하기를 바랐습니다. 그럼에도 불구하고 난 사람들이 멀쩡히 지켜보고 있는 앞에서 실수를 하는 일 따윈 차마 실행에 옮기지 못했습니다. 나는 경쟁자에게가 아니라 어쩔 수 없는 상황에 굴복하게 되길 바랐습니다. 그렇지만 우린 아마 매번 적절하게 행동했던 모양이었습니다.

1993년, 경제 기적 같은 건 절대 일어나지 않을 것임을 마지막 한 사람까지도 다 인정하고 난 후에 우리는 배달 서비스를 추가하면서 다른 사람들마저 완전히 탈락시켰습니다. 1년 뒤, 우리가 전문대학교 구내 복사집을 열 기회를 놓치게 되었을 때, 나는 이제는 끝났다고 생각했습니다. 하지만 그 뒤 우리는 대학생들과 실직자들에게 할인 혜택을 주었고 가격을 올리지 않았는데요, 아니, 저런, 우리가 아니라 대학교 구내 복사집의 배가 기울더군요.

오늘날 나는 그 당시에 우리가 가졌던 가벼움을 다시 가지게 되기를 바랍니다. 그 가벼움으로 인생의 어려움들을 수학문제처럼 단순한 문제로 보게 되기를 바랍니다. 해법이 명확한 방정식 같은 것 말입니다. 나는 우리 사업이 확장되어야 한다는 것을 알았습니다. 우리가 마케팅을 배워서가 아니라 B라는 도시가 구시가지, 신시가지, 대학교라는 세 영역으로 이루어진 도시였기 때문이었습니다. 게다가 3이란 좋은 숫자입니다. 아니, 여러분들이 내게 물으신다면 사실은 제일 좋은 숫자가 아니겠습니까? B 같은 도시에 복사집을 세 군데 가지고 있으면 다른 사람들은 발을 붙일 수 없어지지요. 그럼에도 불구하고 매번 내 계산이 맞아떨어지는 것을 볼 때마다 나 자신도 스스로 깜짝 놀라곤 했습니다.

율리아와 헤어진 후론 친구들과의 관계나, 심지어는 두 살 아래의 남동생과의 사이마저도 멀어졌습니다. 동생은 외과의사죠. 모두가 갑자기 할 일이 너무 많다거나 이사를 가거나 혹은 나처럼 그냥 아무 이유 없이 소식을 끊는 경우도 있었습니다. 난 율리아가 아니라 왜 우테와 함께 사는지 그 이유 같은 걸 아무에게도 설명하고 싶지 않았습니다.

물론 아픔은 차츰차츰 엷어졌지요. 그렇지 않았다고 주장한다면 거짓말일 것입니다. 하지만 그래도 아픔은 어느 정도 끝까지 남아 나를 충실히 따라다니는 동반자, 그림자가 되었고, 가끔은 청천 하늘에 날벼락처럼 갑자기 엄습하곤 하는 악귀이기도 했습니다. 딸기의 향기가 나거나 누군가가 헝가리어를 말한다거나 아니면 특정한 음악의 곡조 같은 것만으로도(특히 브람스나 수전 베가의 음악을 조심해야 했습니다) 충분했습니다. 그러면서도 도대체 무엇이 그 악귀를 다시 불러내는 것인지 알 수가 없을 때가 많았지요. 그중에서도 여름은 참으로 이겨내기 어려운 시기였고 이상하게도 가을이 그래도 제일 견딜 만했습니다. 가장 괴로웠던 날은 섣달그믐이었습니다. 자정까지 두 시간이 남았다면, 이제 나는 율리아를 찾을 수 있는 시간이 두 시간 남았다고 생각했습니다. 몇 분을 남겼다거나 1초 2초 세는 순간이 오면 나는 그 자리에서 소리를 지르고만 싶었죠. 이곳에서, 이 낯선 사람들 속에서, 이 의미 없는 인생 안에서 나더러 뭘 어쩌란 말이랍니까? 나는 매년 그날마다 이번이야말로 마지막 망년일이라고 확신했습니다. 또 한 번 더 이런 날을 견딜 수는 없을 것이라고 말입니다. 마음을 다시 다잡기 위해서는 며칠, 아니 때로는 몇 주의 시간이 필요한 때도 있었습니다. 한 번은요, 1990년대 중반이었을 겁니다만, 한밤중이었고 난 우테 옆에 누워 있었습니다. 갑자기 그녀가 나더러 아직도 율리아 생각을 하느냐고 묻는 것이 아니겠습니까? 손을 얼굴에 갖다 댈 시간조차 기다릴 수 없이 난 그만 울음을 터뜨렸습니다. 우테가 그걸 어떻게 다 견뎌냈는지 그건 나로서도 불가사의한 일입니다.

또 다른 여자요? 어떻게 말입니까? B와 같은 도시에서 누군가를 사랑하게 된다는 것은 어려운, 아니 사실상 불가능한 일입니다. 우리 가게에서 일하는 여자 대학생들과 무엇인가를 시작하고 싶지는 않았습니다. 아마 그런 이유로 불꽃이 튄 일 한 번 없었던 것이겠죠. 그러고는요? 신문에 파트너를 찾는다는 광고를 내는 일 따위는 할 수가 없었습니다. 내가 늘 그런 광고를 읽으며 율리아와 비슷하겠다 싶은 여자를 찾았음에도 불구하고 말입니다.

그러다가 난 진짜 그녀의 소식을 들었습니다.

우테는 그녀가 아는 사람들 중에서도 자신의 유치원과 초등학교 동창생인 클라우디아와 내가 그래도 제일 잘 어울릴 거라고 믿었습니다. 클라우디아는 베를린 극장에서 회계를 보는 일을 했었는데요, 이름이야 이 이야기와 별로 상관이 없지만, 아무튼 우테가 말한 대로 하자면 그녀는 배우들과 접촉할 일이 많다는 것이었습니다. 우테가 그녀에게 율리아에 관해 이야기를 한 게 틀림없습니다. 그렇게 해서 난 1997년 2월에 베를린에 있던 클라우디아를 방문한 길에 율리아에게 아이가 있다는 이야기를 들었습니다. 딸이라고 했습니다. 낮은 목소리였다고는 하지만—클라우디아의 목소리는 원체가 거의 언제나 낮았습니다—누군가가 내 면전에서 율리아의 이름을 입에 올리며 그녀를 '당신의 첫사랑'이라고 불렀다는 사실에 비한다면 그런 율리아의 소식은 내 마음을 아주 대단하게 뒤흔들지는 못했습니다.

처음에 언급했던 대로 클라우디아가 1999년 10월에 전화를 걸어오기까지는, 난 율리아가, 그러니까 내 말은 클라우디아가 전해준 얼마 안 되는 소식이 클라우디아와 나 사이의 일종의 비밀이었는지 아니면 클라우디아가 우테에게 다 고자질을 했는지는 알지 못했습니다. 내가 하려는 말은요, 그러니까 클라우디아가 율리아의 이름을 거론한 것이 아주 완전히 기대 밖의 일은 아니었다는 것입니다. 그럼에도 불구하고 "당신의 율리아도 올 거야!"라는 말을 듣자 마치 깊은 마취에서 깨어나기라도 한 듯한 느낌이었던 것입니다.

난 사무실 의자에 앉아 오른발은 서랍의 손잡이 위에 올리고 신발 끝을 책상 아래에 끼운 채, 클라우디아가 하는 말을 들었고 열려 있던 블라인드를 통해 가게 안을 건너다보았습니다. 학기 초 같은 때처럼 한바탕 야단법석이 일어나는 바쁜 때라 할지라도 하얀 티셔츠를 입고 있는 직원들은 눈에 잘 띄게 마련이었습니다. 나는 여학생들의 가슴 위에 새겨진 '복사 2000'이라는 우리 상호가 늘 어쩐지 좀 음란하다는 생각이 들었었죠. 하지만 그건 우테의 아이디어였고 지금까지는 아무도 불만을 표시한 사람이 없었습니다. 이곳에서 오래 일한 학생들의 가슴에 새겨진 글씨의 빨간색은 바래서 빛을 잃었지만 새로 들어온 학생의 글씨는 무슨 징표같이 반짝거렸습니다. 나는 네 명의 티셔츠를 셌고 누가 빠졌는지 알아채지 못한 채 또 한 번 셌습니다. 나는 어떻게든 진정하려고 애썼습니다. 클라우디아가 두번째로 율리아의 이름을 거론했을 때 더는 참을 수가 없었습니다. "율리아?" 하고 난 물었습니다. 그러곤 우리 가게의 새로운 상호를 계획해서 넣어둔 종이봉투를 들었습니다. 예전 상호에서 2000이 빠진 글자였죠.

"이제야 드디어!" 클라우디아가 신음을 내뱉었습니다. "난 당신 귓구멍이 막힌 줄 알았어!" 그러고 나서 뒤따른 문장을 난 한마디 한마디 그대로 반복할 수 있을 정도입니다. 그 문장의 마지막 말은 다음과 같죠. "그녀가 그 어느 때보다도 당신을 사랑한다고. 아주 간단해."

그리고 나는요—그녀의 말을 믿었습니다.

클라우디아는 우리 일이 어떻게 돌아가고 있느냐고 물었습니다. 나는 소프트웨어를 2000년으로 맞추느라 애를 먹었던 일이며 우리 가게의 상호를 바꿀까 생각 중이라는 것을 말해주었습니다.

"그러게." 클라우디아가 말했습니다. "그렇게 바꾸지 않을 거면 1900이라고 이름을 붙여도 되겠지."

마지막에 그녀가 물었습니다. "그러니까 너희들, 오는 거지?"

"그래, 갈게." 나는 그렇게 대답하며 다시금 현재로 되돌아온다는 느낌을 받았습니다. 갑자기 발가락에 통증을 느꼈고 서랍의 손잡이에 올렸던 발을 뗐습니다. 나는 똑바로 앉아 수화기를 내려놓았습니다. 나는 기뻤습니다, 아니, 자랑스러웠죠. 몇 년 동안의 그 모든 날들을 견뎌왔다는 데 대한 자랑스러움이었지요. 그러곤 절뚝거리는 발걸음으로 가게로 나갔습니다.

저녁에 우테와 난 거의 같은 시각에 집으로 귀가했습니다. 그녀는 기분이 좋았습니다. 퇴근 직전에 교육청으로부터 주문이 들어왔고 바로 그 뒤를 이어 고타 시청의 행정실에서도 전화가 걸려왔기 때문이었습니다. 그곳은 우리가 보통 일을 맡는 지역도 아니었거든요. 그 결과 추가적으로 좋은 고객을 확보하게 된 셈이었습니다.

나는 클라우디아가 초대한 일을 말했습니다. 우테는 "왜 당신을 귀찮게 한 걸까? 내 전화번호를 알고 있는데!"라고 말했습니다.

"갈 거야?" 우테가 한참 만에 물었습니다.

"더 좋은 일도 없을 것 같은데, 뭘." 내가 말했습니다. 우테는 사실 뭔가 특별한 일을 만들어보려고 노력했으나 빈 여행은 예약이 다 차서 불가능했고 프라하 역시 마찬가지였습니다.

"그렇담 내가 해결할게." 우테가 그렇게 말하며 전화기와 반쯤 껍질을 벗기다 만 오렌지를 들고 거실로 갔습니다.

그 후 두 달 동안의 내 기분을 말하라면 그야말로 '환영과 작별'이라고 표현할 수 있을 것입니다. 애석하게도 그 시의 제목과 그 시에 대해서 감탄해마지않던 독일어 선생님만이 기억나기는 하지만 아무튼 내 기분을 묘사한다면 바로 그 시 제목에 딱 어울렸습니다. 「환영과 작별」이었죠.

내 통장에는 거의 1만 마르크 가까운 돈이 들어 있었고 할부금을 거의 다 부은 메르세데스 SL형을 타고 다녔으며 법적으로는 미혼이었습니다.

나는 책상을 치우고 모든 우편물에 답장을 쓴 후 미회수금을 확인했습니다. 그중 몇 가지 경우는 대금추심담당계로 넘기고 수북한 종이 더미를 찢었습니다. 아버지의 편지들 사이에는 더 이상 기억이 나지 않는 공문들이 들어 있었습니다.

1989년 가을의 이런저런 서류들 중에서 발견한 것들은 시립박물관에 가져다주었고 그곳에서 받은 영수증들은 종이 쓰레기 컨테이너에 던져넣었습니다.

나는 오전에 두 번이나 집에 돌아가 마지막 정리를 했습니다. 여권과 보험증 아래에서 나는 하이네 출판사의 빨간색 작은 책자 한 권을 발견했습니다. "여자를 만족시키는 방법/왕도 중의 왕도/그녀가 더욱 더 원하도록 하는 방법" 뒷면에는 나우라 하이든의 사진이 있었는데 아름다운 눈과 나무랄 데 없는 치아가 돋보였습니다. "비타민 C는 아스코르빈산이며 노벨상 수상자인 리누스 파울링은 하루에 적어도 3천 밀리그램을 섭취할 것을 권하고 있다. 나는 매일 1만 5천 밀리그램을 섭취해왔고 그것도 몇 년 전부터 줄곧 그래 왔다"라고 나우라 하이든이 74페이지에서 말하고 있었습니다. 우테는 내가 왜 이런 책을 소장하고 있는지 의아하게 생각했을 것입니다. 하지만 사실은 그녀하고는 상관없는 일이지요.

나는 서류들을 투명한 비닐 서류철에 끼우고 리들 슈퍼마켓 봉투에 전부 다 집어넣었습니다. 그 어떤 흔적도 남기면 안 되는 사람처럼 나는 두리번거리며 주위를 돌아보았습니다. 이 집 안에서 사실상 나한테 속하는 것이 무엇인가? 내가 미련을 가질 만한 것이나 나중에라도 아쉬워할 만한 것은 아무것도 없었습니다. 내가 열 살 생일 때 선물로 받았던 4층짜리 사이펜 성탄절 피라미드라면 모를까요.

우테는 베를린에 가기로 결정을 내린 후, 그녀는 그걸 '베를린 결정'이라고 불렀는데요, 클라우디아가 사우나와 수영장에 함께 다니자고 했다는 이유로 저녁에는 오로지 야채와 과일만을 먹더군요. 나는 점심 식사를 빵으로 때우고 케이크를 먹는 것은 포기했으며 레스토랑에서 뭔가 끓이거나 찐 음식을 주문해 쌀밥을 많이 곁들여 먹었습니다. 구운 청어를 먹을 때는 껍데기를 벗겨냈습니다. 우테는 심지어 피트니스 센터에 가 '팻버너'나 '파워 요가' 같은 코스에 참가하기도 했습니다.

그리고 국민강좌센터의 화장술 강좌를 듣기도 했지요. 그 코스에서는 터무니없이 비싼 값의 화장품을 사라고 부추겼습니다.

우리는 두 자루나 되는 옷을 재활용 쓰레기통에 내다버렸습니다. 바지며 재킷이며 치마와 스웨터 들이었죠. 그러고도 난 습관상 신발을 닦겠다고 보관해두었던 양말이나 속옷들을 드디어 다 갖다 버렸습니다. 날씨는 4월처럼이나 변덕스러웠습니다. 새벽에 눈이 내리고 본격적인 폭풍이 부는가 싶으면 다음 순간 어느새 봄 날씨로 변했습니다.

몇 주간 괴상한 시간이 흘러갔습니다. 그와 동시에 사업은 그 어느 때보다도 호황을 누렸습니다. 마치 그동안 인생에 쌓였던 앙금이나 지방을 버리고 근육을 생성하는 것 같은 기분이었죠.

우테는 그 시기에 클라우디아와 그녀의 새 애인인 마르코에 관한 이야기를 많이 했습니다. 마르코는 영화를 만드는 일에 종사했고 클라우디아의 아들 데니스와 잘 통했습니다. 그리고 우테는 클라우디아가 귀마개를 꽂지 않으면 잠이 들 수 없다는 것도 알고 있었습니다. 저녁이면 귀마개를 귀 안에 가득 집어넣는다는 것이었습니다. 또한 마르코는 질투심이 많은 남자며 그럼에도 불구하고 아주 좋은 애인이라는 것, 그가 짧으면서도 굵은 페니스를 가졌다고도 했습니다.

나는 우테에게, 그녀 역시 그런 식으로 나에 대한 이야기를 퍼뜨리는지 물었습니다. "아니" 하고 그녀가 말하기는 했지만 그래도 어쩐지 진실성이 묻어나지 않는 목소리였습니다. 내가 두번째로 다그쳐 물었을 때에야 그녀는 "도대체 나를 어떻게 보는 거야?" 하고 소리지르더군요.

클라우디아는 마르코를 건장하다고 보았습니다. 우테는 내가 그렇게 뚱뚱하게 되지 않기만을 바란다고 했습니다. 마르코는 당시에 분명 돈을 많이 벌었던 모양이었습니다. 그렇지 않다면 프리드리히스하인 구가 다 내려다보이는 꼭대기 층의 베란다를 포함한 복층 아파트를 살 수 없었을 것이니까요.

텔레비전에서는 끊임없이 카운트다운 이야기가 나오고 있었습니다. 그때 난 하마터면 모든 사실을 폭로할 뻔했죠. 겹치는 숫자가 거론되었는데요, 제가 생각하기로는 666이었을 겁니다. 난 "666시간만 여기서 지내고 나면"이라고 말했습니다. 그런데도 우테는 아무런 반응을 보이지 않더군요.

성탄절이 되어서야 클라우디아가 어떤 음모를 꾸몄는지 어렴풋이 짐작했습니다. 아니면 그녀가 단순히 나를 가지고 논 것일까요? 여러분들은 아마 나 같은 놈이라면 다른 사람에게 손가락질을 해서는 안 된다고 이의를 제기하시겠지요? 하지만 나는 우테에게 섣부른 약속 같은 걸 한 적이 단 한 번도 없었습니다. 그녀는 내가 사랑하지 않는다는 것을 잘 알고 있었습니다. 좀더 명확한 대답을 강요할 때마다—한 가지는 결혼문제였고 또 하나는 둘째 아이를 낳는 문제였죠—매번 싫다는 대답을 분명히 했었거든요.

율리아 일만 아니라면 클라우디아는 전혀 내 관심을 끄는 대상이 될 수 없었을 겁니다. 그렇습니다. 거식증이 걸렸을 게 틀림없는 클라우디아를 나는 가까스로 견디는 편이었습니다. 그녀가 입을 열 때마다 시끄럽지 않은 적이 없었으며 말을 할 때마다 그녀의 그 검고 긴 머리카락이 어떻게든 출렁거리지 않은 적이 없었고, 말끝마다 뒤따르는 제스처는 또 어떻구요. 그녀의 제스처 자체가 말을 끌어내는 것처럼 보였습니다. 무엇보다도 그녀가 웃을 때는 뭔지 모를 음란함이 숨어 있음을 누구나 알아차렸지요. 남자들과의 그 파란만장한 연애 편력은 차치하고라도 말입니다.

"맞아, 그녀가 좀 그렇지" 우테가 말했습니다. 하지만 사실 우테는 자신은 그런 식으로 살지 못한다 하더라도 클라우디아에 대해 경탄을 금치 못한다고 했습니다.

"성탄전야 이전에 한 주 한 주마다 밝히는 네 개의 초 말고 또 다섯번째의 초가 탄다면 산타클로스 할아버지가 쿨쿨 자느라고 성탄절을 놓친 거겠지." 클라우디아가 마지막 통화 때 이렇게 말했었습니다. 하지만 이번만큼은 성탄절을 정말로 다섯번째 성탄전야 주라고 하는 편이 나을 것 같았습니다. 나는 우테에게 여행용 가방을 선물했고 내 것도 하나 샀습니다. 파티를 위해 우리가 내놓는 부조 품목은 샴페인이었습니다. 나는 알디 슈퍼마켓에서 샴페인 네 박스를 샀습니다.

12월 30일, 우리는 체중계 위에 섰지요. 나는 5킬로그램, 우테는 4킬로그램이 빠졌더군요. 우리가 출발했을 때는 아직 사위가 아주 밝지 않았습니다. 그것이 작별의 어려움을 완화시켜주었지요.

아닙니다. 난 어디서 어떻게 다시 일자리를 구할 것인지에 관해 걱정하지 않았으며 물론 내가 버리는 것이 무엇인지를 잘 알고 있었습니다. 아니, 바로 그래야만 했던 것입니다. 희생 제물! 큰 희생 제물을 바쳐야 합니다. 아시겠습니까? 난 율리아에게 "그래!"라고 말하고 싶었습니다. 그 어떤 일이 일어난다 하더라도 말입니다.

가는 길에 우리는 사과 조각과 피망을 먹었습니다. 나중에 베를린에 못 미쳐 있는 뢰벤픽 식당에 들러 정식으로 아침 식사를 할 요량이었거든요. 우린 아부스 도로를 통해 차를 몰았고 카이저담에서 동쪽 방향으로 내려갔습니다. 그곳에서는 누구나 이젠 베를린에 도착했구나, 하는 느낌을 받게 되지요.

클라우디아는 소매 없는 샛노란 원피스 차림으로 우리를 맞이했습니다— 한여름인 것처럼 말이죠. 인사를 하고 나자 그녀가 내게 다음과 같이 말하려는 듯한 시선을 던졌습니다. 우린 한편이야. 그녀가 부츠를 신기 위해 상체를 숙였을 때 나는 그녀의 피부를 덮고 있는 게 그 원피스뿐이라는 것을 알아챘습니다. 마르코가 나를 도와 알디 샴페인을 승강기로 옮겼고 다락에 서 있는 사람 키만 한 냉장고에 쌓았습니다.

우리가 묵게 될 집은 2백 미터도 떨어지지 않은 곳에 있었습니다. 케테니더키르흐너 가에 있었고, 한 건물의 뒤채였습니다. 건너편에 줄지어 서 있던 주택가 가운데가 비어 있었기 때문에 창문을 통해서 보면 굴삭기 너머로 후펠란트 가의 꽃집이 보였습니다. 그 뒤로는 한때 클라우디아와 아들 데니스가 함께 살던 집이 있었습니다. 클라우디아가 외투를 벗는다기보다는 털어낸 후 방방마다 돌아다니며 난방기를 켜는 동안 나는 창문 밖을 내다보며 굴삭기가 갑자기 팔을 툭 내리고 작업을 시작하는 광경을 지켜보았습니다.

그곳은 몰디브로 여행 간 마르코의 친구네 집이었습니다. 클라우디아가 부엌과 욕실을 보여주었을 때 우테는 "여긴 정말 너무 깨끗하구나!" 하고 말했습니다. 침대 커버가, 난 처음에 그게 실크일 거라고 생각했는데요, 그게 침실 방에 오리엔탈 풍의 분위기를 연출해주고 있었습니다.

프리츠는 데니스와 집에 남았고 우테와 클라우디아는 곧장 동물원

250

옆에 있는 온천으로 가고 싶어 했습니다. 나는 그녀들을 버스 타는 데 까지 데려다주었습니다. 영화관 앞 버스 정류장에서 클라우디아는 우테가 잠시 영화 포스터를 구경하고 있는 사이를 틈타 나를 향해 "공원으로 산책이라도 가지그래. 혹시 거기서 행운을 잡을지 누가 알아?" 하고 속삭였습니다.

그러곤 버스가 왔고 우테가 작별인사 대신에 "포스터를 봐도 영화에 대해서 알 수 있는 게 전혀 없어"라고 외쳤습니다.

길을 건너 공원으로 가지 않고 나는 우리가 왔던 거리로 도로 되돌아가 세제 용품을 파는 상점에 들렀습니다. 아주 친절한 그 상점의 남자가 권하는 대로 나는 이미 동독 시절에서부터 생산되었던 발 냄새 없애는 약을 샀습니다. 다음 모퉁이에서는 베트남 가게에 들러 커피와 우유, 바나나와 빵을 샀고 이탈리아 가게에서는 구운 과자와 붉은 와인과 모르타델라 소시지를 샀습니다. 마지막으로 나는 양심의 가책을 받을 정도로 비싼 장미를 사 꽃가게 여주인이 탄복하게끔 했습니다. 그녀가 꽃다발을 묶고 있는 동안 나는 유리창을 통해서 굴삭기를 관찰했지요. 굴삭기는 벌써 그동안 땅을 판 흙으로 작은 구릉을 쌓아놓고 있었습니다. 봉투와 꽃다발을 들고 거리를 따라 걸었을 때, 내 마음속으로부터 어떤 행복감 같은 것이 솟아올랐습니다. 사람들이 이곳의 주민인 줄 알 것이기 때문이었습니다. 케테니더키르흐너 가의 집에서 나를 기다리고 있는 사람이 율리야인 양 말입니다.

집 안에 들어서기가 무섭게 나는 다시 계단을 뛰어 내려갔습니다. 1분 뒤 나는 프리드리히스하인에 있었습니다. 공원이 황량하게 보였고 카페는 문을 닫은 뒤였습니다. 주인과 함께 밖으로 나온 몇 마리 개들이 뛰어다녔고 가끔씩 조깅하는 사람이 지나가곤 했습니다. 나는 연못 앞 길에서 왔다 갔다 서성이다가 마침내 오른쪽으로 난 낮은 언덕으로 올라갔습니다. 그 위에서 나는 카를 마르크스 알레와 슈트라우스베르거 광장을 내려다보다가는 좀더 좁은 길로 접어들었습니다. 건너편에 불 켜진 창문이 보이는 마르코의 지붕 꼭대기 집보다 높지 않은 곳이었습니다. 문득 나는 마르코와 클라우디아가 훌륭하다는 생각을 했습니다. 그들에게 꼭 말해주고 싶다는 욕망이 일었습니다. 그들이 그렇게 돈을 많이 써가며 사는 게 옳으며, 누구나 모험을 감행해야 한다는 것을 말이지요. 바로 그 순간, 자동차에 베를린 지역 번호판을 다는 것보다 내가 더 간절히 바란 것은 없었습니다.

나는 긴 계단을 내려가 우리가 묵는 집으로 돌아왔습니다. 그러곤 모르타델라 소시지를 전부 먹어치우고는 굴삭기를 오랫동안 지켜보았습니다. 경사진 곳에서조차 굴삭기는 넘어지지 않고 점점 더 깊은 곳으로 천천히 전진해 가고 있었습니다.

저녁에는 클라우디아와 마르코를 이탈리아 식당으로 초대했습니다. 길가 모퉁이에 있는 큰 레스토랑이었는데 바로 우리들 두 쌍의 집 사이 정가운데 위치한 곳이었습니다. 식당 주인은 일찍이 이탈리아에서 탈출해야만 했는데 한때 좌파 운동가였기 때문이라고 마르코가 중얼거렸습니다. 우테가 마치 다 알고 있다는 듯이 고개를 끄덕이는 게 내 기분을 상하게 했습니다. 클라우디아는 노란 원피스 위에 두툼한 풀오버를 걸쳐 입었고 긴 손가락으로 흰 빵을 뜯어 나누었습니다. 위를 쳐다보지 않은 채 나는 주문을 했고 그녀가 우리와 이야기하는 도중에 그녀의 어깨 너머로 메뉴판을 건넸습니다. 종업원이 그녀에게서 메뉴판

252

을 가져갔지요. 식당 주인이 테이블과 테이블을 돌아 다가왔고 클라우디아의 양손에 입을 맞추고는 한쪽 팔을 마르코의 어깨 위에 걸쳐놓은 채 사진기 앞에서 포즈라도 취하는 것마냥 미동 없이 미소를 짓고 있었습니다.

우테는 그날 저녁 남의 말이라면 무조건 찬성하는 병이라도 걸렸는지 "영화계"라는 둥, "보통 사람들"이라는 둥 그런 단어들을 사용했고 마르코더러는 어디서 주로 영감을 얻느냐, 창조를 위한 휴식 기간이 필요한 것이 아니냐를 물었습니다. 마르코가 가장 즐겨 쓴 단어는 '추진했다'였지요. 그는 독일 우파 영화사의 시리즈물을 '추진'했고, 자기 혼자서는 도저히 그 영화를 '추진'하기에 버거우며 자신의 제작진들이 다 함께 '추진'한다고 했습니다. 레스토랑이나 우리들의 집이나 공원은 "훌륭한 로케이션"이며 어제 그는 또 한 건을 맡아 "그린 라이트"*했다는 것이었습니다. 그는 자신이 오케이라고 답했으며 그렇게 해오며 영화의 길을 닦았노라고 내게 설명하면서 상체를 숙여 절을 했습니다. 마치 자신의 단어 선택이 구식이라는 것을 강조해야겠다는 듯이 말입니다. 마르코는 물론 굴삭기에 관한 일도 알고 있다고 했습니다. "1999년에 시작한 공사, 대출금 때문에."

우린 너무나도 늦은 시각에서야 데니스와 집에 있던 프리츠를 데리러 갔습니다. 우테는 나더러 무슨 일이 있느냐고 물었지요. 나는 그녀의 굽실거리는 태도와 한심한 질문을 참을 수 없다고 말하며 신경질을 냈습니다. 우리가 잠자리에 들었을 때, 나는 이것이 우리가 함께 지내

---

* 신호등의 초록색 불과 같이 만사가 잘 풀리고 있다는 뜻.

는 마지막 밤일 것임을 확신했습니다.

　잠에서 깨어 화장실에 가면서—계단에서 탕탕 터지는 요란한 폭죽 소리가 막 잠들었던 나를 깨웠던 것이죠—나는 무대 위에서처럼 빛을 받고 서 있는 굴삭기를 보았습니다. 팔의 집게가 벌어진 채 허공에 번쩍 들려 있었지요. 1시경이나 되었음에도 불구하고 여남은 명의 사람들이 그 주위에서 빙빙거리고 있었던 모양이었습니다. 거리에는 파란 등을 켠 경찰차 몇 대가 서 있었습니다.

　그 후에 일어난 일은요, 그걸 말씀드리려면 얼마간의 자제심이 필요하지요. 나는 굴삭기 주위의 소동을 지켜보면서 마르코가 하던 이야기를 떠올렸고 일종의 일제 단속기간이라도 되는가 보다 하고 생각했습니다. 바로 그러는 중에 나는 비스듬한 방향 건너편의 집들 중에 불이 켜진 창문 안에서 무엇인가가 움직이는 것이 보였습니다. 주기적으로 올라갔다 내려가곤 하는 머리였습니다. 나는 믿고 싶지는 않았지만 그게 무엇인지 즉시 알아차렸습니다. 나는 인피(靭皮) 돗자리 냄새가 나는 가운데 우테가 나지막이 코를 골며 자고 있는 침실에서 안경을 가져왔습니다. 이제 난 남자만을 보았습니다. 반쯤은 누운 자세였고 반쯤은 기대앉은 모습의 남자였는데 미켈란젤로가 그린 아담과 그리 많이 다르지 않았습니다. 옆 창문에는 여자의 나체 실루엣이 나타났습니다. 그녀가 몇 발짝을 떼자 다시금 내 시야에서 벗어났지요. 남자가 그녀를 따랐고 두 사람은 방 한가운데서 만났습니다. 그들은 서로를 끌어안았습니다. 그러고 나선 나란히 복도로 갔는데요, 역광을 통해서 난 그녀의 날씬한 다리를, 아니, 그녀가 매우 아름다운 몸매를 가졌다는 것을 볼 수 있었습니다. 그 두 사람을 좀더 가까이 보기 위해 난 옆

방으로 갔습니다. 그 바람에 난 두 사람이 불이 켜진 방으로 다시 돌아온 순간은 놓치고 말았죠. 그 안에서 프리츠가 자고 있다는 데 생각이 미쳤을 때 나는 이미 손잡이를 돌리고 있었습니다.

다시 아까 그 창문으로 돌아오니 여자는 벌써 남자 위에 앉아 있었고 손으로 얼굴에 흘러내린 긴 머리카락을 쓸어 올리고 있더군요. 다른 쪽 손은 뒤로 몸을 젖힌 상태에서 남자의 허벅지를 가볍게 누르고 있었습니다. 나는 그녀의 움직임을 지켜보았고 두 개의 손이 그녀의 양쪽 허리를 붙잡는 것을 보았습니다.

그녀의 가슴은 과장되다 싶으리만치 크게 느껴졌습니다. 마치 『플레이보이』에서나 볼 수 있는 삽화 같았습니다. 그녀의 얼굴을 보려면 나는 무릎을 꿇어야만 했는데요, 그러지 않으면 창문 가운데로 지나가는 십자 모양의 나무틀에 가려 보이지 않았거든요.

여러분이 이상하게 생각하실지도 모르지만, 바로 이 순간, 그러니까 내가 지금 비디오를 보고 있는 게 아니라는 것을 깨닫는 순간 난 어떤 심장의 아픔 같은 것을 느꼈습니다. 그건 일부러 지어낸 연극은 아니었습니다. 그곳에서 일어난 일은 현실이기나 했던 것일까요? 게다가 나는 그들을 보는 일을 그만둘 수 없다는 사실 때문에 적이 굴욕감을 느꼈습니다.

난 혼자 자위행위를 한 후 몸을 씻고 다시 침대에 누웠습니다―하지만 곧 몇 분 뒤 다시 창문 앞에 가 서 있었지요. 이제 난 머리카락이 풀어헤쳐져 있는 그녀의 등을 보았습니다. 그녀는 상체를 앞으로 굽혔다가 도로 제자리로 왔습니다. 그리고 거기에 있는 두 손은 언제나 그녀의 허리 위에 놓여 있었지요. 난 차마 그 광경을 더 이상 쳐다보며 괴로워하고 싶지 않았습니다. 난 비디오테이프들을 하나하나 살펴보았습니다. 제목들은 거의 다 독일어였는데 그중에서 내가 아는 것은 없었습니다. 내가 처음으로 그들이 아직도 "그것을 하고 있는지" 보았을 때는—그런 표현밖에는 시종 내 머릿속에 떠오르는 것이 없더군요— 그녀는 다시 얼굴을 남자 쪽으로 향해 앉아 있었고 상체를 앞으로 기울이고 있었습니다. 그의 손은 그녀의 가슴을 만지고 있었지요. 난 부엌에서 물을 한 잔 마신 다음 나 스스로에게 식탁 앞에 앉아 있을 것을 강요했습니다.

건너편 집에 조그만 전등불빛만이 빛나는 것을 보며 얼마나 안심이 되던지요, 여러분들은 아마 믿지 못할 것입니다. 아무것도 알아볼 수 없는 채로 난 한참 동안 그 불빛을 쳐다보았습니다. 이윽고 완전히 꺼질 때까지 말입니다.

굴삭기 주위로 와글거리던 소음은 그곳에 있던 사람들의 수는 별로 변하지 않았음에도 불구하고 어느새 잠잠해져 있었습니다. 난 이상하게도 만신창이가 되어 침대에 누웠습니다. 잠이 든다는 것은 생각할 수도 없었습니다.

대사건이 7시가 아니라 한 시간 반 전에만 시작되었더라도 구원이었다고 부를 수 있을 것입니다. 하지만 그것은 잠들고 있는 나를 적중했습니다. 여러 번 초인종이 울리다가는 집 현관문을 두드리는 소리가 났고 누군가가 뭐라고 외치는 소리가 들렸습니다. 마르코는 우리더러 전화벨이 울리는 경우 그냥 놔둬도 된다고 말했었습니다. 하지만 문 앞의 초인종이 울리는 경우라면 소포가 온 건지도 몰랐지요.

우테가 다시 침실로 들어와 나에게 좀 나와보라고 부탁했을 때 그녀의 목소리는 마치 간밤에 내가 겪었던 모험을 알아내기라도 한 듯 들렸습니다.

우리는 8시 반까지 집을 비우고 밖으로 나가야 했습니다. 사람들이 마당에서 전쟁 때 투하되었던 폭탄을 발견했다는 것이었습니다. 우리는 곧 그것이 5백 파운드짜리 폭탄이라는 것을 알게 되었습니다. 잠자리에서 일어나고 싶지는 않았지만 그 소식은 어린아이처럼 나를 들뜨게 했습니다. 커피를 마시는 동안 프리츠와 나는 우테에게 집에 남아 있자고 설득해보았습니다. 최악의 경우 유리창 몇 장이 깨지는 정도지, 무슨 다른 별일이 일어나겠느냐고 했지요. "두 사람, 무슨 그런 말도 안 되는 소리를 해." 그녀는 그렇게 말했고, 우리들의 짐 가방을 싸는 그녀를 말릴 수는 없었습니다.

어젯밤의 그 집에는 창문이 조금 열려 있었습니다. 두 사람은 이미 밖으로 나갔든가 아니면 침대에서 꼼짝하지 않고 있는 거였겠지요. 거리에는 여행용 가방과 이불을 든 사람들이 우왕좌왕하고 있었습니다. 피난민 영화라도 찍는 것 같았죠. 어느 한 라디오 방송국 기자가 우테에게 섣달그믐을 어떻게 보낼 계획이냐고 물었습니다. 건너편 건물에서는 한 여자가 보온병과 잔들을 쟁반에 얹어 들고 나왔고 그 기자와 두 명의 소방수들이 그 안에 든 것을 마셨습니다. 5월 초,라고 그 여자가 말했습니다. 5월 초에는 거리가 온통 분홍색 꽃잎의 바다가 된다면서 5월 초에 우리더러 꼭 놀러오라는 것이었습니다.

마르코네 집의 정문은 살짝 열려 있었습니다. 우리는 위층으로 올라가 초인종을 눌렀는데요, 난 그때 발소리를 들었다고 생각했지요.

옆집 문이 열렸습니다. 손에 쓰레기 봉지를 든 노령의 남자가 밖으로 나왔습니다. 우리더러 무슨 일이냐고 물었습니다. 우테는 폭탄이 발견된 일을 설명하면서 우리가 너무 일찍 온 것 같다고 했습니다. 난 어두운 복도에서 그의 뒤로 나타난 여자를 처음에는 보지 못했습니다. 그녀는 문지방에 멈춰 섰습니다. 그녀의 남편이 우테가 해준 이야기를 전해주었을 때 그녀는 움푹 팬 눈으로 우리를 쳐다보았는데 코와 입은 병적이다 싶으리만치 섬세했으며 우리더러 들어오라는 제스처를 취하는 모습은 그녀의 그런 외모와 잘 어울렸습니다. 사양할 것 없다고 남자가 말하면서 우리가 B에 사느냐고 물었습니다─그가 내 차의 지역번호를 보았다는 것이었습니다. 그는 전쟁 후 1년간 B에서 학교에 다닌 적이 있었다고 했습니다. 두 사람과 두 사람의 집 안에서는 오랫동안 옷장에 넣어두었던 빨래 냄새가 났습니다. 데오나 향수를 사용하지 않은 위생적인 냄새였지요.

마르코의 집 복도에서 삐걱거리는 소리가 나자 남자는 깜짝 놀라 몸을 움츠렸습니다. 그러곤 그예 계단을 쿵쾅거리며 뛰어 내려갔는데 스키 선수가 산을 내려가듯 날렵한 동작이었지요. 마르코가 문에 열쇠를 꽂아 돌리는 소리가 났을 때 그의 아내는 이미 건물의 앞쪽 어둠으로 사라지고 없었습니다.

마르코는 무시무시한 모습을 하고 있었습니다. 퉁퉁 부은 얼굴에 눈은 충혈되고 그의 지저분한 목욕 가운 앞섶 사이로 배가 비죽이 나와 있었습니다. 우리더러 들어오라더군요. 우린 미안하다고 말하면서 빵을 좀 사오겠다는 핑계를 대고 금방 자리에서 도로 일어났습니다. 사실 우린 공원을 가로지르며 멋진 아침 산책을 즐겼을 수도 있었겠지요. 하지만 어쩐지 암담한 분위기였습니다. 우테와 프리츠는 내 뒤를 따라

터벅터벅 억지로 발걸음을 떼며 언덕을 올랐습니다. 조깅 하러 나온 사람들과 개를 데리고 나온 사람들 사이에서 우리만이 유일한 산책객이었습니다. 우테는 클라우디아와 마르코의 이웃집 사람들을 만난 후 이 근처에 노인들이 거의 없다는 것을 발견했다고 말했습니다.

우린 베트남 가게에서 빵을 샀습니다. 어쩔 수 없이 난 어젯밤에 보았던 여자를 찾아보았습니다. 난 그녀를 가까이에서 보고 싶었으며 목소리도 듣고 싶었습니다.

아침을 먹는 동안 마르코는 휘너괴터 해변보다 이곳의 모래 속에 훨씬 더 많은 폭탄이 묻혀 있다고 했습니다. 그는 베를린에 폭탄이 투하되었던 시스템에 관해 설명해주었습니다. 그는 맨 처음 유대인을 다 몰아냈다고 선포했던 지역부터 폭탄이 투하된 건 아마도 우연일 것이라고 말했지요. 애석하게도 우연이었다고 마르코가 덧붙였습니다. 그곳, 즉 프랜츠라우어베르크 구에는 거의 아무 일이 일어나지 않았었다고 합니다. 그건 내가 전혀 몰랐던 일이었지만 그런 이론을 들어본 적 역시 없었습니다. 난 다만 우테가 또 드레스덴과 조부모님 이야기를 꺼내지 않기만을 바랄 뿐이었습니다.

클라우디아는 프리츠와 놀아주려고 애쓰고 있었습니다. 프리츠는 데니스가 일어나기만을 기다리고 있었지요. 우테는 무슨 이유 때문에 폭탄이 자신을 우울하게 만든다고 말했고 그러고 나선 식탁을 사이에 두고 너무나도 긴 침묵이 흘렀습니다.

난 두 사람이 우리를 얼마나 귀찮아하는지 역력히 느낄 수 있었지요. 뿐만 아니라 클라우디아가 불청객인 우리를 두고 사용했을 단어까지도 알 것 같은 기분이었습니다. 그녀는 틀림없이 우리더러 "불평분자"라고 했을 것입니다.

마르코는 내 일이 잘돼가는지 물었습니다. 난 우리 가게의 할인제도며 제본의 종류에 이어 정기적으로 일을 받도록 계약한 주문들이 중요하며 짭짤한 부수입이 된다는 것을 설명했습니다. "그런 건 언제나 좋지" 하고 마르코가 말했지요. 클라우디아는 우리 가게가 베를린에 있었더라면 분명 자신들에게서 돈을 많이 벌었을 것이라고 했습니다. "마르코는 늘상 처리할 서류들이 너무나 많거든. 그렇지?" 마르코는 입안 가득 음식물을 문 채 고개를 끄덕였습니다. 그 후 클라우디아는 우파 영화사의 모든 게 고상하다면서 회사 내 대화의 교각에 가면 심지어는 커피와 과일도 무료로 제공된다고 말했습니다. 그리고 그녀같이 별로 필요한 게 없는 사람은 그곳의 음식물로도 충분히 영양 섭취가 된다는 것이었습니다. 그 후 그녀가 덧붙였습니다. "마르코는 인기가 아주 많아."

나는 누구를 더 초대했는지 물었습니다. 클라우디아는 다른 사람들의 이름들을 열거하는 중에 율리아를 거의 부차적으로 살짝 집어넣는데 성공했기 때문에 난 별 큰 반응을 보이지 않아도 되었습니다.

우테는 우리가 오늘을 위해서 잡은 특별한 계획 같은 건 없으니 두 사람을 도와주겠다고 말했습니다. 밖에서는 연신 요란한 소리가 났었는데 한 번은 진짜로 굉음이 '쾅'하고 울리는 바람에 우테가 "폭탄이다!"라고 외칠 정도였지요.

1시경에 프리츠를 두고 우리가 그 집을 나섰을 때에는 폭탄 소동이 이미 지나간 후였습니다. 집으로 다시 들어가려는 우리를 막는 사람은 아무도 없었습니다. 나는 베를린의 어느 한 집의 열쇠를 소유하고 있나는 것이 무슨 특권처럼 느껴졌습니다.

"장미는 우리가 가지자." 우테가 그렇게 말하며 음악을 틀더니 스웨터와 바지를 벗었습니다. 그녀가 그 낯선 공간 안에서도 너무도 태연하게 행동했으므로 난 갑자기 손님인 것처럼 느껴졌지요. 그러니까 그게, 어느 낯선 여자를 방문한 손님 말입니다. 자신의 브래지어, 아니아예 새로 산 속옷이 마음에 드느냐고 우테가 내게 물었습니다. 그 속옷이 참 편하다더군요.

그녀는 욕실의 문을 열어둔 채 들어갔습니다. 난 그녀를 따라 들어갔습니다. 거울 속의 그녀가 나를 향해 미소 지었고 내 손길이 닿자마자 눈을 감았습니다. 이미 말씀드렸다시피 우린 섹스에 관해서만큼은 서로를 위해 태어난 존재들 같았죠.

우테가 창턱을 꼭 붙잡았으므로 난 그녀의 머리 너머로 간밤에 보았던 집 안을 들여다볼 수 있었습니다. 그리고 왼쪽으로 아주 조금 비켜서기만 하면 공사현장을 내려다 볼 수도 있었습니다. 굴삭기가 택지의 가장자리에 서 있었고 빨갛고 하얀색의 띠가 묘하게도 운전석을 통과해 지나가며 차단선을 이루고 있었습니다.

나중에, 우리가 오리엔탈 풍의 이불 아래 누웠을 때 우테는 내 머리카락을 끊임없이 쓸어 넘겼습니다. 내가 이내 잠에 빠져 꿈을 꾸기 시작했을 때였습니다. "나 클라우디아와 잔 적 있어."

"클라우디아하고 했다고⋯⋯?"

"그래." 우테가 말했습니다. "딱 한 번, 그리고 나선 절대 그런 일 없었어." 난 내 목에서 그녀의 뜨거운 입김을 느꼈습니다. 코끝은 차가웠지요.

"언제?" 내가 물었습니다.

"당신 만나기 전에."

난 자리에서 일어나 앉았습니다.

"문제는 다만" 그녀가 말했습니다. "당신한테 한 번도 이야기한 적이 없다는 거야."

한순간 나는 그녀의 고백이 우리 사이에 무엇인가를 바꿀 수 있기를 바랐습니다. 난 바로 이때를 이용해서 벌떡 일어나 큰 소리로 "그럼 왜 그런 말을 하는 거지! 이미 다 지난 일이잖아!"라고 외쳐야 하는 게 아닐까 고민했습니다.

"근데 그걸 왜 지금 고백하는 거지?" 난 물었습니다.

"우린 이 세기를 떠날 거잖아. 이제 다 지나갔어. 지금 얘길 하고, 이제부터는 다시는 얘기하지 말자. 알았지?"

난 당장에라도 자세히 물어보고 싶었습니다. 어떻게 그런 일이 일어난 것이며 클라우디아는 무엇을 했었고 그 느낌이 어땠는지 등등.

난 어제저녁 옷 표면으로 볼록 솟아 나왔던 클라우디아의 가슴을 떠올리며 그녀가 정말로 그렇게 큰 젖꼭지를 가진 게 맞느냐고 물었습니다.

"당신도 사우나에 같이 갔어야 하는 건데." 우테가 말했습니다. 그러곤 더 이상 아무 말이 없었지요.

너무나 오래 잠을 자는 바람에 우린 8시가 되어서야 집을 나섰습니다. 처음에 난 그 뿌연 김이 폭죽의 연기일 거라고 생각했는데요, 진짜 안개였습니다. 프리드리히스하인의 풍경을 거의 알아볼 수가 없을 정도였지요. 정말로 지구의 종말을 알리는 것만 같은 분위기가 도시를 짓누르고 있었지요.

클라우디아는 옷을 갈아입을 새도 없었던 모양이었습니다. 그녀는 얇은 스웨터 같은 것을 입고 있었습니다. 보푸라기처럼 보일 정도로 아주 섬세한 실로 짜서 안이 다 비쳐 보일 것 같은 스웨터였습니다. 거기에 무릎 길이의 수수한 치마를 받쳐 입었습니다. 그에 비한다면 우테는 틀어 올린 머리카락과 긴 치마와 넉넉히 파인 가슴선 때문에 매우 도시적으로 보였습니다. 그녀는 금세 또 다른 남자를 만날 수 있을 것입니다.

클라우디아가 내게서 시선을 떼지 않고 있음을 내가 알아챈 건 늦어도 그녀가 커피를 내 코앞에 내밀 때쯤이었을 것입니다. "율리아가 왔을 때 하품을 좀 그만하려면." 그녀가 속삭였습니다.

어느 한 배우가 오기로 되어 있었습니다. 내가 모르는 이름이었는데도 마르코는 보면 알 거라고 했습니다. 본 적이 있기 때문에, 아니 텔레비전에서 본 적이 있기 때문이라는 것이었습니다.

클라우디아는 계속해서 오늘 아침 일찍부터 폭탄 때문에 집 밖으로 쫓겨나야 했던 사람으로 소개했습니다. 그러면 나는 사건의 전모를 처음부터 다 설명해야 했고 흰색 주름 셔츠에 검은 양복을 입은 마르코는 여러 번이나 계속해서 휘너괴터 해변에 관한 그 비유를 반복해야 했지요. 클라우디아는 큰 소리로 웃으며 마르코에게 키스하며 말했습니다. 그 그림 안에 시나리오 한 편이 들어 있다면서요.

커피, 아니면 술, 아니면 율리아가 금방이라도 세 개의 자물쇠로 철통같이 굳게 잠긴 이 집 현관에 나타날 수 있다는 가능성 때문이었을까요? 내 손바닥은 그 어느 때보다도 축축이 젖어 있었습니다.

내가 손과 얼굴을 씻고 손 닦기용 수건을 찾아 두리번거리고 있는 동안 초인종 소리가 났습니다. 나는 거울 속에서 미소를 짓는 얼굴을 보았고 복도로 나갔습니다. 내 앞에는 간밤의 바로 그 여자가 서 있었습니다. 의심의 여지가 없었지요. 그녀의 옆쪽으로 비스듬히 땋아 내린 머리카락은 가슴까지 닿아 있었습니다.

내가 지나치게 기쁜 내색으로 그녀를 맞이했나 봅니다. "우리가 아는 사이였던가요?" 그녀가 물었습니다.

"프랑크 라이헤르트" 클라우디아가 나를 소개했습니다. "여긴 사비네, 나랑 제일 친한 동료, 남편 마티아스." 난 거의 웃음을 터뜨릴 뻔했습니다. 빡빡 깎은 머리통을 한 남편이란 자가 아무리 잘생겼다 해도 간밤의 그 남자는 아니었거든요. 이 지역에서 사느냐고 내가 물었을 때 사비네는 정말로 얼굴을 붉혔습니다. "아니요. 헬러스도르프에 살아요." 그녀의 목소리는 듣기 좋았으며 목까지 올라오는 스웨터는 그녀의 오른쪽 귀 아래 빨간 멍 자국을 반쯤밖에는 가리지 못하고 있었습니다.

"어디다가 한눈을 팔고 있는 거야?" 클라우디아가 신경질적으로 부르짖으며 두 사람을 따라 방으로 들어갔습니다. 나는 내 앞을 통과해 사비네가 사람들에게 인사를 나누러 갈 수 있도록 비켜섰습니다. 우테는 내내 창턱에 기대 서서 클라우디아에게는 어머니뻘이 될 만큼 나이가 든 레나테 아주머니와 이야기를 나누었습니다. 우린 이미 전부터 서로 아는 사이였습니다.

사비네가 다시 한 번 내 앞에 서 있었을 때 난 당장에라도 뭔가 사랑스러운 말을 그녀의 귀에 속삭이고 싶을 지경이었습니다. 예전의 내가 아니었습니다. 난 그녀의 남편과 한판 붙고 싶다는 생각까지 했지요. 나보다 훨씬 몸집이 크고 건장했음에도 불구하고요.

나는 "혹시 어제 여기 계시지 않았습니까?"라고 말하는 내 음성을 들었습니다.

"아아, 그래서 선생님이 그러시는 거군요!" 맹세할 수 있습니다. 사비네의 목소리에는 어쩐지 실망이 묻어났습니다. "우린 어제 에르츠 산맥에 있었어요." 그녀가 조용히 말했습니다. "어디서 저를 보셨는데요?"

바로 그 순간 클라우디아가 팔짱을 끼더니 애석하지만 나를 좀 납치해야겠다고 말했습니다. 복도에 도착하자 그녀가 문을 닫아걸고는 부엌 방향을 가리켰습니다.

"저기" 그녀는 이렇게 말하면서 팔짱을 끼면서 내가 그녀의 지시를 따를 때까지 가만히 기다렸습니다.

나는 문 앞으로 다가가 손으로 밀 때까지도 침착함을 유지했습니다.

"아, 왔구나." 율리아가 말하면서 미소를 지으며 자리에서 일어났습니다.

10년이라는 세월이 그녀를 어떻게 변하게 할지 상상할 수 없었던 나로서는 이제 큰 충격을 받지 않을 수 없었습니다. 아무것도, 정말이지 아무것도 변한 것이 없었던 것입니다. 그곳에는 10년 전에 나를 버렸던 바로 그 율리아가 서 있었습니다.

우리는 서로를 끌어안았습니다. 처음에는 조심스럽게 그러곤 꼭 끌어안았지요. 그녀가 내게 몸을 바짝 밀착했습니다. 난 그녀의 뜨거워진 몸을 느꼈습니다.

"뛰어왔니?" 내가 물었습니다.

"서두르기는 했지." 율리아가 말했습니다. 우리는 키스했고 그녀가 내 목에 팔을 둘렀습니다. "하필이면 여기서" 그녀가 속삭였습니다.

"아예 안 만나는 것보다야 여기서라도" 내가 말했습니다. 모든 것이 내가 10년 내내 꿈꿔왔던 바로 그대로였습니다.

우리가 어떻게 마침내 식탁 앞에 앉을 수나 있었는지 기억이 나질 않습니다. 나는 그녀의 손을 꼭 잡았고 율리아는 딸 알리나를 메클렌부르크에 맡기고 오느라 이렇게 늦게야 오게 되었다고 말했습니다.

"요즘 뭐 하고 살아?" 그녀는 마치 그렇게 묻는 것이 부끄럽다는 듯 미소를 지으며 옆쪽을 바라보았습니다.

"복사집" 내가 말했습니다. "너는?"

"나 역시 뭐 복사집 일 비슷한 건데, 돈을 많이 받지는 못해."

서로의 시선이 부딪칠 때마다, 우리는 미소 짓지 않을 수 없었습니다. 난 그녀의 손에 키스했습니다.

이상한 점은 내가 하루도 빠짐없이 율리아를 생각해왔음에도 불구하고 그녀의 손가락 끝 모양이라든가 언제나 조금 분홍색으로 물들어 있는 손톱 혹은 왼쪽 엄지손가락에 난 아주 작은 흉터 같은 건 생각한 적이 없었다는 사실이었습니다.

"여기서 그렇게 끌어안고 애무하면 어쩌자는 거야!" 클라우디아가 외치며 문 앞에 서 있었습니다. "자, 빨리 나와. 너무 눈에 띄잖아!"

우리는 순순히 자리에서 일어났습니다. 나는 율리아를 따랐고 거의 막 문지방 가까이에 갔을 때 클라우디아가 팔로 나를 가로막으며 "항상 적당한 거리를 좀 유지하길 바라. 정신 좀 차리라고"라고 말했습니다.

"나, 저기 좀!" 하고 말한 다음 나는 불안해진 수험생마냥 화장실 방향을 가리켰습니다.

"정말?" 클라우디아는 꼼짝하지 않았습니다. 그녀는 바닥을 내려다 보았습니다. 그녀가 다시 머리를 들었을 때 나는 뭔가 또 훈계를 듣거 나 새로운 지시를 내릴 줄 알았습니다. 하지만 클라우디아는 팔을 도 로 떨어뜨릴 뿐이었습니다.

"고마워." 난 그녀 옆을 지나쳐갔지요.

욕실 안에서 나는 미지근한 물 밑으로 손을 갖다 대고 거울을 보았 습니다. 문 두드리는 소리가 났는가 싶더니 그에 클라우디아가 들어섰 습니다. 그녀는 문을 잠그더니 치마를 들어 올리고 변기 위에 앉았습 니다. 내가 막 어느 수건이 손님용이냐고 물으려는 찰나, 그녀의 오줌 발이 변기 위에 쏟아지기 시작했습니다.

"괜찮아?" 그녀가 물으며 화장지를 뽑아 탁탁 닦고는 벌떡 일어나 치마가 바닥으로 떨어지도록 내버려두었습니다.

"괜찮아!" 난 그렇게 말하며 길고 하얀 수건으로 손의 물기를 닦았 습니다.

난 처음에 클라우디아가 문을 열고 나가려는 것이라고 생각했으므로 옆으로 비켜났습니다. 순간, 그녀가 내 목에 팔을 감았습니다.

"고마워." 내가 말했습니다. 난 클라우디아에게 진짜로 고마운 마음 이었으므로 나 역시 그녀를 끌어안았습니다— 그러곤 그녀의 등이, 어깨가, 그녀의 전신이 내 손길 때문에 떨고 있다는 것을 감지했습니 다. 나는 곰처럼 느껴졌습니다. 그렇게 부드러운 여자를 안아본 적은 단 한 번도 없었습니다. 그녀가 내 몸에 가까이 밀착하는 것이었을까 요, 아니면 내가 그녀를 끌어당긴 것이었을까요? 난 목에서 그녀의 입 술을 느꼈고 그녀의 숨소리를 들었으며 내 이름을 들었습니다. 난 거의 마취라도 된 양 너무나도 간곡하면서도 나무라는 듯도 하고 또 한편으로는 쾌락이 넘치는 음절 한마디 한마디를 들으며 통제를 잃고 말았습니다. 아니, 방향감각을 잃었다고 말하는 편이 더 나을지도 모르겠군요. 그녀의 치마를 낚아챈 내 양손이 그녀의 엉덩이를 더듬어갔고 내 다리 사이로 번쩍 들어 올렸습니다. 우리는 키스를 했습니다. 클라우디아는 너무나 가벼웠습니다. 믿을 수 없을 만치 가벼웠지요.

바지의 단추를 채 풀기도 전에 벌써 그 일이 일어났습니다. 클라우디아가 내 어깨를 물며 손을 부여잡고 굳어졌습니다. 너무 문맥을 벗어나는 표현이 아니라면, 그녀는 숨 쉬는 것조차 멈추었다고 주장할 수 있겠습니다. 클라우디아가 다시 정신을 차리고 상처를 염려하는 사람처럼 조심스럽게 내 손을 아래로 내리며 뒤로 물러날 때까지 난 감히 꼼짝할 수가 없었습니다.

"당신, 그러다 지각하겠어." 그녀가 그렇게 속삭이며 입에다 키스를 하더니 스웨터를 털고 치마를 입었습니다. 그러곤 눈썹을 추켜올린 채 거울을 잠깐 쳐다본 다음 문을 열더군요.

나는 변기 위에 걸터앉았습니다. 이니, 그러니까 내 말은, 변기 뚜껑 위로 푹 가라앉아 발밑 타일 바닥의 사각형 무늬를 바라보았다는 것입니다. 클라우디아의 출현—혹은 기습—은 5분이 채 걸리지 않았습니다. 난 여전히 그녀의 신체가 남긴 여운을 가슴께에 느꼈습니다. 내 왼손에는 스웨터의 보푸라기가 붙어 있었습니다. 한 남자가 욕실에 들어오지 않았더라면 난 아마 하염없이 그곳에 그대로 앉아 있었을지도 모릅니다. 난 그의 회색 양복과 자주색 넥타이만을 보았을 뿐입니다. 그렇게나 빨리 그가 다시 나가버렸거든요.

나는 또 한 번 손과 얼굴을 씻고 클라우디아의 키스가 남긴 내 재킷의 젖은 얼룩을 들여다보았습니다. 그러곤 벽장에 놓인 작은 수건들을 보았습니다. 그 아래에는 다 쓴 수건을 넣는 바구니가 있었지요. 자세를 똑바로 하고 힘찬 발걸음을 떼기로 결심한 뒤 욕실을 떠났습니다.

우테는 여전히 레나테 아줌마와 이야기를 나누는 중이었습니다. 클라우디아는 소파 위 율리아의 옆에 앉아 내게 이리 오라는 손짓을 했습니다. 내가 알리나의 사진을 보고 있는 동안 "여기선 또 전혀 다르게 보이지" 하고 율리아가 말했습니다. 나는 "이 아이가 누구한테서 이런 머리카락을 물려받았지?"라고 물었습니다.

"나한테서는 분명 아니지." 율리아가 내 손에서 사진을 뽑아내 지갑에 도로 끼워 넣었습니다. 난 조심해야 했습니다. 이미 통제력을 잃고 말았으니까요. 클라우디아는 기찻길이 헐리는 바람에 율리아 어머니가 사시는 시골에서부터 이곳까지 오려면 거의 하루가 다 지나간다고 말했습니다. 나는 율리아에게 자동차가 없느냐고도 물었고 부모님이 혹시 이혼을 하신 거냐고 물어봤습니다.

마르코가 좌중 속을 이리저리 돌아다니면서 붉은 와인을 따라주자 나는 주인 없는 잔을 그에게 내밀고는 단숨에 들이켰습니다.

갑자기 프리츠가 와 서 있었습니다. 그 아이는 나와 소파의 손잡이 사이에 억지로 끼어 앉았습니다.

"이 애가 알리나보다도 더 나이가 많지." 율리아가 말했습니다.

"기껏 해야 두 살 정도." 내가 말했습니다. 율리아는 내 무릎에 손을 올렸다가는 금세 도로 거뒀습니다.

마르코가 우리들의 맞은편에 앉아 이야기를 하고 또 했습니다. 그중에 위스키에 관한 것만을 기억하는데요, 그가 그 이야기를 여러 번 반복했기 때문입니다. 모두가 기다리고 있던 그 배우의 저택 정원에는 해먹이 걸려 있다는 것이었습니다. 그들은 그 해먹에 누워 위스키를 마셨더랍니다. "포장이요, 이렇게 생긴 종이 상자였거든요. 그게 내가 누운 해먹 옆에 있었어요." 마르코가 이야기를 풀어나갔습니다. "난 그 술병을 다시 종이 상자에 넣으려고 했는데 잘 맞지가 않는 겁니다. 무엇인가가 그 밑에 있어서 병이 불쑥 솟아나오는 거예요. 서너 번 시도를 해보다가 급기야는 억지로 꾹 눌러 넣었거든요." 마르코가 마룻바닥을 향해 무엇인가를 돌려 넣는 시늉을 해 보였습니다. "내가 다음 날 저녁에 다시 위스키를 꺼냈을 때 뭔가가 병에 들러붙어 있었어요." 마르코는 실제로 손에 병을 든 것 같은 동작을 해 보였습니다. 손가락 끝으로 그는 상상 속의 병 바닥을 잡으며 신나게 외쳤습니다. "눌리고 짓이겨진 두꺼비였던 겁니다!" 그의 이야기에 숨을 죽이며 귀를 기울이고 있던 클라우디아가 와락 웃음을 터뜨렸습니다.

회색 양복을 입은 한 남자가 소파 가까이에 다가설 때까지 그 웃음은 잦아들지 않았습니다. 그가 잔을 들고 마르코를 향해 외쳤습니다. "그들이 자네를 내쫓지 않기를 바라면서, 건배!" 난 그걸 농담으로 받아들였지만 마르코가 갑자기 굳어졌고 클라우디아는 즉시 잔을 내려놓았습니다. 그 키다리는 아랑곳하지 않고 몇 모금 남아 있던 술을 단숨에 비웠습니다. 그의 셔츠 칼라는 재킷 위로 비죽이 솟아나왔고 시선을 그 끄트머리와 축 늘어진 목젖으로 끌어당겼습니다. 그러곤 마치 체스 게임에서 결정적인 말을 놓는 모양새로 자신의 잔을 우리 잔 가운데에다 놓았습니다. 그는 '쩝' 하는 소리를 한 번 내더니 자리에서 일어나 방을 떠났습니다.

　클라우디아의 친구라는 사비네는 어쩌면 사실 간밤의 그 여자가 아닐지도 모른다는 생각이 들었는데요, 아무튼 그녀가 말하기를 3시가 되어서야 택시가 온다고 했다는 것이었습니다. 그녀의 말로는 그런 밤이라면 택시비는 부르는 게 값이며 자신 역시 이런 날 밤이라면 세상 없어도 일을 하지는 않을 것이니, 천년이 바뀌는 시점이란 건 그 무엇과도 비교할 수 없기 때문이라고 했습니다. 율리아는 그렇담 오늘 택시 운전사에게 돈을 얼마나 지불할 용의가 있느냐고 물었습니다. 두 배 혹은 열 배?

　어쩐지 모든 게 엉망이 되었습니다. 율리아는 나중에 큰 소리로 떠들며 이상한 이야기만을 늘어놓았습니다. 예전에 우린 그래도 교육이라는 것을 받았다고 할 수 있었는데, 적어도 오늘과 비교하면 그렇다는 것이었습니다. 어느 순간, 그녀는 또 아버지에 관해서도 언급했지요. 마치 경제적인 곤궁 때문에 아버지가 무덤에 묻히셨다는 식으로 들렸습니다. 마르코는 드디어 자유롭게 살게 된 걸 기뻐하라고 말했고 클라우디아의 동료 사비네는 그런 자유는 세상 그 무엇을 주고도 다시 얻을 수 없을 거라고 덧붙였습니다.

　"무슨 자유요?" 율리아가 묻자 마르코가 고개를 저으며 자리에서 일어나 뷔페가 차려진 상으로 갔습니다.

　우테가 내 앞에 섰을 때에야 나는 프리츠가 내 품에서 잠들었다는 것을 깨달았습니다. 우테가 율리아에게 손을 내밀었습니다. 그러느라 그녀가 무릎을 조금 굽혀야 했기 때문에 마치 무릎을 살짝 꺾으며 인사를 하는 것처럼 보였습니다. 클라우디아는 두 명의 친구를 서로서로 소개시켰습니다.

프리츠를 위층 침실로 옮기기에는 너무나 시간이 촉박했습니다. 나는 아이를 소파 위에 도로 눕히고 샴페인 병을 따는 마르코를 도왔습니다. 점점 더 많은 손님들이 작은 나선형 계단을 밟으며 꼭대기 층 방으로 올라왔습니다. 테라스로 나갈 수 있는 문이 열려 있었습니다.

12시가 되자 나는 우테와 잔을 부딪쳤고, 율리아와 잔을 부딪쳤으며, 클라우디아와 잔을 부딪쳤고, 지난밤 여자의 분신과 그녀의 남편과도 잔을 부딪쳤습니다. 나는 심지어 회색 양복을 입은 키다리에게도 "새해 복 많이 받으세요!"라고 외쳤지요. 우테와 나는 프리츠를 깨워 폭죽이 터지는 불꽃을 보여주기 위해 뒤쪽으로 갔습니다. 적어도 멀리 뿌연 안개 속에 보이는 것이나마 말입니다.

그 뒤로 나는 마르코와 데니스를 도와줘야 했습니다. 우리가 매번 동시에 여러 개의 폭죽에 불을 붙였음에도 불구하고 우리들의 구경꾼들한테는 곧 너무 춥거나 지루해져버렸습니다. 나 역시 춤을 추고 있는 아래층으로 가고 싶은 마음이 더 컸습니다. 우테는 프리츠를 우리들의 숙소로 데리고 갔습니다.

율리아는 혼자 춤을 추고 있었습니다. 우리들의 시선이 계속해서 마주쳤지요. 그녀가 방을 떠났을 때—율리아는 예전과 다름없이 그 특유한 걸음걸이로 걸었는데요—나는 그것을 요구라고 받아들였습니다. 부엌 앞에서 그녀가 나를 기다리고 있었습니다. 나는 그녀의 손을 잡았고 복도 끝에 있던 문을 열었습니다—침실이었지요. 추웠고, 완곡한 표현을 쓰자면 환기를 하지 않은 냄새가 났습니다. 우린 서로를 끌어안고 키스했고 나는 그녀의 목을 애무했습니다.

내 인생이 문득 답을 찾기 시작한 방정식같이 느껴졌습니다. 내가 한 행동은 필연적으로 내가 꿈꾸어왔던 것들이 이루어진 것처럼 보였고 마치 의지나 용기 같은 건 더 이상 필요하지도 않은 것 같았습니다. 마지막에 다다랐다는 느낌이야말로 바로 그 순간 나를 지배하고 있던 상태였습니다. 마지막 순간이 온 것이며 모든 것은 다 좋은 결말을 맺었습니다.

"난 네가 결혼한 줄 몰랐어." 율리아가 속삭였습니다.

"결혼한 거 아니야." 내가 그렇게 말했고 문틈으로부터 비쳐 들어와 자리를 깔지 않은 침대와 침실용 수납장에 줄무늬를 이룬 불빛을 보았습니다. 수납장 위에는 두 뭉치의 귀마개 솜이 놓여 있었습니다.

"상관없지, 뭐. 너희 두 사람, 함께 살고 있잖아."

우리 두 사람은 꼭 끌어안은 채 연출가의 다음 지시를 기다리는 연습 공연의 배우들이었습니다. 난 율리아의 블라우스 아래로 손을 집어넣으려고 했지만 금세 손을 다시 거두고 말았습니다.

"나 이제 갈래." 율리아가 말했습니다. 우리는 한 번 더 키스를 했고 함께 거실로 돌아갔습니다.

율리아가 작별인사를 다 마칠 때까지는 한참이나 걸렸습니다. 클라우디아가 그녀를 문 앞에서 배웅했습니다.

우테가 돌아오는 시간이 늦어질수록 그녀가 프리츠 옆에 머물 것이라는 내 확신이 굳어졌습니다.

클라우디아가 내게 춤을 청했습니다. 마음의 여유를 완전히 되찾기까지 그리 긴 시간이 필요하지 않았습니다.

마지막으로 춤을 췄던 게 언제였는지 기억나지 않았습니다.

클라우디아가 제일 좋아하는 친구라는 사비네는 잠시도 내 옆을 떠나지 않았습니다. 춤을 추는 동안에 그녀는 놀랍게도 비대한 느낌을 주었고 어떤 종류의 음악이 나오건 간에 언제나 똑같은 식으로만 춤을 추었습니다. 반면에 클라우디아는 춤을 아주 잘 추었습니다. 무용 교습이라도 받는 모양이었습니다. 마르코는 거나하게 취한 상태였습니다. 그는 춤추러 오지 않은 배우에게로 건너갔다가 곧장 침실로 사라졌습니다.

춤을 추기 시작하면서부터 클라우디아는 여주인의 역할에서 벗어났다고 생각하는 게 분명했습니다. 손님들이 돌아가도 더는 문 앞까지 배웅하지 않았고 외투를 입혀주지도 않았습니다.

누군가 한 명씩 떠날 때마다 우리는 서로를 보며 고개를 끄덕였습니다. 마치 우리만이 끝까지 남은 사람들이라는 듯이 말입니다.

4시 반경이 되자, 오직 회색 양복 차림에 목젖이 불룩 튀어나온 키다리만이 남아 있었습니다. 그는 춤을 추면서 우리 옆으로 슬금슬금 다가왔고 이젠 가방에 걸쳐져 있는 그 진홍색의 넥타이를 마치 야생마를 잡는 올가미라도 되는 양 머리 위에서 흔들어 보였습니다. 그러더니 그는 안락의자에 앉아 우리를 관찰했습니다. 클라우디아와 나의 관계를 꿰뚫어보는 건 그리 어려운 일이 아니었을 겁니다.

클라우디아는 파티가 끝났다면서 음악을 껐습니다. 나는 식기를 거두는 그녀를 도와주었습니다. 키다리는 자신의 빈 잔을 두 손으로 부여잡고서 혼자서 비죽이 웃었습니다. 갑자기 그가 말했습니다. "구경할 게 더 남았는데." 거의 알아들을 수 없을 정도로 혀가 꼬부라진 소리였습니다.

"구경 이미 실컷 했잖아." 클라우디아가 말했습니다.

그는 그녀를 머리에서부터 발끝까지 훑어보더니 고개를 비스듬히 기울이곤 인정하겠다는 듯한 표정으로 아랫입술을 내밀었습니다.

"집으로 꺼져버려!" 그녀가 말했습니다.

우리는 그를 설득했는데, 그게 그러니까 클라우디아가 벌써 너무나 흥분한 나머지 나는 사실 말할 새가 없었습니다.

"나 씹하고 싶어." 그가 말했습니다. "너하고……"

클라우디아는 구두의 뾰족한 끝으로 그의 정강이를 찼습니다. 그는 입을 꼭 다물고 상체를 앞으로 숙이더니 다리를 문지른 뒤 고개를 들며 비죽이 웃었습니다. "아야, 아야" 그가 소리쳤습니다. "나쁜 년 같으니라고."

클라우디아가 다시 발로 찼습니다. 하지만 그는 바로 그걸 기다렸다는 듯이 그녀의 발을 잡았습니다. 클라우디아가 넘어지자 그는 그녀의 다른 쪽 발목을 잡아채며 벌떡 일어나 그녀를 거꾸로 들어 올렸습니다. 마치 그녀의 양쪽 발을 어디엔가 걸기라도 할 듯 말입니다.

난 그의 낯짝을 다시는 잊지 못할 것입니다. 그 눈빛, 그 웃음을요. 내가 보았던 것들 중에서도 가장 역겨운 얼굴이었습니다.

나는 그의 얼굴을 때렸고 주먹으로 배를 마구 쳤습니다. 그런 건 다 영화에서나 보았던 장면이었지요. 우린 소파 위로 넘어졌고 클라우디아의 다리가 우리 두 사람 사이에 있었습니다. 그는 그녀의 다리를 놓지 않았습니다. 우리는 바닥으로 미끄러졌습니다. 경악이었든지 분노였든지 간에 나는 그의 목과 머리를 어떻게 공격해야 할지 알 수 없었습니다. 목을 조를 수도 없는 노릇이었고 코나 이빨을 때려 부술 수도 없었습니다. 마침내 그가 그녀의 발목을 놓아주었을 때 안도감을 느꼈으며 우린 곧 서로 엉겨붙어 엎치락뒤치락 육박전에 들어갔습니다. 보통 때 같았다면, 그리고 그가 그렇게 거나하게 취하지 않았더라면 난 아마 이기지 못했을 것입니다. 클라우디아가 우리 주위를 뛰어다니며 발로 그의 입술을 찼습니다. 계속해서 자꾸만 찼지요. 그는 매번 짐승처럼 울부짖었습니다. 그러곤 마르코가 나타났습니다.

우린 세 명이 함께 그 키다리를 밖으로 끌고 나가 승강기에 밀어 넣고는 외투도 던져 넣었습니다. 그러곤 1이라는 층수를 눌렀지요. 마르코는 그를 때리지 않았습니다. 그 거대한 주먹을 빼내는 것으로 충분했으니까요. 아래로 내려가는 승강기 안에서 저주의 욕설이 울려 나왔습니다. 이웃집 문이 닫히는 소리가 찰칵하고 들렸습니다.

마르코는 내게 몇 번이고 고맙다고 했습니다. 그는 아침보다 훨씬 더 퉁퉁 부어 보였습니다. 그는 연신 잠옷 상의 안으로 손을 넣어 긁적긁적 긁어댔습니다.

우린 위스키를 반 잔씩 마셨습니다. 마르코는 또 한 번 술병을 종이 상자에 밀어 넣던 시늉을 해 보였습니다.

그러곤 세 명이 승강기를 기다렸지요. 클라우디아가 작별인사로 내 뺨에 키스했고 마르코는 단 한순간도 긁적이는 걸 멈추지 않은 채 아래층까지 나를 배웅했습니다. 그는 밖으로 나와서 내게 손짓을 했습니다. 내가 먼 은신처에라도 숨어 있다는 듯이 말입니다. "여긴 이제 안전해!" 하고 그가 말했습니다. "잘 가!"

열쇠를 가지고 있지 않았기 때문에 초인종을 눌러야만 했습니다. 즉시 현관문이 열렸습니다. 우테는 나를 향해 계단을 내려오고 있었습니다. 내가 모르는 원피스를 입고 있었지요. 그녀는 금방 외출이라도 할 것처럼 보였습니다. 거실에는 촛불이 타고 있었고 식탁 위에는 장미 두 송이와 두 개의 젝트 주 잔이 놓여 있었습니다.

"사랑해"라고 난 말했고 그 순간 내가 내뱉은 그 말은 마치 인사와도 같이 느껴졌습니다. 집으로 귀환한 자의 인사인 것입니다. 우테가 얼굴을 찌푸렸습니다. 그녀는 내가 술에 취했다고 생각한 모양이었습니다. 클라우디아에게 여러 번 전화를 걸었다는 것이었습니다. 하지만 우리가 모두 바빴나 보다면서요, 프리츠가 여러 번이나 토했고 그 때문에 그녀는 집에 남아 있었다고 했습니다.

젝트 주 술잔을 잡았을 때에야, 난 오른손의 통증을 느꼈습니다. 손이 부어 있었습니다. 연대감을 표하기 위해 난 왼손으로 우테와 건배했습니다. 냉동실에서 그녀가 얼음을 발견했습니다. 그녀는 그걸 행주에 싸서 내 손에 감아주었습니다. 난 그동안 키다리 이야기를 해주었지요.

침대에서 우테가 말했습니다. "내 영웅." 그녀의 말은 진심이었습니다.

그녀가 쓰다듬는 손길 때문에 나는 잠에서 깼습니다. 화내지 말라고, 내가 보고 싶어 아주 깊은 동경을 느꼈다고 말했습니다. 반쯤 잠에 취한 상태에서 난 머리를 들었습니다. 창문 앞의 집들은 여전히 그대로 거기 서 있었고 지난 세기와 똑같은 모습이었습니다. 내가 이 기적에 한 부분이 되어 동참하고 있다고 생각했을 때 그 풍경은 나를 더욱더 만족시키는 요인이 되었습니다.

"사랑해" 하고 말하면서 나는 다친 손가락 끝으로 그녀의 얼굴을 쓸었습니다. 우테는 어린아이마냥 활짝 웃었습니다. 오후 늦게 우리는 B로 향했습니다.

클라우디아는 3월 초, 에르푸르트에서 만나자는 약속을 지켰습니다. 무슨 교육을 받으러 온 길이었다는데 우리는 점심시간에 호텔에서 만났습니다. 기회가 있을 때마다 우리는 십분 이용했습니다. 한 번은 내가 바르네뮌데까지 갔다가 한 시간 후에 다시 돌아왔던 적도 있었습니다. 왜 그렇게 하느냐고요? 그러지 않을 이유가 어디 있습니까? 아름다운 시간이었고 우테와는 아무런 상관도 없는 일입니다. 그건 하나의 게임입니다. 클라우디아가 고안한 역할게임을 말하는 것이 아니라 내 말은요, 그건 또 다른 인생이란 말입니다. 내가 그녀와 함께 있는 시간에만 살 수 있는 인생. 어째서 내가 그 행복을 포기해야 한단 말입니까? 변덕스럽고 건방지면서도 거식증을 앓고 있으며 쉽게 천박해지곤 하는 어느 여자가 부드러움과 열정이 가득한 소녀로 변하는 그 멋진 순간을 왜 포기해야 하는 건가요? 자부하건대 그 여자의 그런 모습은 오로지 나만 알고 있는 비밀인데도요?

그래도 말입니다! 난 우테와 행복하게 살고 있습니다. 2000년 1월 1일은 그녀를 향한 내 사랑이 시작된 시점이죠. 우린 2001년에 결혼식을 올렸고 우리가 바라던 대로 다 잘 흘러가주었더라면 둘째 아이를 낳았을지도 모릅니다.

프리츠가 이제 곧 열여섯 살이 되는데도 나는 그 아이가 집을 나가려고 한다든가 반항을 한다는 느낌을 받지 않습니다. 오히려 그 반대입니다. 우린 해가 갈수록 서로를 더 잘 이해하게 되었습니다. 그리고 누가 압니까? 어쩌면 어느 날 그 아이가 내 사업을 물려받을지도 모르는 일 아니겠습니까? 그 아이는 이미 도움이 필요한 상황이 생기면 기꺼이 우리를 돕고 있고 돈 같은 대가를 바라지 않습니다. 그 아이와 우테를 향한 사랑은 내 인생을 단순히 아름답게 만든 것뿐만 아니라 내존재 자체를 사랑스럽고 가치 있는 것으로 변화시켰습니다.

하지만 사실은 바로 그게 내 문제입니다. 섣달그믐에 관한 걱정은 이제 하지 않아도 됩니다. 이제 걱정되는 일은 전혀 다른 데 있습니다.

환희에 들떴던 나는 2000년에 10만 마르크어치의 주식을 샀던 것입니다. 그다음 무슨 일이 일어났는지 여러분들도 아시죠. 그런데도 불구하고 웬 얼간이 같은 놈이 자꾸만 내게 전화를 걸어와 돈을 투자하라고합니다. 보통 때 같으면 난 '그럽시다, 그래요' 하고 말할 것입니다. 3백유로 정도 여윳돈이 있으니까요. 그 정도 위험이라면 한번 감수해볼만하죠. 가끔 난 자제심을 잃기도 합니다. 내 핸드폰이 박살났던 곳을보여드릴 수도 있습니다. 바르트부르크의 잉크병처럼 말입니다.

예전과 같은 가벼움을 반만이라도 가지게 된다면 여한이 없겠습니다. 놀이라도 하듯, 행복했던 손놀림이었지요. 사업하는 사람에겐 바로 그게 필요합니다. 두려움은 좋은 상담자가 못 됩니다. 그 모든 문제들에도 불구하고 내가 바로 그 의미심장한 섣달그믐의 체중을 여전히간직하고 있다는 것만은 기적임에 틀림없습니다.

더 이상은 말씀드릴 게 없군요. 이게 내 이야기의 전부입니다. 우리는 세 번 더 섣달그믐을 베를린에서 맞았습니다. 마르코가 싫다고 했으므로 율리아는 더 이상 초대되지 않았고 물론 키다리 역시 마찬가지였죠. 그와 마르코는 유파 영화사에서 동시에 해고되었습니다. 클라우디아가 마르코와 헤어지고 데니스가 네덜란드의 레이던 대학에 다닌

후로—그 아이는 우주법*에 관심이 있다고 합니다—그녀는 자주 우리 집을 방문합니다. 우린 자주 큰 파티를 열거든요. 난 생각을 잠깐씩 다른 데로 돌리기 위해, 적어도 주말만큼은 사업 말고 다른 것을 생각하기 위해 파티가 필요합니다. 그동안 우리는 정말로 파티의 즐거움을 깨우쳤죠. 우리는 손님들이 돌아가기를 기다리지 않고 아예 집으로 보내지도 않습니다. 하지만 언제나 끝까지 남아 아침까지도 춤을 추는 사람은 여전히 우리 세 명뿐이죠.

---

* 광의로는 우주국제법이라고도 하며, 우주공간과 천체 및 인간 우주활동을 규율하는 법.

그날 밤, 보리스의 집에서

이제부터 그날 저녁의 일을, 그러니까 그날 밤의 일을 보고하기 전에, 내 친구들 중에서도 가장 나이가 많은 친구라고 자처하던 보리스가 이미 세상을 떠났다는 이야기부터 먼저 해야 할 것 같다. 하지만 보리스가 죽었기 때문에 이 글을 쓰는 것은 아니다. 그가 아직 살아 있다 하더라도 난 그에 대해서 달리 생각지 않을 것이며, 그날 저녁이, 아니 그날 밤이 나한테 얼마나 큰 의미가 있는지를 그의 생전에 말하지 못한 것에 대해 이렇게 자책할 필요는 없었을 것이다. 마지막에 우리가 당황스럽고 부끄러운 마음으로 집으로 돌아갔건 말건 그런 건 전혀 중요하지 않다.

그건 정말로 내가 겪어본 하고많은 모임들 중에서도 제일 이상한 모임이었다. 그 속에서의 내 역할이 미미했음에도 그건 분명한 사실이다.

"자네, 뭐든지 새걸로 바꿀 수 있지. 오래된 친구만 빼고." 보리스가 종종 그런 말을 했었다. 그러면 수잔네는 "그런 친구 한 명 있느니 아예 없는 편이 낫지"라고 말했다. 그녀는 나와 보리스가 그냥 습관 때문에 서로 친분을 유지하는 거라고 생각했다.

사실 보리스는 예전에는 한 번도 내 친구였던 적이 없었다. 나보다 한 학년 위였고 아침 등굣길에는 우리 집과는 반대편으로부터 걸어오던 학생이었다. 군대에 입대해서 우연히 만났고 외출 때 몇 번 시간을 같이 보내기도 했었다―그러곤 제대 후 즉시 서로 멀어져 소식이 끊겼었다. 처음엔 베를린에서, 1994년 수잔네와 동거한 이후로 나는 보리스를 다시 보게 되었다. 그는 에스마르흐 가의 한 영락한 주택 3층에 살았는데 바로 우리 집 맞은편이었다. 우리 집에는 아침에 해가 들었고 그의 집 베란다는―여름이고 겨울이고 간에 그 베란다 난간 위로는 포개어 접은 빨래 건조대가 솟아 있었다―3월과 4월에 약간의 저녁 해를 받을 뿐이었다.

우리는 엑스트라라는 슈퍼마켓의 고장 난 자동 빈병 처리기 앞에서 마주쳤다. 보리스는 내가 느끼기에 좀 과장되다시피 흥분하면서 나를 식사에 초대하겠다고 했다. 우리는 진열대 사이에서 몇 번인가 서로 마주치는 바람에 결국에는 더 이상 무슨 이야길 나눠야 좋을지 몰라 아무런 말없이 서로의 장바구니만을 흘끔거렸다. 좀 묘한 상황이었다. 그 당시에 나는, 어쩌면 자동 빈병 처리기가 그가 그런 반응을 보이는 또 하나의 이유일 거라고 생각했다. 그곳에서는 우리 어린 시절 고물상에서 나던 냄새가 났기 때문이었다.

내가 보리스에게 우리가 그의 집 창문 안을 곧장 들여다볼 수 있다는 것을 말해준 뒤로는 베란다에서 우리 집을 몰래 건너다보고 있는 그를 종종 발견했다. 우리를 발견할라치면 혹은 우리를 발견했다고 생각하는 즉시—겨울에는 히터에서 나오는 따뜻한 바람 때문에 블라인드가 흔들거린다—내가 창문을 열 때까지 손을 흔들거나 내 이름을 부르기 시작했다. 보리스는 심지어 자신과 내가 같은 유치원에 다녔노라고 주장했다. 드레스덴 클로트셰의 케테 콜비츠 유치원이었다.

1997년 수잔네와 나는 도처에 벌어진 공사와 공사 인부들의 야구 모자를 피하기 위해 도시의 서쪽 지역으로 이사했다. 하지만 그 후에도 보리스의 생일 파티에 참가하곤 했다. 그는 몇 달 전부터 우리에게 전화를 걸어와 그날 하룻저녁만큼은 약속을 잡지 말아달라고 부탁했다.

물론 보리스를 싫어할 이유가 몇 가지 있긴 했다. 예를 들면 그의 훈계였다. "잔을 부딪칠 때는 내 눈을 바라봐야 하는 거야. 안 그러면 넌 7년 동안 거지 같은 섹스를 하게 된다고!" 아니면 그 한심한 표현들('내가 아냐, 네가 아냐?'와 같은)이었다. 그런 말들은 수잔네에게는 낙제감이었다. 무엇보다도 그녀는 계속해서 여자를 바꾸는 남자를 신용하지 못했다. 나는 그래도 보리스에게 고마워할 이유가 있다고 말했다. 그가 아니라면 그런 식의 인생이 별로 행복하지 못하다는 것을 어떻게 알겠느냐고 물었다. 하지만 수잔네는 이런 문제에 있어서만큼은 가벼운 농담조차 허용하지 않았다.

보리스는 슈비로브제*에서 수영을 하던 중 뇌출혈로 사망했다. 마흔 네 살이 되는 생일의 3주 전 일이었다. 1990년대 초반 그는 배드민턴 강사(수잔네는 '셔틀콕 스포츠 강사'라고 불렀다)가 되었고 글자 그대로

---

* schwielowsee: 독일 브란덴부르크에 있는 호수.

아주 "잘나갔다." 그는 동쪽에 오래된 에어돔을 임대했다가 나중에는 사들였고 너무나도 서로 다른 종류의 사람들과 친분을 맺고 있었다. 하지만 우리가 그의 그런 지인들을 나중에 또 만나는 경우는 드물었다. 여자 친구들의 경우에도 마찬가지였다. 경악스러우리만치 다들 어리고 날씬한 여자들이었다. 우리 집으로 그가 온 적은 한 번 혹은 두 번뿐이었다. 그가 요리하는 걸 좋아한다는 데야 어쩌겠는가.

우리가 마지막으로 보리스 집을 방문했던 날은 생일이 아니었고 그의 표현대로 하자면 "하우스 워밍 파티*"라고 했다.

수잔네는 그를 위해서 석 달 안에 이틀 저녁이나 희생하는 건 너무나 지나친 일이라고 보았다―때는 9월 초반이었다. 그렇지만 사실은 전화가 왔을 때 가겠다는 언질을 준 사람은 그녀였다. 거절할 다른 방도가 없었다는 것이었다. 보리스가 집에 대해서 너무나도 자랑스러워하기에 그녀로서도 매몰차게 거절할 수가 없더라고…… 생일 파티 때부터도 벌써 그에게는 그가 샀다는 집 말고는 다른 이야깃거리가 없는 듯했다. 나한테는 메일을 보내왔는데 그날 자신과 함께 있는 소녀가 어떤지 좀 유심히 보라는 내용이었다. 오랜 친구의 평가가 자신에게는 너무나도 중요하다고 했다. 그전에도 자주 나더러 "감정"을 해달라고 요청한 적이 있었으므로 나는 "소녀"라는 단어를 보았는데도 불구하고 경고나 적어도 어떤 암시 같은 것으로는 이해하지 못한 채, 그저 그러려니 하고 넘겼다.

집들이 선물로 보리스는 잘레 운스트루트 와인을 받고 싶다고 했었

---

* House-warming-party: 집들이.

다. 그래서 수잔네와 난 뮐러 투르가우 와인 한 상자와 실바너 와인 한 상자를 사들고 4층으로 올라갔다. 승강기는 옛 집주인이 살고 있다는 꼭대기 층까지밖에는 올라가지 않았다.

보리스가 마중 나왔다. 그의 다리가 다른 때보다도 훨씬 더 길게 느껴졌고 우스꽝스럽게 뾰족한 구두는 계단과 비교하면 너무나도 길었다.

두 쌍의 남녀가 먼저 도착해 있었다. 그들은 아직도 꽃을 들고 있는 채였고 손에는 종이와 포장지를 구겨 들고 있었다. 우리가 전혀 모르는 사람들이었음은 물론이다.

보리스는 모든 선물을 소파 위에 내려놓게 한 다음 의기양양하게 방 안으로 앞장서 들어갔다. 그의 구두 굽이 마룻바닥에 부딪히는 소리가 쩌렁쩌렁 울렸다.

얼마 안 되는 가구 몇 점만 뺀다면—무엇보다도 긴 식탁과 모래 색깔의 커다란 "4인용" 소파 두 개가 우리의 찬탄을 받았다—빈방들이었다. 장식 머름이 빠져 있는 곳도 있었다. 보리스는 사무실이 될 방과 손님을 위한 객실이 될 방을 보여주었고 남향집이라는 것을 강조했다. 욕실, 주방, 침실, 마지막 방에는 이사용 상자가 쌓여 있었고 뒤로는 마당이 나 있었다.

보리스는 아무 배려도 조심성도 없이 요란한 사이렌을 울리면서 그 라이프스발더 도로를 질주하는 구급차에 대고 욕을 퍼부었다. 마리엔부르크 구역 주민들은 상대적으로 조용하게 산다는 것이었다. 수잔네는 무엇보다도 바닥에 희고 검은 타일을 입힌 커다란 욕실을 마음에 들어 했다. 그녀는 환생한다면 다음 세상에서 자신도 깃털 공으로 스포츠를 해야겠다고, 적어도 그게 이렇게 뭔가를 이루지 않느냐고 했다.

"배드민턴입니다. 배—드—민—턴!"이라고 보리스가 외치며 뒤쪽으로 난 길에 들어섰다. 그러곤 갑자기 그녀가 우리 앞에 서 있었다. 정확히 앞방과 거실을 가르는 문지방에 서서 어깨를 앞으로 모은 채 커다랗고 하얀 접시들을 손에 들고 있었다.

"엘비라라고 합니다." 보리스가 소개했고 소녀의 어깨 위로 팔을 둘렀다. 엘비라의 시선이 우리들 머리 위를 훑으며 지나갔고 입가가 실룩거렸다. 그녀를 도와주려고 다가간 수잔네가 거의 대부분의 접시들을 받아 탁자에 옮겨놓았다. 보리스가 몇 년에 걸쳐 우리들에게 소개했던 그 모든 여자들 중에서도 엘비라는 가장 맑고 어린 여자였다.

눈가에 움푹 팬 동그란 주름에 대해 변명을 하려는 듯—우리가 당황한 것을 눈치챈 모양이었다—엘비라가 밤새 기차를 타고 왔는데 그녀의 어머니가 최근부터 알고이에 살기 때문이라고 보리스가 말했다. 엘비라는 우리들에게 차례차례 손을 내민 다음 즉시 주방으로 사라졌다. 우린 그녀의 입에서는 아무 말도 들을 수 없었다.

난 수잔네가 우리들의 잔을 채우고 있는 보리스 앞에서 나이 차이를 꼬집지나 않을까 걱정이 되었다. 그러나 그녀는 다만 미소를 머금은 채 잔을 받아들었고 보리스가 잠깐 자리를 비워야겠다며 사과를 한 후 엘비라를 따라 주방으로 가자 흡족하게 고개를 끄덕일 뿐이었다.

그런 날 저녁 보리스 집에서라면 으레 그래왔듯 역시 또 곤혹스럽게도 우리끼리만 남게 되었다. 난 해가 가면 갈수록 난생처음 보는 사람과 인사하는 것이 싫었다. 그들을 다시 볼 일은 아마 없을 것이다.

검은 머리카락의 두 명은 로르와 프레드였고 로르는 여자 목수였으며 남자는 통계 전문가라고 했다. 그는 농부처럼 묵직한 발걸음을 떼며 걷는 남자였다. 파벨은 슈판다우 음악학교의 피아노 교사 노릇을 하며 먹고살고 있고 '더 원더러스(The Wonderers)'라나 뭐라나 하는 밴드에서 피아노를 쳤었다고 했다. 파벨은 빨간 머리 여자 친구 이네스 때문에 배드민턴을 친다고 했다. 보리스가 소개하기로는, 이네스는 가까운 시일 내에 새로운 책을 발표할 계획 중에 있는 나의 동료 작가라는 것이었다.

로르와 프레드는 보리스의 일을 봐준 적이 있다고 했다. 로르는 벽한 면을 꽉 채우도록 설계한 5단짜리 시디꽂이를 만들어주었다. 프레드는 강철 용마루의 크기를 측량해주어야 했는데 책꽂이 때문에 어쩔 수 없는 조치였다는 것이었다——보리스는 사전이란 사전은 모두 모았었다. 그리고 그중 대부분이 외국어 사전이었다. 그는 진짜로 사전 말고 다른 책을 읽는 적이 거의 없었으며 그중 몇 권은 휴가 여행에까지 가져간다고 했다.

프레드는 보리스처럼 그렇게 흥미롭고 다방면으로 재주가 많은 사람을 알게 된 건 처음이라고 했다. 로르는 그가 모은 다량의 시디가 굉장하다며 차차 몇 개씩 빌려갈 계획이라고 했다. 어느 날 그와 비슷한 양을 모은다고 생각하면, 물론 손수 구운 시디는 보리스의 원본에 비해 별로 보기가 좋지는 않겠지만, 그래도 그녀는 매우 행복하다는 것이었다.

식사 직전에 샤를로테가 왔다. 우린 그녀를 지난번 6월 생일 파티에서 이미 보았었다. 보리스의 예전 동료이며 지금은 여성용 휘트니스센터 욥에서 강사를 맡고 있는 여자였다. 그녀는 그때와 똑같이 보라색 원피스 차림이었고 포니테일 머리 모양 역시 그대로였다. 높이 솟은 그녀의 이마를 돋보이게 하는 헤어스타일이었다.

수잔네의 마음에 쏙 든 사람은 파벨이었고 나중에 그녀는 그의 얼굴이 너무나 잘생겼다고 했었다. 아무튼 그는 자신이 튼 곡마다 곰곰이 생각해봐야겠다는 듯 시디들을 꼼꼼히 점검했는데 그래도 비교적 빨리 끝났다. 그는 우리더러 어디서 보리스와 엘비라를 사귀게 되었느냐고 물었다. 그 질문에 대답하는 대신 수잔네는 불과 몇 주 전에 보리스가 우리에게 어떤 다른 여자를 소개해주었다고 말했다. 모두가 뭐라 반응할 말을 찾지 못했다. 오로지 창가에 서서 담배를 피우고 있던 샤를로테만은 팔찌를 덜거덕거리며 의미심장하게 고개를 끄덕였다. 잠시 뒤에 보리스가 나타났고 우리들의 침묵에 대해서 아무것도 모르는 척 행동했다. 배에 거는 좌판처럼 쟁반을 든 채 그는 엘비라의 뒤를 따라 들어왔다. 그녀는 음식이 가득 담긴 접시들을 식탁 위에 놓았다. 두 사람이 식탁을 다 돌고 났을 때 그녀는 그와 함께 다시 주방으로 가고 싶어 했다. "좀 기다려! 내가 할 테니까." 보리스가 약간 화난 음성으로 말했다.

난 즉시 두 사람 사이에 뭔가가 잘못 되어간다는 것을 느낄 수 있었다. 하지만 엘비라가 움찔하며 우리를 돌아보곤 고개를 들어 "식사 준비 다 되었습니다"라고 외치는 장면을 보는 것만큼은 너무나 곤혹스러웠다. 대부분 수잔네가 무슨 말을 할까, 혹은 어떤 반응을 보일까 싶어 너무나 지나친 걱정을 일삼는 장본인은 언제나 나였다. 하지만 이번에 벌어진 광경은 나한테도 역시 괴로운 일이었다. 이 어린아이가 여기서 우리와 함께 도대체 뭘 해야 한단 말인가? 보리스의 옆에서는 또 뭘 한단 말인가?

이상하게도 식탁에는 자리마다 이름표가 있었다. 엘비라의 예쁜 글씨를 자랑하느라 그렇게 하기로 했다는 것이었다. 보리스 역시 불안함을 감추지는 못했다. 이 집의 주인으로서 완벽한 손님 접대를 자부하는 그로서는 와인을 딱 한 병만 땄다는 것조차 큰 사고였다. 두번째 병을 딸 때 코르크 마개가 중간에서 부서지자 그는 너무나도 큰 소리로 욕을 했다. 파벨이 와인 병을 맡았다. 로르는 두 달 전만 해도 우리가 이 집에서 정말 이렇게 빨리 모이게 되리라고는 생각지 못했다고 말했다. 프레드가 덧붙이기를, 7월 초만 해도 나무 막대기들 위에서 중심을 잡으며 걸어 다녀야 했다는 것이었다. 파벨이 시디 하나를 집어넣자 거의 들릴락 말락한 탱고 음악이 흘렀다.

나는 엘비라와 정확히 맞은편에 앉았다. 가장 관찰하기 좋은 명당인 셈이었다. 그녀는 입술에 립스틱을 칠했고 아이새도도 약간 발랐다. 양쪽 손목에는 가늘고 밝은색의 팔찌가 걸려 있었다.

보리스는 언제나 쉽게 박학하고 재미있는 사람이라는 인상을 주곤 하는데 그건 그가 모든 것들을 이야기의 화두로 삼거나 혹은 적어도 호탕하게 너털웃음을 터뜨리며 상대방이 더 이야기를 하도록 용기를 북돋웠기 때문이다.

하지만 그날 저녁에 그는 본인을 위한 추임새가 더 필요한 모양이었다. 그러지 않았다면 파벨이 음악을 틀어준 데 대해서 그리고 와인 병을 따준 데 대해서 그렇게까지 과장되게 고마워하진 않았을 것이다. 모두가 음식이 맛있다며 칭찬을 하고 난 뒤에도 그는 여러 번이나 "어때요, 맛이 괜찮습니까?" 하고 물었다. "이 집의 매 평방미터마다 이야깃거리가 하나씩 숨어 있지요." 짧게 말하자면 내부공사를 맡았던 인부들, 전기공, 타일 까는 인부들, 페인트공들과의 짜증나는 실랑이에 관한 이야기였다. 그 크고 작은 싸움 이야기들 중에 반은 이미 내가 잘 아는 내용이었다.

　주요리는 생선이었는데—쇼핑몰과 대각선으로 마주 보는 곳에 환상적인 생선가게가 있다면서—보리스는 지난 3주 동안 50유로짜리 지폐를 들고 다니며 인부들을 고무해야 했던 이야기를 늘어놓았다. 전에 살던 집에서 나올 때가 되어 이 집으로 빨리 이사를 들어와야 했기 때문이었다. 하지만 아무런 소용이 없었다. 공사장의 총감독이 그들에게 돈을 주지 않았기 때문에 인부들이 아예 나타나지도 않더라는 것이었다. 보리스는, 내가 아는 한, 천부적인 이야기꾼이었다—반면 수잔네는 쓸데없는 소리나 하는 사람으로 보였다. 훔쳐서 다시 마련한 창문의 문고리 이야기에 또 한 번 다다랐을 때 그는 팔로 무엇인가를 던지는 듯한 제스처를 해 보였는데 그건 그가 이제 침착성을 되찾았다는 증표였다. 그는 수잔네와 나만큼이나 엘비라를 쳐다보는 일이 없었다. 우리가 그가 막 설명하고 있는 상황에 적당한 단어를 제공해주지 않았기 때문이었다.

　수잔네와는 달리 나는 그 모임이 그리 싫지 않았다. 수잔네는 나더러 타협을 위해서만 애쓰는 사람이며 내가 싸움이라고 느끼는 건 사실은 보통 토론일 뿐이라고 늘 말했었다. 최근 들어서는 진짜로 싸움이 없는 상태를 즐긴다. 예전에 우리는, 그러니까 내 말은 우리 친구들이나 지인들은 지금과는 다른 식으로 대화를 주고받았었다. 그렇다고 해서 우리가 늘 의견의 일치를 보았다는 것은 아니다. 물론 우리 역시 여러 가지 일들이 좋다거나 중요하다고 생각하긴 했었다. 하지만 너무나 근본적이거나 개인적인 화제는 없었다. 누군가가 신을 믿는다거나 어떤 정당에 가입했거나 그게 아닌 경우라 해도 말이다. 하지만 이제 그런 시절은 지났다. 늦어도 코소보 전쟁 때부터 혹은 아프가니스탄 전쟁 때부터 끝났을 것이다. 난 이라크의 일이 어떻게 발전해나갈지를 알게 되면 누구나 달라질 것이라고 생각했었다. 수잔네 말고는 선거 때 내가 누구를 뽑는지 모른다. 그녀는 나보고 미쳤냐는 시늉을 해 보인다. 그런 것 때문에 사람들 간의 우정이 손상되었다고 말하고 싶지는 않다. 하지만 더 이상 예전의 그들이 아닌 것만은 분명하다. 이젠 누구나 무엇을 말하고 말하지 말아야 할지 생각해보아야 한다.

우리가 식탁을 떠나 "4인용" 소파에 앉았을 때 어떤 특별한 사건이 일어난 것은 아니었다. 식사를 하는 동안에 난 엘비라에게 익숙해져서 심지어는 그녀가 예쁘다고 생각하기도 했고 그녀의 팔에 걸쳐진 밝은 팔찌에 눈길을 보냈다고밖에는 말할 수 없다. 그때까지 내가 그녀의 입에서 들은 거라곤 "고맙습니다"나 "생선을 좀더?"와 같은 말밖에는 없었다. 말을 흐리는 것으로 보아 그녀는 내게 어떤 존칭으로 말을 걸어야 할지 알지 못하는 게 분명했다. 엘비라는 식탁에서 그릇을 치우거나 나르는 보리스를 도왔고 그건 보리스가 손님들에게는 일체 허락지 않는 일이었다. 우리더러는 대화를 나누라는 것이었다. 하지만 그건 그가 없으면 무척 힘든 일이었다.

소파로 자리를 옮기고 나서는 예의 그 무거운 서먹함이 다시 찾아왔다. 우리는 무슨 강연을 듣거나 영화를 보러 모인 사람들 같았다. 파벨이 또 음악을 뽑아냈다. 핑크 플로이드의 초기 작품이었는데 누구나 알고는 있었지만 수면제 작용을 하거나 분위기를 침울하게 만드는 곡이었다.

수잔네는 창문 앞 4인용 소파의 가운데 자리에 마음잡고 앉았다가 곧 파벨과 이네스가 옆에 앉도록 약간 비켜나야 했다. 그 바람에 나를 다른 자리로 내몰았으므로 마침내 소금스틱 과자와 말린 견과류를 들고 나타난 엘비라가 그녀의 옆에 앉아야 했다. 그녀는 두번째 안락의자 같은 건 끌어오려고 하지 않았다. 그렇게 해서 마치 올가미로 짐승을 잡듯 수잔네는 엘비라를 대화에 끌어들이기 시작했다. 나는 수잔네의 그런 행동에 찬탄을 금할 수 없을 따름이었다. 더욱이 그녀는 그 모든 것을 마치 우연히 일어난 일처럼 보이도록 하는 재주를 가지고 있지 않은가.

처음에 엘비라는 상체를 꼿꼿이 세우고 있다가 손에는 소금스틱 과자 한 움큼을 든 채 마치 벙어리인 양 수잔네만을 멀뚱히 바라보았다. 하지만 곧 차츰차츰 얼굴에 생기가 돌았고 미소를 지을 때마다 잠깐씩 밝은 갈색 눈을 감기도 했다. 그러곤 금세 두 사람은 무릎이 거의 서로 맞부딪힐 정도로 바짝 서로를 마주 보며 앉게 되었다.

우리들 나머지 사람들의 대화란 그저 오로지 그 두 여자들이 방해받지 않고 이야기를 나눌 수 있도록 하기 위한 배려인 것처럼 보였다. 보리스는 또 타일을 깔던 인부 이야기를 재미나게 엮기 시작했다. 그는 저녁 10시쯤에 집으로 돌아와 모든 게 삐뚤빼뚤하게 깔린 것을 보았다. 그는 즉시 자동차 운전대에 올라 초인종을 누르고 자고 있는 타일 인부를 깨웠다. "어떻게 해서든 그나마 구할 수 있는 것을 구하느라고 어찌나 애를 먹었던지!" 그러곤 또다시 팔을 높이 들어 무엇인가를 던지는 시늉을 해 보였다. "미쳤다고 생각하겠지만 뭐든지 다 직접 혼자 하는 게 제일이에요."

"아니면 단 1초라도 그들만 내버려두지 말고 철저히 감시를 하거나요." 로르가 말했다. 그녀와 프레드가 서로를 마주 보며 미소를 짓는 모습을 보면 남매라고 여겨도 될 지경이었다. 로르의 흑발은 프레드의 머리카락보다 짧았는데 마치 쪼그만 고드름이 달린 것같이 느껴졌다. 포니 말 같은 앞 머리카락과 사이가 벌어진 치아들이 그로 하여금 사극의 인물 같은 외모를 연출해주고 있었다(에이전시에서 일하는 수잔네의 동료는 실제로 프랑크푸르트 오더에서 공연한 한 중세극에 프레드를 고용했었다).

수잔네가 혼자서 중얼거렸다. 그녀는 와인 잔을 무릎 위 두 개의 손가락에 끼우고 있었다. 엘비라는 소금스틱 과자를 다시 한 번 한 옴큼 쥐어들었지만 그중에 단 한 개도 먹지 않았다.

"그렇게 될 수도 있었겠죠." 파벨이 말했다.

"그럼요, 그렇게 될 수도 있죠." 보리스가 말했다. 그는 팔을 들어 이마의 땀을 훔쳤다. 손목에 난 털이 피부에 들러붙었다.

엘비라는 다른 사람들이 갑자기 입을 다문 것을 알아채자 더욱더 낮을 목소리로 말했다. 그녀와 가장 가까이 앉은 보리스 외에는 수잔네가 왜 갑자기 뒤로 풀쩍 물러나며 손을 입으로 가져가는지 알지 못했다.

"우리도 좀 함께 웃으면 안 되나요?" 파벨이 물었다.

"당연히 여러분들도 함께 웃어야죠." 보리스가 말하고서 베란다 문으로 갔다. 그가 블라인드를 돌려 위로 올렸는데 고르게 올리지 못한 바람에 오른쪽 부채살이 아래로 늘어졌다. 엘비라가 낮은 목소리로 계속해서 말했다.

"한 잔 더 하실래요?" 파벨이 물으며 병을 높이 들었다. 엘비라가 고개를 끄덕였다. 그러나 그녀는 잔을 가지고 있지 않았다. 금세 나까지 포함해서 여러 명이 앞다투어 일어나 먼저 주방으로 가 그녀에게 와인 잔을 가져다주고 싶어 했다. 로르가 승리자였다. 파벨은 엘비라 앞에서 기다렸고 수잔네가 미소를 지으며 일어났다.

"그도 함께 웃고 싶은 거야." 보리스가 말하며 블라인드를 똑바로 하려고 애를 썼다. "이제 네 뜻대로 되었구나. 전부들 네 이야기를 듣겠다고 야단이니!"

"말하게 내버려두세요." 수잔네가 외쳤다.

로르가 잔을 들고 나타나자 파벨이 조심스럽게 잔의 가장자리에 병을 기울여 술을 따라주었다. "난 붉은 와인은 안 마셔요." 엘비라가 미동도 없이 말했다. 파벨이 사과를 하면서 그녀의 잔을 받아 주방으로 향했다.

"이제 여러분들은 아주 좋은 걸 드시게 될 겁니다." 보리스가 말했다. "아주 특별한 종류예요."

"너무나 이야기를 잘하는 아가씨예요." 마치 이야기가 다 끝난 것처럼 수잔네가 말했다.

엘비라는 사라진 잔이 어떻게 되어가고 있는지 생각하는 모양이었다. 그녀가 명령에 따라 이야기를 하지는 않을 것임을 난 확신했다. "글쎄요." 그래도 그녀는 입을 열었고 손에 쥐었던 소금스틱 과자를 탁자에 내려놓은 다음 손바닥을 털었다. "맨 처음부터 다시 시작하죠. 뭐."

"처음부터 시작이라고." 보리스가 빈정대며 창문을 기울여 열곤 안락의자로 도로 돌아왔다. "모두들 네 얘길 듣고 싶어 미치겠다는 투로구나!"

엘비라가 말했다. "난 내가 여기 살게 되면 무엇인가를 해야 한다고 생각했어요……"

"저 말하는 것 좀 들어봐요." 보리스가 부르짖었다. "매우 합리적인 생각 아닙니까!"

파벨은 이제 흰 와인이 든 잔을 엘비라의 앞으로 내밀었다가 그녀가 아무 반응도 보이지 않자 그녀의 앞에 내려놓았다.

"그래서 난 매일 커피를 끓였고요, 보리스가 프레스를 눌러 커피를 추출하는 기기밖에는 가지고 있지 않으니까요, 다섯 번도 끓이고 여섯 번도 끓이고."

"알레시 상표야……"

"그래도 커피 머신이 아니잖아요. 그리고 거기에는 많아야 넉 잔밖에는 안 들어가요. 난 프로도모 커피 한 봉지를 이틀 만에 다 썼거든요. 그들이 제일 좋아하는 음식은 고기를 갈아 양파와 계란과 햄을 곁들인……"

"지금 저 아이는 인부들을 말하는 겁니다." 보리스가 말했다.

"그리고 콜라, 커피, 콜라. 언제나 1.5리터짜리 콜라. 대부분은 블랙커피를 마시고요. 처음에 난 생각하기를 동독 사람들은 커피에 우유와 설탕을 타서 마시는 줄 알았는데요, 서독인들은 블랙으로 마시고요, 근데 갑자기 동독인들이 블랙커피를 마시고 서독인들은 다 넣어서 마시는 거예요. 모두들 친절하고 예의 바른 사람들이었어요. 여러 번이나 와야 했던 페인트공까지도요. 보리스가 나무 문을 칠하게 했었죠……"

"숲 속에서 살고 싶진 않았으니까." 보리스가 그렇게 말하며 내 쪽을 향해 고개를 끄덕였다. "안 그래?"

"그들은 불평도 없이 고분고분 그 일을 다 했어요."

"불평할 게 없지. 계약서에 그렇게 적혀 있어!"

"하지만 내가 힘들겠다고 하니까 고개를 끄덕이던걸요. 그래도 늘 친절했어요."

"네가 잠시 다른 데 한눈파는 사이에 벌써" 보리스가 말했다. "그 사람들이 사라져버렸잖아. 내가 천만번도 더 전화를 해서 그들을 겨우 찾아냈잖니. 몇 시간 내내."

"그들은 끝까지 예의를 잃지 않았고 오래된 양철 도시락을 가지고 있었어요. 내가 학교 다닐 때 가지고 다니던 건데."

"너 지금 무슨 말을 하는 거냐?" 하고 보리스가 물었다.

"내가 말하고 싶은 건 여기 이 안에선 늘 뭔가가 잘못되었다는 거예요. 한 번은 이렇게 한 번은 저렇게……"

"한 번은 이렇게 한 번은 저렇게라니?"

"그만 좀 두세요!" 수잔네가 외쳤다. "저 사람 말 듣지 마." 그녀는 탁자에 놓였던 소금스틱 과자를 집어 들었는데 마치 미카도 게임이라도 하듯 조심스러웠다.

"그들이 이 집 베란다에 나타나기까지는 특별할 게 없는 생활이었죠." 엘비라가 말했다. 그녀의 목소리가 약간 거칠게 들렸고 마치 매 순간마다 침을 삼키거나 기침을 하는 것처럼 들렸다. "그 용접공의 요란한 소리라니! 난 밖에서 갑자기 나는 그 소리가 뭔지 알고 싶었어요. 처음에 난 정말로 그들이 나무를 타고 온 줄 알았다니까요. 나뭇가지에서 밧줄을 타고 들어왔다고 생각했어요."

수잔네가 웃음을 터뜨렸다.

"이 동네 어딘가에서 나무를 봤다는 사람이 있으면 나와보라그래."
보리스가 말했다. "나도 좀 봐야겠네." 그는 창문 쪽으로 돌아섰다.
"말도 안 되는 소리지!"

"그들은 베란다에만 있었던 게 아니에요. 그들은 철체 구조물 안으
로 왔다 갔다 하며, 돛을 올리는 마도로스처럼."

"넌 여기 이 손님들에게—왜 그 이야기를 먼저 하지 않는 거니……"
보리스가 물었다.

"난 이 안에 있는 사람들 때문에 바빴잖아요. 커피도 타야 했고 빵
에 버터도 발라야 했고, 그 모든 프로그램들……"

"그 모든 프로그램들! 그 모든 원숭이 짓거리들." 보리스가 벌떡 일
어나 밖으로 나가버렸다.

엘비라가 놀라서 그의 뒤를 쳐다보았다. 아무도 입을 열지 않았다.
모든 주의력이 그녀에게 집중되었고 마치 모두 그녀가 말하기만을 바
랐던 것 같았다.

"그는 정말로 원숭이 같았어요." 그녀는 반은 반항적으로 반은 주눅
이 든 목소리로 말했다.

"누가?" 샤를로테가 물었다.

"내가 들어오라고 했던 그 남자요—금속판을 다뤘던 사람인데. 못
본 척할 수가 없었거든요. 커피를 타거나 빵에 버터를 바르면 밖에 있
는 사람들도 다 그걸 받아먹어야죠. 난 유리창을 두드렸어요. 그때 그
남자가 용접기를 가지고 모닥불 옆에 있는 것처럼 앉아 있었죠. 내가
문을 여는 소리조차 그는 듣지 못했어요. 생선통조림 같은 냄새가 났
는데 좀더 지독한 냄새였어요. 말을 알아듣도록 내가 소리를 지를 수

밖에요. 그는 입을 헤벌리고 피부는 티 한 점 없는 데다, 서리가 내린 것 같은 머리카락에, 매끄럽고, 몇 가닥 흰머리가 섞여 있을 뿐이었고, 밝고 푸른 눈동자에다, 상체에는 단 1그램의 지방도 없어 보였어요. 땀으로 번들거렸죠. 그는 양손을 번쩍 들어 보이며 들어오려고 하지 않았어요. 나는 타일 바닥에 커피를 놓았어요. 그 옆에는 우유와 설탕을 놓고. 그러고 나선 유리창으로 그 남자가 그의 그 두꺼운 손가락 사이에 찻숟가락을 끼우고 잔에 설탕을 넣은 다음 젓는 양을 관찰했죠. 마치 소꿉놀이라도 하는 것처럼 보였어요. 시계공처럼 아주 능숙하게 그렇게 하더라고요. 잔은 그의 손 안에 꽉 들어차서 보이지도 않았고 난 너무 양이 적겠다고 생각했지요."

"킹콩이었나?" 프레드가 물었다. 하지만 아무도 웃지 않았다.

"그는 3시 전에는 절대 일을 시작하지 않았어요. 대개 인부들은 하루 종일 철제구조물과 집 안에서 일을 했죠. 그건 아침 6시 혹은 6시 반부터 시작이에요. 하지만 그 남자는 3시 전에 오는 법이 없었어요. 오후와 저녁에 그 남자는 언제나 혼자 발코니에 있었고 여기랑 손님용 방에서도 일을 했어요."

"그 남자가 다룬 금속판이 어떤 거지?" 수잔네가 물었다.

"난간의 금속판이랑 타일 바닥과 담벼락 사이에 있는 거요."

"그러고 나서 그가 들어왔단 말이지."

"네, 사흘째 되는 날 그가 안으로 들어왔어요. 난 전혀 예상하지 못했죠. 뭘 어떻게 해야 할지 모르겠더라고요. 베란다 문을 두드리더니 안으로 성큼 들어서는 거예요. 어색하게 어깨를 끌어올린 자세로 박물관이라도 되는 양 방을 자세히 살펴보더군요. 갑자기 멈춰 서더니 자신이 남긴 발자국을 발견했어요. '미안합니다.' 그가 말했어요. 내가 그의 입에서 들었던 최초의 말이었죠. 난 그 남자의 동작이라든가 고개를 흔드는 정도밖에는 본 일이 없으니까요. '다 잘됐군요'라고 그가 또 말했어요. '다 잘됐네요. 하지만 일이나 하고 잠이나 자면 그걸 잘 느끼질 못하죠.' "

이젠 엘비라도 소금스틱 과자를 한 개 집어 들었는데 먹지는 않고 마치 볼펜처럼 손가락 사이에 끼웠다. 주방에서 뚝딱거리던 보리스만 빼고는 사위가 조용했다.

"그 남자는 거인이었어요. 처음에 난 그가 말을 더듬는다고 생각했는데요, 절대로 말을 더듬는 게 아니었어요. 다만 걸을 때 움찔거리는 버릇이 있었지요. 하지만 그는 꼼짝하지 않고 한 자리에 서 있다가 화장실을 좀 쓰겠다는 거였어요. 손님용 화장실 공사는 아직 다 끝나지 않았으니 욕실밖에는 없었죠. 그를 그리로 들어가도록 하니 기분이 좀 이상했어요. 그가 밖으로 나오자 바지에다가 젖은 손을 닦고는 말했어요. '부스럼이라고 해야겠네요. 아세요? 피부에 들어 있어요. 부스럼 병균이라고 난 부르죠.' 그의 손은 연필심같이 흑회색이었어요. '납관에 물을 퍼내고 나면 그걸로 충분하죠'라고 그가 말했어요. 그게 무슨 소린지 알아들을 수 없었죠. 그는 계속해서 발자국을 남기면서 나한테 뭔가 더 말할 게 있다는 듯이 자꾸만 쳐다봤어요. 하지만 난 별 뾰족하게 생각나는 게 없었죠. 난 식탁의 맞은편에 그와 함께 앉았어요. 그는 빵은 안 먹겠다고 했고 커피와 담배만을 원했지요. '유노'라는 상표의 담배를요. '누가 이 담배를 주기에 기꺼이 받았죠.' 그러곤 그가 계속해서 휘휘 주위를 돌아보았고 '이거 다 돈을 줘야 하는 거 아닙니까.

하지만 일만 하고 잠이나 자면 별로 다 누리지도 못하죠.' 그는 '메르세데스 시간'이라는 둥 '인부들 하루 일한 값' 같은 말을 사용했고 '오로지 집세를 내기 위해서 3주를 일한다고요? 보나마나 다 아는 일입니다.'라고 말했어요.'

"그 남자가 아가씨한테 무슨 짓이라도 하지는 않았나?" 파벨이 물었다.

"나도 그게 걱정이었어요." 수잔네가 말하면서 파벨에게 인정한다는 듯이 고개를 끄덕여 보였다.

"그는요, 1990년이 되자마자 외국에 가 있었대요. 뭐, 무슨 일을 저지른 것도 아니고 아무것도 하지 않았는데 몇 년 뒤 돌아와 보니 집은 팔렸고 집세를 내던 계좌는 말소되고 오로지 그것 때문에 그가 '눈에 띄게' 된 거래요. 그는 '눈에 띄다'라는 말을 썼어요. 하지만 우리 집의 일에는 시간을 냈다더군요. 그는 '난 집 안의 모서리들만큼은 일등으로 잘 만들거든요. 고객이 그런 일에 큰 가치를 두니까요'라고 하더군요. 그가 밖으로 나갔을 때, 텔레비전을 지나고 스테레오 기기와 레코더 옆을 지나면서 그가 '비디오 레코더. 경제를 살려야 하니까요. 난 테이프를 다섯 개나 샀어요. 그리고 연습도 했는데 그러고 나선 다른 사람들에게 줘버렸고, 난 그런 사람이 아니니까'라고 말했어요."

"저 애가 아주 스승님의 문구를 줄줄 외우고 있군요!" 쟁반을 들고 들어오던 보리스가 외쳤다. "이젠 그놈하고 함께 이 나무 저 나무로 덩굴을 훨훨 타고 다니며 원시림에서 여자 친구가 되어주고 싶은 겁니다. 무슨 대학생 자취방 같은 걸 생각하는 모양이에요, 여기 이 성 같은 집을 놔두고. 이제 이야기 끝! 다음 주제로 넘어갑시다!"

보리스는 찻주전자가 든 쟁반을 거칠게 내려놓았다. 수잔네는 그가 쾅 하며 내리쳤다고 했다. 오로지 그를 진정시킬 수 있는 사람은 나뿐이라고 생각했으므로, 그런 이야기는 나오지 않았다고, 우린 엘비라의 이야기를 끝까지 들어보고 싶다고 말했다.

하지만 그 말이 보리스를 본격적으로 화나게 만들었다. 난 그의 그런 모습을 본 적이 없다. 우리가 모두 사태를 제대로 파악하지 못한 것 같다는 것이었다. 그에게 이 집이 얼마나 큰 의미가 있으며 엘비라가 자신의 제안을 거절하는 게 얼마나 큰 상처가 되는지를 모른다는 것이었다. "그녀를 위해 지은 집이기도 하단 말이오. 그녀를 위해서. 그 어떤 다른 사람 때문이 아니었다고. 그런데도 저런 말을 하다니!" 그가 부르짖었다.

우린 꼼짝도 못한 채 가만히 자리에 앉아 있었다. 길길이 뛰는 교장선생님 앞에 앉은 학생들처럼 앉아 있었다. 난 이제 엘비라가 일어나거나 보리스가 그녀를 내쫓을 것이라고 생각했다. 그중에서도 가장 나쁜 징조는 우리의 침묵이었는데 바로 그 침묵이 그의 화를 돋우는 모양이었다. 난 엘비라를 이해할 수 있을 것 같다고 말하려고 했는데 그때 샤를로테가 상체를 굽히며 요란하게 쩔그럭거리는 팔찌 소리와 함께 담배를 끄고는 말했다. "나 그 마음 잘 알아요. 나도 한 번 겪어봤던 일이니까. 파울하고 함께 살 때였는데, 그는 늘 어떻게 살아야 하는지를 잘 안다는 식이었고 우리 주소를—물론 나한테는 일언반구도 없이—어떤 에이전시에 줬죠. 그들이 촬영지를 찾게 될 때를 대비해서, 아니 광고스포트, 뭐 그런 짓거리들."

나는 누군가 입을 열었다는 사실만으로도 안심이 되었으므로 그녀의 말을 제대로 듣지도 않았다. 그 갑작스러운 변화에 놀란 보리스는 한동안 가만히 서 있다가 자신의 잔에 차를 따르고 캔디 설탕을 수북이 넣은 다음 시끄럽게 소리를 내며 저어댔다. 그는 결국 안락의자에 몸을 깊이 묻으며 뒤로 물러났다. 샤를로테는 재떨이가 보물이라도 되는 양 두 손으로 받치고는 우리들을 쳐다보지 않았다. 마치 모든 주의력을 자신의 이야기에만 쏟아달라는 듯한 태도였다.

"……누군가 전화를 걸어와 묻는 거예요. 지금 가도 되냐고. 적당한 것을 발견했다면서. 그는 일단 나한테 상황 설명을 다시 다 해야 한다는 것 때문에 신경질을 냈지요. 하지만 그는 다음 날 아침 또 전화를 걸더니 이미 지금 집 앞에 와 있다는 거예요. 그러니 문을 열어주지 않을 수가 있나요. 어쩌면 그런 식으로 집 안으로 쳐들어오는지, 우리 문지방에 어떻게 발을 들여놓는지, 그 모양을 보고 나서 난 문을 잘못 열어줬다는 걸 깨달았죠. 그 순간 정말 그런 생각이 번쩍하고 지나갔어요. 하지만 사람은 자신 내면의 목소리를 듣지 않죠. 자신의 목소리를 듣는 일은 극히 드물고, 머릿속에 의심과 동시에 남에 대한 배려심만이 꽉 차도록 그렇게 교육을 받는 거죠. 그리고 나선 그가 우리 부엌으로 들어가더니 복도 문에서 창문으로, 창문에서 다시 문으로 갔다가, 우리 식탁에 먼지를 잘 닦았는지 검사라도 할 모양새로 그 앞에 쪼그리고 앉았다가 소파를 한 바퀴 돌고는 내 질문에는 대답도 하지 않은 채 자신이 맡은 바 임무에만 아주 깊이 빠져 있더라고요. 그러더니 갑자기 '오케이, 합격입니다!'라고 외치더군요. 내가 도대체 뭘 합격했다는 거냐고 물었죠. '영화 말이에요! 여러분들이 영화를 따게 됐다고요! 다음 주 월요일 8시.' 그는 우리더러 사흘간 묵을 호텔을 찾아보라고 했고, 가능하면 별 네 개짜리에, 인터콘티넨탈은 빼고, 그렇지만 좋은 데로 찾아보라는 거였어요. 그제야 난 말귀를 알아들었죠. 우리가 나가야 하며, 사흘 동안 이사를 나가야 한다는 겁니다. 그게 뭐 그리 나쁘냐고 그가 묻더군요. 우린 호텔에서 지내게 될 것이며 거기다가 3천 마르크라는 생크림도 얹어 받는다는 거였어요. 그 자신이 이런 집을 가지고 있었더라면 매주 한 번씩이라도 그렇게 할 것이라면서. 딸 마르타는 신난다며 호텔에서 살게 되었다고 좋아했고 파울은 사흘 만에 3천 마르크를 벌 수 있는 일이 또 어디에 있겠냐고 계속해서 물었지요. 이미 머리에 그런 일이 한 가지 떠오르기는 했지만 말을 할 수는 없었어요. 분명 그의 화만 돋울 테니까요."

샤를로테가 품에 재떨이를 안은 채 등받이 쪽으로 몸을 기댔다. 그리고 우린 그녀가 계속해서 말을 하는 것에 우리들의 모든 안녕과 고통이 달려 있다는 듯이 그녀를 간절히 쳐다보았다. 보리스만은 다리를 뻗고 다른 생각에 잠겨 뾰족한 자신의 구두 끝을 내려다보며 찻잔을 젓고 있었다.

"파울 역시" 샤를로테가 말을 이었다. "우리가 무슨 짓을 하는지 알지 못했어요. 거리 양쪽으로 세워진 주차금지 푯말이 우리랑 상관이 있을 줄은 꿈에도 생각지 못했거든요. 월요일 아침에 그게 서 있었고 다른 쪽 거리에는 큰 차가 있었는데, 스무 대나 서른 대, 그중에는 큼지막한 차들도 있었고요. 그 사람들, 초인종조차 누르지 않고 벌써 우리 집 창문 앞에 왔더군요. 리프트 위에서. 전조등이랑 전조등은 다 모였고요. 난 뭔가 일이 잘못될 것임을 알았죠. 우리는 집 전체가 다 점령당할 줄은 몰랐거든요. 그들은 현관 앞 층계를 흰색 천으로 쌌고 벽이랑 계단이랑 난간도, 전부 다요! 보험 때문이라나요. 그러니 전부 다 천을 뒤덮어 싸고 우리가 있는 집 안까지도. 아, 참, 아니에요, 아니, 처음에 그들은 집 전체를 돌아다니며 사진을 찍었어요. 마르타의 방도 찍었어요. 나는 왜 그래야만 하는 걸까 하고 생각했죠. 그들은 단지 우리 집 주방만 필요하다고 했거든요."

샤를로테가 상체를 숙여 재떨이를 탁자에 놓더니 잔을 들어 마셨다. 팔찌가 짤그락거렸다. "좋은 술이네요." 그녀가 보리스를 향해 술잔을 들었지만 그는 고개를 들지 않았다.

"나는 벌써부터 몹시 힘이 들었어요." 그녀가 이야기를 계속했다. "일을 마치고 호텔로 간다는 거. 그런 방 안에서는 이성적인 생각을 할 수가 없죠. 마르타와 난 그 아이의 숙제 때문에 진탕 싸우고, 그 아이는 휴가 여행이라도 가는 줄 알았던 거죠. 그리고 레스토랑에선 아무리 기다려도 메뉴판이 나오지 않아 난 엉엉 울었을 정도예요. 뭐랄까, 일종의 향수병에 걸렸던 거죠. 한 번도 경험해본 적이 없는 느낌이었죠. 진짜로 버림받은 느낌이었고, 그렇지만 사실 그건 말도 안 되는 소리여서 금세 또 우린 웃음을 터뜨렸어요. 파울은 자면서 돈을 버는 가족이 있으면 자기 앞에 나와보라고 큰소리를 쳤죠. 물론 이틀 밤을 자고 난 후에 우린 집으로 돌아갈 수도 있었겠지만 그 남자, 처음에 우리 집으로 성큼성큼 걸어왔던 그 남자가 말하기를 우리가 하룻밤을 더 기다린다면 집 안을 새로 칠해줄 것이고, 계약서에 나온 대로, 뭘 흘린 것이 전혀 없으니 사실은 불필요한 일이긴 하지만—광고물이었다면 뭔가를 흘렸을 테지만—그래도 그들이 실내 도배를 다시 해주겠다는 거예요. 우리더러는 전혀 걱정하지 않아도 되며 모든 것은 전과 같이 제자리에 있을 것이라면서요. 파울이 이번에는 실수를 하고 싶지 않았는지 나한테 묻더군요. 그렇게 할까? 그리고 난 '그래' 하고 대답했죠. 나는 마르타를 걱정했지만 파울은 그 아이를 깜짝 놀라게 해줄 수 있지 않겠냐는 거예요. 아무튼 뭐 그런 식으로 말했어요. 하지만 우리가 여행 가방을 들고 현관문 앞에 서기가 무섭게 이웃 사람 두 명이 우리 앞에 서 있었지요. 우리더러 왜 진작 이야기하지 않았냐면서. 뭐. 지금 그 얘긴 하고 싶지 않네요. 아무튼 난 드디어 집에 돌아왔구나 하고 생각했죠. 들뜨거나 흥분한 건 아니었고 다만 집 안에 들어왔다고만 생각했어요. 그러고 나서 우리가 집 안에 서 있었죠. 사방의 벽 안에. 전과 모든 것이 똑같았는데 그냥 새로 칠을 한 것뿐이었는데. 그런데 뭐가 좀 이상했어요. 파울도 느꼈고 나도 느꼈지만 우린 그걸 입 밖에 내지는 않았어요. 우린 '나쁘지 않은데!'라거나 뭐 그 정도의 말을 하면서 집 안을 둘러보았어요. 난 생각했죠. '우리 집을 처음에 보러 왔던 남자처럼 우리가 지금 집 안을 둘러보고 있네'라고요. 그때 갑자기 마르타가 울음을 터뜨리는 거 있죠. 그 아이는 제 방 문지방에 서서 점점 더 큰 소리로 엉엉 울었어요. 내가 안을 들여다보니까 별 유별난 건 없었죠. 사진들이며 포스터는 대충 예전 그대로의 자리에 걸려 있었고 단지 포스터 한 장을 떼어냈는데 누가 그랬냐고 내가 묻자─하지만 마르타 본인이 뗀 거라더군요. 그 아이는 그걸 찢어내고 그러곤 그다음 것도 찢어버렸고 한 장 한 장 다 떼어버리는 거였어요. 모든 게 제자리에 걸려 있었는데도 말이에요. 그 상황을 어떻게 설명해야 할지 모르겠네요."

"침입자가 있었나 보죠." 수잔네가 말했다.

"없어진 게 아무것도 없었는걸요." 샤를로테가 재떨이를 끌어당기더니 담배 한 개비를 뽑았다. "그 반대였어요. 모든 게 완벽했다니까요. 하지만 바로 그 점이, 진짜로 기분 나쁜 거 있죠. 정말이지……"

"그들이 모든 걸 만진 거죠. 모든 것에 손을 댔단 말입니다." 파벨이 말했다.

"뭔가가 일어난 겁니다." 이네스가 말했다. "하지만 샤를로테 씨는 그걸 알아낼 수가 없죠. 손가락 사이로 걸려들지는 않지만, 볼 수는 없지만, 하지만 그래도 뭔가가 있긴 있는 거지."

"그때 그 일을 떠올리게 하지 마!" 파벨이 그렇게 말하면서 등받이에 몸을 기대고는 손을 목 뒤에 가져가며 고개를 흔들었다.

"샤를로테 씨가 무슨 말 하는지 나는 잘 알아요." 이네스가 말했다. "우리도 한 번 그런 으스스한 휴가를 경험한 적이 있어요. 얼마 전 6월, 크로아티아에서였어요."

"달마티아였어……" 파벨이 말했다. "진짜로 공포였죠. 당신이 이야기해봐."

"뭐, 별로 길게 얘기할 것도 없어요. 딱히 근접할 수 없으면서도 존재하는 뭔가죠." 이네스가 허공을 응시하며 말했다.

엘비라는 4인용 소파의 끝에 앉은 이네스를 보기 위해 상체를 숙여야 했다.

"시작하세요." 수잔네가 말했다.

"코르나티 섬이었죠." 이네스가 고개를 좌우로 저었다. "우린 자그레브에서부터 벌써 그 얘길 들었어요. 자다르로 가려고 한다는 얘기를 꺼낼 때마다 언제나 코르나티 섬 얘기가 나왔거든요. 너도나도 모두들 코르나티 섬 이야길 꺼냈어요. 우리 숙소를 구해준 로만은 오스카 와일드가 코르나티 섬을 파라다이스라고 불렀다는 이야기까지 하더군요. 발코니에서 바다가 보였는데 왼쪽 끄트머리에 나무로 조금 가려져 있고 곶이 보이는 곳에 자다르가 있을 거라고 짐작했죠. 2천 년의 역사를 지닌 자다르. 여행 안내지에는 히치콕이 자다르에서 일생 중 가장 아름다운 해돋이를 보았다나 뭐 그런 식의 이야기가 나와요. 아무튼 히치콕이 거기 갔던 건 확실한데 1945년 이후 전쟁의 잔해를 복구했을 때—독일인들 혹은 이탈리아인들 때문에 연합군이 그곳을 폭격했었다고 하더군요—잿더미 아래에서 로마 시대 때의 공공 광장을 발견했대요. 자다르는 스플리트처럼 요란하지는 않죠, 디오클레티아누스 궁전 같은 건 없고요. 하지만 교회들이 훨씬 더 아름답고 일요일마다 여러 건의 결혼식이 거행돼요. 그리고 교회 앞에는 악단과 크로아티아의 국기를 흔드는 남자들이 있어요. 자다르는 처음부터 제 마음에 쏙 들었어요. 우리가 세 든 집의 주인 안냐 때문에라도 그랬어요. 그녀는 슈퍼마켓의 주차장에서 두 시간이나 우리를 기다렸어요. 안냐는 빨간 베스파 오토바이를 타고 하얀색 헬멧을 쓴 채 우리 쪽으로 왔었죠. 파벨은 즉시 그녀에게 빠졌어요. 그녀의 그 커다란 가슴과 검고 긴 머리카락에."

"몹시 사랑스러운 여자였거든요." 파벨이 말했다.

"아들 셋을 낳았다는데 아주 젊었을 때 아이를 가졌던지 맏이가 벌써 열네 살이라더군요. 난 안냐에게 아이가 있을 거라는 것을 즉시 알아봤죠. 그런 분위기가 풍겼으니까요."

"그녀는 독일어를 했습니다. 아주 잘했어요……"

"그녀가 파벨한테 이렇게 이야기하는 게 맞느냐고 연신 물었죠. 하지만 두 사람은 어차피 의사소통에 아무 문제가 없었거든요. 폴란드어나 크로아티아어나. 다 비슷비슷하니까요."

"그녀가 말하기를 남편이 우리를 코르나티 섬으로 데려다 줄 거라는 거예요. 우린 생각했죠. '좋지요' 하고요. 육지에서 보자면 섬은 꼭 산처럼 보였죠. 아름다운 광경이었어요."

"당신이 바로 물었잖아. 함께 가지 않을 거냐고……"

"그런 적 없어." 파벨이 말했다.

"하지만 안냐는 함께 가려고 하지 않았어요. 우리가 만날 때마다 그녀는 코르나티 섬 얘길 꺼내면서 남편이 보트를 가지고 있으니 우리를 데려다 줄 거라는 거예요. 모든 손님들이 다 그렇게 하겠다고 하는데 그때 내가 좀 까탈을 부렸죠. 뭔가 영 마음에 들지 않았거든요. 그러곤 가격이 발표됐죠. 3백 유로! 그것도 우정할인가라는 거예요. 파벨이 즉시 그러마고 했어요. 3백 유로라니! 나는 거절했어요. 그 거절의 마음은 나중까지도 계속되었어요. 하지만 식사랑 음료, 그리고 원하는 여러 가지 것들이 다 포함된 가격이라는 거였어요. 게다가 이곳에서부터 출발을 한다는 거죠, 바로 집 앞에서 말이죠. 그리고 시간 역시 우리 마음대로 정할 수가 있다는 거예요. 그러곤 그녀가 그 기선에 관해 설명을 하더군요. 다른 곳에서 간다면 우리가 기선을 타고 섬으로 가야 한다면서요. 마치 그 빌어먹을 섬에 가는 게 무슨 의무사항이라도 되는 양 말을 하더군요. 나는 '아니요. 반으로 합시다. 150유로. 150을 넘길 순 없어요. 우리 여행 경비로는 그것밖에 안 됩니다'라고 했죠. '그럽시다. 150이요.' 안냐가 말했어요. 그 기분 나쁜 홍정이라니."

"우린 숙소 값은 내지도 않았어." 파벨이 말했다. "열흘간 우린 공짜로 잔 거야. 자그레브에 있는 로만의 회사에서 내준 거라고."

"기선을 탔다면 일인당 35유로였단 말이야……" 이네스가 말했다.

"형편없는 배라던데. 우리 그거 봤잖아. 그런데 그녀의 남편이란 작자는 코빼기도 볼 수 없었죠. 바로 그게 문제였는데요. 우리 바로 옆집에 산다고 했으면서도 말입니다. 안냐가 매일 베스파 오토바이를 몰고 와 식사 준비를 하고 다시 돌아갔죠. 단 하룻밤도 머문 적이 없어요."

"당신이 어떻게 알아……" 이네스가 웃었다.

"오토바이가 서 있었던 적이 한 번도 없으니까. 그녀는 언제나 11시경에 오토바이를 타고 왔습니다……"

"11시? 그게 늘 11시였는지 어쩐지 그건 전혀 몰랐네. 하지만, 뭐, 상관없지. 아무튼 우린 선착장에 갔을 때 처음으로 페터를 봤어요. 그가 범선 위에 돛대처럼 서 있었죠. 최소한 키가 2미터는 됐을 것이고 테 없는 선글라스를 꼈는데 그걸 이렇게 당겨서……" 이네스가 관자놀이를 만졌다. "표정이라곤 없고 마치 파충류처럼 꼼짝을 하지 않는 사람, 그런 사람이라면 상대를 보고 있거나 한 건지, 그것조차 잘 알 수가 없죠. 거기다가 그 이상한 영어 하며."

"구드 모르닝." 파벨이 흉내냈다. "우원 헌드레드 피프티, 우원 헌드레드 피프티 유로. 구드 모르닝, 마담."

"내 생각엔 150도 너무 많이 준 거야." 하지만 우린 편한 자리에 앉았고, 우리밖에는 없었으며, 그가 음악을 듣겠냐고 물어서 아니라고

그날 밤, 보리스의 집에서 309

거절한 후에는 모든 게 다 괜찮았죠. 털털거리는 배 소리가 요란해서 음악을 들을 수도 없었을걸요. 칼립소. 그가 자신의 보트를 그렇게 불렀어요. 칼립소 3세. 어쩐지 신화적인 분위기가 강했어요. 나무처럼 키가 크고 말이 없는 사내가 섬들 사이를 누비며 우리를 데리고 가는 광경이 말이죠. 페터가 뒤를 돌아보며 여행 안내를 한답시고 목청껏 소리를 지를 때마다 우린 깜짝깜짝 놀라곤 했어요. 어떤 교회를 지났는데 매년 8월마다 사람들이 성지순례를 온다고 했어요. 8월에 눈이 왔기 때문이래요. 아직도 기억하는 건 그것밖에는 없네요. 난 섬에 사는 사람들이 부럽더군요. 훌륭한 저택에 바닷물을 내려다볼 수 있게 지었어요. 돛단배 탄 사람들이 부러웠죠. 기선을 탄 사람들까지도 부러웠어요. 우리가 멀리 가면 갈수록 점점 더 볼만한 광경은 없었고 황량하고 척박한 섬들만 있었죠. 색 바랜 돌무더기들, 무인 바위. 그 위에는 오로지 두 나라 간을 가르는 국경선밖에는 볼 수 없었고 가끔씩 무늬 같은 것도 보였어요. 마치 누군가 흙손을 가지고 한 번 훑고 지나간 것처럼, 반원으로 굳어진 모양이었는데, 그 반원이 열리는 부분만 볼 수 없을 뿐이었죠. 그렇게 해서 우린 그 털털거리는 보트를 타고 차츰차츰 앞으로 나아갔는데 나는 물론 소리를 질러가며 코르나티 섬에는 언제 도착하느냐고 물었죠. 오른쪽 방면으로는 오로지 바닷물밖에는 보이지 않았고 섬이라곤 전혀 없었거든요. 나는 그 섬이 정글 같을 것이라고 상상했고 안냐는 희귀종 동물에 관한 말도 했죠. '이게 코르나티입니다. 이 모든 섬들이 다 합쳐서 코르나티예요!'라고 그가 영어로 외치면서 고개를 좌우로 흔들었어요. 우리를 비웃은 거죠. 한바탕 비웃은 거라고요. 그러고선 150유로라니! 우린 그 후 어떤 항만에 도착했는데 보트들이 묶인 선창가가 있었어요. 우리 배나 기선이나 다 같이 거기 있었죠. 그곳에서는 우리더러 염호를 구경하라더군요. 그다음은 식사시간. 염호 가에서는 모두들 이리저리 뛰어다녔죠. 공포영화였어요, 정말. 그 호수에는 비가 올 때나 홍수가 나서 파도가 들어차야만 물이 생긴대요. 하지만 실제로는 어떻게 물이 나온다는 건지 그건 나로서도 의문이에요. 우린 거기서 뭘 어떻게 해야 할 줄을 모른 채 앉아 있었고 어린 여학생들의 행렬을 구경했죠. 그건 하도 오래 걸려서 최후의 마지막 사람까지도 그쪽을 돌아보지 않을 수 없을 정도였어요. 그리고 아주 조그만 게들과 조개들을 들여다보았는데, 높은 나선형 껍데기가 바로크 머리 장식같이 생긴 조개 말이에요. 곧 돌아갈 것이고 이제 최악의 시간은 다 지났다는 것을 알았기 때문에 차츰차츰 내 기분도 좋아졌죠. 그리고 페터가 날라 온 음식은 진짜 맛있었어요. 큼지막한 스테이크에 샐러드와 빵. 그리고 생선, 말로는 지금 방금 잡은 거라더군요. 증명을 해 보일 셈으로 그가 빵을 바다에 던졌죠—당신도 봤지? 정말로 생선 떼가 가득 몰려들었던 거. 페터가 화살 통을 가리켰는데 당장에라도 물고기를 잡아 올리겠다는 투였어요. 정말 세련되게 마련된 식탁이었어요. 천으로 만든 냅킨까지도 준비되어 있었는데 깨끗이 다리고 풀을 빳빳하게 먹인 거였어요. 그러곤 수통으로 하나 가득 화이트 와인이 있었죠. 기선에서도 사람들이 식사 중이더군요. 구운 생선 냄새가 우리한테까지도 날아왔어요. 우리는 유람객들이 생선 가시와 머리를 들고 난간에서 서 있을 때마다 그들을 봤죠. 그들이 그러고 있으면 갈매기들이 날아와 손에서 생선의 나머지를 낚아채가더라고요. 사람들이 꽥꽥대고 갈매기들 역시 꽥꽥댔죠. 영웅전설적인 구경거리라고나 할까요. 그런 기선을 타지 않아 다행이라고 생각했어요. 난 페터에게 직업이 뭐냐고 물었어요. '사이언티스트'라고 그가 대답하더군요. '하지만 여기서가 아니에요. 여기가 아니에요.' 그가 어디론지 허공을 가리켰죠……"

" 'Far away(먼 곳에)'라고 페터가 말했어요. 'far away in the past(과거 먼 곳에)' " 파벨이 덧붙였다.

"난 더 자세히 물어볼 용기가 나지 않았죠. 결국에는 무슨 이야길 듣게 될지 알 수가 있어야지요. 하지만 그 질문 하나로도 충분히 버거웠는지 아니면 갈매기들 때문이었는지 그도 아니면 술 때문이었는지도 모르죠. 그는 와인을 많이 마셨거든요. 그리고 그라파도요, 그곳엔 직접 증류해 만든 그라파가 있었어요. 그러고 나서는 갑자기 출발이었어요. 페터는 기선들 옆에서 급작스러운 커브를 틀었고 갈매기들이 눈발이 날리듯이 흩어지며 날아올랐어요. 페터는 아까보다 훨씬 더 빠른 속도로 배를 몰았는데 돌아가는 길이 아니라 남쪽 방향으로 가는 겁니다. 처음에는 물살을 가르며 질주를 하고 출렁거리는 파도에 몸을 맡기는 것도 꽤 재미있다고 생각했어요. 우리는 옷을 더 껴입고 서로 몸을 붙여 꼭 안았죠. 우리 배가 다른 배들과 너무 가까이 달렸다는 것만은 불법이었을 거예요. 우린 계속해서 너무나 놀라 경악한 얼굴을 보았고 그다음엔 성난 얼굴을 보았죠. 그는 무슨 가미가제 특공대처럼 다른 배들에게로 돌진했고 아슬아슬한 순간에서야 커브를 틀었어요……"

"난 앞에 있는 그에게 다가가려고 애를 썼죠……" 파벨이 말했다.

"전혀 좋은 생각이 아니었어." 이네스가 그의 말을 중간에서 잘랐다. "페터, 그가 어쩌면 백미러로 파벨을 봤는지도 몰랐어요. 페터가 갑자기 급커브를 트는 바람에 난 파벨이 갑판에 넘어지는 걸 봤죠."

"그냥 머리를 부딪쳤을 뿐이야."

"'그냥'이란 게 말이 되나요." 수잔네가 말했다.

"네. 물론 말 안 돼죠. 하지만 더 나쁜 일이 생길 수도 있었거든요." 이네스가 거들었다. "우린 그냥 웅크리고 앉아 있었죠. 펄럭이는 크로아티아 국기를 등 뒤에 둔 채—그리고 갑자기 뚝 멈추는 때가 있었어요. 난 처음에 모터가 고장 났거나 기름이 다 떨어졌을 거라고 생각했어요. 하지만 페터 본인이 모터를 끈 거였고 큰 원을 그리며 커브를 한번 틀었지요. 난 그에게 소리를 쳤고 파벨도 그에게 소리를 쳤어요. 'We want to live, we want to live(우린 살고 싶어요)'라는 말밖에는 떠오르지 않았어요. 그 말을 얼마나 많이 외쳤는지 나로서도 알 수 없어요. 페터는 그저 손짓만 한 번 할 뿐이었죠. 그것도 굉장히 비웃는 투로. 그러고 나선 엄지와 중지를 튀기면서 'It's like nothing, like nothing(별일 아니에요)'라고 하더군요."

"아냐, 'Life is nothing(삶은 아무것도 아니에요)'라고 했어. 'Life is nothing!'" 파벨이 정정했다.

"그는 'It's like nothing'이라고 했다니까. 그러면서 손가락을 튕겼다고."

"손가락 튕긴 건 맞아. 하지만 'Life is nothing'이라고 했다니까 그러네. 그렇지 않으면 미친 듯한 질주를 두고 말한 것일 수도 있잖아. 아직 아무 일도 일어나지 않았다는 듯이 말야."

"아, 그런 건 아무래도 좋아요!" 보리스가 말했다. "아무튼 그자가

그날 밤, 보리스의 집에서 313

키를 껐다는 거 아닙니까! 돈을 돌려달라고 했었어야죠. 라이크(like)고 아니고 간에."

"너무나 비현실적이었어요." 이네스가 말했다. "처음엔 가미가제. 그러곤 더 이상 아무것도 아니었으니까요. 마치 방금 전의 그 일이 상상이었던 것처럼. 다시 돌아오기까지 영원의 시간이 흐르는 것만 같았어요. 바다에서 보자면 자다르는 특별할 것이 없는 도시예요. 그라이프스발트나 슈트랄준트 같지는 않죠. 처음에 난 안냐가 부두에서 기다리는 거라고 생각했는데, 아닌 게 아니라 거기 누군가 하얀색 헬멧을 쓰고 빨간 오토바이를 타고 있었거든요. 하지만 우리를 보자마자 그녀는 갑자기 사라져버리더군요. 글쎄요. 그러고 나선 내가 두려워하던 시간이 왔죠. 페터와 작별을 해야 했으니까요. 난 그와 이야기를 좀 해볼 작정이었죠. 그동안 'we want to live'라고 내가 소리쳤던 게 너무나 무안했어요. 나는 사람들을 그런 상황으로 몰아가는 건 정말이지 나쁜 짓이라고 말하고 싶었어요. 하지만 영어로 그걸 어떻게 말해야 좋을지 알 수가 없었어요. 그런 일에서라면 파벨이 입을 열 리도 없고 그런 건 꼭 내가 해야 했다니까요. 우린 배를 정박했고 페터가 뛰어내렸어요. 우린 더듬거리며 앞쪽으로 나갔어요. 한쪽 발은 보트에 올리고 다른 쪽 발은 선착장에 올린 채 서 있던 페터가 내게 손을 내밀더군요. 그 손을 잡았을 때 난 그를 정면으로 쳐다보았어요. 그의 망가진 눈. 무시무시하게 죽은 눈. 그건 횡하게 파진 굴이었어요. 유리로 만든 의안이 아니었다니까요. 난 그의 입 냄새를 맡았죠. 페터가 나를 끌어올리며 팔꿈치를 부축해주어서 난 육지로 뛰어올라왔어요."

"나 역시 눈을 보고 기겁을 했습니다……" 파벨이 말했다.

"우린 거기서 나란히 소금기둥처럼 서 있다가 페터가 밧줄을 풀고 다시 보트로 돌아가 출발하는 양을 건너다보았죠. 그가 우리 쪽을 향해 손을 흔들었고 '차오차오'라고 외쳤습니다. 그때 그는 다시 선글라스를 쓰고 있었죠. 이날 겪었던 일 중에서도 가장 이상했던 점은 그게 어쩐지 내 마음을 안심시키더라는 거죠. 그 눈 말입니다……"

보리스가 웃음을 터뜨렸다.

"지금 무슨 생각을 하시는지 알겠습니다만, 물론 그렇죠, 그가 공간 파악 능력을 잃어서 잘못 보았고 그래서 무슨 범죄자처럼 배를 몰았다고 상상할 수 있었다는 말이 아닙니다. 내 말은요, 적어도 우리가 그 한쪽 눈을 보았다는 거, 무엇인가가 있었다는 거, 확실히 고장이 났던 그 무엇인가가. 좀 비틀어진 생각이라고 여기시겠습니다만. 하지만 내가 푹 파인 눈구멍을 보았을 때 안심이 되었던 건, 그 뭐랄까요, 설명을 들은 것 같았다고나 할까요, 그 눈이 확실히 왜 그렇게 되었는지도 잘 모르는데도 불구하고요, 뭐, 사고였을 수도 있고 전쟁하고는 관련이 없을 수도 있는데도 말입니다."

"잠깐만." 파벨이 말했다. "당신이 그런 식으로 이야기를 하면 아무도 알아들을 수가 없잖아. 자다르는 2년간 점령을 당했고요, 포화를 당했거든요. 유고슬라비아 군인들이 부대에서 나와 산으로 갔고 그곳에서 총을 쏘아댔죠. 닥치는 대로, 집이며 교회며 도서관이며 할 것 없이 무차별로 말입니다. 그리고 도시에 있던 사람들은 아무것도 가지고 있지 않았습니다. 처음엔 적어도 그랬죠. 하지만 그런 얘긴 아무도 안 합니다. 거의 아무도요. 로만은 동생을 등에 업고 뛰어가면서 자신들이 위험을 벗어난 건지 아닌지를 몰랐다는 얘길 했죠. 그들이 집에 돌아왔을 때 어머니는 창문을 닦으셨더랍니다. 그에게는 금지시키셨지만 어머니 자신은 군의관으로서 전방에 나가셨던 겁니다. 그리고 이 전쟁은 그와는 아무 상관이 없다고, 그가 어째서 전투를 해야 하는지 이해하지 못하겠다고 말하자 어머니가 그를 집 밖으로 내쫓으셨더래요. 그러면서도 어머닌 그가 참전하지 못하도록 엄단하셨다니까요. 이해하시겠습니까?"

"안냐는요?" 로르가 물었다. "페터하고 연인 사이였던 건가요?"

"어쩐지 그랬던 거 같아요. 아무튼 그녀가 그를 남편이라고 했잖아요. 그의 집에서 밤에 잠을 자고 가지만 않았을 뿐. 그녀는 11시에 왔다가 늘 언젠가 가버리고 없었어요."

"어떻게 그런 사람하고 같이 살아요?" 수잔네가 말했다.

"누군가 수잔네 씨에 대해서도 그렇게 말한다면?" 프레드가 말했다. 수잔네는 등을 뒤로 기대고 프레드가 그냥 일반적인 이야길 한 것인 양 아무렇지도 않은 척했다.

"자기 잘못이 아닌 겁니다." 프레드가 말했다. "페터처럼 말이죠. 그의 잘못이 아니잖아요. 나한테도 그런 일 일어난 적이 있어요. 물론 전쟁은 아니지만, 그런 일은 순식간에 일어날 수 있거든요. 한심하게 잘못 튀어나온 농담이라든가 자제심을 잃었다든가 성욕이 일었다든가 그런 것만으로도 충분하죠." 프레드는 잠시 뜸을 들였다. 마치 이야기를 더 계속해야 할지 어떨지 확신할 수 없다는 듯이.

그는, "우린 춤 강좌 시간에 서로 알게 되었죠. 드레스덴이었어요"라며 이야기를 시작했다. "나는 열일곱이었고 그녀는 열여섯. 그녀의 부모님이 나를 좋아하셔서 소풍을 갈 때도 늘 같이 가자며 초대하기까지 했습니다. 그분들은 자동차를 가지고 있었거든요. 1970년대 말이었으니 그 당시로서는 특별한 일이었죠. 하지만 그녀를 위해서—그녀 이름도 이네스였어요—난 핑계를 둘러댔어요. 난 이네스를 정말로 사랑했거든요. 그리고 그녀 역시 저를 사랑했을 거예요. 우린 아직 함께 자거나 그러진 않았어요. 난 그건 마지막으로 해야 할 일일 것이라고 생각했고 그렇게 되면 서로에게 익숙해질 거라고 생각했습니다."

프레드가 상체를 굽히고 앉아 손을 마주 잡고 부비더니 고개를 떨어뜨렸다.

"8월 말이었는데요, 새 학기가 시작되기 직전이었죠. 그녀는 부모님과 함께 발트 해에 갔다가 돌아왔었어요. 그녀의 피부는 갈색이 되었고 머리카락이 바래서 거의 금발이 되었습니다. 그녀는 나한테 엽서를 여러 장 썼는데 전부 다 손수 가지고 왔습니다. 다음 해에는 함께 떠나자고 그녀가 말했습니다. 그녀와 나, 둘만요. 난 행복했습니다. 하지만 이네스에게 익숙해지기 위해서 약간 시간이 걸리기도 했어요. 그동안 온통 그녀 생각밖에 하지 않았음에도 불구하고요. 이네스한테 우리 부모님이 일주일간 여행을 떠나실 거라고 하자 그녀는 우리 집으로 오겠다고 했어요. 이네스가 정말 왔죠. 난 자전거를 타고 모리츠부르크 방향으로 가자고 했습니다. 수확이 끝난 들판을 가로질러 숲 속 연못으로요. 그 연못가에는 나체주의자 구역 건너편으로 자그마한 풀밭이 있고 그곳은 곧장 물과도 연결되어 있었어요. 우리 두 사람뿐이더군요. 우린 옷을 벗고 수영을 했죠. 물속에서 그리 오래 있지는 않았는데, 우리가 밖으로 나와 소지품들을 놓아두었던 자리를 보았을 때 거기에는 네 명의 남자가, 한 20대 후반 정도나 될까 한 남자들이 있었습니다. 전혀 비리비리한 치들이 아니었죠. 이네스는 물 안에 그대로 있었고 나는 밖으로 나왔어요. 하지만 그들은 내게 옷을 돌려주지 않았습니다. 그들이 말하기를, 그녀의 옷은 그녀가 직접 가지러 와야 주겠다는 거였어요. 너무나도 조용조용하게 말을 했으므로 마치 나하고 친분이라도 있는 사람들 같았죠. 그들은 우리의 신분증을 꺼내 들고는 계속해서 나를 프리드리히라고 불렀습니다. 난 어떻게 대처해야 좋을지를 알 수 없었지요. 이네스가 결국 물 밖으로 나왔고 남자들은 그녀의 발걸음을 뗄 때마다, 그녀의 동작 하나마다, 아니, 그 모든 것들에 대해서 토를 달며 천박한 농담을 덧붙였습니다. 그들은 처음에 그녀의 티셔츠만 내주었고 그다음엔 브래지어만을, 뭐, 그런 식이었죠. 맨 나중에 수건을 내주더군요. 그리고 그들이 떠나갔습니다. 그들은 내 옷가지들을 깔고 앉아 있었는데 그 외에는 손을 대지 않았죠. 신분증은 그 위에 던져져 있었고요." 프레드의 손톱이 하얗게 보였다. "그렇게 극적으로 들리지 않을지도 모르지요, 그 작자들이 우리 몸에 손을 댄 건 아니었으니까요……"

처음에 난 프레드가 솟아 나오려는 눈물을 참느라 안간힘을 쓰고 있다고 생각했다. 그러곤 이젠 더 할 말이 없다는 것을 표시하려는 듯 그가 양손을 들어 보였다. 그러나 결국 다시금 그의 이야기가 이어졌다. 아까보다 속도가 빨라진 말투였다. "난 언제나 그 순간들을 기억에서 도려낼 수 있었으면 좋겠다는 소망을 품고 있었습니다. 병균이 잔뜩 모인 곳을 도려내듯. 태워버리거나 아예 언어를 바꿔서라도. 그 외엔 또 무엇을 하면 좋을지 모르겠군요. 물론 이네스와 난 그들을 향해 욕을 퍼부었고 경찰서에 가서 신고를 하기로 작정하기도 하며 복수할 계획을 짰죠. 하지만 저녁이 되고 어두워지자 이네스는 집으로 돌아갔습니다. 우리가 그날 밤을 함께 보냈다면 우린 무사히 우리들의 관계를 유지했을지도 모릅니다. 하지만 어쩌면 애초부터 안 되는 일이었는지도 모르죠. 아무튼 그날 이후로는 날이 가면 갈수록 사이가 소원해졌으니까요. 누군가가 우리들의 이름을 부르는 것만으로도 충분했습니다. 가장 기분 나빴던 점은 그 어떤 특정한 단어가 필요했던 것도 아니라는 것이었습니다. 그 어떤 단어라도 그 연못가를 연상시켰으니까요. 그리고 나는 나대로 이네스가 그때 생각을 하고 있다는 것을 알아채거나 목격하는 것만으로 충분했습니다. 나중에는 그 사내들에게 달려들지 않았던 나 자신을 자책하기도 했죠. 그들이 나를 흠씬 두들겨 팼거나 우리가 벌거벗은 몸으로 집으로 돌아갔던 편이 더 나았을지도 모릅니다. 그때 일어난 일에 비한다면 그 어떤 상황이라도 훨씬 나았을 거란 말이죠. 하지만 난 그때 두려움에 마비가 되어 있었어요. 우리는 상황이 더 나빠지지 않기를 바랐거든요. 그 역겨운 두려움이라니!"

보리스가 엘비라 쪽으로 고개를 돌렸다. 어쩌면 그녀가 무슨 반응이라도 하기를 기대하는지도 몰랐다. 어쩌면 그녀에게 무엇을 물어보려는 것인지도 몰랐다. 엘비라는 수잔네의 어깨에 머리를 기댔다. 수잔네는 꼼짝도 할 수 없었다. 다만 조심스럽게 손가락을 입술로 가져갔다. 보리스가 엘비라를 안아 옆방 침대에 눕혀야 하겠냐고 물었을 때 수잔네가 얼굴을 찌푸렸다. 그녀는 어깨 위에 엘비라의 머리가 얹힌 게 싫지 않다고 생각한 게 분명했다. 난 심지어 그녀가 그걸 자랑스러워할 거라고 생각했다.

이네스와 파벨은 이제 집으로 돌아가야겠다고 말했다. 보리스가 고개를 끄덕였다. 하지만 그도, 그 두 명의 손님들도 선뜻 몸을 일으키진 않았다. 다른 사람들도 모두 가만히 앉아 엘비라를 쳐다보고 있었다. 난 우리가 이대로 가면 엘비라를 영영 다시는 보지 못할 거라고 생각했다.

난 정말이지 프레드의 이야기에 뭔가 대답을 해주고 싶은 마음이었다. 나는 보리스에게 물어보려고 했다. 숲 속의 갈색 물을 기억하느냐고. 나는 거기서 자주 수영을 했었는데 그 지점에는 돌이 많았다.

보리스 집에서 보낸 그날 밤, 프레드의 이야기 이후의 일은 확실하게 기억나는 게 없다. 오고 간 대화 내용과 그 순서가 잘 기억나지 않는다. 하지만 그날의 그 분위기만큼은 지금도 선명하게 기억하고 있다.

프레드, 로르, 샤를로테는 마치 라디오라도 청취하듯 상체를 숙인 채 앉아 있었다. 이따금 누군가가 팔을 뻗어 앞에 놓인 과자나 치즈와 토마토를 얹은 바게트를 집어 들곤 했다. 어느새 보리스가 가져다 놓은 음식들이었다.

묘한 정적이 우리들 위를 감돌았다. 아무리—물론 내 생각이긴 하지만—한동안은 아무도 거의 입을 열지 않았고 입을 연다 해도 아주 작은 목소리로 이야길 나누었다고는 하지만 그래도 나는 침묵이라든가 정적이라는 말을 의식적으로 피하고 있다. 엘비라가 나타나고서부터 감돌기 시작한 그 이상한 긴장감이 사라지자 나는 어쩐지 마음이 한결 편해졌다. 그 이야기들은 보리스의 마음 역시 편안하게 한 것 같았다. 그렇지만 그 이야기들이 내 마음을 푸근하게 만들었다는 사실은 좀 당황스러웠다.

이네스와 파벨이 정말로 도로 주저앉았던 것인지 아닌지, 물론 난 그런 건 잘 모른다. 하지만 수잔네조차도 설령 엘비라가 그녀의 어깨에 머리를 기대고 있지 않다 하더라도 그 순간 자리에서 일어날 생각은 하지 못했을 것임이 분명하다.

비웃음을 살지도 모르지만 다음과 같은 것을 고백하지 않을 수 없다. 그 순간 나는 폐쇄된 광산을 떠올렸다. 그 안에서 갑자기—아무도 왜 그런지 모르지만—마치 몇백만 년 전에 그랬던 것처럼 모든 종류의 식물들이 나타나는 것이다. 마치 모든 것이 태초로부터 새로 시작되어야겠다는 듯이 말이다. 그 순간 나한테는 그런 기분이 들었던 것이다.

나는 이야기를 하지 않았다. 이야기라고 불릴 만한 소재도 생각나지 않았다. 그런 데다가 난 원래 별로 재미있는 사람이 못 된다. 애석하게도 그렇다. 예전에는 그것이 괴로웠다. 난 몇 주 전에 라디오에서 들은 이야기를 들려주어야 할까 어쩔까 궁리하고 있었다. 우연히 들은 이야기였는데 그 후에도 계속 내 머릿속에서 맴돌았다. 그 여자의 목소리를 듣는다면 다시 알아들을지도 모른다. 그건 일요일 라디오 방송 '도이칠란트풍크'에서 나오는 음악과 대담을 겸한 한 프로그램이었다. 인터뷰를 받는 사람은 어느 오페라 여자 가수였는데 막 고별 음악회를 마친 직후였다. 그녀의 이름도 인터뷰 내용의 전모도 다 생각나지 않는다. 다만 딱 한 가지 질문만은 잊지 않고 기억하고 있다. 여자 사회자는 50대를 넘긴 나이에도 새로운 친구와 우정을 나눌 수 있는가 하고 물었다. 그러니까 진짜 우정, 인생을 함께하는 친구관계를 맺을 수 있느냐는 질문이었다. "그럼요. 그렇지 않을 이유가 어디 있나요!" 하고 여가수가 외쳤다. 그녀의 목소리는 흥분 아니, 거의 격앙되어 있었다. 여자 사회자가 그 질문을 던진 이유를 자세히 설명하려고 애썼다. 그러자 여가수는 아주 단호하게 "아니요. 난 절대 그렇게 생각하지 않아요!"라고 말했었다. 곧이어 뒤따른 정적 속에서 청취자들은 종이가 부스럭대는 소리를 들었고 곧 두 사람이 동시에 말을 시작했다가는 갑자기 또 동시에 입을 다물었다. 사회자 여자가 말했다. "네, 자, 이제 말씀하세요!"

그러자 여가수는 1년 반 전에 시카고에서 알게 되었다는 친구에 관한 이야기를 들려주었다. 1940년대 말에 미국으로 건너간 독일계 미국인이라고 했다―내 생각에 그의 이름이 뤼디거였던 것 같다. 아무튼 그의 이름은 미국인들이 발음하기에 너무 어려웠다. 그 뤼디거가 어느 한 커피숍에서 여가수에게 말을 걸어왔다. 그녀의 발음에서 독일인 억양을 들었기 때문이었다. 다음 날 그는 그녀를 시카고 상품 거래소 "보드 오브 트레이드Board of Trade"로 초대해 구경시켜주었다. 그가 거기서 일한다는 것이었다. 그녀는 9시 정각을 울리는 종소리와 함께 여기저기서 외침들이 시작되며 그 구덩이 안에서, 그러니까 그 원형경기장 안에서 몇 시간이고 자신들의 의사를 관철한다는 것이 그 모든 사람들에게 얼마나 엄청난 양의 물리적인 능력을 의미하는지를 설명했다.

"선생님께서는 우정에 관해 이야기하신다고 했는데요." 사회자가 그녀의 말을 중간에서 잘랐다. 여가수가 그 말에는 아랑곳하지 않고 계속 말을 이어나갔다. "하필이면 그 남자는 오후에 사회주의만이 유일하게 옳은 길이었다며, 가난한 사람은 도와주어야 하고 부유한 사람들에게서는 그들이 가진 것을 국가가 거두어들여야 하며 생존에 필수적인 사업들은 국유화해야 한다고 주장했어요. 아무래도 국유화된 사업이 개인회사의 독점보다야 나을 테니까요. 그리고 그가 내게 묻더군요." 여가수가 말했다. "우리들의 생활양식과 그와 필수적으로 결부된 행동양식 때문에 세상이 결국 멸망의 나락으로 떨어지지 않겠냐고요. 처음에 난 생각했죠." 여가수가 부르짖었다. "농담이겠거니. 하지만 그는 심각했어요. 진지했죠. 오늘 난 그가 농담을 했을 거라고 생각한 나 자신이 미워요."

"그렇담 선생님께선" 여자 사회자가 물었다. "그의 그런 사상 때문에 그와 친구가 되신 거란 말씀이신가요?"

"그는" 여가수가 대답했다. "우리 모두가 여기서 1930년대 혹은 1940년대에 이미 생각하고 말했던 것을 다시 그대로 말한 것뿐이었어요. 다른 이야기가 아니었죠. 그는 다만 중간에 그 생각을 멈춘 적이 없었던 거죠."

다시금 짧은 휴식이 있었다. 그러고 나서 사회자가 다음 질문을 던졌다. 하지만 여가수는 그 질문에 반응하지 않았다. 그 대신에 이번엔 그녀가 질문을 던졌다. "누군가가 거기서 돈을 벌고 있는 한, 전쟁은 절대 끝나지 않을 거라고 생각지 않으세요?"

사회자는 또 한 번 다른 질문으로 화제를 돌리려고 애썼다. 하지만 여가수는 고집스럽게 이야기를 계속 이어나갔다. "여기 우리들 중 너무나도 많은 사람들이 전쟁에서 돈을 벌고 있다고 생각지 않으세요?"

"지금 이 자리에서 선생님과 그런 문제를 토론할 수는 없습니다." 여자 사회자가 그렇게 말하곤 아마도 감독에게 음악을 내보내라는 신호를 보낸 모양이었다. "생각해보세요"라는 여가수의 말이 들린 뒤에 갑자기 음악이 이어졌다. 음악 뒤에는 뉴스 시간이었고 그다음 인터뷰들은 별다른 소동 없이 잘 진행되었다.

난 바로 그 이야기를 할 수도 있었을 것이다. 하지만 그 이야기는 지금까지 나왔던 이야기들과는 아무런 관련성이 없었다. 게다가 라디오에서 들은 이야기를 다시 사람들에게 들려준다는 게 어쩐지 한심하게 느껴지기도 했다. 하지만 내가 그걸 지금 이 자리에 언급하는 이유는, 내가 그 사회자였다면 어떻게 했을까를 골백번도 더 자문했기 때문이다. 나라면 아마 분명 실수를 했을 거고 그 미국 친구에 관한 질문을 던졌을 것이다. 그런 사상을 가진 뤼디거는 결국 어떤 결론을 내렸을까? 직장에 사표를 던질까? 주식시장을 폭파할까? 정치가가 될까?

그렇게 심사숙고를 하던 도중 난 잠이 들고 말았다. 꿈을 꾸었는데 내용은 생각나질 않는다.

잠에서 깨어날 때 나는 몸을 움찔했다. 물론 그렇게 잠이 들었다는 사실은 기분 나쁜 일이었다. 하지만 아무도, 수잔네마저도 눈치를 채지 못한 것 같았다. 로르가 막 "그게 이제 거기 널브러져 있었어요. 반들반들 젖어 악취를 풍기면서 말이죠"라고 말하는 중이었다.

보리스는 다리를 쭉 뻗고 머리는 안락의자의 등받이에 기댄 채 눈을 감고 있었다. 이네스는 머리를 파벨의 무릎 위에 올리고 누워 있었는데 다리가 의자의 손잡이에 걸려 흔들거렸다. 샤를로테는 카펫 위에서 무릎에 팔꿈치를 괴고 두 손으로 머리를 받친 모양새로 양반 다리를 하고 앉아 있었다. 그녀의 앞에는 반쯤 찬 재떨이가 놓여 있었다. 아직도 아주 맑은 정신인 사람은 로르와 수잔네뿐인 것 같았다. 난 나중에 로르가 어디선가 읽고 이야기해주었다는 생선 이야기를 수잔네에게서 전해 들었다. 하지만 수잔네가 전해준 이야기도 이미 뒤죽박죽 상태였다.

그 후 나는 수잔네가 이네스와 파벨을 본따 엘비라를 깨우지 않으려고 조심하면서 자신의 무릎 위에 살짝 눕히는 것을 보았다.

나는 또 한 번 꾸벅꾸벅 잠이 들었고 파벨이 한 친구에 관한 이야기를 시작하는 바람에 또 한 번 깨어났다. 그는 지난해 초에 한 아가씨를 알게 되었다. 귀족적이었을 뿐만 아니라 부유한 집안 출신의 아가씨였다. 부모님은 베를린과 매르키셰 슈바이츠 사이에 있는 예전의 종갓집을 다시 사들여 재정비를 했는데 바우하우스 풍의 성이었다. 파벨이 말한 대로라면 커다란 공원을 포함하는 땅이라고 했다. "우린 그 공원을 알고 있었어요. 정자와 연못, 들판과 아주 오래된 나무들이 있는 공원이었죠. 그 집에 가까이 갔을 때마다 잔디의 길이를 겨우 넘을까 말까 하는 높이에 '개인 소유의 땅!'이라는 푯말이 세워진 걸 보았습니다. 한 번이라도 그런 성에서 살아봤으면 좋겠다는 꿈을 꾸지 않을 수가 없었지요. 우리는 그곳을 이리저리 배회했는데 갑자기 내 눈앞에 정자에 앉아 있는 한 여인이 나타났습니다. 책을 읽고 있었는데 내가 다가간 것을 전혀 알아채지 못했죠. 난 좀더 가까이 갈 수도 있었지요, 하지만 나는 '개인 소유의 땅'이라는 두 개의 푯말 사이에 서 있다는 것을 깨달았죠. 그녀가 읽고 있던 건 분명 '결혼으로 맺어진 친척관계'에 관한 내용은 아니었을 겁니다. 하지만 그곳에 그런 책 말고 더 잘 어울리는 책은 없었을 거예요. 신기했던 건요, 커다란 들판이 약간 언덕져 있었는데요, 그 뒤에 있는 게 무엇인지 보이지는 않았다는 겁니다. 그러니 거기서부터 바다나 커다란 호수가 시작될 것이라고 생각할밖에요. 몇 미터를 더 걸어간 후 농토가 나타나자 그 꿈이 깨졌지만요. 그러고 나서 내 친구가 누구를 사귀었는지를 듣고는 난 문득 운명을 믿었습니다. 누구에겐가 잘못 떨어진 운명 말입니다. 마치 착각이 일어난 것처럼, 잘못 연결된 통화처럼……"

이네스가 미소를 짓고는 눈을 뜨지도 않은 채 말했다. "아하, 그래."

"내 말은 다만" 파벨이 말했다. "우리가 그곳에 속하는 사람들이란 거야. 위르겐이 아니라. 그녀의 엘리자베트는 그 정자에 있던 여자가 아니었어. 한 번 위르겐이 우리를 데리고 간 적이 있어. 하지만 그땐 벌써 두 사람 사이가 삐걱거릴 때였지. 난 거기서 '튀르머'표 피아노에 앉아 연주를 했는데, 하지만 그때 내 정신은 다른 데 가 있었어. 난 내가 스스로 피아니스트인 척하는 양을 보았어. 3층으로부터 정자가 있는 들판이 내려다보였고 그 뒤로는 넓은 밭이 펼쳐져 있었지."

파벨이 발뒤꿈치로 신발을 벗었다. 나는 그의 자주색 양말 속 발가락의 움직임을 관찰했다. 발바닥 땀 때문에 생긴 얼룩을 감추려는 노력 같은 건 전혀 하지 않았다. 안락의자의 팔걸이에 걸친 보리스의 팔이 바람 없는 날의 깃발처럼 보였다. 그가 나지막이 코를 골았다. 수잔네는 팔을 엘비라의 허리에 올린 채 잠들어 있었다. 오른쪽 팔은 등받이에 얹고 머리는 뒤로 젖혀 있었으며 입이 가볍게 열려 있었다. 그녀가 잠자는 모습을 본 건 참으로 오랜만이었다.

난 앞으로 엘비라와 보리스의 관계가 어떤 식으로 지속될지 상상해보았다. 이번만큼은 뭔가 말을 하리라고 작정했다. 엘비라를 다시 보게 되면 좋겠다고 말하고 싶었다.

난 정각 6시에 깼다. 추웠고 목과 어깨가 뻐근했다. 수잔네가 내게 미소를 지었다. 엘비라와 보리스는 없었고 샤를로테 역시 보이지 않았다. 프레드는 카펫 위에 누웠고 로르는 내 옆 소파에 누워 있었다. 이네스는 파벨의 무릎에서 잠들어 있었다. 창문이 조금 열린 것이 보였다. 블라인드는 열렸고 스탠드 불은 꺼져 있었다. 블라인드의 비늘살에 파리 한 마리가 기어 다녔다. 밖에서는 화물차가 덜커덩거리며 지나갔다. 빈 차였거나 뒤에 트레일러를 단 차량이 아스팔트 길 위를 달려간 게 분명했다.

이상하게 들릴지 모르지만 잠에서 깼을 때 나는 어쩐지 자랑스러움을 느꼈다. 앉아서, 그것도 다른 사람들이 있는 앞에서 잠을 잤다는 게 무슨 큰 업적이라도 되는 양 느껴졌다. 만족스러웠다. 마치 일생 동안 바랐던 선물이라도 받은 사람처럼 만족스러웠고 행복했다.

수잔네는 다시 눈을 감았다. 난 그 후에 다시 잠들지 않았다고 확신한다. 그러니 그다음에 생긴 일은 꿈이 아니었다. 난 헬리콥터 소리를 들었고 블라인드의 비늘살 사이로 그것을 보았다. 나는 파리가 앉아 있는 바로 그 비늘살에서 헬리콥터가 보일 때까지 몸을 아래로 움직였다. 파리는 아주 조금씩 움직이다가 마치 힘을 모아야겠다는 듯 가만히 멈췄다. 반면에 헬리콥터는 계속해서 우리 쪽으로 다가오고 있었다. 내 몸의 위치를 더 이상 바꾸지 않아도 되었다. 그 둘은 충돌했고 그러곤—정말이지 맹세한다—파리가 헬리콥터를 꿀꺽 삼켰다. 난 파리 뒤에서 혹은 블라인드의 비늘살 아래서 헬리콥터가 다시 나타나겠거니 하고 생각했다. 원근법의 법칙에서 보자면 당연한 일이었으니까—하지만 그런 일은 일어나지 않았다. 헬리콥터는 사라져버렸다. 그리고 그제야 난 요란한 소리 역시 뚝 그쳐 있었다는 것을 알았다. 완전한 정적, 오로지 우리들의 숨소리뿐이었고 파리마저도 그 한 지점에서 꼼짝하지 않았다.

파리가 들어가는 바로 이전 문장까지가 내 "작은 단편"—그게 소제
목이었다—의 내용이었다. 그것을 수잔네에게 읽어보라고 주었다. 그
녀는 이 글이 언젠가 정말 발표가 된다면 별 성의 없이 쓴 글처럼 보일
거라고 했다. 내가 글에 적은 것 이외에는 아는 게 없는 독자라 할지라
도 처음부터 내 의도를 다 꿰뚫어볼 수 있을 거라고도 말했다. 단편소
설적인 결론을 맺지 않아도 될 것이라는 것이었다. 하지만 현실은 내
가 쓴 이야기와는 다르게 전개될 것이라고 했다. 나는 그녀에게 내가
더 이상 글을 쓸 필요가 없다고 생각하는 것인지, 이야기가 이미 끝났
다고 생각하는 건지를 물었다. 내가 스스로 그걸 볼 수 없다면, 그렇게
까지 괴로워하며 계속해서 글을 쓸 필요가 없을 것이라고 그녀가 말했
다. 어차피 별 의미가 없다는 것이었다.

무엇인가를 창조하는 것이 의무라고 말하는 사람들도 있다. 그러지
않으면 좋은 이야기가 안 된다는 것이다. 하지만 난 아무것도 지어내
고 싶지 않다. 이번 경우, 내가 바라는 목표는 오직 보리스와 그날 밤
에 관해 충실하게 보고하는 것뿐이다. 다만 소제목을 잘못 달았던 것
뿐이다. 일상 속에 단편이란 건 없다. 그래서 난 소제목을 지우고 계속
해서 내가 애초에 마음먹었던 대로 글을 써나갔다.

그날이 목요일이었음에도 불구하고 이상하게도 아무도 서두르지 않
았다. 이젠 하얀색과 파란색이 섞인 슬리퍼를 신은 보리스가 아침상을
차리며 말했다. 우리를 아침 식사에까지 초대한 건 아니라는 것이었
다. 내가 주방으로 들어가자 그가 신호를 보냈다—문을 닫으라는 신
호였다. 주방 창문에 기댄 그가 내게 물었다. "어때? 그 아이를 어떻
게 생각해?"

"멋있어, 아주 멋있어." 내가 말했다.

"나하고 하나도 안 닮았다는 것만 빼면."

"왜 그녀가 널 닮아야⋯⋯"

"너무나 당황스러웠어." 그가 내 말을 중간에서 잘랐다. "갑자기 저런 아가씨가 나타나서 '안녕, 아빠!'라고 하다니. 나하고 전혀 안 닮았잖아! 난 친자 확인을 요구했지. 저 애의 엄마가 몹시 화를 내더군. 저 애도 마찬가지고. 하지만 난 친자 확인 테스트를 원해. 우리가 그걸로 뭘 하든지는 우리 문제야. 하지만 진실은 밝혀야지. 그렇게 생각지 않아?"

보리스가 한참을 더 떠들었다. 그는 엘비라가 정말로 집에서 함께 살지 않고 학생들과 자취를 하겠다면 그 비용을 대겠다고도 말했다. 생각하면 할수록 딸을 가졌다는 게 마음에 든다는 것이었다.

나는 보리스에게 내가, 아니 우리들이 의심하는 바를 털어놓은 적이 없다. 어쩌면 그가 이미 예상하고도 능청을 떤 건지도 모른다. 충분히 가능한 일이다. 난 딸이 생긴 걸 축하해주었다.

"기다려봐, 기다려봐." 그가 말했다. "이름이 그게 뭐야. 나라면 엘비라 같은 이름을 지어주진 않았을 거야. 늘 그 모양이야. 제 엄마 말이야. 꼭 저렇다니까."

엘비라는 그가 죽은 후에 서류상의 모든 복잡한 일들을 도맡아 처리했다. 부고문도 인쇄해서 그의 주소록에 있던 모든 사람들에게 보냈다. 약 50명 정도가 모였다. 우린 엘비라의 어머니를 즉시 알아볼 수 있었다. 어머니와 판박이처럼 닮았기 때문이었다.

음악만 연주되었을 뿐이라는 사실에 나는 약간 아쉬움을 느꼈다. 수잔네는 내가 뭔가 한마디 해야 한다고 주장했다. 결국은 유일한 친구였으니 말이다. 하지만 우린 사실 서로를 잘 몰랐다. 난 그날 밤의 일을 이야기할 수도 있었을 것이다. 하지만 그런 이야기를 즉석에서 할 수는 없는 노릇이다. 아무튼 나는 못 한다.

지난주에 우린 엘비라를 방문했다. 그녀는 집을 세놓을 작정이며, 그 돈으로 신용카드 빚을 갚을 예정이라고 했다. 식탁 위에는 검붉은 색의 낡은 양철 깡통이 있었다. 그 위에 흑백 사진이 놓여 있었다. 그 안에는 정글짐에서 놀고 있는 내 유치원 동창생들이 보였다. 두 명의 여자아이들만 빼면 모두들 나보다 높은 곳에 올라가 있었다. 뒤편에는 다른 반의 아이들이 기다리고 있었다. 내 어깨와 내 친구 루츠 얀케의 샌들 사이에 볼펜으로 화살표 표시가 돼 있는 아이가 보였다. 꽤 키가 큰 아이였다. 나는 그 사진을 가져도 되겠냐고 물었다. 부탁을 하긴 하면서도 너무 뻔뻔한 욕심이란 생각도 들었다. 하지만 엘비라는 그 질문을 기다렸다는 듯이 기뻐했다. 아니, 아무튼 미소를 지으며 주저 없이 그 사진을 내게 주었다.

또 한 편의 이야기

"부다페스트로부터 베를린까지 가는 논스톱 비행기가 일요일에도 떴더라면 그는 굳이 기차 여행을 감행하진 않았을 것이다. 아무튼 그는 헝가리 여자 저널리스트 카탈린 K에게 그렇게 말했다. 인터뷰가 끝나자 그녀가 부다페스트와 빈 간, 빈과 부다페스트 간 기차표를 사는 걸 도와주겠다는 제안을 했었다."

이 이야기를 하기 위해서는 아마도 보고서 같은 형식이 제일 잘 어울릴 것이다. 사무적인 말투, 일인칭 시점이 아닌 문체. 주의 깊은 독자라면 여행의 진짜 목적이 여행자라고 자처하는 인물이(그의 이름이야 이제부터 짓기 나름이다) 내세우는 이유와 반드시 일치하지는 않는다는 것을 즉시 알아차릴 것이다. "아무튼 그는 그렇게 말했다"라는 표현이—강조점은 동사에 있다—바로 그 단서일 것이다.

나라는 인물을 삼인칭으로 설정하고 싶은 유혹은 언제나 강하다. 이

삼인칭 인물을 약간은 불행하게 설정한다. 그러면 이야기가 저절로 술술 풀려나오게 마련이다. 하지만 이번에는 잘되지 않을 것이다. 적어도 결정적인 전환의 시점에 도달하면, 우리의 그 여행자가 페트라나 카티아라는 이름을 달 만한 여자의 맞은편 좌석에 앉을 때쯤이면 그러한 삼인칭 시점은 여지없이 실패하고 말 것이다. 그 여자의 이름으론 페트라 혹은 카티아가 어떨까. 그는 그 오랜 시간 동안의 동거 혹은 좀 더 정확히 말해 동맹관계 때문에 그녀를 아내라고 불렀었다. 아니, 그건 내 착각일까? 혹시라도 그 어떤 설명으로도 피해갈 수 있는 보다 효과 만점인 방법이—더더군다나 이렇게 꽉 막힌 대목에서—있을까? 그러면서도 '나'라는 인물을 (우리의 여행자로 창작한 다음) 다른 인물들이 처한 것과 똑같은 법칙하에 놓고서, 오로지 외부로부터만 관찰하는 게 가능할까? 글쎄, 그건 나도 잘 모르겠다.

그럼에도 불구하고 나에 관한 이야기를 한번 풀어보겠다. 내 인생이 문학을 닮은 경향이 있다는 걸 보여주려는 것이다.

난 그걸 생산적인 생각이라고 여겼다. (독일어에서는 '생산적fruchtbar'이라는 형용사와 '끔찍한furchtbar'이라는 형용사가 비슷하게 생겼으니, 그날그날의 기분에 따라 두 단어를 헷갈리곤 한다.) 2004년 4월 25일 일요일, 그러니까 부다페스트 도서전 마지막 날, 마침 독일이 그해의 주빈국가였으므로 나는 빈으로 가 페트라에게 '페테르부르크에서 생긴 일'이라는 제목의 원고를 건네주기로 마음먹었던 것이다. 그 글 안에서 '나'라는 화자는 강도를 만난다. 그 일은 내가 진짜로 겪었던 일이었다. 그런 사고가 일어난 이유는 오로지 내 불찰이었다고 확신한다. 정신은 여전히 빈에 가 있었기 때문이었다. 우리가 헤어진 다음 날 나는 비행기를 타고 빈에서 상트페테르부르크로 갔다. 나는 페트라를 기억하겠다는 뜻으로 "그때 생긴 일"을 소설의 액자소설로 만들어 끼워 넣었다.

물론 난 페트라에게 그 글의 원고를 아무 말없이 우편으로 보낼 수도 있었을 것이고 적당한 기회가 생길 때까지 가만히 기다릴 수도 있었다. 하지만 페트라의 얼굴을 직접 보고—빈이 갑자기 그렇게 가까운 곳에 있기도 했거니와—이번에는 등장인물의 이름(페트라건 카티아건) 말고는 아무것도 일부러 지어내지 않았다는 것을 말해주는 편이 더 좋을 거라는 생각이 들었다.

부다페스트에서 그녀에게 전화를 걸어—그 당시와 똑같은 번호에 똑같은 전화 신호음이었다—자동응답기에 말을 남겼다. 호텔에서 쪽지 한 장을 발견했는데 '전화 바람'이라는 글씨 둘레에 네모 상자가 둘러 쳐져 있었다. 그 위에는 예의 그 익숙한 번호가 적혀 있었고 나는 또 한 번 자동응답기에 말을 남겨야 했다. 나는 날짜를 말했고 도착시간과 장소, 12시 20분 서부역 도착, 그리고 빈발 출발시각이 15시 45분이라는 것을 알려주었다. 난, 그녀만 괜찮다면 우리가 13시에 만나면 어떻겠느냐고 물었다. "한 시간 정도" 함께 있자고 말하며 나는 그녀를 점심 식사에 초대하겠다고 약속했다. 만날 장소로는 박물관 구역을 제안했다. 그리고 마지막으로 내 핸드폰 번호가 예전과 같다고도 말해두었다. 페트라가 혹시 안 나온다면 혼자 박물관을 둘러볼 작정이었다. 우리가 헤어지고 난 이후에 새로 문을 연 박물관이었다.

금요일에 기차표를 샀던 순간 이후, 나 자신에게 무엇을 선물한다는, 어쩐지 사치를 누린다는 기분이 들었다. 이등석을 샀고 빈행 왕복

기차표 값으로 겨우 34유로가 들었을 뿐인데도 그랬다. 초대되지도 않 았는데 순수하게 내 결정으로만 여행을 계획하고 내 돈으로 직접 기차 표를 산다는 사실이 어쩐지 어색했다.

일요일 아침에 내린 비가 부다페스트에서 차창 너머로 본 풍경의 전 모였다. 낱낱의 그림들은 뒤범벅이 되었고 모든 것이 아스팔트 길처럼 회색빛이었다. 아스팔트 길이 거품을 내뿜는 것처럼 보였다. 나는 흠 칫 놀랐다. 라디오에서 지직대는 소리가 났다―"모든 종들이 일제히 울렸죠." 운전사가 내 쪽을 돌아보며 고개를 끄덕여 보였다. "코니 크 래머가 죽은 날, 그리고 모든 종들이 일제히 울리던 날, 코니 크래머가 죽은 날, 그리고 모든 친구들이 울던 날, 그날은 슬픔의 날이었죠……" 알 만했다. 독일어 가사구나. 나를 위해 튼 곡이라 이거지.

호텔 소유의 차였다. 택시의 미터기는 꺼져 있었다. 켈레티 푸에 도 착했을 때 누군가 나를 위해 배려해주고 있다는 느낌에 사뭇 기분이 좋아졌다. 난 켈레티 푸를 절대로 동부역이라고 번역해 부르지 않을 작정이다. 1989년 여름, 내가 마지막으로 서 있던 곳은 켈레티 푸였 다. 헝가리 휴가 여행을 시작하고 마쳤던 곳도 역시 켈레티 푸였다. 켈 레티 푸는 불가리아행 무전여행의 출발지이자 도착지였다. 내겐 드레 스덴의 신시가지 역만큼이나 익숙한 역이었다.

운전사와는 악수로 작별했다. 시간은 충분했고, 어깨에 멘 가방 속 에는 반 리터짜리 물병과 이슈트반 외르케니의 책, 쓰지는 않아도 어 딜 가든 지참하는 수첩과 '페테르부르크에서 생긴 일' 원고, 지갑과 여 권이 들어 있었다. 중앙 입구의 계단 맨 위에 올라 뒤를 돌아보았을 때 난 "빈으로 간다"라고 중얼거렸다. 마치 이것이 영원한 작별인 듯이 느껴졌다. 지붕 위에서 파란색 미쉐린 난쟁이가 나를 향해 손짓했다. 그것 말고도 또 파란색이었던 것이 있었다. 세워놓은 차들의 행렬 역시 파란색이었는데 그중의 반 이상이 독일 차였다. 아무리 둘러봐도—어깨에 메는 가방에 손을 얹은 채—단 한 명의 거지도 없었다. 아무도 내게서 뭔가를 원하지 않았다. 내 앞에서 걸려 넘어지는 술주정뱅이 한 명 없었다. 1979년 5월, 마지막으로 이곳을 떠났을 때 나는 동독의 문화센터에서 빌린 책과 바치 우트차의 책방에서 산 피셔 문고본을 지참하고 있었고, 작가가 되어 빈으로 가고 싶다는 꿈을 꾸었다. 25년 전에 그런 생각은 조금은 다른 의미를 지녔다. 아니, '25년 전에 그런 생각은 의미를 지녔다'라고 말할 수도 있을 것이다.

빈은 기차 안내 전광판에 아예 올라와 있지 않았다. 그 대신에 도르트문트는 있었다—어제 그 팀은 레버쿠젠에서 0 대 3으로 참패를 당했고 오늘은 브레멘 팀이 보홈 팀을 타지에서 이겨야 한다, 안 그러면 UEFA 컵 경기도 물 건너간 일이 된다. 난 더 이상 그 생각을 하지 않기로 결심했으므로 신문을 사지도 않았다. 기차 여행은 언제나 맨 처음 15분 안에 결정이 나며 그중에서도 대부분은 몇 분 안에 결정이 난다.

빈을 경유해서 도르트문트까지 가는 기차가 이미 대기 상태로 기다리고 있었다. 객차들을 까다롭게 살펴보았다. 처음에는 바깥에서, 나중엔 안에까지도 살폈다. 결국 칸막이가 없는 객차를 발견했을 때는 이미 자리 대부분이 차 있었다. 그때까지도 남은 빈자리는 옆에 창문이 없거나 좌석 위에 계란 얼룩이 번들거리거나 혹은 흡연석 바로 앞자리였다. 빈자리는 언제나 비어 있는 이유가 있었다. 나는 히터가 특별히 큰 소리를 내고 있는 자리로 돌아갔다. 기차가 점점 만원이 되었다. 내 옆에는 아무도 앉으려는 사람이 없었다. 그건 새로운 일이 아니었지만 매번 나를 괴롭혔고, 반면 그와 동시에 누군가가 잠시 망설이다가 지나가버릴 때마다 나는 안도의 한숨을 내쉬었다.

우리가 얼마나 조용히 출발하는지를 보며 난 감탄했다. 하지만 출발한 건 우리가 아니라 부다페스트와 모스크바 간 기차였다. 아니면 단순한 선로 변경이었을 뿐인가? 창문 너머로는 아무도 보이지 않았다.

나는 '페테르부르크에서 생긴 일'의 원고가 담긴 서류철을 꺼내고 핸드폰은 가슴 주머니 안 볼펜 옆에 꽂았다. 그러곤 『1분 소설』을 손에 들었다. 난 그걸 비행기 안에서도 보았고 호텔 침대맡 탁자에도 놓아두었다. 나는 그 자주색 문고본을 꺼내 18페이지를 열고 기차가 계획대로 정확히 9시 35분에 출발함과 동시에 '리본'이라는 소제목의 글을 읽기 시작했다.

기차가 출발할 때마다 혹시라도 가방을 플랫폼에 놓고 기차를 탄 게 아닌가 싶어 기겁하며 매번 놀라곤 하지만, 그래도 나는 기차 여행을 사랑한다. 비행장의 컨베이어 벨트 위에서 사람이 두 배로 빨리 갈 수 있는 것처럼 나는 집에서보다 기차 안에서 훨씬 더 많은 능률을 올릴 수 있는 것처럼 느끼곤 한다. 거기다가 읽고 쓰는 일 말고도 장소 변경이라는 성과 하나가 더 첨가된다. 그러니 하루의 성과가 세 배로 성공을 거두었다는 평가를 내릴 수 있어서 좋다. 그래서 난 즉시 책을 읽기 시작했지만 금세 양심의 가책을 받아 중단했다. 사실 '페테르부르크에서 생긴 일'을 읽고 세 시간 동안 페트라와 나눌 대화 내용을 고민해보아야 했기 때문이었다.

내 옆, 맞은편 복도 쪽 자리에는 프랑스인 가족이 타고 있었다. 부부는 미소를 지었고 우리 어른들은 서로에게 고개를 끄덕여 보였으며, 아이들에게도 "봉 주르" 하고 인사를 하라고 말했다. 하지만 남자아이도(곱슬머리) 여자아이도(곧은 머리카락) 내게 인사를 하지 않았다.

밖에는 초록색 전경과 정원사의 노란색 컨테이너, 그리고 좁다란 콘크리트 벽 일곱 개가 지나갔다. 프라티커, 니산, 다음 주 일요일이면 헝가리도 유럽연합에 속하게 된다, 오비, 도나우, 평평한 물가, 커다란 새 건물들, 하폐, 지붕 위의 천문대, 서커스단의 지붕들— 물론 그렇게 보인다는 말일 뿐이다. 그 뒤로는 주택가, 흐루시초프 구역으로 추정되는 곳, 다시 초록색, 작은 집들. 네 개의 마주 보는 좌석을 차지하고 앉은 그 젊은 가족에게 기우는 호감. 그들은 동물 인형과 만화책과 제임스 엘로이의 책을 나누어 가졌다. 그리고 기차가 막 켈렌필드에 섰을 때 그들은 식당차로 갔다. 셸, 혼다, 플루스, 카이저스, 거리 옆에는 광고 플래카드들이 가득하고 맞은편의 주택들은 초록의 풍경 속에 묻혀 있었다. 여행하기에 안성맞춤인 날씨. 이케아, 스텔라 아르트와, 바우막스.

나는 책갈피를 도로 끼워 넣고 『1분 소설』을 덮었다. 그러곤 파란색 서류철을 열었다. 페트라에게 뭐라고 해야 할지, 나는 모른다. 16분 전부터 나는 여행 중이다. "16분"이라, 누가 도대체 그토록 쟁쟁하게 "16분"이라고 말을 한 거지, 갑자기 그 "16분"이라는 말이 마치 외국인이 그것을 발음하는 듯한 목소리로 내 귓가에 울리고 있구나, "16분" 그리고 "모든 종들이 일제히 울렸죠."

난 내 글을 읽었다. 그건 일이었다. 더 이상 일요일이 아니었고 더 이상 자유시간이 아니었으며 주체적 행위도 아니었다. 문체는 특별히 비문학적으로 설정되었다. 무슨 보고서를 쓰는 것 같은 문체였다. 예전에는 한 번도 기록된 일이 없는 사건의 보고서였다.

"상트페테르부르크, 2000년 12월 1일. 나는 이 도시에 도착했다. 괴테 인스티투트와 대학교에서 번역가 아다 베레지나와 함께 러시아어판 『33가지 행복한 순간』을 소개하기 위해서였다. 나한테는 꿈이 이루어지는 순간이었다. 그 몇 주간 같은 내용으로 허풍을 떨고 다니기도 했지만, 난 실제로 그 책을 고향에, 즉 대부분 책 속 인물들의 모국어권 지역으로 데리고 가는 셈이었기 때문이었다. 난 넵스키 상류의 한 거리에 있는 투르게네프 펜션에 묵었다. 모이카에서 그리 멀지 않은 곳이었다. 대각선으로 마주 보이는 한 주택의 지하에 있던 환전소에서 돈을 바꾸느라 나는 그 순간 여권을 지참하고 있었다. 지갑과 여권을 재킷의 안주머니에 넣고 어깨에는 작은 배낭을 멘 나는 네바 강을 따라 어슬렁어슬렁 산책했다. 물에 둥둥 떠다니는 빙산을 보며 빈 생각을 했다……

대리석 궁전에서 나는 네바를 떠났고 대각선으로 마주 보고 있던 옥수수 밭을 지나 넵스키 쪽으로 향했다. 무명의 병사들을 위한 횃불 주위로 사람들 한 무리가 서 있었다. 처음에는 그들이 진짜 병사들인 줄 알았다. 내가 그들 쪽으로 다가가자 그중 한 명이 내게 말을 걸었다. 그의 자세는 어쩐지 비굴해 보였으며 시선이 불안했고 얼굴과 손이 더러웠다. 그가 내게 시간을 물었다. 12시가 막 지난 시각이었다. 그 후 그는 돈을 좀 줄 수 없겠냐고 물었다. 배가 고프다는 것이었다. 난 지갑을 꺼내 들고 그에게 10루블을 준 다음 자리를 떴다. 돌아가는 길에, 기념비를 오른쪽으로 한 바퀴 도는 사이에 나는 그가 무명의 병사들을 위한 횃불 주위에서 불을 쬐고 있던 청소년들에게 뭐라고 소리치는 것을 들었다. 얼마 후 한 무리의 패거리들이 내 뒤에 나타났는데 그중의 반은 어린아이들이었다. 그들은 빌었다. 두 손을 기도하듯 모으고는 큰 소리로 부르짖었다. '쿠샤트, 쿠샤트.' 먹을 것 좀 주세요. 먹을 것 좀 주세요. 나는 도망가지 않았다. 우리가 있는 곳은 벌건 대낮에 상트페테르부르크 한가운데였기 때문이기도 했다. 어쩌면 난 아무 생각이 없었던 건지도 모른다, 어쩌면 도망을 치는 게 무안했는지도 모른다. 어쩌면 그래 봐야 아무 소용이 없다는 것을 감지했는지도 모른다. 높은 목소리가 '쿠샤트, 쿠샤트'라고 애걸하는 동안에도 다른 아이들은 반쯤 낮은 목소리로 서로서로에게 소리를 질러가며 의사소통을 하고 있었다. 바로 그 순간 마침내 어떤 상황에 처했는지를 깨달았지만 그렇다고 해서 그 모든 것을 인정할 수도 없는 노릇이었다. 나는 우뚝 멈춰 섰다. 난 즉시 제압당했다. 그들 중 가장 힘센 놈이 내 등에 올라타 위팔을 비틀어 꺾었다……

난 일생 동안 한 번도 내보지 못한 소리를 고래고래 질러댔다. 짐승처럼 울부짖으며 몸을 비틀고 한 무리의 사냥개들에게 습격당한 멧돼지나 곰처럼 이리저리 몸부림을 쳤다. 그들은 정말이지 도처에 있었다. 앞으로 몸을 굽힌 채 나는 내 배낭을 꼭 움켜쥐었다. 하지만 내가 몸부림을 쳤다고 해서 달라진 건 없었다. 오직 안경이 떨어져 나갔을 뿐. 나는 속으로 생각했다. 설상가상이군! 내가 올려다보았을 때 내 시선은 우리 쪽으로부터 건너편으로 바삐 지나가는 한 여자의 시선과 마주쳤다. 내 자괴감, 그녀의 자괴감이 교감했다. 그런 상황에서 무엇을 더 말할 것이 있으랴! 손 하나가 번쩍 들리는가 싶더니 내 재킷 속으로 향했다. 손은 조금씩조금씩 지갑과 여권이 있는 곳으로 접근했다. 재킷의 단추는 잠겨 있었고 외투 역시 마찬가지였다. 내가 소리를 지르거나 몸을 돌리면 손 역시 그만큼 더 앞으로 접근해왔고 점점 더 깊고 깊은 곳으로 침입해 들어왔다. 이젠 얼마 남지 않은……"

승무원은 동그란 모자를 쓰고 있었다. 챙이 있는 모자와 한 세트가 아닌 유니폼은 정식이랄 수 없다. 그가 미소를 지었는데 벨몽도와 같은 입술이었다. 나는 미소를 지으며 차표를 내밀었다. 그가 체크했다. 우린 타타바냐를 지나갔다. 바위 위에 앉은 한 마리 독수리, 산 위에 세운 일종의 광산 첨탑, 그러곤 거대한 유적지, 반대편에 흐르는 도나우 물줄기. 이 모든 풍경이 강의 아름다움을 한층 더했다.

"갑자기 한 명씩 한 명씩 내 몸에서 손을 뗐고 나는 누군가가 욕을 하는 소리를 들었다. 그들이 우우 도망쳤고 나는 몸을 일으켰다. 두꺼운 털모자를 쓴 남자가 내 쪽으로 다가왔다. 양손에 각각 불룩한 쇼핑백을 들고 있었다. 나는 마치 피를 흘린 것은 아니라는 것을 확인해야 한다는 듯, 지갑에 손을 가져갔고 안경을 집어 들었다. 내 신변에 별다른 일은 일어나지 않았다."

이제부터야말로 본격적인 이야기가 시작되기는 하지만 이야기 전개는 다소 꼬불꼬불하게 이어진다. 그 사건이 내게 있어서 의미하는 불가사의한 성격을 이해시키려면 문맥을 벗어나는 설명이 필요하기 때문이었다.

나를 구해준 구원자는 고맙다는 내 말을 거의 듣지 못했다. 조금 전 소리를 고래고래 지르느라 목이 다 쉬어서 이젠 아주 작은 목소리밖에는 낼 수 없었기 때문이었다. 그는 장갑 낀 손가락으로 수직으로 그어진 틈을 가리켰다. 내 외투의 오른쪽 허리 부분에 남은 칼자국이었다. 나는 그의 이름을 물었다. "질이라고 합니다." 그가 대답했다. "난 프랑스 사람이에요."—"질?" 당황한 나는 그르렁대는 목소리로 겨우 그렇게 물었다. "질?" 그가 고개를 끄덕였다.

「질 폰 바토」는 안타깝게 세상을 떠난 내 친구 헬마가 가장 좋아하는 그림이었다. 나는 내 소설 『33가지 행복한 순간』을 그에게 헌정했었다. 하지만 오로지 러시아어판에만 그의 이름 머리글자가 아니라 완전한 이름이 나온다. 지금 이런 정보까지 굳이 말하는 이유는 내가 왜 질이라는 이름을 듣자마자 벼락을 맞은 것처럼 놀랐는지를 독자들에게 이해시키려는 의도에서이다. 그러니까 책의 첫 출간일에 상트페테르부르크 한가운데서 내가 질이란 이름을 가진 프랑스인에게 구출되다니. 마치 헬마가…… 물론 난 그렇게까지 심각하게 믿었던 것은 아니다.

질은 교통안전원을 찾아 신고를 해야 한다고 고집을 부렸다. 우리는 대리석 궁전 옆 "GAI 교통경찰서"(GAI는 국립 자동차검사소의 약칭으로 러시아에서 교통경찰을 부르는 말이기도 하다) 지부 앞에서 경찰관 한 명을 발견하기는 했다. 우리는 좁은 GAI 라다 차량을 타고 얼마간 이리저리 돌아다녔는데 아이들은 다행히도 땅으로 꺼져버리기라도 한 듯 사라지고 없었다. 우리가 그들을 발견한다 한들 뭘 어떻게 할 작정이었단 말인가? 나한테서 없어진 물건이라곤 작은 사전 한 권과 배낭 뒤에 달린 주머니에 넣어두었던 라이터뿐이었다. 그들은 나를 때린 것도 아니고 발로 차거나 머리카락을 뽑은 것도 아니었다. 용감한 질 한 명만으로도 충분히 그 아이들을 내쫓아버릴 수 있었다. 라다의 차창으로 러시아 박물관을 건너다보고 있을 때 나는 내가 묘사했던 일이 그 묘사 그대로만 나한테 일어났었음을 깨달았다. "그런 거 본 적 있습니까? 거리 한가운데에서, 그 뒤로 아이들이 나타납니다. 둘, 하나, 똑같은 식으로, 저 멀리 건너편에, 아이가 집의 정문을 가리고 있고, 그러곤 또 한 명. 마침 난간을 따라 먼저 들어가고 있는…… 뮐러 프리치는 반은 누운 자세로, 반은 운하의 난간을 보며 돌아누워 있습니다."

몇 시간 후, 번역가와 통역인들에게 둘러싸여 넵스키의 보행자 전용 지하도를 건너 사드코로부터 고스치니 드보르로 걸어가면서 나는 다리가 한쪽밖에 없는 거지의 모자 안으로 동전을 던져주었다. 내 바지주머니에 든 돈의 전부였다. 난 지금도 알고 있다. 그런 제스처를 취했던 마음의 한구석에는 타성을 극복하고 어떤 희생을 치름으로써 다음에 또 닥칠지도 모르는 습격을 피하고자 한 액땜 의식이 도사리고 있었음을.

하지만 거지는 내 등 뒤에서 뭐라고 큰 소리를 쳤다. 축복을 비는 것 같은 억양은 아니었다. 내가 뒤를 돌아보았을 때 이미 그의 다리가 목발 사이에서 움직이고 있었다. 그때까지도 난 여전히 우연이겠거니 여겼다. 하지만 그가 움직이기 시작하고 한쪽 발만으로 계단 하나하나를 밟아 지하도의 층계를 따라 내 뒤를 쫓아왔을 때는, 더 이상 머뭇거릴 여지가 없었다. 택시 문을 닫자마자 목발 끝에 달린 고무 밑창이 차창을 마구 두드리고 있었다. "그냥 걸어가요." 아다가 말했다—택시 운전사는 어처구니없는 값을 불렀다. "돈을 줍시다!" 난 결정을 내렸고 차창을 마구 두드려대고 있는 목발의 고무 밑창에서 단 한시도 눈길을 떼지 않았다. 운전사가 급기야 도로 한가운데로 운전해 갔다. 바로 그 순간 나에겐 『33가지 행복한 순간』에 썼던 사건들을 이젠 꼼짝없이 몸소 겪고 있다는—그와 비슷한 장면이 책 속에도 나오기 때문이다—

확신이 들었다. 상트페테르부르크가 내 창작물에 대한 공물을 요구하고 있었다. 어떻게 난 그곳에서 아무런 벌을 받지 않은 채 빠져나가 앞으로도 뭐든지 다 내 마음대로 쓸 수 있을 거라고 생각했던 것일까?

신호등 앞의 정체 때문에 우리 택시가 멈춰 서기가 무섭게 아다가 비명을 질렀다. 왼편의 차에서 불꽃이 솟아올랐고 모터가 타고 있었다. 우리는 고개를 숙였다. 나는 폭발이 일어나리라고 예상했다. 바로 그 몇 초 동안의 순간 나는 내 책의 줄거리를 생각했다. 하지만 그 어느 대목에서도 나는 자동차에 불이 난다는 식의 그런 비현실적 환상을 담은 적은 없었다. 나한테는 죄가 없는 것이다. 그 화재는 나와는 상관없이 일어난 사건이다. 난 진심으로 안심이 되었다. 택시가 출발했고 다시금 멈춰 섰을 때는, 우린 어쨌든 그나마 그 불타는 자동차로부터 30 혹은 40미터는 떨어져 있었다.

사람들은 그들이 낙하산부대라고 착각할 수도 있을 것이었다. 가슴에 "보더 가드*"라고 쓴 명찰만 달지 않았더라도 말이다. 난 무엇을 해야 할지 잘 알고 있었다. 나를 맡은 보더 가드가 말없이 한쪽 손을 내밀고 여권을 기다렸다. 그는 몸의 무게중심을 앞으로 옮김과 동시에 내게 여권을 돌려주었다―손목의 움직임이 잘 눈에 띄지 않았는데 카드 패를 던질 때와 같은 동작이었다. 마치 이 여권이 아니라는 듯, 열어볼 필요조차 없다는 듯한 태도였다. 이내 프랑스인들의 차례였다. "봉 주르"하고 아이들이 인사했다. 부모들은 미소를 지었다. 보더 가들들의 등에도 역시 "보더 가드"라는 글씨가 새겨져 있었다.

---

* Border Guard: 국경 경비대.

근데 세관원은 어디 있는 거지?

지요르에서는 옆 선로에 긴 화물열차가 늘어서 있었는데 "아우디 전용"이라거나 "폭스바겐 전용"이라는 글자와 함께 등록 상표가 보였다. 열차와 똑같이 녹슨 고동색에 그 아래로는 등대가, 혹은 밑동만 남은 UFO가 있었다. 아무리 늦어도 지금쯤은 세관원이 나타날 때가 되었는데……

난 페트라에게 '페테르부르크에서 생긴 일' 안에 나오는 두려움, 즉 내가 쓴 내용 때문에 치러야 했던 그 두려움은 한편으로는 여성 시인과 함께 살고 싶다는 내 소망과 잘 어울린다는 것을 말할 참이다. 그리고 그녀의 시를 향한 내 사랑을 그녀를 향한 사랑으로 착각했다는 것도 말할 것이다. 마찬가지로 그녀도 사랑을……

나는 이렇게 말할 것이다. 당신이 시를 낭독하는 것을 처음 본 순간 나는…… 그건 내가 이미 그녀에게 백 번도 넘게 이야기했던 사실이었다. 그녀가 집필한 시를 낭독할 때면 그녀는 아주 다른 얼굴로 변한다. 아주 젊은 아가씨 같은 모습으로 변하며, 어떤 상황에서 그런 시들이 탄생했는지에 관해 설명할 때 사람들은—행사 주최자와 청중들은 그녀의 그런 설명 때문에라도 그녀를 사랑했다—그녀가 자신 내면에 잠자고 있던 꿈을 깨우고 흔든다고 생각한다. 또 나는 그녀를 보거나 그녀의 목소리를 들으면 누구나 사랑에 빠지지 않을 수 없다고 믿었었다. 하지만 이번에도 역시 그녀의 시에 나오는 '당신'이 바로 나였으면 좋겠다고 꿈꾸었다는 것만은 고백하지 못할 것이다. 헌정은 원하지 않았다. 헌정은 담배를 피우는 13살 소녀에 비할 수 있을 것이다. 두고봐. 난 그 어떤 이의에 맞서서도 떳떳하게 말할 수 있어. 당신에게 해가 되는 대목 따윈 그 어디에도 들어 있지 않아. 아니, 그렇게는 말하지 않을 것이다. 누구라도 박물관에서조차 영광으로 생각할 만한 그 오래된 마루가 깔린 집에 이사하고 싶어 하며 너와 함께 아름다운 분수를 돌며 산책하고 싶어 한다고 썼어.

'페테르부르크에서 생긴 일'의 불타는 자동차에 관한 회상 뒤에 뒤따르는 묘사는 불과 24시간 전에 일어났던 일에 관한 것이다. 나는 아버지와 전화통화를 하던 중이었는데 아버지가 계시는 재활병원의 전화번호를 적기 위해 필기도구와 종이 쪽지를 찾다가 페트라의 방에 들어섰다. 너른 마루에 오래된 창문 유리가 있는 방이었다("이런 건 이제 빈에만 있어"). 페트라는 나무라듯, 화가 난 듯 나를 쳐다보았다. 시에 열중해 있는 그녀를 내가 방해했기 때문이었으며, 여전히 나한테는 너무나 작은 그녀의 목욕 가운을 내가 걸치고 있었기 때문이었다. 나 역시 나무라듯 마주 바라보았는데 내가 얼른 연필을 찾아야 한다는 걸 그녀가 이해하지 못했기 때문이었고 또한 그녀가 굳이 그 구질구질한 바지, 트레이닝복 바지, 체조복 바지, 운동복 바지를 입고 돌아다니고 있다는 사실 때문이었다. 그건 그 어떤 멜로드라마 작가라도 한 인물을 헐뜯기 위해서 떠올려봄 직한 그런 옷차림이었다. 서로서로를 향한 그 나무람은 우리들이 만나는 횟수가 점점 더 뜸해지고 있음을 아는 사람만이 이해할 수 있는 문맥일 것이다. 페트라와 내겐 낭독회에서 나오는 수익 때문에 이리저리 돌아다녀야 하는 떠돌이 여행 외에 베를린과 빈을 왕복할 여력은 남아 있지 않았다.

페트라나 카티아가 실제로 누구인지를 짐작할 수 있는 사람들이 있다고 해서 나더러 그 이야기를 쓰지 말란 말이야? 이런 문장도 쓰면 안 된단 말이지? 베를린에서보다 빈에서 닭고기를 사는 것이 훨씬 좋다. 왜냐하면 빈의 닭은 발톱까지도 고스란히 붙어 있기 때문이다. 그래서 사람들은 그 닭이 정말로 너른 마당에서 땅을 파헤치며 다녔다는 것을 확인할 수 있다—그래, 이런 문장을 쓸 때조차도 그게 너와 관련된 일인지 아닌지를 일일이 검사받아야 한다는 말이야? 네가 그 습격의 책임자라고 주장하는 건 아니야. 물론, 어떻게든 누군가에게 조금은 책임을 돌릴 수 있지.

갑자기 정적이 엄습했다. 누군가가 전기 코드를 뽑기라도 한 듯, 히터가 멈췄고 모든 소리들이 일제히 멈췄으며 기차가 서서히 도착하고 있었다. 소리도 없이! 몇백 미터 후에는 브레이크를 밟기 시작했다. 헤제슈헐롬이었다. 커다란 콘크리트 화분에 제비꽃이 피어 있었다. 헤제슈헐롬, 국경역! 헤제슈헐롬! 나는 눈을 감았고 내가 세상의 끝에 와 있음을 보며 마침내 깨달았다. 헤제슈헐롬에는 더 이상 세관원이 오지 않는다!

"우리 두 사람 다에게 좋을 거야." 페트라가 말했다. "우리 얼마간 만나지 말자." 그걸로 끝이었다. 이별이다. 난 그걸 즉시 깨달았다. 그리고 그 사실을 거부한다는 게 얼마나 무의미한 짓일지도 이해했다. 그녀 때문에 얼마나 쉽게 이별이 이루어졌는지! 싸움도 비난의 말도 없었다. 다만 그 "얼마간 만나지 말자"라는 말 한마디로 모든 게 끝났다. 난 기대하지 않았던 그 자유에 얼마나 흠뻑 취했던지, 그 갑작스러운 이별이 얼마나 나를 뒤흔들었던지!

헤제슈헐롬에서의 체류는—더 이상 세관원은 없다—3분 걸린다. 히터가 다시 부글거리고 기차가 출발한다. 기차가 국경을 넘고 있다.

나는, 자유의 나라에서 태어난 자유의 아들인 나는 아무것도 느끼지 못한다. 내 영혼은 아무런 환희의 흥분도 느끼지 못한다.

한 시간 뒤 EC24 기차는 예정대로 빈의 서부역 제7번 승강장에 도착한다. 어깨에 메는 가방에 파란색 서류철과 빈 병을 넣은 채 나는 모두가 기차에서 내리길 기다린다. 나는 사람들이 모두 기차에 탈 때까지 기다리고, 나는 승강장이 텅 빌 때까지 기다린다. 잘 알고 있다. 긴 보폭을 내디디며 서둘러 내 쪽으로 걸어오는 페트라의—아니면 그녀를 카티아라고 부르는 게 역시 더 나을까?—모습을 알고 있다. 그녀는 마지막 몇 미터에 이르러서는 뛸 것이고 나를 안기 전에 어깨를 한번 높이 들어 올려 보일 것이다.

12시 50분에 나는 박물관 건물의 정문을 통과한다. 일종의 관문인 셈이다. 병원이나 병영 그리고 뭔가 불길한 곳을 연상시키는 관문이다. 희망은 사라지고 없다. 기차가 출발했던 때에 비한다면, 나는 카티아가 어떤 말을 하게 될지 훨씬 더 모른다. 게다가 택시에서 들었던 노래가 내 귓전에서 징징거린다—"모든 종들이 일제히 울었죠······ 아름다운 날이었죠······" 나도 안다. 노래 가사는 '울렸다'도 아니었고 '아름다운'도 아니었음을. 하지만 나로서도 어쩔 수 없는 노릇이다.

애초에 파란색 서류철을 가방 안에 지참한 내 꼴이 우습다. 미숙한 어린아이가 된 것 같다. 여행 목적지를 스스로 결정한다는 게 몹시 힘에 부친다. 초대받거나 와달라는 부탁이나 질문을 받지 않고서는 절대로 굳건한 자세를 유지할 수 없다는 느낌이 든다. 나는 박물관 구역의 한가운데에 서 있다. 이곳에 무엇이 전시되어 있는지 전혀 모른다. 내 핸드폰이 문자메시지를 전해준다. 한순간 나는 카티아 혹은 페트라와의 만남을 피할 수 있기를 바란다. 'T-모바일 오스트리아'에서 보낸, 오스트리아에 온 것을 환영한다는 문자이다.

시선을 들자 정문 한가운데 서 있는 카티아가 내 눈에 들어온다. 우리는 미소를 짓고 옆쪽 아니면 땅바닥으로 시선을 옮겼다가 다시금 서로를 바라본다. 그녀의 머리카락은 짧고 양손을 외투 주머니에 꽂고 있다. 살도 조금 더 찐 모습이다. 우리는 오랜 친구처럼 뺨에 키스한다. "안녕." 그녀가 말한다. "피곤해 보이네."

카티아가 내 앞에서 계단을 오르기 시작한다. 나는 그녀를 따르면서 그녀의 오금 위로 스치는 외투 자락을 관찰한다. 나는 그녀의 장딴지와 구식 펌프스화가 발꿈치에 남긴 빨간 자국을 본다. 마치 그러자고 제안한 사람이 나라는 듯, 그녀가 "여기?" 하고 묻는다. 나는 고개를 끄덕인다. '엘 무제오'는 거의 텅 비어 있다. 조립식 가구로 꾸민 레스토랑이다. 카티아가 외투의 단추를 연다. 난 그것을 받아 들려고 한다. 카티아는 임신 중이다. 그녀가 미소 짓는다. 나는 축하의 말을 한다. 나는 질투심으로 가득 찼고 사랑이라곤 없는 마음이 된다. 우리는 자리에 앉는다.

아이의 아버지가 누구인지 묻고 싶다. 나는 몸을 구부리고 파란색 서류철을 가방에서 꺼낸다. 무슨 집행관이라도 된 듯한 기분이 든다. 그 어떤 친절함에도 정신을 빼앗겨서는 안 되는 집행관이다.

"부다페스트에는 무슨 일로?"

한 쌍의 남녀 종업원은 일요일에 부모님을 도우러 나온 남매처럼 보인다. 두 사람은 똑같이 통통하고 여자는 금발, 남자는 흑발이다. 남자의 동그란 머리통은 두더지를 연상시킨다.

난 에스테르하지를 거론한다.

"아, 페테르?" 그녀가 한 손을 배 위에 올린다. 그들은 그러니까 벌써 알고 있는 사이였군. 진즉에 그 생각을 했어야 옳았다. 물론 그들은 서로 아는 사이다. 어쩌면 그는 그녀더러 마사지를 해달라고 하는지도 모른다. 내 마음속에는 사랑이라곤 없다.

나는 내가 케르테스라고 발음하는 소릴 듣고 콘라드라고, 나더시라고 말하는 소릴 듣는다. 사실 전혀 다른 이름들을 댈 수도 있을 것이다. 하지만 나는 잘난 척을 하며 떠들어댄다. 그칠 줄 모르고 떠들어댄다. 나는 아주 밉상을 떨며 죽을 듯이 지껄여댄다.

카티아가 메뉴판을 넘긴다. 나는 그녀의 시선을 따라간다. 손짓으로 종업원을 부르지만 그녀는 그릇을 치우는 데에만 정신이 팔려 있다. 두더지가 나타난다. 나는 카티아를 가리킨다. 그녀는 사과주스 한 잔을, 사과주스와 물을 섞어서, 아니, 그리고 식사는 하지 않을 것이며 진짜로 아무것도 먹지 않겠다고 말한다. 나는 해물을 곁들인 샐러드와 백포도주와 물을 주문한다. "혹시 거품이 든 백포도주를 드시겠습니까?" 두더지가 그의 그 거만한 빈 사투리로 묻는다.

"그게 좋겠네요." 카티아가 대답한다. 그럼, 뭐, 그걸로 하지. 거품이 든 백포도주.

주문을 마친 후 우린 서로의 얼굴을 쳐다본다. 마치 이젠 이야기가 다 끝났으니 자리에서 일어나야겠다는 듯하다. 나는 빈이 갑자기 너무나 가깝게 느껴지더라고 말한다.

그래, 하고 카티아가 말한다. 넘어지면 코 닿을 데에 부다페스트가 있으니까.

두더지가 다가온다. 나는 또 한 번 골라야 한다. 이번에 나는 16유
로짜리 대하 꼬치 요리를 시킨다. 메뉴판에서 제일 비싼 요리이다.

카티아는 한쪽 손을 탁자에 올리고 몸을 뒤로 기댄다. 그녀의 손가락
이 꼼지락댄다. 진짜로 탁자 위를 두드리고 있다. 나는 뭔가 또 한마디
를 던지고 마지막엔 무엇인가를 치약을 짜듯 쥐어짠다는 느낌이 든다.

카티아가 손가락을 펼쳐 손톱을 들여다본다. 그 순간 나는 카티아와
그렇게 가까이 있으면서도 만지지 못한다는 사실이 말도 안 된다는 생
각이 든다.

"결혼은 한 거야?" 난 묻는다.

"1년도 넘었어." 그녀가 말한다. 나는 우리가 함께 살 때 벌써 그를
알았던 거냐고 묻고 싶다.

"잠깐만." 그녀가 자리에서 일어나 화장실로 향한다. 두 명의 남자
가 그녀의 엉덩이를 쳐다본다. 그중 한 명이 내 쪽으로도 몸을 돌렸고,
우리의 시선이 마주친다.

카티아와 나는 이야기를 나눈다. 그녀는 사과 주스를 홀짝거린다.
나는 거품이 든 백포도주를 마시고 좋은 와인이라고, 좋은 추천이었다
고 말한다. 부다페스트에는 지금 환율이 1 대 250이라고 말한다. 나는
그 환전가가 그 지점에서 계속 머무를 수도 있을 거라고 말한다. 나는
에커만 카페에서는 에스프레소 한 잔이, 우유를 탄 아주 좋은 에스프
레소와 물이 220포린트라고 말한다.

반 시간쯤 뒤에 나는 손을 들어 두더지를 부른다. "금방 나올 겁니
다." 그가 말한다. "금방 나올 거예요."

"난 평소에 그리 참을성이 없는 사람이 아닙니다만." 내가 말했다.

"내가 이해할 수 없는 점은 다만 왜 꼬치가……" 그 두 명의 남자만 빼면 레스토랑은 한산하다. 나는 거품이 든 백포도주를 마시고 물 잔을 집어 든다.

"그리고?" 우리의 여행자가 그렇게 묻고는 왼손을 파란색 서류철 위에 놓는다. "요즘은 무슨 일을 하고 있어?"

"번역 일만 해." 그녀가 말한다.

"당신 새 책은. 그건 언제 나오지?"

그녀는 어깨를 으쓱해 보인다.

그는 나머지 물을 다 마신다.

"나 글 안 써." 카티아가 말한다. "벌써 3년 됐어. 아무것도 안 쓴지." 그리고 조금 뜸을 들인 후 계속해서 말한다. "혹시 내가 뭘 잘못했던 건지도 몰라. 지금 그 벌을 받고 있는 거야." 갑자기 카티아는 시를 낭독하던 때의 모습으로 되돌아간다.

"뭘 잘못했는데?" 그가 묻는다.

"몰라." 그녀가 말한다. "내가 우리 얘길 쓸까 봐 걱정하는 거지?"

"솔직히 말하면……" 우리의 여행자가 미소를 짓는다. 아니, 오히려 그가 칭얼거리는 어린아이와 닮았다고 하는 편이 더 나을까? 그러곤 바로 그때 그 일이 일어난다. 아마도 혼란 때문이었을지도 모른다. 아니, 그건 나약함 때문인지도 모른다. 그도 아니라면 오로지 고백의 힘을 믿었기 때문인지도 모른다. 그는 고백한다. 기차에 올랐음을, 그 이야기들 때문이었다고, 그 임레 케르테스의 「보고」라는 단편과 페테르 에스테르하지의 「인생과 문학」이라는 글 때문이었다고 말한다. 그 두 이야기들이 부다페스트로부터 빈까지의 여행을 그리고 있기 때문이었다고. 하지만 케르테스의 경우에는 빈에서부터 부다페스트 방향이었다고. 그는 그렇게 고백한다. 두 시간 혹은 세 시간 빈으로 기차 여행을 하겠다는 생산적인 생각은 스스로의 창조성을 계발하려는, 또한 영혼의 부단한 성실성에 방향을 부여하고, 환호성이라도 지를 정도로 고무적인 영감을 얻을 것이라는 기대에서 나온 것임을 고백한다. 에스테르하지가 케르테스의 단편을 사용한 것처럼 그도 역시 두 사람의 이야기를 이용하여 에스테르하지에 버금가는 일종의 상황극을 창조하고 싶었음을 고백한다. 그에게는 두 모범 작가가 쓴 문장 중에 어느 것 하나 무의미하게 보이는 것이 없으며, 특히 한 예배의식의 대화 장면은 너무도 의미심장하여 한 문장 한 문장 읽어나갈 때마다 관찰력과 추억만으로도 오늘이라는 시간과 지난 몇 년간의 변화들, 더 나아가 현세대에 관한 맥락을 이해할 수 있었다는 것을 고백한다. 케르테스가 그 세관원 이야기를(원한다면 읽어보시라. 어째서 1991년 4월 16일에 헤제슈헐롬 국경 역에 이르자 세관원이 여권을 가지고 가 기차에서 내리라고 명령했는지 알 수 있다) 일종의 인생 해석으로 승화시켰기(아니, 그보다는 높이 들어 올렸다거나 높이 끌어올렸다고 하는 편이 나을지도 모르겠다) 때문이다. 그 역시 그 세관원 앞에 서고자 했었다. 그의 머리에도 임레 케르테스의 보고문이 비전처럼—망할 놈의 문학—떠오를 수 있을 것이 아니던가. 우리의 여행자는 이렇게 쓰고 싶었다. 나는 눈을 감고 세상의 끝에 와 있음을 보며 마침내 깨닫는다. 바로 이 헤제슈헐롬이다! 임레 케르테스의 헤제슈헐롬, 한심스럽고 초라한 곳, 지난 10년을 대표하는 상징물이다! in hoc signo vinces(네가 이 표식으로 승리하리라)—이 구절은 바로 그리로 가는 길에 해당되는 말이다. 헤제슈헐롬. 나는 그를 본다. 어제까지만 해도 슈바벤베르크 집 발코니에서 모습을 드러내던 그였다. 그는 그렇게 쓸 작정이었다. 그의 흰칠하고 구부정하며 육중한 몸체, 미하엘 콜하스와는 반대형의 인물을 본다. 그가 진리를 구한 것이 아니라 진리가 그를 발견했던 것이다. 나는 그의 문장을 보았다. 한 문장 한 문장이 다 나름대로의 의미를 가지고 있었다. 흰칠하고 구부정하며 육중한 문장들을 보았다. 최후의 적나라한 통찰력을 향해 부단히 완성되어가는 문장들을……

하지만 세관원은 오지 않았다. 헤제슈헐롬에서의 체류는 3분이 걸렸다. 기차는 출발했다. 기차가 국경을 넘었다. 그는, 자유의 나라에서 태어난 자유의 아들인 그는 아무것도 느끼지 못했다. 그의 영혼은 벅찬 도약을 느끼지 못했다.

"얼마나 많은 두려움이 아직도 당신 속에 남아 있는지를 알아내려고 했던 거구나?" 카티아가 우리의 여행자에게 묻는다.

"하지만 세관원이 없다면……"

"그래서 당신은 프라하로 가려던 거군. 드레스덴에서 프라하로." 카티아가 말한다.

"그럴지도 모르지." 그가 말한다. "하지만 난 지금 여기 있어."

"당신은 그러니까 날 만나려던 게 전혀 아니었어."

"아니야. 물론, 당신이 아니었다면 난 기차를 타지 않았을 거야."

"맞아. 난 그냥 핑계였던 거야." 카티아가 말한다.

그가 그녀를 바라본다. 그는 자신의 손을 그녀의 손 위에 얹는다. "잘 모르겠어. 카티아. 명예와 양심을 놓고 맹세하건대. 나도 잘 모르겠어."

"세관원이 없으면 단편도 없는 거니까. 그래서 당신은 실망한 거지?"

"그래." 그가 말한다.

"세관원이 안 와서, 그게 단편의 탄생을 막은 거야."

그는 고개를 끄덕이고 처음으로 몸을 뒤로 기댄다. 그가 말한다. "난 벌써 제목도 정해놨어."

카티아가 그를 향해 미소한다.

"한 편만 더" 그는 그렇게 속삭이며 다시금 어린 소년의 얼굴이 된다.

"그렇담 당신은 다른 이야기를 하나 더 쓰면 되잖아. 세관원이 안 나오는 이야기로."

별로 좋지 못한 순간에 무대에 올라서기를 강요당한 마술사의 제스처를 취하며 나는 탁자에서 파란색 서류철을 들어 가방에 도로 집어넣는다.

"가야 돼?"

"아니." 나는 생각한다. 그녀 안에는 사랑이 들어 있다. 그리고 난 자리에서 일어서 입구의 데스크로 간다. 이젠 대하를 먹지 않겠다. 그게 지금 막 나온다 해도 먹지 않겠다. 한 시간이나 기다린 후에 나온 대하를 받아들인다는 것이야말로 참으로 자기 희생적인 자세일 것이다. "거품 든 백포도주 값을 지불하겠습니다." 난 그렇게 말한다. "그리고 물 두 잔과 사과주스 값도요." 두더지가 즉시 계산기를 두드린다. 여종업원은 "주문이 너무 밀려서요!"라고 부르짖는다. 그러고는 손님은 음료수 값을 낼 필요가 없다고 말한다. 너무나 너무나도 미안하다고 한다. 나는 왜 한 시간 안에 대하 꼬치를 내올 수가 없었던 거냐고 묻는다.

그녀는, 한마디로 말해, 어처구니없게도 대하를 구할 수 없었기 때문이라고 말한다.

"다 팔렸나 보죠." 또 다른 가능한 이유를 대는 것이 마치 내 지대한 관심사라도 되는 양 나는 그렇게 말한다. "해물만 다 팔린 게 아니라 대하도 다 팔린 거죠. 대하 역시 결국은 해물에 속하니까요."

"네." 여종업원이 말한다. "그럴 수도 있겠네요. 손님 말씀이 맞을지도 몰라요."

카티아는 나더러 왜 좀더 있다 가지 않느냐고, 산책이라도 하지 않느냐고 묻는다.

"나 오늘 저녁에 시간 약속이 잡혀 있거든." 나는 의지를 억누르고 미소를 지어 보인다.

"아하. 그럴 줄 알았어." 그녀가 말한다.

"그래." 내가 말한다. "카탈린을 다시 만났거든."

"그 여자 나도 좀 알았더라면 좋았을걸." 카티아가 말한다.

그녀는 지하철역까지 나를 배웅해준다. 나는 그녀의 자전거를 끌고 걷는다. 우리가 계단 앞에 도착했을 때 나는 예정일이 언제냐고 묻는다.

8월이라고 카티아가 말한다. 남자아이야. 우리는 상체를 숙이며 안았는데 그럼에도 불구하고 우리들의 배가 스친다.

나는 지하철 표를 기계에 넣고 도장을 찍는 것을 잊어버린다. 서부역에서 도장이 찍히지 않은 표를 노숙자 신문을 파는 사람에게 주려고 한다. 그가 거부한다.

나는 미트로프를 주문한다. 100그램을 오븐에 구운 것이 1유로 60센트이고 빵과 겨자를 추가로 주문하니 난 2유로 90센트를 지불해야 한다.

맞은편, 정문 근처에는 실내 도박장이 있다. 두 대의 텔레비전 수상기 중 왼쪽에선 미하엘 슈마허가 네번째 그랑프리를 딴다. 센나가 죽은 지 딱 10년이 되는 날이다 나는 반 리터의 물을 한 병 더 산다. 내 가방은 부다페스트로 떠날 때와 똑같이 무겁다.

나는 부다페스트로 돌아간다. 나는 부다페스트로 간다. 이게 바로 주체성과 자유의 표현이 아니고 무엇이란 말인가? 집에서 출발하는 것도 아니고 집으로 돌아가는 것도 아니다. 단순히 계속해서 이동 중일 뿐이다.

나는 기차가 가는 방향을 보고 오른쪽 자리에 앉는다. 나는 안심한다. 나는 지쳤다. 외르케니가 내 무릎 위에 있다. 나는 그중 한 편을 뽑아들고, 펼쳐진 책은 18페이지를 가리킨다. 나는 『1분 소설』을 읽기 시작한다. "리본"이라는 제목이 달렸다. 나는 피곤하다. 헝가리의 보더 가드가 열차를 통과해 다가온다. 그들은 재빨리 검사를 마친다. 여행객들의 여권이 내 앞 좌석의 등받이 아래로 숨어버리기 때문에 나는 보더 가드들이 승객과 악수를 나누는 것 같은 인상을 받는다.

"Must go back Austria.(오스트리아로 돌아가셔야 합니다.)" 보더 가드가 말한다. 수염이 나고 코가 뾰족한 보더 가드가 내 앞자리에 앉은 은발에게 말하고 있다. "Go back!(돌아가세요!)"

은발은 작은 목소리로, 보더 가드는 큰 소리로 말한다. "Buy Visa! No multi, Hungary fly, Budapest, go by train out, finish! Must go back. Really go back. Next train go back Austria.(비자를 받으세요! 복수 비자가 아니잖아요, 비행기를 타고 헝가리로 갔었군요. 부다페스트, 기차를 타고 국경을 넘으세요. 진짜로 돌아가셔야 합니다. 다음 기차가 오스트리아로 돌아갑니다.)"

보더 가드, 수염이 나고 코가 뾰족한 그 작자가 팔을 들어 큰 원을 그리는데 손은 비행기이다. 그 비행기는 은발을 태우고 며칠 전에 부다페스트로 날아왔었다. 내가 이해하기로 은발은 비행기를 타고 내일 집으로 돌아갈 예정이었다. 그는 빈으로 여행을 갔었는데 이젠 그들이 그를 놓아주지 않고 있다. "No multi Visa. Must go back!(복수 비자가 아니에요. 돌아가셔야 합니다.)"

은발이 자리에서 일어난다. 엷은 분홍색 셔츠를 입은 마른 노신사이다. 그는 보더 가드를 따라가야 한다. 그는 따라가려고 한다. 보더 가드가 그의 팔을 잡아당기며 무엇인가를 끌어당기는 시늉을 한다. 은발은 짐과 재킷을 가지고 가야 한다. 하지만 그에게는 짐도 재킷도 없다. 오직 빈 여행 안내 책자만을 손에 들었을 뿐이다. 보더 가드와 은발이 기차가 가는 방향을 향하며 열차로부터 사라진다.

기차가 소리를 멈추고 느릿느릿 속도를 늦춘다. 기차가 멈춘다. 기차가 다시 부글부글 소리를 내기 시작하고 우리는 정확한 시간에 출발한다. 헤제슈헐롬 16시 45분 출발. 다른 편의 승강장에는 유람용 기차가 있다. 빨갛고 하얀 열차의 창문을 끌어내릴 수도 있다. 기차가 초원에 소풍이라도 나온 듯 보인다. 어린아이들과 어머니들과 할아버지의 기분은 그 정도로 여유롭다.

우리는 긴 승강장을 따라 떠나고 그 후 잠깐 동안 나는 두 명의 보더 가드를 본다. 바로 그 직후, 승강장이 분지를 이루며 내려가는 지점에서, 차선을 교차할 수 있도록 되어 있는 그곳에 밝은 분홍색 셔츠를 입은 은발의 신사가 손에는 빈 여행 책자를 든 채 서 있다. 그와는 비스듬한 방향으로 뒤쪽이기는 했지만 어깨를 나란히 붙이고 서 있는 보더 가드 한 명이 보인다. 은발 신사가 기차를 물끄러미 응시한다. 그는 방금 전까지만 해도 마치 다른 쪽에서 무엇이 그를 기다리고 있는지를 보아야겠다는 듯 그 기차 안에 앉아 있었다. 보더 가드가 은발 신사의 팔을 잡고 있는지는 알아볼 수 없다.

지명을 알리는 초라하고 녹슨 푯말이 지요르를 알렸다. 그곳에서 은발 신사를 찾아냈던 예의 그 보더 가드가 내린다. 수염이 나고 코가 뾰족한 그가 승강장을 따라간다. 등 뒤로 밝은 청색 여행가방을 끌고 있다. 누군가를 부르며 무언가를 외친다. 그가 웃는다.

우리의 여행객은, 이제 더 이상 어떤 이름으로도 불리지 않을 것이며, 머리를 유리창에 기댄다. 그래도 그 보더 가드가 시야에서 멀어지는 것을 보기는 한다. 그는 왜 보더 가드가 인사를 건네는 사람을 보고 싶어 하는 건지 자문한다. 보더 가드는 그의 관심 밖이며 분홍 셔츠를 입은 은발 신사 역시 그의 관심을 끌어야 할 이유는 없다. 분홍색 셔츠는 불편한 일을 겪을 것이고 어쩌면 비행기를 놓칠지도 모른다. 하지만 어쩌면 헤제슈휠롬의 보더 가드가 그를 도와줄지도 모른다. 왜냐하면 사실 빈 여행 책자를 손에 든 여행객 때문에 그들이 있는 건 아니기 때문이다. 아니, 그건 서투른 행동이며 거의 어리석은 짓이라고도 볼 수 있다. 그들은 다른 이들 때문에 존재한다. 우리 눈에 보이지는 않고 기차 안에 앉아 있지 않으며 그런 기차 안에 앉기만을 꿈꾸는 자들을 위해 있다. 달랑 빈 여행 책자만을 손에 들고 기차에 타기를 꿈꾸는 자들을. 그들은 어쩌면 우리의 여행객이 평생 꿈꾸어왔던 것보다도 훨씬 더 많이 기차를 타기를 꿈꿀지도 모른다. 우리의 여행객 역시 언제나 그런 기차를 타기를 꿈꿨다.

　기차가 지요르를 떠난다. "아우디 전용 열차" "폭스바겐 전용 열차". 밑동만 남은 UFO. 이젠 다시금 둥근 모자를 쓴 역 승무원이 나타난다. 이미 빈으로 떠날 때부터 알고 있던 승무원이 나타난다. 내가 표는 빠뜨리고 껍데기만을 내밀자 그가 웃는다. VONATTAL EURÓPABA란 분명 BY TRAIN TO EUROPE이란 뜻인 게 분명하다. 에펠탑과 두 개의 런던 공중전화 부스 옆으로 헝가리의 국회의사당과 쇤브룬 성의 그림도 새겨져 있다. 그는 내 기차표를 다시 검사한다. 기차표에는 헝가리어와 독일어로 안내문들이 적혀 있다.

　비어 있는 옆 좌석으로부터 우리의 여행자는 "승차 시간표"라고 불리는 종이를 집어 든다. 그 앞장에는 "4월 23일/세계 책의 날/경품 대잔치"라는 빨간색의 광고문이 보인다. 펼쳐진 책의 양 페이지들이 비난을 받아야 마땅할 정도로 안쪽으로 구부러져서 결국엔 책의 페이지가 분홍색의 하트 모양을 이루고 있다. 이 병풍처럼 생긴 안내 쪽지에서 그는 마침내 EC 25 기차의 종착역이 도르트문트임을 읽는다. 그는 부다페스트의 켈레티 푸 역의 도착시간이 18시 28분이라는 정보를 읽는다. 128킬로미터 후에, 아니면 1시간 20분 후에 우리의 여행객은 부다페스트에 도착하게 될 것이다. 켈레티 푸에는 19시 10분에 크라쿠프 그워프니로 떠나는 기차가 있다. 그 기차는 6시가 되기 조금 전에 도착하며 19시 15분에는 솔노크, 부카레스트, 소피아, 테살로니키를 거쳐 이스탄불로 떠나는 기차가 있다. 이 기차는 하루 반 만에, 즉 8시 45분에 이스탄불의 시르케치에 도착한다. 우리의 여행객은 시간표에 부다페스트 켈렌필드에서 켈레티 푸까지 거리가 0킬로미터라고 표시

되어 있음에도 불구하고 거기까지 걸리는 시간이 13분이나 된다는 사실에 놀란다. 하지만 조금도 거슬리지는 않는다. 오히려 그 반대다. 그 모순이 그의 마음에 든다. 모든 종들이 일제히 울었죠. 아름다운 날이었죠.

우리들의 여행객은 기쁘지도 않고 그렇다고 해서 슬프지도 않은 기분으로, 이를테면 잊어버린 이야기로부터 비밀스러운 밀회로 가는 길 중간에서 무언가 그 잘못된 승차 시간표와 같이 비논리적으로 보이는 무엇인가를 감지한다. 하지만 그는 영혼 안에서 어쩔 수 없이 치솟아 오르는 환호성에 몸을 맡긴다. 정말로 어떤 경계선을 넘었다는 듯이, 마치 고약한 운명을 피하기라도 했다는 듯, 마치 어떤 중대한 결심이라도 한 듯! 우리의 여행자는 사랑으로 가득 찼고 그 때문에 더 이상 책을 읽을 수가 없어 외르케니를 덮고 눈을 감는다. 그는 만족스러운 응석받이 동물처럼 오른쪽 관자놀이를 좌석의 머리 받침대에 비벼댄다.

　작가 잉고 슐체를 개인적으로 만나 보면 유난히 숱이 많고 곱슬곱슬
한 머리카락이 눈에 띈다. 「미스터 나이터코른과 운명」「카이로에서
생긴 일」에 나오는 '나'는 작가와 똑같이 곱슬머리를 가진 인물이다.
길 가는 사람들은 그의 머리카락을 보며 놀리기도 하고 친절한 한마디
를 던지기도 한다.

　그런가 하면 「비문학 또는 일요일 저녁의 현현」, 혹은 「에스토니아,
시골에서」「또 한 편의 이야기」 등, 여러 편의 이야기에서 주인공 혹은
화자는 작가라는 직업을 가지고 있다. 슐체는 대개 일상 속에서 소설
의 소재를 고르는 경우가 많다고 한다.

　하지만 이렇게 직접적으로 개인적인 정보를 엿볼 수 있는 경우가 아
니라도, 작가와 문학은 결코 그가 개인적으로 경험한 사실이나 그가
속한 시대와 떨어질 수 없다. 잉고 슐체의 단편들 역시 그가 살고 있는

시대, 즉 '핸드폰 시대' '인터넷 시대' 혹은 '글로벌 시대'로 불리는 1990년대 이후 최근까지의 시대를 다루고 있다.

그러나 작가는 자신이 보는 시대와 세상의 전모 혹은 그 전모를 대표할 수 있는 사건을 기승전결의 줄거리로 엮거나 완전한 하나의 독립적인 이야기로 꾸미지 않았다. 그는 매우 짧으면서도 사소하게 보이는 일상의 한 장면을 그리는 가운데, 혹은 한 편의 에피소드를 소개하는 가운데 그 안 인물들의 짧은 대화 중에 슬쩍슬쩍 단서를 흘려놓기만 할 뿐이다. 그런데도 글의 행간에서 사금파리같이 빛나는 그 단서를 읽어낼 수 있는 독자는 작가와 같은 동시대인으로서 깊은 공감을 느끼게 된다. 그 공감은 단시적이고 개인적인 감동으로 머물 수도 있겠지만, 우리 시대를 다시 한 번 의식적으로 돌아보고 문제해결을 모색하는 행동으로 이어질 수도 있다.

바쁜 생활 속에서 잊어먹고자, 흘려넘기고자 노력하기는 해도 엄연히 우리 주위에서 우리를 위협하고 삶에 직접적인 영향을 미치는 잔인한 현실을 암시하고 있기 때문이다.

핸드폰이나 인터넷으로, 또는 전 시대에 비해 훨씬 빠르고 저렴한 여행의 기회로 좁아진 세상 속에서 우리는 각자의 생존적·실존적 걱정 말고도, 전 세계의 기아 문제, 어린이 학대 문제, 글로벌 경제체제하의 실직과 실업 문제, 부익부 빈익빈 문제, 환경 문제, 자연재난 및 기후변화 문제와 직접 마주하게 되었다. 지금보다 훨씬 좁은 행동반경에서 살았던 전 세기 사람들에 비한다면 우리는 참으로 너무나 버거운 마음의 짐을 짊어지고 살고 있는지도 모른다. 바로 그렇기 때문에 오히려 그 무거운 짐들을 되도록 잊어버리고, 해결책을 모색하기보다는 개인적인 사생활에만 마음을 쏟고 싶은지도 모른다.

세상은 이제 핸드폰 시대 이전까지 누렸던 성장이나 발전상과는 전혀 다른 방향으로 나아가고 있음을 볼 수 있다. 인터넷과 핸드폰이라는 첨단 매체에도 불구하고 어떤 면에서는 세계가 이전 시대로 되돌아간 듯한 인상을 받는다. 그리하여 독자는 '핸드폰 시대'란 성장이 아니라 어떤 의미에서는 퇴보의 시대가 아닐까 하는 질문을 던지게 된다. 작가는 바로 그 핸드폰 시대 앞에서 드러내는 인간들의 두려움이나 의구심 혹은 거부감을 그리고 있다.

첫 단편 「핸드폰」의 콘스탄체의 항변은 바로 그러한 감정을 잘 드러내고 있다.

"이제 당신은 핸드폰으로 코소보에서 오는 전화를 받게 될 거고, 아니면 체코에서, 아니면 홍수가 난 지역에서도 아무나 당신한테 전화를 하겠지. 그도 아니면 에베레스트 산꼭대기에서 얼어 죽어가는 사람도 당신한테 전화를 걸 거고. 당신은 그와 최후의 순간까지도 얘길 나눠야 한다고. 목숨이 완전히 끊어지는 순간까지!" (pp.26~27)

독일의 특수한 역사적 상황을 고려한다면, '핸드폰 시대'는 재통일 이후 구동독과 구서독 지역의 불균형적 경제발전과 극대 자본주의가 낳은 새로운 갈등과 분열의 시대이기도 하다.

「베를린 볼레로」의 로베르트는 구동독 시절 동안 손수 정성스럽게 가꾸며 가족과 함께 살았던 집에서 계속 살기를 바란다. 그는 재통일

후 구서독에 있던 집주인이 나타나 이사를 나가주는 조건으로 제시한 큰 액수의 돈도 거부하고, 집주인이 보낸 인부들이 96주간 먼지와 소음을 일으키며 집 공사를 하는데도 결코 이사를 나갈 생각이 없는 고집스러운 "바보 얼간이"로 남는다. 오랫동안 살던 '내 집'에 대한 따뜻한 귀속감이라든가 고향의 의미 같은 것은 사라지고, 부동산 투기로 이윤의 극대화를 노리는 것은 독일만이 아니라 전 세계의 이른바 '대세'가 되었다.

허나 '위협'이라고 해서 반드시 사회경제적 정치적 혹은 생태계적 상황만을 뜻하는 것은 아니다. 예를 들어 핸드폰 시대를 사는 한 개인의 열렬한 사랑이 맺어지고 깨지기는 얼마나 쉬운가(「카이로에서 생긴 일」), 오랫동안 지켜온 소중한 사랑의 맹세와 추억은 얼마나 불안하고 위태로운 것인가(「섣달그믐의 혼란」).

한편, 핸드폰이나 인터넷으로 인해, 가능하면 알고 싶지 않고 당하고 싶지 않은 사실들, 되도록 모르는 척하며 살고 싶은 현실은 이미 우리 옆에 바짝 다가와 있다. 하지만 핸드폰 시대가 가져온 넓은 대화의 가능성에도 불구하고 우리는 점점 더 개인주의적이며 폐쇄적인 인간관계를 맺고, 가까운 인간관계를 스트레스로 여기며 원하지 않는 변화와 혼동을 피하고 싶어 한다.

「캘커타」에서 이웃집 아이들이 큰 사고를 당하자, 이웃으로서 적당한 친절을 보이기는 하되 그와 동시에 적당한 거리를 두고 싶은 '나'는 비겁하게까지 보이는 소극적 태도로 일관한다. 이웃집 남자가 '캘커타에 가보신 적 있습니까?'라고 물은 뒤, 그곳에서 너무 싼 가격으로, 즉

노동자가 말도 안 되게 낮은 임금을 받고 생산했을 목걸이를 보여주며 긴 이야기를 늘어놓아도, '나'는 자신의 상념과 일상에만 빠져 이웃의 말에 귀 기울이지 않는다(pp.72~73).

「밀바, 그녀가 아직 젊었을 때」의 '나'와 친구들은 부부 동반으로 갔던 여행지에서 미리 해둔 숙소 예약이 사기였음을 알게 된다. 친구들은 임대 별장 주소라고 알고 찾아간 건물의 주인 노인을 무참히 폭행했지만, 즐거운 휴가여행을 망치지 않기 위해, 그리고 무탈하고 안일한 일상을 가장하는 가운데 심적 방해를 받지 않기 위해, 그 일에 대해서는 모두가 입을 다문다.

> 그녀는 그 일을 잊어먹었을 것이다. 라이너와 해리는 아무런 걱정 없이 아주 잘 지내고 있는 것 같았다. 우린 다시 생일날 서로서로에게 전화를 걸어주곤 한다. 언젠가 나는 그들이 슈뢰더 씨에게 한 짓에 대해 이야기를 나눠보겠다고 굳게 마음먹었다. 하지만 전화상으로는 쉽지가 않았다. (pp.55~56)

『핸드폰』에 담긴 13편 이야기는 바로 그러한 '핸드폰 시대'에 관한 이야기들이다. 잉고 슐체는 한 인터뷰에서 이 단편집의 '핸드폰'이라는 제목과 '옛날 방식으로 쓴 열세 편의 이야기'라는 부제목에 관해 직접 진술한 바 있다. 작가는 자신이 가장 최근의 이야기를 다루고 있는데도 마치 현대 이전의 시대를 그리고 있는 것처럼 느꼈다고 한다. 즉, 그가 쓰고 있는 이야기 속에서 거대하고 광범위한 경제구조 때문에 특정한 사회적 균형이 깨지는 시대, 마치 봉건시대로 되돌아간 듯한 시대가 드러나더라는 말이다.

'옛날 방식으로 쓰다'라는 말을 또 다른 뜻으로 해석하자면, 작가 자신이 핸드폰 시대 이전 옛 사람의 입장으로, 구동독인의 자격으로, 이 새로운 변화를 거부감과 두려움으로 마주 대하고 있음을 표현했다고 한다.

이야기마다 존댓말이나 반말투 등으로 문체를 가려 택한 이유는 상황에 따라 역자가 변화를 주고자 한 의도도 있겠지만, 잉고 슐체 특유의 문체 때문이기도 하다. 그의 작품 『심플 스토리』에서 일관되었던 어투, 즉 청중이나 독자에게 직접 말을 거는 식의 어투가 『핸드폰』의 이야기들 이곳저곳에서도 발견되었기 때문이다. 마치 우리나라 옛 이야기꾼의 '여보시오, 내 말 좀 들어보소!'라는 어투와 비슷하다는 인상을 받는다. 「캘커타」의 '나'는 고백 형식의 이야기 끝에 "캘커타에 가보신 적 있나요?"라고 누구인지 알 수 없는 상대방에게 질문을 던진다.

하지만 독일어 구문에는 "무엇 했습니다"라거나 "무엇 했어"라는 식의 구분은 없다. 그래서 역자는 각 이야기에 따라 적당하다고 생각되는 경우, 앞에 모인 관객들이나 독자들에게 직접 말을 거는 상황을 상상해 보았다. 굳이 '저는', '제가'라는 겸양적 주어를 많이 쓰지 않은 이유는, 독일어에 그런 표현이 없기도 하거니와, 소설을 읽는 독자와 작가가 어느 정도 동등한 눈높이에서 공감해야 한다고 생각했기 때문이다.

독일의 분단과 재통일이라는 상황 때문에라도 그렇고 함께, '핸드폰 시대'를 살아가고 있다는 점에서 작가 잉고 슐체와 한국 독자는 깊은 공감을 나눌 수 있는 가능성이 많다. 불의와 부조리가 무성한 사회를 예리한 눈으로 그리는 작가와 그 작가의 글을 읽는 독자가 없다면 그만큼 그 사회는 더욱더 부조리한 방향으로 고정되고 메마를 수밖에 없다. 부족하나마 번역을 맡게 되어 그 중계자가 된 것을 기쁘게 생각한다. 작가나 독자, 책을 만드느라고 애쓴 여러분들께 감사를 전한다.

수록 작품 출처

이 책에 실린 다음의 단편 작품들은 이미 다른 잡지나 신문에 발표된 바 있다.
그러나 동일한 제목의 작품이더라도 부분적인 내용 수정을 거쳤음을 밝힌다.

핸드폰
『프랑크푸르트 알게마이네 차이퉁*Frankfurter Allgemeine Zeitung*』
(1999년 1월 13일).

베를린 볼레로
『슈피겔 레포르터*Spiegel Reporter*』(1999년 12월).

밀바, 그녀가 아직 젊었을 때
프리더 하인체Frieder Heinze의 전시 카탈로그『외부 입장*Eintritt außen vor*』
(알텐부르크 린데나우 박물관Lindenau-Museum Altenburg, 2000년).

캘커타
『프랑크푸르트 알게마이네 차이퉁』(2000년 5월 27일).

미스터 나이터코른과 운명
그라츠 시립공원 포럼Forum Stadtpark Graz을 위한 작품, 『단어의 포트라치
Potlatsch der Wörter』(1996년). 처음에는 에릭 부흐홀츠Eric Buchholz와 카이 보
이크트만Kai Voigtmann의 석판화를 담은 『에디티온 마리안네프레세*Edition
Mariannepresse*』에 발표됨(베를린, 2001년).

작가와 형이상학
『타임스 문예 부록*Times Literary Supplement*』(1999년 10월 8일자), 독일어판은
알텐부르크 전람회 안내 책자들 중 오스마르 오스텐Osmar Osten의 카탈로그
(게라·츠비카우, 2000년).